POLGARA LA SORCIÈRE

II

Les années d'enfance

DAVID & LEIGH EDDINGS

DES MÊMES AUTEURS
CHEZ POCKET

LA GRANDE GUERRE DES DIEUX

LES FRÉQUELLES
(Collection « Rendez-Vous Ailleurs »)

1. BELGARATH LE SORCIER – *Les années noires*
2. BELGARATH LE SORCIER – *Les années d'espoir*
I. POLGARA LA SORCIÈRE – *Les temps des souffrances*
II. POLGARA LA SORCIÈRE – *Les années d'enfance*

LA BELGARIADE
(Collection « Pocket S.-F. »)

1. LE PION BLANC DES PRÉSAGES – n° 5357
2. LA REINE DES SORTILÈGES – n° 5356
3. LE GAMBIT DU MAGICIEN – n° 5419
4. LA TOUR DES MALÉFICES – n° 5424
5. LA FIN DE PARTIE DE L'ENCHANTEUR – n° 5425

LA MALLORÉE
(Collection « Pocket S.-F. »)

1. LES GARDIENS DU PONANT – n° 5482
2. LE ROI DES MURGOS – n° 5481
3. LE DÉMON MAJEUR DE KARANDA – n° 5519
4. LA SORCIÈRE DE DARSHIVA – n° 5522
5. LA SIBYLLE DE KELL – n° 5523

LA PIERRE SACRÉE PERDUE

LA TRILOGIE DES JOYAUX
(Collection « Pocket S.-F. »)

1. LE TRÔNE DE DIAMANT – n° 5555
2. LE CHEVALIER DE RUBIS – n° 5577
3. LA ROSE DE SAPHIR – n° 5631

LA TRILOGIE DES PÉRILS
(Collection « Rendez-Vous Ailleurs »)

1. LES DÔMES DE FEU
2. CEUX-QUI-BRILLENT
3. LA CITÉ OCCULTE

RENDEZ-VOUS AILLEURS
Collection dirigée par Jacques Goimard et Patrice Duvic

DAVID ET LEIGH EDDINGS

POLAGARA LA SORCIÈRE

II

Les années d'enfance

Traduit de l'américain
par Dominique Haas

POCKET

Titre original
POLGARA THE SORCERESS

Illustration de couverture :
W. Siudmak

ISBN : 2-266-09334-7

CINQUIÈME PARTIE

GERAN

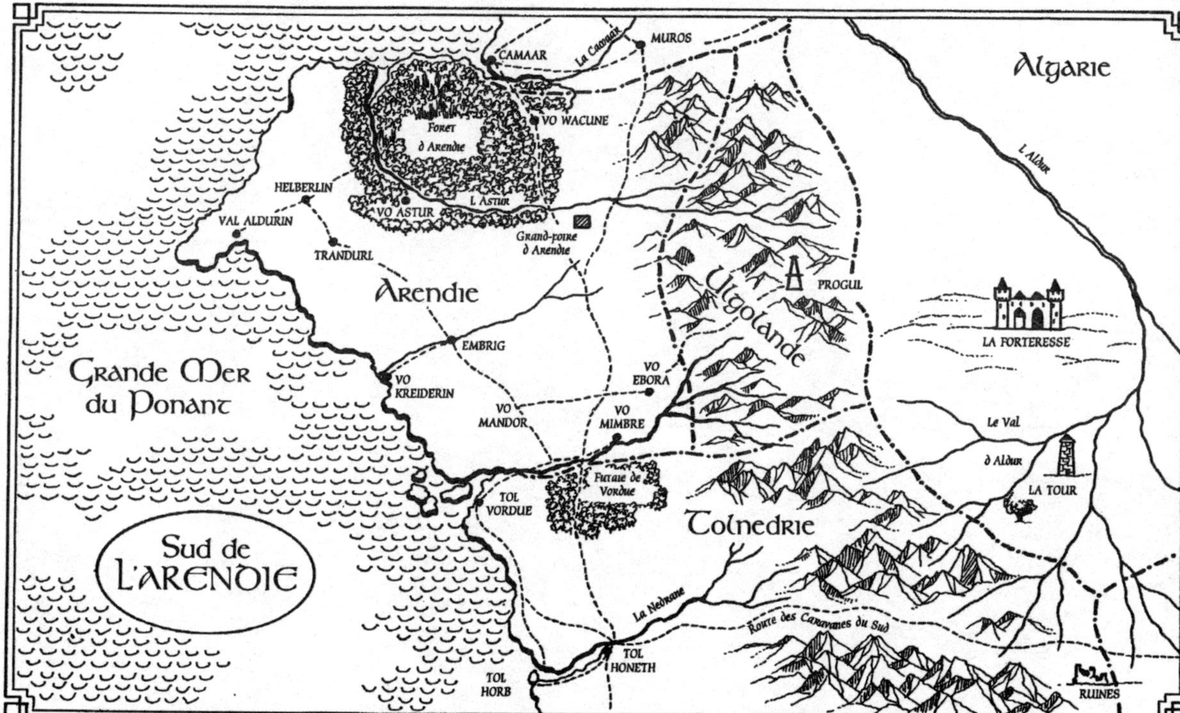
Sud de L'ARENDIE
Grande Mer du Ponant
Algarie
Arendie
Ulgolande
Tolnedrie
CAMAAR
La Camaar
MUROS
VO WACUNE
Foret d'Arendie
L'Astur
VO ASTUR
HELBERLIN
VAL ALDURIN
TRANDURL
Grand-foire d'Arendie
EMBRIG
VO KREIDERIN
VO MANDOR
VO EBORA
VO MIMBRE
PROGUL
L'Aldur
LA FORTERESSE
Le Val d'Aldur
LA TOUR
Futaie de Vordue
TOL VORDUE
TOL HORB
TOL HONETH
La Nedrane
Route des Caravanes du Sud
RUINES

CHAPITRE XXIII

Je pense que mon père n'a pas encore compris à ce jour ce qu'Ontrose me dit au juste lors de notre dernière conversation, en invoquant mon « devoir ». En tant que membre de la cour de Vo Wacune, le devoir m'imposait d'obéir au duc Andrion, mais j'avais aussi des devoirs envers mon propre duché, et cette responsabilité passait avant toutes les autres. Garteon d'Asturie avait détruit Wacune. Son prochain mouvement, logiquement, devait être d'envahir Erat et de tenter de le détruire. Quand j'aurais dû y laisser la vie, j'aurais obéi au dernier ordre de mon bien-aimé. C'était mon devoir, et le devoir était tout ce qui me restait.

Je ne pris pas la peine d'expliquer tout cela à mon père. En réalité, je ne dis rien du tout alors que nous sortions de la forêt de Wacune pour nous engager dans le territoire plus dégagé de Sendarie. Essayer de le lui faire comprendre aurait été une perte de temps. Pour ce que j'en sais, mon père n'a jamais dirigé ne serait-ce qu'une baronnie ; il n'avait pas la moindre idée des responsabilités qu'impliquait le port de la couronne. Il prenait mon morne silence pour une simple bouderie, alors que je me rongeais les sangs en pensant à la défense de ma frontière sud contre l'invasion asturienne que je savais inévitable. Déjà, j'étais sûre d'une chose : je devais me débarrasser de ce vieux mêle-tout. Ce serait ma première mesure.

Lorsque nous arrivâmes à Muros, c'était le chaos absolu. Les commerçants se démenaient pour vendre leur affaire à n'importe qui, à n'importe quel prix. Les Algarois avaient envoyé leurs troupeaux à l'abri, de l'autre côté des montagnes, et toute la population se préparait à l'exode. Il ne fallait pas être génial pour se rendre compte que les Asturiens seraient très bientôt aux portes de la ville. Plus j'y réfléchissais, plus j'étais sûre que Muros était la clé de la défense de ma frontière sud. La cité faisait officiellement partie du duché wacite, mais la chute de Vo Wacune l'avait laissée isolée, comme une poire sur une branche, à la merci du premier qui prendrait la peine de la cueillir. Alors que nous sortions de la ville, mon père et moi, je décidai d'annexer Muros et ses environs, jusqu'à la Camaar. Le fleuve serait une frontière plus facile à défendre qu'une ligne imaginaire courant au milieu d'une contrée mouvante.

J'avais du pain sur la planche. Mais d'abord, il fallait que je me débarrasse de mon père. Il n'était pas question que je rentre avec lui au Val. D'abord, ça faisait un sacré bout de chemin, et puis, une fois là-bas, je ne pourrais plus jamais m'en dépêtrer. Je restai muette, apparemment plongée dans un silence chagriné, tandis que nous nous engagions dans les montagnes de Sendarie écrasées de soleil. Quand nous redescendîmes dans les plaines verdoyantes d'Algarie, j'étais prête.

Vers midi, par une glorieuse journée d'été, alors que nous arrivions à la ruine sans toit qui était le cottage de ma mère, je retins mon cheval et mis pied à terre.

– Je n'irai pas plus loin, annonçai-je.

– Qu'est-ce que tu racontes ?

– Tu m'as très bien entendue, Père. Je reste ici, lâchai-je d'un ton sans réplique.

– Et tes travaux, Pol ? répliqua-t-il.

Ça lui allait bien, à ce vieux paresseux qui fuyait le travail comme la peste !

– Tant pis, Père, répondis-je. Tu n'auras qu'à t'en occuper. Retourne à ta tour et replonge-toi dans tes prophéties. Moi, ça ne m'intéresse pas. J'en ai assez, Père. C'est fini. Allez, va-t'en et ne m'embête plus.

J'aurais aussi bien pu cracher en l'air, je le savais. Il attendrait un jour ou deux que les choses se tassent et il reviendrait en douce voir ce que je fabriquais. J'attendis une heure, le temps qu'il soit trop loin pour m'entendre, je me changeai en faucon et je retraversai les montagnes vers Erat, où j'arrivai au crépuscule. Je partis à la recherche de mon sénéchal, Malon Killaneson. Malon était le descendant en droite ligne de l'un des plus jeunes frères de Killane, et il ressemblait beaucoup à son arrière-arrière-grand-oncle. C'était un homme efficace, pratique, aux manières simples et directes qui donnaient envie aux gens de coopérer avec lui, un peu comme avec Killane. Cela dit, j'approuvais la décision de Malon de ne pas se laisser pousser cette stupide barbe qui enlaidissait tant Killane.

Je le trouvai penché sur une carte, dans ma bibliothèque. Il sursauta en me voyant entrer.

– Au nom du Ciel ! s'exclama-t-il. J' vous croyais morte ! Comment qu' Vot' Grâce a réussi à fuir d' Vo Wacune ?

– C'est mon père qui a décidé de me sauver, Malon, répondis-je. Que se passe-t-il ici ?

– J' crains qu' tout n' soit perdu, M'dame, répondit-il avec des accents désespérés. Tout l' monde, dans l' domaine, sait qu' les Asturiens peuv' v'nir prend' el' duché quand ils voudront, et l' désespoir suinte ed' tous les arbres et d' tous les buissons. Quand j'ai cru qu' vous aviez disparu à Vo Wacune, l' cœur m'est tombé dans les bottes et j' prévoyais d' fuir par les montagnes, en Algarie.

– Vous m'auriez quittée, Malon ? objectai-je d'un ton accusateur.

– J' vous croyais morte, Vot' Grâce, répéta-t-il. Du coup, j'avais plus rien à faire ici.

– Alors tout fout le camp ?

– À peu près, Vot' Grâce. Vot' armée court dans tous les sens sans savoir où s' tourner. Les Asturiens arrivent, et j' vais vous dire : tout c' qui a un minimum d' bon sens cherche un endroit où s' cacher.

– Eh bien, mon ami, vous succomberez au désespoir une autre fois. On a du boulot, tous les deux, alors accrochez vot' ceinture, r'troussez vos manches, et on s'y met ! dis-je, imitant son accent. Les Asturiens ont peut-être pris Wacune, mais tant qu'il y aura un souffle de vie en moi, je vous fiche mon billet qu'ils ne prendront pas Erat.

– Ah, Dame Polgara ! J'ai l'impression d'entend' ma prop' mère ! dit-il en riant. Qu'est-ce qu'on pourrait ben faire pour empêcher ces assassins d'Asturiens d' faire irruption dans l' grand salon ?

– Je crois avoir une idée, Malon, fis-je après réflexion. Le cœur du problème réside dans les liens étroits qu'Erat a toujours entretenus avec Wacune. Les deux duchés n'ont jamais été vraiment séparés, et nous n'avons pas pris l'habitude de réfléchir par nous-mêmes. C'est sûrement ma faute, repris-je avec un soupir attristé. J'étais obnubilée par le maintien de la paix dans l'ensemble de l'Arendie, et j'ai partagé mon temps entre cette maison et ma demeure de Vo Wacune. J'aurais peut-être dû rester plus près de chez moi pour tenir la boutique. Mais surtout, notre armée a toujours été plus ou moins une extension des forces wacites, et mes généraux n'ont pas l'habitude d'exercer leur liberté de pensée. Qu'en dites-vous, mon ami ? demandai-je en lui jetant un coup d'œil en coulisse. Accepteriez-vous de m'aider à éduquer certains soldats dans les beaux-arts de la réflexion individuelle ?

– Quand on m' prend par les sentiments, M'dame, j'accept'rais n'importe quoi !

– Parfait. Eh bien, allez trouver le général Halbren, le chef d'état-major. C'est un brave homme solide, sur lequel on peut compter. Dites-lui que je suis de retour, et qu'à partir de maintenant c'est moi qui commande ; il saura quoi dire à ses subordonnés. Ils auront besoin qu'on leur mette les points sur les i, mais quand ils sauront que les ordres émanent d'ici et non plus de Vo Wacune, nous pourrons relâcher un peu la pression. Le premier ordre que je vous demande de transmettre à Halbren est de marcher sur Muros, Camaar et Darine, et de les annexer, ainsi que tout le territoire entourant nos frontières. Désormais, tout ce qui est au nord de la Camaar est à moi.

– Ça, M'dame, c'est sujet à caution. J' vais vous dire, les barons wacites d' la frontière sont furieus'ment indépendants.

– Ils s'en remettront, Malon. Je suis plus grande, plus vieille et plus méchante qu'eux. Je ne peux me permettre d'avoir des terres incontrôlables juste derrière mon omoplate gauche. Enfin, pour le moment, contentez-vous de dire à Halbren de se concentrer sur Muros. C'est une ville riche, et le duc Garteon d'Asturie bave sûrement d'envie à la perspective du jour où toute cette fortune se retrouvera dans son propre Trésor. Je vais lui donner une leçon de savoir-vivre, je ne vous dis que ça. Dès qu'il aura traversé la Camaar, je vais si bien lui marcher sur la gueule que sa famille croira qu'il a été labouré par une charrue.

– Waouh ! fit Malon avec une feinte surprise. On a mangé du lion, M'dame ?

– Ce n'est qu'un début, Malon. Si vous voulez vraiment voir une bête fauve, attendez que j'aie atteint ma vitesse de croisière. Bon, nous avons à peu près une journée et demie devant nous, tous les deux, pour faire le travail d'une semaine, alors au boulot !

Je m'assis à côté de lui et nous commençâmes à tracer nos lignes de défense sur sa carte.

Le lendemain matin, nous avions esquissé le déploiement des troupes. Je connaissais suffisamment le général Halbren pour savoir que je pouvais lui faire confiance pour les détails, et nous décidâmes de passer à l'action.

– Il y a forcément des unités de l'armée wacite qui ont réussi à échapper au feu de joie de Vo Wacune, repris-je. Dites à Halbren que la priorité absolue est de prendre contact avec ces gens.

– Pour gonfler nos effectifs, M'dame ? avança Malon.

– Non. Si nous nous débrouillons bien, nous n'aurons pas besoin d'hommes supplémentaires. Mais nous avons besoin de renseignements sur les mouvements des troupes asturiennes. Mes généraux doivent savoir exactement où les Asturiens se massent pour traverser la Camaar, afin de nous préparer à les accueillir. Les Wacites qui se cachent dans les bois, là-bas, seront nos yeux et nos oreilles. Dites au général Halbren de faire comprendre aux survivants qu'il est plus important de nous transmettre des informations que de massacrer aveuglément tous les Asturiens sur lesquels ils pourraient tomber.

– L'espionnage est pas considéré comme la plus honorab' des professions, M'dame, objecta Malon.

– Nous allons en faire un métier honorable, Malon. Dites à Halbren d'enfoncer le mot « patriote » dans le crâne des Wacites survivants. Il doit leur faire comprendre que le devoir d'un patriote wacite est de ne pas se faire tuer tant qu'il aura la moindre bribe d'information à révéler.

– Mouais. À supposer qu'y ait encore des Wacites là-bas, releva Malon. J' vais vous dire : y a eu un flux régulier d' gens qui traversent la Camaar.

– Il va falloir nous occuper d'eux. Après avoir pris Muros, nous ferons dresser des campements pour eux et nous leur donnerons à manger.

– V' z' êtes eun' personne ben charitab', M'dame.

– La charité n'a rien à voir là-dedans, Malon. Je veux que les Wacites qui décideront de rester sachent que leurs femmes et leurs enfants sont en sûreté et qu'on s'occupe bien d'eux. Ça devrait les encourager à espionner pour nous. Bien, maintenant, voyons les défenses de nos côtes.

Le soir, nous avions esquissé les préparatifs de la campagne qui se profilait inéluctablement à l'horizon. Je m'intéressai ensuite à un problème qui ne pouvait plus attendre.

– Maintenant, Malon, il va falloir que nous communiquions, tous les deux, et nous n'aurons pas le temps d'attendre que des cavaliers fassent l'aller et retour entre cet endroit et mon lieu de résidence habituel.

– Qui s' trouv' où ça, Vot' Grâce ?

– Nous sommes légèrement en froid, mon père et moi. Il voulait me ramener à sa tour, au Val d'Aldur, mais j'ai préféré m'installer dans la vieille maison de ma mère, au nord du Val. Il est plutôt du genre fouineur, et je suis sûr qu'il me tiendra à l'œil. Je ne veux pas lui donner de prétexte pour venir ici, s'immiscer dans mes affaires, aussi ne puis-je me permettre de m'éloigner de la maison de ma mère. C'est vous qui transmettrez mes ordres au général Halbren. Vous savez qui je suis, n'est-ce pas, Malon ? demandai-je en le regardant droit dans les yeux.

– Bien sûr, Vot' Grâce. V' z' êtes la duchesse d'Erat.

– Remontons un peu en arrière. Qui étais-je avant de devenir duchesse ?

– Y paraît qu' vous étiez Polgara la Sorcière.

– Je n'ai pas cessé de l'être, Malon. Ce n'est pas le genre de fardeau dont on se débarrasse comme ça. Je peux faire des choses dont les autres sont incapables. Vous connaissez la petite pièce en haut de la tour nord-ouest ?

– Vous voulez dire, l' cagibi où les servantes rangent leurs balais et leurs seaux ?

– Voilà donc l'usage qu'on en fait maintenant ? Ce n'était pas ce que nous avions imaginé, votre grand-oncle et moi, quand nous avons construit la maison... Enfin, j'ai jeté un sort sur cette pièce. Nous avions l'habitude de l'utiliser, Killane et moi, quand nous avions besoin de nous parler, lors de mes absences. Lorsqu'il avait quelque chose à me dire, il montait là-haut et, où que je fusse, je l'entendais m'appeler.

– C'est un miracle !

– Ce genre de miracle est assez banal dans ma famille. Si vous montiez tout de suite là-haut, nous pourrions vérifier que ça marche toujours.

– Si y a qu' ça pour vous faire plaisir, Vot' Grâce...

Il se leva et quitta la pièce, une expression dubitative inscrite sur la figure.

Vous remarquerez que j'avais éludé les explications et enjolivé mon histoire de quelques mensonges en passant. Cette pièce n'avait rien de spécial, mais je voulais que Malon le croie.

Ainsi que mon père l'a un jour expliqué à Garion, ce que nous appelons, dans la famille, le « pouvoir » est latent chez tous les êtres humains. Il suffit qu'un individu ait des raisons de penser qu'il va se passer quelque chose pour que cet événement se produise. Si Malon était convaincu que le placard à balais en haut de la tour était un endroit magique, ça marcherait.

Je lui laissai quelques minutes pour arriver dans la pièce en question et je projetai ma pensée vers lui.

Malon Killaneson, vous m'entendez?

Aussi nett'ment qu' si vous étiez à côté d' moi, M'dame! s'exclama-t-il d'une voix déformée.

Ne parlez pas, Malon. Exprimez-vous en pensée. Formez les mots dans votre esprit et non avec votre bouche.

Quelle merveille! dit-il, et sa pensée était beaucoup plus claire que sa voix.

Laissez-moi le temps de dépoussiérer le sortilège, Malon. Il y a des siècles que cet endroit n'a pas servi, ajoutai-je, car j'avais remarqué que de petites touches prosaïques avaient souvent tendance à renforcer la croyance. *Là*, repris-je au bout d'une minute. *C'est mieux, non?*

Beaucoup mieux, M'dame.

En réalité, il n'y avait aucune différence!

Nous poursuivîmes l'essai pendant un moment, et il était plus de minuit lorsque nous décidâmes de mettre fin à l'expérimentation. À ce moment-là, le procédé était bien ancré dans l'esprit de Malon. Nous retournâmes alors à la bibliothèque.

– Je vais bientôt repartir, annonçai-je. Mon père ne devrait pas tarder à venir fouiner dans le coin. Comme je suis assignée à résidence au Val, c'est vous qui serez chargé de transmettre mes ordres au général Halbren. Je vous remettrai une lettre d'accréditation, afin qu'il sache que vous parlez en mon nom. Ça devrait couper court aux discussions. Nous resterons en contact étroit. Je vous demanderai de monter dans la pièce de la tour chaque soir, au coucher du soleil, afin que nous puissions parler. Vous me tiendrez au courant des événements et de tout ce dont vous estimerez devoir m'informer. Je vous expliquerai comment régler les problèmes qui pourraient se poser.

– Z' êtes vraiment futée, M'dame ! Z' avez trouvé un moyen d'êt' en deux endroits à la fois !

– Enfin, pas tout à fait. C'est une façon un peu malcommode de travailler, mais nous n'avons guère le choix. Quand nous aurons pris Muros, nous demanderons à Halbren de choisir un bâtiment pour y établir son quartier général, et j'ensorcellerai une des pièces de sorte que nous puissions communiquer là-bas de la même façon qu'ici. Comme ça, vous n'aurez pas besoin de passer tout votre temps à cheval, à transmettre des messages. Prévenez Halbren que, lorsque ses hommes entreront dans Muros, le pillage et les atrocités ne seront pas tolérés. Les habitants de Muros ne sont pas nos ennemis.

– J'y veill'rai, M'dame. Vous pouvez compter sur moi.

Je rédigeai une lettre de créance à l'air aussi officiel que possible et je sortis dans le jardin, où je me changeai à nouveau en oiseau. Le hasard voulut que je rentre à la maison de ma mère juste à temps. J'étais en vol lorsque je vis mon père ramper dans les hautes herbes, près des ruines. J'aurais pu reprendre forme humaine, mais au dernier moment j'effectuai un virage sur l'aile. Une idée venait de me passer par la tête ; une idée qui pouvait se révéler fort utile par la suite. Je me posai dans un arbre isolé, à plusieurs centaines de toises du cottage et je me changeai en chouette neigeuse. Je savais que cette forme mettait mon père très mal à l'aise, mais je savais aussi que le fait de me voir sous cette forme pourrait expliquer mes absences occasionnelles. Il supposerait que j'étais partie chasser, ou quelque chose de ce goût-là. Je le laissai mariner dans son jus pendant un petit quart d'heure, puis je repartis à tire-d'aile, repris forme humaine et passai le restant de la journée à me morfondre d'une façon assez convaincante en vérité.

Muros fut occupée dans le calme. Mon armée se glissa dans la ville par petits paquets de deux ou trois hommes, vêtus comme Monsieur Tout-le-Monde, qui se mêlaient à la foule des réfugiés wacites. Nous préférions éviter d'annoncer notre présence aux Asturiens avant d'avoir pris le contrôle de la ville. Les ordres laconiques que Malon avait transmis à mes généraux leur avaient donné le sentiment du devoir à accomplir, et cela suffit à leur regonfler le moral. De plus, ce regain d'espoir semblait contagieux. Les gens du peuple commencèrent à se dire que le monde ne s'était pas écroulé avec la chute de Vo Wacune et que les Asturiens n'étaient peut-être pas invincibles. Je me concentrai sur Muros parce que ce serait évidemment la première cible de Garteon, mais surtout parce que ma première bataille significative devait être une victoire pour redonner du cœur au ventre à mes sujets déprimés.

La suite du plan était plus difficile à faire passer. Mon armée du Sud était essentiellement d'origine wacite, et un grand mouvement de mécontentement – qui frisait la mutinerie ouverte – parcourut mes forces lorsque Malon fit dire à Halbren et aux autres généraux que toutes les patrouilles qui rencontreraient des Asturiens devaient prendre la fuite. Le mot « fuite » ne fait tout simplement pas partie du vocabulaire arendais.

Écoutez, Malon, nous essayons, par la ruse, d'amener les Asturiens à livrer une bataille majeure, expliquai-je patiemment au sénéchal lorsqu'il me fit part des objections d'Halbren et de mes autres généraux. *Je veux que l'armée de Garteon croie que nous sommes complètement démoralisés et que nous avons peur de notre ombre. Comme ça, quand ils traverseront la Camaar pour envahir Erat, ils ne s'attendront à aucune résistance sérieuse. C'est alors que nous leur tomberons dessus comme des fauves affamés. Je veux que Garteon les entende crier depuis le fond du trou à rat où il se terre.*

Z' avez eun' dent cont' c' Garteon, on dirait, M'dame?

Dire que je le hais est un doux euphémisme. Je le ferais volontiers rôtir à petit feu pendant plusieurs semaines.

J' vais commencer à entasser le p'tit bois, Vot' Grâce.

Vous êtes un chou, Malon.

J' vais m'occuper d' vos généraux d' Muros, M'dame, promit-il. *J' vais leur faire comprend' qu'y faut qu'y patientent jusqu'à temps qu' tous ces Asturiens aient traversé l' fleuve, pis qu'y pourront les bouffer pour le p'tit déjeuner. Faudra qu' j'y aille en personne pour êt' sûr de m' faire entend', alors on risque d' plus pouvoir s' parler pendant quèqu' semaines. Vous faites pas d' mouron, M'dame. J' s'rai occupé à tend' un piège à l'armée d' ce Garteon, voilà c' qu'y a.*

Je comprends parfaitement, Malon.

Son étonnante ressemblance avec Killane – pas seulement physique : il parlait, il pensait même comme lui – fit que nous devînmes étonnamment proches en très peu de temps. J'avais un peu l'impression de renouer une relation interrompue il y avait des siècles de cela. Il n'y eut donc pas cette période inconfortable où l'on apprend à se connaître.

La stratégie que je mettais en place autour de Muros n'avait rien de particulièrement original, mais les Asturiens ne lisaient pas beaucoup à l'époque, et les livres d'histoire ont tendance à être un peu arides et poussiéreux, de sorte que j'avais de bonnes raisons de penser que ce vieux plan éculé ne leur serait pas familier. Halbren et mes autres généraux finirent par comprendre où je voulais en venir, mais la troupe semblait avoir du mal à trouver ses marques dans l'affaire.

Notre subterfuge eut pour résultat que les Asturiens commençaient à s'enhardir. Au début de l'automne, l'armée de Garteon se massait le long de la rive sud de la Camaar. Les incursions de mon fouineur de père m'interdisaient de mener personnellement la contre-attaque que j'avais moi-même planifiée, et Halbren serait livré à lui-même. Je le considérais comme largement à la hauteur de sa tâche, mais je retrouvai une sale habitude de mon enfance : je recommençai à me ronger les ongles. Et la nuit, un millier de « et si... » m'empêchaient de dormir.

Je pouvais tout de même faire une chose : j'ordonnai à Malon de réunir tous les chefs de la résistance wacite qu'il pourrait trouver dans les ruines d'un village situé au milieu des bois, entre Vo Wacune et la Camaar, par une certaine nuit, afin que je puisse leur parler.

Cette nuit-là, j'échappai à la surveillance de mon père, me changeai en faucon et volai vers le lieu du rendez-vous. Les Asturiens avaient incendié le village, et il n'en restait que des murs de pierre effondrés et des poutres calcinées. C'était une nuit sans lune, et la forêt semblait se refermer d'une façon menaçante sur les ruines. Je sentais la présence d'un nombre impressionnant d'hommes, mais ils restèrent prudemment tapis dans leur cachette alors que je m'aventurais vers ce qui avait été la place du village. J'y trouvai Malon au milieu d'un groupe d'hommes en haillons, armés jusqu'aux dents.

– Ah, vous voilà, Vot' Grâce ! fit-il en guise de salut.

Il me présenta à un assemblage pittoresque de patriotes wacites. Je reconnus un certain nombre de nobles que j'avais rencontrés en des temps meilleurs. D'autres étaient des serfs ou de braves villageois, et je suis à peu près sûre qu'il y avait aussi dans le tas une dose non négligeable de chefs de brigands. Si j'avais bien compris, chacun de ces hommes dirigeait une bande de ce que les Asturiens appelaient des « desperados », des gens qui s'amusaient à tendre des embuscades aux patrouilles asturiennes.

– Messieurs, leur dis-je, je serai brève. Les Asturiens vont envahir mon duché d'ici peu. Il est probable qu'ils vont traverser la Camaar pour assiéger Muros. Ils ne s'attendent pas à rencontrer la moindre résistance, parce qu'ils pensent que mon armée est faite de couards.

– C'est c' qu'on a entendu dire, M'dame, répondit un serf, un grand gaillard appelé Beln. On a du mal à croire ça, voyez. On a tous des parents autour d' Muros, et y sont pas spécial'ment connus pour leur lâch'té.

C'était pour ça que j'avais organisé cette rencontre. Ces chefs wacites devaient savoir que la prétendue couardise de mon armée était stratégique.

– C'est moi, mes braves, qui leur ai ordonné d' feindr' d'avoir du sang de poulet, répondis-je. Je m' suis donné beaucoup d' mal pour tendr' un piège aux Asturiens, voyez-vous. Croyez-moi, l' moment v'nu, mon armée s' débarrass'ra d' ses plumes.

J'utilisais délibérément un langage imagé dans l'espoir d'abattre toute barrière de classe. Je voulais faire de la résistance wacite une force combattante cohérente, et ça exigeait l'abandon de certains vieux préjugés regrettables.

Beln parcourut ses amis du regard, sa face barbue, hirsute, barrée par un grand sourire.

– C'est-y pas mignon, ça? dit-il à ses acolytes.

– Ça m' réjouit l' cœur d' vous entend' parler d' la sort', Beln, dis-je. Bien. Après la bataille de Muros – que je vais remporter, soit dit en passant – les Asturiens seront totalement démoralisés et ils retraverseront la Camaar dans le plus grand désordre. C'est là que vous interviendrez, Messieurs. Je vous demande de ne rien faire quand ils traverseront le fleuve, en montant vers le Nord, mais quand ils essaieront de repartir, ne vous gênez pas pour régler de vieux comptes. Pour dire les choses plus simplement, il y aura deux batailles, ce jour-là : j'écraserai les Asturiens dans la plaine et vous les massacrerez ici, dans la forêt, quand ils tenteront de fuir.

Une acclamation accueillit cette proposition.

– Oh !, encore une chose, ajoutai-je. Après avoir pris cette double pâtée, les Asturiens seront tellement abattus qu'ils ne feront guère attention aux gens ordinaires qui se déplaceront çà et là. Je suis sûre que vous avez tous des êtres chers qui préféreraient ne pas vivre sous le joug asturien. Faites savoir qu'ils seront les bienvenus à Muros. Je veillerai à ce qu'ils soient hébergés et aient de quoi manger.

– Votre Grâce ne craint-elle point d'épuiser ses ressources ? demanda le baron Athan, un jeune homme blond que j'avais rencontré plusieurs fois à Vo Wacune.

– J'en fais mon affaire, Messire, lui assurai-je. Je m'apprête à m'occuper des réfugiés wacites depuis la chute de Vo Wacune. Je sais que la plupart d'entre vous préféreront rester ici et se battre, mais faites mettre vos femmes, vos enfants et vos vieillards en sûreté. Ne laissez pas les Asturiens prendre des innocents en otages.

– C'est sagement réfléchi, ô gente Polgara, approuva Athan. Au passage, je souhaiterais avoir un entretien en privé avec Toi à l'issue de la présente réunion.

– Mais bien sûr, mon cher baron, répondis-je, puis je poursuivis à l'adresse des autres : Je vous conseille, Messieurs, de faire remonter les réfugiés le long de la rivière par petits groupes. Établissez des itinéraires sûrs à travers la forêt et envoyez les gens par pelotons d'une douzaine à la fois sur ces pistes. Je ferai en sorte qu'il y ait des bateaux pour leur faire traverser le fleuve et les emmener en sécurité.

Nous parlâmes pendant encore une demi-heure environ des détails de la migration de masse que je proposais, puis la plupart des patriotes disparurent dans les bois. Le baron Athan resta en arrière.

– Je dois, gente Dame, m'acquitter d'une tâche fort pénible en vérité, dit-il en s'approchant. J'ai le regret d'informer Sa Grâce que le comte Ontrose, son champion, a péri au cours du siège de Vo Wacune.

Mon cœur se glaça dans ma poitrine. En dépit de tout, je me cramponnais encore à l'infime espoir que mon bien-aimé avait survécu.

– J'étais avec lui lorsqu'il est mort, poursuivit Athan. Je caressais le dessein de laver l'honneur de ma famille que la traîtrise du baron Lathan avait entaché d'infamie en donnant mon existence pour la défense de Vo Wacune, car en vérité cette canaille de Lathan était un de mes lointains cousins. Mais le comte Ontrose m'a ordonné de partir afin de T'annoncer la nouvelle de sa mort, craignant que le doute et l'incertitude ne Te détournent du devoir que Te dictait l'honneur. Point ne souhaite accroître Ton chagrin, gente Polgara, mais il a prononcé Ton nom dans son dernier soupir.

J'érigeai un mur d'acier autour de mon cœur et le remerciai.

– Tu T'es, doux sire, fort honorablement acquitté de Ton triste devoir. Il faut maintenant nous séparer. Fais tout ce qui est en Ton pouvoir pour venger notre ami vénéré, tout comme je le ferai moi-même. Fassent les Dieux que l'occasion se présente de reparler ultérieurement de cette tragédie.

Je quittai le village et m'enfonçai dans la sombre futaie. Je pleurai un long moment, mais les larmes semblaient trop douces et trop bénignes pour le chagrin atroce qui me déchirait le cœur. La détresse qui m'avait envahie devait trouver un plus puissant exutoire. Je me changeai en faucon et me lançai aveuglément dans les airs. Les oiseaux de proie ne crient pas souvent la nuit, mais j'avais des raisons plus que suffisantes de hurler en cette occasion très particulière. C'est ainsi que je déchirai de mes cris désespérés la sombre forêt du nord de Wacune, puis les cimes des monts de Sendarie. Et les roches éternelles, et les glaciers crissants qui dévalent les parois s'en renvoyèrent interminablement l'écho.

La résistance wacite avait de très nombreux contacts de l'autre côté de la frontière asturienne. Les informations qu'ils faisaient parvenir étaient retransmises à Malon, et c'est ainsi qu'un soir, peu après la rencontre dans le village en ruine, il m'informa que le duc Garteon et un « conseiller angarak » étaient sortis de nulle part et avaient regagné le palais de Vo Astur. Le message de Malon confirmait ce que je soupçonnais depuis le début : Ctuchik avait recommencé à fricoter dans la politique arendaise. L'égarement consécutif à la confirmation de la mort de mon bien-aimé Ontrose m'entraîna dans les plus sombres recoins de mon propre esprit et je cherchai un moyen de satisfaire au moins en partie ma soif désespérée de vengeance. Mes connaissances en médecine m'inspiraient toutes sortes de tortures susceptibles de durer des semaines, sinon des mois. La pensée de Ctuchik se convulsant pendant plusieurs saisons d'affilée, en proie à des souffrances atroces, était très réconfortante.

Les Asturiens traversèrent la Camaar pour envahir mon duché à la fin de l'automne et entamèrent leur marche sur Muros. Ils ne s'attendaient pas à rencontrer une forte résistance. Le général Halbren avait eu la sagesse de ne pas réagir immédiatement, mais d'attendre pour riposter qu'ils ne soient plus qu'à une journée de marche du fleuve. Comme il me le dit par la suite : « J'ai pensé que ce serait dommage de gâcher un excellent appât avant que tous les rats ne soient au fond du piège. Je ne tenais pas à ce qu'ils se replient le long de la rivière. J'ai préféré les laisser se regrouper, comme ça ils seraient plus faciles à balayer. L'un dans l'autre, je dirais que ça ne s'est pas trop mal passé. »

Halbren avait vraiment le sens de la formule.

Mes hommes souffraient des restrictions que je leur imposais, et quand Halbren leur lâcha la bride, ils sortirent de Muros en hurlant comme une meute de loups affamés.

La bataille de Muros fut brève et sordide. Les généraux asturiens étaient sublimement sûrs d'eux, grâce à la prétendue lâcheté de mon armée, et ils s'attendaient à faire une promenade de santé de la Camaar jusqu'à la ville, où ils pensaient ne rencontrer qu'une faible résistance, sinon aucune. C'est ainsi qu'ils se jetèrent aveuglément dans le piège que je leur avais tendu. Pour arranger encore les choses, leurs soldats n'étaient pas habitués à se battre en terrain découvert. L'Asturie n'est qu'une immense forêt, et Muros se dresse au milieu d'une plaine dégagée. Mes généraux avaient été entraînés par Ontrose, et ils savaient comment se battre à la fois dans les bois et en terrain découvert. Les Asturiens ne se rendirent pas compte qu'ils étaient encerclés avant d'être soudainement attaqués de tous les côtés à la fois. Ce ne fut pas une bataille mais un massacre. Les rares Asturiens qui réussirent à s'échapper retraversèrent précipitamment la Camaar, où les bandes de patriotes wacites les attendaient.

Je fus assez satisfaite d'apprendre que l'armée qui avait détruit Vo Wacune et tué mon bien-aimé Ontrose avait été anéantie par cet après-midi d'automne glacé. C'était la première partie de ma vengeance.

La deuxième devait venir plus tard.

Après la victoire de Muros, les réfugiés wacites commencèrent à franchir la frontière, et j'eus fort à faire pour leur trouver des logements et de quoi les nourrir. Malon était mes yeux et mes oreilles – et mes bras, aussi. Il fut très occupé, cet hiver-là. Nous construisîmes de nouveaux villages, essentiellement sur mon propre domaine, et ils trouvèrent tous les vivres dont ils avaient besoin dans mes entrepôts. La nourriture et les conditions d'hébergement n'étaient pas luxueuses, mais mes nouveaux sujets réussirent à passer l'hiver. Malon avait prédit que les réfugiés wacites en âge de rejoindre mon armée le feraient avec empressement, et il avait vu juste. J'ordonnai à Halbren de les enrôler dans de nouveaux bataillons commandés par d'anciens officiers de l'armée wacite. C'est sur eux que retomba la corvée d'entraîner les nouvelles recrues, ce qui laissait les mains libres à Halbren et à mes autres généraux pour défendre la frontière sud.

J'étais encore plus ou moins coincée dans le cottage de ma mère par la surveillance continuelle de mon père, mais nous arrivions de plus en plus facilement à communiquer, Malon et moi, grâce à notre mode de liaison particulier. Lorsque le quartier général de l'armée du Sud s'était installé à Muros, j'avais apporté certains perfectionnements à notre « cagibi enchanté » afin que quelques rares élus puissent aussi l'utiliser pour s'entretenir directement avec moi, en cas de besoin. Je suis sûr que mon père ou l'un des jumeaux qui m'espionnaient furent convaincus que ce qui s'était passé à Vo Wacune m'avait rendue folle de chagrin, mais en réalité, mon air absent était généralement une indication du fait que j'étais en pleine conversation avec Malon ou l'un de mes généraux.

Les patriotes wacites qui se trouvaient de l'autre côté de la Camaar continuaient à tendre des embuscades aux Asturiens et à les massacrer, évidemment, mais surtout ils nous informaient des mouvements et des regroupements des troupes asturiennes. J'en savais probablement plus long que Garteon sur les positions et l'état de sa propre armée. Mais mon avantage était surtout stratégique : je décidai de ne pas faire suivre ma victoire de Muros de l'invasion de l'Asturie ou de ce qui était naguère Wacune. Ce n'était pas vraiment nécessaire ; j'avais déjà tout ce que je voulais. La migration de masse des réfugiés wacites à travers le fleuve dépeuplait de fait le nord de Wacune, et sans serfs pour cultiver la terre, Garteon ne retirerait rien de sa conquête, que des forêts vides et des champs déserts, envahis par les mauvaises herbes. Mes espions wacites me tenaient au courant des concentrations de troupes asturiennes, et chaque fois que Garteon faisait mine de traverser la rivière, je l'attendais. Il ne fallut pas longtemps pour que les soldats asturiens – et même les généraux de Garteon – se mettent à parler de sorcellerie et autres absurdités, qui tournaient aussi à mon avantage. Après que mes forces eurent repoussé sans mal quelques tentatives pour traverser la rivière, les Asturiens furent convaincus que « la sorcière de Muros » connaissait leurs pensées les plus intimes, et une soudaine épidémie de mutisme éclata dans les rangs asturiens. Je suis à peu près sûre que le Grolim apprivoisé de Garteon savait à quoi s'en tenir, mais pour une raison ou une autre, il ne réussit jamais à convaincre l'armée asturienne que je ne pouvais pas les changer en salsifis d'un simple claquement de doigts. La légende de « Polgara la Sorcière » était trop profondément incrustée dans la conscience arendaise pour qu'on l'évacue dans un grand éclat de rire.

C'est alors que j'eus un coup de chance. Si Garteon et son Grolim étaient restés à Vo Astur, nous n'aurions jamais pu les atteindre, mais Garteon ne put s'empêcher de venir voir ce que son armée avait fait à Vo Wacune. Je suppose que la tentation de contempler sa victoire en jubilant est assez naturelle, mais ça peut être très dangereux. Un an, peut-être, après la bataille de Muros, pendant l'automne de 2944, le duc d'Asturie et son ami angarak quittèrent Vo Astur – seuls, vous imaginez ça ? – et se dirigèrent vers les ruines de ma cité bien-aimée.

Malon Killaneson m'avait toujours religieusement transmis toutes les informations dès qu'il les recevait, mais cette fois, il n'en fit rien. Au lieu de cela, il disparut. Je fus assez surprise – je devrais plutôt dire affolée – quand la voix du général Halbren me parvint alors que j'étais dans mon jardin et m'annonça que Malon était introuvable.

Des visions horribles d'assassins asturiens me traversèrent aussitôt l'esprit. Je me changeai en faucon et manquai m'arracher les ailes en allant à Muros. Malon était l'homme irremplaçable de mon duché.

Sitôt arrivée, j'ordonnai au général Halbren de faire retourner la ville pierre par pierre à ses soldats et de me le ramener par la peau du cou. Toutes sortes de choses intéressantes – et illégales – furent ainsi mises au jour, mais ils ne trouvèrent pas trace de Malon.

Comme je vous l'ai dit, le général Halbren était un vieux briscard qui avait été commandant en second de mon armée.

Dans l'ensemble, son attitude était plus sendarienne que wacite. C'était un homme solide, fiable. Il paraissait à peu près impossible de le désarçonner. Sa seule présence m'apaisa, et j'avais le plus grand besoin d'apaisement.

– Votre Grâce, Malon n'est pas là, un point c'est tout, m'annonça-t-il un matin, après que ses hommes eurent fouillé Muros de fond en comble. Personne ne l'a vu depuis avant-hier. Il a eu une réunion avec un groupe de patriotes wacites. Après leur départ, il est resté dans son bureau jusqu'à près de minuit, et il est sorti. Je suis sûr de l'heure parce que j'ai interrogé personnellement la sentinelle qui montait la garde à la porte principale. Malon loge dans une auberge, à deux rues de là, et sa chambre était en désordre comme s'il était parti précipitamment.

– Il semblerait donc que l'on puisse écarter l'hypothèse de l'assassinat, conclus-je. Les assassins se donnent rarement la peine de transporter le corps après l'exécution.

– C'est vrai, Votre Grâce.

– Le fait que Malon ait pris le temps de mettre quelques objets dans un sac élimine aussi la possibilité d'enlèvement, vous ne pensez pas ?

– On peut probablement aussi éliminer cette hypothèse, ma Dame.

– De là à en conclure qu'il est parti de son plein gré, sans prendre la peine de me dire où il allait...

– Ça ne lui ressemble vraiment pas, Votre Grâce, remarqua Halbren. Malon vous consultait toujours avant d'entreprendre quoi que ce soit.

– Il se peut que ces Wacites lui aient annoncé un drame de famille, mais il m'en aurait sûrement parlé avant de partir.

– Sûrement, Votre Grâce.

– Quelqu'un est entré dans son bureau après le départ des Wacites ?

– Non, Votre Grâce. La sentinelle qui montait la garde à la porte et l'officier chargé de la garde de nuit l'auraient forcément vu.

– Quand les Wacites sont-ils repartis ?
– Trois heures après le coucher du soleil, Votre Grâce.
– Et Malon est lui-même parti deux heures plus tard ?
– À peu près, Votre Grâce.
– Allons jeter un coup d'œil dans son bureau, Halbren. Il a peut-être laissé un indice. Il y a quelque chose qui ne va pas ? m'enquis-je, le voyant faire grise mine.
– Je me demande où j'ai la tête, Votre Grâce. Je n'ai même pas eu l'idée de fouiller son bureau. J'ai tendance à respecter l'intimité des autres.
– C'est une qualité louable, général, mais un peu déplacée, cette fois. Allons voir ce qu'il y a sur le bureau de Malon.
Il s'avéra qu'il n'y avait strictement rien laissé. C'était un homme ordonné jusqu'à la maniaquerie, et il rangeait tout au fur et à mesure qu'il avait fini. Mais je le connaissais bien, et je savais qu'il avait une cachette secrète – pour son cruchon, à défaut d'autre chose. Je n'eus pas de mal à la trouver. J'ai certains atouts dans ma manche, après tout. Son bureau comportait un tiroir secret, qui contenait bien le fameux cruchon encore à moitié plein de gnôle. Il s'y trouvait aussi une carte de Wacune. Je la déroulai, et une ligne tracée à l'encre nous sauta aux yeux. Cette ligne allait de la frontière nord de Vo Wacune à l'emplacement de la capitale maintenant détruite, en évitant manifestement toutes les routes principales. Sans doute suivait-elle des pistes connues seulement des bandits de grands chemins.
– Se pourrait-il, Votre Grâce, qu'il ait suivi cette piste ?
– J'en mettrais ma tête à couper, général, et j'aurai deux mots à lui dire à ce sujet. Il savait pertinemment qu'il ne devait pas agir de son propre chef. Vous pouvez dire à vos hommes de se renseigner, mais je suis pratiquement sûre que Malon a traversé la Camaar et qu'il est maintenant à Wacune.
– Une urgence, sans doute ?
– Non, Halbren, fis-je en secouant la tête. Urgence ou pas,

je lui ai dit et répété de ne rien faire sans en référer. Il était là pour transmettre mes ordres, pas pour filer régler lui-même les problèmes. Quand nous le retrouverons, après sa petite escapade, ajoutai-je entre mes dents, il vaudrait mieux qu'il ait une bonne explication à nous fournir.

Pendant les deux semaines que Malon passa à Wacune, nous apprîmes à nous apprécier, Halbren et moi. Je l'aimais bien. Il incarnait dans une certaine mesure la transition entre l'impulsivité arendaise et le bon sens sendarien. Et puis nous en voulions tous les deux à Malon de sa disparition inexpliquée. Halbren fit prévenir ses propres contacts à Wacune, leur demandant de fouiller les forêts à la recherche de mon sénéchal en vadrouille.

Cela prit, je l'ai dit, deux bonnes semaines, et quand les Wacites finirent par le repérer, il était déjà sur le chemin du retour à Muros.

Je passai presque toute une journée à ruminer le savon maison que j'avais l'intention de lui passer, mais je n'eus jamais l'occasion de le faire. Le Malon que le général Halbren remit entre mes griffes avait l'air fatigué, mais en même temps incroyablement réjoui. Il avait sur la figure un de ces sourires diaboliques qui me rappelaient irrésistiblement Killane.

– Attendez pour m'engueuler que j' vous ai raconté mon histoire, M'dame, dit-il en entrant.

Il avait manifestement vu l'orage qui couvait derrière mon front serein.

– Ça va barder pour vous, Malon, annonça Halbren.

– J' suis terrib'ment désolé d' vous avoir causé du souci, s'excusa le félon, mais tout allait parfait'ment bien, j' vais vous dire. Un d' mes lointains cousins qu' habite à Wacune m'a apporté une information y a quèqu' semaines, et j'ai tout d' suite sauté sur l'occasion d' faire à Sa Grâce un p'tit cadeau d'anniversaire avec un peu d'avance. Z' aimez bien les surprises, pas vrai, M'dame?

– Pas vraiment, Malon. Elles sont trop souvent synonymes de mauvaises nouvelles.

– Pas cette fois, M'dame, répondit-il avec allégresse. Y s' trouve qu' certains d' mes parents wacites sont passés m' dire que l' duc Garteon et son copain murgo avaient été r'pérés du côté des ruines d' Vo Wacune, et je m' suis dit qu' c'était une occasion en or d' régler d' vieux comptes qu' étaient restés en suspens. J'ai mis pratiqu'ment toute la famille Killaneson sur l' coup, mais il a fallu quand même près d'une s'maine pour r'pérer l'ennemi. C'est qu'y s' méfiaient, son copain murgo et lui. Enfin, bref, on les a r'trouvés tous les deux, et j' leur ai organisé un p'tit comité d'accueil à Wacune.

– Espèce d'imbécile ! hurlai-je. Ce Murgo est un Grolim !

– Ça s' peut ben, Vot' Grâce, mais y va plus beaucoup grolimer maint'nant qu'on l'a lardé d' flèches comme eun' p'lote à épingles. J' vais vous dire, si j'ai bonne mémoire, il a ben essayé d' gueuler quèqu' chose juste avant qu' toutes ces flèches lui fassent vider les étriers. Alors, l' Garteon a enfoncé ses ép'rons dans son ch'val et il a essayé d' filer, mais on avait pris la précaution d' tend' eun' corde en travers d' la piste à peu près à hauteur d' poitrine, et en essayant d' passer à travers, y s'est r'trouvé les quat' fers en l'air dans la poussière.

– Vous l'avez capturé ? m'exclamai-je.

– Pour ça oui, M'dame. Pour ça oui.

– Où est-il ?

– Ça dépend s' y s'est fidèl'ment acquitté d' ses obligations r'ligieuses, M'dame, répondit-il un peu évasivement.

– Qu'en avez-vous fait, Malon ? insistai-je.

– Ben, voilà, M'dame. On en a pas mal parlé pendant qu'y r'prenait son souffle par terre, dans la poussière – la chute lui avait coupé la respiration, vous comprenez. Au début, on était d'avis d' le livrer à Vot' Grâce pour qu'elle en fasse c' qu' voulait, mais du coup, ça nous a permis de l' voir d' près et on s'est rendu compte qu' c'était qu'eun' vermine répugnante, et on a pas pu supporter l'idée d'insulter Vot'

Grâce en mettant un chien galeux comme ça en sa présence. Plus on y réfléchissait, plus on s' disait qu'on arriv'rait à l' rend' présentab' par aucun procédé connu d' nous, et pis y méritait pas pareil honneur.

– Que lui avez-vous fait, Malon? Allez, au fait!

– Eh ben, M'dame, on avait c' mécréant qu'on trouvait indigne d' la peine qu' ça nous aurait coûtée de l' garder en vie jusqu'à Muros, on avait c' te corde qui l'avait fait tomber à bas d' son ch'val, et tous ces jolis arb' à portée d' la main. On a pris ça pour un signe du Bon Dieu et on l'a pendu là, tout d' suite, sur place.

Le général Halbren éclata d'un gros rire.

– Vaut probabl'ment mieux que j' dise à Vot' Grâce qu'il l'a pas trop ben pris, poursuivit Malon. Il arrêtait pas d' gueuler qu'on pouvait pas lui faire ça, vu qu'il était l' duc d'Asturie. Eh ben, y paraît qu' si, on pouvait, en fin d' compte. Si vous voulez constater par vous-même, j' pourrais vous faire une carte, M'dame. À moins qu' quèqu'un soit tombé d'sus et l'ait décroché, y décore encore probablement c' t' arb', là-bas, j' vais vous dire.

Halbren redoubla d'hilarité.

CHAPITRE XXIV

Je n'ai jamais vraiment été en faveur de la justice expéditive. Le procédé est entaché d'un potentiel d'erreur trop énorme à mon goût, et il est très difficile de dépendre le client si on se ravise. Toutefois, ce cas faisait exception à la règle : malgré la brutalité du procédé, je trouvais plusieurs avantages à la rapidité avec laquelle Malon avait abordé le problème parfois complexe de la justice criminelle. D'abord, ça rait le moral des réfugiés wacites qui se massaient au de mon domaine et, par contagion, ça réchaufferait aussi cœur des habitants de la région. Mais surtout, l'événement était de nature à perturber les Asturiens. Tant que Garteon était dans le coup, l'Asturie n'avait qu'un but : l'annexion de mon domaine. Maintenant, ils devraient consacrer une partie au moins de leur énergie à la tâche fascinante qui consistait à choisir le successeur du défunt duc.

Je regardai mon sénéchal hilare.

– C'est bon, Malon, dis-je. Je ne suis pas tout à fait d'accord, mais ce qui est fait est fait, alors essayons de tirer le meilleur profit possible de la situation. Je veux que tout le monde, du nord au sud de mon duché, apprenne les détails de votre petite aventure. Ne vous gênez pas pour vous faire mousser. Puis je voudrais que vous indiquiez au général Halbren l'emplacement des restes du duc Garteon.

– Votre Grâce veut-elle que je récupère la carcasse? demanda Halbren.

– Non, général. Les Asturiens s'en chargeront. Vous donnerez la carte au prêtre de Chaldan le plus bavard que vous pourrez trouver. Racontez-lui ce qui s'est passé et demandez-lui d'apporter la carte à Vo Astur. Je veux que tout le monde en Asturie apprenne la bonne nouvelle et on n'a jamais vu un Arendais réussir à empêcher un prêtre de parler, sur quelque sujet que ce soit.

Le général Halbren s'inclina en signe d'acquiescement. Je crois qu'il ne pouvait pas parler parce qu'il s'efforçait de réprimer un fou rire.

– J' doute qu' ça travaille beaucoup dans l' coin pendant quèqu' semaines, M'dame, m'avertit Malon. Les réjouissances risquent d' durer un moment et d' faire pas mal de bruit.

– Ça ne fait rien, Malon, répondis-je, magnanime. Les moissons sont terminées, de toute façon. Les gens n'auront qu'à mettre les bouchées doubles un peu plus tard. Sacré

Malon ! ajoutai-je en riant, qu'est-ce que je vais faire vous ? Je vous en prie, ne me refaites jamais un coup pareil.

– J'essaierai d' m'en souv'nir, Vot' Grâce, promit-il. Maintenant, si vous voulez ben m'excuser, faut qu' j'y aille. Ma carte risque d' pas êt' trop précise, général, dit-il d'un air faussement navré. J' connais pas le p'tit nom d' tous ces arb', qu'est-ce 'ous voulez.

– Ça ne fait rien, Malon, répondit Halbren, très grand seigneur. Les Asturiens sont des hommes des bois ; ils aiment se promener entre les arbres, à la recherche des choses.

– Ch' suis en train de m' dire que l' duc Garteon était p't' êt' pas l'homme le plus populaire d'Asturie, reprit Malon d'un ton rêveur. S'il énervait son prop' peuple autant qu'y nous énervait, la p'tit' fête de c' côté du fleuve pourrait contaminer l'aut' côté aussi, qu'est-ce 'on en sait ?

– Ça va, Messieurs, dis-je. Cessez de jubiler et au travail. Je dois retourner au cottage de ma mère avant que mon père ne se mette à démonter toutes les montagnes de Sendarie pour me retrouver.

Les réjouissances qui accueillirent la nouvelle de la pendaison du duc Garteon durèrent près de six semaines, à ce qu'on me dit. Ça rigolait et ça blaguait de Muros à l'embouchure de la Camaar, et tout le duché était en liesse. Je suis à peu près sûre que Malon avait vu juste, et que ce fut la fête en Asturie aussi. Les festivités furent seulement un peu plus discrètes.

Le duc Garteon n'avait pas d'héritier, et sa mort mit fin à la domination de la famille d'Oriman sur l'Asturie. Les inévitables querelles de succession occupaient tellement les familles nobles d'Asturie que les hostilités cessèrent plus ou moins le long de ma frontière sud. Il n'y eut pas de véritable traité de paix, évidemment, mais il n'y en avait jamais vraiment en Arendie. Les Arendais avaient le chic pour rédiger des déclarations de guerre qui étaient de vrais petits bijoux, mais l'élaboration des traités de paix n'était pas leur fort.

Mon père et les jumeaux me surveillaient toujours, aussi

entrepris-je, cet hiver-là, de rénover le cottage de ma mère, surtout pour les convaincre que je prenais très au sérieux ma carrière d'ermite. Je refis le chaume du toit, remplaçai les portes et les fenêtres brisées, réparai le mortier entre les pierres, en haut des murs. Durnik n'aurait probablement pas approuvé la technique que j'employai pour effectuer ces rénovations, mais après m'être plusieurs fois tapé sur les doigts avec un marteau, je rangeai proprement mes outils dans un coin et procédai par « l'autre moyen » à notre disposition.

Au printemps, je m'occupai du potager. Les radis et les haricots sont peut-être moins jolis que les roses, mais ils sont bien meilleurs, et quand on peut faire pousser des roses, on peut faire pousser des légumes. Mon père prit manifestement mes travaux des champs pour un indice du fait que je n'avais plus de pulsions suicidaires, car il commença à relâcher un peu sa surveillance.

Alors que les choses se tassaient dans mon duché, j'avais de moins en moins de nouvelles de Malon. La crise était surmontée ; ils pouvaient, le général Halbren et lui, se passer de ma supervision. Ils savaient ce qu'ils avaient à faire et rien ne les obligeait plus à me harceler.

Je dus donner, cet été-là, l'impression de passer le plus clair de mon temps à biner mon potager, mais en réalité je réfléchissais beaucoup. Les mesures que j'avais prises pour faire de mon duché un endroit humain et qui fonctionnait bien avaient eu un effet imprévu. Un système féodal a plus ou moins besoin d'une surveillance constante. En émancipant les serfs et en établissant un système juridique cohérent, j'avais ouvert la voie à un gouvernement à peu près autonome. Force m'était de constater que j'avais scié la branche sur laquelle j'étais assise : je n'avais plus rien à faire. Les citoyens de mon duché n'avaient à peu près plus besoin de moi. J'espérais qu'ils avaient encore un peu d'affection pour moi, mais dans l'ensemble, ils étaient assez grands pour s'occuper d'eux-mêmes. Bref, mes enfants avaient grandi, fait leur balluchon et quitté le nid.

Pour aider mon peuple à mûrir, je donnai à Malon des instructions concernant la gestion de mes terres, tout en sachant que ces pratiques s'étendraient aux autres domaines de mes sujets. Je lui expliquai que nous allions renoncer à la pratique du travail journalier avec une grille de salaire fixe et la remplacer par un système de fermage. C'était l'étape logique vers l'indépendance et la responsabilité. Les loyers que je demandais n'étaient ni fixes, ni exorbitants. Je prélevais un pourcentage sur la vente des récoltes. Ce pourcentage diminuerait progressivement au point de devenir symbolique. Je ne leur donnais pas vraiment la terre, mais tout juste. Si faible qu'il fût, le fait de devoir payer un loyer encourageait le travail et tout le processus aidait à implanter cette vertu cardinale dans le caractère foncier des Sendariens.

(Ce cher vieux Faldor serait peut-être surpris d'apprendre que sa famille me paie un loyer pour l'exploitation de sa ferme depuis des générations, maintenant !)

Les années passèrent. Malon et Halbren vieillirent et moururent. Je retournai chez moi pour l'enterrement de Malon, et j'eus une longue conversation avec son fils, un homme étonnamment cultivé qui, pour des raisons que je n'ai jamais élucidées, avait décidé de n'utiliser que son nom de famille : Killaneson. Sa décision, si je ne la comprenais pas, me donnait néanmoins un sentiment de continuité qui me réchauffait le cœur. Killaneson s'exprimait dans un langage policé, raffiné, qui est devenu plus ou moins la norme dans mon ancien domaine. Il ne retrouvait l'accent traînant wacite que lorsqu'il s'énervait.

– Vous comprenez ce que j'essaie de faire, Killaneson ? lui demandai-je lorsque je lui eus expliqué le système des loyers.

– J'ai l'impression que Votre Grâce se donne un mal fou pour échapper à ses responsabilités, répondit-il avec un petit sourire.

– C'est une façon de voir les choses, mon ami, mais en réalité, je fais ça par affection pour ces gens. Je veux les guider doucement vers l'indépendance. Un adulte n'a pas vraiment besoin que sa mère lui dise quand il faut changer de vêtements. Oh !, encore une chose : je propose que nous laissions tomber en désuétude le nom d'Erat. Cette terre s'appelait la Sendarie avant même que des gens n'y vivent. Reprenons ce nom. Le terme « Eratien » qui désigne les habitants de cet endroit m'a toujours fait grincer des dents. Encourageons-les à penser qu'ils sont sendariens et non point eratiens.

– Pourquoi ne pas édicter une proclamation, Votre Grâce ?

– Je préfère que ce ne soit pas aussi formel, Killaneson. Mon but est de quitter discrètement le devant de la scène. Si nous nous y prenons bien, d'ici quelques générations, personne ne se souviendra plus de la duchesse d'Erat.

– Je vous en prie, Maman, vous n'allez pas vous enfuir et nous laisser seuls ? demanda-t-il d'une voix presque enfantine.

– Ne parlez pas comme ça, le gourmandai-je, et nous éclatâmes de rire tous les deux.

La débâcle du port de Riva eut lieu vers la fin du trente et unième siècle. Les Tolnedrains, convaincus que l'Île des Vents dissimulait de grandes richesses, envoyèrent une flotte vers le nord afin de persuader les Riviens d'ouvrir leur cité au commerce. Les Riviens n'étaient pas vraiment intéressés. Ils trouvaient beaucoup plus amusant d'envoyer les vaisseaux tolnedrains par le fond. La situation resta assez tendue pendant un moment, mais après que l'ambassadeur de Cherek à Tol Honeth eut informé Ran Borune XXIV qu'en cas de représailles à l'encontre de l'Île les royaumes d'Alorie anéantiraient la Tolnedrie, les choses se tassèrent.

Les Honeth succédèrent aux Borune sur le trône impérial. On aura beau dire, les Honeth sont probablement, de toutes les grandes familles de l'empire, les meilleurs administrateurs, et la situation revint à la normale.

Au début du trente-deuxième siècle, je commençai à réduire le personnel de ma demeure du lac d'Erat jusqu'à ce qu'il n'y reste plus qu'une ou deux personnes chargées d'en assurer l'entretien. Je pris mes dispositions pour assurer les arrières de la famille Killaneson et je disparus peu à peu de la mémoire des gens qui avaient été mes sujets. Ils s'appelaient les Sendariens, à présent, et j'étais à peu près reléguée dans les oubliettes des livres d'histoire et de contes et légendes.

Je fus pourtant obligée de sortir quelquefois de ma réclusion au cottage de ma mère. Au milieu du trente-deuxième siècle, le culte de l'Ours de Cherek réussit à convaincre le roi Alreg que la Sendarie était une extension naturelle de son royaume et que Belar, le Dieu-Ours des Aloriens, lui en voudrait beaucoup si Cherek manquait à ses obligations religieuses en n'annexant pas mon ex-duché. Je dus, pour la énième fois, ramener à la raison des Aloriens à la tête dure. Après qu'un comte particulièrement grossier appelé Elbrik eut débarqué sur la côte et pillé Darine, je me changeai en faucon et filai au Val d'Alorie à tire-d'aile pour dire deux mots au roi de Cherek. Je me posai sur les créneaux de l'extravagant palais d'Alreg et dévalai la volée de marches qui menaient à sa salle du trône enfumée, aussi vaste qu'une grange.

Le roi Alreg était un monument à la barbe blonde, hirsute. Il portait, sans réelle nécessité, un casque d'acier et une cotte de mailles. Il était vautré, une chope de bière à la main, sur son trône démesuré. Alreg se considérait manifestement comme un roi guerrier.

L'un des gardes, lui aussi vêtu d'une cotte de mailles, qui était planté devant la porte, m'attrapa par le bras au passage.

– Ta place n'est pas là, femelle ! déclara-t-il grossièrement. Seuls les hommes ont le droit d'entrer dans la salle du trône d'Alreg.

– Vous voulez garder cette grosse patte ? demandai-je en regardant fixement le tentacule offensant.

– Euh... écoute un peu, toi ! dit-il, puis il me lâcha précipitamment le bras et roula par terre, atteint en pleine poitrine par mon Vouloir.

J'accrus ma voix pour me faire entendre par-dessus le vacarme des discours avinés.

– Alreg de Cherek ! tonnai-je, et les murs eux-mêmes tremblèrent, ébranlés par ce bruit tonitruant.

Le roi de Cherek se leva en titubant. Il semblait passablement éméché.

– Qui a fait entrer cette femme ? demanda-t-il.

– Je suis entrée toute seule, Alreg, répondis-je. Nous allons avoir une petite conversation, tous les deux.

– Je suis occupé.

– Eh bien, désoccupez-vous tout de suite !

Je suivis à grands pas l'allée qui passait entre les fosses à feu creusées dans le sol, en renversant comme des quilles les guerriers cheresques qui tentaient de me barrer le chemin. Alreg avait beau être un peu hébété, il se rendit compte qu'il se passait quelque chose d'inhabituel. J'arrivai devant l'estrade sur laquelle était posé son trône et braquai sur lui un regard rien moins qu'amical.

– Je constate que le trône de Garrot-d'Ours est maintenant occupé par un ivrogne doublé d'un abruti, remarquai-je d'un ton cassant. Que c'est triste ! Il serait rudement déçu.

– On ne me parle pas comme ça ! crachouilla-t-il.

– Vous vous trompez, Alreg. Je peux vous parler sur le ton qui me plaît. Vous allez tout de suite dire à ce barbare d'Elbrik de fiche le camp de Darine !

– Je vous interdis de me donner des ordres ! Pour qui vous prenez-vous ?

Mais l'un des hommes les moins soûls qui se trouvaient autour de lui avait soudain blêmi.

– Majesté, fit-il d'une voix étranglée. C'est Polgara la Sorcière !

– C'est complètement ridicule ! lança Alreg. Polgara la Sorcière n'existe pas !

– Regardez-la, Majesté ! Regardez cette mèche blanche dans ses cheveux ! C'est Polgara, la fille du Très Saint Belgarath ! Elle est capable de vous changer en crapaud si ça lui chante !

– Je ne crois pas à toutes ces bêtises, ricana Alreg.

– Je pense que vous êtes sur le point d'avoir une révélation mystique, Alreg, notai-je sèchement.

Vous comprenez, il y a des siècles qu'on m'accuse de changer les gens en Dieu sait quoi. La plupart du temps, ce n'est qu'un vieux gag répétitif. À quoi pourrait bien me servir de faire une chose pareille, je vous le demande ? Mais cette fois, la suggestion tombait à pic. Il fallait que je réussisse à attirer l'attention d'Alreg, et si le noble cheresque à peu près à jeun qui m'avait reconnue avait probablement lancé ça comme il aurait dit autre chose, moi, ça m'avait fait réfléchir, et plus j'y pensais, plus cette idée me plaisait. Pour une fois, cette absurdité allait servir mon dessein.

Je voulais que le processus soit bien visible, de sorte que je ne m'y pris pas tout à fait comme d'habitude. Au lieu de fondre simplement Alreg dans une image de crapaud, je modifiai ses traits un par un. Après tout, je n'avais pas vraiment besoin d'un crapaud entier ; je me contenterais de la tête et des pattes. Le reste d'Alreg pouvait rester tel quel.

La tête d'Alreg commença lentement à se déformer, s'aplatit et prit un aspect vaguement reptilien. Ses yeux se déplacèrent vers le sommet de son crâne et devinrent globuleux. Cela ne me demanda pas beaucoup d'efforts : il avait déjà les yeux exorbités. Je n'eus plus, ensuite, qu'à faire disparaître sa barbe et à étirer les commissures de ses lèvres.

De cette bouche désormais sans lèvres sortit un gémissement, une sorte de coassement :

– NoOon !

J'avais décidé qu'il pourrait être commode de le laisser s'exprimer. Puis je lui déformai les mains et les pieds pour en faire des appendices pareils à des nageoires comme celles des amphibiens. Ensuite je modifiai légèrement ses hanches, ses épaules, ses genoux, puis ses coudes, de sorte que le roi de Cherek se retrouva accroupi sur son trône tel un crapaud sur une feuille de nénuphar. Pendant tout ce temps, il n'avait cessé de pousser des couinements stridents, pathétiques. Enfin, j'ajoutai les verrues.

Je n'avais touché ni à la taille d'Alreg ni à ses vêtements, si bien que le roi de Cherek était maintenant un crapaud de taille humaine, aux yeux globuleux, vêtu d'une cotte de mailles et à la large taille ceinte d'un baudrier, et qui coassait, en proie à une panique irrépressible.

La métamorphose avait pris plusieurs minutes, et comme le trône d'Alreg était posé sur une estrade, à jeun ou non, tous les Cheresques présents dans la salle avaient pu y assister.

Je sentis que l'un des grands barbus qui se trouvaient dans mon dos portait la main à son épée. Mais au lieu de ce qu'il croyait être la poignée de son arme, il referma la main sur la tête d'un gros serpent furieux.

– Ne faites plus jamais ça, grinçai-je sans prendre la peine de me retourner. Écoutez, Alreg, à moins que vous n'ayez des remplaçants sous la main, je vous conseille de dire à vos invités de mieux se tenir, suggérai-je au crapaud juché sur le trône de Cherek. Mon père ne veut pas que je tue des gens, mais je sais comment passer outre à son interdiction. Je vais les enterrer vivants. Comme ça ils mourront de cause naturelle, et mon père n'aura rien à me reprocher, hein ?

– Ça va ! piaula la créature pustuleuse. Je ferai tout ce que vous voudrez ! Je vous en prie, Polgara, je vous en supplie ! Rendez-moi mon aspect normal !

– Vous êtes sûr, Alreg ? demandai-je plaisamment. Vous avez l'air plutôt imposant, comme ça. Réfléchissez comme tous vos guerriers seraient fiers de raconter au monde entier qu'ils sont gouvernés par un crapaud. Et puis, vous pourriez demander à tous ces cafards barbus qui se prélassent ici de vous attraper des mouches au lieu de s'imbiber de bière. Ça ne vous dirait rien, là, tout de suite, une bonne grosse mouche bien grasse?

Ça doit être à peu près à ce moment-là qu'il perdit la tête, parce que ses cris redoublèrent d'intensité, il sauta à bas de son trône et se mit à faire des bonds, en rond, sur l'estrade.

Je le changeai d'une seule pensée, mais il ne s'en rendit apparemment pas compte. Il continua à sautiller sur place en piaulant. Ses guerriers reculaient, l'air paniqué, le visage crispé sur une grimace de dégoût.

– Ça suffit, Alreg! Relevez-vous! ordonnai-je. Vous avez l'air vraiment ridicule, comme ça!

Il se releva en tremblant de tous ses membres, les jambes flageolantes, et se laissa tomber sur son trône, tout cela sans me quitter du regard. Il avait l'air absolument terrorisé.

– Bien, repris-je d'un ton sévère. La Sendarie est sous ma protection. Alors vous allez dire à vos gens de rentrer chez eux et de nous fiche la paix là-bas.

– Voyons, Polgara! se récria-t-il. Nous obéissons aux ordres de Belar!

– Non, Alreg. Ce n'est pas vrai. En réalité, vous suivez les directives du culte de l'Ours. Si vous voulez vous dandiner en rythme avec un groupe de fanatiques religieux à la cervelle déficiente, libre à vous, mais quittez la Sendarie, et tout de suite. Vous n'avez pas idée des choses désagréables qui pourraient vous arriver si vous n'obtempérez pas.

– Je ne sais pas pour vous, lança avec véhémence un Cheresque barbu, émacié, aux yeux de braise – de vrais yeux de fanatique. Mais moi, je ne me laisserai pas dicter ma conduite par une simple femme!

– En fait, mon pauvre vieux, je suis tout sauf simple.

– Et moi, je suis un Cheresque! hurla-t-il. Je suis armé et je n'ai peur de rien!

J'esquissai un petit geste, et sa cotte de mailles étincelante, son épée à demi dégainée cessèrent de briller, devinrent d'un rouge terne, s'effritèrent et tombèrent en poudre sur le sol.

– Désarmant, hein ? ironisai-je. Et maintenant que vous n'êtes plus un Cheresque armé et dangereux, vous ne commencez pas à éprouver de légères craintes ? Bon, ÇA SUFFIT ! tonnai-je, car je commençais à en avoir assez de toutes ces bêtises. Quittez la Sendarie, Alreg, ou je traîne la péninsule de Cherek dans la mer et je l'engloutis. Vous pourrez toujours essayer de régner sur les poissons. Allez, dites à vos hommes de rentrer à la maison !

Ce n'était pas la façon la plus diplomatique de faire rentrer les Cheresques dans le rang, mais le chauvinisme, le ton supérieur des courtisans d'Alreg m'avaient mise hors de moi. Une simple femme, en vérité ! Rien que d'y penser, mon sang se met à bouillir.

Ma petite visite au Val d'Alorie eut des conséquences positives annexes. Après avoir enduré pendant quelques mois les protestations hystériques des adeptes du culte de l'Ours, Alreg effectua un mouvement décisif et anéantit le culte une fois de plus. J'ai remarqué qu'il fallait l'écraser tous les cinquante ans à peu près dans les royaumes d'Alorie.

Pendant la centaine d'années suivantes, je fus reléguée de plus en plus profondément dans les pages des vieux livres d'histoire poussiéreux et n'eus que rarement l'occasion de me rendre dans ma demeure du lac d'Erat. Le dernier de mes serviteurs mourut, et je ne vis aucune raison de le remplacer. D'un autre côté, j'aimais toujours cette maison, et l'idée qu'elle puisse être pillée et incendiée par des vandales me déplaisait fortement. Alors un jour, au début du printemps, je traversai les montagnes de Sendarie afin d'assurer sa protection. Je parcourus les pièces poussiéreuses, en proie à une intense mélancolie. Il s'était passé tant de choses dans cet endroit qui avait été au centre de ma vie... J'avais l'impression que les fantômes de Killane et d'Ontrose m'accompagnaient le long des couloirs crépusculaires, que les échos de conversations du temps jadis retentissaient dans chaque pièce. Erat était redevenue la Sendarie, mon duché avait rétréci comme peau de chagrin, se réduisant à cette maison solitaire, désolée.

J'envisageai plusieurs solutions, et j'optai pour la plus simple. Elle m'était venue à l'idée par un beau soir de printemps, alors que j'étais debout sur la terrasse de l'aile sud, à regarder le lac et la jungle qu'était devenue ma roseraie laissée à l'abandon. Quel meilleur moyen de dissimuler et de protéger ma demeure que de l'entourer de roses ?

Je me mis au travail dès le lendemain matin. J'encourageai mes rosiers à grandir et à s'enraciner sur la belle prairie qui descendait jusqu'au lac. Lorsque ce fut fait, ce n'étaient plus des buissons mais de véritables arbres, et ils étaient si étroitement entrelacés qu'ils formaient une barrière épineuse, impénétrable, qui garantirait à jamais l'inviolabilité de ma maison tant aimée.

J'étais très contente de moi lorsque je retournai au cottage de ma mère et à mes études. Maintenant que j'avais préservé le passé, je pouvais me consacrer à l'avenir.

Il était écrit dans le dogme familial que le futur était caché dans les Codex darin et mrin, mais l'étude des délires de ce vieux guerrier alorien sénile et de cet idiot de village qu'il fallait enchaîner pour le protéger contre lui-même était parfois incroyablement frustrante. Je tombais sur des allusions à peine voilées à mon père et à moi-même, et c'était probablement ce qui m'empêchait de lever les mains au ciel avec écœurement et de me lancer plutôt dans l'ornithologie ou l'horticulture. J'en arrivai peu à peu à l'idée qu'il y avait un autre monde parallèle à celui-ci, le monde quotidien, terre à terre, et dans cet autre monde, des événements minuscules revêtaient une signification énorme. Une rencontre de hasard entre deux négociants dans les rues de Tol Honeth, ou deux chercheurs d'or taillant une bavette dans les montagnes du Gar og Nadrak pouvaient être beaucoup plus importants que le choc de deux armées. J'en arrivai peu à peu à comprendre que ces incidents étaient des Événements, ces très brèves confrontations entre deux prophéties radicalement différentes, dont l'une finirait par déterminer le sort non seulement de ce monde, mais de l'univers tout entier.

La perspective d'étudier un problème aussi capital m'emplit si bien la tête que je commençai à négliger le temps, et il y eut des périodes entières au cours desquelles je n'aurais su dire en quel siècle nous vivions – et encore bien moins en quelle année.

Ce que je sais, pour avoir vérifié dans certains livres d'histoire tolnedrains, des années plus tard, c'est qu'en 3761, le dernier empereur de la seconde dynastie Borune, Ran Borune XII, désigna son successeur au lieu de laisser ce choix à un Conseil éminemment corruptible. Il faut croire que cet empereur, qui ne devait jamais avoir d'enfants, avait une vision pénétrante de la situation. C'est lui, en effet, qui amena la famille Horb sur le trône impérial, et les Horbites, à cette époque en tout cas, se révélèrent extraordinairement doués. À bien des égards, les Horbites étaient un appendice des Honeth, un peu comme les Anadile sont une extension des Borune. Le premier empereur de la dynastie, Ran Horb Ier fit sien le dada des Borune qui consistait à construire des grand-routes pour faciliter le commerce de la Tolnedrie avec le reste du monde. Chez son fils, Ran Horb II, ce dada devint une obsession. On ne put bientôt plus se retourner dans le Ponant sans voir des équipes d'ouvriers tolnedrains construisant de nouvelles routes. Le corps diplomatique tolnedrain laissa tomber tout le reste pour se consacrer exclusivement à l'établissement de « traités de coopération mutuelle, pour le bien de tous », donnant naissance à la légende selon laquelle la Tolnedrie faisait simplement preuve de bonne volonté, alors que les grand-routes étaient en fait réservées au seul usage des marchands tolnedrains.

On construisait donc des routes partout dans mon ancien domaine. Lorsque la nouvelle m'arriva, au cottage de ma mère, je décidai de laisser tomber provisoirement mes études et d'aller à Tol Honeth parler un peu avec Ran Horb II pour tirer l'affaire au clair.

Je décidai, pour une fois, de ne pas lui tomber dessus à l'improviste. Au lieu de cela, je fis appel aux bons offices de l'ambassadeur de Drasnie. Malgré tous leurs défauts – et ils n'en manquent pas –, ces Drasniens avaricieux sont respectés par les Tolnedrains. Comme j'avais passé les huit derniers siècles plus ou moins recluse, je dus me présenter au prince Khanar, le neveu du roi Rhalan de Drasnie. Khanar n'avait rien à voir avec Dras Cou-d'Aurochs. C'était un petit bonhomme tendu comme une corde de luth, à l'esprit vif et au sens de l'humour tordu. Je m'attendais à devoir lui faire une rapide démonstration de mon « pouvoir », mais curieusement, ce ne fut pas nécessaire. Il me crut sur parole et m'emmena au palais impérial. Après nous avoir fait attendre une petite heure, on nous introduisit dans le grand bureau encombré de Sa Majesté l'empereur Ran Horb II. L'empereur était un grand gaillard efficace au crâne dégarni et à l'air préoccupé.

– Ah, prince Khanar, dit-il avec entrain. Ravi de vous voir. Alors, quoi de neuf à Boktor ?

– Oh, pas grand-chose, Majesté, répondit Khanar avec un haussement d'épaules. On se ment, on se trahit, on se filoute... les chicaneries habituelles, quoi.

– Voyons, Khanar, votre oncle sait-il en quels termes vous parlez de son royaume en présence d'étrangers ?

– Probablement, Majesté. Il a des espions partout, vous savez bien.

– Vous ne me présentez pas notre visiteuse ?

– J'y venais, Majesté. J'ai l'honneur de vous présenter la fille du Très Saint Belgarath, Dame Polgara, duchesse d'Erat.

Ran Horb me regarda avec scepticisme.

– Mouais, dit-il enfin. Pour l'amour de la discussion, et jusqu'à plus ample informé, j'accepterai vos dires. Je vous demanderai des preuves plus tard. Et qu'est-ce qui me vaut l'honneur de la visite de Sa Grâce?

– Vous êtes un homme civilisé, Majesté, remarquai-je. La plupart du temps, je dois effectuer quelques tours de magie avant que les gens ne consentent à m'écouter.

– Je suis sûr que vous pourriez me faire la peur de ma vie, si ça vous chantait. Que puis-je pour vous?

– Je suis simplement à la recherche d'informations, Majesté, le rassurai-je. Vous construisez des grand-routes en Sendarie.

– J'en fais à peu près partout, Dame Polgara.

– Je sais. Mais je m'intéresse plus particulièrement à la Sendarie. Ces constructions sont-elles un prélude à une annexion?

– Pourquoi, au nom du Ciel, voudrais-je annexer la Sendarie? rétorqua-t-il en riant. C'est sûrement un très bon pays, mais je n'en ai pas la moindre envie. Les grand-routes que j'y construis ne sont qu'un moyen d'empêcher les Cheresques de puiser dans ma bourse. Elles me permettront d'aller à Boktor en évitant la Barre de Cherek. Ces pirates barbus du Nord exigent des sommes prohibitives pour transporter des marchandises tolnedraines de Kotu par la Barre. Tous mes revenus fiscaux y passent.

– C'est donc strictement commercial?

– Évidemment! Si j'avais besoin de produits agricoles, je pourrais les acheter en Tolnedrie. Je n'ai pas besoin de descendre jusqu'en Sendarie pour me procurer des haricots et des navets. La seule chose qui m'intéresse dans ce pays, c'est l'endroit où il se trouve.

Un soupçon d'idée me traversa l'esprit.

– Vous avez donc tout intérêt à ce que la stabilité règne en Sendarie, n'est-ce pas, Majesté?

– Et comment! C'est pour ça que sont faites les légions.

– Oui, mais les légions coûtent cher.

– Vous n'imaginez pas à quel point, soupira-t-il.

– Oh ! si, j'imagine... La Sendarie n'a pas vraiment eu de gouvernement central depuis que j'ai cessé de régner là-bas, au tournant du millénaire, répondis-je d'un ton rêveur en caressant du regard les moulures du plafond. L'absence de gouvernement a encouragé toutes sortes d'incursions extérieures. S'il y avait un roi, un gouvernement – et une armée –, le peuple serait à l'abri des aventuriers venus du dehors, et vous n'auriez pas besoin d'entretenir une dizaine de légions pour y maintenir l'ordre.

– Ah, fit-il, voilà quelles affaires « Polgara » est venue traiter. Vous voulez devenir reine de Sendarie.

– Absolument pas, Majesté. Je suis beaucoup trop occupée pour me consacrer plus longtemps à ces futilités. N'y voyez aucune allusion personnelle, évidemment.

– Il n'y a pas d'offense, Votre Grâce, m'assura-t-il en s'appuyant au dossier de son fauteuil. Vous savez, c'est la seule chose qui m'a toujours rendu sceptique dans les histoires au sujet de votre père et de vous-même. Si Belgarath est aussi puissant qu'on le dit, il pourrait diriger le monde, n'est-ce pas ?

– Il ne serait pas très bon à ce jeu-là, Majesté. Mon père a positivement horreur des responsabilités. Ça interfère avec ses distractions.

– Là, ma Dame, vous m'intriguez. Si vous ne voulez pas diriger la Sendarie, qui voulez-vous que je mette sur le trône ? Un amant, sans doute ?

Je le foudroyai du regard.

– Pardon, fit-il d'un ton contrit. Je conviens que la présence en Sendarie d'un gouvernement officiel satisferait tout le monde, mais sur les épaules de quel Sendarien voulez-vous que nous déposions ce fardeau ?

– Il s'agit d'une contrée de cultivateurs de navets, Majesté, remarqua Khanar. Il se peut que certains soient titrés, mais ils sont dans les champs dès le lever du jour, comme tous leurs voisins.

– Je crois que vous les sous-estimez, prince Khanar, protestai-je. Un bon fermier doit être plus doué pour les tâches administratives que vous n'avez l'air de l'imaginer, et il doit avoir infiniment plus d'esprit pratique que tous les sales gosses d'aristos mal élevés de ces épopées arendaises où personne ne mange ni ne se lave jamais. Au moins, les fermiers ont le souci du détail.

– Voilà qui dégonfle le soufflé, n'est-ce pas, Majesté ? fit Khanar. Je dévorais littéralement les épopées arendaises quand j'étais petit ; je suis quelque peu offusqué de m'entendre traiter de sale gosse d'aristo mal élevé.

– Ce serait donc une sorte d'expérience ? avança Ran Horb. Voulez-vous que je nomme un roi ?

– À votre place, Majesté, je ne m'y prendrais pas comme ça, répondis-je. Nommer un dirigeant équivaudrait à une forme d'ingérence dans les affaires intérieures de l'Arendie, et vous provoqueriez automatiquement une opposition virulente. Vous auriez une révolution sur les bras en moins de dix jours et ce ne sont pas dix légions que vous devriez envoyer mais quinze.

Il parut accuser le coup.

– Alors, comment allons-nous choisir un roi ? demanda-t-il.

– Je pourrais organiser un concours, répondit Khanar. Nous n'aurions qu'à couronner le Sendarien qui obtiendrait le meilleur score.

– Sauf que si c'est vous qui étalonnez le concours, prince Khanar, vous allez provoquer une révolution, objectai-je. La sélection du roi de Sendarie ne peut être faite ni par la Tolnedrie, ni par la Drasnie. Ça doit venir de l'intérieur.

– Que diriez-vous d'un tournoi ? proposa Ran Horb d'un air dubitatif.

– Ce sont des fermiers, Majesté, objecta Khanar. Je les vois d'ici jouter avec des outils agricoles. Ça pourrait très, très mal tourner. Pourquoi ne pas donner la couronne à celui qui récoltera le plus gros navet ?

– Et si nous organisions des élections? suggérai-je.

– Je n'ai jamais eu une grande confiance dans les élections, répondit Ran Horb d'un ton dubitatif. Ce n'est qu'un concours de popularité, et la popularité ne mesure aucunement les compétences administratives.

– Certes, Majesté, mais la Sendarie n'a pas besoin d'un pouvoir très fort, remarqua Khanar. C'est sûrement un endroit très bien, toutefois le monde ne tremblera pas sur ses bases si le roi de Sendarie commet quelques erreurs, ajouta-t-il, puis il eut un vilain petit rire cynique, très drasnien. Pourquoi ne pas remettre l'affaire entre les mains des prêtres? Nous choisissons un type qui tient à peu près la route et nous disons aux prêtres d'informer les Sendariens que ce bonhomme a été désigné pour les diriger par le Dieu de Sendarie – au fait, quel est leur Dieu?

– Tous les sept, répondis-je. Ils ne connaissent pas encore UL, mais il est probable qu'ils l'inclueront dans leur religion avec les autres dès qu'ils auront connaissance de son existence.

– UL? releva Ran Horb, intrigué.

– Le Dieu des Ulgos, répondis-je.

– Vous voulez dire, l'endroit où il y a tous ces dragons?

– Il n'y en a qu'un, Majesté. Une femelle. Et elle ne vit pas en Ulgolande. Quoi qu'il en soit, je doute que la religion fournisse une base saine pour une monarchie sendarienne. Ça ferait du clergé les patrons du pays, et les prêtres ne font jamais de très bons dirigeants. Le Cthol Murgos en est un assez bon exemple. Je connais les Sendariens, croyez-moi, et je pense que des élections seraient la meilleure solution. À condition que tout le monde aille voter.

– Même les gens qui n'ont pas de terre? demanda Ran Horb comme s'il n'en croyait pas ses oreilles.

– C'est le meilleur moyen d'éviter la rébellion par la suite, lui rappelai-je. Si nous voulons la paix des familles, nous n'avons pas besoin qu'un groupe important d'abstentionnistes sans terre évoquent au bout de quelques années l'idée de redistribuer les richesses du royaume.

– Enfin, nous pouvons toujours essayer, conclut l'empereur d'un air peu convaincu. Cela dit, si ça ne marche pas, il se pourrait que je sois obligé d'annexer la Sendarie. Je n'aimerais pas que cette idée d'élections se répande. Je serais probablement le premier à être blackboulé. Allons, la Sendarie est peut-être un cas particulier, après tout. Peu importe qui héritera du trône de Sendarie tant qu'il assurera le maintien de l'ordre. Nous n'avons sûrement pas besoin d'avoir une autre Arendie sur les bras, conclut-il en faisant la grimace. Les Arendais commencent à me fatiguer. Je pense que le moment est venu de mettre fin à ces sempiternelles guerres civiles. C'est trop mauvais pour les affaires. Bon, dit-il, les yeux brillants, maintenant que nous avons réglé tous les problèmes du monde, Sa Grâce pourrait-elle me prouver qu'elle est vraiment Polgara la Sorcière ?

– Ah, misère ! soupirai-je.

– Nous avons été très gentils tous les deux, ma Dame, acquiesça avidement Khanar. Nous avons bien mérité un petit susucre, non ?

– Pourquoi faut-il que je tombe toujours sur des gamins ? me lamentai-je, les yeux au ciel.

– Ça doit être parce que vous faites ressortir l'enfant qui sommeille en chacun de nous, Polgara, répondit Ran Horb avec un immense sourire.

– C'est bon, soupirai-je. Mais après vous me ficherez la paix, hein ? Je ne vais pas me crever le melon pour distraire deux sales gosses qui ont réussi à se retenir de faire des bêtises pendant une demi-heure.

Je me changeai en chouette – en partie parce que c'était ce qu'il y avait de plus facile, mais aussi parce que aucun charlatan de kermesse villageoise ne pouvait espérer reproduire cet exploit – et j'effectuai quelques tours de la pièce en voletant sur mes douces ailes silencieuses. Je me posai sur mon fauteuil et repris forme humaine.

– Alors, satisfaits ? leur demandai-je.

– Comment réussissez-vous à faire ça ? demanda Ran Horb.

– C'est assez simple, Majesté, répondis-je. Il suffit de penser très fort à la forme qu'on veut prendre, et d'ordonner à son organisme de se couler dans cette forme. Vous voulez que je me métamorphose en autre chose ? En cobra, peut-être ?

– Euh... non, merci, Dame Polgara, répondit-il très vite. Ce ne sera pas nécessaire. Je suis tout à fait convaincu. Vous aussi, Khanar, je suppose ?

– Oh, absolument, Majesté, répondit Khanar avec ferveur. Je n'oserais jamais vous demander de vous changer en cobra, Dame Polgara.

– Je pensais bien que vous seriez de cet avis, aussi, murmurai-je.

C'est peut-être à la suite de cette conversation, qui eut lieu au début de l'automne de 3817, que Ran Horb mit fin aux guerres civiles en Arendie. En 3821, il conclut un traité secret avec les Mimbraïques ; en 3822, les Mimbraïques pillèrent et brûlèrent Vo Astur et chassèrent les Asturiens survivants dans les forêts. Je sais que ce n'est pas très joli, mais j'avoue que je jubilai quand j'appris la destruction de Vo Astur. L'anéantissement de Vo Wacune était vengé.

(Je ne m'étendrai pas sur ce sujet. On ne doit pas se réjouir du malheur des autres. Ou alors seulement quand il n'y a personne pour vous voir.)

Puis, en 3827, Ran Horb II organisa les élections qui devaient donner son premier roi à la Sendarie. Il ne fit qu'une erreur en établissant le règlement : il stipula que le nouveau roi devait être élu à la majorité ; ce qui valut six années de vacances aux Sendariens. Il y eut sept cent quarante-trois candidats au premier tour, et le processus d'élimination prit très, très longtemps. Les Sendariens y passèrent bientôt près de la moitié de leur temps : le matin était consacré aux travaux des champs et les après-midi aux élections. Ils s'amusaient tellement qu'ils ne voulaient pas voir que le reste du monde se fichait d'eux.

(J'adore ces gens ! Peu leur importe ce qu'on peut penser d'eux tant qu'ils s'amusent, eux !)

Le finaliste, Fundor le Magnifique, avait depuis longtemps oublié qu'il était toujours candidat, et son élection au trône le prit complètement au dépourvu. Ce fut aussi un sacré problème, car Fundor était un expérimentateur en matière d'agriculture. Il détestait les navets et essayait depuis des années de leur substituer le rutabaga dans le régime alimentaire sendarien. Comme personne n'était assez fou pour manger des rutabagas, ses expériences l'avaient virtuellement mis sur la paille.

Au cours de ces six années de campagne électorale, les Sendariens avaient décidé d'établir la capitale de leur futur royaume dans la ville de Sendar. Cette décision était fondée sur le prix de la terre dans cette partie de la Sendarie, et elle arracha des hurlements de protestation aux spéculateurs – essentiellement tolnedrains – des régions de Darine, de Camaar et de Muros.

Après l'accession de Fundor au trône de Sendarie, toutes sortes de chasseurs de bonne fortune envahirent la cité de Sendar dans l'espoir d'extorquer des titres de noblesse à leur nouveau roi. Au lieu de quoi Fundor les mit au travail, attendant, pour consentir à les anoblir, d'avoir vu comment ils se tiraient de diverses tâches. L'idée étrange de travailler pour obtenir – et conserver – un titre offensa la plupart des opportunistes attirés à sa cour comme des papillons par une flamme, mais il en sortit, en fin de compte, une classe de nobles dotés d'une caractéristique fort précieuse chez les aristocrates : le sens des responsabilités.

Je fis le tour du nouveau royaume pendant plusieurs années, plus ou moins incognito, et au fur et à mesure que le temps passait, j'étais de plus en plus convaincue que notre expérience marchait assez bien. La Sendarie prospérait, les paysans étaient assez contents. J'avais l'impression d'avoir joué mon rôle de duchesse d'Erat de façon assez satisfaisante somme toute, et d'avoir ainsi tenu la promesse que j'avais faite à Ontrose.

Maintenant que j'étais débarrassée de ce problème, je pouvais retourner au cottage de ma mère et à mes chères études.

Les Cheresques étaient très mécontents du réseau de grand-routes de Ran Horb – surtout côté sendarien, naturellement. L'habileté incomparable avec laquelle ils franchissaient la Barre de Cherek perdait soudain tout intérêt. On entendait les grognements de mécontentement depuis le Val d'Alorie, mais comme on ne peut pas envoyer une route par le fond, les Cheresques ne pouvaient pas faire grand-chose pour se défendre.

Le réseau de routes tolnedrain s'étendait bien au-delà de la Sendarie, et son impact se faisait surtout sentir dans les royaumes du Sud. Les premiers contacts entre les divers entrepreneurs tolnedrains et les Murgos étaient encore expérimentaux et empreints de méfiance, mais les marchandises des royaumes angaraks commencèrent peu après à apparaître sur les marchés de Tol Honeth, Tol Borune, Tol Horb et Tol Vordue. L'hostilité des Murgos devint moins vive, les échanges entre l'Est et l'Ouest se multiplièrent, les ruisselets devinrent un fleuve torrentiel.

Mais il ne pouvait rien se passer au Cthol Murgos sans le consentement exprès de Ctuchik. Il était donc évident pour ma famille que le disciple de Torak qui vivait juché sur ce sinistre pic, au centre de la Terre Gâte des Murgos, « mijotait quelque chose ». Selon toute vraisemblance, Ctuchik ne mijotait rien de plus sérieux que l'espionnage et la subversion de quelques Tolnedrains, mais ainsi que devaient le découvrir mon père et oncle Beldin, après la guerre contre la Nyissie, leur frère félon, Zedar l'Apostat, s'était montré plus créatif. Son offre d'immortalité lui avait acquis le concours de la reine Salmissra de Sthiss Tor, alors vieillissante, et cela devait changer l'histoire de façon significative.

Mais ce n'était pas pour maintenant. Après la fondation du royaume de Sendarie, je me consacrai presque exclusivement à l'étude des prophéties, les Codex mrin et darin, et je commençai à entrevoir des aspects fascinants du « Tueur de Dieu ». Il était clair que je serais intimement liée à ce titan, mais alors que le temps passait et que j'approfondissais mes recherches, je commençai à acquérir sérieusement l'impression qu'il ne sortirait pas à cheval de nulle part, vêtu d'une armure étincelante, environné de nuages de gloire et annoncé par des tremblements de terre, de la foudre et des éclairs.

Le tournant du millénaire fut l'occasion de réjouissances assez musclées dans les royaumes du Ponant, mais en dehors du fait que cette année marquait aussi mon deux millième anniversaire, j'y prêtai peu d'attention.

Au début du printemps de l'année 4002, je constatai que si je voulais manger l'hiver suivant, j'avais intérêt à me remettre au jardinage. Je laissai tomber mes études pendant plusieurs semaines pour mettre les mains dans la terre.

Je bêchais mon potager quand mon père arriva en vol plané. Je compris tout de suite qu'il se passait quelque chose de sérieux, parce que mon père ne se change en oiseau – en faucon, le plus souvent – qu'en cas d'urgence. Il reprit forme humaine, et il avait l'air préoccupé.

– J'ai besoin de toi, Pol ! dit-il d'un ton pressant, tendu.

– Moi aussi, j'ai eu besoin de toi, une fois, tu te souviens ? répliquai-je sans réfléchir. Ça n'a pas eu l'air de t'intéresser beaucoup. Eh bien, je te rends la monnaie de ta pièce. Fiche le camp, Père.

– Nous n'avons pas de temps à perdre avec ces bêtises, Polgara. Nous devons aller tout de suite à l'Île des Vents. Gorek est en danger.

– Qui est Gorek ?

– Tu n'as donc aucune idée de ce qui se passe dans le monde, au-delà de la barrière de ton jardin ? Tu as fermé ton cerveau ? Tu ne peux fuir tes responsabilités, Pol. Tu es toujours la même, et tu viendras avec moi à l'Île des Vents même si je dois te prendre entre mes serres et t'y emmener.

– Trêve de menaces, Vieux Loup. Qui est ce Gorek pour qui tu te fais tant de souci ?

– Le roi de Riva, Pol. Le Gardien de l'Orbe.

– Les Cheresques patrouillent dans la mer des Vents, Père. Aucune flotte au monde ne pourrait se faufiler entre leurs navires de guerre.

– Le danger ne vient pas d'une flotte de guerre, Pol. Il y a une enclave commerciale juste devant les murailles de la cité de Riva. C'est là la source du danger.

– Es-tu devenu fou, Père ? Pourquoi as-tu permis à des étrangers de prendre pied sur l'Île ?

– C'est une longue histoire, et ce n'est pas le moment de te la raconter.

– Comment es-tu au courant de ce prétendu danger ?

– Je viens de tirer au clair un passage du Codex mrin. Ce qui balaya aussitôt tout mon scepticisme.

– Qui est derrière tout ça ? demandai-je.

– Salmissra, pour autant que je sache. Elle a, dans cette enclave, des agents qui ont reçu pour ordre de tuer le roi de Riva et toute sa famille. Si elle réussit son coup, Torak a gagné.

– Moi vivante, ça n'arrivera pas. Est-ce encore un petit jeu de Ctuchik ?

– C'est possible, mais je trouve ça un peu subtil pour lui. Il est plus probable que c'est un coup d'Urvon, ou de Zedar.

– Nous verrons ça plus tard. Nous perdons du temps, Père. Allons dans l'Île. Il faut tout de suite empêcher ça.

CHAPITRE XXV

Le trajet le plus court vers l'Île des Vents passait par l'Ulgolande. Les gens sensés évitent cet itinéraire dans toute la mesure du possible, mais c'était un cas d'urgence, et nous resterions à plusieurs milliers de pieds au-dessus du terrain de chasse des algroths, des hrulgae et des eldrakyn. Nous eûmes toutefois, juste avant de survoler Prolgu, une brève échauffourée assez suspecte avec des harpies. C'est, à ma connaissance, la seule et unique fois qu'on vit de ces créatures. Elles paraissent beaucoup plus dangereuses qu'elles ne sont en réalité malgré leur forme semi-humaine. Un visage humain ne dénote pas automatiquement une intelligence humaine, et leur absence de bec en fait des oiseaux de proie de seconde zone. Nous leur échappâmes sans trop de mal, mon père et moi, et nous poursuivîmes notre chemin.

L'aube effleurait l'horizon, à l'est, quand nous survolâmes Camaar. Nous étions au bord de l'épuisement, mais nous filâmes opiniâtrement au-dessus des vagues couleur d'étain de la mer des Vents. J'avais l'impression d'avoir les ailes en feu, mais je me forçai à continuer. Je ne sais pas très bien comment mon père y arriva, car il ne vole pas si bien que ça. Ce sacré bonhomme me surprendra toujours.

Nous franchissions les eaux du port de Riva et j'avais les yeux braqués sur les sinistres créneaux de la Cour du roi de Riva lorsque la voix de ma mère retentit sèchement dans mon esprit :

Pol, là ! Dans le port !

Je baissai les yeux et j'aperçus une gerbe d'eau à une certaine distance de la plage de gravier.

C'est un petit garçon, Pol! Il va se noyer! Sauve-le!

Je ne pris pas le temps de réfléchir. Il est déconseillé de se métamorphoser en plein vol. À l'instant où on passe d'une forme à l'autre on est complètement désorienté, mais la chance voulut que j'aie le regard braqué sur l'eau lorsque je fus redevenue moi-même. Je plongeai et me raidis en prévision du choc avec la surface de l'eau. L'impact aurait été pire si j'avais été plus haut, bien sûr, mais il manqua tout de même me couper le souffle.

Le plongeon m'entraîna profondément dans l'eau d'un froid glacial, mais je me cambrai et remontai vers la surface. Je retrouvai l'air et la lumière à quelques pieds à peine du petit garçon qui battait frénétiquement l'eau avec ses petits bras, en ouvrant de grands yeux pleins de terreur. Il allait boire la tasse.

Quelques brasses m'amenèrent près de lui. Je l'attrapai et lui dis fermement de se détendre.

– Je vais me noyer ! hurla-t-il d'une voix stridente en recrachant l'eau qu'il avait avalée.

– Mais non ! Tout va bien, tu es en sûreté, alors arrête de gesticuler. Détends-toi et laisse-moi nager.

Je déployai des trésors de persuasion pour l'amener à desserrer l'étreinte mortelle de ses petits bras autour de mon cou, mais je finis par le calmer un peu et lui faire faire la planche, après quoi je le remorquai vers le bout de l'une des jetées qui s'avançaient dans la baie.

– Tu vois comme c'est facile quand on ne lutte pas contre l'eau ? lui demandai-je.

– J'allais y arriver, m'assura-t-il. C'est la première fois que j'essaie de nager. Ce n'est pas si difficile, après tout.

– Tu devrais t'exercer dans une eau moins profonde, la prochaine fois, suggérai-je.

– Je n'ai pas pu, madame. J'étais poursuivi par un homme avec un couteau.

Polgara! fit la voix de mon père. *L'enfant va bien?*

– Oui, Père ! répondis-je à voix haute, sans réfléchir que le petit garçon m'entendait. Je le tiens !

Ne te fais pas repérer ! Il ne faut pas qu'on te voie !

Entendu.

– À qui parlez-vous ? demanda l'enfant.

– Oh, c'est sans importance.

– Où allons-nous ?

– Au bout de cette jetée. Nous allons nous cacher là-bas et rester très, très tranquilles jusqu'à ce que tous les hommes avec des couteaux aient été mis en fuite.

– D'accord. L'eau est toujours aussi froide ?

– Elle était comme ça la dernière fois que je suis venue.

– Je ne crois pas vous connaître, madame.

– Non. C'est la première fois que nous nous rencontrons.

– Alors, ça s'explique.

C'était un petit gamin pragmatique. Il me plut tout de suite.

– Évitons de trop parler pour le moment, dis-je. Ça ne te vaudrait rien d'avaler des litres d'eau.

– Si vous le dites.

Nous arrivâmes au bout de la jetée de pierre et nous nous cramponnâmes à un anneau de fer qui servait généralement à amarrer les bateaux.

– Que s'est-il passé là-bas ? lui demandai-je.

– Mon grand-père nous avait tous emmenés voir les échoppes, sur la plage, répondit le petit garçon. Quelqu'un avait des cadeaux pour nous. Seulement, quand nous sommes arrivés devant les éventaires, les gens ont tiré des couteaux. Je parie qu'ils vont le regretter. Mon grand-père est le roi de cet endroit, et il va le leur faire payer. J'ai vraiment froid, madame. On ne pourrait pas sortir de l'eau ?

– Pas encore, malheureusement. Il va falloir que nous attendions d'être sûrs que c'est bien prudent.

– Vous venez souvent dans l'Île ?

Le calme avec lequel il parlait réussit presque à me rassurer. La tentative d'assassinat avait dû échouer.

– Que s'est-il passé sur la plage ? m'enquis-je.

– Je ne sais pas très bien, madame, répondit-il. Ma mère m'a dit de courir quand le monsieur qui avait tous les cheveux rasés a tiré son couteau. Il était entre la porte de la ville et moi, alors le seul endroit où je pouvais aller était l'eau. Mais je ne savais pas nager, et ce n'est pas aussi facile que ça en a l'air, hein ?

– Oh, ça demande un peu de pratique, c'est tout.

– Je n'ai pas eu beaucoup le temps de m'entraîner. Est-ce que ce serait mal élevé de vous demander votre nom ?

– Je m'appelle Polgara, répondis-je.

– Votre nom me dit quelque chose. Nous sommes de la même famille ?

– Nous sommes plus ou moins parents, en effet. On pourrait dire que je suis ta tante. Et toi, comment t'appelles-tu ?

– Geran. On dit le prince Geran, mais je pense que ça ne veut pas dire grand-chose. C'est mon frère aîné qui portera la couronne quand il sera grand. Moi, je voudrais devenir pirate, plus tard. Ça doit être assez excitant, vous ne croyez pas, tante Pol ?

Et voilà, ça recommençait. J'ai parfois l'impression que tous les petits garçons du monde ne peuvent pas s'empêcher de m'appeler tante Pol.

– À ta place, je parlerais avec mes parents – et avec mon grand-père – avant de décider de me lancer dans le métier de pirate, commentai-je en souriant. Il se pourrait qu'ils ne soient pas tout à fait d'accord.

– Vous avez sûrement raison, tante Pol, soupira-t-il. Enfin, ça doit être excitant quand même, non ?

– Je crois que c'est très surfait, tu sais.

Nous restâmes cramponnés à cet anneau rouillé, au bout de la jetée, en tremblant de froid. Je fis de mon mieux pour réchauffer l'eau, autour de nous, mais celui qui réussira à réchauffer la mer des Vents n'est pas encore né, et je ne parvins qu'à atténuer un peu le froid glacial.

Au bout d'une heure à peu près – ce qui nous parut une éternité –, j'entendis à nouveau la voix de mon père.

Polgara, où êtes-vous?

Au bout de la jetée, Père. Tu crois que nous pouvons sortir, maintenant?

Non. Restez où vous êtes et ne vous faites pas voir.

Que fabriques-tu, Vieux Loup?

Je m'efforce de protéger le roi de Riva. Il va falloir que tu t'y habitues, Pol, parce que c'est ce que nous allons faire pendant un bon moment, à partir de maintenant.

Je compris, évidemment, qu'il faisait allusion au petit garçon qui tremblait de froid à côté de moi. Ça voulait donc dire que les assassins de Salmissra avaient réussi à assassiner le roi Gorek et sans doute la plupart des membres de la famille royale. Geran avait fui avant d'assister au désastre, et il ignorait de toute évidence qu'il était orphelin. Il allait bien falloir lui annoncer la terrible nouvelle, évidemment, et je savais sur qui cette tâche détestable allait retomber.

Il faisait nuit noire quand mon père et Brand, le Gardien de Riva, descendirent enfin au port et nous rejoignirent. Nous montâmes, le prince Geran, Brand, mon père et moi, à bord d'un vaisseau dont nous étions les quatre uniques passagers, et nous quittâmes le port. Mon père mit à la voile sans même prendre la peine de se lever du banc où il était assis. J'emmenai le petit prince grelottant dans les cabines, le séchai et suscitai des vêtements secs pour qu'il puisse se rhabiller, puis je remontai sur le pont afin de parler un peu avec mon père.

– Je suppose qu'il n'y a pas d'autres survivants? avançai-je d'un ton morne.

– Aucun. Les Nyissiens avaient empoisonné leurs dagues.

– Le petit garçon ne sait rien. Il s'est enfui avant le début du massacre.

– Tant mieux. Ces Nyissiens ont été d'une redoutable efficacité.

– Le massacre était donc commandité par Salmissra.

– Oui, mais ce n'est pas elle qui en a eu l'idée.

– Qui a bien pu la lui souffler ?

– Je n'en suis pas sûr. Je le lui demanderai la prochaine fois que je la verrai.

– Tu te vois débarquer à Sthiss Tor, comme une fleur ?

– Pas tout à fait. Je vais dépeupler les royaumes d'Alorie pour me procurer une escorte, puis je vais marcher à travers la Nyissie comme un fléau ambulant et je ferai fuir le Peuple-Serpent si loin dans la forêt que s'il veut y voir clair, il faudra qu'il emporte de la lumière. Tu ferais mieux de dire au gamin qu'il est seul au monde, maintenant.

– Merci, dis-je froidement.

– Tu es plus douée que moi pour ça, Pol. Je ne sais pas m'y prendre. Ça le consolera peut-être d'apprendre que je vais anéantir la Nyissie en guise de représailles.

– Ce n'est qu'un petit garçon, Père. Toute sa famille vient d'être massacrée. Je doute que la perspective de représailles le réconforte beaucoup.

– C'est tout ce que j'ai à lui proposer pour l'instant. En dehors de ça, à partir de maintenant, j'ai bien peur que tu ne sois obligée de lui servir de mère.

– Qu'est-ce que je connais aux petits garçons, moi ?

– Tu ne t'en es pas trop mal sortie avec Daran, après la mort de ta sœur. Je suis désolé de t'imposer cette corvée, mais je n'ai personne d'autre sous la main, et il faut absolument protéger ce gamin. Il va falloir que tu le caches. Ce carnage est signé. C'est un coup des Angaraks, et Ctuchik saura, grâce à ses prophéties personnelles, qu'il y a un survivant. Avant la fin de l'année, le Ponant va grouiller de Grolims. À partir de maintenant, la protection de ce petit garçon est notre priorité absolue.

– Je m'en occupe, Père.

Je descendis dans les cabines pour annoncer la nouvelle au petit prince.

Il pleura, évidemment. Je fis tout ce qui était en mon pouvoir pour le réconforter.

Je serrais très fort contre moi son petit corps secoué de sanglots lorsqu'une pensée inédite me passa par la tête : je crois que je n'avais jamais appréhendé une certaine réalité dans toute sa sécheresse. Ma mère n'était pas humaine, au départ. C'était une louve. Je n'ai ni les pattes, ni la queue touffue, ni les dents acérées de la louve, mais j'en ai certaines caractéristiques. Les loups vivent en meute, et c'est ensemble qu'ils s'occupent des jeunes, quelle que soit la femelle qui leur a donné le jour. C'est une responsabilité partagée. En consolant ce petit garçon aux cheveux blonds qui pleurait dans mes bras, j'obéissais à cet instinct de protection de la meute.

À partir du moment où j'eus pris conscience de ce fait, plusieurs décisions s'ensuivirent automatiquement. Il fallait avant tout que je trouve une tanière, un endroit sûr, bien caché. Le cottage de ma mère ne répondait pas à ces critères. Il était trop exposé, et beaucoup trop de gens en connaissaient l'existence. Ensuite, il me fallait une source d'approvisionnement fiable. La réponse était évidente, bien sûr. Ma demeure du lac d'Erat était oubliée depuis longtemps. Elle était virtuellement invisible, au milieu de son taillis de roses. La terre qui l'entourait était fertile, je n'aurais aucun mal à faire pousser des légumes entre les roses et je pourrais sortir de temps en temps, la nuit, en volant, pour capturer quelques lapins et parfois un agneau. Allons, nous trouverions dans cette demeure toute la sécurité et les moyens de subsistance dont nous avions besoin. Le prince Geran grandirait peut-être comme un sauvageon, mais au moins, il serait toujours vivant.

Je découvris que le fait de penser comme une louve me procurait une vision pénétrante du caractère de ma mère. Tout ce qu'elle avait fait – y compris l'apparent abandon de ma sœur et de moi-même –, elle l'avait fait pour défendre la meute.

Évidemment, Pol, fit sa voix, venant de nulle part. *C'est seulement maintenant que tu t'en rends compte? Tu devrais vraiment faire plus attention, tu sais.*

Geran était tellement malheureux que nous ne parlâmes guère pendant les deux jours que nous passâmes en mer. Nous touchâmes terre sur la côte de Sendarie, dans une crique, à deux ou trois lieues au nord de Camaar. À ce moment-là, il avait assez repris le dessus pour avoir avec Brand une conversation cohérente. Il demanda au Gardien de Riva de veiller sur son peuple et sur l'Orbe. La famille de Geran avait toujours pris ces deux responsabilités très au sérieux, et bien qu'il ait été très loin dans l'ordre d'accession au trône, avant l'assassinat de sa famille, il était de toute évidence au courant des choses importantes.

Lorsque Brand quitta Camaar afin de recruter un équipage pour le ramener vers l'Île, je m'entretins brièvement avec mon père, juste le temps de l'informer que je prévoyais de dissimuler mon protégé dans ma demeure du lac d'Erat. Il éleva toutes sortes d'objections, évidemment. Quoi que je puisse lui annoncer, mon père ne peut s'empêcher de protester. Il aurait pu économiser sa salive, parce que je passai outre, comme d'habitude. On pourrait croire qu'il aurait compris, après deux mille ans, qu'il était inutile d'essayer de me dissuader de quoi que ce soit, mais il y a des gens qui ne comprendront jamais rien.

Geran demanda gravement à son aïeul à la je ne sais combientième génération de faire payer le meurtre de sa famille à la Reine des Serpents.

Puis mon père partit pour le Val d'Alorie où il commença à rassembler les forces nécessaires à l'invasion du pays des Hommes-Serpents.

– Où allons-nous, tante Pol? me demanda Geran.

– J'ai une maison en Sendarie, Geran, répondis-je. Nous devrions y être en sécurité.

– Vous avez beaucoup de soldats, là-bas?

– Non, Geran. Je n'ai pas besoin de soldats dans cet endroit particulier.

– Ce n'est pas dangereux ? Je veux dire, la femme-serpent a probablement toujours envie de me faire tuer, et elle a des gens avec des couteaux empoisonnés qui travaillent pour elle. Je ne suis pas encore assez grand pour vous protéger.

C'était un adorable petit garçon, terriblement sérieux. Je le pris dans mes bras et le serrai tendrement contre moi pendant un instant. Je crois que ça nous fit du bien à tous les deux.

– Tout ira bien, Geran, lui promis-je. Personne ne connaît l'existence de cette maison, et elle est très difficile à trouver.

– Vous lui avez jeté un sort ? demanda-t-il avec avidité, puis il rougit légèrement. Pardon, tante Pol, ce n'était pas très poli. Mais j'ai entendu toutes sortes d'histoires sur les tours de magie que vous pouvez faire, comme d'ensorceler les choses et de changer les gens en salsifis, tout ça. Mais vous ne m'avez pas donné la permission d'en parler, alors je n'aurais pas dû dire ça, hein ?

– Ça ne fait rien, Geran, répondis-je. Nous sommes de la même famille, et nous n'avons pas besoin de faire des salamalecs. Nous allons nous cacher sous les arbres. Cette plage est très dégagée, et nous avons des ennemis qui sont peut-être à notre recherche.

– Comme vous voudrez, tante Pol.

En quittant la plage, nous prîmes la direction générale du lac de Sulturn, en prenant soin de rester sur les petites routes et les sentiers forestiers. J'achetai de quoi manger dans une ferme isolée et, la première nuit, nous dormîmes à la belle étoile. Lorsque le petit prince se fut endormi dans mes bras, je commençai à réfléchir aux problèmes logistiques. Nous n'avions pas fait beaucoup de chemin, ce jour-là, et je tenais absolument à m'enfoncer rapidement dans l'intérieur des terres. Nous étions encore trop proches de cette plage à découvert pour ma tranquillité d'esprit.

Je renonçai tout de suite à « tricher ». Mon père avait probablement raison à propos des Grolims, et quand nous bandons notre Vouloir, ça fait un bruit caractéristique, or je ne tenais pas à attirer sur nous l'attention de tous les Grolims de Sendarie. Geran était un petit garçon costaud, mais il avait encore de bien petites jambes, et nous ne nous éloignerions pas assez vite de la côte à mon goût. Il nous fallait un cheval. Je regardai dans la bourse que je gardais toujours cachée sous mes vêtements et je constatai que j'avais assez d'argent. Je cherchai donc mentalement une ferme assez importante sur la route. Il y en avait une à quelques lieues seulement.

La nuit fut longue, mais c'est à peine si je m'assoupis. Compte tenu des circonstances, il n'aurait pas été prudent de dormir trop profondément. Dès que l'aube effleura l'horizon, je tisonnai notre petit feu et préparai le petit déjeuner. Une odeur agréable chatouilla bientôt les narines de Geran, qui se réveilla.

– Bonjour, tante Pol, dit-il. Je meurs de faim !

– Les petits garçons ont toujours faim, répondis-je.

– Nous sommes encore loin de la maison ?

– Quatre-vingt-dix lieues, à peu près.

– J'ai très mal aux pieds, tante Pol. Je n'ai pas l'habitude de marcher toute la journée.

– Ça va bientôt s'arranger, Geran, lui assurai-je. Il y a une ferme, un peu plus loin sur la route. Je vais acheter un cheval et nous n'aurons plus à marcher.

– Ça, tante Pol, c'est vraiment une bonne idée ! fit-il avec enthousiasme.

Il y eut tout de même un petit problème lorsque j'eus choisi le cheval qui me plaisait, à la ferme.

– Euh... Ces pièces doivent être très anciennes, madame, fit le fermier d'un air dubitatif. Je crois n'en avoir jamais vu d'aussi vieilles.

– Je les ai reçues en héritage, mon brave, répondis-je précipitamment. Ma famille est du genre radin, et quand ces gens-là tiennent une pièce, ils ne la lâchent plus.

– C'est un trait de caractère honorable, mais je ne sais pas combien elles valent au cours d'aujourd'hui.

– L'argent, c'est de l'argent, mon brave. C'est le poids qui compte, pas le profil gravé sur l'avers.

– Eh bien... vous avez sûrement raison, mais...

– Je suis assez pressée, mon brave. Nous devons absolument être à Sulturn avant la fin de la semaine, mon neveu et moi. Je vous propose d'ajouter trois de ces pièces pour compenser les éventuelles différences de cours. Qu'en dites-vous ?

– Je ne voudrais pas vous flouer, madame.

J'avais véritablement forgé le caractère sendarien, et maintenant, il revenait me hanter.

Nous finîmes par nous mettre d'accord, l'honnête paysan et moi, sur un supplément de deux pièces d'argent, et je devins propriétaire d'un cheval gris pommelé appelé Mylord. Le fermier me fit cadeau d'une selle qui en avait vu de toutes les couleurs et nous nous apprêtâmes à partir, Geran et moi. Mais d'abord, j'eus une petite conversation avec Mylord qui n'avait pas été monté de tout l'hiver et qui se sentait d'humeur fantasque. Je le pris fermement par le menton et plongeai le regard dans ses grands yeux liquides.

– Tiens-toi bien, Mylord, lui conseillai-je. Si tu veux te cabrer et cabrioler, tu le fais tout seul. Tu ne voudrais pas me mettre en colère, hum ?

Il parut comprendre mon point de vue et, au bout d'une petite lieue, nous étions habitués l'un à l'autre. Nous avions adopté un trot aisé qui dévorait littéralement les lieues.

– C'est bien mieux que de marcher, tante Pol, dit Geran avec satisfaction, au bout d'un petit moment. Je suis sûr que j'aurai beaucoup moins mal aux pieds, ce soir.

– Aux pieds, probablement pas, mais ailleurs, ça se pourrait bien.

Geran et Mylord s'entendirent tout de suite comme larrons en foire, et je me dis que c'était une bonne chose. Le petit garçon en avait gros sur le cœur, et cette nouvelle amitié tombait à pic pour le distraire un peu de son chagrin.

Deux jours plus tard, nous arrivions à Sulturn, mais j'évitai la ville et je pris une chambre dans une auberge des environs. Je pensais que ça valait mieux que de descendre dans l'une des hostelleries du centre.

Nous poursuivîmes vers le nord-est pendant encore quelques jours, que je passai presque complètement à apprendre à Geran à ne pas se faire remarquer. Pour finir, je teignis en noir ses cheveux blond cendré qui risquaient par trop de le faire repérer. Les Grolims de Ctuchik savaient peut-être qu'à peu près tous les descendants de Poing-de-Fer et de ma sœur étaient blonds, et ils cherchaient probablement un petit garçon aux cheveux clairs. Je dissimulai aussi ma mèche blanche, révélatrice, à l'aide de tresses élaborées. Si un Grolim cherchait une femme avec une mèche blanche dans les cheveux et un petit garçon aux cheveux blond cendré, il ne nous trouverait pas.

Nous approchions de Medalia, en Sendarie centrale, lorsque la pensée scrutatrice que je projetais plus ou moins constamment vers l'avant porta ses fruits. Je saisis un éclair mental noir, mat, caractéristique de l'esprit angarak. Rien à voir avec le noir brillant révélateur des Grolims, mais en ce moment précis, je ne tenais à rencontrer aucun Angarak, que ce fût un Murgo, un Nadrak ou un Thull.

Je dirigeai Mylord vers une route latérale et nous contournâmes Medalia, puis nous poursuivîmes vers le nord-est, en restant sur les petites routes, évitant complètement les grand-routes de Ran Horb.

Avec tout ça, il nous fallut près de deux semaines pour arriver au lac d'Erat. Vers le soir, je dissimulai Geran et Mylord dans un bosquet, près de la rive sud du lac, je m'écartai un peu et me changeai en chouette neigeuse. Les chouettes y voient très bien dans le noir, et je préférais savoir où je mettais les pieds. Je ne tenais pas à tomber sur un quelconque imprévu.

La rive est du lac d'Erat était très peu peuplée, à l'époque. Je ne tardai pas à localiser tous mes voisins. Il n'y avait pas d'étrangers dans la région, à l'époque, et je me dis que nous pouvions tranquillement franchir la barrière que j'avais érigée et nous réfugier à l'abri des murs protecteurs de ma demeure. J'allai, d'un coup d'aile, informer mes rosiers que j'étais de retour et que j'apprécierais qu'ils s'écartent devant moi, puis je retournai chercher mon neveu et son cheval.

Il était près de minuit lorsque Mylord pataugea dans la rivière, au sud de la maison, après quoi nous arrivâmes à la lisière du fourré, puis le long de l'étroit chemin que les roses avaient ouvert pour nous.

– C'est une très grande maison. Et il y fait bien sombre, je trouve, observa Geran, qui n'était pas très rassuré.

– Personne ne vit plus ici, Geran, répondis-je.

– Vraiment personne ?

– Pas âme qui vive.

– Je n'ai jamais habité dans une maison où il n'y avait personne, tante Pol.

– Nous ne voulons pas qu'il y ait des gens avec nous, Geran. C'est toute la question.

– Eh bien..., reprit-il d'un ton un peu dubitatif. La maison n'est pas hantée, hein, tante Pol ? Je crois que je n'aimerais pas vivre dans une maison hantée.

– Non, Geran, lui promis-je sans l'ombre d'un sourire. La maison n'est pas hantée. Elle est juste vide.

– Je pense qu'il va falloir que j'apprenne à faire des choses que je n'ai pas l'habitude de faire, soupira-t-il.

– Ah bon ? Et lesquelles, par exemple ?

– Eh bien, nous aurons besoin de bois pour le feu, par exemple. Je ne suis pas très habile de mes mains, tante Pol, avoua-t-il. Il y avait des quantités de serviteurs dans la citadelle de mon grand-père, et je n'ai jamais appris à me servir d'une hache, d'une pelle ou d'aucun outil de ce genre.

– Eh bien, disons que ce sera l'occasion d'apprendre,

Geran. Nous allons mettre Mylord à l'écurie, puis nous allons entrer dans la maison. Je vais faire à manger, et nous nous occuperons des lits.

– Comme vous voudrez, tante Pol.

Après dîner, je dressai deux lits de camp dans la cuisine. Nous aurions tout le temps, le lendemain matin, d'explorer la maison et de trouver un coin plus agréable.

La maison était restée vide pendant longtemps, de sorte qu'il y avait des toiles d'araignée dans les coins et une épaisse couche de poussière partout. C'était intolérable, évidemment. Au fil des années, j'ai rendu des visites occasionnelles à mon ancien fief, et j'avais l'habitude de faire le ménage d'un simple revers de main. Mais cette fois, je décidai de m'y prendre autrement. Mon jeune protégé venait de vivre une épouvantable tragédie, et je ne voulais pas qu'il rumine. Il fallait quelque chose pour lui occuper les mains et l'esprit. Nettoyer la maison de la cave au grenier, d'une aile à l'autre, lui fournirait un dérivatif pendant un bon moment. Et puis ça m'éviterait d'alerter les Grolims qui rôdaient peut-être dans les parages. Je ne connaissais pas assez les Grolims, en ce temps-là, pour savoir exactement à quel point ils maîtrisaient leur pouvoir, et je ne voulais pas prendre de risques.

Je me levai juste avant l'aube et commençai à préparer le petit déjeuner. Ma cuisine avait été conçue pour nourrir une armée, et j'avais vu grand, côté poêles et fourneaux. Je trouvais un peu ridicule de faire à manger pour deux sur un fourneau plus gros qu'une voiture de ferme, mais il n'y en avait pas d'autre. Je mis donc du petit bois dans le foyer, et empilai dessus des bûches qui attendaient là depuis des lustres. Geran avait vu juste sur un point au moins : il allait passer un certain temps à fendre du bois...

Geran se réveilla, alléché par les bonnes odeurs de nourriture. J'ai connu un certain nombre de petits garçons au fil des siècles, et j'ai remarqué que tous les représentants de cette espèce animale ont une caractéristique commune : ils ont toujours faim.

– Qu'est-ce qu'on fait, aujourd'hui, tante Pol ? demanda-t-il après avoir liquidé une deuxième écuelle de porridge.

Je passai un doigt sur le dossier d'une chaise et le lui montrai.

– Qu'est-ce que tu vois, Geran ? demandai-je.

– Pour moi, on dirait de la poussière.

– Exactement. Il faudrait peut-être faire quelque chose à ce sujet.

– Ça ne devrait pas prendre très longtemps, dit-il en parcourant la cuisine du regard. Et quand on aura fini ?

– Ce n'est pas la seule pièce de la maison, tu sais, relevai-je.

Il poussa un soupir funèbre.

– Je craignais que vous ne répondiez ça, tante Pol.

– Tu es un prince, Geran, lui rappelai-je. Je ne voudrais pas t'offenser en te faisant vivre dans une maison sale.

– Il en faudrait davantage pour m'offenser, tante Pol, dit-il d'un ton plein d'espoir.

– Nous ne pouvons pas vivre dans la saleté, Geran. Tu vas voir, cette maison sera propre comme un sou neuf en moins de deux.

– C'est une très grande maison.

– Oui, hein ? Ça t'occupera, comme tu ne peux pas sortir jouer dehors.

– On ne pourrait pas fermer les parties où on ne vivra pas ? On n'aurait qu'à nettoyer les trois ou quatre pièces dans lesquelles on habitera et laisser le reste comme ça.

– Ce ne serait pas bien, Geran. Ça ne marcherait pas.

Il poussa un soupir résigné.

C'est ainsi que nous entreprîmes de faire le ménage dans la maison, le roi de Riva et moi. Ça ne lui plut sûrement pas beaucoup, mais il bouda remarquablement peu. Ce que je m'étais bien gardée de lui dire, c'est que la poussière ne finit jamais de retomber, et que les araignées qui tissent leur toile sont les créatures les plus industrieuses du monde. Le fait d'épousseter une chambre un jour n'a jamais dispensé personne de recommencer le lendemain.

Nous ne fîmes pas que cela, bien sûr. Il y avait une carriole dans une des écuries. J'y attelais périodiquement Mylord et nous allions acheter des provisions dans les fermes du voisinage. Je n'emmenais pas Geran dans mes expéditions. La première fois, je le laissai dans la bibliothèque, et quand je rentrai, je le trouvai assis dans un fauteuil, en train de regarder par la fenêtre d'un air inconsolable.

– Je pensais que tu allais prendre un livre, lui dis-je.

– Je ne sais pas lire, tante Pol, m'avoua-t-il alors.

Ce qui nous fournit une autre occupation pour les moments où nous en avions assez du nettoyage. Geran avait l'esprit vif, et il apprit à lire avec une rapidité surprenante.

Nous nous installâmes dans une sorte de routine. Les matinées étaient consacrées aux travaux domestiques et les après-midi à l'étude. C'était une petite vie assez confortable, et nous étions raisonnablement heureux.

Les jumeaux me tenaient au courant des progrès de l'expédition punitive de mon père en Nyissie, et j'en informais Geran. Il parut assez content d'apprendre que son aïeul semait la ruine et la désolation au pays du Peuple-Serpent.

Au printemps, nous nous lançâmes, mon jeune protégé et moi, dans une autre activité : le jardinage. J'imagine que j'aurais pu continuer à acheter des vivres dans les fermes du voisinage, mais je n'aimais pas laisser Geran tout seul et si mon visage devenait trop familier dans le coin, une parole imprudente pouvait tomber dans une oreille ennemie, à la taverne locale, et alerter un Murgo de passage.

Au début de l'été, mon père et oncle Beldin vinrent nous rendre visite. Je verrai toujours Geran dévaler l'escalier, une épée à la main. Il était encore tout petit, mais il savait déjà que c'était le devoir des hommes que de protéger les femmes. Comme si j'avais besoin de protection ! Mais son petit geste me toucha quand même. Il salua mon père avec allégresse et lui demanda aussitôt s'il avait tenu sa promesse de tuer la Reine des Serpents.

– La dernière fois que je l'ai vue, elle était morte, répondit mon père, mais je lui trouvai un ton quelque peu évasif.

– Tu l'as frappée pour moi, comme je te l'avais demandé ? insista Geran.

– Pour ça oui, gamin, répondit oncle Beldin. Ça, je te garantis qu'il l'a fait.

Le physique noueux d'oncle Beldin semblait mettre Geran mal à l'aise. Je m'empressai de faire les présentations.

– Tu n'es vraiment pas grand, toi, alors, bredouilla Geran.

– Ça présente parfois certains avantages, gamin, répondit oncle Beldin. D'abord, si tu veux que j' te dise, j' risque moins qu' les aut' de m' cogner la tête sur eun' branche basse.

– Il est drôle, lui, alors, tante Pol ! fit Geran en riant.

Puis mon père m'exposa les détails de la petite réunion qu'il avait prévue. L'assassinat de Gorek était un Événement majeur, et il pensait qu'il serait bon de nous réunir tous au Val afin d'envisager les différentes options. Il nous informa qu'il allait chercher Brand dans l'Île des Vents pendant qu'oncle Beldin nous accompagnerait au Val, Geran et moi.

Lorsque nous sortîmes des montagnes de Sendarie, Geran et oncle Beldin étaient copains comme cochons. Il y a une sorte de connivence automatique entre les vieux messieurs et les petits garçons, je n'ai jamais réussi à comprendre pourquoi. Ça m'agace toujours un peu d'entendre le plus chenu du groupe éluder la question en disant : « C'est un truc d'hommes, Pol. Tu ne peux pas comprendre. » Ils peuvent toujours invoquer leurs « trucs d'hommes » à s'en user la langue, moi, je crois plutôt que sénilité rime avec puérilité. Quand on retombe en enfance, sinon en petite enfance, on est content de trouver des compagnons du même âge mental que soi. Je compris lors de cette équipée qu'il faut être dingue pour laisser un vieux monsieur et un petit garçon approcher à moins de trois lieues d'une étendue d'eau. Il leur pousse automatiquement une canne à pêche dans les mains, et vous n'en tirerez plus rien de la journée.

Lorsque nous arrivâmes enfin au Val, Geran rencontra les jumeaux et ce fut aussitôt le grand amour. Je commençais à me sentir vraiment délaissée.

Bon, j'aurais tort de me plaindre : ils me laissaient faire la cuisine et desservir après le repas. C'était le principal, après tout, non ?

Mon père et Brand nous rejoignirent quelques semaines plus tard, et nous nous mîmes aussitôt au travail. Geran nous écoutait, tranquillement assis dans un coin, parler des affaires du monde et de ce que nous envisagions de faire. Mon petit protégé avait été manifestement élevé dans la vieille idée que les enfants ne parlent pas à table. En tout cas, ça nous épargna quantité de questions.

Oncle Beltira nous informa que selon le calendrier des Dals, la Troisième Ère venait de prendre fin. Toutes les prophéties étaient maintenant en place et nous avions reçu nos instructions. Nous n'avions plus qu'à les exécuter.

Puis oncle Beldin nous dit qu'un général angarak appelé Kallath avait entrepris d'unifier la Mallorée afin de la placer sous le joug de Torak.

– Excusez-moi, coupa le prince Geran, enfreignant la règle du mutisme, mais que doit-il se passer en Arendie ? N'est-ce pas l'endroit que mentionnait votre parchemin quand il parlait des « terres du Dieu-Taureau » ?

– C'est très bien, Geran, dit mon père, ravi de sa finesse de perception, car il avait réussi à élucider l'énigme posée par le langage obscur du Codex mrin.

– Il doit se produire un Événement, Votre Grâce, poursuivit Beltira.

– Quel genre d'événement ? insista Geran qui n'avait pas saisi l'emphase particulière que nous donnions à ce mot.

– C'est le terme qu'emploie la prophétie que nous appelons le Codex mrin pour parler d'une rencontre entre l'Enfant de Lumière et l'Enfant des Ténèbres, expliqua Belkira.

– Qui sont ces gens ?

– Personne en particulier, répondit Beldin. Disons que ce sont des titres. Ils circulent de l'un à l'autre. Enfin, tout mène à l'un de ces Événements. Si nous comprenons bien ces prophéties, l'Enfant de Lumière et l'Enfant des Ténèbres vont se rencontrer en Arendie à un moment donné dans l'avenir, et la rencontre risque de ne pas être très amicale. Je doute qu'ils parlent de la pluie et du beau temps.

– Une bataille ? demanda Geran avec gourmandise.

Il était encore très jeune, après tout.

– L'arrivée de ce Kallath en ce moment particulier n'est donc pas une coïncidence, avançai-je tout en préparant le dîner, dans le coin-cuisine.

– Probablement pas, acquiesça mon père.

– Excusez-moi, encore une fois, reprit Geran. Si Torak a ses propres prophéties, alors il sait comme nous qu'il va se passer quelque chose d'important en Arendie, n'est-ce pas ?

– Ça, c'est sûr, répondit Beldin.

– Vous savez ce que je pense ? poursuivit le petit garçon, le front plissé par la concentration. Pour moi, si ma famille est morte, ce n'est pas parce que quelqu'un voulait s'approprier l'Orbe. Je pense plutôt que Torak voulait que nous soyons assez occupés pour ne pas faire attention à ce que ce Kallath faisait en Mallorée. Si les Nyissiens n'avaient pas tué ma famille au moment où ils l'ont fait, l'un de vous serait allé en Mallorée empêcher Kallath de prendre le pouvoir. Mais vous étiez tellement occupés à punir les Nyissiens que vous ne vous êtes pas intéressés à ce qui se passait là-bas. (Il se tut, soudain conscient que nous l'écoutions de toutes nos oreilles.) Enfin, poursuivit-il d'un ton d'excuse, c'est ce que je pense, et ce Zedar que vous connaissez tous était probablement le plus apte à vous berner, puisqu'il vous connaissait si bien.

– Qu'est-ce que tu lui as fait, à ce gamin, Pol ? grommela Beldin. Il n'est pas censé penser aussi intelligemment à son âge.

– Je lui ai appris à lire, mon oncle, répondis-je. Ça doit venir de là.

– Quel gâchis ! marmonna le nabot.

– Comment ça, quel gâchis ?

– Au lieu d'embêter les poissons, quand nous avons traversé les montagnes, nous aurions pu parler philosophie, ce gamin et moi.

– Tu ne peux pas t'empêcher de fricoter avec les événements, hein, Pol ? fit mon père d'un ton accusateur.

– Fricoter ? Moi, j'appelle ça éduquer, Père. Et toi, tu n'as pas fait mon éducation, peut-être ? Tu ne te souviens pas de cette longue séquelle de « pourquoi » que tu m'as débitée, il y a quelques années déjà ?

– Il faut toujours que tu fasses des remarques spirituelles, hein ? répliqua-t-il d'un air écœuré.

– C'est pour ton bien, Père, répondis-je avec légèreté. Ça te dépoussière les méninges et ça retarde l'inévitable sénilité. Enfin, pour un bref instant, du moins.

– Qu'est-ce que tu veux dire, tante Pol ? demanda Geran.

– Laisse tomber, Geran, fit Beltira. C'est un petit jeu entre eux. Ça les gênerait d'admettre qu'ils s'adorent, alors ils se lancent des piques. C'est leur façon à eux de se dire qu'ils ne se détestent pas tant que ça, au fond.

Les jumeaux avaient l'air si doux que nous avions tous un peu tendance à oublier à quel point ils étaient sages. Beltira avait vu clair dans notre petit jeu stupide, et son explication nous emplit de confusion, mon père et moi.

Par bonheur, Brand intervint, dissipant le trouble.

– Mon jeune prince me paraît très doué, dit-il d'un ton rêveur. Nous devons absolument protéger ce brillant esprit.

– Ça, Brand, c'est mon travail, répondis-je.

Polgara, fit soudain la voix de ma mère dans le secret de

mon esprit. *Fais bien attention à ce qui va se dire. Notre Maître a une question à te poser.*

C'est alors que nous sentîmes tous la présence de notre Maître. Nous ne pouvions pas le voir, mais nous savions qu'il était là.

– Acceptes-tu librement ta responsabilité, ma fille ? me demanda-t-il d'une voix intense.

C'était la tâche que j'avais acceptée au mariage de Beldaran. J'avais juré de la mener à bien à ce moment-là, et rien de ce qui s'était passé au cours des deux derniers millénaires ne m'avait fait changer d'avis. Beaucoup de choses s'imbriquèrent à ce moment-là. Dans une certaine mesure, les deux mille ans qui s'étaient écoulés depuis que je m'étais engagée à entreprendre cette tâche n'avaient été qu'une forme de préparation – d'éducation, si vous préférez. Maintenant, j'étais prête à assumer la garde et la protection de Geran – peu importait où les Événements l'entraîneraient, ou la lignée qui descendrait de lui. J'avais déjà donné ma parole d'accepter cette responsabilité, mais notre Maître en voulait à l'évidence la confirmation.

– J'ai déjà librement accepté cette responsabilité, ô Maître, répondis-je en posant la main sur l'épaule de Geran dans une attitude assez possessive. Je l'accepte à nouveau librement. En vérité, je garderai et guiderai la lignée de Riva aussi longtemps qu'il le faudra. Jusqu'à la fin des temps si nécessaire.

En prononçant ces paroles, j'éprouvai une sorte d'exaltation, et je crus entendre un immense tintement émanant de l'étoile la plus lointaine. L'affirmation de mon vœu était très clairement un Événement primordial. J'avais déjà fait des choses importantes, mais c'était la première fois que les étoiles mêmes m'acclamaient.

– Eh bien, repris-je à l'intention de ma famille – un peu impressionnée, je dois dire –, je suis contente que ce soit arrangé. Et maintenant, le dîner est prêt, Messieurs, alors si vous alliez vous laver les mains pendant que je mets la table ?

CHAPITRE XXVI

Au fond, d'un certain point de vue, on pourrait dire que j'avais accepté ma tâche d'instinct, sans réfléchir. L'espèce de vision que j'avais eue à bord du vaisseau qui nous ramenait de l'Île des Vents, alors que je réconfortais le petit Geran effondré de chagrin, avait scellé ma volonté de consacrer le restant de ma vie aux descendants de ma sœur et de Riva Poing-de-Fer. La lignée était de mon sang – de ma meute, si vous préférez –, et j'aurais accepté l'obligation d'élever et de protéger tous ses enfants même si notre Maître ne m'en avait pas fait faire le serment.

Mais mon acceptation avait une autre raison, qui n'avait rien à voir avec la meute. J'étais absolument convaincue que la mort d'Ontrose m'avait fermé certaines portes. J'étais persuadée que je ne me marierais jamais, et que je n'aurais jamais d'enfants à moi. Élever les descendants de ma sœur comblerait en partie ce vide atroce.

Le lendemain matin, je fus prise d'une envie insurmontable de quitter le Val. C'était comme si la réaffirmation de mon serment avait ouvert un chapitre entièrement nouveau de ma vie, et je voulais m'y consacrer à fond. Maintenant, rétrospectivement, j'avoue que j'avais des motifs moins admirables. Par mon serment, Geran était devenu un peu mien, et je voulais le garder rien que pour moi.

C'est drôle la façon dont l'esprit fonctionne parfois, non?

Quoi qu'il en soit, je quittai le Val au bout de quelques jours avec mon petit protégé et ce brave Mylord. Je n'étais pas vraiment pressée de rentrer à la maison, alors nous avancions à une allure mesurée que Mylord appréciait sûrement.

J'ai remarqué que les chevaux sont de fieffés menteurs. Ils adorent courir, mais quand on le leur demande, ils font toujours comme si c'était une effroyable corvée.

– Comment c'était, tante Pol ? me demanda Geran, un soir, après dîner. Je veux dire, comment c'était, au Val, quand tu étais petite, avec toute cette magie et ces sorciers ?

Nous avions étalé nos couvertures par terre, près du feu réduit à des braises rougeoyantes, et l'obscurité amicale se refermait sur nous. Je m'allongeai sur le dos et regardai les étoiles.

– Nous n'avons pas connu d'autre vie, ma sœur et moi, alors ça ne nous paraissait pas spécialement bizarre, tu sais.

– C'était ma grand-mère, hein ? Ta sœur, je veux dire.

– Oui. Enfin, ton aïeule, précisai-je, éludant prudemment certains détails, car j'estimais que Geran n'avait pas besoin que je lui parle de notre mère pour le moment. Notre père était en Mallorée quand nous sommes nées, repris-je. Il était parti avec Garrot-d'Ours et « ses gars » pour voler l'Orbe à Torak.

– Ce n'était pas vraiment du vol, rectifia-t-il. Après tout, l'Orbe était à nous, avant. C'est Torak qui l'avait volée.

– Bon, il l'avait prise à notre Maître. Mais ça revient au même. À cause de ça, ma sœur et moi, nous avons été élevées par oncle Beldin.

– Je l'aime bien, lui, fit Geran en gloussant.

– J'avais remarqué.

Je poursuivis avec une version légèrement édulcorée de mon enfance au Val. Geran m'écouta passionnément. Si vous voulez bénéficier de l'attention sans mélange d'un enfant, racontez-lui des histoires. Au bout d'un moment, tout de même, je n'entendis plus rien : il avait fini par s'endormir. J'observai encore quelque temps la lente progression des étoiles. Je remarquai que quelques-unes des constellations s'étaient déplacées depuis la dernière fois que je les avais vraiment regardées. Puis je m'endormis à mon tour.

En arrivant à ma maison du lac d'Erat, je fis une constatation. Je m'y étais rendue plusieurs fois depuis que je l'avais entourée de roses, et elle paraissait toujours d'une solitude presque insupportable. C'était un endroit désert qui n'avait pas été fait pour cet isolement, et voilà que je n'éprouvais plus cette impression de vide. Geran était là, avec moi, et c'était tout ce dont j'avais besoin. Je décidai que nous pouvions peut-être nous passer de la séance de ménage. Geran avait surmonté le deuil de sa famille, il semblait à présent n'avoir qu'une envie : passer le plus clair de son temps dans ma bibliothèque avec mes exemplaires des Codex mrin et darin. En fin de compte, il éprouva à la lecture du Codex mrin la même frustration que chacun de nous.

– Ça n'a aucun sens, tante Pol ! s'exclama-t-il un soir, en flanquant un coup de poing sur la table.

– Je sais, répondis-je. Ces prophéties ne sont pas faites pour ça.

– Alors pourquoi perdre du temps à les lire ?

– Parce qu'elles nous annoncent ce qui va se passer dans l'avenir.

– Si elles n'ont pas de sens, je ne vois pas quelle aide elles pourraient nous apporter.

– Oh !, avec du travail, on peut leur faire dire des tas de choses. Elles sont très embrouillées pour empêcher les gens que ça ne regarde pas de tomber dessus par hasard.

– Tu veux dire que c'est écrit en code ?

– On peut dire ça comme ça, oui.

– Je pense que je vais m'en tenir à l'autre, le Codex darin. Il est plus facile à lire, et il y a moins de taches d'encre dessus.

– Comme tu veux, Geran.

Je ne saurais dire à quel point j'étais surprise – et satisfaite – de découvrir la rapidité d'esprit de mon jeune neveu. Il avait été élevé comme un véritable Alorien, et on a parfois tendance à penser que les Aloriens n'ont pas de cervelle. Sauf les Drasniens, évidemment. Mais les Drasniens consacrent toute la leur à rouler leurs voisins ; ils ne perdent pas de temps à philosopher.

Nous vécûmes plusieurs années au calme dans notre maison isolée, Geran et moi. Il avait besoin de temps pour grandir, et moi j'avais besoin de temps pour m'habituer à ma nouvelle vocation. Il avait une douzaine d'années, et sa voix commençait à muer, lorsqu'une idée étrangement percutante lui passa par l'esprit.

– Tu sais à quoi je pense, tante Pol ?

– Non, mon chou. À quoi penses-tu ?

– Eh bien, j'y réfléchis depuis un moment, et il me semble que vous vivez, grand-père, nos oncles et toi, hors du temps et du monde dans lequel nous vivons, nous – enfin, tous les autres. C'est un peu comme si vous viviez ailleurs, mais dans un endroit qui serait ici quand même.

Je reposai mon livre.

– Continue, Geran, dis-je.

– Cet autre monde dans lequel vous vivez nous entoure, mais nous ne pouvons pas le voir. Il est soumis à d'autres règles. Vous vivez des milliers d'années, vous devez apprendre à utiliser la magie, et vous passez beaucoup de temps à lire de vieux livres auxquels nous ne comprenons rien. Et puis, de temps en temps, vous venez dans notre monde pour dire aux rois ce qu'il faut qu'ils fassent, et ils sont obligés de le faire, que ça leur plaise ou non. Enfin, je me demandais un peu pourquoi. Pourquoi avons-nous besoin de deux mondes ? Pourquoi pas un seul ? Et puis ça m'est venu : c'est encore plus compliqué que ça, en fait, parce qu'il n'y a pas deux mondes, mais trois. Les Dieux vivent dans un monde – là-haut, parmi les étoiles, les gens ordinaires comme moi vivent ici, dans ce monde où il ne se passe jamais rien qui sorte beaucoup de l'ordinaire. Et grand-père, nos oncles et toi vous vivez dans un troisième monde, entre celui des Dieux et celui des gens normaux. Vous vivez là parce que vous êtes notre lien avec les Dieux. Ce sont les Dieux qui vous disent ce que vous devez faire, et vous nous transmettez leurs instructions. Vous vivez éternellement, et vous pouvez faire des choses magiques, comme voir l'avenir, et tout ça parce que vous avez été choisis pour vivre dans ce monde spécial, entre les Dieux et nous, de façon à pouvoir nous guider dans la bonne direction. Ça tient debout, tante Pol?

– Tout à fait, Geran.

– Et ce n'est pas tout.

– Je me disais aussi...

– Torak est également dans le monde des Dieux, et il a des gens à lui qui vivent dans un monde entre les deux, comme toi et les autres.

– C'est ça. On nous appelle des disciples. Les disciples de Torak sont Urvon, Ctuchik et Zedar.

– Oui. J'ai lu des choses sur eux. Enfin, Torak pense qu'une chose va se produire, et nos Dieux croient qu'il va s'en passer une autre.

– Ça résume assez bien la situation, en effet.

– Alors la guerre des Dieux n'est pas vraiment terminée, hein?

– Non, Geran. Elle continue.

– Et qui va gagner?

– Nous ne savons pas.

– Tante Pol! dit-il avec un mélange d'indignation et d'angoisse. Toute ta bibliothèque est pleine de ces prophéties et tu ne sais pas encore qui va gagner? Il y a bien un livre dans lequel c'est écrit.

– S'il y en a un, il est ici, répondis-je avec un ample geste du bras. Ne te gêne pas pour le chercher. Tu me diras si tu le trouves.

– Ce n'est pas juste!

J'éclatai de rire et le serrai impulsivement contre moi. C'était un garçon adorable, et tellement sérieux!

– Hein, que ce n'est pas juste? grommela-t-il.

Je redoublai d'hilarité.

En 4012 – Geran approchait de ses seize ans –, je me rendis compte que, si je ne voulais pas que la lignée de Riva s'éteigne, il était temps qu'il sorte dans le vaste monde afin de se trouver une épouse. Je réfléchis à l'endroit où nous pourrions vivre, et je me dis que Sulturn serait un bon compromis. Mais ma mère avait une autre idée sur la question.

Non, Pol, fit sa voix, une nuit. *Pas Sulturn – Muros.*

Et pourquoi Muros?

Parce que c'est là que vit la jeune fille qu'il va épouser.

Qui est-ce?

Elle s'appelle Eldara.

C'est un nom algarois.

Forcément, Pol, puisque son père est algarois. Il s'appelle Hattan, et c'est le second fils d'un chef de clan. Il a épousé une Sendarienne alors que son clan amenait un troupeau de bétail à Muros. Il s'y est installé, comme marchand de bestiaux. Il a des relations dans tous les clans d'Algarie, alors il est très prospère. Emmène Geran à Muros, Pol. Emmène-le là-bas, qu'il se marie.

Puisque tu le dis, Mère.

Après réflexion, je me dis que nous devions avoir un certain statut, Geran et moi. Un marchand prospère ne serait sûrement pas enchanté de donner la main de sa fille à un culterreux. C'était clair : nous devions aller à Sendar, Geran et moi. J'allais avoir besoin d'argent.

Mylord n'était plus tout jeune, il soufflait un peu dans les montées, mais il avait encore bon pied bon œil. Je demandai à Geran d'épousseter et d'astiquer l'une des petites voitures de la grange pendant que j'emballais des vêtements respectables pour nous deux dans une solide malle. À la fin du printemps, nous traversâmes la Sendarie en direction de Sendar. C'était le moment idéal pour voyager, et comme nous n'étions pas pressés, je laissai Mylord marcher à son allure. Nous descendîmes vers le sud-ouest, et au bout de quelques jours nous arrivâmes à un carrefour où la route de campagne que nous suivions croisait la grand-route impériale.

– Et maintenant, tante Pol? me demanda Geran, qui conduisait la carriole.

– Nous descendons vers le sud, Geran. Vers Medalia. Après, nous prendrons la grand-route qui mène à Sendar.

– Très bien. Allez, hue, Mylord!

Notre vieux cheval soupira et repartit.

Medalia avait beaucoup changé depuis la dernière fois que j'y étais passée, il y avait plusieurs siècles de ça. La Sendarie était un royaume paisible, à ce moment-là, et la muraille défensive qui entourait la cité de Medalia quand elle faisait partie de mon duché était laissée à l'abandon. Je trouvai ça déplorable, mais je décidai de ne pas faire d'histoires.

Une semaine plus tard, à peu près, nous arrivâmes à Sendar, et nous descendîmes dans une auberge cossue. Après dîner, j'inventoriai notre malle et en tirai des vêtements habillés pour nous deux.

– Nous sommes vraiment obligés de nous habiller comme ça, tante Pol? demanda Geran d'un air un peu dégoûté.

Décidément, il était temps que je le ramène à la civilisation...

– Oui, décrétai-je fermement. Nous allons au palais, demain matin, et je n'ai pas l'intention d'entrer par la porte de service.

– On va voir le roi?

– Pas tout à fait. Nous devons rencontrer son trésorier. Mais il se pourrait que nous soyons amenés à parler au roi pour qu'il fasse avancer notre affaire. Ça dépendra de la dureté du crâne du trésorier.

– Je ne comprends rien à ce que tu racontes, tante Pol.

– Nous avons besoin d'argent, et j'en ai des tas, ici. Mais il faut que j'arrive à convaincre le trésorier que je suis bien qui je prétends être, et que l'argent est à moi.

– Ce n'est pas un peu risqué de confier tout son argent à quelqu'un? Et s'il essayait de te flouer?

– Les Sendariens sont des gens honnêtes, Geran. Le trésorier ne ferait pas ça. Et s'il essayait, j'aurais différents moyens de lui faire comprendre que c'était une grosse bêtise.

C'est ainsi que le lendemain matin, à la première heure, j'emmenai le prince Geran au palais du roi Falben de Sendarie, et plus précisément aux services du Trésor, qui se trouvaient dans une aile particulièrement mastoc. On nous infligea le délai d'attente de rigueur avant de nous faire entrer dans le bureau du trésorier royal, une pièce qui sentait le renfermé. J'ai remarqué que tous les endroits où il y a de l'argent sentent pareil. L'argent est généralement gardé dans des endroits hermétiquement clos, et il ne viendrait à l'idée de personne d'ouvrir les fenêtres pour aérer un peu.

On nous introduisit dans le bureau du baron Stilnan. Les murs de la pièce disparaissaient, du sol au plafond, derrière des rayonnages couverts de registres reliés de cuir, serrés les uns contre les autres. Il régnait dans son antre un silence presque religieux. Ce qui est normal, après tout : pour celui qui passe sa vie entière à le compter, l'argent *est* une religion.

– Je sais que Votre Excellence est très occupée, dis-je après qu'on nous eut priés de nous asseoir. J'irai donc droit au but : il y a un certain temps, ma famille a confié certaines sommes aux bons soins de la Couronne. Je suis venue retirer une partie de cet argent.

– Il va falloir que nous procédions à certaines vérifications, madame... ? demanda le baron, un homme grave et sérieux.

– Plus tard, Votre Excellence. Les fonds en question sont enregistrés dans le volume I de vos livres de compte. Page sept cent trente-six, si je me souviens bien.

Il parut un peu surpris, mais il se leva et prit le dernier volume sur la gauche de l'étagère du haut.

– Vous trouverez un morceau de parchemin scellé épinglé à la page, précisai-je. Il y a un nom écrit sur ce parchemin. C'est une sorte de mot de passe, destiné à m'identifier. Voici le nom que vous devez trouver, dis-je en poussant vers lui, sur le dessus de son bureau, un bout de papier sur lequel était inscrit un seul mot : « Ontrose ».

Le baron Stilnan souffla sur le grand livre pour chasser la poussière, le feuilleta, arriva à la page indiquée, dégrafa le parchemin.

– Mais c'est le sceau du roi Fundor le Magnifique ! s'exclama-t-il.

– Oui, dis-je. Je sais. Fundor avait eu la bonté d'assumer personnellement la gestion du compte. Le nom que je vous ai donné est bien celui qui figure sur le parchemin, n'est-ce pas ?

– En effet. D'après l'enregistrement, le dépôt original a été effectué par la duchesse d'Erat. Seriez-vous sa descendante, ma Dame... ?

– Je suis la duchesse d'Erat, mon cher baron. Je n'ai pas de descendants.

– Le dépôt initial date d'il y a cent quatre-vingts ans, ma Dame.

– Tant que ça ! C'est fou comme le temps file !

– Il va falloir que je consulte le roi Falben, gente Dame. Le compte est placé sous la protection du roi et seule Sa Majesté peut libérer les fonds.

– Quel ennui, soupirai-je. Gardez ça pour vous, mon cher baron, mais j'ai des raisons de ne pas souhaiter que la nouvelle de ma visite se répande.

– Le roi sera seul à savoir, ma Dame.

Le roi Falben de Sendarie était un homme ordinaire, sobrement vêtu de brun. Il avait une quarantaine d'années, et il donnait l'impression de vibrionner comme tous ceux qui ont une douzaine de choses à faire en même temps.

– Allons, fit-il en entrant dans le bureau. Quelle est cette histoire, ma Dame ? Stilnan a bredouillé quelque chose au sujet d'un compte très ancien, confié à la garde du Trésor royal.

– C'est un résumé assez précis de la situation, Majesté, répondis-je avec une révérence tout ce qu'il y a de plus cérémonieuse. J'ai effectué ce dépôt il y a quelques années. Je souhaiterais aujourd'hui en retirer une partie. Si vous montriez à Sa Majesté l'intitulé du compte, baron Stilnan ? suggérai-je. Et le document attaché ? Ça nous ferait peut-être gagner du temps.

Falben parcourut rapidement les pièces en question.

– Vous prétendez être Dame Polgara ? demanda-t-il d'un ton suspicieux.

– Elle ne prétend pas, Majesté, intervint Geran. *C'est* Dame Polgara.

– Mon neveu Geran, dis-je en guise de présentations.

– Il va me falloir d'autres preuves que ce mot de passe, ma Dame, répondit Falben. On rencontre toutes sortes d'escrocs, par les temps qui courent.

– Très bien, dis-je avec un gros soupir, et je fis léviter le roi de Sendarie.

J'ai découvert que c'était le moyen le plus rapide de prouver mon identité aux sceptiques. Il y a dans le fait de se retrouver suspendu dans le vide quelque chose qui fait tout de suite partager ma façon de penser.

– Alors, satisfait ? demandai-je au monarque estomaqué.

Il me regardait, paralysé de terreur, les yeux ronds. Il hocha violemment la tête et je le reposai doucement par terre.

– Je vous demande pardon, Majesté, fis-je d'un ton sincèrement contrit. Nous sommes des gens occupés, et ça permet généralement de mettre fin à ces discussions oiseuses dans les délais les plus brefs.

– Ça, je vous crois, murmura Falben d'une voix un peu tendue, puis il s'approcha du bureau de Stilnan et regarda le livre de comptes. Vous voulez tout retirer, Dame Polgara ? demanda-t-il, l'air un peu soucieux.

– Combien y a-t-il ? J'avoue ne pas avoir tenu mes comptes.

– Eh bien, ma Dame, il y avait plus d'un demi-million de couronnes lors du dernier relevé.

– La couronne est une pièce d'or d'une once, c'est ça ? Je ne me vois pas sortir d'ici avec quinze tonnes d'or dans les poches, hmm ?

Il eut un pauvre petit rire.

– Vous pourriez le faire si ça vous chantait, Dame Polgara. J'ai entendu des histoires à votre sujet.

– Oh, très exagérées, Majesté. Je pense que cinq cents couronnes devraient couvrir mes dépenses courantes.

– Allez chercher ça, Stilnan, ordonna le roi. J'ai un aveu à vous faire, Dame Polgara.

– La confession fait toujours grand bien à l'âme, Majesté.

– Je dois vous dire que votre compte est un peu... hypothéqué. Nous l'utilisons occasionnellement en garantie des prêts temporaires quand nos revenus fiscaux ne couvrent pas tout à fait le budget.

– C'est un usage on ne peut plus légitime pour de l'argent qui dort, répondis-je, très grande dame.

– Puis-je me permettre de vous demander l'origine de votre fortune ?

– Les loyers, Majesté. J'avais un très vaste duché, et je loue des propriétés agraires depuis fort longtemps. Je ne demande pas beaucoup, mais les loyers se sont accumulés, vous comprenez. Il se pourrait que j'achète quelque chose avec, un jour. Pourquoi pas Tol Honeth ?

– Pourquoi pas, en effet ? s'esclaffa-t-il. Les Tolnedrains ne sont pas du genre à refuser une vente.

Le baron Stilnan revint avec deux gros sacs de toile pleins de pièces tintinnabulantes. Il insista pour que je recompte la somme et il enregistra la transaction dans le vieux registre poussiéreux.

– Oh, une dernière chose, Majesté, dis-je. Je préférerais que vous gardiez pour vous la nouvelle de ma visite.

– Quelle visite, Dame Polgara ? J'ai très mauvaise mémoire...

J'éclatai de rire, m'inclinai et quittai le palais royal, Geran sur les talons.

– Ce n'est pas un mauvais bougre, commenta Geran en titubant sous le fardeau des deux sacs dans les rues de Sendar.

– Je l'aime bien, acquiesçai-je, puis je fronçai les sourcils. Les pièces d'or ont un tintement à nul autre pareil, tu ne trouves pas ? Je devrais peut-être imaginer un moyen de les empêcher de s'entrechoquer. Inutile d'attirer l'attention.

– On rentre à la maison, maintenant, tante Pol ?

– Non, Geran. En réalité, on va à Muros.

– Muros ? Pour quoi faire ?

– Je ne t'ai pas élevé pour que tu finisses ermite, Geran. Il est temps que tu découvres le vaste monde et que tu rencontres des gens.

– Et qui veux-tu que je rencontre ? demanda-t-il, intrigué.

– Je me suis dit qu'il vaudrait mieux que vous vous rencontriez avant votre mariage, ta femme et toi, répondis-je. Maintenant, c'est toi que ça regarde. Si tu aimes vraiment les surprises, on peut rentrer à la maison et j'enverrai chercher l'heureuse élue.

Il rougit comme une pivoine et laissa tomber.

Muros n'avait pas beaucoup changé au fil des siècles. C'était – et ce sera probablement toujours – une ville poussiéreuse, qui sentait le bétail. Pour des raisons évidentes, l'argent coule à flots à Muros. On a pu dire que les grands troupeaux de bestiaux algarois étaient « de l'or sur pattes », et la ville grouille littéralement de maquignons venus de tous les royaumes du Ponant. Je portai mon choix sur une auberge tranquille dans une rue calme, et je me mis en quête d'une maison que nous pourrions occuper de façon plus ou moins permanente, Geran et moi. J'ai passé beaucoup de temps, au fil des siècles, à acheter de l'immobilier, et j'ai développé, à force, une sorte d'instinct qui permet de gagner bien du temps. Quand je vois la maison qu'il me faut, je le sais tout de suite. Cette fois, la maison était une bâtisse bien construite dans une petite rue tranquille. Rien à voir avec ma maison de

Vo Wacune, ou ma demeure du lac d'Erat, mais ce n'était pas nécessaire. Nous devions passer, Geran et moi, pour des membres de la petite noblesse, et la maison aurait pu être celle d'une baronne aisée, mais pas vraiment fortunée. Elle convenait parfaitement à notre statut imaginaire.

Elle appartenait à un certain Khalon, un petit Drasnien sec et nerveux. Nous marchandâmes un peu avant de conclure la transaction. Le pauvre bonhomme rendit les armes lorsque je menai la négociation en langage secret drasnien. Il avoua à sa courte honte qu'il manquait de pratique, et il accepta une offre ridiculement basse. Il avait omis de traduire mon geste en chiffres, après quoi sa fierté lui interdit de reconnaître qu'il avait mal compris. En bref, je l'écorchai vif et je suspendis sa peau à la grille d'entrée.

– Là, je crois que je me suis fait avoir, murmura Khalon après avoir topé là.

– Exact. Vous vous êtes fait avoir comme un bleu. Pourquoi ne m'avez-vous pas demandé de vérifier ?

– J'aurais préféré crever. Vous ne le chanterez pas sur les toits, j'espère ?

– On ne me tirerait pas un mot avec un tire-bouchon. Maintenant, je peux vous demander une faveur ?

– Vous voulez aussi me filouter mes meubles ?

– Non. Je meublerai à ma façon. Je voudrais que vous me présentiez à un dénommé Hattan.

– Le marchand de bestiaux algarois ?

– Lui-même. Vous le connaissez ?

– Tout le monde le connaît – et le déteste, à Muros.

– Tout le monde ?

– Enfin, les Tolnedrains. Il leur sort par les trous de nez. Il connaît tous les chefs de clan d'Algarie par leur petit nom, et ils lui laissent toujours le premier choix de leurs bêtes. Il écrème tous les troupeaux qui franchissent les montagnes. Vous avez l'intention de vous lancer dans le commerce des bestiaux ?

– Non, Khalon. Pas vraiment. C'est pour autre chose.

– Bon, je vais emballer mes affaires. Et vendre mes meubles. Ça me prendra quelques jours, puis je vous emmènerai chez Hattan et je vous présenterai à lui.

– Vous rentrez à Boktor, Khalon ?

– Non, baronne. Je n'aime pas l'hiver en Drasnie. Je commence à en avoir marre des vaches. Je vais m'installer à Camaar. J'ai entendu dire qu'il y avait de l'argent à faire dans le commerce des épices. Et les épices, ça sent quand même meilleur que les vaches.

Une petite semaine plus tard, Khalon m'emmenait chez Hattan. À ma demande, il me présenta sous le nom de baronne Pelera. J'ai utilisé des quantités de pseudonymes, au fil des siècles, car mon véritable nom est probablement gravé dans l'esprit de tous les Murgos qui viennent dans le Ponant. (Cela dit, après qu'un certain nombre de mères coopératives eurent baptisé leurs filles Polgara, comme la célèbre Sorcière des légendes, ce subterfuge cessa d'être nécessaire et le diminutif « Pol » suffit généralement à dissimuler mon identité.)

Hattan était un grand gaillard mince, vêtu de cuir de cheval. Il vivait depuis des années en Sendarie, mais il portait toujours le costume traditionnel algarois et il se rasait le crâne, à part une longue mèche qui lui pendait sur le dos comme une queue de cheval. Il devait son succès dans le commerce du bétail à son héritage algarois, et il mettait un point d'honneur à respecter les coutumes de ses ancêtres.

Ça colla tout de suite entre ce Hattan et moi. J'ai toujours aimé les Algarois. Après tout, j'ai grandi dans la cour, derrière chez eux. Hattan n'était pas un bavard, et quand il parlait, c'était d'une voix douce et grave. Quand on passe le plus clair de son temps au milieu des vaches, on apprend à ne pas les effrayer en faisant du bruit. Ou alors il faut aussi apprendre à rabattre le bétail.

Khalon avait largement sous-estimé les sentiments des autres marchands de bestiaux de Muros à l'égard de Hattan.

C'était peu dire qu'ils le haïssaient. Ses contacts intimes avec les chefs de clan d'Algarie lui donnaient un énorme avantage, en particulier sur les Tolnedrains. Les Algarois ont une animosité quasi ancestrale pour les Tolnedrains, de toute façon, et les chefs de clan algarois avaient pris l'habitude de trier leurs bêtes et de réserver les plus belles à Hattan avant même d'arriver à Muros. La vue de tout ce bétail de premier choix qui ne serait jamais à eux rendait les Tolnedrains absolument dingues.

Avec le temps, Hattan nous invita, Geran et moi, à rencontrer sa famille. Sa femme, Layna, était une petite Sendarienne rebondie, frivole, mais elle était beaucoup plus futée qu'elle n'en avait l'air. Geran était aimable avec elle, mais il s'intéressait surtout à Eldara, une grande fille de son âge aux cheveux aile de corbeau. C'était une véritable beauté, qui semblait tout aussi éprise de lui. Ils restaient assis à se regarder dans le blanc des yeux pendant des heures, tout à fait comme Beldaran et Riva. Pour moi, tout ça sentait fortement le « coup de pouce ». La Destinée – ou la Prophétie, appelez ça comme vous voudrez – était manifestement intervenue dans l'affaire.

– On dirait qu'ils s'entendent bien, remarqua Hattan après que Geran et Eldara furent restés face à face sans échanger deux mots pendant une bonne heure.

– Mais ils ne se disent rien, protesta Layna.

– Oh si, Layna, soupira Hattan. C'est juste que tu n'écoutes pas. Je suppose que nous devrions commencer à penser aux préparatifs.

– Quels préparatifs ? releva Layna.

– De mariage, ma chère, intervins-je.

– Quel mariage ?

– Le mariage de ces deux-là, répondit son mari en tendant le doigt vers le jeune couple silencieux.

– Enfin, Hattan, ils n'ont que seize ans ! Ils sont trop jeunes pour se marier.

– Pas vraiment, objecta son mari. Crois-moi, Layna, je sais de quoi je parle. Marions-les avant qu'ils ne commencent à avoir des idées baroques. Nous sommes en Sendarie, mon amour, et les formes ont une certaine importance, ici. Ce n'est pas parce que nous avons mis la charrue avant les bœufs que nos enfants doivent faire comme nous, hein ?

Elle devint d'une jolie couleur betterave.

– Oui, baronne ? demanda Hattan en haussant le sourcil.

– Oh, rien, répondis-je.

Le mariage fut fixé à un petit mois plus tard, pour sauver les apparences. Pendant ce temps, nous nous donnâmes beaucoup de mal, Hattan, Layna et moi, pour ne jamais laisser les enfants seuls ensemble. Si je me souviens bien, au cours de cet interminable mois, je surpris Geran en train de sortir par la fenêtre de sa chambre cinq ou six fois au moins. Hattan adopta une approche plus directe. Il fit simplement mettre des barreaux à la fenêtre d'Eldara.

Un jour, vers midi, Hattan passa me voir pendant que Layna tenait nos jeunes enthousiastes à l'œil.

– Il faut qu'on parle, dit-il laconiquement.

– Mais bien sûr. Il s'agit de la dot, peut-être ?

– Vous avez envie d'un troupeau de bestiaux ?

– Pas vraiment.

– Alors passons. Vous ne vous appelez pas vraiment Pelera, n'est-ce pas, ma Dame ? En réalité, vous êtes Polgara, la fille de Belgarath, hein ?

Je le regardai, stupéfaite.

– Comment avez-vous découvert ça, Hattan ?

– J'ai des yeux pour voir, Dame Polgara, et j'y vois clair. Je suis alorien ; je connais toutes les histoires. Elles vous décrivent parfaitement. Mais elles ne vous rendent pas justice. Vous êtes probablement la plus belle femme du monde. Enfin, c'est en dehors du sujet. Geran n'est pas vraiment votre neveu, je me trompe ?

– Si, en quelque sorte, répondis-je. Notre lien de famille

est un peu plus compliqué, mais c'est ce que nous disons pour simplifier.

– Très bien, dit le grand Algarois. Alors je sais aussi qui il est. Ne vous en faites pas, Dame Polgara. Je sais garder un secret. Mais il va falloir que nous prenions des précautions.

– Je m'en occuperai, Hattan.

– Je suis sûr que vous en êtes capable, mais je voudrais vous donner un coup de main. Je ne crois pas que Muros soit l'endroit idéal pour nos enfants. Il y a beaucoup trop d'étrangers, ici. Ils seraient probablement plus en sûreté à Sulturn ou à Medalia. Je pense que vous allez être obligés de vous déplacer souvent, ajouta-t-il en me regardant entre ses paupières plissées. Si les histoires qu'on raconte à votre sujet sont exactes, vous ne vieillissez pas comme les autres, et il vaudrait sans doute mieux que vous ne restiez pas plus de dix ans au même endroit. Par ailleurs, à votre place, j'éviterais les titres ronflants. Les gens remarquent les duchesses, les baronnes et autres dames de la noblesse, or je doute que vous souhaitiez attirer l'attention.

– Vous avez fait le tour de la question, hein, Hattan ?

– C'est de ma fille qu'il s'agit, alors j'ai un peu réfléchi. Je peux vous faire une suggestion ? Vous ne m'en voudrez pas ?

– Pas le moins du monde.

– Dans l'avenir, il faudra que vous appreniez un métier à tous ces neveux dont vous vous occupez. Les charpentiers n'ont pas besoin d'expliquer pourquoi ils vont de ville en ville. Un artisan, ça se déplace, et personne ne se demande pourquoi, tant qu'il fait bien son boulot. Dans toutes les villes, il y a un ou deux charpentiers, quelques maçons, un apothicaire et ainsi de suite. Les artisans font partie du décor ; ils sont invisibles pour les étrangers.

– Hattan, vous êtes un trésor !

– Je n'irais pas jusque-là, Dame Polgara.

– Vous venez de résoudre un problème. Je me creuse la tête depuis plusieurs années, maintenant, et vous venez de me dire comment aider une longue lignée de jeunes gens à passer inaperçus. C'est très difficile, vous savez. Je suis bien placée pour le savoir.

– Je pense que c'est avec les jeunes gens eux-mêmes que vous risquez d'avoir le plus de problèmes, reprit Hattan. Il vaudrait peut-être mieux ne pas leur dire qui ils sont en réalité. L'ennui, c'est que lorsque celui qui comptera vraiment arrivera, il faudra qu'il le sache, parce qu'il aura certaines choses à faire, et qu'il pourrait être amené à les faire en vitesse. C'est un problème intéressant, Polgara, ajouta-t-il avec un pauvre sourire. Mais je vous laisse le soin de le résoudre.

– Merci, Hattan, répondis-je d'un ton sarcastique.

– Pas de quoi, ma Dame, répondit-il en riant.

Le mariage eut lieu à la fin de l'été. Nous dûmes, Hattan et moi, expliquer à Layna qu'elle pouvait faire une croix sur certains de ses desiderata. Elle avait tendance à en rajouter dans l'extravagance et l'ostentation, or nous étions tous les deux persuadés que Geran et Eldara ne garderaient, n'importe comment, qu'un vague souvenir de la cérémonie, et nous avions des raisons évidentes de tenir à la discrétion. Compte tenu des circonstances, embaucher le héraut de la ville pour crier la nouvelle sur les toits n'aurait pas été très prudent. Hattan eut un peu de mal à convaincre sa femme qu'il n'était pas vraiment utile d'organiser une fête qui resterait dans les annales de Muros, et j'esquivai en douceur en abordant la question de la robe de mariée d'Eldara. Je m'inspirai assez largement des modèles préférés d'Arell. Je ne copiai pas servilement la robe qu'elle avait faite pour Beldaran – enfin, pas dans les moindres détails –, mais j'avoue avoir commis un brin de plagiat constructif. Eldara avait les cheveux noirs alors que Beldaran était blonde comme les blés, ce qui impliquait quelques variations subtiles, mais en dehors de cela, la robe fut assez réussie, à mon avis. Eldara était absolument radieuse lorsque son père l'escorta dans la chapelle. Quant à Geran, il eut à peu près la même réaction que son arrière-arrière-grand-père paternel.

Si je me souviens bien, je manquai m'étrangler lorsque le prêtre qui officiait invoqua, à la fin de la cérémonie, la bénédiction de tous les Dieux sur le jeune couple. L'œcuménisme est l'essence même de la religion sendarienne. Personnellement, je trouve qu'elle pèche par excès d'indulgence. La tolérance théologique est une bien belle chose, mais quand le brave vieux prêtre demanda à Torak de bénir une union d'où serait issu l'homme qui devait lui faire avaler son extrait de naissance, je faillis avoir une attaque d'apoplexie. Hattan, qui était assis entre sa femme éplorée et moi, me prit fermement par le poignet.

– Du calme, murmura-t-il.

– Vous avez entendu ce que ce prêtre vient de dire ? grinçai-je entre mes dents.

Il hocha la tête.

– Ce n'est peut-être pas très adapté aux circonstances, mais c'est la formule rituelle. Torak est sûrement trop occupé pour l'écouter. Cela dit, ajouta-t-il après réflexion, pendant les quelques semaines à venir, il ne serait peut-être pas inutile que vous scrutiez les environs de la ville à la recherche d'un dragon.

– Un dragon ?

– Les Murgos appellent bien Torak le « Dieu-Dragon des Angaraks », non ? Je suis sûre que vous êtes de taille à en découdre avec lui, Pol, mais je préférerais qu'il ne rôde pas dans le secteur. Les vaches sont très craintives, et si Torak se met à survoler Muros en crachant des flammes, ça risque d'être mauvais pour le lait.

– Vous vous croyez drôle, Hattan ?

– Moi ? Quelle idée, Pol !

CHAPITRE XXVII

Geran et Eldara connurent un bonheur effréné, bien sûr. J'ai remarqué que ces mariages « arrangés » étaient souvent très heureux. C'était la façon qu'avait trouvée le Dessein de l'Univers de remercier ceux qui agissaient à sa guise. Bientôt – très vite, même –, Eldara se mit à vomir tous les matins. Allons, les choses se passaient comme prévu.

Je l'aidai à mettre son fils au monde au début de l'été suivant. J'étais assez satisfaite de moi. C'étaient Geran et sa jeune épouse qui avaient fait tout le boulot, mais c'était moi qui avais procédé aux arrangements nécessaires, et j'en retirais une certaine fierté. Je me tirais bien de ma tâche. La lignée de Riva était sauvée – pour une génération de plus, au moins.

Geran et Eldara avaient décidé, après moult discussions, d'appeler leur fils Davon. Hattan fut un peu déçu, je pense. Il espérait que son petit-fils porterait un nom algarois. Personnellement, je me réjouissais qu'ils lui aient donné un nom assez répandu. Les noms algarois font toujours un peu théâtral et, compte tenu des circonstances, la dernière chose que je souhaitais était que ce petit gamin se fasse repérer.

L'accouchement d'Eldara s'était bien passé, et elle fut bientôt sur pied. Je pesai mûrement le pour et le contre avant de réunir les membres de ma petite famille pour leur parler. Malgré les réserves de Hattan, j'en étais arrivée à la conclusion qu'il valait mieux que les héritiers de Poing-de-Fer et leurs femmes sachent à quoi s'en tenir sur eux-mêmes et sur les dangers qui les menaçaient. C'est ainsi qu'après dîner, un soir du début de l'automne, je convoquai un petit « conseil de famille ». J'encourageai délicatement nos serviteurs à se sentir soudain très las, et à aller se coucher. Je fis entrer Geran, sa femme et leur bébé dans ma bibliothèque et refermai la porte derrière nous.

– Geran, tu as parlé de nous à ta femme ? demandai-je abruptement.

– Eh bien... je ne lui ai pas raconté de mensonge, tante Pol, mais je suis passé sur certaines choses.

– Tu ne m'aurais donc pas tout dit ? protesta Eldara d'un ton accusateur. Je n'ai aucun secret pour toi, moi !

– Il ne faisait qu'obéir à mes ordres, Eldara, la rassurai-je. C'est d'un secret de famille qu'il s'agit, et Geran n'avait le droit de le révéler à personne sans ma permission expresse.

– Vous n'avez pas confiance en moi, tante Pol ? demanda-t-elle, l'air un peu froissée.

– Je préférais attendre de mieux vous connaître, Eldara. Je voulais être sûre que vous étiez capable de rester discrète. Votre père est très bon à ce jeu-là, mais je tombe de temps à autre sur des jeunes femmes qui ont la langue un peu trop bien pendue. J'ai noté que vous aviez du bon sens, et que vous ne parliez pas à tort et à travers. Vous avez probablement remarqué que votre mari n'était pas sendarien.

– Il m'a dit qu'il était né dans l'un des royaumes d'Alorie, répliqua-t-elle. Nous étions assez occupés quand il me l'a dit et...

Elle s'interrompit et rosit joliment.

– N'entrons pas dans les détails, Eldara. En réalité, Geran est rivien. Il descend d'une famille très importante de l'Île des Vents.

– Importante ? Comment ça ?

– Il ne saurait y en avoir de plus importante. Il y a onze ans de ça, la famille de Geran a été assassinée par des Nyissiens. Nous avons réussi, mon père et moi, à sauver Geran, mais nous sommes arrivés trop tard pour les autres.

À ces mots, elle ouvrit de grands yeux.

– Ça t'aiderait, mon amour, de savoir que, si certains événements ne s'étaient produits, tu serais aujourd'hui la reine de Riva ? demanda Geran.

– Tu ne te conduis pas vraiment comme un roi, dit-elle d'un ton presque accusateur. Tous les rois ronflent-ils comme ça ?

– Mon grand-père ronflait, confirma-t-il avec un haussement d'épaules.

– Vous discuterez entre vous des détails du comportement royal dans l'intimité, coupai-je. Revenons-en au fait. Geran a des ennemis très déterminés qui n'aimeraient rien tant que de le tuer – et votre bébé avec.

Elle serra plus étroitement sur sa poitrine son enfant endormi.

– Je voudrais bien voir ça ! dit-elle farouchement.

– Eh bien, pas moi, décrétai-je fermement. Les ennemis de Geran sont très puissants. Ils ont les moyens d'engager des assassins par douzaines et des espions par centaines. Je suis sûre qu'ils nous cherchent partout en ce moment même. Le plus sûr est de faire en sorte qu'ils ne nous trouvent jamais. Il y a deux moyens d'y arriver. Nous pouvons nous terrer dans une grotte, dans les montagnes, ou nous pouvons rester ici, bien en vue mais tellement ordinaires que si ces gens nous regardent, ils ne nous verront même pas. J'en ai parlé avec votre père, et dès demain matin, Geran va entreprendre une nouvelle carrière.

– Quelle carrière, tante Pol ? s'enquit Geran.

– Tu vas travailler avec ton beau-père, comme marchand de bestiaux.

– Je ne connais rien aux vaches.

– Tu apprendras, et très vite, crois-moi. C'est une question de vie ou de mort, pour ta famille et pour toi-même. Ça devrait être une motivation suffisante.

C'est ainsi que l'héritier du trône de Riva commença à se lever à l'aube et à partir travailler tous les matins. Il était complètement perdu, au début, mais Hattan lui expliqua patiemment le métier et, surtout, il le présenta à tous les chefs de clan d'Algarie. Il ne lui fallut pas longtemps pour se faire une place dans l'affaire de famille, et Hattan était assez fier de lui.

– Il se débrouille vraiment bien, Pol, me dit-il après que Geran eut conclu un marché avec l'un des clans d'Algarie.

Le marché consistait à conduire un troupeau de vaches vers le nord, le long de la chaussée de Tolnedrie qui traversait les marécages vers Boktor au lieu de passer par les montagnes de Sendarie et Muros. Tout le monde tira profit de l'expédition – sauf les Tolnedrains, évidemment. Ils avaient construit la chaussée, mais leur participation s'était bornée à cela. On m'a dit que les pleurs et les lamentations qui retentirent à Tol Honeth s'entendirent à dix lieues en aval et en amont de la Nedrane. L'année suivante, la chaussée était devenue une route à péage.

Au travail, Geran était entouré par les hommes de Hattan, qui étaient pour la plupart d'origine algaroise. Il était donc parfaitement en sécurité. J'en profitai pour faire connaissance avec Eldara – et pour jouer avec le bébé, naturellement.

Le jeune Davon tenait de son père, qui ressemblait lui-même beaucoup à Daran, le fils de ma sœur. Il y a vraiment des traits récurrents dans la lignée de Riva. D'abord, ils avaient presque tous les cheveux blond cendré. Les cheveux noirs de Poing-de-Fer ne reparaissaient que rarement. Ensuite, c'étaient tous des petits garçons graves et sérieux, pleins de bon sens. Enfin, ça, c'était peut-être plus une question de culture que d'hérédité, dans la mesure où ils avaient à peu près tous vu le jour et grandi en Sendarie.

Les saisons, les années passaient et Davon poussait comme une mauvaise herbe. À douze ans, il était presque aussi grand que son père. Je n'ai jamais trop aimé Muros, à cause de la poussière et de l'odeur de bétail, mais nous y fûmes heureux.

Peu après le douzième anniversaire de Davon, Hattan

passa nous voir. Nous nous installâmes dans ma bibliothèque pour bavarder.

– Vous vous souvenez de la conversation que nous avons eue avant le mariage de Geran et d'Eldara ? me demanda le grand Algarois dont la mèche crânienne était maintenant gris fer.

– Oh !, très bien, Hattan. Nous avons suivi votre conseil, et ça marche plutôt bien, qu'en dites-vous ?

– Ça va même très bien, sauf que vous ne vieillissez pas. Ne pourriez-vous faire magiquement grisonner vos cheveux ? Ça vous vieillirait de quelques années.

– Un jour, il faudra que nous ayons une conversation sur ce que vous appelez la magie, Hattan, soupirai-je.

– Vous voulez dire que vous ne pouvez pas le faire ? avança-t-il, surpris.

– Oh !, je pourrais, mais les cheveux gris ne sont pas vraiment gris, vous savez.

– Moi, je les vois gris.

– Regardez mieux, Hattan. Votre mèche crânienne vous paraît grise, mais en réalité, elle est constituée de cheveux blancs et de cheveux noirs mêlés. Il faudrait que je me teigne la moitié des cheveux en blanc, un par un.

– Ça risquerait de prendre du temps, convint-il.

– Beaucoup de temps. Je pourrais préparer des teintures avec certaines plantes. Le résultat ne serait pas tout à fait le même que sur vous, mais ça pourrait passer. Et je pourrais aussi me maquiller de façon à paraître plus âgée.

– Il serait peut-être plus facile de vous installer ailleurs. À Sulturn, par exemple. Ou bien à Darine.

– Ma parole, Hattan, on dirait que vous voulez vous débarrasser de moi !

– Mais non, voyons. Nous vous adorons, Pol. Seulement nous devons d'abord assurer la sécurité des enfants.

– Il y a un moyen plus simple d'y arriver, rétorquai-je. Une vieille dame comme moi pourrait rester recluse chez elle. Les vieillards font souvent ça, vous savez.

– Je ne veux pas vous cloîtrer, Pol.

– Mais non, Hattan. En réalité, l'idée ne me déplaît pas. Ça me permettrait de rattraper un sérieux retard de lecture. Je serais toujours là, en cas d'urgence, et je n'aurais pas besoin de supporter ces commérages aussi interminables qu'insipides.

– Oh !, une dernière chose, avant que j'oublie : j'ai pensé que Davon pourrait devenir tanneur. Qu'en dites-vous ?

– Que nous habitons sous le même toit, Hattan, répondis-je en fronçant le nez, et que la tannerie est une activité... un peu odorante.

– Pas quand le tanneur se lave régulièrement. Avec un bon savon. Le plus digne des hommes a tendance à sentir le fauve quand il ne prend qu'un bain par an.

– Hmm... Et pourquoi tanneur ? Pourquoi pas tonnelier ?

– C'est une extension logique de mon propre métier, Pol. J'ai accès à des réserves presque illimitées de peaux de bêtes à un prix défiant toute concurrence. Si Davon apprenait à les tanner, il pourrait se faire pas mal d'argent en vendant le cuir.

– On bâtit son petit empire, Hattan ? dis-je pour le taquiner. Vous voudriez tout utiliser dans la vache, hein ? Que pensez-vous faire avec les sabots et les cornes ?

– Tiens, c'est vrai ! Je pourrais créer une fabrique de colle. Merci pour l'idée, Pol. Je n'y avais pas pensé.

– Mais c'est qu'il est sérieux !

– Je prends soin de ma famille, Pol. Quand Belar me rappellera à lui, je laisserai à mes héritiers une affaire prospère.

– Vous êtes resté trop longtemps en Sendarie, Hattan. Vous devriez prendre une année sabbatique et rentrer en Algarie, élever les vaches ou les chevaux, je ne sais pas, moi.

– J'y ai déjà pensé, Pol. Je suis en train de négocier quelques centaines d'acres de bonne pâture. Je connais bien les Sendariens, maintenant. Les Algarois aiment les chevaux rapides, mais les Sendariens préfèrent les animaux plus posés. On a du mal à labourer les champs avec un cheval qui court à fond de train.

– Vous êtes sûr qu'il n'y a pas un peu de sang tolnedrain dans votre arbre généalogique, Hattan ? Vous ne pensez donc qu'au profit ?

– En réalité, Pol, je m'ennuie, répondit-il en haussant les épaules. À partir du moment où tous les aspects d'une affaire deviennent routiniers, je cherche un nouveau défi à relever. Je n'y peux rien si toutes mes entreprises finissent par rapporter de l'argent. Je connais un tanneur appelé Alnik dont le fils n'a pas envie de prendre la suite. Je vais lui parler. Quand Davon aura appris le métier, nous pourrions racheter l'affaire et installer le gamin. Faites-moi confiance, Pol. Tout se passera très bien.

– Je pensais que le principe était de passer inaperçus, Hattan. Je ne trouve pas que le meilleur moyen d'y arriver soit de devenir la famille la plus riche du sud-est de la Sendarie.

– Vous ne comprenez pas où je veux en venir, Pol. La lignée que vous protégez passera inaperçue parce qu'on pensera qu'elle descend de moi. Au bout de quelques générations, personne ne se souviendra plus de l'autre branche de la famille. Ce sera une institution. La famille n'aura plus aucun lien apparent avec l'Île des Vents. On ne peut pas devenir plus invisible que ça, vous ne croyez pas ?

Une fois de plus, Hattan me surprenait par sa finesse d'analyse. Il venait de me rappeler qu'on peut être tout aussi invisible en restant tranquille qu'en courant se cacher n'importe où. Mon ami algarois m'a beaucoup appris sur la façon de se fondre dans l'anonymat. Mon propre environnement était tout sauf banal. J'avais été « Polgara la Sorcière » et « la duchesse d'Erat », deux positions très en vue. Maintenant, j'allais apprendre à être la grand-tante du tanneur du village – même si Muros n'était pas précisément un village. Peu à peu, je me fondrais dans le décor, ce qui convenait parfaitement à notre but. Une fois ce subterfuge mis au point, aucun Murgo, aucun Grolim ne pourrait plus jamais nous retrouver.

Davon était un bon garçon. Il n'éleva aucune objection durant son apprentissage – pas ouvertement, du moins. À dix-huit ans, c'était un tanneur expérimenté et l'entreprise de son patron produisait les plus beaux cuirs de toute la Sendarie.

Cette année-là, notre famille élargie fit la fête pour Erastide. J'officiai dans la cuisine, évidemment. Après avoir mangé plus que de raison, Davon se cala au dossier de sa chaise et nous annonça qu'il avait pensé à quelque chose.

– Si nous achetons l'affaire d'Alnik, nous produirons la majeure partie du cuir vendu dans cette partie de la Sendarie. Et si j'embauchais quelques jeunes cordonniers qui se lancent dans le métier ? Nous pourrions adjoindre un atelier à la tannerie et faire des chaussures.

– Ça ne marcherait jamais, Davon, objecta Geran. Les chaussures doivent être adaptées aux pieds de celui qui va les porter.

– J'ai pris quelques mesures, Père, répondit Davon avec un petit rire embarrassé. Les gens doivent me croire un peu fou, parce que je veux toujours leur mesurer les pieds. Mais j'y arrive de mieux en mieux. Maintenant, rien qu'en le regardant, je peux deviner la longueur des pieds d'un homme au quart de pouce près. Au fait, tes pieds font huit pouces et demi. Les pieds des femmes et des enfants sont plus petits, mais il n'y a qu'un nombre limité de tailles de pieds dans tout Muros. Personne n'a des pieds de trois pouces de long, et personne n'en a qui font dix-neuf pouces. Si nos cordonniers faisaient des chaussures dans les tailles les plus communes, il y aurait des gens pour les mettre, je vous le garantis.

– Allez, Hattan, un petit sourire, dis-je.

– Comment ça, Pol ?

– Vous avez réussi à corrompre une nouvelle génération, on dirait ?

– Moi ? fit-il d'un petit ton innocent.

– Oui, vous !

Au printemps suivant, nous consacrâmes un peu de notre bel argent, Hattan et moi, à l'achat de la tannerie d'Alnik. Davon en prit la direction et se mit aussitôt à fabriquer de bonnes chaussures solides qui plaisaient beaucoup aux fermiers. Les gens qui voulaient des chaussures fantaisie continuaient à les faire faire aux cordonniers traditionnels, mais les travailleurs et les gens du peuple commencèrent à se fournir à la boutique, qui occupait l'extrémité d'une longue chaîne de fabrication. Les peaux brutes entraient par un bout de la tannerie de Davon, et il en sortait des chaussures de travail par l'autre bout. Les habitants de Muros commençaient à remarquer la famille. Mais les Angaraks de passage ne la voyaient même pas – à moins qu'ils n'aient envie d'acheter une vache ou une paire de chaussures.

Nous réussîmes enfin à marier Davon en 4039. Il avait vingt-trois ans à l'époque, et je commençais à m'inquiéter un peu. Le mariage est une chose qu'il n'est pas souhaitable de différer trop longtemps. Au bout d'un moment, on finit par s'installer dans le célibat. Hattan, qui avait une bonne soixantaine d'années, à l'époque, me disait que je m'en faisais trop.

– Nous ne sommes pas des gens comme les autres, Pol, me dit-il juste avant le mariage. Si j'étais un Algarois ordinaire, en ce moment, je serais assis sur un cheval, près de l'Aldur, et je surveillerais un troupeau de vaches. J'aurais une femme algaroise, dix enfants, et nous habiterions tous dans des voitures. Mais je ne suis pas un Algarois ordinaire, je suis marié à Layna et je vis à Muros où je fais fortune au lieu d'empêcher des vaches de s'attirer des ennuis dans les plaines d'Algarie. J'étais plus vieux que Davon quand j'ai épousé Layna. J'ai mis un moment avant de me ranger. Les nobles et les paysans se marient jeunes. Les hommes d'affaires ont tendance à attendre un peu plus longtemps.

La future femme de Davon était une jolie blonde radieuse, au caractère enjoué, appelée Alnana. Cette fille était une joie de tous les instants. Nous l'observâmes avec attention, Eldara et moi, et nous décidâmes que c'était une prétendante plausible. Les jeunes gens croient toujours que ce sont eux qui décident, mais certaines réalités leur échappent. L'influence des femmes de la maison joue un rôle décisif dans le choix d'une épouse convenable.

Mais je n'en dirai pas plus. Les femmes savent déjà tout cela, et les hommes n'ont pas vraiment besoin de le savoir.

Le mariage de Davon et d'Alnana fut l'événement social de la saison. Notre famille tenait le haut du pavé à Muros, en ce temps-là, et nous n'avions pas de raison particulière de faire ça discrètement comme à l'époque où Geran était sorti de nulle part pour épouser Eldara. Les mariages sont des événements majeurs dans la vie de la classe marchande, et les commerçants ont tendance à en faire des tonnes.

Après le mariage, Davon et Alnana s'installèrent dans une nouvelle aile de ma maison. Nous étions un peu les uns sur les autres, mais nous nous entendions bien, et les frictions étaient réduites au minimum.

Hattan, mon cher, cher ami, vécut assez longtemps pour voir naître son arrière-petit-fils, Alten, en 4041. Et puis, par un vilain matin de printemps, il fut éventré par un gros taureau algarois belliqueux dans ses parcs à bestiaux. Ces animaux sont tellement stupides qu'on a tendance à oublier qu'ils sont toujours armés. Hattan mourut pratiquement sur le coup. Je n'aurais rien pu faire, mais ça ne m'empêcha pas de m'en vouloir pendant des années. J'ai parfois l'impression d'avoir passé la moitié de ma vie à me faire des reproches. C'est l'un des inconvénients majeurs de l'étude et de la pratique de la médecine. Les gens qui font métier de guérir sont toujours choqués et indignés quand ils découvrent un nouveau mal contre lequel ils sont impuissants. Et comme personne n'a trouvé de remède contre la mort, les médecins doivent apprendre à accepter l'inévitable et à continuer.

Layna fut complètement effondrée, évidemment. Elle ne survécut pas longtemps à son mari. Une fois de plus, la mort opérait des coupes claires dans les rangs de ceux que j'aimais le plus au monde.

Je me consolai – comme je l'ai si souvent fait – en me consacrant à mon nouveau neveu. Quand il eut six ans, il n'y avait aucun doute qu'il était bien le digne descendant de la petite famille à laquelle j'avais consacré ma vie. Geran, Davon et Alten étaient le portrait craché les uns des autres. Davon et Alten n'avaient pas besoin de se demander à quoi ils ressembleraient en vieillissant. Ils n'avaient qu'à regarder Geran.

Vers la cinquantaine, les tempes de Geran commencèrent à grisonner, ce qui lui donnait l'air très distingué. Puis, en 4051, malgré la grande sagesse que le poil gris semble conférer au plus stupide des hommes, nous nous retrouvâmes entraînés, Geran et moi, dans ce qui ne fut jamais plus proche de ressembler à une discussion :

– On m'a demandé de me présenter au conseil municipal, m'annonça-t-il par un beau soir d'été, alors que nous étions tous les deux au jardin. J'avoue que ça m'incite à la réflexion.

– Tu as perdu la tête, Geran? lançai-je sèchement.

– Je ne pourrais pas faire pire que certains de ces incapables, répliqua-t-il, sur la défensive. La plupart ne font ça que pour se remplir les poches.

– Ce n'est pas ton problème, Geran.

– C'est ici que je vis, tante Pol. Le devenir de la ville m'intéresse autant qu'un autre.

– Qui a eu cette idée stupide?

– Le comte de Muros en personne, lâcha-t-il en se rengorgeant.

– Sers-toi de ta tête, Geran! lançai-je. Tu ne peux pas faire ça. Ça attirerait trop l'attention sur toi.

– Comme si les gens s'intéressaient aux membres du conseil!

– Les gens d'ici, peut-être pas, mais les étrangers, y compris les Murgos, s'intéressent beaucoup aux gens de pouvoir. Il ne manquerait plus qu'un Murgo s'interroge sur tes origines. Il apprendrait en un clin d'œil que nous sommes arrivés ici en 4012, dix ans après l'assassinat du roi Gorek, et il ne tarderait pas à additionner deux et deux.

– Tu t'en fais trop, fit-il en pouffant.

– Il faut bien que quelqu'un s'en fasse à ta place. Ça ferait trop de coïncidences pour un Murgo : ton âge, mon aspect physique, ma seule présence, le fait que je ne vieillisse pas, tout ça lui mettrait la puce à l'oreille, il en parlerait à Ctuchik. Lequel se demanderait naturellement s'il ne se pourrait pas que tu sois le survivant du massacre de Riva, et je te prie de croire qu'il ne s'embarrasserait pas de scrupules, Geran : dans le doute, il vous ferait aussitôt assassiner, toute ta famille et toi. Le fait d'être élu à un poste insignifiant a-t-il tellement d'importance pour toi ?

– Je pourrais faire protéger ma famille. J'ai les moyens de me payer des gardes du corps.

– Autant t'accrocher autour du cou une pancarte disant « roi de Riva ». Des gardes, Geran ? Pourquoi ne pas embaucher une fanfare, tant que tu y es ?

– Je pourrais faire tant de choses pour la ville et ses habitants, tante Pol.

– Ça, c'est sûr, mais Muros n'est pas ta priorité. Une seule ville doit compter pour toi : Riva. Un jour, un de tes descendants siégera sur le trône de cette cité. Pense plutôt à ça, au lieu de t'intéresser au rebouchage des nids-de-poule et au ramassage des ordures d'une ville poussiéreuse de la plaine de Sendarie.

– C'est bon, tante Pol, dit-il, exaspéré. N'en rajoute pas. Je vais présenter mes excuses au vieil Oldrik et lui dire que je suis trop pris pour faire des discours sur la corruption des fonctionnaires.

– Oldrik ?

– Le comte de Muros. Nous sommes assez bons amis. Il me demande mon avis de temps à autre.

– Ah, misère ! soupirai-je.

– Voyons, tante Pol, tu ne veux pas que je reste tapi sous une pierre comme un scolopendre ? geignit-il. La ville de Muros a été bonne avec moi. Je devrais faire quelque chose pour elle, en échange.

– Eh bien, fais construire un jardin public ou un hospice pour les pauvres. Mais ne te mêle pas de politique.

– Si tu le dis, tante Pol, soupira-t-il.

Malgré mon intervention pour le dissuader d'accepter un poste officiel, Geran devenait beaucoup trop visible à Muros pour ma tranquillité. Je commençais à avoir le sentiment dérangeant que tôt ou tard l'un des agents de Ctuchik ne pouvait manquer de s'interroger sur le passé du « premier citoyen » de la ville, et je commençai à faire des projets.

Il se révéla que ce n'était pas prématuré. Il était même déjà un peu trop tard.

Le jeune Alten poussait comme une mauvaise herbe. À douze ans, il avait rattrapé son père. De temps en temps, l'un des héritiers de Garrot-d'Ours remonte aux origines, comme pour me rappeler que son sang court toujours dans ses veines. Alten passait par l'une de ces périodes gauches que traversent tous les adolescents mâles. Il y avait des moments où j'avais l'impression qu'il grandissait à vue d'œil. Il avait près de quatorze ans quand il rentra à la maison, un après-midi, et me demanda d'un air intrigué si nous étions des gens importants.

– C'est ce que ton grand-père avait l'air de penser, il y a quelques années, répondis-je. Il voulait se présenter aux élections au conseil municipal.

– Ah bon ? Je ne savais pas.

– C'est moi qui l'ai détourné de ce projet. Pourquoi ce soudain désir de notoriété, Alten ? Tu es apprenti cordonnier. Tu deviendras célèbre si tu fais de bonnes chaussures.

– Le cordonnier dont je suis l'apprenti a cassé son aiguille préférée, ce matin, expliqua-t-il. Il m'a envoyé en acheter une autre au marché et là j'ai vu un étranger qui se renseignait sur nous.

– Un étranger ? Quel genre d'étranger ? demandai-je très vite, tous les sens en éveil.

– Ça, je ne sais pas. Tout ce que je sais, c'est qu'il n'était ni tolnedrain ni drasnien.

– De quoi avait-il l'air ?

– C'était un grand type à la peau basanée. Plus foncée que celle des Tolnedrains ou des Arendais. Et il avait des yeux d'une drôle de forme.

– Des cicatrices sur les joues ? avançai-je avec l'impression qu'un poing de fer se refermait sur mon cœur.

– Tiens, oui, maintenant que tu le dis, il me semble, en effet. Il portait une robe noire qui avait l'air comme rouillée. Il posait des questions sur nous. Il voulait savoir quand grand-père était arrivé à Muros, et il s'intéressait surtout à toi. Il t'a très bien décrite. Je me demande quand il a pu te voir, puisque tu ne sors presque jamais.

– Quelqu'un a dû lui parler de moi, Alten. Retourne à la tannerie, dis à ton père de venir tout de suite et va chercher ton grand-père. Il doit être dans les parcs à bestiaux. Dis-leur que c'est très urgent. Nous devons parler. Oh !, et surtout évite l'étranger au visage scarifié.

– Oui, m'dame ! dit-il en filant.

Je savais qu'il y aurait des objections, probablement véhémentes, alors je fis une chose que je n'avais pas été amenée à faire depuis très longtemps : je n'essayai pas de raisonner avec ma famille ; je donnai des ordres.

– Il y a un Murgo en ville, dis-je quand ils furent tous réunis. Il questionne les gens à notre sujet. Nous devons partir immédiatement.

– Ce n'est vraiment pas le moment, tante Pol, objecta Davon. Mon contremaître, à l'atelier de cordonnerie, vient de me donner son congé. Je ne pourrai pas m'en aller avant de lui avoir trouvé un remplaçant.

– Tu laisseras ce soin à ton successeur.

– Quel successeur ?

– Celui qui achètera ton affaire.

– Mais je n'ai pas l'intention de vendre !

– Eh bien, brûle-la.

– Mais de quoi parles-tu ?

– Je parle de notre famille et de sa survie, Davon. Quand les Murgos commencent à poser des questions sur nous, nous faisons nos paquets et nous partons.

– J'ai investi toute ma vie dans cette affaire ! Il n'y a rien de plus important pour moi !

– Elle a plus d'importance que la vie d'Alnana et d'Alten ?

– Mais de quoi parles-tu, enfin ?

– Geran, raconte-lui ce qui est arrivé sur la plage de Riva, en 4002.

– Elle a raison, Davon, confirma Geran. Quand les sbires de Ctuchik commencent à se rapprocher, nous prenons la fuite – ou c'est la mort. Le Cthol Murgos tout entier veut notre mort.

– Mais notre vie est ici ! protesta Alnana, au bord des larmes.

– Quelle vie ? Ce sera la mort, pour nous, si nous restons, lâcha froidement Geran. Si nous ne bougeons pas, et tout de suite, nous serons tous morts la semaine prochaine. Le comte Oldrik est mon ami, poursuivit-il en regardant pensivement le plafond. Je vais lui confier le soin de céder mes actifs et de déposer les fonds aux bons soins du Trésor, à Sendar.

– Enfin, Père ! Tu n'as pas l'intention de faire cadeau du travail de toute une vie au roi ? explosa Davon.

– Mais non. Je ne suis pas patriote à ce point. Tante Pol a une fortune dont elle a confié la gestion au roi. Nous allons juste ajouter notre argent au sien pour le moment – jusqu'à ce que nous ayons trouvé un nouvel endroit où nous cacher.

– Pourquoi ne pas nous débarrasser tout simplement du Murgo ? objecta Alten.

– C'est une idée intéressante, Alten, répondis-je fraîchement. Tu es doué pour tuer les gens ? Tu as beaucoup d'expérience dans ce domaine ?

– Eh bien..., bredouilla-t-il.

– C'est ce que je pensais. Bon, c'est entendu, Geran. Va parler à Oldrik.

– J'irai demain matin, à la première heure.

– Non, Geran. Tout de suite. Je vais écrire au roi un bref message, authentifié par un certain mot de passe, lui disant quoi faire de notre argent. Demain matin, nous serons à des lieues de Muros. Davon, Alten, vous allez retourner à la cordonnerie. Dites à vos employés qu'il s'est passé quelque chose. Invoquez un problème de famille, sans entrer dans les détails. Dites-leur que nous partons pour Camaar.

– Nous allons vraiment à Camaar, tante Pol ?

– Bien sûr que non, mais je voudrais que ce Murgo le croie. Au fait, Geran, tu diras à Oldrik de vendre aussi la maison. Nous n'en aurons plus besoin.

– Où allons-nous, tante Pol ? demanda Alten.

– Dans un endroit plein de roses, répondis-je avec un sourire.

Geran poussa un soupir à fendre l'âme.

– Il faut voir le bon côté des choses, Geran, repris-je. Cette fois, tu auras toute la main-d'œuvre que tu voudras pour t'aider à faire le ménage.

C'est exactement ainsi que les choses se passèrent : nous quittâmes Muros deux heures avant le lever du jour et nous suivîmes la grand-route impériale qui menait à Camaar. À trois lieues de la ville, nous prîmes la route secondaire qui partait vers l'ouest du lac de Camaar où nous arrivâmes vers midi. Nous longeâmes la rive nord et nous reprîmes une petite route qui allait à Medalia.

Nous avions deux voitures et quelques montures supplémentaires. J'avais insisté pour que tout le monde s'habille comme des paysans. Les voitures étaient là pour la frime plutôt que par commodité. Nous avions besoin des vivres et des couvertures qu'elles contenaient, évidemment, mais les meubles banals empilés dessus étaient là pour donner l'impression que nous étions en train de déménager.

Une dizaine de jours plus tard, nous arrivions au lac d'Erat. Nous passâmes la nuit dans la forêt pendant que je me changeais en chouette et scrutais méticuleusement les environs. Je ne trouvai aucun signe de présence angarake. Nous nous engageâmes prudemment sur une piste de bûcherons à peine visible qui menait à la lisière de mon fourré de roses.

À ce stade, je pris la précaution d'inspecter à nouveau les environs. Il y avait trois bûcherons à une demi-lieue de là. Par prudence, je leur ordonnai de dormir depuis la branche sur laquelle je m'étais perchée. Puis je retournai auprès de ma famille, priai les roses de nous laisser passer, et nous entrâmes dans ma demeure.

– Quelle belle maison ! s'exclama Eldara, la femme de Geran.

– Je suis contente qu'elle vous plaise, ma chère, répondis-je. Parce que vous avez intérêt à vous y habituer. Nous risquons d'y passer plusieurs années.

– Assez longtemps pour la nettoyer de la cave au grenier, en tout cas, dit Geran avec un soupir résigné.

– Comment ça ? fit Eldara, intriguée.

– Tu vas bientôt comprendre, ma douceur, lui dit Geran. Tu vas comprendre, crois-moi. Où avons-nous laissé les balais et les seaux, tante Pol ?

– Dans le cagibi, juste à côté de la cuisine, Geran.

– Eh bien, fit Geran. Je pense que nous ferions aussi bien de nous y mettre tout de suite...

CHAPITRE XXVIII

Ma maison du lac d'Erat fut notre refuge de la dernière chance pendant toutes ces années. C'était ma version de la grotte dans la montagne. Je l'utilisai plusieurs fois à cette fin, jusqu'à ce que je sois plus douée pour la fuite et l'évasion. Le seul fait de savoir qu'elle était là et qu'il était très improbable qu'un Murgo la repère me procurait un profond sentiment de sécurité.

Cette première fois fut légèrement différente de toutes les autres, parce que nous avions une bonne raison d'y rester longtemps. Geran était un prince de naissance ; ses souvenirs d'enfance, ses instincts les plus profonds étaient basés sur cette réalité. Il n'était pas programmé pour l'anonymat. Il était né dans une famille royale, et comme c'était une bonne famille royale, il avait été élevé dans le respect du devoir et des responsabilités plus que dans le souci des privilèges. Il avait une tendance naturelle à prendre les choses en main et à se détourner de son chemin pour aider son prochain. C'est probablement pour ça qu'il aurait tant voulu s'investir dans les fonctions électives. C'était bien gentil, mais il n'aurait pas pu faire pire. La logique froide me disait que Geran était tout simplement trop bon pour le monde extérieur. Et force m'est de le reconnaître – même si mon âme se fige à cette idée –, les années que nous passâmes reclus au milieu des roses n'avaient qu'un but : laisser à Geran et à sa femme le temps de vieillir et de mourir.

Je vous parais peut-être froide et indifférente. J'aimais Geran comme mon propre fils, mais j'étais avant tout responsable de sa lignée, non des individus qui la composaient.

Et pour assurer sa pérennité, je devais préserver des héritiers incapables de maintenir leur anonymat aux yeux du monde. Cela se renouvela plusieurs fois au cours des siècle suivants, et ça me crevait toujours le cœur d'emmener l'un de ces graves jeunes gens dans ma demeure et de l'y enfermer jusqu'à ce que les années l'emportent. Je me demande parfois si les siècles que j'ai vécus en tant que duchesse d'Erat ne me préparaient pas aux funérailles éternelles que je serais amenée à endurer au titre de la charge qui m'avait été confiée. J'avais perdu Killane, Asrana, Malon et Ontrose, et là, dans cette maison près du lac, j'attendais patiemment de perdre Geran et Eldara pour pouvoir continuer.

Le prince Geran de Riva mourut dans son sommeil en 4066, peu après son soixante-dixième anniversaire. Sa mort n'était pas une surprise ; il déclinait depuis pas mal d'années. Nous le pleurâmes, et je suis heureuse de dire qu'aucun des membres de notre petite communauté ne débita joyeusement que « ça valait mieux comme ça ». Cette platitude débile, exaspérante, m'a toujours donné des envies de meurtre. Je suis médecin ; la mort est mon ennemie, pas mon amie.

Nous enterrâmes Geran à côté de Killane, sur la colline, et nous regagnâmes la maison bien vide à présent.

Eldara rejoignit son mari deux ans plus tard. Je commençai à suggérer subtilement au reste de la famille qu'il faudrait peut-être songer à retourner dans le vaste monde.

Je leur laissai un an pour se faire à cette idée et, un été, après le dîner, alors que nous étions tous assis sur la terrasse, je remis la question sur le tapis.

– Où voudriez-vous aller ? leur demandai-je.

– Chez nous, évidemment, répondit tout de suite Alnana.

– Je ne pense pas que ce soit une bonne idée, mon chou, objectai-je. Nos ennemis nous y attendent probablement.

– Mes sœurs sont à Muros, insista-t-elle.

– Raison de plus pour ne pas y mettre les pieds. Une fois que les assassins murgos ont commencé à tuer, ils ont tendance à éliminer tout ce qui bouge. En retournant à Muros, nous mettrions probablement vos sœurs en danger mortel – et leurs familles avec.

– Vous voulez dire que je ne les reverrai jamais ? s'écria-t-elle.

– Au moins, vous pouvez vous consoler en pensant qu'elles sont toujours en vie, Alnana.

– Si nous voulons aller le plus loin possible de Muros, il y a Camaar, ou Darine, suggéra Davon.

– Pas Camaar, objectai-je.

– Pourquoi pas ?

– Parce qu'il y a trop de gens d'origine étrangère, à Camaar. Nous voulons éviter Muros, pas nous jeter dans la gueule du loup.

– Alors Darine ? proposa Alten.

– Ce serait peut-être la meilleure solution, convins-je en faisant la moue. Darine grouille d'Aloriens, et les Aloriens ont certains préjugés héréditaires.

– Ah bon ?

– Ils détestent viscéralement les Murgos. Les préjugés raciaux sont stupides et pas très louables, mais ils sont parfois utiles. Il y a sûrement des Murgos sympathiques, quelque part, sauf que je ne sais pas où ; en tout cas, ceux que nous rencontrons dans le Ponant ne font pas partie du nombre. Quand on en voit un à l'ouest de l'À-pic ou au nord de Sthiss Tor, on peut être sûr qu'il est venu pour tuer.

– Et les autres Angaraks ? avança Alten.

– Les Malloréens vivent de l'autre côté de la mer du Levant. Ils sont à la botte d'Urvon, pas de Ctuchik. Les Thulls sont trop bêtes pour être vraiment dangereux et les Nadraks sont une énigme. Personne ne sait vraiment de quel côté ils sont. Ctuchik s'appuie presque exclusivement sur les Murgos, et plus particulièrement sur les Dagashis. C'est d'eux qu'il faut nous méfier. Je propose que nous nous installions à Darine. Avec tous les Aloriens qui sont là-bas, les

Murgos doivent penser davantage à rester en vie qu'à se débarrasser de nous.

Et voilà. À la fin de l'automne 4068 nous emballâmes quelques vêtements « fonctionnels », nous fermâmes ma demeure du lac d'Erat et nous nous rendîmes à la cité portuaire qui se trouvait sur le golfe de Cherek, où nous nous fîmes passer pour des négociants qui se délocalisaient. Nous descendîmes dans une auberge confortable, assez loin du front de mer afin d'éviter les odeurs caractéristiques du port. Davon et Alten partirent en exploration avant même que nous n'ayons fini de déballer nos affaires. Je les connaissais assez pour savoir qu'il était inutile d'essayer de les en empêcher, mais je réussis à obtenir qu'ils s'habillent d'une façon aussi banale que possible.

– Les maisons sont toutes les unes sur les autres, observa Alten lorsqu'ils revinrent. C'est comme ça partout, dans le Nord ?

– Il n'y a pas de vaches, expliquai-je.

– Comment ça ?

– Les rues de Muros sont larges parce que les Algarois font traverser la ville à leurs troupeaux. Les maisons des villes du Nord sont collées les unes aux autres parce que c'est moins cher. Quand on construit entre deux bâtiments existants, les murs latéraux sont déjà en place. Il n'y a plus qu'à bâtir la façade, l'arrière, et le toit, évidemment.

– Tu te moques de moi, tante Pol ? fit-il d'un ton accusateur.

– Pas du tout, Alten ! Je n'oserais jamais.

Davon était emballé par l'idée de faire construire une maison pour nous, mais je le lui déconseillai.

– Nous sommes des fugitifs en cavale, mon chou, lui rappelai-je. Chaque fois que nous risquons d'être découverts, nous devons fuir. Quand on construit une maison, on s'y attache, et cet attachement peut être fatal. Quand le moment vient de prendre la tangente, la dernière chose que l'on souhaite, c'est d'avoir un boulet au pied. L'auberge fera l'affaire jusqu'à ce que nous trouvions une maison qui nous convienne.

– Je vais fouiner un peu, tante Pol. Je vais aller et venir, de toute façon. Il faut que je trouve une occupation.

– Oh, oh ! Un autre atelier de cordonnerie ?

– Je ne sais pas. Je pourrais toujours me rabattre sur la cordonnerie s'il le fallait, mais il vaudrait peut-être mieux que j'essaie autre chose. Ce Murgo fouineur a probablement appris dans quel secteur d'activité nous étions, à Muros, et il a dû en informer Ctuchik. Alors autant éviter les métiers du cuir. C'est par là qu'ils commenceraient à chercher, non ?

– Sans doute, oui. Tu as bien compris la leçon, Davon.

– Tu nous l'as suffisamment rabâchée, tante Pol. Nous pouvons vivre comme les autres, jusqu'à un certain point. La seule différence, ou presque, c'est que nous devons garder les yeux et les oreilles ouverts, et ne rien faire pour attirer l'attention.

– Ça résume assez bien la situation.

– Je ne devrais pas dire ça, mais mon père n'était pas très doué pour ça. Il donnait parfois l'impression d'oublier que nous ne voulions pas nous faire remarquer. Tu crois que je devrais cacher cette marque de naissance, tante Pol ? demanda-t-il en regardant la tache pâle qu'il avait dans la paume de la main droite. À ton avis, Ctuchik est au courant ?

– Je ne sais pas. C'est possible.

– Alors, je vais la dissimuler. Je suis tanneur ; je connais toutes les teintures susceptibles de changer la couleur de la peau. Enfin, fit-il en se levant, je crois que je vais repartir en balade avec Alten. Je ne tiens pas en place. Il faut que je me trouve une occupation, tante Pol. Il y a des années que je n'ai pas gagné d'argent ; il faut que je m'y remette avant d'avoir oublié.

– J'ai l'impression d'entendre parler un Sendarien, Davon.

– Mais je suis sendarien, tante Pol. C'est bien l'idée générale, non ?

Je pense que de tous les descendants de Poing-de-Fer, Davon était le plus conscient de ce que nous faisions.

Ils se promenèrent ainsi dans Darine, son fils Alten et lui, pendant une petite semaine, puis Alten attrapa froid et je le gardai près de moi. Davon ressortit tout seul plusieurs fois, et, par une journée de neige, il rentra à l'auberge avec un petit paquet sous le bras. Nous étions assis devant la cheminée, Alnana, Alten et moi, lorsqu'il revint, les joues rouges, et nous montra ce qu'il avait trouvé : une fourrure d'un beau noir de jais.

– Que dites-vous de ça ? nous demanda-t-il.

– Oh, Davon, que c'est joli ! s'exclama Alnana en palpant la fourrure. Qu'elle est douce ! Je n'ai jamais vu une vache avec une peau pareille. Qu'est-ce que c'est ?

– De la zibeline, ma tendresse, répondit-il. C'est une sorte de grosse fouine qui vit dans les montagnes du Gar og Nadrak. J'en connais un rayon sur les peaux de bêtes, mais je n'ai jamais rien vu de pareil.

– Cette fourrure était très prisée par la noblesse du nord de l'Arendie, il y a bien longtemps, racontai-je.

– Il doit en falloir beaucoup pour faire un manteau, dit-il.

– Les manteaux de zibeline étaient très rares, Davon. Ils coûtaient une véritable fortune. La plupart des dames avaient un ou deux manteaux avec un col et des poignets de zibeline. On en faisait des parements plutôt que des vêtements entiers.

– Je me demande si la mode reviendrait..., fit-il d'un ton rêveur. Je sais où je pourrais trouver le produit, mais il faudrait qu'il y ait un marché. Tu as travaillé le cuir, Alten, dit-il en tendant la fourrure à son fils. Tu crois que tu pourrais coudre ça ?

Alten, qui avait vingt-sept ans, à l'époque, regarda la chose en faisant la moue, la tourna et la retourna entre ses mains.

– C'est plus fin que la peau de vache, dit-il. Ça doit donc être moins solide et je ne pense pas qu'on pourrait en faire des chaussures. Il faudrait faire des coutures très fines.

Je le regardai d'un autre œil. Cet Alten était un charmant garçon, mais les années qu'il avait passées enfermé dans ma demeure du lac d'Erat en avaient fait un grand timide, pour ne pas dire un sauvage. Enfin, j'avais peut-être une idée pour l'aider à surmonter ce handicap.

– J'en connais un rayon, question couture, dis-je. Nous pourrions dessiner des modèles, Alnana et moi, et Alten pourrait les exécuter. Il y a de riches marchands, ici, à Darine, et les femmes des riches marchands adorent dépenser de l'argent pour frimer. Une boutique de fourreur dans la plus belle rue de la ville pourrait être une bonne affaire.

Cette innocente proposition était destinée à donner à Alten l'occasion de se trouver en contact avec des femmes. Sa timidité n'y résisterait pas, et je finirais bien par le marier. Le célibat n'était pas une option envisageable dans cette famille.

Davon trouva une maison près de la porte sud de Darine. C'était une vieille baraque, mais elle était encore solide, et la toiture était en bon état. La tâche de trouver des ouvriers pour la restaurer me retomba dessus, Davon et Alten étant trop pris par leurs affaires. Cependant, avant d'ouvrir une boutique de fourreur, nous devions créer une demande. C'est ainsi que nous passâmes l'hiver à nous pavaner, Alnana et moi, vêtues de manteaux agrémentés de cols et de manchettes de fourrure, coiffées de toques de fourrure et les mains bien au chaud dans des manchons de fourrure. Les bottes à revers de fourrure n'étaient peut-être pas du meilleur aloi, mais c'était pour la bonne cause, alors...

Alten prit quelques commandes, cet hiver-là, et la demande paraissait suffisante pour que nous ouvrions une boutique. Nous fûmes bientôt envahis par les clients, et la concurrence commença à se manifester.

J'eus quelques frayeurs lorsque Davon me ramena, au

printemps suivant, un Nadrak maigre comme un clou, un peu éméché et à la mine patibulaire. Il s'appelait Kablek. Il avait une grande gueule, il faisait beaucoup de vent, et il puait comme trente mille diables.

– Allez, Davon, montrez-moi ça, disait-il lorsqu'ils entrèrent dans la boutique, ce jour-là. Moi, je vous dis que c'est la fourrure qui compte, pas la peau sur laquelle elle pousse.

– La fourrure ne vaut pas grand-chose si les poils tombent, Kablek, répondit Davon avec une patience d'ange. Vos trappeurs ne font pas attention aux peaux, dans les montagnes. Et une peau verdâtre, à moitié pourrie, ne vaut pas le coup d'être rapportée.

– Un honnête trappeur n'a pas de temps à consacrer aux peaux qu'il trouve.

– Et que fait-il de ses moments perdus? Il se soûle la gueule? À vous de voir, Kablek, mais vous tireriez un meilleur prix des peaux si vos trappeurs restaient à jeun juste le temps de les gratter et de les tremper dans le tanin avant qu'elles ne commencent à moisir.

– Vous croyez peut-être que les trappeurs ont la place, sur leur mule de bât, pour une barrique de tanin? ironisa le Nadrak.

– Ils ont bien la place pour deux tonnelets de bière, non?

– Question de survie, Davon. Ce sont des provisions.

– Dites-leur de boire de l'eau.

– Je sais pas, mais je crois que c'est contre notre religion.

– Comme vous voudrez, Kablek, fit Davon en haussant les épaules. Mais tôt ou tard, je trouverai un négociant en fourrures qui y verra un peu plus loin que le bord de sa chope de bière. Le premier qui trouvera le moyen de régler le problème aura l'exclusivité de mes commandes.

– C'est bon, montrez-moi ces fourrures qui ne vous donnent pas satisfaction.

– Elles sont là, fit Davon en emmenant le Nadrak titubant dans l'arrière-boutique.

Ils y restèrent une demi-heure, et nous ne perdîmes pas une miette de ce que racontait Kablek. Il avait une assez grande gueule, et un langage très imagé. Puis ils ressortirent tous les deux.

– Je ne me rendais pas compte que c'était à ce point-là, convint Kablek d'un ton funèbre. Vous pouvez me répéter ce qu'il faut faire pour éviter ça ?

Davon lui expliqua que l'écorce de certains arbres préservait les peaux animales.

– Si vos trappeurs faisaient ça aussitôt après avoir dépouillé les bêtes, je pourrais achever le processus ici, conclut-il. Croyez-moi, Kablek, ça doublerait le prix, sinon plus, des peaux que vous rapportez à Darine.

– Je vais voir ce que les trappeurs me diront.

– Si vous refusez d'acheter des peaux moisies, ils comprendront vite.

– Je vais tâcher de trouver un moyen, grommela Kablek, puis il me regarda en plissant les yeux. Vous voudriez pas me la vendre ? demanda-t-il à Davon. Vous en avez deux. Y a pas un homme sensé qui peut vouloir entretenir deux femmes.

– Désolé, Kablek, mais elle n'est pas à vendre.

Kablek lui jeta un regard endeuillé.

– Bon, ben j' retourne à la taverne, dit-il. On se revoit au printemps prochain.

Sur ce, il sortit de la boutique en basculant sur les talons.

– Qu'est-ce que c'est que cette histoire ? demandai-je.

– Il ne voulait pas me croire quand je lui ai dit que les peaux qu'il essayait de me vendre étaient de médiocre qualité.

– Ce n'est pas de ça que je parle, Davon. Qu'est-ce qui n'est pas à vendre ?

– Toi, tante Pol, répondit-il innocemment. Cela dit, la proposition était très avantageuse. Tu devrais être flattée.

– Quoi ? piaula Alnana.

– C'est une spécificité de la culture nadrake, mon chou, expliquai-je. Les femmes sont considérées comme des biens mobiliers. On peut les vendre et les acheter.

– Mais c'est de l'esclavage !

– C'est un peu plus compliqué que ça, Alnana. Je vous expliquerai un jour. Quand nous serons tranquilles.

Un mois plus tard, par là, une jeune femme réservée entra dans le magasin et regarda ostensiblement les manchettes de zibeline.

C'est elle, Pol, fit la voix de ma mère dans ma tête.

Je m'en doutais, répondis-je. *On dirait presque un tintement de cloche, hein ?*

Tu t'améliores, Pol. Encore quelques siècles, et tu n'auras plus besoin de moi.

La fille s'appelait Ellette. Alten et elle avaient manifestement entendu le même son de cloche dont nous parlions, ma mère et moi.

On les maria l'hiver suivant, et Alten ne parut pas exagérément désespéré de renoncer au célibat.

Nous étions très bien à Darine, mais, entre nous, j'avais des réserves sur la situation. La famille était un peu trop prospère et un peu trop en vue pour mon goût. Et puis les contacts avec les étrangers étaient inévitables. Kablek, qui était un ami de la famille, m'inspirait une confiance relative – comme tous les Angaraks. Je me serais sentie beaucoup plus tranquille si nous ne nous étions jamais rencontrés. L'Angarak le mieux intentionné du monde ne pourra jamais s'empêcher de raconter au premier Grolim venu tout ce qu'il a envie d'entendre. Je décidai à Darine que toutes les cités portuaires étaient à éviter, de même que les grandes villes de l'intérieur. Nous serions beaucoup plus en sécurité dans un village. Les villageois sont trop occupés et trop imbus de leur importance pour s'occuper des étrangers, mais les villageois n'ont pas tant de sujets de conversation, et les gens de passage alimentent les bavardages pendant des semaines, à la taverne locale. Ça suffirait à m'avertir, puisque j'avais le moyen d'écouter les ragots sans être obligée de supporter l'odeur aigre de la bière tournée. La vie n'est pas toujours folichonne dans les villages, mais nous y serions plus en sûreté ; ça compenserait amplement.

La famille prospéra raisonnablement à Darine, et nous y restâmes probablement trop longtemps. En 4071, Ellette donna le jour à un fils, qu'Alten tint absolument à appeler Geran en souvenir de son grand-père. Ce n'était sûrement pas une très bonne idée, tout bien considéré, mais Alten ne voulut pas en démordre. Davon continua à acheter des fourrures aux Nadraks et parfois à des Drasniens, et Alten continua à en faire des colifichets qui se vendaient très bien. Alnana mourut en 4077, et Davon déclina rapidement après cela. C'est plus fréquent que vous ne pensez peut-être. Il arrive que le chagrin vous emporte plus vite qu'une maladie.

En 4080, une de ces épidémies qui ravageaient périodiquement le monde antique éclata à Darine, et elle emporta la moitié de la population. Davon, Alten et Ellette moururent à quelques heures d'écart, malgré tous mes efforts. Cette fois, je ne fus pas chassée par un Murgo inquisiteur. C'est la peste qui me fit fuir. Aussitôt après l'enterrement, je fermai la maison et la boutique, je pris le peu d'argent qui traînait là et je quittai Darine avec le jeune Geran. Pour aller où ? je vous le donne en mille. Dans la sûreté de ma maison près du lac, évidemment.

Nous y restâmes plusieurs années. Pour passer le temps – et en prévision de l'avenir – j'appris à Geran les rudiments de l'art de guérir. C'était un étudiant attentif, sinon très doué, et je nourrissais de grands espoirs pour son avenir. Mais quand nous sortîmes de notre réclusion et que je l'établis à Medalia, je me rendis vite compte que ce ne serait jamais un très bon médecin. Son diagnostic était loin d'être infaillible.

Il se maria tard – bien après trente ans. Sa femme lui donna un fils pour poursuivre la lignée, et quatre filles par-dessus le marché.

J'étais un peu déçue par Geran sur le plan professionnel, mais j'avoue que ses médiocres dons de médecin servaient infiniment mieux nos desseins que s'il était devenu un guérisseur de réputation mondiale. Il gagnait suffisamment d'argent pour nous faire vivre, mais pas plus, et ça contribua à limiter les ambitions de son fils. Le premier Geran était un prince, Davon et Alten avaient été des négociants prospères. Le deuxième Geran ne faisait pas d'étincelles, de sorte que son fils ne grandit pas entouré de domestiques, dans une maison magnifique. Mais il était habile de ses mains, et lorsqu'il eut une douzaine d'années, je le mis en apprentissage chez un charpentier. Les circonstances semblaient conspirer avec les projets de mon ami Hattan pour plonger les héritiers de Poing-de-Fer dans l'obscurité.

Pendant quelques siècles, j'échantillonnai la plupart des métiers manuels de Sendarie. J'élevai des dinandiers, des tisserands, des tailleurs de pierre et des ébénistes, des forgerons et des maçons. Mes jeunes neveux étaient tous des artisans sérieux, plutôt effacés, mais assez fiers de leur travail, et à de rares exceptions près, je ne leur donnai guère de détails sur leur hérédité. Savoir que l'on a du sang bleu ne veut pas dire grand-chose pour un jeune home qui le verse toutes les fois qu'une lame glisse et qu'il s'entaille une jointure.

Nous ne vivions pas précisément comme des vagabonds, mais nous déménagions assez souvent, pour nous installer dans des villes et des villages de plus en plus petits à chaque fois. Je considérais nos voisins comme des espèces de chiens de garde, et cette image me plaisait assez. Ça ne marchait pas mal, d'ailleurs. Chaque fois qu'un Murgo traversait le village où nous habitions, j'étais prévenue longtemps à l'avance, et si le Murgo s'attardait, je quittais précipitamment la ville en invoquant une « affaire de famille ».

Je vivais dans un village bizarrement nommé Rendorum, situé à quelques lieues de la route qui allait de Sendar à Seline. Ma famille se bornait, à ce moment-là, à un unique descendant de Poing-de-Fer et de Beldaran appelé Darion. Lorsque j'entendis dire qu'un marchand murgo était descendu en ville, je décidai que le moment était venu de changer de décor. Mais cette fois, j'optai pour une ville de plus grande taille et non pas un village plus petit, et au nom encore plus ridicule. Nous fîmes nos paquets, Darion et moi, et je payai un voiturier pour nous emmener à Sulturn, en Sendarie centrale.

J'ai toujours aimé cette ville. Elle est moins étouffante que Medalia ou Seline, et la brise du lac est rafraîchissante pendant les mois d'été. Darion avait une petite quinzaine d'années lorsque nous nous y installâmes, et je le mis en apprentissage chez un ébéniste. C'était un jeune homme bien bâti, qui promettait d'être plus grand que ses géniteurs. Il ne serait pas aussi baraqué que Cou-d'Aurochs, mais je ne m'en plaignais pas. Je me voyais mal dissimuler de jeunes géants. Darion passa ses premières années d'apprentissage à tailler des chevilles de bois. L'artisan chez qui je l'avais placé était un traditionaliste qui était absolument contre les clous. Pour lui, un bon meuble devait être chevillé, parce que les clous, ça ne tient pas, et qu'une armoire bancale est un péché capital.

Après avoir fait des chevilles pendant un an, Darion fut autorisé à s'attaquer au fond et aux côtés des armoires, ces placards à vêtements amovibles alors si populaires en Sendarie. Les armoires sont des meubles encombrants, mais ils permettent de réorganiser la chambre, ce qui n'est pas possible avec des placards à vêtements encastrés dans les murs.

Au bout de quelques années, l'employeur de Darion – je n'aime pas employer le mot « maître », car il revêt un autre sens dans ma famille – consentit enfin à laisser son apprenti toucher au devant d'une armoire. Le vieillard grognon inspecta minutieusement le résultat, indiqua un défaut dans une moulure et convint à regret que mon neveu n'était pas rigoureusement incapable.

Il lui confia ensuite la réalisation d'un cabinet, et il eut beau faire, le vieux ronchon ne put trouver à y redire.

Lorsque Darion eut vingt ans, il faisait l'essentiel du travail dans l'atelier pendant que son employeur perdait son temps à faire des cages à oiseaux et autres billevesées. Les gens de Sulturn connaissaient le véritable auteur des beaux meubles qui sortaient de chez lui, et un certain nombre d'entre eux me glissèrent dans le tuyau de l'oreille que Darion ferait bien de se mettre à son compte.

J'avais une solution toute faite. J'allai trouver l'employeur de Darion et lui achetai son fonds, en faisant valoir qu'il serait mieux inspiré de passer le crépuscule de sa vie auprès de son fils et de ses petits-enfants dans leur ferme, à la pointe sud du lac.

– Où as-tu trouvé l'argent, tante Pol? me demanda Darion avec étonnement lorsque je le mis au courant.

– Bah, j'ai certaines ressources, mon chou, éludai-je.

L'argent m'a toujours posé un problème – pas le manque d'argent, non : l'excès d'argent. Au fil de ces interminables siècles, j'ai presque toujours eu plusieurs centaines de couronnes d'or sendariennes planquées quelque part. Je n'en fais pas une histoire, surtout parce que les artisans travaillent toujours plus dur quand ils ne savent pas qu'ils ont des tas d'or cachés dans le foyer de la cheminée, ou derrière une pierre, dans un mur. Je voulais que ces jeunes gens croient être le seul soutien de leur famille, et la frugalité est une vertu, de toute façon. Alors...

En 4413, Darion, qui avait vingt-deux ans, commença à sortir avec une très jolie blonde appelée Selena. Le tintement silencieux dont nous avions parlé, ma mère et moi, retentit à nouveau dans ma tête la première fois que je la vis.

Darion et Selena se marièrent en 4414, au début du printemps. Avant le mariage, Darion déménagea son atelier et aménagea le grenier au-dessus de sa boutique en appartements pour nous. Le bail de la maison un peu déglinguée que nous habitions près du lac venait à expiration, de toute façon, et notre futur marié pensait qu'il valait mieux s'installer avec sa jeune épouse dans une maison à eux. Ça présente parfois des inconvénients de vivre sur son lieu de travail, mais au moins Darion n'avait pas loin à aller le matin, quand il partait travailler.

Après le mariage de Darion et de Selena, nous nous établîmes dans une existence domestique assez radieuse. Je faisais la cuisine et je m'occupais de la maison avec Selena, pendant que Darion fabriquait et vendait ses meubles au rez-de-chaussée. À bien des égards, nous vivions selon le mode de vie idéal défini par Hattan. Darion était respecté pour ce qu'il était : un honnête artisan, mais il ne sortait pas du rang. Il gagnait confortablement sa vie. Néanmoins, un homme qui vit au-dessus de sa boutique ne peut guère être assimilé à un prince marchand.

Et puis, à la fin de l'automne 4415, mon père nous rendit visite. Au fil des ans, j'avais senti sa présence dans les environs, mais c'était la première fois qu'il s'imposait à nous. Je m'attendais à ce qu'il me tienne à l'œil, et j'aurais été sûrement déçue qu'il ne le fasse pas. Il n'était pas aussi intimement impliqué que moi dans la vie de la famille, mais il s'y intéressait quand même.

Mon père ne prend pas de gants quand il libère son Vouloir, et je l'entendis entrer dans la boutique, en bas, avant même qu'il n'arrive à l'étage. Lorsqu'il fit irruption chez nous, je constatai qu'il avait pris l'aspect d'un grand bonhomme à la barbe noire, fournie, qui lui montait jusque sous les paupières inférieures. Je suis sûre que ce déguisement marchait sur les autres, mais c'est son esprit que je reconnus, et non son aspect extérieur. Il nous tomba dessus alors que nous étions en plein dîner.

– Que fais-tu là, Vieux Loup ? lui demandai-je. Je pensais t'avoir dit de me fiche la paix.

– Il faut que vous partiez tout de suite d'ici, Pol, répliqua-t-il d'un ton pressant en reprenant son aspect normal.

Vous imaginez l'effet que ça fit à Darion et à Selena !

– Qui est cet homme, tante Pol ? demanda Darion d'une voix étranglée.

– Mon père, répondis-je d'un ton méprisant.

– Le Très Saint Belgarath ?

Je n'avais pas fait mystère de mes origines, et mon père a une réputation formidable – qui ne résiste pas à un contact un peu rapproché, soit dit entre nous.

– « Saint », ça reste à voir, grinçai-je, moins pour l'édification de Darion que pour celle de mon père.

J'ai toujours adoré lui tirer la barbe, et je ne m'en prive pas de temps en temps.

– Il y a urgence, Pol, répondit-il. Nous devons quitter Sulturn immédiatement. Si tu n'es pas capable de te teindre les cheveux, au moins tu devrais apprendre à ne pas déballer tes affaires quand tu t'installes quelque part. Tous les Grolims du monde sont au courant, pour ta mèche blanche.

– Mais qu'est-ce que tu racontes ?

– Il y a un Murgo dans une auberge, sur le front de mer, à l'ouest, qui pose des questions sur toi. Il abreuve les Sendariens de bière, et il sait au quart de pouce près où tu te trouves en cet instant précis. Va faire tes paquets.

– Pourquoi ne l'as-tu pas tué, Père ? Un Murgo mort est un Murgo qui ne pose plus de questions.

– Tante Pol ! s'exclama Darion, horrifié.

– Que sait-il au juste ? demanda mon père avec un mouvement du pouce dans sa direction.

– Ce qu'il faut qu'il sache.

– Il sait qui il est ?

– En gros.

– Oh, Pol ! soupira mon père d'un ton excédé. Faire des mystères pour le plaisir est vraiment une distraction puérile. Va faire tes bagages pendant que je lui explique qui il est en réalité. N'emporte que le nécessaire. Nous rachèterons le reste à Kotu.

– Kotu ?

Je n'avais vraiment pas prévu ça, et je n'étais pas sûre que ça me plaise beaucoup.

– La Sendarie est un endroit trop dangereux, Pol. Tu es obligée de fuir sans arrêt en laissant tout tomber. Les Murgos – et les Grolims – commencent à concentrer leur attention sur cet endroit. Jette deux, trois trucs dans un sac pendant que j'explique la situation à Darion et à sa femme.

– Je pense tout de même que tu aurais dû planter six pouces d'acier dans ce Murgo.

– Ç'aurait été une perte de temps, Pol. Les Grolims auraient appris qu'on avait retrouvé un Murgo crevé dans une ruelle obscure, et ils te seraient tombés dessus en moins de huit jours.

Il parla d'aller acheter des chevaux, mais je l'en dissuadai tout de suite. Selena avait beau être une fille en bonne santé, elle était enceinte, et il n'a jamais été bon pour une femme enceinte de rebondir sur une selle. Je ne prêtai guère attention pendant que mon père expliquait les dures réalités de leur existence à Darion et à Selena. J'avais déjà entendu son histoire plusieurs fois, et j'en avais personnellement vécu une bonne partie. Darion avait l'air un peu sceptique, mais il fit comme s'il croyait mon père. Puis il suggéra que nous quittions la ville dans sa carriole un peu déglinguée. Cette idée plut tout de suite au Vieux Loup ; ça lui rappelait l'identité d'emprunt préférée de notre Maître. Et puis, ça m'écorche la langue de le reconnaître, mais il eut une idée de génie :

– Je me demande si nous ne devrions pas mettre le feu à cet endroit, fit-il d'un ton rêveur.

Pour le coup, ça déplut vivement à Darion et à Selena. Tout ce qu'ils possédaient était dans cette maison, et ils n'avaient pas encore réalisé qu'ils ne reviendraient jamais à Sulturn pour reprendre leur ancienne vie. C'est en partie pour ça que le plan de mon père était tellement génial : non seulement ça attirerait l'attention de tout le monde en ville, mais aussi ça couperait court à toutes les envies que Darion et Selena pourraient avoir de revenir chercher des souvenirs.

Mon père retourna à l'auberge chercher son cheval pendant que je suscitais trois squelettes qui convaincraient les villageois – et le Murgo fouineur – que nous étions morts dans l'incendie, Darion, Selena et moi. Comme ça, la piste que le Murgo aurait suivie finirait dans un cul-de-sac à Sulturn.

Mon père conduisit la voiture qui nous emmena hors de Muros. Nous étions tous les trois cachés sous une bâche, à l'arrière. Quelques heures après minuit, nous étions sur la route de Medalia, laissant un feu de joie derrière nous : la boutique de Darion qui brûlait joyeusement.

Pendant deux semaines nous suivîmes la route du Nord, par une fin d'automne tempétueuse. Si vous voulez aller de Sulturn à Darine en vitesse, vous achetez un bon cheval et vous suivez les grand-routes tolnedraines. En piquant des deux, vous pouvez espérer y être en cinq jours. Mais traverser les villes et les villages comme si vous aviez Torak en personne à vos trousses risque d'attirer l'attention, alors mon père prit à travers champs, et ne pressa pas son cheval. De toute façon, l'automne est une période agréable pour voyager. Les arbres arborent leur plus belle livrée, et la moindre brise emplit l'air d'un tourbillon de couleurs.

En arrivant à Darine, mon père vendit son cheval, la voiture de Darion, et nous prîmes le bateau pour Kotu, en Drasnie.

Je n'aimais pas Kotu. Je n'ai jamais aimé cet endroit, probablement à cause de l'odeur de marécage qui plane en permanence sur la ville, comme une malédiction. Et puis les ruses compliquées des marchands drasniens de Kotu avaient fini par me taper sur les nerfs. Quand un Drasnien vous doit de l'argent, il préférerait mourir plutôt que de vous rembourser sans tirer un profit quelconque de la transaction.

Il faut bien l'avouer, mon père avait fini par me manquer au bout de toutes ces années. Il a toutes sortes de défauts que je réprouve absolument, mais c'est un vieux brigand assez distrayant, et il est d'un pragmatisme presque brutal que je n'ai jamais réussi à égaler. Je n'aurais jamais eu l'idée de brûler la boutique de Darion. Je dois être trop sentimentale.

Mon père et Darion s'entendaient bien. Darion avait le bon sens d'écouter les conseils du Vieux Loup, ce que mon père approuvait. Je suis à peu près sûre que Darion n'était pas chaud pour changer de métier à Kotu. Pour lui, c'était la carcasse des meubles qui comptait, pas les décorations qui les ornaient, et devenir sculpteur sur bois était, de son point de vue, une déchéance. Mon père écarta ses protestations avec une sécheresse caractéristique.

– Et moi, je pense qu'il est plus important de rester en vie que de préserver une obscure intégrité artistique, lança-t-il.

Ce qui mit plus ou moins fin aux objections de Darion.

Mon père resta avec nous, à Kotu, le temps que nous nous installions. Il nous harcela jusqu'à ce que nous changions de nom, concocta, afin de dissimuler ma mèche blanche révélatrice, une teinture pour les cheveux qui, soit dit en passant, ne marcha pas, puis il partit. Mon père est une légende ambulante, et aucun déguisement, aucun faux nom ne dissimulera jamais très longtemps son identité. Nous étions plus en sûreté après son départ.

Selena donna naissance à un fils au printemps suivant, et Darion rompit – assez finement, à mon avis – avec la tradition en lui donnant enfin un nom drasnien et non rivien ou sendarien. Il le baptisa Khelan, ce qui me troubla un peu. En je ne sais combien de siècles, il n'arriva que deux fois que l'un des descendants de Poing-de-Fer reçoive un nom local. L'anonymat est une bien belle chose, mais quand même...

Peu après la naissance de Khelan, une voix me parvint dans la nuit, et cette fois, ce n'était pas celle de ma mère.

Tu dors, Pol? me demanda mon père.

Plus maintenant, répondis-je aigrement. *Que se passe-t-il, Père?*

Je suis à la grand-foire d'Arendie, et je viens d'avoir une conversation absolument fascinante avec Ctuchik.

Que fait-il à la foire d'Arendie?

Il te cherche, figure-toi. Tu lui manques, tu ne peux pas savoir.

Et là, tout de suite, il est en train de t'écouter. Très futé, Père.

Ne sois pas ridicule, Pol. Je sais comment l'empêcher d'écouter aux portes. Ne t'avise pas de retourner en Sendarie avant un moment. C'est mon territoire, maintenant.

Qu'est-ce que tu racontes?

Ctuchik a un sous-fifre appelé Chamdar, un lascar moyennement doué, et il me l'a collé sur les endosses.

Ce ne sont pas des façons de parler, Père.

Je suis un gars de la campagne, Pol. Je ne parle pas une langue très châtiée. Bref, ce Chamdar ne me lâche plus. Ctuchik est convaincu que je sais où tu es et que je viens régulièrement te voir. Chamdar me suit comme un toutou dans l'espoir de te retrouver.

Et quel rapport avec l'endroit où je choisis de vivre?

On a signalé ta présence en Sendarie de temps à autre, Pol, et Ctuchik considère la Sendarie comme ton habitat naturel. Je vais amuser ce Chamdar pendant un moment, et je n'aimerais pas que tu te fourres dans nos pattes.

Pourquoi ne pas tout simplement t'en débarrasser en le tuant?

Je connais ce Chamdar; je sais à quoi il ressemble. Je préfère avoir un visage familier à mes trousses plutôt qu'un parfait étranger. Je vais le balader en Sendarie jusqu'à ce qu'il connaisse comme sa poche toutes les ruelles et tous les chemins de campagne de ce fichu royaume. Il sera tellement persuadé que tu es encore là qu'il ne lui viendra pas à l'idée d'aller te chercher dans les royaumes d'Alorie. Laisse-moi les coudées franches, Pol. Je vais m'occuper de ce Chamdar.

Tu n'as pas mieux à faire?

Pas vraiment. Ce que tu fais, toi, est presque aussi important que le jour où Torak a fendu le monde. C'est ma petite contribution à ta tâche.

Puis il laissa échapper un ricanement.

Qu'y a-t-il de si drôle?

Je vais bien m'amuser, Pol. Je pense que si tu écoutes attentivement, tu entendras souvent les hurlements de frustration de Chamdar, au fil des siècles. Ne mets pas les pieds en Sendarie, et je te garantis que tu seras en sûreté.

Où vas-tu maintenant?

Je pense que je vais emmener notre ami Chamdar à Tol Honeth et que je vais y rester un moment, histoire de lui donner des goûts de luxe avant de l'obliger à se rouler dans les caniveaux. Ctuchik a eu la bonne idée de me faire filer le train, ajouta-t-il en riant de plus belle. *Je vais traîner ce bonhomme dans la fange, juste pour lui montrer ce que je pense de lui. Dors bien, Pol.*

Ça, c'était mon père tout craché.

SIXIÈME PARTIE

VO MIMBRE

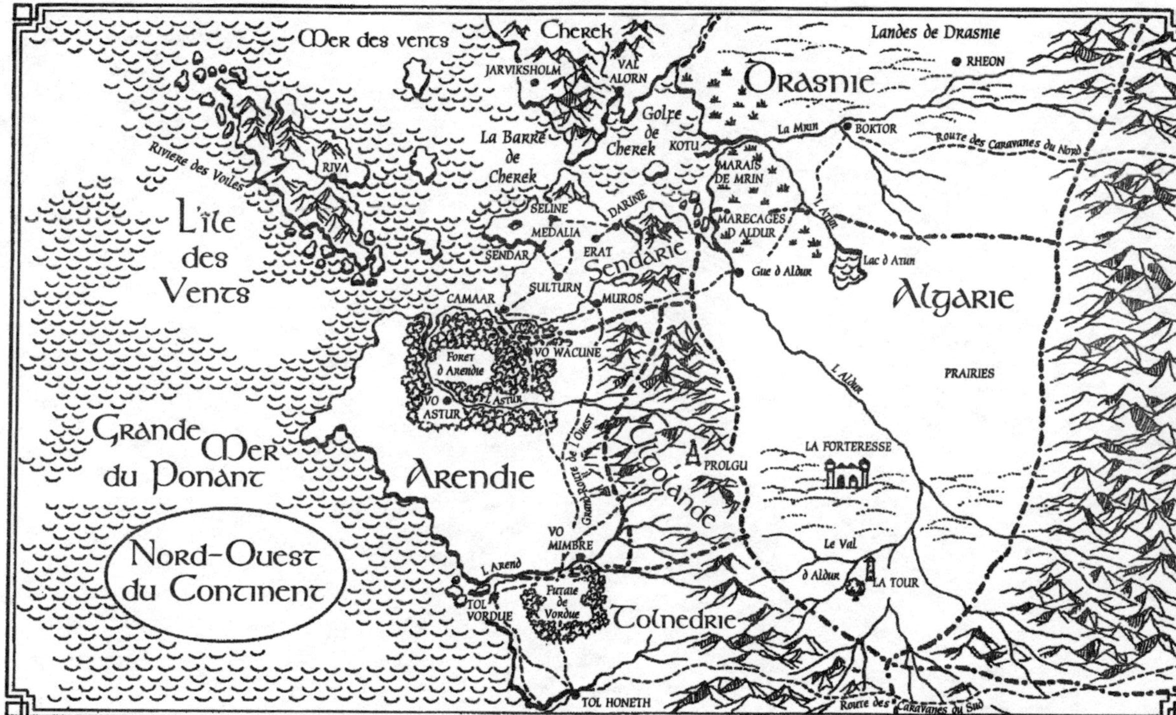
Nord-Ouest du Continent
Mer des vents
Cherek
Landes de Drasnie
Drasnie
RHEON
JARVIKSHOLM
VAL ALORN
Golfe de Cherek
La Barre de Cherek
KOTU
La Mrin
BOKTOR
Route des Caravanes du Nord
RIVA
Riviere des Voiles
L'île des Vents
MARAIS DE MRIN
MARECAGES D ALDUR
L Atun
Lac d Atun
SELINE
DARINE
MEDALIA
SENDAR
ERAT
Sendarie
Gue d Aldur
SULTURN
CAMAAR
MUROS
Algarie
Foret d Arendie
VO WACUNE
L Astur
VO ASTUR
L Aldur
PRAIRIES
Grande Mer du Ponant
Arendie
Ulgolande
PROLGU
LA FORTERESSE
Grand-Route de l Ouest
VO MIMBRE
Le Val
d Aldur
LA TOUR
L Arend
TOL VORDUE
Futaie de Vordue
Tolnedrie
TOL HONETH
Route des Caravanes du Sud

CHAPITRE XXIX

Mon père avait traité à la blague l'arrivée de Chamdar dans le Ponant, mais il était évident qu'il le prenait très au sérieux. Le sous-fifre de Ctuchik n'était pas un Grolim ordinaire, mû par la crainte et une soumission aveugle. C'était un homme ambitieux, rusé, très intelligent, encore plus redoutable à certains égards que Ctuchik lui-même.

Quand je me penche sur les premières années de ma tâche, je suis bien obligée d'admettre que mon implication dans les affaires intérieures de la Sendarie m'avait amenée à commettre une lourde erreur. Je n'avais pas renoncé à mon devoir antérieur en acceptant le nouveau, et je m'étais toujours arrangée pour dissimuler les héritiers de Poing-de-Fer en Sendarie. J'avais facilité les choses aux Grolims de Ctuchik en restreignant le champ de leurs recherches. Au bout de quelques années, ils avaient compris qu'il était inutile de me chercher en Arendie ou en Tolnedrie, parce que je ne quittais pas la Sendarie.

Mon père rectifia autoritairement mon erreur en me bannissant de l'endroit que j'aimais. Je considère les quatre siècles et demi que j'ai dû passer dans les royaumes d'Alorie comme une période d'exil, mais j'ai appris à ignorer les frontières territoriales pendant ces interminables années. La Sendarie me manque quand même toujours. J'y avais investi une bonne partie de ma vie, et si je ne présidais plus à la destinée du pays qui était né de mon ancien duché, j'éprouvais toujours le besoin de résoudre les problèmes qui pouvaient se poser à lui. Les devoirs en viennent parfois à ressembler à de vieux souliers confortables. On rechigne à s'en débarrasser même quand on en a de nouveaux.

Je ne me sentais pas très bien à Kotu, mais Darion et Selena étaient jeunes ; ils s'y firent assez vite. Leur fils nouveau-né avait un nom drasnien, ils s'habillaient maintenant à la drasnienne. Par bonheur, la moralité n'est pas comme une robe qu'on enlève et qu'on remet à son gré. Tout au fond, là où ça compte vraiment, Darion et Selena étaient toujours sendariens. Darion ne flouait pas ses clients, et Selena n'était pas du genre à cancaner et à intriguer comme les dames du voisinage. Les Drasniens sont obsédés par le statut social. Ça vient peut-être de Cou-d'Aurochs lui-même. Dras n'aurait jamais permis à ses frères d'oublier qu'il était le fils aîné de Garrot-d'Ours. Les Drasniennes s'efforcent généralement de s'élever dans la société en abattant la lionne sociale du moment – généralement en répandant des mensonges perfides à son sujet. Je ne sais pas pourquoi, aucune de mes voisines n'a jamais essayé de raconter des ragots sur moi. C'est drôle, hein ?

Chose étrange, quand on pense à ce qu'est la Drasnie, la morale stricte de Darion et de Selena les éleva beaucoup plus aux yeux de leurs voisins et connaissances que s'ils avaient truandé, intrigué ou cancané. Malgré leur comportement, il faut croire que les Drasniens respectent la décence.

Cette idée m'en inspire une autre, tout aussi intéressante. Se pourrait-il que le prince Kheldar, le voleur itinérant qui connaissait par cœur un moyen de quitter discrètement toutes les villes du monde, ait secrètement honte de son comportement outrageant et qu'une soif cachée d'honnêteté et de décence soit tapie quelque part au fond de cette petite âme noire ?

Après réflexion, c'est peu probable.

(Hé, hé, prenez ça dans les dents, Silk !)

Quoi qu'il en soit, Darion et Selena vivaient leur vie à Kotu, respectés et estimés par leurs voisins. Khelan, leur fils, fut élevé comme un Drasnien, mais après notre petite conversation rituelle, lors de son dix-huitième anniversaire, il sut qui il était vraiment et pourquoi il était indispensable qu'il garde cette information pour lui. Je dois dire à son crédit qu'il ne posa pas la question tout aussi rituelle : « Pourquoi ne me l'as-tu pas dit plus tôt, tante Pol ? » Ayant été élevé dans la culture drasnienne, il se rendait compte que si je ne lui en avais pas parlé avant, c'est qu'il n'avait pas besoin de le savoir.

Nous lui fîmes apprendre la construction navale, et il réussit très bien dans son métier. Les navires drasniens du quarante-cinquième siècle n'étaient guère que des caboteurs qui suivaient les routes commerciales dans le golfe de Cherek. C'étaient des bâtiments à large coque, ce qui leur permettait de transporter davantage de marchandises, et ils se traînaient comme des baleines prêtes à mettre bas. Leur seule ressemblance avec les vaisseaux de guerre cheresques était qu'ils allaient aussi sur l'eau. À part ça, les bâtiments cheresques étaient plus rapides que le vent, alors qu'un bon éternuement aurait suffi à renverser un caboteur drasnien. Khelan, qui était un petit futé, mit le doigt sur l'origine de cette fâcheuse tendance et suggéra de les doter d'une quille de dimensions respectables, destinée à les maintenir dans une verticalité souhaitable. Je suis sûre que les capitaines drasniens avaient vu où il voulait en venir. Ils lui opposèrent néanmoins une vive résistance, probablement par dilection pour les criques peu profondes qui abondaient le long des côtes. N'allez pas en déduire que je considère tous les capitaines drasniens comme des contrebandiers ; il doit bien y avoir quelques Drasniens qui respectent la loi. Le fait que je n'en aie jamais rencontré un seul ne veut pas nécessairement dire que ça n'existe pas.

La lignée de mes protégés vécut et se multiplia à Kotu

jusqu'à la fin du quarante-cinquième siècle, puis nous nous installâmes à Boktor. Pendant tous ces siècles, je m'efforçai généralement d'éviter les capitales. Ctuchik s'appuyait fortement sur les Dagashis, lesquels ne ressemblent pas véritablement aux Murgos. Ils pouvaient se déplacer dans le Ponant sans se faire repérer, et l'endroit logique pour commencer à chercher quelque chose est toujours la capitale du royaume. Le problème avec la Drasnie, c'est qu'il n'y a pas beaucoup de villes. Il y a bien quelques villages de pêcheurs dans les marécages, à l'ouest de Boktor, mais je refusais catégoriquement de vivre dans ces marais puants – cette « vieille Drasnie visqueuse », comme l'a une fois appelée Silk. C'est assez bien vu.

Les landes de la Drasnie orientale ne valent guère mieux. C'est une immense étendue désolée où l'hiver arrive tôt et s'attarde longtemps. Il n'y a qu'une activité possible dans la région : l'élevage des rennes. C'était d'ailleurs l'occupation favorite des Drasniens, au temps de la préhistoire. Mais ce n'était pas le climat qui me dissuadait de m'installer en Drasnie orientale : cette région était limitrophe du Gar og Nadrak, et je trouvais risqué de vivre si près d'un royaume angarak. De plus, l'est de la Drasnie est le foyer ancestral du culte de l'Ours dans ce pays. Ajoutez à tout ça l'isolement, le climat déplorable, et vous comprendrez pourquoi les adeptes du culte de Drasnie orientale ont toujours été préservés des innovations dangereuses venant de l'extérieur, comme le feu et la roue.

Ma petite famille vécut à Boktor pendant près de soixante-dix ans, puis je l'emmenai à Cherek, où nous nous installâmes dans un village, à l'ouest du Val d'Alorie. La bonne saison est brève dans le Nord, et les hommes passent les hivers à fendre du bois. Un peuple de marins comme les Cheresques a toujours besoin de plus de bois que la plus industrieuse des paysanneries ne pourra jamais lui en donner. L'un des héritiers de Poing-de-Fer, Dariel, fit preuve d'une créativité particulière. Après avoir attentivement regardé le moulin à farine local, un moulin à aube faisant tourner une meule qui broyait le blé, il eut l'idée d'actionner de la même façon une scie qui débitait les troncs d'arbres en poutres et en planches. Dariel se fit une véritable fortune, grâce à cette idée, et la scierie resta dans la famille pendant plus de deux siècles. Je me sentais en sûreté à Cherek parce que les Cheresques, ces Aloriens élémentaires, massacraient systématiquement tous les Angaraks sur lesquels ils tombaient. Ce n'étaient pas les tavernes qui manquaient à Cherek, mais on ne risquait pas d'y trouver des Murgos inquisiteurs. Même les Dagashis évitaient Cherek.

Pourtant, ma mère finit par me conseiller de déménager, plus pour empêcher la lignée de devenir si irrémédiablement cheresque qu'on ne pourrait plus en effacer certains traits de caractère irréductibles. L'ultime descendant de la lignée de Riva devait être le « Tueur de Dieu », et ma mère pensait qu'il valait mieux qu'il sache quel Dieu il était censé tuer. Elle n'avait pas envie de voir un fou furieux brandir l'épée de Poing-de-Fer et pourfendre un panthéon entier de Dieux.

Curieusement, malgré mes préjugés, je fus plutôt heureuse à Cherek. Les Cheresques blondes, au corsage bien rempli, qui épousèrent ma kyrielle de neveux avaient la légendaire fécondité cheresque, et tout le temps que nous passâmes à Cherek, je fus entourée de petits enfants blonds avec lesquels je m'en donnai à cœur joie.

Mais en 4750, ma mère se fit plus insistante et, après une longue conversation avec les parents du gamin, je partis pour l'Algarie avec le dernier héritier, Gariel. Au quarante et unième siècle, le prince Geran de Riva avait épousé la fille de Hattan, qui était le fils cadet d'un chef de clan d'Algarie, et Gariel était membre héréditaire du clan de Hattan. C'est ce que je fis remarquer à Hurtal, le chef de clan de l'époque, et nous fûmes acceptés, Gariel et moi, dans la famille élargie.

Je n'ai jamais trop aimé la vie nomade des clans d'Algarie.

Question d'éducation, sans doute. J'aime la permanence et la stabilité. Je trouve un peu contre nature de laisser décider par une vache de l'endroit où je dois vivre. Le seul avantage de la vie nomade, c'est qu'on ne reste pas assez longtemps au même endroit pour se laisser envahir par son propre tas d'ordures.

Gariel apprit à monter à cheval et à élever les vaches tandis que je me consacrais à la médecine, ma passion de toujours. Je mis des douzaines de bébés au monde et j'aidai je ne sais combien de poulains à naître. Je trouvais tout normal qu'on vienne me tirer du lit pour aider une jument à pouliner. J'avais vite remarqué que, contrairement aux patientes humaines, lors de la mise bas, les juments ne posent pas de questions stupides.

Gariel avait grandi à Cherek où presque tout le monde a les cheveux blonds. À part moi, il n'avait jamais vu une femme aux cheveux noirs. Les Algarois offrent un portrait plus sombre que les Cheresques, et Gariel était absolument fasciné par les Algaroises aux cheveux aile de corbeau. Et comme il était nouveau venu dans le clan, les filles ne l'avaient pas vu trébucher à chacune des étapes de la croissance, de sorte qu'elles le trouvaient tout aussi fascinant. J'eus fort à faire pour empêcher mon jeune protégé et ses nouvelles amies de passer aux travaux pratiques liés à l'exploration de cette fascination partagée.

Désolée, mais je ne vois pas de moyen plus élégant d'exposer la situation. Ma mère n'y alla pas par quatre chemins non plus lorsqu'elle m'expliqua que le premier fils de Gariel serait son héritier, avec ou sans l'intervention du clergé.

Nous finîmes par lui faire épouser une grande et belle Algaroise appelée Silar, et je pus à nouveau dormir sur mes deux oreilles. À la naissance de leur fils, en 4756, je proposai de remettre en vigueur un certain style de noms, si je puis dire, et ils me firent la joie de l'appeler Daran. Les garçons de la lignée de Riva n'ont pas porté plus d'une douzaine de noms en tout. Cette constance me donnait une impression de continuité, de finalité, qui me paraissait rassurante pour notre petite famille obligée de vivre dans l'ombre.

Le jeune Daran naquit littéralement à cheval, et je crois qu'en grandissant il fut bien près de devenir ce que les Algarois appellent un Sha-Dar – tout comme Hettar, à notre époque. Les Sha-Dars sont les Seigneurs des Chevaux, des hommes si proches de leurs bêtes que leur esprit est lié à l'esprit collectif de leur troupeau. Je pris les mesures qui s'imposaient pour éviter cela. Les Sha-Dars sont tellement obsédés par les chevaux qu'ils finissent souvent vieux garçons, et Daran n'avait pas cette option. Les Sha-Dars peuvent aussi devenir un peu irrationnels – comme Hettar le démontra ce fameux jour, en Ulgolande, où il essaya de dompter un étalon hrulga. Les hrulgae ressemblent à des chevaux, mais ils sont carnivores, et Hettar n'arriva pas à grand-chose. Un peu plus et il servait de petit déjeuner à un troupeau entier de ces vilaines bêtes.

Daran finit par épouser une jeune Algaroise nommée Selara et, en 4779, ils eurent un fils, qu'ils appelèrent Geran. Vous noterez à nouveau cette répétition. J'étais déterminée à faire en sorte que la lignée reste rivienne, et l'un des moyens pour y arriver était qu'ils portent tous des noms riviens. Comme son père, Geran connut l'enfance d'un futur gardien de troupeau de chevaux, et je commençai à envisager de redéménager. Les Algarois sont parfaitement satisfaits de leur vie nomade, mais ma tâche consistait à cacher et à protéger les héritiers tout en assurant leur subsistance et leur éducation. Il n'y a pas plus libre et plus indépendant qu'un gardien de troupeau algarois. L'ennui, c'est que la liberté n'a pas sa place dans la formation d'un roi putatif. Un roi – et par extension son héritier – est le moins libre des hommes. On a coutume de dire que le roi porte la couronne ; tout se passe en réalité comme si c'était le contraire.

Les possibilités étaient très limitées en Algarie. Il n'y a que deux endroits, dans le royaume, qui ne passent pas leur temps à rouler dans tous les sens : le Gué d'Aldur, la première capitale de Pied-Léger, et la Forteresse, qui est moins une cité qu'une chausse-trappe bâtie pour piéger les Murgos qui dévaleraient l'À-pic afin de voler des chevaux. Après le mariage de Geran et la naissance de son fils Darel, en 4801, j'entrepris une campagne destinée à circonvenir le petit dernier en insistant sur les inconvénients liés à la vie dans un village en perpétuel mouvement, au milieu des vaches qui ne s'intéressaient qu'à l'herbe. Je racontai à Darel de belles histoires qui se passaient en ville, dans le confort et les joies de la civilisation, par contraste avec la solitude de la vie nomade. Un blizzard providentiel acheva, à l'hiver 4821, de le convaincre qu'il y avait peut-être du vrai dans ce que je racontais. Après avoir passé vingt-huit heures en selle, sous un vent glacial, à prendre des paquets de neige dans la figure, il commença à comprendre ce que je disais. Je l'encourageai à rencontrer le fils du forgeron local et il apprit les rudiments de ce métier fort utile. C'est probablement ce qui emporta le morceau. Le clan n'avait pas besoin de deux forgerons, et si Darel voulait exercer son activité, il fallait qu'il parte pour se mettre à son compte.

Par chance, il ne s'était attaché de façon définitive à aucune des filles du clan, si bien que rien ne l'y retenait. Nous partîmes donc pour le Gué d'Aldur, en 4825. Le forgeron du coin était un peu trop porté sur la boisson, et il passait plus de temps à la taverne que dans sa forge. C'est ainsi que, lorsque Darel s'installa – avec mon aide –, il eut vite assez de travail pour en vivre.

Il avait trente ans lorsqu'il épousa une beauté, Adana. Ce fut un mariage très heureux. Je ne devrais peut-être pas dire ça, mais j'étais probablement encore plus heureuse qu'eux. Les nomades ne se lavent pas très souvent, et des gens qui passent tout leur temps à cheval, au milieu des vaches, finissent par embaumer, à la longue. La première année de notre installation au Gué d'Aldur, je pris deux bains par jour !

Darel et Adana faisaient un beau couple. Je m'entendais bien avec Adana. J'avais acheté une petite maison au bout de la ville, et nous passions le plus clair de notre temps dans la cuisine, toutes les deux.

– Tante Pol? dit-elle timidement, un après-midi, et je remarquai qu'elle avait l'air troublé.

– Oui, Adana?

– Se pourrait-il que nous nous y prenions mal, Darel et moi? demanda-t-elle en rougissant jusqu'à la racine des cheveux. Je veux dire, je devrais être enceinte, depuis le temps, non? J'ai vraiment envie d'avoir des bébés, et...

Elle ne put aller plus loin.

– Ça prend parfois un moment, mon chou, dis-je. Ce n'est pas exactement comme si on assemblait deux morceaux de bois. Il y a toujours un élément de chance, vous savez.

– Je voudrais tellement donner un fils à Darel, tante Pol.

– Oui, mon chou, dis-je en souriant. Je sais.

Et comment, que je le savais ! Faire un enfant est l'ultime expression de l'amour pour une femme, et Adana avait une passion particulièrement fervente pour son forgeron de mari.

– Venez un peu ici, mon chou, lui dis-je.

Elle s'approcha docilement, et je posai le bout des doigts sur son ventre. Je la sondai délicatement et je trouvai presque aussitôt l'origine du problème. Il était de nature chimique. J'avais détecté un déséquilibre qui interférait avec la procréation naturelle.

Je n'en dirai pas plus long. Si ça vous intéresse, je vous suggère de lire des ouvrages médicaux. Je ne voudrais pas vous priver des joies de la découverte.

– Il va falloir que j'aille faire un tour au Val, lui annonçai-je.

– C'est définitif? me demanda-t-elle, les yeux pleins de larmes. Je suis stérile?

– Ne faites pas la dinde, Adana, dis-je en riant. Vous avez besoin d'un petit remontant, c'est tout. Je vais chercher la formule exacte dans l'un des livres qui se trouvent dans la tour de mon père.

La notion de « remontant » est une des plus grandes inventions de la médecine. Tout le monde sait que les remontants font du bien – et qu'ils ont mauvais goût. Les patients font la grimace en les prenant, mais ils les prennent religieusement.

Le lendemain matin, je m'éloignai un peu du Gué d'Aldur, me changeai en oiseau et filai droit vers le Val, où je passai plusieurs jours plongée dans les ouvrages de médecine de mon père. Les jumeaux me racontèrent que le Vieux Loup était en Sendarie où il menait Chamdar par le bout du nez. Mon père n'a jamais été du genre à finasser. Sa méthode habituelle, pour attirer Chamdar d'un village à l'autre, consistait à massacrer le premier Murgo qui lui tombait sous la main. Chamdar y voyait évidemment une indication du fait que le Murgo avait retrouvé ma trace et il se précipitait aussitôt au village en question afin de reprendre la piste. Mais Chamdar n'était pas un imbécile. Après cinq ou six de ces meurtres gratuits, il comprit ce que mon père fabriquait, mais il ne pouvait faire autrement que de suivre la piste pour le cas où l'un de ces meurtres aurait eu une signification. Je suis sûre que mon père s'amusait comme un petit fou, et pendant ce temps-là, il ne faisait pas de bêtises. En outre, ça occupait Chamdar. Du coup, l'idée que je puisse ne plus être en Sendarie ne lui passa apparemment pas par la tête.

Je finis par trouver la recette de la décoction d'herbes nécessaire pour normaliser le déséquilibre chimique d'Adana et je regagnai le Gué d'Aldur à tire-d'aile. Je concoctai une pleine cruche de « remontant ». Adana n'apprécia guère le goût de la mixture, mais elle en but docilement trois fois par jour. Peu après, Darel sortit de la chambre, un matin, avec cet air idiot qu'arborent tous les jeunes hommes à qui on a annoncé la grande nouvelle.

– Tante Pol ! dit-il tout excité. Adana va avoir un bébé ! Je vais être papa !

– C'est rudement bien, mon chou, répondis-je calmement. Et qu'est-ce que tu veux manger, ce matin ?

J'adore faire ça à tous ces jeunes gens quand ils commencent à se monter le cou. L'enfantement, dans les sociétés dominées par les mâles, est l'une des choses les plus injustes qui soient : c'est la femme qui fait tout le boulot, et l'homme qui en retire tout le prestige.

– Tu ne pourrais pas lui préparer quelque chose de bon, tante Pol ? demanda-t-il d'un ton implorant. Et tu ne crois pas que ce serait gentil de lui servir le petit déjeuner au lit ?

– Ah, misère ! soupirai-je, les yeux au ciel.

Il y a des hommes comme ça. Je tombe de temps à autre sur un jeune mâle pour qui la grossesse est une forme d'invalidité, et qui voudrait enchaîner sa femme au lit pendant neuf mois. Il me fallut plusieurs jours pour lui enlever cette idée idiote de la tête.

En 4841, Adana accoucha d'un petit Garel – un bon nom rivien –, et je poussai un énorme soupir de soulagement. C'était la première fois que je tombais sur un cas de stérilité depuis que j'avais entrepris cette tâche, et l'idée que le problème puisse se reproduire m'empêcha de dormir pendant des siècles.

C'est en 4850 que se produisit l'éclipse qui est devenue si célèbre depuis. J'avais déjà vu des éclipses de soleil, mais celle-ci était différente. L'homme primitif – ce terme englobe la majeure partie de l'humanité – a, pour les éclipses, une terreur superstitieuse. Les astronomes savent ce qui les provoque, ils peuvent même les prédire avec une certaine précision. Mais l'éclipse de 4850 était un Événement de première grandeur. Sa soudaine apparition avait été totalement imprévisible. La simple idée qu'elle ait été nécessaire ne leur est apparemment pas encore venue à l'esprit. Toutes les prophéties parlaient de cette éclipse ; elle devait se produire. Il se peut parfaitement que ce soit Torak en personne qui ait obscurci le soleil pour exaucer la prophétie qui l'annonçait. Il en était bien capable, vous savez.

(Vous voulez que je vous explique comment on calcule les éclipses ? Non. C'est bien ce que je pensais.)

Quoi qu'il en soit, la voix de ma mère me parvint pendant que le monde était encore plongé dans les ténèbres du plein midi, et elle me surprit par son intensité.

C'est ce que nous attendions, Pol, déclara-t-elle d'un ton triomphant. *Prépare-toi !*

À quoi ?

Torak revient. Il a quitté Ashaba et il est en route pour Mal Zeth. Il a déposé le roi et la Mallorée tout entière est sous sa domination. Il va maintenant venir dans le Ponant pour récupérer l'Orbe.

Combien de temps avons-nous devant nous ?

Probablement pas assez. Tu perdras plus que ton compte de batailles, mais ce sera sans importance. C'est l'une de ces choses qui doivent être réglées par un Événement. L'Enfant de Lumière et l'Enfant des Ténèbres se rencontreront en Arendie.

C'est Darel, l'Enfant de Lumière ?

Non. L'événement qui implique Torak et le roi de Riva n'aura pas lieu avant un certain temps.

Alors, qui est l'Enfant de Lumière ?

Pour le moment, c'est moi.

Toi ?

Mais ce n'est pas moi qui affronterai Torak en Arendie, et ce ne sera pas Darel non plus. Nous sommes impliqués dans une succession d'Événements qui préparent la voie à l'Événement majeur.

Voyons, Mère ! Tu es vraiment obligée de faire tous ces mystères ? demandai-je âprement.

Oui. En réalité, je ne peux pas faire autrement. Si tu en savais trop, ton comportement en serait modifié. N'interférons pas, Pol. Ce n'est ni le lieu ni le moment de faire preuve de créativité.

Et puis elle disparut.

Une éclipse, cette nuit extraordinaire en plein midi, est normalement suivie par une clarté tout aussi extraordinaire, lorsque le soleil revient. L'éclipse de 4850 fut différente. Il ne refit pas jour tout de suite après, parce que des nuages lourds et épais étaient arrivés pendant que le soleil était masqué. Et puis il commença à pleuvoir.

Il plut ainsi pendant vingt-cinq ans sans discontinuer.

Un ou deux jours après l'Éclipse de Torak, je projetai ma pensée vers les jumeaux, au Val. Je profite de cette occasion pour noter, en passant, que je suis beaucoup plus douée pour ce mode de communication que le reste de ma famille parce que j'ai plus de pratique. Si vous vous souvenez bien, j'ai dirigé mon duché depuis le cottage de ma mère, après la chute de Vo Wacune. J'ai pas mal fait cavaler Malon Killaneson pendant ces années, et je ne trouve pas plus difficile de communiquer par ce moyen qu'en paroles.

Ohé, mes oncles chéris, dis-je en guise de préambule. *Où est mon père?*

Nous n'avons pas de nouvelles de lui, Pol, répondit Belkira.

Beltira prit le relais.

Il va probablement de l'un à l'autre pour prévenir tout le monde. C'était une éclipse spectaculaire, hein, Pol?

Comme l'éruption d'un volcan, ou un raz de marée, répondis-je sèchement. *Si vous entendez parler du Vieux Loup, dites-lui que j'ai besoin de lui parler. En vitesse.*

Nous lui transmettrons le message, Pol, promit Belkira.

Ça me rendrait bien service.

Mais les mois passèrent sans que j'entende parler de mon vagabond de père. Je commençais à lui en vouloir.

Puis, au printemps de 4851, le cœur de Darel cessa de battre alors qu'il s'acharnait sur un bout d'acier chauffé à blanc, dans sa forge. J'ai toujours pris ces brusques arrêts du cœur pour une injure personnelle. Il n'y a pas assez de symptômes préliminaires pour qu'on sache ce qui se prépare. Si la victime survit à la première attaque, un docteur peut faire certaines choses pour empêcher ou retarder la récidive. Mais la première attaque est trop souvent fatale. Une personne qui paraissait jusque-là parfaitement normale et en bonne santé meurt foudroyée et cesse de vivre avant d'avoir touché terre. C'est là que le médecin se rend compte, rétrospectivement, qu'il y a eu un certain nombre de signes avant-coureurs, à la fois subtils et si ordinaires qu'il n'y a pas pris garde. Je me disais que Darel avait le visage rouge à cause de la chaleur de la forge, et s'il avait parfois mal au bras gauche, il avait aussi mal au bras droit. Il était forgeron, après tout, et on ne passe pas ses journées à taper sur de l'acier brûlant sans attraper quelques courbatures.

Je ne pouvais absolument rien faire, et je manquai devenir folle de frustration.

Adana et Garel, qui avait dix ans à l'époque, furent anéantis par la mort de Darel. Le seul avantage des maladies qui traînent, c'est qu'elles laissent le temps à la famille de se préparer à l'inéluctable. Dans la plupart des sociétés, une partie de la tragédie inhérente à la mort d'un artisan vient du fait que, non seulement la veuve et les orphelins sont désespérés, mais encore ils se retrouvent très vite dans la misère. L'argent cesse de rentrer, et il n'est pas rare qu'ils soient condamnés à mendier devant la porte de l'église du lieu. Mon magot secret cessa soudain d'être un fardeau. Cet argent qui m'avait souvent encombrée nous permit de garder notre maison et de manger tous les jours.

Je dus profondément décevoir plusieurs promoteurs avant la lettre en leur riant au nez lorsqu'ils me proposèrent de racheter la forge de Darel. Il y a des gens, en ce bas monde, qui se comportent en tout point comme des vautours. Ils décrivent des cercles autour du lit de mort en bavant de convoitise et, profitant de ce que la veuve est folle de chagrin, ils rachètent l'affaire de famille à un prix ridiculement bas. Cette fois, lorsque les vautours du Gué d'Aldur s'abattirent sur nous, ils reçurent une petite leçon de vol. J'annonçai sobrement que je n'étais pas vendeuse, et que je pensais même développer la forge. J'étais à l'aise dans à peu près toutes les activités artisanales et commerciales, et je parlai de commerces de meubles et d'habillement, de boulangeries et de boucheries – toutes rattachées à la forge.

– Ce serait beaucoup plus pratique pour les gens du Gué, vous comprenez, poursuivis-je avec vivacité. Ils ne perdraient plus de temps à traîner en ville pour acheter tout ce qu'il leur faut. Ils trouveraient tout au même endroit.

Les commerçants locaux blêmirent à l'idée de cette concurrence organisée. Ils formèrent une sorte de consortium, puisèrent dans leurs réserves et rachetèrent la forge à trois fois son prix.

J'adore faire ça à des gens qui se croient plus malins que les autres. C'est tellement drôle de voir cet air condescendant quitter leur figure et faire place à une saine terreur !

Pour finir, au début de l'automne 4852, mon père eut une brève conversation avec les jumeaux et leur demanda de me prévenir qu'il s'apprêtait à me rendre visite. Entre le moment où il leur parla et celui où ils me transmirent le message, ils avaient manifestement réussi à élucider l'un des passages les plus obscurs du Codex mrin. Lors de la rencontre en Arendie, l'Enfant de Lumière serait Brand. J'en voulus un peu à ma mère d'avoir fait tant de mystères, pendant l'éclipse. À quoi bon ? Elle savait que je finirais par l'apprendre, de toute façon, alors pourquoi se donner tant de mal pour me le cacher ? Je trouvais confusément que cette attitude était bien d'une louve.

Mon père mit deux bonnes semaines à arriver au Gué d'Aldur, et je commençais à être un peu à cran, lorsqu'il arriva. J'avais l'impression que toute la famille prenait un malin plaisir à me maintenir dans l'ombre.

Nous allâmes nous promener vers la rivière. Le ciel s'était temporairement dégagé, et il était d'un bleu intense lorsque nous passâmes devant la dernière maison du Gué d'Aldur. Le soleil brillait et une petite brise ridait la surface de l'eau.

– J'espère que tu t'es bien amusé, Père, dis-je d'un ton quelque peu hargneux.

– Comment ça?

– Deux années ont passé depuis l'éclipse, Vieux Loup. Je ne me rendais pas compte que j'étais en si mauvaise position sur la liste de tes priorités.

– Ne t'énerve pas, Pol, reprit-il. Tu sais réagir au quart de tour. D'autres ont besoin d'un peu plus de temps. Je voulais les mettre au mouvement avant de venir ici. Je ne t'ai pas négligée délibérément.

Je ruminai cette information un moment en essayant de trouver une faille. Puis je laissai tomber.

– Les jumeaux m'ont demandé de te transmettre un message, annonçai-je. C'est Brand qui affrontera Torak lors de la rencontre en Arendie.

– *Brand?*

– C'est ce que dit le Codex mrin, confirmai-je, puis je lui citai le passage obscur.

– C'est ridicule! fulmina-t-il. Brand ne peut pas brandir l'épée de Riva. L'Orbe ne le laissera pas faire. Donne-moi ta main, Pol. Nous allons parler avec les jumeaux. Je veux éclaircir ça, et je pense qu'il vaut mieux que tu l'entendes aussi.

Mon père refuse obstinément de reconnaître que je suis plus douée que lui pour communiquer à distance. Il y a des moments où il se conduit comme un tout petit garçon.

Le Codex mrin donnait du fil à retordre aux jumeaux, et ils ne purent nous fournir qu'une vague esquisse de ce que nous étions censés faire.

C'est absolument hors de question! répliquai-je lorsque Beltira me dit d'emmener Garel et Adana à la Forteresse. *Elle est juste sur le chemin de Torak s'il va en Arendie!*

Je ne fais que vous répéter ce que prédit le Codex mrin,

reprit Beltira. *Torak ne fera pas tomber la Forteresse, le Codex est sans ambiguïté à ce sujet. Il l'assiégera, mais en vain.*

Je n'aime pas ça.

– Tout se passera bien, Pol, reprit mon père, à haute voix. Nous avons des choses à faire, toi et moi. Nous devons aller à Riva et nous ne pouvons pas emmener Garel à l'Île des Vents. S'il s'approche de l'Orbe, elle s'illuminera comme le soleil levant, toutes les étoiles dans cette partie de l'univers se mettront à tinter comme une cloche et cette épée s'attachera à sa main comme si elle était aimantée. Ce n'est pas lui qui doit la brandir, alors nous devons le tenir à l'écart. *Vous avez des nouvelles de Beldin?* demanda-t-il, mentalement, aux jumeaux.

Il y a quelques jours à peine, répondit Belkira. *Torak est toujours à Mal Zeth et Urvon et Zedar sont avec lui.*

Alors nous avons encore un peu de temps devant nous. Ils n'arriveront pas cette nuit à la tête de la Mallorée tout entière.

On verra bien, fit Belkira, l'air nettement moins optimiste que mon père.

Nous rentrâmes tous les deux chez moi. J'ordonnai à Adana de servir à nos voisins la sempiternelle histoire de « problème familial » qui nous obligeait à partir d'urgence, et nous quittâmes le Gué d'Aldur.

Il plut presque sans discontinuer tout le temps que nous traversâmes la plaine détrempée jusqu'à la Forteresse, cette montagne faite de main d'homme qui se dresse sur la prairie. Je suppose que toute cette eau fit un bien fou à l'herbe, mais en ce qui me concerne, je ne l'appréciai guère.

Les Algarois ont peiné pendant des millénaires pour ériger leur Forteresse, et ça se voit. Les murailles sont incroyablement épaisses, et si hautes, par endroits, qu'on dirait véritablement une montagne. On utilise le terme « imprenable » sans réfléchir vraiment à sa signification. Je recommande aux amateurs de précision d'aller jeter un coup d'œil à la Forteresse, dans le sud de l'Algarie. Ils comprendront exactement ce que veut dire le mot « imprenable ». J'imagine que même Torak dut pousser un gémissement lorsqu'il la vit pour la première fois.

En arrivant, mon père s'entretint avec Cho-Ram, le jeune chef des chefs de clan d'Algarie. C'est une façon un peu compliquée de dire « roi », mais ça donne une juste vision de la conception algaroise du gouvernement.

La famille de Cho-Ram « adopta » aussitôt Garel et sa mère. Adana savait qui était son fils, et le fait d'entrer ainsi dans la famille royale d'Algarie ne lui parut pas spécialement bizarre. Garel, quant à lui, ne se sentait pas très à l'aise dans son nouveau statut, et bien qu'il fût encore un peu trop jeune pour savoir qui il était en réalité, je décidai d'infléchir la règle et d'avoir la petite conversation rituelle avec lui sans attendre.

Sitôt qu'ils furent installés, sa mère et lui, nous partîmes pour l'Île des Vents, mon père, Cho-Ram et moi.

Je vous présente mes excuses par avance pour ce qui pourrait être un usage excessif du mot « sinistre » dans les lignes qui vont suivre. C'est que le langage a ses limites, et que vingt-cinq années de pluie presque continuelle ont de quoi épuiser le vocabulaire de la personne la plus en verve. J'aurais pu recourir au vocabulaire plus pittoresque de mon oncle Beldin, mais ce document est destiné à un vaste public, et il y a des mots que les enfants ne sont pas censés connaître.

En quittant la Forteresse, nous montâmes vers le nord en contournant l'Ulgolande par l'est. Nous prîmes vers l'ouest en arrivant aux montagnes de Sendarie, puis nous suivîmes la longue vallée du fleuve jusqu'à Camaar, et nous allâmes à l'Île des Vents en bateau. Une fois à la cité de Riva, on ne peut pas dire que le climat s'arrangea vraiment, mais comme il pleut presque toujours là-bas, le changement de temps n'était pas discernable.

Brand, le Gardien de Riva, nous attendait sur le quai. Je regardai attentivement l'homme qui devait être l'un des plus importants des Enfants de Lumière. C'était un homme de haute taille, aux épaules larges et au coffre imposant. Il ressemblait beaucoup à un Cheresque de ce point de vue, mais la ressemblance s'arrêtait là. Il ne se conduisait pas comme un Cheresque. Les Cheresques sont vantards, et Brand parlait posément. Les Cheresques sont souvent grossiers, mais Brand était civil et courtois. Ils n'avaient pas grand-chose en commun, physiquement ; pourtant, ce Gardien de Riva me rappelait beaucoup le premier, mon cher, cher ami Karmion.

Mon oncle Beldin et mon père se sont penchés pendant je ne sais combien de temps sur le problème de ces détails, choses ou gens, qui semblaient curieusement revenir au fil des millénaires, et ils ont échafaudé une théorie qui expliquerait pourquoi les choses ne cessaient de se reproduire, inlassablement. Pour dire les choses le plus simplement possible, d'après eux, l'« accident », cette explosion céleste cataclysmique qui avait bouleversé le Dessein de l'Univers, aurait empêché toute progression et les événements étaient condamnés à se répéter jusqu'à ce que quelqu'un remette les choses en mouvement en remédiant à l'erreur.

Brand semblait être une réitération de Karmion – et aussi, très curieusement, d'Ontrose. Ce que je trouvai rassurant car, de tous les hommes qu'il m'avait été donné de connaître jusqu'alors, ces deux-là étaient les plus qualifiés pour affronter Torak en combat singulier.

Eldrig de Cherek et Rhodar de Drasnie n'étaient pas encore arrivés à Riva, et en les attendant nous passâmes des heures, Brand, Cho-Ram, mon père et moi, en conférences dans la salle du conseil tendue de bleu qui se trouvait en haut d'une tour de la Citadelle. Quand je lui dis que c'était lui qui devait affronter Torak en Arendie, Brand fut tellement surpris qu'il en oublia un peu ses bonnes manières.

– Moi ? demanda-t-il d'une voix étranglée.

Mon père lui récita alors le passage du Codex mrin.

– « Or donc le Gardien rencontrera l'Enfant des Ténèbres

dans les terres du Dieu-Taureau. » C'est vous qui êtes le Roi de Riva, en ce moment, Brand, fit mon père avec un de ses petits sourires exaspérants qu'il affectionne tant. Alors j'imagine que vous êtes l'heureux élu.

– Je ne savais même pas que j'étais candidat. Et que suis-je censé faire ?

– Nous n'en sommes pas sûrs. Mais vous, vous le saurez le moment venu. Quand vous vous retrouverez face à ce vieux N'a-Qu'un-Œil, la Nécessité prendra le relais. C'est ce qu'elle fait toujours en pareil cas.

– Je serais beaucoup plus à l'aise si je savais ce qui doit arriver.

– Nous aussi, mais ce n'est pas comme ça que ça marche. Ne vous inquiétez pas, Brand. Vous vous en sortirez très bien.

Lorsque Rhodar et Eldrig nous eurent rejoints, nous entreprîmes de bâtir notre stratégie. Quelques réunions plus tard, le roi Ormik de Sendarie nous rejoignait à son tour. Mon père emploie le mot « stratégie » comme si ça voulait dire quelque chose, mais les Aloriens connaissaient le rôle qui leur serait traditionnellement dévolu. Les Cheresques seraient notre marine, les Drasniens notre infanterie et les Algarois la cavalerie. Ils savaient déjà ce qu'ils avaient à faire ; tous ces visages résolus, ces grands discours n'étaient que de la frime – de grands coups de menton.

Lorsque ces enfants trop vite grandis qui régnaient sur le nord du continent eurent assez joué, la conférence prit fin et je retournai à la Forteresse. J'y coulai des jours tranquilles, malgré la tourmente qui ébranlait le monde. Tourmente ou non, j'avais toujours ma tâche personnelle à assumer. Peu après son dix-neuvième anniversaire, en 4860, Garel épousa une Algaroise, Aravina. Et en 4861, j'aidai Aravina à mettre au monde un fils, Gelane.

Comme toujours après la naissance de l'un des héritiers, je tins un moment Gelane contre moi. Aravina était peut-être sa mère, mais c'est mon visage qu'il vit en premier. J'imagine que ça vient de notre hérédité particulière. Les louveteaux ne sont pas comme les petits canards qui prennent automatiquement pour leur mère la première chose qu'ils voient bouger, mais il y a de ça. Ça ne fait peut-être pas vraiment de différence, mais j'essaie toujours de créer ce lien initial, juste au cas où.

CHAPITRE XXX

Peu après la naissance de Gelane, nous eûmes la visite de mon père et d'oncle Beldin, qui était revenu d'un de ses voyages périodiques en Mallorée pour nous tenir au courant des événements. Ils saluèrent brièvement Cho-Ram, Garel, Aravina et le bébé, puis nous nous enfermâmes tous les trois dans l'une des tours rondes, trapues, qui coiffaient les remparts de ce piège à Murgos qu'était la Forteresse d'Algarie.

Mon oncle jeta un coup d'œil distrait par l'une des meurtrières. Le vent lui caressait les cheveux, je me souviens...

– Jolie vue, dit-il en regardant l'océan d'herbe qui s'étendait à perte de vue.

– Écoute, Beldin, nous ne sommes pas venus faire du tourisme, coupa mon père. Raconte plutôt à Pol ce qui se passe de l'autre côté de la mer du Levant.

Mon oncle se vautra dans un fauteuil, mit ses pieds sur la table et se lança.

– Bon, je plante un peu le décor : l'autre Grand Brûlé a un peu changé, mais il n'a pas encore l'équipement mental nécessaire pour envisager une société séculaire. Il n'avait pas encore fendu le monde qu'il prenait déjà toutes les décisions pour les Angaraks. Ils ne pouvaient même pas se gratter le dos sans lui demander la permission. Et puis, quand il a fendu le monde et que l'Orbe de notre Maître lui a cramé la moitié de la figure, il a emmené tous les Angaraks selon son cœur à Cthol Mishrak en laissant les généraux à Mal Zeth et les Grolims à Mal Yaska afin de veiller sur le reste de la société angarake. Au fil des siècles, les généraux se sont de plus en plus sécularisés. Et puis les Melcènes et leurs bureaucrates ont rejoint l'empire angarak et ils ont un peu arrondi les angles du caractère angarak, qui est très barbare à la base. Mal Zeth est devenue une ville civilisée. Ce n'est pas Tol Honeth, loin de là, mais ce n'est pas Korim non plus.

– C'était si moche que ça, Korim? demandai-je.

– Encore pire que ça, Pol. La liberté de pensée était strictement prohibée. C'est Torak qui réfléchissait pour tout le monde et les Grolims étripaient tous ceux qui avaient seulement le malheur d'envisager que le soleil puisse se lever le lendemain matin. Quoi qu'il en soit, Zedar est resté avec Torak à Ashaba pendant que N'a-Qu'un-Œil était plongé dans ses expériences mystiques. Hé, ça me donne une idée intéressante, continua mon oncle d'un ton songeur. Quand l'esprit de la prophétie frappe, on dirait qu'elle oblitère le cerveau de l'impétrant. Si ça se trouve, pendant tous ces siècles, Torak a eu le même niveau mental que ce pauvre idiot des rives de la Mrin.

– Ouais, et alors? coupa mon père.

Beldin haussa les épaules et se gratta vigoureusement l'estomac.

– Bah, j'ai dit ça comme ça. Je pensais que ça t'intéresserait. Bref, N'a-Qu'un-Œil a fini par sortir d'abord de sa stupeur et ensuite d'Ashaba, assombrissant le soleil en cours de route. Il était isolé dans sa tour de fer de Cthol Mishrak, il l'était encore plus à Ashaba. Il y a quarante-huit siècles ou pas loin qu'il a rigoureusement perdu le contact. En allant à la capitale, il s'est arrêté à Mal Yaska, ce qui a permis à Urvon de lui présenter une longue liste de récriminations en haut de laquelle figurait le fait que les généraux de Mal Zeth se soucient de lui comme d'une guigne, or ce brave Urvon ne peut pas supporter d'être ignoré. Il a dit à son maître que les généraux étaient tous devenus d'affreux hérétiques. Et comme c'est Urvon qui lui est tombé dessus le premier, et qu'il parle très très vite, Torak a quitté Mal Yaska avec l'impression que Mal Zeth était un repaire d'hérétiques – pis, de laïcs. Résultat : en arrivant à la cité, il l'a virtuellement dépeuplée. Puis il a lâché Urvon et ses Grolims sur le reste du continent, et les prêtres se sont mis à battre de vieux records avec leurs couteaux sacrificiels. Les autels de Torak ont ruisselé de sang pendant je ne sais combien d'années.

Je frissonnai.

– C'est probablement Zedar qui a fini par convaincre Torak que le meilleur moyen de se préparer à la guerre contre un ennemi étranger n'était pas de massacrer sa propre armée, alors l'autre Grand Brûlé a fini par serrer la bride à Urvon. En attendant, les Angaraks, les Melcènes et les Karandaques avaient tous une telle trouille des Grolims qu'ils se seraient jetés dans le feu si Urvon le leur avait ordonné. C'est probablement la régression la plus stupéfiante de l'histoire. Toute une civilisation est retombée à l'âge de pierre en dix ans. En ce moment, les Malloréens sont retombés au niveau des Thulls. Urvon est allé jusqu'à édicter que la lecture est un crime, sauf pour ses Grolims, bien sûr. Et encore, même les bibliothèques grolimes ont été expurgées de tous les livres profanes. Je parie qu'il va bientôt interdire la roue.

– Ils ont brûlé des livres? s'exclama mon père, horrifié.

– Te mets pas la rate au court-bouillon, Belgarath! Les chercheurs de l'université de Melcène ont déménagé leurs bibliothèques et les Grolims ne risquent pas de les retrouver. Et quand bien même, les Dals de Kell ont probablement des exemplaires de tous les livres qui ont jamais été écrits; or, comme tu le sais, les Grolims ne peuvent pas approcher de Kell.

– Je ne sais même pas si je pourrais y aller, admit mon père. Les Dals sont des gens bizarres.

– Bizarres ? C'est rien de le dire, ricana Beldin. Bref, l'armée qui va sortir de Mallorée risque d'être multitudineuse, mais complètement décérébrée.

– Ce sont les ennemis que je préfère, jubila mon père. J'adore les ennemis stupides.

– Je m'en souviendrai. Y a rien à boire dans le coin ?

– Tu pourras peut-être avoir quelque chose au dîner, répondis-je.

– Et avant de dîner ?

– Voyons, mon oncle chéri, ça risquerait de te couper l'appétit.

Comme le seul but de l'invasion angarake qui se préparait était de récupérer l'Orbe, les Aloriens étaient sûrs d'essuyer le premier assaut, et nous leur avions, mon père et moi, donné plus d'informations qu'aux dirigeants non aloriens. Quand les Murgos et les Nadraks fermèrent les routes des caravanes, à l'automne de 4864, les Tolnedrains étaient bien placés pour comprendre qu'il se préparait quelque chose. Et, au grand dam des princes marchands de Tol Honeth, cet hiver-là, Brand ferma le port de Riva, sous prétexte de rénovations. À ce stade, il aurait fallu être un débile mental pour ne pas comprendre que les Aloriens et les Angaraks débarrassaient le tapis en préparation d'un événement de nature à ébranler le monde, et Ran Borune IV n'était sûrement pas débile.

Nous nous retrouvâmes à Riva, cet hiver-là, pour passer nos préparatifs en revue. Je suggérai à mon père que la plus élémentaire courtoisie exigeait que nous informions Ran Borune de l'invasion imminente.

– Autant rester en bons termes avec lui, dis-je. Si ça tourne mal en Arendie, nous pourrons toujours faire appel aux légions tolnedraines.

Mon père grommela – comme toujours – mais il partit pour Tol Honeth discuter avec Ran Borune, qui était alors bien jeune. Lors de leur conversation, mon père, ce gaffeur invétéré, eut un coup de génie. Au lieu de perdre du temps et de la salive à essayer d'ébranler le scepticisme de Ran Borune en lui expliquant l'origine de nos informations, il lui raconta qu'il les tenait des services secrets drasniens. Ce mythe nous a beaucoup servi au fil des siècles.

Il était encore trop tôt pour que les Tolnedrains – ou n'importe qui, d'ailleurs – donnent un coup d'arrêt aux activités des Angaraks, mais au moins l'avertissement de mon père laissa à Ran Borune le temps de soigner la condition physique de ses légions. En temps de paix, les soldats de métier ont tendance à se ramollir. C'est fatigant, de faire de l'exercice, et les soldats ont des préoccupations autrement plus importantes, comme de jouer aux dés, picoler et courir après les filles – des filles peu farouches, au demeurant, de sorte qu'ils ne courent pas beaucoup.

Puis, en 4865, au tout début du printemps – la mer était encore gelée –, les Malloréens entamèrent le franchissement du cordon d'îlots rocheux qui réunit la Mallorée et le continent occidental. Un imbécile qui ne les avait jamais vus leur a donné le nom de « Pont de Pierre ». Le gars qui ferait des ponts pareils serait bien inspiré de laisser tomber et de se consacrer plutôt au jardinage.

Nous nous en sommes longtemps voulu de ne pas avoir imaginé ce que Torak ferait une fois que son armée serait arrivée en Morindie, au nord du Gar og Nadrak. D'après le Codex mrin, Torak avait un rendez-vous en Arendie, et nous pensions qu'il longerait la côte du Gar og Nadrak jusqu'au Mishrak ac Thull, puis qu'il prendrait vers l'ouest et traverserait l'Algarie pour aller en Arendie.

Torak était bien trop arrogant pour tenter un tel subterfuge. C'est donc probablement Zedar qui a envoyé plusieurs régiments de Malloréens à Thull Zelik, avec pour ordre de se pavaner dans les rues afin d'abuser les espions drasniens omniprésents. La présence de ces hommes en tuniques rouges au Mishrak ac Thull renforça notre conviction selon laquelle Torak allait marcher droit vers l'À-pic pour envahir l'Algarie.

Il n'en fit rien. Il traversa directement les forêts du Gar og Nadrak et envahit la Drasnie. Dire que nous n'étions pas préparés à ce mouvement serait très en dessous de la vérité. Nous avions massé une énorme armée d'Aloriens dans les plaines de l'est de l'Algarie pour faire barrage à l'invasion attendue et nous avions dégarni la Drasnie de la plupart de ses défenseurs. Nous étions en très mauvaise posture quand l'armée de Malloréens, de Nadraks, de Murgos et de Thulls surgit des forêts nadrakes et se répandit dans les landes de Drasnie orientale. Torak envoya immédiatement la moitié de son armée vers la frontière sud de la Drasnie, nous empêchant irrémédiablement de nous ruer vers le nord pour défendre nos amis drasniens, et ses hommes commencèrent à massacrer méthodiquement tous les Drasniens qui leur tombaient sous la main.

Ce fut un épouvantable carnage. Les Drasniens qui n'étaient pas mis à mort sur le champ étaient remis entre les mains des Grolims pour les effroyables sacrifices si chers au cœur de leur Dieu dément.

À la fin de l'été 4866, la population de la Drasnie était à peu près anéantie, à part quelques réfugiés qui s'étaient cachés dans les marais. Une colonne de fuyards s'engagea vers le nord, en territoire morindien, et réussit à atteindre Cherek. Des milliers de réfugiés drasniens furent emmenés en bateau de Kotu vers les autres territoires situés au nord et à l'ouest, et les régiments d'élite drasniens à qui avait été confiée la tâche impossible de défendre leur patrie furent littéralement jetés sur les vaisseaux cheresques, débarqués à l'embouchure de l'Aldur et envoyés à marche forcée vers la Forteresse. Le roi Rhodar tenta désespérément d'organiser la défense de Boktor, mais mon père l'entraîna à Kotu et l'obligea à prendre place à bord du vaisseau de guerre du roi

Eldrig. Après ça, je crois que Rhodar n'eut plus jamais confiance en mon père.

Une fois qu'il eut établi son contrôle sur la Drasnie, Torak marqua une pause pour regrouper ses forces et donner aux renforts qui arrivaient encore par le Pont-de-Pierre le temps de le rejoindre.

Je crois utile, à ce stade, de clarifier les choses : Torak n'a rien d'un génie militaire. Au cours de la Guerre des Dieux, alors que c'était lui qui prenait les décisions, il a commis tant d'erreurs que c'est un miracle si le peuple angarak ne s'est pas éteint. Le Dieu-Dragon a une passion presque arendaise pour les affrontements directs et la force brutale. Toute la stratégie angarake du quarante-neuvième siècle est l'œuvre de Zedar, pas de Torak. Mon oncle Beldin prétend – à juste raison, je pense – que lorsque Torak a envoyé Urvon à Mal Yaska et Ctuchik à Rak Cthol, il a envoyé Zedar à Mal Zeth pour tirer les ficelles dans les coulisses. Zedar était probablement le plus rusé des disciples de Torak, et il a acquis une excellente éducation en tactique et en stratégie auprès des généraux de Mal Zeth. Torak avait toujours la main aussi lourde ; c'est au frère apostat de mon père que l'on peut attribuer les subtilités de l'invasion du Ponant par les Angaraks.

Après l'écrasement de la Drasnie, le Conseil d'Alorie, auquel se joignit le roi Ormik de Sendarie, se réunit en urgence à Riva. Avant la première de nos réunions, je traversai les couloirs sinistres de la Citadelle pour dire deux mots au Gardien de Riva. Je tenais à lui faire comprendre plusieurs choses.

La plupart des rois installent leur bureau dans une tour, sans doute parce que l'altitude est pour eux synonyme d'élévation. Brand était l'archétype des Gardiens de Riva : un homme modeste, effacé. Il se savait moins chargé de commander que de maintenir. Le bureau de Brand était situé au cœur de la Citadelle, près de plusieurs salles de réunion. C'est l'endroit qu'il avait choisi pour mener à bien la tâche quotidienne consistant à faire marcher les choses dans l'Île. Au moins, comme ça, il n'avait pas à escalader d'interminables escaliers pour aller à son bureau.

– Je peux vous parler, messire Brand? demandai-je en m'arrêtant sur le seuil de sa salle de travail, une pièce assez encombrée, éclairée à la chandelle.

– Mais bien sûr, Dame Polgara, dit-il en se levant.

Il était très grand, et il avait des épaules énormes. Il me présenta un fauteuil et retourna s'asseoir.

– Que puis-je faire pour vous, ma Dame?

– D'abord, vous pourriez laisser tomber le protocole, Brand, répondis-je. Nous n'avons pas de temps à perdre en cérémonies.

Il eut un sourire.

– Les mauvaises habitudes sont difficiles à perdre, fit-il d'un ton d'excuse.

– J'avais remarqué, Brand. Vous êtes un homme très poli et très civilisé, et votre instinct vous commanderait de vous incliner devant Eldrig. Il est votre aîné, c'est le roi de la nation alorienne primitive. Je sais que la coutume voudrait que ce soit le roi de Cherek qui mène les débats lors des réunions du Conseil d'Alorie, mais cette fois, nous allons battre les usages en brèche. Dans cette situation particulière, vous êtes d'un rang plus élevé que le roi de Cherek.

– Je ne porte pas de couronne, Pol, souligna-t-il. Rhodar est roi, bien qu'il n'ait plus de royaume.

– Vous allez être l'Enfant de Lumière, Brand. Ça veut dire que vous êtes au-dessus de tout le monde. La question n'est pas de savoir qui doit s'incliner devant qui ou s'asseoir en premier; ce n'est pas de ces bêtises qu'il s'agit. C'est un problème de commandement. Je sais que vous êtes assez diplomate pour ne pas offenser Eldrig, et je souhaite que votre position soit établie dès le début. Le moment viendra où vous recevrez des instructions d'une force beaucoup plus puissante que n'importe quel roi en ce bas monde. Vous serez l'instrument du Dessein de l'Univers. Vous donnerez des ordres qui viendront de ce Dessein, et je ne tiens pas à ce qu'Eldrig se mette en travers. Autant qu'il prenne tout de suite l'habitude de s'y conformer. J'ai vu assez de guerres pour savoir que les ordres doivent venir d'une seule et unique source. On ne dirige pas des opérations militaires avec un comité.

– Qu'est-ce que c'est au juste que cette histoire d'Enfant de Lumière? Je ne suis pas trop versé en théologie.

– L'Univers est né dans un certain Dessein, Brand.

– Oui, ça, je comprends. Ce sont les Dieux qui l'ont créé.

– Non. C'est le contraire : l'Univers était là avant les Dieux.

– Ce n'est pas ce que disent les prêtres de Belar.

– Évidemment. Il se peut qu'UL ait vu le jour en même temps que l'Univers, mais il n'y avait rien avant. C'est une conviction personnelle, Brand, alors on peut en discuter, mais ce n'est pas la question.

– Qui est UL?

– Le Dieu des Ulgos. Le père des autres Dieux.

Brand ouvrit de grands yeux et avala péniblement sa salive.

– Nous nous écartons du sujet. L'Univers est entré en existence dans un certain Dessein. Et puis il y a eu un accident cosmique, une étoile a explosé à un endroit où elle n'aurait pas dû, et le Dessein a été divisé. Les deux Desseins résultants se combattent depuis lors. Bon, je simplifie, mais c'est pour que vous compreniez.

– J'ai vu des tas de querelles de famille, Pol.

– Alors vous voyez ce que je veux dire. Quoi qu'il en soit, ces deux Desseins ne peuvent s'affronter directement. L'Univers n'y résisterait pas. Ils doivent faire appel à des intermédiaires.

– L'Enfant de Lumière et l'Enfant des Ténèbres?

– Exactement. Ils se rencontrent de temps à autre, généralement pour peu de temps. Une demi-seconde, le plus souvent.

– On ne peut pas livrer un vrai duel en une demi-seconde, Pol.

– Arrêtez de penser que c'est un duel, Brand. Ce n'est pas de ça qu'il s'agit.

– C'est un soulagement. Torak est l'Enfant des Ténèbres, n'est-ce pas ?

– Dans l'ensemble, oui.

– Quelles chances aurait un homme face à un Dieu ?

– Ça dépend de l'homme. Comme cette rencontre aura lieu au cours d'une guerre, il se peut qu'il y ait, effectivement, un duel, ou que ça en ait l'apparence. Vous entrechoquerez vos épées pendant un moment, Torak et vous, mais l'Événement n'aura aucun rapport avec ça.

– Un Événement ?

– C'est le mot que nous utilisons, pour faire simple, afin de décrire ces affrontements. Ne vous laissez pas obnubiler par le fait que Torak est un Dieu et pas vous. C'est sans importance.

– Que se passera-t-il, Pol ?

– Vous serez amené à faire un choix.

– Un choix ? C'est tout ? Et quelles seront les options ?

– Nous n'en savons rien. Mais vous le saurez le moment venu. Mon père a été l'Enfant de Lumière, une fois, quand il est allé à Cthol Mishrak, avec Garrot-d'Ours. Cette fois-là, c'est Zedar qui était l'Enfant des Ténèbres, et quand ils se sont rencontrés, mon père a choisi de ne pas tuer Zedar. Il s'est révélé que c'était le bon choix.

– Et si je fais le mauvais choix, le moment venu ?

– Nous perdrons, répondis-je en haussant les épaules.

– Pol ! protesta-t-il avec angoisse.

Je posai ma main sur la sienne. J'aimais bien cet homme.

– Ne vous en faites pas, Brand. On ne vous laissera pas faire le mauvais choix.

– Alors nous gagnerons ?

– Ce n'est pas certain non plus. Torak aussi aura un choix

à faire, et il se pourrait que le sien soit meilleur que le vôtre. Les deux Desseins sont de force égale ; c'est tantôt l'un, tantôt l'autre qui l'emporte.

– Alors je ne serai que la voix de ce Dessein ? Il fera le choix et je l'annoncerai ?

– Non, mon cher. C'est vous qui devrez choisir.

– Je voudrais être mort, dit-il d'un ton funèbre.

– Cette option-là ne vous est pas ouverte, Brand. À ce stade, je pense que vous ne pourriez même pas vous tuer. Que ça vous plaise ou non, vous allez rencontrer Torak en Arendie, et vous allez faire un choix.

– Et si je refuse de le faire ?

– Ce serait aussi un choix, Brand. Vous ne pouvez pas en sortir. Allez, ne vous arrêtez pas au fait que Torak est un Dieu et pas vous. Ça ne fera pas la moindre différence. Vous serez au même niveau lors de la rencontre. C'est tout le rang dont vous aurez besoin. Nous allons prévenir les autres, mon père et moi, en sorte qu'il n'y ait pas de discussion. C'est vous qui commanderez. Nous allons expliquer ça en douceur aux autres rois afin que vous ne soyez pas obligé de taper sur la tête d'Eldrig pour lui faire entrer cette idée dans le crâne. Lui annoncer sans ménagements que vous êtes le Dessein de l'Univers pourrait l'amener à s'interroger sur votre santé mentale.

– Je m'interroge déjà, Pol, avoua-t-il. Avons-nous vraiment cette conversation ou n'est-ce qu'un rêve ?

Je dégrafai la broche qui retenait ma cape et lui piquai délibérément le dos de la main. Il poussa un cri de surprise et s'écarta vivement.

– Qu'est-ce qui vous prend, Pol ? protesta-t-il.

– Laissez un peu saigner la piqûre, dis-je, puis j'essuyai la goutte de sang avec mon mouchoir et lui tendis le petit bout de chiffon. Gardez ça quelque part sur vous, mon cher. Vous n'aurez qu'à le regarder chaque fois que vous douterez de votre raison. Cette conversation a vraiment lieu et vous êtes vraiment l'Enfant de Lumière. Ou du moins vous le serez, le moment venu. Je suis médecin, Brand, si je vous dis que vous n'êtes pas fou, vous pouvez me croire. Maintenant, allez vous laver la main, je vous ferai un pansement.

Les réunions avaient lieu dans la salle de conférence traditionnelle, tout en haut de l'une des tours de la Citadelle de Poing-de-Fer. J'y étais sans cesse assaillie par une foule de souvenirs, mais je les repoussais pour me concentrer sur les affaires en cours. La plupart des conversations se ramenaient à un jeu de devinettes. Torak nous avait eus par surprise une fois, et nous ne pouvions nous permettre de nous laisser avoir une seconde fois, de sorte que nous parlâmes longuement de son prochain mouvement probable. Le roi Rhodar de Drasnie ne dit pas grand-chose, mais il n'avait pas besoin de parler. Il était visiblement effondré, et sa présence morne, endeuillée, était pour chacun de nous un constant rappel des conséquences des mauvaises décisions.

Comme nous ne pouvions réellement agir avant que Torak n'ait effectué le mouvement suivant, la conférence ne mena à rien de bien significatif. Ma seule contribution réelle consista à proposer que nous prévenions les autres royaumes du Ponant que la fin du monde était à portée de main.

Nous quittâmes l'Île des Vents en bateau, mon père et moi. On nous déposa sur une plage pluvieuse, sur la côte nord du Nez d'Arendie, et nous partîmes en quête des Asturiens.

Après la destruction de Vo Astur par les Mimbraïques, la noblesse asturienne s'était réfugiée dans les bois où elle s'était engagée dans des siècles de guérilla. Selon le dogme asturien, tirer une flèche dans le dos d'un voyageur mimbraïque isolé était une victoire majeure qu'on fêtait pendant une semaine autour de grands feux de joie. Les Mimbraïques désapprouvaient cette pratique, naturellement, et les chevaliers en armure faisaient périodiquement irruption dans la forêt afin de localiser et de détruire ces bandes de fanatiques. Les Asturiens étaient devenus très habiles dans l'art de dissimuler leurs campements, de sorte que nous passâmes une semaine délicieuse, mon père et moi, à chercher le duc d'Asturie, Eldallan. La pluie sempiternelle qui dégoulinait des arbres ajoutait une nouvelle dimension à l'adjectif « désagréable ».

À moins qu'il ne soit poussé par la faim, un prédateur attend normalement la fin de la pluie à l'abri, mais il y avait dans cette forêt détrempée un loup et une chouette qui ne pouvaient pas se payer le luxe de rester à l'abri.

Je ne sais pas si vous imaginez ce que peut sentir un loup mouillé qui s'approche d'un feu de camp. Rien que de penser à l'odeur de mon père pendant cette quête, j'en ai des haut-le- cœur.

Enfin, par chance, le temps s'améliora fugitivement et le brouillard qui planait perpétuellement dans la forêt se leva. Je survolai les frondaisons et vis des fumées s'élever d'une douzaine de points dans le lointain, à l'est. Après investigations, nous trouvâmes le campement que nous cherchions.

Les jeunes patriotes asturiens, qui étaient de grands romantiques, se pavanaient en tunique et pantalon vert ou marron, un petit chapeau orné de longues plumes crânement juché sur la tête. Les Mimbraïques les considéraient comme des hors-la-loi, et ils jouaient ce rôle à fond. La littérature n'était pas étrangère à ce phénomène. Les ballades vantant les exploits de tel ou tel brigand qui dévalisait les riches Mimbraïques pour distribuer le butin aux pauvres paysans asturiens devaient embraser l'imagination de générations entières de nobles asturiens écervelés, et ils prenaient des poses dans leurs déguisements verts, et ils passaient des heures à s'exercer au tir à l'arc, transformant en pelotes à épingles des bataillons d'épouvantails revêtus d'armures mimbraïques rouillées.

(D'accord, j'ai un préjugé contre les Asturiens. Bon, et alors ?)

Le duc Eldallan et ses sbires se montrèrent rien moins que coopératifs quand nous fîmes intrusion dans leur vaste campement, mon père et moi. Nous ne fûmes pas tout à fait considérés comme des prisonniers, mais toutes les flèches à la ronde étaient braquées sur nous tandis que nous approchions du « trône » rustique sur lequel siégeait Eldallan, sa fille de huit ans, Mayaserana, assise sur ses genoux.

Le duc d'Asturie était un homme mince, d'une petite trentaine d'années, aux longs cheveux blonds soigneusement apprêtés. Il était vêtu de vert et tenait son arc à portée de la main. Il semblait très imbu de lui-même. Il écouta la présentation de mon père avec scepticisme. La tenue négligée de mon père ne cadrait manifestement pas avec la description du « puissant sorcier » qu'en faisaient toutes les épopées arendaises. Il ne crut peut-être pas mon père, mais peu après, je vous prie de croire qu'il accorda foi à mes déclarations.

Il écarta la nouvelle de la destruction de la Drasnie comme un problème alorien et argua de l'obligation quasi religieuse d'exterminer les Mimbraïques. Je finis par me lasser de ses attitudes et je me penchai vers mon père.

– Laisse-moi m'occuper de lui, proposai-je. Je connais les Arendais mieux que toi.

– Avec plaisir, grommela le Vieux Loup.

– Il ne faut pas en vouloir à mon père, Votre Grâce, commençai-je en faisant un pas en avant. La diplomatie n'est pas son point fort.

Eldallan commit alors l'erreur de faire allusion à mon antique association avec les Arendais wacites d'un ton qui laissait supposer que c'était une faute morale. Je décidai que s'il le prenait comme ça, j'allais lui donner d'amples raisons de le prendre plus mal encore.

– Très bien, Votre Grâce, repris-je fraîchement. Je vais vous faire voir ce que les Angaraks ont fait à la Drasnie, et je vous laisserai décider si vous voulez que la même chose arrive ici.

– Des illusions ! renifla-t-il.

– Non, Votre Grâce. Pas des illusions ; la réalité. Je parle en tant que duchesse d'Erat, et aucun gentilhomme digne de ce nom ne saurait mettre en cause la parole d'une gente dame. Mais peut-être m'abusé-je en supposant qu'il y a des gentilshommes en Asturie.

Ça ne lui plut pas du tout.

– Serait-ce que vous mettez mon honneur en doute?

– Ne doutez-vous pas du mien?

Je pense qu'il ne s'attendait pas à celle-là. Il manqua s'étrangler, puis il laissa tomber.

– Très bien, Votre Grâce, dit-il. Si vous me donnez votre parole d'honneur que ce que vous vous proposez de me faire voir s'est vraiment produit, je n'aurai d'autre issue que de l'accepter.

– Votre Grâce est trop aimable.

Je sondai délicatement son esprit et découvris tout au fond une crainte irraisonnée d'être brûlé vif. Il ne m'en fallait pas plus.

Je lui fis voir une série d'images déconnectées et l'obligeai, par la force de mon Vouloir, à les regarder se dérouler. Il y avait assez de boucheries généralisées dans ces images pour l'empêcher de deviner que je concentrais mes efforts sur ce qu'il redoutait le plus. Les scènes amoureusement recréées de Drasniens hurlants piégés dans des bâtiments en feu ou projetés dans des brasiers par des Angaraks hilares étaient ponctuées d'images de corps écartelés et autres jaillissements de sang du plus bel effet. J'ajoutai les cris d'agonie de règle dans ce genre de situation et pimentai le tout par une bonne odeur de chair grillée.

Eldallan se mit à crier et à se tortiller sur son trône, mais je poursuivis impitoyablement jusqu'à ce que je sois sûre qu'il ne discuterait plus avec nous. J'aurais pu faire durer le plaisir, mais la présence de l'enfant m'incita à une certaine modération. Mayaserana était une belle petite fille aux cheveux noirs et aux yeux immenses. Les petits cris, les sanglots qu'elle ne pouvait retenir en voyant son père gémir et se tortiller m'arrachaient le cœur.

– Qu'est-ce que vous avez fait à mon papa, méchante dame ? demanda-t-elle d'un ton accusateur lorsque je libérai Eldallan.

– Il ira très bien d'ici un instant, mon chou, lui assurai-je. Il a fait un cauchemar, c'est tout.

– Mais on ne dort pas en plein jour.

– Ce sont des choses qui arrivent, Mayaserana, dis-je en la prenant dans mes bras. Je t'assure, tout ira bien pour lui.

Lorsque le duc d'Asturie eut repris ses esprits, mon père proposa une trêve entre l'Asturie et Mimbre.

– Une trêve temporaire, bien sûr, limitée à la durée de l'état d'urgence. Évidemment, si vous appréciez la paix entre les deux duchés, rien ne vous interdirait de la prolonger, Aldorigen et vous.

– Vous ne me proposez pas, j'espère, de rencontrer ce boucher mimbraïque ?

– Seulement si vous acceptez tous les deux d'être enchaînés aux parois opposées de la même pièce, Eldallan. Nous allons prendre nos dispositions avec l'ambassadeur de Sendarie à Vo Mimbre. Nous demanderons aux Sendariens de servir d'émissaires, jusqu'à ce que les Angaraks envahissent pour de bon l'Arendie. Ce jour-là, il faudra que nous trouvions un moyen de vous séparer sur le champ de bataille, les Mimbraïques et vous.

Nous allâmes ensuite, mon père et moi, à Vo Mimbre, qui se trouvait de l'autre côté de la plaine arendaise trempée de pluie. Les souvenirs affluèrent à nouveau. Je doute que mon père ait jamais tout à fait compris combien j'étais attachée à l'Arendie. Les Arendais sont un peuple puéril, et j'ai été leur mère universelle, au sens propre du terme, pendant près de six cents ans.

Aldorigen, le duc – ou plutôt le « roi », comme il aimait à se faire appeler – avait une peur bleue des serpents, et j'avoue que cette phobie déchaîna ma créativité. Il n'y a pas beaucoup de serpents en Drasnie, vous comprenez. J'inventai de toutes pièces une « coutume » angarake consistant à projeter des hordes de villageois hurlants dans des fosses à serpents, et le duc Aldorigen trouva mon idée tellement intéressante qu'il comprit tout de suite notre façon de penser.

(D'accord, ce n'était pas très honnête. Et alors, vous voulez que j'interrompe mon récit et que nous entamions un débat sur les fondements éthiques du vieux dicton « la fin justifie les moyens » ?)

Lorsque mon père eut fait avaler son idée de trêve à ce pauvre Aldorigen et eut plus ou moins ordonné que l'ambassadeur de Sendarie fasse le truchement entre Mimbre et l'Asturie, nous nous apprêtâmes à quitter la cité d'or. Mais avant cela, je regardai longuement Korodullin, le fils d'Aldorigen. C'était un blondinet de huit ou neuf ans, à l'époque. Pour être honnête, l'idée de coïncidence ne me vint jamais à l'esprit. Je fus juste un peu surprise de découvrir que le tintement qui résonne périodiquement dans ma tête ne retentit pas toujours pour les descendants de Beldaran et de Riva Poing-de-Fer. Il se manifeste parfois pour d'autres arrangements prédestinés. Je l'ai distinctement entendu la première fois que Relg rencontra Taïba. D'un autre côté, bizarrement, je ne l'entendis pas la première fois que je vis Durnik.

Aldorigen nous procura des chevaux. Nous nous emmitouflâmes, mon père et moi, pour nous protéger contre cette pluie qui n'en finissait pas, puis nous traversâmes l'Arend à une dizaine de lieues en aval de Vo Mimbre et nous poursuivîmes à travers le nord de la Tolnedrie vers l'île étincelante qu'est Tol Honeth.

Nous fûmes conduits devant l'empereur sitôt après notre arrivée au palais de marbre. On nous fit grâce des formalités habituelles. La précédente visite de mon père avait convaincu Ran Borune qu'il était un émissaire des rois d'Alorie, ce qui n'est ni tout à fait exact, ni complètement faux. L'anéantissement de la Drasnie avait attiré le regard de Ran Borune vers les royaumes du nord, et il était avide d'informations.

– Ah, vous voilà, Belgarath ! dit-il sèchement lorsqu'on nous introduisit dans son bureau un tantinet surdécoré. C'est terrible, ce qui est arrivé à la Drasnie. Transmettez toutes mes condoléances à Rhodar la prochaine fois que vous le verrez. Les Aloriens ont une idée de l'endroit où Kal Torak pourrait choisir de frapper, la prochaine fois ?

– Vaguement, Majesté, répondit mon père. Au fait, je vous présente ma fille, Polgara.

– Enchanté, fit-il distraitement. (Décidément, ça partait mal entre ce jeune homme et moi.) Écoutez, Belgarath, il faut vraiment que je sache ce que prépare Torak. Vous n'avez pas d'espions dans son armée ?

– Je n'appellerais pas ça des espions, Ran Borune, répliqua aigrement mon père. Kal Torak n'a que des Angaraks dans son armée – pour le moment, du moins. Nous n'avons pas vu de Melcènes, de Dals ou de Karandaques.

– Les Aloriens ont-ils élaboré une stratégie ?

– Rien de définitif. Ils essaient de maintenir leurs défenses en place sur tous les fronts. Notre avantage principal réside dans la mobilité des Aloriens. Ces navires de guerre cheresques pourraient débarquer une armée sur toutes les plages d'occident en un rien de temps. Les forces défensives en Algarie, en Sendarie et à Cherek devraient suffir à retarder Torak jusqu'à l'arrivée des renforts.

– Des indices, dans ces textes religieux ?

– Vous voulez parler des prophéties ?

– Je n'aime pas ce mot, fit Ran Borune comme s'il pensait à autre chose. Il pue la superstition.

– Possible, convint mon père. Mais il y a suffisamment de correspondances entre les prophéties aloriennes et angarakes pour que nous y trouvions ce que mijote le gaillard qui se fait appeler Kal Torak. Les hommes qui se prennent pour des Dieux essaient souvent de réaliser toutes les prophéties qui leur tombent sous la main afin de prouver leur divinité.

(Juste un mot : vous remarquerez qu'aucun de nous ne prit

jamais le risque de dire à Ran Borune que l'envahisseur venu de l'est était vraiment Torak en personne. Nous entretenions l'illusion selon laquelle nous avions affaire à un Angarak fou. À quoi bon heurter la sensibilité des Tolnedrains en leur parlant théologie alors qu'il y avait des moyens plus simples d'obtenir leur coopération ?)

– Je n'y avais pas pensé, avoua Ran Borune. Les Aloriens auront-ils besoin de certaines de mes légions dans le Nord ?

– Je ne crois pas, mais merci quand même.

– Vous prévoyez de rester longtemps ici, votre fille et vous ? Puis-je vous proposer l'hospitalité du palais ?

– J'apprécie, Ran Borune, répondis-je, mais nous ne voudrions pas vous attirer des problèmes. Il ne manquerait plus que les Honeth et les Vordue vous accusent de frayer avec de maudits sorciers.

– Je suis l'empereur, Dame Polgara, et je fréquente qui bon me semble. Si ça ne leur plaît pas, les Vordue et les Honeth peuvent aller se... euh... tant pis pour eux. Vous avez l'air très au fait de nos petites spécificités, ma Dame, ajouta-t-il en me jetant un regard intrigué.

– Un de mes petits dadas, Majesté, répondis-je. J'ai découvert que la lecture des commentaires sur la politique tolnedraine était un remède contre l'insomnie presque aussi efficace que les épopées arendaises.

– Je l'ai cherché, hein ? fit-il en tiquant.

– Oui, Majesté. Que ça vous serve de leçon. Mon père me dit toujours que c'est notre devoir d'enseigner à la jeunesse.

– Je vous en prie, dit-il avec légèreté. Rangez les armes. Je me rends.

– Sage décision, Ran Borune, intervint mon père. Les gens qui croisent le fer avec Pol finissent généralement par pisser le sang par toutes sortes d'orifices non prévus par le Créateur. Nous allons descendre à l'ambassade de Cherek. J'ai des tas de gens à voir, et je souhaiterais être libre de mes mouvements. Une escouade d'espions détachés du palais pourrait être un peu encombrante. J'ai aussi besoin de rester en contact avec les rois d'Alorie, et l'ambassadeur de Cherek a un vaisseau de guerre à disposition. Qui est l'actuel ambassadeur de Nyissie ?

– Un type fuyant appelé Podiss.

– Je vais lui dire deux mots. Je tiens à ce que Salmissra soit informée. Elle dispose de certaines ressources dont je pourrais avoir besoin par la suite, et je ne tiens pas à ce qu'elle reste à bouder dans son coin. Nous vous tiendrons au courant, alors ne perdez pas de temps à nous faire suivre par des espions.

Nous allâmes donc à l'ambassade de Cherek. Au beau milieu de la nuit, au moment où mon père allait s'endormir, la voix de Beltira lui parvint. Il lui annonça que les forces de Torak étaient entrées en Algarie, puis il passa aux mauvaises nouvelles. Oncle Beldin avait informé les jumeaux qu'une seconde armée de Malloréens aux ordres d'Urvon était massée au port de Dal Zerba, en Dalasie, et avait déjà commencé à traverser la mer du Levant en direction du sud du Cthol Murgos. Il était clair que la fermeture des routes des caravanes du Nord et du Sud avait été ordonnée pour que les mouvements de troupes restent secrets. Nous avions maintenant deux armées angarakes sur les bras.

Nous retournâmes au palais, mon père et moi, et nous tannâmes les domestiques de l'empereur jusqu'à ce qu'ils le réveillent. Il n'apprécia guère les nouvelles que nous lui apportions. Nous lui suggérâmes de rester souple et de n'engager ses forces sur aucun front. Sur quoi nous partîmes pour la Nyissie, mon père et moi.

C'était la première fois que je mettais les pieds en territoire nyissien et que je rencontrais l'une des représentantes de cette interminable succession de Salmissras identiques. Contrairement aux autres Dieux, Issa, le Dieu-Serpent, n'avait pas pris de disciples, comme Torak ou notre Maître. Il avait consacré tout son amour à une femme, la première Salmissra. L'idée de prolonger sa durée de vie ne lui était pas venue, et à sa mort les Nyissiens l'avaient remplacée. Le premier critère de sélection était la ressemblance physique avec l'originale, et une éducation approfondie permettait à vingt candidates d'acquérir la personnalité de la première Salmissra. Elles avaient de bonnes raisons de s'appliquer dans leurs études ; les dix-neuf candidates non retenues étaient mises à mort aussitôt après la sélection de la nouvelle Reine des Serpents. Le résultat était que les Salmissras étaient virtuellement impossibles à distinguer les unes des autres. Comme disait mon père : « Quand on a vu une Salmissra, on les a toutes vues. » Je n'avais pas vraiment de raison d'aimer ces Salmissras, mais mon père me persuada que nous pourrions avoir besoin des talents plutôt spécialisés des Nyissiens à un moment donné de l'invasion angarake, aussi me montrai-je courtoise – enfin, tout juste – lorsqu'on nous introduisit dans l'antre immonde, infesté de serpents, qui était le palais de Sthiss Tor.

La salle du trône de Salmissra était un hangar crépusculaire dominé par l'énorme statue du Dieu-Serpent. Devant ses pieds se trouvait une estrade. Au centre était placé un trône qui ressemblait plus à un divan qu'à un siège royal et sur lequel Salmissra était alanguie. Devant le trône étaient agenouillés plusieurs douzaines d'eunuques en robe jaune qui entonnaient à l'unisson des slogans d'adoration. La Reine des Serpents était d'une pâleur crayeuse accentuée par ses cheveux noirs, lustrés. Ses yeux étaient curieusement incolores. J'admets qu'elle était belle, et sa robe de gaze diaphane laissait très peu à imaginer. Elle accueillit les nouvelles avec une indifférence reptilienne, sans détourner les yeux de son miroir.

– Pourquoi devrais-je m'impliquer dans votre guerre avec les Angaraks ? demanda-t-elle.

– Ce n'est pas notre guerre, Salmissra, objectai-je. Elle vous concerne aussi.

– Oh non, pas moi. L'une de mes précédentes collègues a découvert qu'il était fou de s'impliquer dans la guerre privée entre les Aloriens et les Angaraks. Je ne commettrai pas la même erreur. La Nyissie restera neutre.

Ses yeux incolores se fixèrent sur mon visage. Je sus alors – sans savoir comment – qu'un jour nous nous affronterions, la femme-serpent et moi, et le regard de Salmissra disait clairement qu'elle le savait aussi.

Cet échange muet échappa totalement à mon père. Les femmes ont toujours eu un moyen de communiquer entre elles que les hommes ne comprendront jamais. Mon père essaya de convaincre Salmissra qu'Urvon anéantirait la Nyissie en la traversant, quand il monterait vers le nord. Il gaspillait sa salive, évidemment. Salmissra se fichait éperdument de ce qui pouvait arriver à la Nyissie. Elle ne s'intéressait qu'à elle. C'était l'une des caractéristiques que son éducation avait gravées en elle. Sa survie, ses appétits personnels étaient tout ce qui comptait pour elle. Je m'en rendais compte, même si mon père ne s'en apercevait pas, et c'est à elle, sur un plan personnel, que j'adressai mes dernières paroles, en partant. J'insinuai qu'elle pourrait trouver désagréable de se trouver maintenue par plusieurs Grolims sur un autel ruisselant de sang pendant qu'un autre Grolim lui arracherait le cœur.

Ce qui réussit enfin à attirer son attention.

Alors que nous quittions cet endroit qui sentait le moisi, je posai à mon père une question qui me tenaillait depuis un moment.

– Tu sais si les Nyissiens ont compilé des travaux de références sur leur pharmacologie ?

– Non, pourquoi ? répondit-il avec un haussement d'épaules.

– Ils ont des décoctions végétales absolument passionnantes. Tu te rends compte que Salmissra en avait absorbé six ou huit ? Enfin, à ce que j'ai pu détecter.

– Vraiment ? fit-il, un peu surpris. Je pensais que c'était sa personnalité normale.

– Certes, mais elle prend des trucs qui l'exaltent. Elle a des appétits très intéressants. Quand tout ça sera fini, il se pourrait que je revienne ici, me livrer à des investigations. Certaines de ces herbes pourraient être très utiles.

– Elles sont surtout toxiques, Pol.

– Des tas de choses sont toxiques, Père. Une overdose de la plupart des herbes médicinales serait fatale. Le dosage est la clé de la médecine par les herbes.

– Ta réputation de guérisseuse risque de se détériorer si tu commences à faire des expériences avec les poisons, Pol.

– L'expérimentation est la source de toutes les avancées médicales, Père. On perd peut-être quelques patients en cours de route, mais on en sauve davantage sur le long terme.

– Il y a des moments où je te trouve aussi glaciale que Salmissra, Pol.

– C'est maintenant que tu t'en rends compte, Père ? Tu me déçois.

(Bon, je ne le pensais pas. Mais il y a des moments où tu m'intrigues, Vieux Loup.)

CHAPITRE XXXI

– C'est ce qui s'appelle faire chou blanc ou je ne m'y connais pas, grommela mon père alors que nous quittions le palais clinquant de Salmissra et retrouvions les rues crépitantes envahies par la pluie.

– Tu espérais qu'elle allait t'accueillir à bras ouverts, sans doute ? rétorquai-je. Tu n'as jamais été très populaire en Nyissie, tu sais.

– Enfin, soupira-t-il, nous pouvons toujours espérer qu'elle ne réservera pas une meilleure réception à Urvon. Bon, allons au Maragor. Nous arriverons peut-être à nous faire entendre de Mara.

C'était l'hiver, la saison des pluies en Nyissie, mais avec le changement de climat qui avait suivi l'Éclipse de Torak, les saisons des pluies étaient un peu difficiles à distinguer l'une de l'autre. Je déteste voler sous la pluie, seulement nous n'avions guère le choix.

Nous remontâmes la Rivière du Serpent jusqu'aux rapides, puis nous prîmes vers le nord afin de traverser les montagnes qui séparaient la Nyissie de la frontière sud du pays hanté des Marags. Nous repérâmes plusieurs campements rudimentaires, au sud de la frontière, mais il n'y avait aucune trace de prospecteurs au nord. Les chercheurs d'or n'étaient pas obsédés à ce point-là.

Le bassin mamelonné qui avait été le Maragor était difficile à voir, à travers le rideau de pluie, mais mon père connaissait le chemin et je le suivis docilement jusqu'à Mar Amon. Lorsque nous fûmes devant les ruines, il s'inclina sur l'aile à plusieurs reprises. Nous descendîmes vers un bosquet de bouleaux dépouillés par l'hiver et nous reprîmes notre forme originale.

– Ça risque de ne pas être agréable, Pol, commença mon père d'un ton sinistre. Mara est encore plus dingue que Torak. Il a repeuplé le Maragor de fantômes issus de sa folie. Tu vas voir des choses assez terribles, j'en ai peur.

– J'ai entendu toutes les histoires qu'on peut entendre à ce sujet.

– Les histoires, c'est une chose, Pol. Voir et entendre ces apparitions pour de bon en est une autre, sensiblement plus effrayante.

– Je suis de taille à encaisser, Vieux Loup.

– Ne sois pas trop sûre de toi, Pol. Dingue ou non, Mara est quand même un Dieu, et sa présence en ces lieux est renversante. Contrairement à celle de notre Maître qui est bienveillante, la seule apparition de Mara est assez écrasante. Tu as rencontré Chaldan lorsque tu étais en Arendie?

– Non. Chaldan ne parle qu'à ses prêtres. Enfin, c'est ce qu'ils disent.

– Mouais, fit-il avec un hochement de tête entendu. Les prêtres sont tous pareils. Pour moi, ce contact exclusif avec les Dieux est leur meilleure assurance-chômage. Si n'importe quel paysan pouvait parler avec son Dieu, à quoi serviraient-ils? Ils n'auraient plus qu'à se trouver un autre boulot.

– Je te trouve d'humeur bien cynique, aujourd'hui.

– Ça doit être le temps. Allez, prépare-toi. Notre rencontre avec Mara risque d'être assez déplaisante. Les Dieux sont rancuniers, et Mara ne nous a jamais pardonné de ne pas être venus à l'aide des Marags quand les Tolnedrains ont envahi le Maragor. Je l'ai rencontré plusieurs fois, et il me connaît – à moins qu'il ne m'ait oublié. Il se peut que je sois amené à lui raconter quelques mensonges. On ne nous a pas spécialement ordonné de venir ici. Nous pensons que c'est ce que notre Maître aurait voulu, mais c'est tout. Par sécurité, je vais dire à Mara que nous agissons sur son ordre. Mara n'est pas assez fou pour s'opposer à la volonté de notre Maître, et il ne nous détruira pas tout de suite. Mais fais attention, Pol, reste sur tes gardes, et quoi que tu fasses, ne te laisse pas distraire par des fragments d'or épars. N'y songe même pas. Si tu penses à l'or, Mara t'oblitérera le cerveau.

– Je ne suis pas intéressée à ce point-là, Père.

– Vraiment? Et d'où vient l'argent que tu tires de ta manche chaque fois que tu veux acheter quelque chose?

– C'est de l'épargne de précaution, Père, répondis-je d'un petit ton pincé. L'argent, c'est exactement comme les rosiers. Quand on veut le faire fructifier, il faut le tailler, l'arroser et mettre de l'engrais au pied. Ne t'inquiète pas, Vieux Loup, je n'ai que faire de quelques pièces d'or.

– Bon. Nous allons entrer en ville et je vais essayer de faire entendre raison à Mara.

Mar Amon est un endroit très déroutant, pas vraiment à cause des hordes de fantômes mutilés qui le hantent, mais surtout parce que la réalité et l'illusion s'y mêlent étroitement. Mara a bel et bien reconstitué la ville, remplaçant les bâtiments détruits par des images de ce qu'ils étaient avant le passage des Tolnedrains. Les maisons n'ont aucune substance, mais ça ne se voit pas quand on se contente de les regarder. Le temps de suivre la rue en spirale qui monte vers le temple, au centre, nous vîmes assez d'horreurs pour alimenter les cauchemars de toute une vie. Les légionnaires tolnedrains, qui sont généralement payés en pièces de cuivre, ont rarement l'occasion de voir de l'or. Le sol du Maragor en est couvert. Lorsqu'ils le virent, ils oublièrent tout semblant de discipline. Les légions se trouvèrent réduites à une populace avide, décervelée, et la populace ne recule devant aucune atrocité. Mara avait presque amoureusement recréé les victimes de ces atrocités et les avait déchaînées pour l'éternité afin que le Maragor reste à jamais inviolé. J'approuve du fond du cœur le châtiment que Nedra infligea, après l'invasion du Maragor, à ses adorateurs les plus serviles et rampants. Un prince marchand de Tol Honeth ne peut s'empêcher de penser à l'or quand il y en a partout autour de lui et, au Maragor, l'avidité est la porte ouverte à la folie. Le monastère de Mar Terrin peut paraître une bonne idée, mais c'est en fait la plus effroyable prison jamais créée à la surface de la planète : les prisonniers y sont condamnés non point à mort, mais à la folie perpétuelle.

– BELGARATH ! hurla Mara d'une voix plus forte que le tonnerre. POURQUOI FAIS-TU INTRUSION DANS MON CHAGRIN ?

Le Dieu était immense, et il tenait dans ses bras le corps d'un petit enfant massacré.

– C'est sur ordre de notre Maître que nous venons en ces lieux Te quérir, ô Mara ! mentit sobrement mon père. Ton frère Torak a entrepris d'envahir le Ponant. C'est sur ordre d'Aldur, notre Maître, que nous venons, ma fille Polgara et moi, T'informer de l'arrivée du Dieu-Dragon.

– QU'IL VIENNE ! répondit le Dieu éploré. SES ANGARAKS NE SONT PAS PLUS À L'ABRI DE LA FOLIE QUE LES ENFANTS ASSASSINS DE NEDRA.

– Comme Tu voudras, ô Seigneur, reprit mon père en s'inclinant. Nous avons accompli la tâche que nous avait confiée notre Maître. Nous allons maintenant nous retirer et ne viendrons plus T'importuner.

– Ça n'a pas traîné, dis donc, murmurai-je alors que nous rebroussions chemin à travers l'illusion appelée Mar Amon.

– En réalité, ça s'est mieux passé que je ne l'espérais, répondit mon père d'un petit ton complaisant.

– Ah bon, tu trouves ?

– Le Maragor est la porte de derrière de la Tolnedrie, expliqua-t-il. Urvon aurait pu inventer de traverser le nord du Cthol Murgos et d'envahir la Tolnedrie par là au lieu de remonter par la Nyissie. En prévenant Mara, nous lui avons coupé l'herbe sous le pied. Si les hommes d'Urvon ont toute leur tête en entrant au Maragor, en ressortant, ils seront fous à lier. On aurait pu espérer que Mara s'engagerait un peu plus, mais au moins il nous rend le service de tenir cette frontière, ajouta-t-il, l'air assez content de lui. Il va falloir nous en contenter. Je propose que nous allions maintenant discuter avec le Gorim. Autant prévenir tout le monde de ce qui se prépare. Comme ça nous n'aurons pas y revenir.

– Tu veux embrigader les Ulgos ?

– Je doute qu'ils aient envie de s'en mêler, mais ne les insultons pas en oubliant de les inviter.

– Activiste, va.

– Tiens, ça me manquait, ça.

– Nous faisons le tour du monde pour inviter des gens à une fête à laquelle ils n'ont pas envie de participer.

– Disons que c'est de la courtoisie, Pol. Et la courtoisie est la base de la diplomatie.

– Moi, j'appelle ça une perte de temps.

– Il y en a toujours une pincée dans la diplomatie. Bon, moi, je vais à Prolgu. Tu viens?

Il n'avait pas cessé de pleuvoir dans les plaines, depuis l'Éclipse de Torak. Dans les montagnes de la Sainte Ulgolande, c'était de la neige qui tombait, mais nous n'avions pas le temps de voyager à pied, mon père et moi, alors ce n'était pas trop grave. Il est assez fatigant de voler sous la neige; toutefois, ça ne le sera jamais autant que de se frayer un chemin dans des congères qui vous arrivent à la hanche. Et puis, au moins, nous n'avions pas à craindre de rencontrer les créatures folâtres qui prolifèrent dans les montagnes d'Ulgolande.

Prolgu est une montagne plus qu'une ville. Les Algarois ont construit la montagne qu'ils appellent la Forteresse, mais les Ulgos ont intégré Prolgu dans la montagne même où le premier Gorim avait rencontré UL et fait honte au Père de tous les Dieux, l'amenant à accepter les réprouvés du monde entier.

Nous nous posâmes dans une ville abandonnée à nulle autre pareille. La plupart des cités antiques ont été détruites par des guerres, et les guerres laissent des traces visibles sur les murailles et les bâtiments. Prolgu n'a pas été détruite par une intervention humaine. Les Ulgos l'ont simplement quittée pour s'installer dans les grottes, en dessous, abandonnant derrière eux leurs maisons vides, mais intactes. Normalement, les villes désertes attirent les pillards, mais il aurait fallu des pillards vraiment très spéciaux pour monter jusqu'à Prolgu et s'aventurer dans ces rues vides en quête de butin. Les montagnes d'Ulgolande grouillent littéralement de créatures qui considèrent la chair humaine comme un mets de choix. On dit que même les souris y sont redoutables.

J'ai rarement eu l'occasion de venir à Prolgu. Ma famille a pour habitude de se répartir les tâches, et c'était mon père qui était chargé des relations publiques. Nous errâmes, apparemment sans but, dans le blizzard hurlant, jusqu'à la fin du jour. Le soir tombait sur les rues envahies par la neige lorsque mon père indiqua une maison que rien ne distinguait des autres.

– Ah, tout de même ! rochonna-t-il. La neige ne facilite pas les choses.

– Ce n'est pas fait pour ça, Père.

– Tu te crois spirituelle ?

– Bof, pas spécialement.

Comme toutes les maisons de Prolgu, celle-ci avait depuis longtemps perdu son toit, et le sol disparaissait sous la neige. Mon père se dirigea vers la pièce centrale et passa quelques minutes à gratter le sol, de-ci de-là.

– Ah, voilà ! grogna-t-il lorsqu'il eut enfin trouvé ce qu'il cherchait.

Il prit une grosse pierre dans un coin de la pièce et tapa trois fois sur une dalle.

Il ne se passa rien.

Il recommença. Je remarquai que la dalle sonnait étrangement creux.

Puis il y eut un grincement assourdi, et la dalle, une très large dalle plate, bascula, révélant une amorce d'escalier qui s'enfonçait dans les ténèbres.

– *Belgarath*, fit une drôle de voix caverneuse. *Yad ho, groja UL.*

– C'est une formule de politesse, murmura mon père à mon adresse. *Yad ho, groja UL. Yad mar ishum.*

– *Veed mo, Belgarath. Mar ishum Ulgo.*

– On nous invite à entrer, m'expliqua-t-il. Tu as étudié la langue ulgo ?

– Pas à fond. La grammaire est dalasienne, non ?

– Oui. Mais c'est une langue plus ancienne que le morindien ou le karandaque. Les langues des peuples isolés ont tendance à se figer, et il n'y a pas plus isolé que les Ulgos. Descendons et allons parler au Gorim.

– Il va falloir que tu fasses la traduction.

– Inutile. Le Gorim parle notre langue.

– Ah, tant mieux.

Il fait très sombre dans les grottes d'Ulgolande. Les seules sources de lumière sont d'origine chimique. On ne pouvait voir combien les grottes étaient vastes, mais l'écho laissait deviner leur immensité. Je n'ai jamais été très à l'aise dans les cavernes des Ulgos. Des images de taupes s'imposent à moi. Quoi qu'il en soit, c'est une société très ordonnée ; les gens vivent dans des appartements impeccables, taillés dans les parois d'interminables galeries ténébreuses, et ils vaquent à leurs occupations quotidiennes à peu près comme s'ils vivaient à la surface. Force m'est de reconnaître que la vie souterraine présente au moins un avantage : le temps qu'il fait n'est jamais un problème.

Les Ulgos nous ignorèrent à peu près superbement, mon père et moi, tandis que nous traversions leurs galeries. Nous contournâmes plusieurs failles immenses et nous suivîmes la berge d'un lac ténébreux, aussi vaste qu'une mer. Il était alimenté par l'eau qui s'infiltrait depuis la surface et cascadait en murmurant interminablement dans l'obscurité. Les échos de ces chutes d'eau se mêlaient aux accents des hymnes que les adorateurs d'UL entonnaient à intervalles réguliers, et ces vibrations combinées faisait que l'Ulgolande tout entière résonnait comme une gigantesque cathédrale.

La maison du Gorim des Ulgos était construite dans un marbre si fin qu'à côté, les imposantes bâtisses de Tol Honeth eussent été grotesques. Elle se dressait sur un petit îlot, au centre d'un lac souterrain de faible profondeur, et l'on y accédait par une allée majestueuse. Le Gorim était un vieillard à la barbe blanche, toujours vêtu d'une robe blanche. C'était probablement l'homme le plus saint du monde. Il nous attendait au bout de la chaussée. Il y avait plus de mille ans que je n'avais mis les pieds dans les grottes d'Ulgolande, mais ce Gorim ressemblait beaucoup à ses prédécesseurs.

– Ça fait bien longtemps, Belgarath, dit-il en manière de salutation quand nous arrivâmes dans l'île.

– Je sais, Gorim, répondit mon père d'un ton d'excuse. J'ai été très occupé, et je n'ai guère eu le temps de rendre des visites de politesse. Je ne crois pas que vous connaissiez ma fille ?

– La Sainte Polgara ? Non, en effet.

– Sainte ? Attendez de la connaître un peu mieux, Gorim. Elle a son petit caractère.

– Ça suffit, Père, coupai-je, puis je m'inclinai respectueusement devant le Gorim. *Lad Hara, Gorim an Ulgo.*

– Du dal ? releva-t-il, surpris. Il y a plus de cent ans que je n'ai entendu parler dal ! Vous êtes douée, Polgara.

– Pas vraiment, très Saint Gorim, répondis-je. Mes études m'ont amenée à suivre des sentiers tortueux. Je ne parle pas encore ulgo, c'est pourquoi je me suis rabattue sur le dal. Mon accent ne doit pas être fameux.

– Ça peut aller. Pour faire des progrès, il faudrait que vous passiez un ou deux mois à Kell.

– Quand la crise aura été résolue, Pol, intervint autoritairement mon père.

– Le monde est encore en crise ? demanda le Gorim.

– Le monde est toujours en crise, rectifia amèrement mon père. Mais celle-ci a l'air un peu plus sérieuse que les autres.

– Entrons, proposa le Gorim. Il vaudrait peut-être mieux que je m'asseye avant que vous ne m'annonciez la fin du monde.

J'aimai tout de suite ce Gorim des Ulgos. C'était un adorable vieillard plein d'humour. Cela dit, il ne rit pas beaucoup quand mon père lui expliqua que Torak avait quitté Ashaba et fait franchir le Pont-de-Pierre à ses Malloréens.

– C'est troublant, Belgarath, dit-il en fronçant le sourcil.

– Comme vous dites, acquiesça mon père. Puis-je vous parler franchement ?

– Bien sûr.

– Les Ulgos ne sont pas des guerriers ; ils ne sont pas habitués à vivre à la surface. En dehors de tout autre problème, ils seraient probablement aveuglés par la lumière du soleil. Si le soleil reparaît jamais.

– Que voulez-vous dire, Belgarath ?

– Le temps a changé, après l'Éclipse de Torak. Il pleut plus ou moins sans discontinuer depuis une quinzaine d'années.

– Était-ce prévu ?

– Nous aurions dû le prévoir. Nos prophéties font allusion à la pluie, mais nous avions envisagé des averses passagères, pas un changement de climat quasi permanent. Il y a des moments où j'en ai assez d'être manipulé comme une marionnette. Tout est annoncé dans les Codex mrin et darin, seulement je n'ai pas le droit de comprendre ce que je lis tant que cette petite futée de Nécessité n'a pas décidé que le moment était venu. Elle doit trouver ça drôle.

– Ça, c'est un concept à creuser, murmura le Gorim avec un petit sourire.

– Oui, eh bien, je n'y tiens pas, objecta mon père d'un ton ronchon. Je n'aimerais pas découvrir que l'Univers n'est qu'une grosse blague. Ce qui s'est passé en Drasnie semble indiquer que nous allons avoir droit à une vilaine guerre, reprit-il en secouant la tête. Les Ulgos sont un peuple dévot, Gorim, et il faut nous attendre à des déchaînements de violence auxquels votre peuple n'est pas préparé. Les Aloriens, les Tolnedrains, les Arendais sont taillés pour ce genre de course ; je vous propose de les laisser prendre les choses en main. Nous vous tiendrons au courant. Quand Torak commencera à faire traverser l'Ulgolande à son armée, nous vous préviendrons à temps pour que vous puissiez sceller les embouchures de vos grottes et laisser les Angaraks aux algroths, aux hrulgae et aux eldrakyn.

– Je vais consulter le Très Saint UL, répondit le Gorim. Les circonstances pourraient l'inciter à oublier son dégoût de la violence.

– Ça, Gorim, c'est à lui de voir, répondit mon père. J'ai fait beaucoup de bêtises dans ma vie, mais il ne me viendrait pas à l'idée d'essayer de lui dicter sa conduite.

Après cela, nous parlâmes de choses et d'autres, puis les serviteurs du Gorim nous apportèrent à manger. La cuisine ulgo est un peu fade, mais je gardai mon opinion pour moi. Après tout, il se pouvait que les Ulgos aient des interdits religieux concernant les épices et les herbes aromatiques.

Après le repas, mon père et le Gorim parlèrent encore un moment, puis on nous conduisit à nos chambres. Je m'endormais quand la voix de ma mère me parvint.

Bienvenue en Ulgolande, Pol, disait-elle.

Tu parles comme si tu étais ici chez toi, Mère.

Évidemment, répondit-elle. *D'où crois-tu que je viens?*

Je n'y avais jamais vraiment réfléchi. Je me disais plus ou moins que tu étais de partout.

Ce sont des grottes, Pol, et une grotte, c'est un peu comme une tanière, non?

J'avoue que ça ne m'était pas venu à l'esprit.

C'est évident. Allez, viens. Le Très Saint UL veut nous parler. Je vais te guider.

Je me levai, m'habillai, quittai sans bruit la maison du Gorim et m'engageai, en suivant la voix de ma mère, dans le dédale des galeries, vers la périphérie de la cité souterraine. Je remarquai que les traces d'intervention humaine se faisaient de plus en plus rares et, après m'être faufilée dans un étroit passage, je compris, au gravier roulant sur le sol inégal, que j'arrivais en territoire inexploré.

À un moment donné, la galerie fit un coude et je ne sentis plus la présence de ma mère dans mon esprit. Plus précisément, elle s'était déplacée : elle était juste devant moi, et *pour de bon*. Les Ulgos éclairaient leur monde souterrain en mélangeant deux composés chimiques qui entraient en réaction, produisant une lueur phosphorescente. Dans ce boyau encore inexploré, les parois elles-mêmes étaient luminescentes. C'était peut-être une réaction chimique, mais j'en doute.

La femme aux cheveux feuille morte et aux yeux dorés qui était ma mère était tranquillement assise sur un tabouret à trois pattes, dans une petite cellule impeccable, uniquement meublée d'un lit, d'une table et d'un petit poêle. Les parois étaient taillées dans la roche. Des assiettes et quelques ustensiles de cuisine étaient soigneusement rangés sur une corniche, au-dessus du poêle. Pour dire les choses sobrement, ce n'était pas une chambre ; c'était bel et bien une tanière.

Ma mère se leva et me tendit les bras. Je lui sautai au cou, littéralement. Nous restâmes cramponnées l'une à l'autre pendant un long moment, et j'avoue que je versai quelques larmes. Puis elle me fit gentiment asseoir à sa table, une petite table rudimentaire, et elle prépara du thé.

– Tu as dit qu'UL voulait nous parler, Mère ? lui rappelai-je alors que nous étions assises face à face, les mains nouées sur le dessus de la table.

– Il nous laisse ce petit moment, rien qu'à nous deux, pour nous habituer l'une à l'autre, Pol. UL a un sens délicieux des convenances. Comment va-t-*il* ? demanda-t-elle, et je compris qu'elle parlait de mon père ; elle ne l'appelle presque jamais par son nom.

– Il est toujours pareil. Tu devrais le savoir, depuis le temps.

– On peut toujours rêver, dit-elle en riant, ce qui ne lui arrive pas souvent. Et Beldin et les jumeaux ?

– Oh, ils ne changent pas non plus. Nous sommes une drôle de famille, tu sais. Nous vivons en dehors du temps. Nous n'allons pas changer parce que quelques milliers d'années ont passé.

– Toi, tu vas pas mal changer d'ici peu.

– Ah bon ?

– Nous allons être très proches l'une de l'autre.

– Que de mystères, Mère !

– Les loups sont comme ça : mystérieux.

Soudain, l'une des parois de la tanière de ma mère se mit à luire d'une douce lumière tamisée, et le Père de tous les Dieux sortit de la roche. Je l'avais déjà vu, évidemment, quand Beldaran était morte et qu'il l'avait emmenée, mais j'étais tellement éperdue de chagrin, à ce moment-là, que je n'étais pas sûre qu'il soit vraiment venu. Sa présence m'emplit d'une sorte de crainte révérencielle. Il ressemblait beaucoup à notre Maître, avec sa barbe blanche, mais il avait l'air plus robuste, presque athlétique.

– Ah, le voilà. Vous voulez une tasse de thé ? demanda ma mère en se levant, avec un calme et un naturel qui me laissèrent pantoise.

– S'il Te plaît, Poledra, répondit le Dieu en s'asseyant à la table.

– Vous connaissez Polgara, bien sûr, reprit ma mère.

Le Père de tous les Dieux inclina légèrement la tête dans ma direction et braqua sur moi un regard pénétrant qui semblait tout voir.

– Louée sois-Tu, Poledra, répondit UL. C'est un vrai petit chef-d'œuvre que Tu nous as forgé.

– Elle n'a pas trop mal tourné, répondit modestement ma mère.

– Elle est digne – et plus que digne de sa tâche, reprit-il, et il me regarda à nouveau. Salut à Toi, Polgara. Comment se porte Ton vieux père ?

– Bien, Très Saint UL, répondis-je. Les affaires qui nous occupent en ce moment ne lui laissent guère le temps de céder à ses mauvais penchants, de sorte qu'il ne se détériore pas la santé contrairement à sa bonne habitude.

Me croirez-vous si je vous dis que cela le fit rire ? En tout cas, je me sentis un peu plus détendue.

– Si plaisant qu'il puisse être de badiner avec Toi, Polgara, je T'ai fait venir pour une raison précise, reprit-il alors. Il va bientôt se produire un événement dont j'ai estimé que Tu devais être informée, faute de quoi il eût été à craindre que la surprise n'ébranle Ta raison.

– Voilà qui est fort inquiétant, Très Saint UL.

– M'est avis qu'il n'en sera rien, Polgara. Tu as toujours été très proche de Ta mère, mais en cet instant entre tous, Tu le seras plus encore que de Ta sœur alors que vous étiez toutes deux dans son sein.

Je le regardai d'un air intrigué.

– Les membres de Ta famille ont depuis longtemps pour coutume de revêtir des formes autres que la leur. La Nécessité requiert à présent que vous adoptiez la même forme, Ta mère et Toi.

– Nous l'avons déjà fait, Très Saint UL. Nous avons passé de nombreuses heures à voler ensemble sous la même forme : celle de la chouette.

– Tu m'auras mal compris, Polgara. En disant « la même forme », point n'entendais « deux formes identiques ». Il n'y aura qu'une seule et unique chouette, et vous serez toutes deux incluses dans sa substance. Or donc, au moment voulu, vous évoquerez ensemble l'image d'une chouette, et vous vous insinuerez simultanément, toutes les deux, dans cette image.

– C'est possible ? m'exclamai-je.

– Mon fils Aldur m'a posé la même question, répondit-il. Ta pensée est proche de la sienne.

– Et dans quel but tout cela, Très Saint UL ? insistai-je, déconcertée. Quelle est la finalité de cette expérience ?

– Dans cette fusion, vous serez, Ta mère et Toi, si totalement fondues l'une dans l'autre qu'aucun signe de Ta présence ne sera perceptible, pas plus à l'œil qu'à l'esprit, hors de la sphère de vos deux êtres combinés. De la sorte, nul ne saurait, ni homme ni Dieu, imaginer que ses paroles ou ses actes sont écoutés ou observés.

– Vraiment ? Quelle chose stupéfiante ! Et qui aura l'honneur d'être espionné par ma mère et moi ?

– Et qui d'autre, Polgara, sinon Torak ? Vous vous approcherez, Ta mère et Toi, de l'antre rouillé de mon fils, qui roule à grand bruit, en ce moment même, sur les plaines d'Algarie. Mon fils est fort solitaire depuis qu'il a brandi l'Orbe d'Aldur et usé de son pouvoir pour fendre le monde. Il est désormais rejeté, méprisé, et grande est la souffrance que lui inspire cette solitude. Il soliloque souventes fois, de longs moments, devant ses disciples, les gratifiant de discours sans suite et sans autre finalité que de lui faire oublier son terrible isolement. À l'heure actuelle, il se confie le plus souvent à Zedar l'Apostat, avec qui il entretient des conversations sur des sujets divers et variés.

– Alors, intervins-je, nous allons nous percher, ma mère et moi, dans les combles de son pavillon de ferraille rouillée, et nous allons l'écouter exposer ses projets, sa stratégie et ses aspirations ?

– L'information qui T'intéresse n'a aucune portée militaire, Polgara. Torak Te connaît. En vérité, vous occupez toutes ses pensées, Ton père et Toi. Il caresse pour Toi un dessein dont Tu dois être informée. La prise de conscience de ce dessein Te préparera au choix que Tu devras effectuer à un moment donné, dans l'avenir. Pour rien au monde je ne voudrais T'inquiéter, mais de ce choix dépendra la destinée de l'Univers.

Le Très Saint UL n'avait peut-être pas l'intention de m'alarmer ; c'est pourtant ce qu'il fit.

– Ne pourrais-tu, Seigneur, me donner une indication du dessein de Ton Fils ? demandai-je. Me retrouver face à Torak, même s'il ne peut me voir, n'est pas une perspective qui m'enchante.

– Tu es plus brave que des armées entières, Polgara, dit-il, et nous avons en Toi une confiance suprême.

– Je serai près de toi, Pol, m'assura ma mère. Torak ne te fera pas de mal. Je ne le permettrais pas.

– Ce n'est pas ça qui m'inquiète, Mère. C'est juste que je

préférerais ne pas être obligée de contempler son esprit putrescent, lançai-je, et je me mordis la langue. N'en prends pas ombrage, ô Très Saint UL, repris-je d'un ton d'excuse.

– Il n'y a pas d'offense, Polgara. Torak n'a pas toujours été ainsi, dit-il avec un soupir attristé. Sans qu'il y ait de sa faute, l'Orbe a malmené et corrompu mon fils. Il est perdu pour moi et pour ses frères, et sa perte déchire notre âme. Ta mère Te guidera, comme toujours, conclut-il en se levant. Laisse-Toi mener par elle, et prépare Ton cœur à ce que Tu es condamnée à découvrir.

Et tout à coup, il cessa d'être là.

– Il n'a même pas touché à son thé, constata ma mère d'un air navré.

Nous quittâmes les grottes des Ulgos le lendemain matin, mon père et moi. Comme nous retrouvions la cité de Prolgu toujours déserte et envahie par la neige, il suggéra que nous allions jeter un coup d'œil à l'armée de Torak avant de retourner à Riva, « puisque nous étions dans le coin ». Je n'en dis rien, mais cette proposition me surprit un peu. On pourrait dire que mon père est généralement un monstre d'indolence. Une fois, j'ai entendu mon oncle Beldin, si industrieux d'ordinaire, s'excuser auprès des jumeaux d'un accès de flemme passagère en disant : « Pardon, mes frères, je me sens un peu belgaratheux, aujourd'hui. » Les jumeaux comprirent tout de suite ce qu'il voulait dire. Cela dit, quand la situation l'exige, mon père peut passer des semaines quasiment sans manger et sans dormir. Son endurance presque surhumaine dans ces cas-là m'a toujours étonnée. En tant que médecin, je sais que l'idée de « faire des réserves de sommeil » est pure absurdité. D'un autre côté, mon père n'a pas fait d'études de médecine, et la notion d'« absurdité médicale » n'a pas de sens pour lui.

En passant, je vous livre un sujet de réflexion : quand on ne sait pas qu'une chose est impossible, après tout, qu'est-ce qui nous empêche de tenter le coup, en dépit de toutes les lois de la physique ? C'est peut-être l'inconvénient de l'éducation : si on ignorait qu'on ne peut pas se soulever du sol en se tirant par les cheveux, après tout, on pourrait peut-être y arriver, non ?

Tiens, je me demande si je ne pourrais pas dire à Mandorallen d'essayer...

En redescendant des montagnes d'Ulgolande, nous eûmes une bonne surprise. Le ciel était toujours couvert et menaçant, mais au moins il ne pleuvait plus.

Vu de très haut, le monde a quelque chose d'irréel. Des objets d'une taille phénoménale au niveau du sol semblent réduits à l'insignifiance. Les hommes et leurs bêtes ressemblent à de minuscules insectes, et j'attends encore de voir une frontière tracée sur la face de la planète. Eh bien, malgré tout ça, je fus surprise par l'immensité de l'armée angarake qui avait envahi la plaine d'Algarie et s'avançait pesamment vers la Forteresse, au sud. On a calculé que Torak avait anéanti la Drasnie avec un demi-million de soldats, et la campagne qu'il avait menée là-bas n'avait guère entamé ses forces. Nous constatâmes, du haut du ciel, que les unités de cavalerie algaroise s'efforçaient d'y remédier grâce à leur tactique de harcèlement coutumière. La surface ridée, plissée, de la plaine offrait une profusion de cachettes aux petits groupes de cavaliers, qui en profitaient pour se ruer impétueusement sur l'armée angarake et l'amputer de bribes et de fragments. Prises individuellement, ces mutilations n'étaient peut-être pas significatives, mais ensemble, elles déterminaient une hémorragie que rien ne pouvait stopper. Je doute que Torak lui-même s'en soit rendu compte. Pourtant, l'armée qui descendait lentement vers le sud se vidait de son sang. Les Angaraks tentaient bien de poursuivre leurs assaillants et de les châtier ; ils ne faisaient qu'aggraver la situation. Les commandos de représailles angaraks revenaient rarement. La fine fleur de la cavalerie algaroise s'en donnait à cœur joie. Ses assauts étaient relativement indolores – un soufflet à la face de l'armée, en somme. Ils avaient surtout pour but d'aiguillonner les unités d'élite de la cavalerie angarake et de les pousser à donner la chasse aux Algarois, lesquels leur tendaient des embuscades dans les divers goulets et ravines entourant le corps d'armée principal. Les cavaliers de Cho-Ram éliminaient méthodiquement la crème de l'armée de Torak.

Pour varier les plaisirs, les Algarois précipitaient parfois des océans de bétail sur les Malloréens, les Murgos, les Nadraks et les Thulls regroupés sous la bannière de Torak. Sur le plan stratégique, l'Algarie était un vaste piège dans lequel le Dieu-Dragon s'était fourvoyé.

Le petit jeu se poursuivait inlassablement. Au bout d'un jour ou deux, j'en avais assez vu, mais mon père semblait se délecter de ce sinistre spectacle.

À la fin du troisième jour, alors que nous nous étions un peu écartés du gros de l'armée afin de nous poser à terre, j'informai mon géniteur assoiffé de sang que j'en avais jusque-là.

– Tu as raison, Pol, répondit-il comme à regret. Nous ferions peut-être mieux de retourner à l'Île des Vents et de prévenir les Aloriens de ce qui se passe. Tu sais, ajouta-t-il en riant, je pense que nous avons tous sous-estimé Algar Pied-Léger. Son pays est un vrai coup de génie : il a délibérément fait de son peuple des nomades, de sorte qu'ils n'aient pas de villes. L'Algarie n'est qu'une immensité plantée d'herbe. Les Algarois n'ont pas de fiefs à défendre ; ils peuvent abandonner sans regret d'énormes portions de leur territoire. Ils savent que, dès que les Angaraks auront le dos tourné, ils pourront revenir. Le seul endroit un peu particulier de ce stupide royaume est la Forteresse, et ce n'est même pas une ville ; ce n'est qu'un énorme appât.

– J'ai toujours bien aimé Algar, admis-je. En d'autres circonstances, j'aurais peut-être jeté mon dévolu sur lui. Il aurait fait un mari très intéressant.

– Polgara ! fit mon père, indigné, et j'éclatai de rire.

Je ris, en fait, jusqu'à ce qu'il se mette à bouder. J'adore l'asticoter comme ça.

Le temps se dégrada à nouveau cette nuit-là et lorsque nous repartîmes, le lendemain matin, il pleuvait à verse. Nous survolâmes les montagnes de Sendarie, et deux jours plus tard nous arrivions à Riva, dans l'Île des Vents.

Les rois d'Alorie s'en faisaient beaucoup au sujet de la deuxième armée angarake commandée par Urvon. Il est apparemment beaucoup moins amusant de faire la guerre quand on est obligé de regarder tout le temps derrière son dos, de crainte d'être attaqué par un ennemi non prévu au programme. Les Aloriens furent aussi un peu ennuyés quand mon père proposa de déplacer le quartier général à Tol Honeth. Quels gamins, ces Aloriens ! Ils avaient cette jolie guerre rien qu'à eux, et ils ne voulaient pas la prêter aux autres. Bande d'égoïstes, va !

Je connaissais assez bien Brand pour lui parler franchement.

– Je vous trouve l'air un peu blasé, là, commençai-je. Vous allez affronter un Dieu en combat singulier, et on dirait qu'on vous a confié une petite corvée sans importance, comme de réparer la barrière, ou de fendre du bois pour le dîner.

– Il n'y a pas de quoi s'exciter, Pol, répondit-il de sa belle voix grave. Ça va se passer comme ça, que ça me plaise ou non. Je ne vais pas me cacher la tête dans le sable ou prendre mes jambes à mon cou. Alors ? Ce n'est pas ça qui va m'empêcher de dormir.

– Vous ne pourriez pas feindre de vous ronger les sangs, pour me faire plaisir ?

Il esquissa une grimace de terreur absolument grotesque.

– C'est mieux, comme ça ? demanda-t-il.

Je ne pus m'empêcher d'éclater de rire.

– J'y renonce ! dis-je.

Ce Brand ne ressemblait guère à mon cher Karmion, mais je trouvais certaines similitudes dans leur comportement, et surtout dans leurs relations avec moi.

– Eh bien, tant mieux, fit-il. Je commence à avoir des crampes à la mâchoire, et je ne pourrais pas rester comme ça longtemps.

– Votre femme s'appelle bien Aren, n'est-ce pas?

– En effet. Pourquoi?

– Je pense qu'il vaudrait mieux que nous fassions connaissance. Nous allons passer pas mal de temps ensemble, tous les deux, pendant plusieurs années, et je préférerais éviter de susciter sa jalousie.

– Aren est une femme sensée. Elle sait que je ne ferais rien de déshonorant.

– Brand, repris-je avec fermeté, je suis sûre que vous êtes un excellent administrateur et un redoutable guerrier, mais vous ne connaissez pas grand-chose aux femmes.

– Il y a près de vingt ans que nous sommes mariés, Aren et moi, se récria-t-il.

– Ça n'a absolument aucun rapport, Brand. Il y a gros à parier que vous la trouveriez beaucoup moins jolie si elle devenait subitement d'un joli vert, et vous y laisseriez rapidement la santé si elle se mettait à vous servir de la paille bouillie à tous les repas.

– Voyons, Pol! Elle ne ferait jamais une chose pareille. Enfin... euh...

– Je vous propose d'assurer le coup. Quand vous me présenterez à elle, repris-je après réflexion, je vous suggère de dire « la Vénérable Polgara ». Insistez sur mon âge.

– Un peu de sérieux, Pol. Vous n'êtes pas vieille.

– Mon cher petit..., fis-je en lui tapotant amicalement la joue. En réalité, je viens de fêter mon deux mille huit cent soixante-septième anniversaire. Ne vous gênez pas pour le lui seriner. Quelle femme sensée serait jalouse d'une vieille sorcière, hmm?

– Celui qui oserait vous traiter de vieille sorcière aurait affaire à moi ! lança-t-il farouchement.

– Décidément, je pense que nous sommes faits pour nous entendre, répondis-je en souriant. Ce n'est qu'un stratagème pour désamorcer la jalousie d'Aren.

– Je crois que vous exagérez le danger, Pol, mais si ça peut vous rassurer...

– L'est-y pas gentil quand y m' parle comme ça ?

– Pardon, Pol, mais je ne comprends pas quand vous vous exprimez dans ce dialecte étrange.

– C'est une longue histoire, Brand. Une très longue histoire. Un jour, quand nous aurons le temps, il faudra que je vous la raconte.

Après avoir réussi à convaincre les rois d'Alorie de transférer leur quartier général à Tol Honeth, nous allâmes à la Forteresse, mon père et moi, pour en inspecter les défenses.

Une surprise douloureuse nous y attendait. J'avais acquis, lors de mes récentes rencontres avec les Dieux, un sens du Dessein et de la Destinée qui impliquait un certain ordre mais ne prenait pas en compte le pur hasard. Garel, l'héritier du trône de Poing-de-Fer, était parti avec une bande d'éclaireurs algarois à la recherche d'éventuels détachements avant-coureurs de l'armée d'invasion. Son cheval avait trébuché et il avait vidé les étriers. Tous les cavaliers mordent la poussière de temps à autre. Mais cette fois, Garel était mal tombé, et il s'était brisé la nuque. Il était mort sur le coup.

Sa femme, Aravina, était folle de chagrin, et sa belle-mère, Adana, semblait ne plus savoir par quel bout prendre le problème. J'approchai la situation avec pragmatisme. Je droguai Aravina au point qu'elle perdit bientôt conscience de la réalité, et je fis en sorte qu'elle reste dans cet état. Mon principal souci – comme toujours – était de préserver le petit garçon, Gelane. J'avais appris, depuis le temps, à consoler les petits garçons. Peut-être apprendrai-je, un jour, à me consoler moi-même.

En attendant, l'armée de Torak approchait de la Forteresse et je n'avais pas le temps de me morfondre. Gelane n'avait pas encore six ans ; c'est vraiment petit. Mais la situation exigeait que je rompe avec la tradition. Je le fis asseoir et lui dis qui il était véritablement.

L'enfance et le début de l'adolescence ont toujours été les moments les plus périlleux pour la réussite de ma mission, surtout quand mon protégé était orphelin. J'avais prêté serment de défendre et de protéger la lignée de Riva, dont un petit garçon de cinq ou six ans qui venait de perdre son père était l'unique représentant. Les petites filles ont du bon sens. Elles traversent aussi une période irrationnelle, mais plus tard. Alors que les petits garçons deviennent irrationnels à peu près en apprenant à marcher. Pour prendre un exemple, Garion se lança en radeau sur la mare de la ferme de Faldor sans penser qu'il aurait mieux fait d'apprendre à nager avant. Si je vous donne l'impression d'être parfois un peu hystérique, ça vient probablement du fait que j'ai passé près de mille quatre cents ans à essayer d'empêcher des petits garçons de se tuer. Si je parlai à Gelane de son héritage, si je lui expliquai que sa mort entraînerait celle de la lignée de Riva, c'était dans l'espoir de l'impressionner et de lui faire comprendre qu'il était vital qu'il fasse un peu attention. Il parut comprendre, mais avec les petits garçons, on ne peut pas savoir.

Et puis, par un vilain soir de pluie, alors que j'étais dans ma chambre, une pièce ménagée dans l'épaisseur de la muraille de la Forteresse, la voix de ma mère attira mon attention.

Polgara, me dit-elle avec une gentillesse particulière, *c'est le moment. Monte sur les remparts, au nord. Je t'attends.*

Je laissai tomber ma lecture – j'étudiais un passage du Codex mrin qui semblait faire allusion à la situation du moment –, et gravis les interminables escaliers qui menaient en haut des remparts.

Il pleuvait toujours, et le vent n'arrangeait pas les choses. Ma mère, toujours vêtue de sa robe de paysanne, toute simple, était debout devant le parapet et scrutait les ténèbres. Elle était bien là, en chair et en os, et je n'étais pas aussi habituée que maintenant à sa présence.

– Je suis là, Mère, dis-je.

Elle posa sur moi le mystère de ses yeux dorés.

– Bien, répondit-elle. Détends-toi, Pol, et laisse-toi guider. UL m'a dit exactement ce qu'il fallait faire.

– Parfait, fis-je, mais je n'en menais pas large.

– Ça ne va pas te faire mal, tu sais, insista-t-elle avec un petit sourire.

– Je m'en doute, mais je ne suis jamais à l'aise quand je dois faire une chose pour la première fois.

– Considère ça comme une expérience, Pol. Bon, nous allons commencer par former l'image de la chouette, en veillant à ce que tous les détails coïncident avec précision, jusqu'à la moindre plume.

Ça n'alla pas tout seul, mais c'était la première fois. Nous connaissions bien la chouette neigeuse, et pourtant... Pour obtenir l'image d'une chouette particulière, nous dûmes harmoniser un grand nombre de détails.

– Qu'en dis-tu ? demanda ma mère après que nous eûmes réconcilié plusieurs points de divergence.

– Ça m'a l'air d'une assez belle chouette.

– C'est aussi ce que je pense. Bon, nous devons procéder simultanément, alors, pas de précipitation. Nous allons fusionner avant d'investir l'image. D'après UL, la fusion s'amorcera à l'instant où nous commencerons à nous fluidifier, et elle sera presque achevée lorsque nous nous insinuerons dans la forme de l'oiseau.

– Oui, je crois que je vois pourquoi.

– Ce ne sera pas facile pour toi, Pol. Je suis assez souvent entrée dans ton esprit pour qu'il me soit familier, mais toi, tu vas rencontrer des choses auxquelles tu n'es pas préparée. Je ne suis pas d'origine humaine, et il y a encore des vestiges de louve en moi. Certains de mes instincts risquent de ne pas te plaire.

– Au moins, tu m'auras prévenue, répondis-je avec un pauvre sourire.

– Bon. Allons-y.

J'aurais bien du mal à décrire le processus, aussi n'essaierai-je même pas. Il y eut un moment, au cours du changement de forme, auquel je n'avais jamais vraiment fait très attention. C'est le bref instant au cours duquel votre être tout entier opère la transition entre sa propre forme et l'autre. Le terme « fluidifier », qu'avait utilisé ma mère, était assez proche de la réalité. Au fond, tout le processus consiste à se fondre dans une autre forme. C'est à ce moment-là que nous fusionnâmes, ma mère et moi, et que la combinaison de nos deux consciences investit l'image de la chouette.

En disant que je risquais de la trouver un peu étrange, ma mère était très loin de la vérité. Mais elle avait oublié que, si je ne m'étais jamais changée en louve, j'en avais quand même, tout au fond de moi, certains des caractères héréditaires.

J'imagine que la fusion fut plus facile pour moi que pour ma mère. Je n'avais jamais oublié la période précédant ma naissance où j'avais été si proche de Beldaran. La notion de fusion ne m'était pas étrangère. D'un autre côté, ma mère n'était probablement pas seule de sa portée, et elle avait dû connaître ça, elle aussi.

Une pensée fugitive me passa par la tête alors que nous nous fondions, ma mère et moi, dans l'image de la chouette. C'était bien ça. J'avais eu des oncles et des tantes que je n'avais jamais connus. À présent je les connaissais, et je les aimais tout comme elle, quand ils n'étaient que des louveteaux qui ne pensaient qu'à jouer.

Nous lissâmes machinalement nos plumes le temps de nous habituer à notre nouvelle communauté d'esprit, et quand nos pensées eurent fusionné nous prîmes notre essor et nous volâmes sur nos ailes neigeuses dans les ténèbres battues par la pluie.

Nous filâmes ainsi vers le nord et nous vîmes bientôt les lueurs rougeoyantes, fuligineuses, des feux de camp de l'armée angarake qui s'était arrêtée à moins de trois lieues de la Forteresse. Nous allâmes jusqu'au centre de ce gigantesque campement, et là nous observâmes le pavillon de fer du Dieu-Dragon. Nous nous posâmes sans bruit sur les créneaux, purement décoratifs. Tout, dans ce pavillon, était là pour le décorum. Ce n'était qu'un décor de théâtre érigé sur un énorme char. L'ego de Torak était encore plus hypertrophié que nous ne le supposions.

Nous scrutâmes les environs de nos gros yeux dorés et nous repérâmes une meurtrière, en haut de l'une des tours. Ce détail nous parut à la fois comique et providentiel. En quelques battements d'ailes nous nous élevâmes au niveau de l'ouverture et nous refermâmes nos serres sur la partie inférieure. Puis nous nous faufilâmes à l'intérieur en nous repliant si complètement sur nous-mêmes que rien, pas la moindre pensée vagabonde, ne pouvait filtrer au-dehors. C'est ce repli sur nous-mêmes qui assurait notre invisibilité et nous garantissait que Torak ne pourrait détecter notre présence.

– Grand est mon trouble, Zedar, fit une voix caverneuse, sépulcrale.

Nous comprîmes tout de suite pourquoi. Torak était assis sur son trône de fer dans une position alanguie, mais son visage mutilé était dissimulé derrière son masque d'acier poli, qui donnait maintenant l'impression de faire partie de lui-même.

– Il en est toujours ainsi avant la bataille, ô Maître, répondit Zedar. En vérité, je partage Ton trouble.

– Se pourrait-il qu'il y ait du vrai dans les rapports que nous avons reçus concernant la nature de cette forteresse algaroise ? demanda Torak de sa voix âpre, gutturale.

– Les Aloriens sont un peuple stupide, ô Maître, railla Zedar. Confiez-leur une tâche inutile et vide de sens, et vous pouvez compter sur eux pour la poursuivre pendant des générations. Il y a des millénaires maintenant que, pareils à des fourmis, ces Algarois entassent des pierres sur cet absurde amas de roche.

– Ce n'est qu'un désagrément, Zedar, et rien de plus. Je le balaierai d'un revers de main et je poursuivrai vers le but que je me suis fixé. L'Orbe d'Aldur sera à nouveau mienne, et plus encore. J'y ai longtemps réfléchi, Zedar, et je me suis fixé un nouveau but. J'établirai mon empire sur ce monde. Je le dominerai, et un joyau ornera ma couronne.

– L'Orbe d'Aldur, ô Maître ? avança Zedar.

– Cthrag Yaska, l'Orbe de mon frère, n'est pas un ornement, Zedar. Ce n'est qu'un moyen d'atteindre un but. En vérité, je te le dis, Zedar, je hais ce maudit joyau. Je le hais pour ce qu'il m'a fait. Non, le joyau dont je parle est plus bel encore. Je serai le roi du monde, et à un roi, il faut une reine. J'ai choisi celle qui partagera mon trône. Elle ne m'aime pas, mais en vérité, je prendrai le plus grand plaisir à la ployer à ma volonté, ajouta-t-il avec un rire hideux. Elle m'obéira, ou plutôt non : elle m'adorera.

– Et qui est l'heureuse élue, ô Maître ?

– Réfléchis, Zedar. L'habileté avec laquelle tu as abusé la servante de mon frère, Salmissra, m'a indiqué la route à suivre. Mes frères m'ont rejeté, soupira-t-il, aussi dois-je maintenant engendrer une nouvelle race de Dieux pour m'assister dans ma domination du monde. Et de toutes les femmes de ce monde, laquelle est la mieux faite pour partager mon trône – et ma couche ?

– Polgara ? risqua Zedar, incrédule.

– Tu es rapide, Zedar, répondit le Dieu mutilé. En vérité, notre venue dans ce continent sert deux fins – deux buts. Le premier est Cthrag Yaska, l'Orbe de mon frère. Le second, et il n'est pas moins important, est Polgara, la fille de Belgarath.

Elle sera à moi, Zedar. De gré ou de force, elle sera à moi et j'en ferai ma femme !

CHAPITRE XXXII

Devant l'horreur de cette soudaine révélation, je hurlai dans le silence de mon cœur et de mon âme. Il fallut tout le sang-froid de ma mère pour empêcher ma terreur et ma révulsion de retentir de l'À-pic jusqu'aux montagnes d'Ulgolande. Je cessai radicalement de penser en réalisant que si je devais jamais affronter directement Torak, son Vouloir écraserait le mien et je succomberais inévitablement à ses projets immondes. Je deviendrais son esclave, sinon pire. Je pense que si nous n'avions pas aussi intimement fusionné, ma mère et moi, je serais devenue folle. Elle empêcha cela aussi d'une façon assez brutale : elle oblitéra ma conscience et prit le relais. Je n'ai aucun souvenir de la façon dont la chouette que nous étions quitta le palais de fer-blanc de Torak, ou dont ma mère prit son essor et nous fit franchir cette nuit de pluie.

Ça va, Polgara! lança sèchement sa voix, dans ma conscience engourdie. *Sors de là!*

– Oh, mère, dis-je dans un gémissement.

– Ça suffit ! Il fallait que tu l'apprennes, Pol, et de sa bouche même. Maintenant, reprends-toi. Nous avons des choses à faire.

Je regardai autour de moi et constatai que nous volions beaucoup plus haut que les chouettes ne volent d'ordinaire. Nos ailes étaient bloquées et nous descendions en pente douce vers la Forteresse d'Algarie.

– Je te conseille de prévenir tout de suite ton père que Torak approche. Il n'a pas besoin de savoir ce que nous venons d'entendre. Vas-y, Pol, appelle-le. Il lui faut un moment pour se mettre en branle quand il se réveille, et le temps qu'il gravisse toutes ces marches, nous serons arrivées.

Je contins à grand-peine ma révulsion.

Tu devrais monter sur les remparts, Père, projetai-je à l'intention de mon vieux père qui ronflait comme un sonneur.

Où es-tu? lança-t-il, la pensée embrumée par le sommeil.

Je ne comprends pas ce que tu racontes, Père. Rejoins-moi sur les remparts, du côté nord. J'ai quelque chose à te montrer.

– Réfléchis bien à ce que tu vas lui dire, me recommanda ma mère. Il y a des questions auxquelles tu préféreras sûrement répondre sans entrer dans les détails.

– Comme d'habitude, Mère.

J'avais assez surmonté mon horreur personnelle pour retrouver mes facultés de raisonnement.

Nous nous posâmes sur le parapet avant que mon père n'arrive en haletant en haut de l'escalier, assez raide, il faut bien le dire. Il jeta un coup d'œil à la forme que j'avais adoptée et commença par me réprimander.

– Je t'ai demandé de ne pas faire ça, Pol.

Il ne pouvait évidemment pas savoir que je n'étais pas seule dans la forme en question. Quant à moi, je fus très impressionnée par l'amour de ma mère pour ce vieil homme dépenaillé et parfois assez stupide.

Puis nous quittâmes notre forme d'emprunt, et ma mère cessa d'être là. Notre séparation me fut en fait assez pénible.

– Je ne voulais pas te faire de peine, Père, dis-je d'un ton presque contrit. C'est juste que j'obéissais à des instructions.

Je n'avais pas employé ce terme au hasard. Le mot « instructions » a généralement pour effet de couper court aux discussions, dans la famille. D'accord, en omettant de préciser qui m'avait donné ces instructions, je proférais un demi-mensonge, mais on ne va pas commencer à pinailler.

– Je me suis dit que tu devais voir ça, repris-je en indiquant la mer d'Angaraks qui avançaient dans le brouillard, pareils à la marée montante.

– J'espérais qu'ils se perdraient, ou je ne sais quoi, marmonna mon père. Tu es sûre que Torak est avec eux ?

– Oui, Père. J'ai pris la peine d'aller voir. Son pavillon de fer est au milieu de cette marée humaine.

– Quoi ? Tu n'as pas fait ça ? C'est Torak, Polgara ! Maintenant, il sait que tu es là !

Je venais de voir Torak, de mes propres yeux, et je n'avais pas besoin que mon père me le présente.

– Ne t'excite pas, Vieux Loup. On m'avait dit de le faire. Torak n'avait aucun moyen de savoir que j'étais là. Il est dans son pavillon de métal, avec Zedar.

– Il y a longtemps que ça dure ?

J'éludai délibérément sa question.

– Depuis qu'il a quitté la Mallorée, j'imagine. Allons prévenir les Algarois, et puis je propose que nous mangions quelque chose. J'ai été debout toute la nuit, et je meurs de faim.

Il se demandait manifestement comment j'avais réussi à dissimuler ma présence à Torak et à Zedar, mais le mot « manger » opéra le miracle habituel. Parlez-lui de nourriture ou de bière, et vous pouvez être sûr que mon cher père vous consacrera aussitôt toute son attention.

Après le petit déjeuner, nous remontâmes sur le parapet voir comment Torak et ses acolytes prévoyaient de donner l'assaut à la montagne qu'était la Forteresse d'Algarie. Ils commencèrent de la façon habituelle, en lançant des quartiers de roche sur les murailles à l'aide de catapultes, sans plus de résultat que s'il avait plu dessus pendant un quart de siècle. Ça devait être très déprimant pour les hommes qui manœuvraient les catapultes. Puis les Angaraks firent avancer d'énormes béliers montés sur roues. Autre perte de temps et d'énergie, car les portes n'étaient pas fermées.

Sans doute cela avait-il attisé la suspicion des généraux angaraks, car l'honneur de donner le premier assaut fut réservé aux Thulls. Chaque fois qu'une armée angarake affronte une situation répugnante ou dangereuse, c'est toujours les Thulls qu'on envoie en premier. Plusieurs régiments de Thulls trapus, aux yeux ternes, se ruèrent dans les ouvertures. Ils errèrent un moment dans le labyrinthe qui les attendait à l'intérieur, puis les Algarois et les Drasniens dissimulés en haut des murailles de ce dédale à ciel ouvert anéantirent les Thulls jusqu'au dernier. Je suis sûre que les hommes massés au-dehors entendirent leurs hurlements, mais ils préférèrent s'abstenir de venir voir ce qui se passait. Je trouvai cela un peu pusillanime de leur part, mais je ne pus m'empêcher de les approuver. Les attaques en force de Torak ne lui rapporteraient pas grand-chose, et s'il voulait vraiment me demander ma main, il faudrait d'abord qu'il entre dans la Forteresse.

Pendant la nuit qui suivit l'attaque manquée, les Algarois s'amusèrent à catapulter les cadavres des Thulls dans le campement angarak puis, à l'aube blême, les cavaliers algarois qui avaient assailli les flancs de l'armée de Torak alors qu'elle descendait vers le sud arrivèrent et l'encerclèrent sans bruit. Ses éclaireurs s'en rendirent compte dès qu'ils partirent en quête de nourriture. Torak lui-même n'avait pas besoin de manger, mais ses soldats si, et ils durent se serrer la ceinture pendant les jours suivants.

Les choses se tassèrent au bout d'une semaine, et nous en déduisîmes, mon père et moi, que le siège de la Forteresse durerait probablement des années, et qu'il ne nous servirait à rien de nous éterniser sur place. Nous décidâmes que nous serions plus utiles ailleurs, à l'Île des Vents, par exemple. Mais avant de partir, j'eus une dernière conversation avec Gelane.

– C'est très excitant, tante Pol, dit le petit garçon.

– Oh, tu sais, l'excitation a tendance à diminuer au bout d'un certain temps.

– Combien de temps ces sièges durent-ils d'habitude ?

– Plusieurs années, en général.

– Tant que ça? Les gens qui sont dehors n'en ont pas assez? Ils ne voient pas qu'ils n'arriveront jamais à entrer?

– Ce sont des soldats, Gelane. Le soldats ont parfois la comprenette difficile.

– Tu n'aimes pas les soldats, hein, tante Pol?

– Bah, ils ne sont pas mal en tant qu'individus. Mais quand ils se regroupent pour former une armée, on dirait que la cervelle leur coule par les oreilles. Je voudrais que tu fasses très attention, Gelane. Ne te montre pas, et ne reste jamais devant les fenêtres ouvertes. L'une des raisons pour lesquelles Torak est venu ici, c'est qu'il veut te tuer.

– Moi? Pourquoi? Qu'est-ce que je lui ai fait?

– Tu ne lui as rien fait, Gelane, mais tu pourrais lui faire quelque chose plus tard. Tu comprends, un de tes descendants va le tuer : ton fils ou le fils de ton fils. S'il arrivait à te tuer maintenant, il n'aurait plus de souci à se faire.

Ses yeux devinrent soudain très brillants.

– Je ferais peut-être mieux de trouver une épée et de commencer à m'exercer, dit-il avec enthousiasme.

– Ah, misère! fis-je en réalisant trop tard que j'avais dit une bêtise.

Il ne faut jamais faire vibrer la fibre héroïque d'un petit garçon. Il ne devrait même pas connaître le mot « héroïsme » avant son vingtième anniversaire. Au moins.

– Gelane, dis-je d'un ton patient, tu n'as que six ans. Tu ne pourrais même pas soulever une épée, et encore moins décrire des moulinets avec. Voilà ce que tu vas faire : il y a un tas de cailloux dans le coin sud-est du labyrinthe, au centre de la Forteresse. Tu vas prendre une de ces pierres, grimper tout en haut des créneaux et la balancer sur les Angaraks qui assiègent la Forteresse.

– Ça risque de ne pas leur plaire, hein?

– Ça risque même de ne pas leur plaire du tout.

– Et après, tante Pol, qu'est-ce que je pourrais faire?

– Eh bien, tu pourrais aller chercher une autre pierre et recommencer.

– Mais elles ont l’air terriblement lourdes.

– C’est justement, Gelane. Transporter des objets lourds est un bon moyen de se faire les muscles, et il faudra que tu sois très fort si tu veux défier Torak en combat singulier.

– Combien de temps il faut pour se faire des muscles ?

– Oh, je ne sais pas. Six ou huit ans. Peut-être dix.

– Alors il vaudrait peut-être mieux que j’apprenne à tirer à l’arc.

– Ça pourrait être plus intéressant, en effet. Veille sur ta mère, Gelane. Je reviendrai de temps en temps voir si tu fais des progrès.

– Je vais beaucoup m’entraîner, tante Pol, promit-il.

Vous devriez prendre des notes. Le secret, quand on a affaire à des petits garçons, c’est la diversion. Il ne faut jamais rien interdire. Il vaut bien mieux les décourager. L’enthousiasme des petits garçons est inversement proportionnel à la quantité de sueur impliquée.

Faites-moi confiance. Il y a un moment que je suis sur la brèche.

Nous quittâmes la Forteresse aux premières lueurs de l’aube, le lendemain matin, et nous filâmes à tire-d’aile vers Camaar, à l’ouest. Nous passâmes la nuit dans l’auberge où nous avions nos habitudes. De là, nous allâmes à Riva réunir les rois d’Alorie, puis nous repartîmes vers le sud à bord d’une flottille de navires de guerre cheresques.

Ran Borune était descendu en personne nous attendre au port, ce qui était pour le moins inhabituel. La situation politique était très confuse, à ce moment-là, et Ran Borune ne reculait devant rien pour éviter d’offenser les rois d’Alorie qui avaient parfois la tête près du bonnet. J’aimais bien Ran Borune. C’était un homme de petite taille, comme tous les Borune. Le sang de dryade que mon père avait introduit dans la lignée des Borune y avait produit de curieux effets. Les membres de la famille avaient hérité de la petite taille et vous verrez rarement des Borune de plus de cinq pieds de haut.

Pour ne pas heurter la sensibilité des Tolnedrains, sans vraiment mentir, nous leur avions laissé entendre que les noms « Belgarath » et « Polgara » étaient des sortes de titres héréditaires, transmis de génération en génération afin d'impressionner les monarques aloriens crédules. J'ai entendu dire qu'un département entier de la faculté d'histoire de l'université de Tol Honeth avait consacré des années à nous étudier, et qu'ils étaient allés jusqu'à établir une chronologie de cette famille mystérieuse qui recélait un tel pouvoir dans les royaumes du Nord. Par exemple, la duchesse d'Erat était « Polgara VII », et pendant l'invasion angarake, j'étais « Polgara LXXXIII ».

J'ignore si ce département est encore en activité, mais dans ce cas, à l'heure actuelle, je suis probablement « Polgara CXVII ». C'est impressionnant, non ?

L'empereur était accompagné par son chef d'état-major, le général Cerran. Cerran était un Anadile, une famille du sud de la Tolnedrie qui avait toujours été étroitement liée aux Borune. Nous avions de la chance de l'avoir, car c'était un tacticien de génie. C'était un gaillard carré d'épaules, qui avait les deux pieds bien plantés sur terre. On aurait vainement cherché sur lui l'amorce de la bedaine que les hommes prennent souvent vers la cinquantaine.

Les rois d'Alorie, qui étaient arrivés à Tol Honeth depuis quelques semaines, nous rejoignirent, et nous gravîmes comme un seul homme la colline sur laquelle était perchée la cité impériale. Ran Borune avait mis l'École de guerre impériale à notre disposition pour nos réunions de stratégie. C'était un bâtiment agréable, mais surtout nous y disposions de toutes les cartes. Une nation qui avait passé plus de mille ans à construire des routes en avait forcément une profusion, et je ne suis pas loin de penser que les intéressés pourraient trouver, à l'École de guerre, une carte montrant l'emplacement précis de leur maison. À bon entendeur, salut.

Nos séances de stratégie se déroulaient donc à l'École de

guerre, mais nous étions logés dans les diverses ambassades aloriennes. Nous ne tenions pas spécialement à faire des mystères, mais les invités du palais impérial semblaient attirer les curieux. Je n'emploierai pas le mot « espions », mais vous voyez ce que je veux dire.

En suggérant que nous tenions nos informations des services de renseignement drasniens, même démantelés par l'invasion angarake, mon père avait fourni aux Tolnedrains un moyen élégant de refuser d'accepter des choses qu'ils n'étaient pas prêts à regarder en face. Les Tolnedrains se sont toujours donné un mal fou pour croire dur comme fer que la magie n'existait pas. C'est parfois un peu pénible, mais nous avons toujours réussi à nous en sortir. Au fond, nous savions pertinemment que c'était une ruse, mais tant que nous faisions tous semblant d'y croire, ça mettait beaucoup d'huile dans les rouages avec les Tolnedrains.

C'est ainsi que, lorsque mon oncle Beldin arriva à Tol Honeth pour nous raconter ce qu'il avait vu au sud du Cthol Murgos, nous le fîmes passer pour un espion drasnien. Beldin, qui avait un long passé d'espion, joua magnifiquement son rôle. Le général Cerran trouva particulièrement intéressant le récit que mon oncle lui fit des frictions entre Ctuchik et Urvon.

– Il est évident que la société angarake est moins monolithique qu'il n'y paraît, dit-il d'un ton rêveur.

– Monolithique ? releva Beldin dans un reniflement. Loin de là, mon général. Si Torak ne tenait pas le cœur de chacun de ses adorateurs dans sa poigne de fer, ils s'étriperaient allègrement, ce qu'ils font d'ailleurs plus ou moins en ce moment dans le sud du Cthol Murgos.

– Si nous avons de la chance, les deux côtés l'emporteront peut-être, avança Cho-Ram.

– Compte tenu de la haine que les Murgos éprouvent pour les Malloréens, combien de temps, à votre avis, maître Beldin, Urvon mettra-t-il à faire traverser le Cthol Murgos à son armée ? demanda Cerran.

– Six mois, tout au plus, répondit Beldin avec un haussement d'épaules. Et on peut compter sur les Murgos pour que la traversée soit intéressante.

– En tout cas, ça répond à une question. D'après votre ami – et sa ravissante fille, bien sûr – le gaillard qui se fait appeler « Kal Torak » se croit obligé, pour des raisons religieuses, d'être en Arendie à une date précise.

– C'est un peu plus compliqué que ça, mais passons. À moins que vous ne souhaitiez que je vous gratifie d'un exposé théologique sur les particularités de la religion angarake.

– Euh... non, merci, maître Beldin, répondit Cerran avec un pâle sourire. Nous ne connaissons pas cette date avec précision, mais on peut supposer que Kal Torak voudra qu'Urvon soit en position, près de la frontière sud de la Nyissie, avant la date fatidique. Il souhaitera prendre un peu de marge, parce qu'il n'est pas très efficace de prendre l'ennemi en tenaille quand l'une des deux forces n'est pas à l'heure au rendez-vous. Ça veut dire qu'Urvon devra partir assez à l'avance. Mais restons-en, pour l'instant, aux six mois dont vous parliez. La bataille commencera quand Urvon sortira de Rak Hagga. C'est à ce moment-là que nous devrions commencer à faire mouvement. Nous en aurons la confirmation quand Torak abandonnera le siège de la Forteresse pour venir vers l'ouest. Nous sommes à J moins quarante-cinq. Comme vous l'avez suggéré, il y aura probablement des contretemps, mais suivons le calendrier de Kal Torak, par pure précaution. Nous avancerons quand Urvon commencera à bouger. Au pire, il se pourrait que nous arrivions en avance ; ça vaut mieux que d'être en retard.

– Il est fort, c'bonhomme, fit Beldin avec un accent péquenaud à couper au couteau. Où c'est-y qu'tu l'as trouvé ?

Mon père le foudroya du regard et pencha légèrement la tête vers Cerran.

– Vous êtes un homme précieux, mon général. J'ai essentiellement fait mon éducation militaire avec les Aloriens, et ils ont tendance à improviser. Je ne sais pas pourquoi, on dirait que ça les ennuie de prévoir quoi que ce soit.

– Belgarath ! protesta Eldrig, un noble barbu.

– Ce n'est qu'une différence d'approche, Majesté, commenta diplomatiquement Cerran. L'expérience m'a prouvé que certaines choses pouvaient mal tourner au cours d'une expédition militaire, et j'essaie de prendre ces choses en compte. Mes estimations sont assez prudentes, mais même si Urvon et Kal Torak ne suivent pas mon programme à la lettre, nous devrions être en position largement à temps. Je déteste être en retard quand je suis invité chez des amis, pas vous ?

– Vous considérez la guerre comme une réunion entre amis ? releva mon père, un peu surpris.

– Je suis un soldat, Belgarath. Pour les soldats, rien ne ressemble davantage à une réunion sociale qu'une bonne guerre.

– Il faut s'y faire, mais il ne dit pas que des conneries, ricana Beldin.

– Trop aimable, maître Beldin, murmura le général.

Nos réunions stratégiques avançaient d'une façon beaucoup plus rigoureuse et ordonnée qu'à Riva. Cerran était un homme méthodique qui pointait sur ses doigts les réponses aux questions *où*, *quand* et *comment*. Nous avions déjà conclu que le moment serait déterminé par une activité assez ostensible de la part des deux forces angarakes. Nous passâmes ensuite au problème du lieu. D'après le Codex mrin, la bataille finale devait avoir lieu en Arendie, et la fiction fort commode selon laquelle nos renseignements venaient des services drasniens fut prise pour argent comptant par nos amis tolnedrains. Mais c'est grand, l'Arendie, et le siège de la Forteresse durait depuis six ans lorsque les jumeaux arrachèrent enfin l'endroit précis au Codex mrin : la bataille finale devait avoir lieu à Vo Mimbre. Nous n'avions plus qu'à convaincre les Tolnedrains que nous savions de quoi nous parlions.

À l'issue d'une de nos réunions, je fis signe à Brand, et nous allâmes faire un petit tour dans les jardins trempés de pluie de la cité impériale.

– Je crois, Brand, que le moment est venu de manipuler le général Cerran, annonçai-je. Et je pense que vous êtes le plus qualifié pour ça. Cerran sait que les rois d'Alorie ont tous le plus grand respect pour vous, même s'il ne comprend pas pourquoi.

– C'est peut-être ma présence imposante, susurra-t-il.

– Les Aloriens seraient plutôt du genre à jouer ça aux dés, et il le sait, répliquai-je pour le taquiner. Enfin, j'ignore à quoi il attribue ça, mais il a l'air de vous considérer comme le chef des Aloriens et si vous lui dites quelque chose, il vous écoutera. Ce Cerran est plutôt un raisonneur, alors je suggère que nous énumérions les inconvénients de tous les autres champs de bataille possibles et que nous lui laissions le soin de conclure que Vo Mimbre est le seul qui convienne. Sans ça, il se croira obligé de disperser nos forces dans tout le sud de l'Arendie.

– Ce qui serait désastreux, nota Brand.

– Assez, oui. J'ai passé pas mal de temps en Arendie au cours du troisième millénaire, et je connais bien toutes les villes. Vous allez apprendre la géographie, mon cher. Je voudrais que vous connaissiez sur le bout des doigts le moindre pouce de terrain entourant Mimbre. Toutes les villes du monde présentent des inconvénients tactiques, ou presque, et les cités mimbraïques ne font pas exception à la règle. Je compte sur vous pour mettre en exergue les défauts de tous les sites – sauf Vo Mimbre. Elle n'en est pas dépourvue, mais nous les passerons sous silence. Cerran ne doit pas choisir un autre champ de bataille ; débrouillez-vous pour lui fermer toutes les autres issues.

– Très futé, Pol, dit-il d'un ton admiratif.

– Bah, c'est une question de pratique. La guerre est le passe-temps national en Arendie. Là-bas, un bon éternuement peut déclencher une bataille. J'ai passé six cents ans, sinon plus, à essayer d'empêcher les Arendais d'éternuer au mauvais moment. Je vais dire à Eldrig et aux autres d'appuyer vos dires au sujet des divers sites.

– Ce serait tellement plus facile si les Tolnedrains voulaient bien accepter l'idée que vous n'êtes pas comme les autres, votre père et vous.

– C'est contraire à leur religion, mon pauvre ami, dis-je avec un sourire.

– Quelle est la base de la religion tolnedraine?

– L'argent. C'est eux qui l'ont inventé, et pour eux, l'argent est sacré. Vous imaginez ce qui se passerait si un magicien arrivait à créer de l'argent au lieu de l'extorquer honnêtement à quelqu'un d'autre? C'est pour ça qu'ils redoutent la magie.

– Vous pourriez vraiment créer de l'argent, Pol? demanda-t-il, les yeux étincelants à cette seule idée.

– Probablement, répondis-je en haussant les épaules, mais à quoi bon? J'en ai déjà plus que je n'en dépenserai jamais. Enfin, nous nous égarons. Cette superstition tolnedraine est embêtante, je vous l'accorde, mais nous nous en sortirons quand même.

Lorsque le général Cerran fut arrivé à la conclusion voulue, le caractère de mon père se dégrada, pour je ne sais quelle raison. Je supportai ses sautes d'humeur pendant une bonne semaine, puis j'allai le trouver dans sa chambre, à l'ambassade de Cherek, et je lui demandai quel était son problème.

– C'est ça, mon problème, Pol! explosa-t-il en flanquant un coup de poing sur le parchemin du Codex mrin. Ça n'a aucun sens!

– C'est voulu, Père. C'est fait pour donner l'impression de n'être que du charabia. Dis-moi plutôt ce qui ne va pas. Je pourrais peut-être t'aider.

Mon père était déconcerté par un passage du Codex mrin qui semblait donner à penser que Brand devait être en deux endroits en même temps.

– « Et l'Enfant de Lumière prendra le joyau à sa place accoutumée et veillera à ce qu'il soit remis à l'Enfant de Lumière devant les portes de la Cité d'Or », lut-il d'un ton rogue, et je crus que, dans sa rage, il allait détruire le parchemin.

– Du calme, Père. Tu ne régleras rien en faisant une crise d'apoplexie, dis-je en me demandant comment j'allais lui expliquer la solution, que j'avais immédiatement entrevue, naturellement. Combien de temps penses-tu que durent ces Événements ? demandai-je.

– Le temps qu'il faut, qu'est-ce que tu veux que je te dise ?

– Des siècles ? Allez, Père. Si puissantes que soient les deux Nécessités adverses, une confrontation pareille détruirait l'univers entier. Pour moi, la réponse serait plutôt un bref instant. Et quand l'Événement est terminé, l'Enfant de Lumière n'a plus que faire de son titre, hein ? Il a joué son rôle, il peut le remettre en jeu. Un Enfant de Lumière va décrocher l'épée du mur, un autre l'apportera ici et la remettra à Brand. Ils se passeront le titre en même temps que l'épée.

– Je pense que tu coupes les cheveux en quatre pour que ça colle, Pol.

– Tu as une meilleure explication ?

– Pas vraiment. Je ferais peut-être aussi bien d'aller dans l'Île.

– Ah bon ? pour quoi faire ?

– Pour aller chercher l'épée, tiens. Brand va en avoir besoin.

Il avait manifestement sauté sur une conclusion qui me semblait pour le moins spécieuse. Il donnait l'impression de penser qu'il était l'Enfant de Lumière qui allait décrocher l'épée du mur, dans la Cour du roi de Riva. Seulement voilà : le temps qu'il arrive là-bas, ma mère était déjà passée à l'action et l'épée n'avait plus rien à faire dans l'histoire. Elle était entrée dans la salle, auréolée d'une lueur bleutée, elle avait ôté l'Orbe du pommeau de l'épée de Poing-de-Fer et l'avait enchâssée au milieu d'un bouclier. Je suppose que ça lui coupa un peu la chique. À mon père, je veux dire. Je pense aussi qu'il commença à soupçonner – vaguement – que ma mère n'était pas aussi morte qu'il le croyait. Il avait l'air un peu déconcerté quand il rentra à Tol Honeth.

Au printemps de 4874, oncle Beldin revint à nouveau du sud du Cthol Murgos. Il nous annonça qu'Urvon avait quitté Rak Hagga et amorcé la traversée du continent. Si le décompte de Cerran était exact, nous avions moins d'un an devant nous pour achever nos préparatifs. Les prémices se faisaient déjà sentir. Brand annonça à mon père qu'il entendait des voix. Ce n'est pas le genre de chose qu'un médecin apprécie d'ordinaire. Quand un de ses patients lui annonce qu'il entend des voix, l'homme de l'art lui réserve généralement une chambre dans le premier asile venu, parce que c'est un indice irréfutable du fait que le malheureux a une araignée au plafond.

Mais Brand n'était pas en train de devenir fou. La voix qu'il entendait était celle de la Nécessité, qui lui dictait son comportement au cours de son duel avec Torak. La confrontation approchait à la vitesse grand V, mais pour le moment, notre ami invisible s'intéressait davantage au déploiement des forces tolnedraines. Les légions du général Cerran allaient apparemment faire pencher le plateau de la balance à Vo Mimbre en empêchant Urvon d'arriver à temps pour la bataille. La Nécessité assura à Brand qu'Urvon ne constituerait pas un problème. Le problème, c'était plutôt d'en convaincre Cerran. « C'est Dieu qui me l'a dit » n'est pas un argument très recevable, et « Je me suis changée en oiseau et je suis allée jeter un coup d'œil » n'était guère plus convaincant. Nous décidâmes de chercher une autre approche.

Puis, en 4875, au début du printemps, Torak leva le siège de la Forteresse et repartit vers l'ouest. Si le programme de Cerran était toujours valable, les Angaraks seraient devant les portes de Vo Mimbre en moins d'un mois et demi, et les légions étaient encore dans le Sud. Comme je l'avais plus ou moins prévu, UL décida alors d'intervenir. Les Ulgos aux yeux de chat se mirent à sortir de leurs grottes la nuit et à profiter de ce que les hommes de Torak dormaient pour semer la ruine et la désolation parmi eux. Après quoi les Angaraks avancèrent beaucoup moins vite.

Ils s'efforçaient de se frayer avec circonspection un chemin à travers les montagnes d'Ulgolande quand oncle Beldin informa mon père avec jubilation qu'une tempête de neige fort étrange en vérité avait enfoui Urvon et Ctuchik jusqu'aux oreilles dans l'Enfer d'Araga. Ce qui justifiait, en passant, le quart de siècle de pluie que nous venions de subir : le changement de climat préparait le blizzard qui venait de stopper net l'avance de la seconde armée de Torak.

Mon père en riait encore quand il me transmit le message de Beldin, mais il cessa de rire quand je lui fis remarquer que le blizzard n'aurait aucun effet tant que le général Cerran ne serait pas au courant de ses conséquences.

– Je doute qu'il nous croie sur parole, pronostiquai-je. Il exigera des preuves et nous n'avons aucun moyen de lui en donner, à moins que tu ne veuilles l'emmener dans le désert par la peau du cou afin qu'il constate les choses de visu. Il n'abandonnera pas la frontière sud sur la seule foi de nos dires. D'autant qu'ils savent, Ran Borune et lui, à quel point nous aimerions qu'ils soient des nôtres à Vo Mimbre !

Nous lui annonçâmes la nouvelle en prétendant qu'elle venait des « sources bien informées » habituelles, et comme je l'avais prévu, Cerran l'accueillit avec un profond scepticisme.

C'est Ran Borune qui finit par suggérer un compromis. La moitié des légions du sud allait monter vers le nord tandis que l'autre moitié resterait sur place. Cerran était un soldat. Même si ses ordres ne lui plaisaient pas tout à fait, il fit tout ce qui était en son pouvoir pour les appliquer au mieux. Il y ajouta les huit légions d'apparat de Tol Honeth et dix-neuf légions de nouvelles recrues pour que la présence tolnedraine à Vo Mimbre soit la plus imposante possible. Les légions d'apparat n'auraient probablement pas pu faire plus d'une demi-lieue sans s'effondrer, et les bleus ne savaient pas marcher au pas, mais quand Torak regarderait par la meurtrière de son palais de fer rouillé, il verrait près de soixante-quinze mille hommes en tout, et il ne lui viendrait pas à l'idée qu'un tiers à peine savaient distinguer un bout d'une épée de l'autre. Les Cheresques transborderaient vers l'Arend les légions du sud, les légions imaginaires des environs de Tol Honeth et celles de Tol Vordue. Nous n'avions plus qu'à espérer que tout ce petit monde arriverait à temps.

Puis les jumeaux nous rejoignirent, et nous informèrent secrètement que la bataille durerait trois jours et que – comme nous l'avions prévu – son issue dépendrait de celle du combat singulier entre Brand et Kal Torak. La tâche qui nous incombait, à mon père et à moi, était assez simple : nous devions veiller à ce que Torak n'arrive pas à Vo Mimbre avant que toutes nos forces soient en place, ce qui ne serait probablement pas beaucoup plus difficile que d'inverser les marées ou d'arrêter le soleil dans sa course.

Nous quittâmes Tol Honeth alors que le soir tombait sur la cité de marbre et nous entrâmes dans un bosquet de bouleaux à une demi-lieue au nord de la ville.

Tu devrais lui dire que tu vas utiliser notre chouette, Pol, suggéra la voix de ma mère. *Ça risque de ne pas beaucoup lui plaire, mais il faut qu'il s'habitue à la voir de temps en temps.*

Je m'en occupe, Mère, répondis-je. *J'ai découvert un moyen de couper court à ces discussions fastidieuses.*

Ah bon? Il faudra que tu m'expliques ça.

Tu n'as qu'à m'écouter, Mère. Écoute et prends-en de la graine.

Ça, Pol, c'était vil et bas.

Ravie que ça t'ait plu.

Mon père scrutait le ciel, à l'ouest.

– Il va bientôt faire nuit, remarqua-t-il. Enfin, il n'y a pas de montagnes d'ici à Vo Mimbre, alors je ne vois pas ce que nous pourrions heurter dans le noir.

– Ça ne va pas te plaire, Père, l'avertis-je, mais à partir de maintenant et jusqu'à l'Événement, j'ai pour instructions de me changer en chouette neigeuse, alors tu vas serrer les dents et encaisser. Je vais suivre mes instructions, que ça te plaise ou non.

– Je peux te demander de qui tu reçois ces instructions? grinça-t-il entre ses dents.

– Mais bien sûr, Père. Tu peux toujours le demander, répondis-je. Cela dit, je te conseille de ne pas retenir ta respiration en attendant la réponse.

– Je déteste ça, geignit-il.

– Courage, Vieux Loup, dis-je en lui tapotant la joue.

Puis je pris la forme qui m'était maintenant familière.

Il était bien plus de minuit lorsque nous nous perchâmes sur les créneaux du palais d'Aldorigen, au centre de Vo Mimbre. Les sentinelles qui montaient la garde en haut des remparts virent peut-être deux oiseaux décrire des cercles au-dessus de leur tête, mais ils n'y prêtèrent guère attention. C'étaient les hommes qui les intéressaient, pas les volatiles. Nous nous posâmes près d'une volée de marches qui descendaient dans l'ombre, nous attendîmes qu'une sentinelle passe et s'éloigne, nous reprîmes forme humaine et nous descendîmes l'escalier. Nous allâmes droit vers la salle du trône et nous attendîmes Aldorigen.

– Je te propose de me laisser faire, Père, dis-je. Je connais bien les Arendais et je risque moins que toi de les froisser. Et puis Aldorigen a déjà peur de moi et il m'écoutera plus attentivement si c'est moi qui parle.

– À ta guise, Pol. Essayer de raisonner des Arendais me donne toujours des cloques, je ne sais pas pourquoi.

– Oh, Père! soupirai-je avec lassitude. Tiens, tu feras semblant de lire ça pendant que je parlerai. Ça te donnera l'air très sage et très intelligent.

Je suscitai à partir du néant un petit parchemin et le lui tendis. Il le regarda et me dit :

– Mais il n'y a rien d'écrit dessus, Pol.

– Et alors ? Tu espérais que j'allais te concocter un conte de fées, peut-être ? C'est toi qui joues la scène, Père. Improvise. Fais semblant de lire un document d'une importance renversante. Essaie quand même de ne pas manifester trop bruyamment tes impressions. Si tu t'excites trop, Aldorigen risque de vouloir jeter un coup d'œil au parchemin.

– Tu t'amuses bien, hein, Pol ?

– Eh oui, qu'est-ce que tu veux ? fis-je avec un petit sourire finaud qu'il connaissait bien.

L'aube ensanglantait les nuages lorsque Aldorigen et son fils Korodullin, qui était maintenant un grand jeune homme, entrèrent dans la salle du trône en discutant avec véhémence.

– C'est un mécréant, Sire mon père ! disait Korodullin. Un hors-la-loi ! Sa présence profanerait le lieu le plus sacré de toute l'Arendie.

– Certes, Korodullin, répondit Aldorigen d'un ton qui se voulait apaisant. C'est une canaille et un brigand, mais je lui ai donné ma parole. Point ne le traiteras avec mépris ou impertinence tant qu'il sera dans l'enceinte de Vo Mimbre. Si Tu ne peux réfréner Ton ire, Tu voudras bien rester dans Tes appartements jusqu'au moment de son départ. Tu m'en feras le serment, ou je Te ferai enfermer.

Ce langage ampoulé me ramena aussitôt au troisième millénaire et je l'adoptai avec l'impression de reprendre une conversation interrompue deux ou trois mille ans auparavant.

– Bien le bonjour, auguste Majesté ! dis-je en m'inclinant devant Aldorigen. Mon père et moi-même venons d'arriver de Tol Honeth et quoique tout rêveurs encore de la splendeur de cette cité parmi les plus réputées, nous sommes venus tout droit ici nous entretenir avec Toi et T'apporter certaines informations concernant les récents événements, lesquels Te concernent de près, doux Sire, ainsi que Ton royaume.

Aldorigen répondit par un discours typiquement mimbraïque : long et pompeux, puis nous échangeâmes les inévitables civilités pendant la demi-heure de rigueur, après quoi nous passâmes aux affaires sérieuses. Mon message – ou plutôt mes instructions, si vous préférez, étaient simples : j'étais là pour interdire aux Mimbraïques de donner l'assaut aux Angaraks qui allaient bientôt assiéger Vo Mimbre jusqu'à ce que nous soyons prêts à les laisser sortir de la cité. Ça me prit un moment. Il est très difficile d'amener à la prudence un individu convaincu de son invincibilité. (Vous remarquerez que ce mot rime avec imbécillité.)

Pendant que je lui enfonçais cette idée dans le crâne, il m'informa que son homologue asturien, Eldallan, venait à Vo Mimbre pour un conseil de guerre. Je perçus l'énorme potentiel catastrophique de ce projet, compte tenu des massacres aveugles auxquels on se livrait depuis des milliers d'années dans la forêt d'Asturie. Mettre un Mimbraïque et un Asturien dans la même pièce risquait de coûter cher en mobilier, en admettant que le bâtiment résiste. Korodullin commençait à évoquer un certain nombre de façons de le recevoir, laissant planer le noir soupçon que l'infâme duc d'Asturie saisirait probablement l'occasion de déserter pour rallier les Angaraks lors de l'attaque de Vo Mimbre, provoquant la destruction de la cité.

Mon père me lança une rapide pensée, mais j'avais déjà plusieurs longueurs d'avance sur lui. Je doute que mon père ait jamais compris la portée de mon titre de duchesse d'Erat, non plus que la persistance des traditions en Arendie. J'avais été – et j'étais toujours – l'égale d'Aldorigen et d'Eldallan. Ils le savaient tous les deux, et ils savaient aussi que je pouvais leur causer d'énormes désagréments si ça me chantait.

J'entrepris alors de ramener Aldorigen et sa tête brûlée de fils à la raison et aux bonnes manières. Il suffit d'envoyer dans les dents d'un Mimbraïque des termes comme « timoré » et « femmelette » pour obtenir toute leur attention.

Il était midi juste lorsque le duc Eldallan et la très jolie Mayaserana, sa fille, arrivèrent et furent escortés, un peu fraîchement, dans la salle du trône d'Aldorigen.

C'est alors que j'entendis à nouveau ce fameux tintement, et quand je vis les regards de haine héréditaire que se lançaient Mayaserana et Korodullin, je faillis éclater de rire. Ça promettait d'être intéressant. Et ça allait faire du bruit.

Tu deviens de plus en plus observatrice, Pol, fit la voix de ma mère, d'un ton approbateur.

Mouais. En attendant, comment vais-je faire pour les empêcher de s'entretuer avant la cérémonie?

Oh, tu trouveras bien quelque chose.

L'air était tellement chargé d'électricité dans la salle du trône qu'on l'entendait presque crépiter. Je me rendis compte que cette conférence malavisée planait au bord du désastre absolu, alors je fis un pas en avant et leur lançai à nouveau mon titre dans les dents.

– Arrêtez ça tout de suite! leur ordonnai-je. Je n'en crois pas mes oreilles! Je vous prenais pour des hommes avisés, mais je m'aperçois de mon erreur. Les ducs de Mimbre et d'Asturie sont donc retombés en enfance? Seraient-ils assez stupides pour se disputer comme autrefois, pour un jouet? Le monde qui nous entoure est à feu et à sang, messieurs. Vous allez renoncer à ces chamailleries et joindre vos efforts à ceux des Aloriens et des Tolnedrains afin d'éteindre l'incendie. De cet échange absurde de menaces et d'insultes j'ai grande lassitude, et si vous m'y contraignez, je vous démontrerai la portée de mon agacement. Toi, Eldallan, Tu joindras tes archers aux Sendariens et aux Riviens et Tu feras mouvement contre l'arrière des forces angarakes. Et Toi, Aldorigen, Tu défendras Tes murailles, mais point n'avanceras contre les assiégeants jusqu'au troisième jour du combat, et Tu ne sortiras qu'au signal convenu. Puisqu'il apparaît que vous jouez à guerroyer depuis deux mille ans et plus et n'avez pas encore acquis plus de connaissances en cet art que la dernière bleusaille des légions tolnedraines, souffrez que j'affirme ici mon autorité. Telles sont mes instructions, et vous vous y conformerez, ou vous attirerez ma colère sur vos têtes. Il est clair, ajoutai-je avec un soupir un peu théâtral, j'en conviens, que j'ai eu tort, au troisième millénaire, d'espérer que l'Arendie, mon enfant chérie, arriverait un jour à la maturité. C'était manifestement un vain espoir. Les Arendais vieillissent, grisonnent, mais ils seront à jamais incapables de grandir. La solution qui s'imposait à moi, au temps jadis, était claire, mais mon amour pour l'Arendie me la faisait considérer avec répugnance. Je vois à présent que j'aurais dû écarter cette répugnance et faire mon devoir. Comme les Arendais sont incapables de se comporter en adultes, force m'est de constater que j'aurais dû annexer Mimbre et l'Asturie et les diriger par décret impérial. Il m'en aurait moins coûté de vous apprendre à vous agenouiller en présence de votre impératrice et d'obéir au moindre de ses ordres.

Ça, pour le coup, ça les fit sursauter. Je fis mine d'envisager sérieusement cette idée et les toisai comme deux quartiers de bœuf.

– Peut-être n'est-il pas trop tard pour y remédier. Je vais y songer. Toi, Aldorigen, et Toi, Eldallan, vous n'êtes pas trop repoussants et vous pourriez, après de strictes instructions, et si l'on vous parlait fermement, faire des vassaux plausibles pour mon trône impérial. Je vais y réfléchir et je vous ferai connaître d'ici peu ma décision. Mais d'abord, nous devons régler le problème de Kal Torak.

(Mais non, je n'avais pas d'ambitions impériales ! Bien sûr que non ! Où avez-vous la tête ? D'un autre côté, « l'impératrice Polgara d'Arendie »... ça ne sonne pas trop mal, qu'en dites-vous ?)

Je pense que c'est l'idée de ce changement de gouvernement qui incita soudain Aldorigen et Eldallan à une infinie politesse l'un envers l'autre. Puis Eldallan suggéra qu'après la bataille ils règlent leur différend une fois pour toutes, en un duel à l'épée, et ils topèrent là.

Aldorigen mit des appartements à notre disposition et après notre installation, le Vieux Loup passa me voir.

– C'était pour rire, hein, Pol ? Tu n'envisages pas sérieusement de devenir impératrice ? demanda-t-il d'un ton un peu pincé.

– Pff... Ne dis pas de bêtises, Père.

– Cela dit, il ne faut pas écarter trop vite une bonne idée, reprit-il d'un ton rêveur. Ce serait un moyen de mettre fin à cette crétinerie de guerre civile.

– Je te fais cadeau de l'idée, Père. Tu ferais un empereur magnifique.

– Tu as perdu la tête ?

– J'allais juste te poser la même question. Tu as des nouvelles d'oncle Beldin ?

– Ils descendent vers le sud, Cerran et lui, pour faire marcher les légions vers la côte. Les vaisseaux de guerre d'Eldrig sont déjà en route pour les récupérer.

– Il va leur falloir un moment pour y arriver, Père, lui rappelai-je. Tu as trouvé un moyen de retarder Torak ?

– Je m'en occupe.

– Eh bien, occupe-t'en un peu plus vite. J'ai des raisons très personnelles de vouloir être entourée par un tas de soldats quand il arrivera. Mais nous en parlerons une autre fois. Mets-toi au travail, Père.

– Que vas-tu faire ?

– Je crois que je vais prendre un bain. D'une bonne heure à peu près.

– À force de mariner comme ça, tu vas fondre.

– Mais non, Père. Ne crains rien. Allez, vas-y. Et au trot !

Il sortit en claquant la porte derrière lui.

Vous savez que j'ai la dent dure ; eh bien, je reconnais que la stratégie que mon père mit au point pour retarder l'armée angarake tient du génie. Non seulement elle parvint à réduire l'allure de Torak à celle de l'escargot, mais encore elle scella une amitié éternelle entre deux Arendais qui, jusque-là, se détestaient cordialement, tout ça pour le plus grand bien de l'infortunée Arendie. Le seul défaut que je réussis à lui trouver réside dans le fait que c'est sur moi que retomba le douteux plaisir de cornaquer un troupeau d'Asturiens. Je ne les portais guère dans mon cœur, pour des raisons assez évidentes.

Le plan de mon père avait, entre autres mérites, celui de la simplicité : l'Arend avait un grand nombre d'affluents, tous gonflés par un quart de siècle de pluies continues et enjambés par des ponts. Mon père se dit qu'il ne serait peut-être pas idiot d'emmener un millier de chevaliers mimbraïques au pied des monts d'Ulgolande et de commencer à détruire ces ponts. Je fus chargée de conduire un millier d'archers asturiens dans la région afin de retarder les tentatives des Angaraks pour reconstruire les ponts.

Le chevalier qui conduisait les destructeurs de ponts mimbraïques était le baron Mandor, un descendant de Mandorin et d'Asrana, et un ancêtre de notre cher Mandorallen. Le chef des archers asturiens était le baron Wildantor, un joyeux drille et une tête brûlée dont descend Lelldorin. Encore un coup de pouce de la Nécessité, bien sûr.

Malgré mes préjugés éternels contre les Asturiens, je ne pus détester Wildantor. C'était impossible. Il avait les cheveux d'un roux flamboyant – « un fagot de plus, et ça y était », aurait dit mon bon Killane – et un rire contagieux. Je pense qu'il ne cessait de glousser, de ricaner ou de se boyauter que pour bander son arc, moment où il était intensément concentré. Le baron Mandor n'était pas vraiment armé pour traiter avec un lascar de sa trempe. Mandor était un homme grave et compassé, totalement dépourvu d'humour, et lorsqu'il entrevit qu'à peu près rien de ce que disait Wildantor n'était à prendre au sérieux, il commença à comprendre que ça pouvait être drôle de rire. Mais la plaisanterie qui devait sceller leur amitié contre nature sortit des lèvres de Mandor, et je suis sûre qu'elle n'était pas voulue. Lorsque Wildantor lança la suggestion : « Et si nous convenions de ne pas nous entretuer quand tout ça sera fini ? » Mandor réfléchit un long moment aux implications de cette proposition et répondit gravement : « Est-ce que ce n'est pas contraire à notre religion ? » Wildantor s'écroula positivement de rire. Et le plus drôle, c'est que Mandor était d'une absolue gravité. Il rougit légèrement en entendant rigoler l'Asturien, puis il se rendit lentement compte que sa question sincère était au cœur même de la tragédie millénaire de l'Arendie et il se mit à rire aussi. Tristement, au début, et puis de plus en plus gaiement. Ces deux-là avaient enfin compris que l'Arendie n'était rien d'autre, en fait, qu'une très, très mauvaise blague.

Pourtant, malgré l'amitié naissante entre ces deux hommes, nous devions consacrer pas mal d'efforts, mon père et moi, à tenir le gros des Mimbraïques et des Asturiens à l'écart les uns des autres.

Mon père était assez retors pour laisser les Angaraks rebâtir les ponts sur les trois premiers affluents sans les embêter. Puis, sur le quatrième affluent, les Murgos qui rebâtissaient les ponts se hérissèrent soudain de flèches asturiennes. Après ça, les Angaraks devinrent plus prudents, et il leur fallut un temps considérable pour retraverser chaque fleuve. Ce qui était l'objectif, évidemment.

L'amitié naissante fut scellée alors que Wildantor faisait de l'esbroufe. Il était debout sur un pont miné, branlant, et repoussait tout seul les forces angarakes. Je n'ai jamais vu personne décocher ses flèches aussi vite. Quand un archer a quatre flèches en l'air en même temps, on peut commencer à penser qu'il connaît son métier.

Pol, dit calmement la voix de ma mère. *Il va tomber dans l'eau. Garde-toi d'intervenir, et ne laisse pas ton père s'en mêler non plus. Mandor va le sauver. C'est comme ça que ça doit se passer.*

Et c'est comme ça que ça se passa, évidemment. Le pont sur lequel se tenait Wildantor frémit et s'effondra, et le courant emporta l'Asturien aux cheveux de feu. Mandor se précipita le long du fleuve jusqu'au pont suivant, se rua sur la partie rompue et se pencha vers les flots en furie.

– Votre main, Wildantor ! hurla-t-il.

Alors que les flots tumultueux allaient l'emporter, l'Asturien à demi noyé leva le bras et leurs mains se heurtèrent avec fracas. Dans un sens très symbolique, on peut dire qu'aucun des deux ne lâcha plus jamais l'autre.

CHAPITRE XXXIII

Nous poursuivîmes notre lent recul – je n'ai pas parlé de retraite – pendant plusieurs jours, et notre petite force gagnait en habileté au fur et à mesure qu'elle en venait à accepter le fait que le pacte tenait. Les chevaliers mimbraïques et les archers asturiens, peut-être rassurés par l'amitié croissante entre Mandor et Wildantor, commençaient à oublier leur animosité héréditaire pour concentrer leurs efforts sur la tâche en cours. Les Mimbraïques déployaient des compétences accrues dans la destruction de ponts, et l'on assista à plusieurs alliances impromptues. Un petit groupe de chevaliers avait acquis une dextérité particulière dans le minage des ponts. Ils sapaient les piles sans toucher au tablier. Le chevalier responsable suggérait ensuite courtoisement à son homologue asturien de demander aux archers, ses compagnons, de réfréner un peu leur enthousiasme, juste le temps que le pont grouille de Murgos, moment auquel d'autres chevaliers tapis en amont lâchaient des troncs d'arbre sur le fleuve. Lorsque les rondins heurtaient les piles affaiblies du pont, celui-ci s'écroulait et des centaines de Murgos prenaient un bain – assez bref, parce que la cotte de mailles n'a jamais fait un très bon costume de bain, chacun en conviendra. Les réjouissances auxquelles participaient, le soir, les chevaliers et les archers étaient généralement assez animées. Je vis des Mimbraïques et des Asturiens danser, bras dessus, bras dessous, en beuglant de vieilles chansons à boire comme s'ils se connaissaient depuis toujours.

En quittant Vo Mimbre, nous avions une préoccupation essentielle : tenir les Mimbraïques et les Asturiens à l'écart les uns des autres. Lorsque nous rentrâmes, rien n'aurait pu les séparer. L'animosité avait laissé place à une solide camaraderie. Ce n'était sûrement pas ce que cherchait Torak en venant dans le Ponant.

À notre retour, nous fûmes accueillis en héros. J'imagine que certains citoyens de Vo Mimbre s'étranglèrent un peu en entendant les acclamations adressées aux Asturiens, mais qui s'en soucie ?

Le plan de mon père nous avait fait gagner les cinq jours dont nous avions besoin, et les jumeaux, qui nous attendaient à Vo Mimbre, nous informèrent que Beldin et Cerran étaient arrivés à Tol Honeth avec les légions du Sud. Mon père s'entretint brièvement, à distance, avec mon oncle biscornu, et il nous assura que les Tolnedrains et les Cheresques rejoindraient Vo Mimbre dans les délais prévus. Nous étions prêts. La bataille pouvait commencer le lendemain.

Ma mère profita de ce que mon père était parti vérifier les défenses de la cité pour me dire quelques mots : *Pol, quand il reviendra, raconte-lui que tu vas jeter un coup d'œil sur les Angaraks. Je n'aime pas les surprises. Je voudrais que nous allions voir ce que mijotent Torak et Zedar.*

Très bien, Mère.

Mon père n'était pas à prendre avec des pincettes quand il revint, mais il fallait s'y attendre. Tout le monde est un peu crispé, la veille d'une bataille.

– J'imagine que si je te l'interdisais, tu ne m'écouterais pas, hein ? lança-t-il quand je l'informai que j'allais faire un tour du côté de l'ennemi. Alors je ne vais pas gaspiller ma salive, conclut-il. Mais ne traîne pas dehors toute la nuit.

Je manquai éclater de rire. Le ton sur lequel il avait prononcé ces paroles était exactement celui qu'il utilisait à Riva, pendant les préparatifs de mariage de Beldaran, alors que je passais le plus clair de mon temps à briser les cœurs pendant qu'il se rongeait les sangs. Le pire, c'est que l'ironie de la situation lui aurait sans doute échappé. À Riva, il s'en faisait à cause de ma horde de soupirants ; cette fois, je n'en avais plus qu'un, à Vo Mimbre, mais j'étais toute seule à me tracasser.

Nous fusionnâmes à nouveau, ma mère et moi, afin de n'être pas détectables. Nous repérâmes le palais de ferraille peinte en noir, à moitié rouillée, et nous entrâmes par la meurtrière si commodément ménagée en haut d'une tour.

– Je vais les punir, Zedar, disait Torak de sa voix sonore, théâtrale.

– Ils l'auront amplement mérité, ô Maître, répondit obséquieusement Zedar. Par leurs querelles mesquines, ils T'ont failli. Il est juste qu'ils paient leurs méfaits de leur vie même.

– Ne te hâte point de les condamner, Zedar, rétorqua Torak d'un ton menaçant. Tu n'as pas encore fini d'expier la faute que tu as toi-même commise en Morindie, il y a plusieurs siècles de cela.

– Je T'implore, ô Maître, de me pardonner. Que Ta colère ne retombe point sur moi, quand bien même j'aurais amplement mérité le châtiment.

– Il n'y a ni châtiment ni récompense, Zedar, reprit Torak d'un ton sinistre. Il n'y a que des conséquences. Urvon et Ctuchik apprendront dans la plénitude du temps le poids des conséquences, et tu le mesureras aussi. En attendant, j'ai encore besoin de toi ainsi que de tes frères.

J'imagine que Zedar aurait préféré avaler sa langue plutôt que de donner à Urvon et à Ctuchik le nom de « frères ».

Torak était assis, dans une attitude morose, la lueur de la lampe se reflétant sur son masque d'acier poli.

– Grand est mon trouble, Zedar, soupira-t-il. Je suis confronté à un cruel dilemme.

– Révèle-le-moi, ô Maître, implora Zedar. Il se pourrait qu'à nous deux nous parvenions à le résoudre.

– Ta confiance, ta présomption m'amusent, Zedar, répondit Torak. As-tu étudié la transcription des délires de ce sous-homme qui végète sur les rives de la Mrin, au nord de la Drasnie ?

– De façon assez approfondie, ô Maître.

– Connais-tu aussi parfaitement les vérités qui m'ont été révélées à Ashaba ?

– Oui, ô Maître.

– N'as-tu point remarqué qu'il y avait certaines divergences entre les deux documents ? Ils font tous deux allusion à la bataille qui va commencer ici, devant Vo Mimbre, d'ici quelques heures.

– C'est ce que j'ai compris, ô Maître.

– Or donc la vision qu'en aurait eue le débile des bords de la Mrin et celle qui m'a été révélée à Ashaba présentent des disparités. Dans le document drasnien, c'est au troisième jour de la bataille à venir que devrait se décider le sort du monde.

– C'est ce que j'ai constaté, ô Maître.

– Telle n'est point la version proposée par le document ashabène. Celui-ci fixe l'issue du combat au second jour ou au quatrième.

– Je ne l'avais point perçu, Seigneur, avoua Zedar. Et quelles conclusions tires-Tu, ô Maître, de ces divergences ?

– M'est avis que le sort de la bataille dépendra de celui qui m'affrontera au moment décisif de la bataille. Si nous nous rencontrons, le Tueur de Dieu et moi, au second ou au quatrième jour, je le vaincrai aisément. Si nous nous affrontons en ce troisième jour fatal, alors il sera pénétré par l'esprit du Dessein et je périrai assurément.

Il s'interrompit soudain, se mit à marmonner des paroles incohérentes, d'une voix sépulcrale qui retentissait, déformée, dans son masque d'acier.

– Maudite soit la pluie ! éclata-t-il. Et maudites soient les rivières qui ont retardé mon avance ! Nous sommes arrivés trop tard, Zedar ! Si nous étions arrivés ne serait-ce que deux jours, que dis-je ? un jour plus tôt, le monde aurait été à moi. À présent, l'issue est incertaine, et grande est mon appréhension, car la chance n'a jamais été mon alliée. J'ai quitté Ashaba avec l'absolue certitude d'arriver ici en temps et en heure, et j'aurais volontiers sacrifié des vies angarakes sans nombre pour parvenir à mon but. Je suis arrivé à l'endroit voulu, mais un jour trop tard. *Nolens Volens*, je devrai affronter le Roi des Rois du Ponant en ce troisième jour fatal, le sort en a ainsi décidé. Je suis fort contrarié, Zedar. Que dis-je, contrarié ? Je suis mécontent au-delà de toute mesure !

Il croit qu'il s'agit de Gelane ! soufflai-je dans le secret de notre conscience. *Il croit qu'il va affronter Gelane !*

Comment arrives-tu à cette conclusion ? demanda ma mère, aussi stupéfaite que moi.

Les termes « Tueur de Dieu » et « Roi des Rois du Ponant » désignent le roi de Riva. Je ne sais ni comment ni pourquoi, mais Torak pense que Gelane est rentré à Riva et a pris l'épée. Il ne sait même pas qu'il va affronter Brand.

Tu as peut-être raison, convint ma mère après réflexion. *Torak tient ses informations de Ctuchik, lequel est renseigné par Chamdar. Et celui-là, il y a des siècles que ton père le rend fou avec ses petits jeux, en Sendarie. Torak ne sait pour ainsi dire rien de l'héritier du trône de Riva. Il est apparemment persuadé qu'il va l'affronter en ce troisième jour fatal.*

J'en suis sûre, Mère. Ça expliquerait pourquoi on t'a dit d'enlever l'Orbe du pommeau de l'épée de Poing-de-Fer et de l'incruster au milieu du bouclier. L'arme de Brand ne sera pas une épée mais ce bouclier.

Cependant, Torak continuait à soliloquer, et nous nous tûmes, ma mère et moi, pour l'écouter.

– Il faut, Zedar, que tu prennes la cité demain, ordonnait-il. Ma rencontre avec le descendant de Poing-de-Fer doit avoir lieu le jour suivant. Sacrifie tous les Angaraks s'il le faut, mais Vo Mimbre doit être à moi avant le coucher du soleil.

– Que Ta volonté soit faite, ô Maître, promit Zedar. En ce moment même, mes engins de guerre se mettent en place. Je T'en fais le serment, Seigneur, Vo Mimbre tombera ce jour, car je ferai donner l'ensemble des forces angarakes contre ces murailles d'or.

Huit années de siège devant la Forteresse d'Algarie n'avaient apparemment pas appris à Zedar l'inanité de ce genre de promesse.

Torak s'embarqua ensuite dans un monologue insensé, véritablement délirant. L'histoire ne lui avait pas rendu justice et son ressentiment prenait des proportions monstrueuses. Trop de choses lui avaient été refusées qu'il avait cru siennes, et sa raison n'y avait pas résisté. En d'autres circonstances, je l'aurais peut-être pris en pitié.

Je crois que nous en avons assez entendu, Pol, dit alors ma mère. *Ça ne nous avance à rien de rester ici à l'écouter s'apitoyer sur son sort.*

Comme tu voudras, Mère, acquiesçai-je.

La chouette dans laquelle nous avions fusionné se faufila au-dehors et retourna silencieusement vers Vo Mimbre. Le temps s'était levé après le blizzard qui s'était abattu sur Araga, et les étoiles brillaient à nouveau dans le ciel. Je m'aperçus qu'elles m'avaient manqué. Les gens comme nous, qui connaissent une durée de vie anormale, semblent très attachés aux étoiles. Elles ont une permanence réconfortante quand tout le reste s'écroule autour de nous.

Il ne l'avait pas fait tout seul, évidemment, n'empêche que Torak avait bel et bien fendu le monde au cours de la Guerre des Dieux. Je suis sûre qu'il aurait pu volatiliser les murailles de Vo Mimbre d'une seule pensée. Il faut croire qu'il n'en avait pas le droit. Les règles subtilement complexes du jeu éternel auquel se livraient les deux Destinées opposées interdisaient d'utiliser le Divin Vouloir au cours de ces Événements. Toute infraction à ces règles aurait eu de graves conséquences ; Ctuchik devait l'apprendre à ses dépens à Rak Cthol. Torak ne pouvait agir que par l'entremise d'un agent humain – jusqu'au moment où il se retrouverait face à Brand, et même alors, cet Événement obéirait à des règles strictes.

Nous sommes soumis à des règles similaires, fit la voix de ma mère en réponse à ma pensée non formulée. *Préviens ton père. Dis-lui que ce n'est pas le moment de faire des expériences. Fais-lui comprendre qu'il serait malavisé de faire tomber une comète sur les Angaraks.*

Il ne ferait jamais ça, Mère.

Ah non, vraiment ? Tu ne sais pas quel genre de bêtise il est capable de faire quand il est énervé, Pol. Une fois, je l'ai vu lancer un marteau après s'être tapé sur le pouce.

Ça arrive à tout le monde, Mère.

Il l'a lancé au ciel, Polgara. Ça fait plusieurs milliers d'années et, à ma connaissance, il n'est pas encore retombé. Enfin, j'espère qu'il n'a rien heurté. Il suffit parfois de très peu de chose pour faire exploser la mauvaise étoile au moment inopportun. C'est arrivé une fois. Nous ne tenons pas à ce que ça se reproduise, hein ?

Pas vraiment. Nous avons déjà assez de soucis comme ça. Qu'est-ce qui nous prouve que personne ne pourra utiliser le Vouloir et le Verbe pendant le combat ?

Nous ne pouvons être sûrs de rien. Observe attentivement Zedar. S'il arrive à faire quelque chose sans se volatiliser instantanément, nous devrions pouvoir en faire autant. Laissons-le tirer les marrons du feu.

Je sais qu'il nous sera utile un jour, Mère. Je ne suis pas sûre que ça lui réchauffera beaucoup le cœur de prendre tous les risques.

C'est bien dommage.

Nous nous posâmes sur les remparts du palais d'Aldorigen peu après minuit.

Vas-y vite, Pol, me conseilla ma mère. *Je vais repartir observer la situation pendant que tu mets ton père au courant. Vas-y vite, hein?*

Ma mère a parfois le chic pour utiliser des termes désobligeants. Ce « vas-y vite » sonnait un peu comme le « va jouer, Pol » de mon enfance.

Je repris forme humaine et laissai repartir la chouette, qui s'éloigna sur ses douces ailes.

Je me gardai bien de faire un rapport exhaustif à mon père et aux jumeaux. J'omis en particulier de leur signaler que Torak croyait à tort qu'il allait affronter Gelane en duel. Mon père a une fâcheuse tendance à l'improvisation, et ça me rendait très nerveuse. Gelane était en sûreté à la Forteresse, et je tenais à ce qu'il y reste. Mon père est un grand cabotin devant l'Éternel, et je ne croyais pas utile de le pousser sur le devant de la scène. Il en fait toujours des tonnes, c'est une seconde nature, chez lui, et l'idée de faire parader Gelane sur les créneaux de Vo Mimbre, au point culminant de la bataille, aurait peut-être impressionné Torak, mais ça aurait aussi mis mon jeune protégé en danger. Tant que mon père ne saurait pas ce que Torak avait dans la tête, il n'aurait aucune raison de faire preuve de créativité. J'avais depuis longtemps appris à ne lui dire que le strict nécessaire.

Je lui dis tout de même que Torak n'était pas sorti une seule fois de la poubelle rouillée qui lui servait de palais depuis qu'il avait franchi le Pont-de-Pierre. Mon père n'avait probablement pas besoin de cette information, mais si le fait de savoir que Torak restait reclus pouvait le dissuader de se montrer trop inventif...

– Ça te servira peut-être de savoir que les disciples de Torak ne sont pas comme nous, ajoutai-je. Nous sommes une famille; pas eux. Zedar, Urvon et Ctuchik se haïssent cordialement. Zedar s'est donné un mal fou pour ne pas se réjouir ostensiblement, pendant qu'il parlait avec Torak. Urvon et Ctuchik sont en disgrâce, ce qui fait de Zedar le héros du jour. Il va essayer de consolider sa position en livrant Vo Mimbre à Torak dans la journée de demain. Il va faire donner toutes ses troupes contre nous. Torak se pliera probablement aux contraintes imposées par les Nécessités, mais il se pourrait que Zedar les enfreigne.

– C'est tout son problème, à ce Zedar, grommela amèrement mon père. Il n'a jamais pu se plier aux règles. Bon, de quoi ont-ils parlé d'autre ?

– De leurs instructions, pour l'essentiel. Il est évident que les Oracles ashabènes donnent beaucoup plus de précisions à Torak que nous n'en trouvons dans le Codex mrin. Le troisième jour de cette petite rencontre va être crucial, Père. Il faut absolument que les légions soient là, parce que leur présence forcera Torak à relever le défi de Brand.

– Eh bien dis donc, fit-il, les yeux brillants. C'est intéressant, ça.

– Ne te réjouis pas trop vite, Père. Torak a ordonné à Zedar de lancer toutes ses forces dans la bataille. Si Vo Mimbre tombe, ça leur fera un sacré avantage. Quand le troisième jour sera passé, nous serons confrontés à un Événement complètement différent, et nous n'y tenons absolument pas.

– Ils vont retarder les vaisseaux de guerre d'Eldrig ? demanda Beltira.

– Zedar l'a proposé, mais Torak a dit non. Il ne veut pas diviser ses forces. Combien de temps nous reste-t-il avant le lever du jour ?

– Trois ou quatre heures, répondit mon père.

– Alors j'ai le temps de prendre un bain.

Mon père leva les yeux au ciel.

L'aube teintait le ciel, mais Zedar attendait manifestement des instructions précises avant de donner le signal de l'attaque. Puis, alors que le soleil commençait à poindre derrière les monts d'Ulgolande, une sonnerie de trompe retentit du côté du pavillon de fer et les engins de siège de Zedar projetèrent avec ensemble une pluie de pierres sur la cité. C'est ainsi que commença la bataille de Vo Mimbre.

Il fallut ajuster le tir, comme d'habitude, afin que les pierres tombent sur les murailles au lieu de se perdre dans la nature. Puis les choses se tassèrent, et l'on entendit le martèlement habituel des pierres ébranlant les remparts.

Les troupes angarakes étaient nettement visibles à une certaine distance, en arrière des catapultes. Mais mon père attendait toujours. Puis, vers le milieu de la matinée, il ordonna à Wildantor de riposter. Les archers asturiens levèrent leurs arcs et décochèrent leurs flèches d'un seul mouvement. La pluie de flèches à pointe d'acier s'abattit sur les Thulls qui manœuvraient les engins de siège, et le bombardement des murailles s'interrompit net. Les Thulls survivants coururent se jeter dans les bras des Angaraks, laissant leurs catapultes sans surveillance ni protection.

C'est le moment que Mandor attendait pour donner à ses chevaliers le signal de la charge. La porte nord de la cité s'ouvrit et une meute de cavaliers en surgit, brandissant non les lances traditionnelles mais des haches. Lorsqu'ils revinrent, les engins de siège de Zedar étaient réduits en curedents.

Je trouvai assez plaisants en vérité les hurlements de rage et de frustration de Torak. L'idée que nous puissions répondre à son attaque ne lui était apparemment jamais venue à l'esprit, ainsi que le démontrait ce caprice de gamin. Pensait-il que nous allions lui remettre les clés de la ville pour lui faire plaisir ? Je suppose qu'en cet instant, la vie de Zedar ne tint qu'à un fil. Il ordonna désespérément, et apparemment sans réfléchir, un assaut frontal sur la porte nord. Assaut qui se désagrégea sous un déluge d'acier, et les rares Angaraks qui réussirent à atteindre les murailles reçurent une douche de poix brûlante, à laquelle on mit le feu. Quand le soleil se coucha sur la première journée de combat, nous étions toujours sains et saufs à l'intérieur des murailles de la ville, et

Zedar n'avait plus qu'à retourner, la queue entre les jambes, auprès de Torak afin de lui annoncer sa défaite. Pour rien au monde je n'aurais raté ce debriefing.

Alors qu'un soir fuligineux tombait sur Vo Mimbre, nous fusionnâmes à nouveau, ma mère et moi. Après avoir survolé le champ de bataille jonché de cadavres d'Angaraks, nous arrivâmes au « palais » rouillé de Torak et nous nous faufilâmes par notre meurtrière préférée.

– M'est avis que j'ai commis une erreur, Zedar, disait Torak d'un ton menaçant. Un disciple angarak ne m'aurait pas si misérablement failli aujourd'hui. Dois-je convoquer Ctuchik ou Urvon pour te remplacer ?

Zedar manqua s'étrangler.

– Pitié, ô Maître ! implora-t-il. Permets-moi de me racheter. Je perçois à présent mon erreur. Mes engins n'étaient pas à la hauteur de la tâche que je leur avais assignée. Je vais recommencer, et aux premières lueurs du jour, des engins invincibles seront à ma disposition. Vo Mimbre est perdue, ô Maître.

– Souhaitons qu'elle soit perdue pour l'ennemi et non pour nous, Zedar. Ou c'est toi qui seras perdu, rétorqua Torak de sa voix vibrante, terrible. Je compte sur toi pour faire en sorte que je sois à l'intérieur de ces murailles d'or avant la tombée du jour.

– Sans les contraintes qui nous sont imposées, il me serait aisé d'accomplir cette tâche, ô Seigneur.

– Les contraintes auxquelles *je* suis soumis, Zedar. Elles ne s'imposent pas forcément à toi.

– Je pourrais donc agir sans encourir la sanction de la Nécessité ? releva Zedar, les yeux jetant des éclairs.

– Tu as pour ordre d'agir, Zedar. Que cela te vaille une sanction n'est pas le problème du Dieu-Dragon des Angaraks. Quand tu cesserais d'être, je conserverais éternellement de toi un souvenir reconnaissant, sache-le et réjouis-t'en. C'est la guerre, Zedar. Et les guerres emportent souvent des amis. C'est regrettable, mais on ne fait pas d'omelette sans casser des œufs. S'il faut, pour que je parvienne à mon but, que tu y laisses la vie – ainsi soit-il.

L'indifférence du propos dut glacer le sang dans les veines de Zedar, et l'amena probablement à revoir l'idée qu'il se faisait de sa propre importance dans le schéma du monde tel que l'envisageait Torak.

Nous regagnâmes la cité, ma mère et moi, et elle m'ordonna à nouveau de « filer en vitesse » pendant qu'elle reprenait la surveillance de l'ennemi. Elle n'était pas aussi froide et glaciale que Torak, mais pas loin...

Je descendais l'escalier qui menait à la salle du trône lorsque je m'avisai que la bataille avait effacé – ou repoussé à l'arrière-plan – l'horreur que m'inspirait l'immonde désir de Torak pour moi. Il me décevait terriblement. Un prétendant digne de ce nom n'aurait jamais permis à un détail aussi futile que le sort du monde de le distraire d'une passion censée occuper chacune de ses pensées. J'en conclus mélancoliquement qu'il ne m'aimait pas autant qu'il le prétendait. La vie d'une fille est faite de ces déceptions...

Tout le monde était dans la salle du trône quand j'y entrai.

– Alors, Pol, que préparent-ils ? demanda mon père.

Il avait élevé des protestations véhémentes contre mon projet d'aller jeter un coup d'œil aux alentours, mais ce n'était pas ça qui allait l'empêcher d'utiliser les informations que j'avais glanées. J'ai remarqué, avec le temps, que les hommes adoptaient souvent une position inébranlable, mais que, sitôt qu'ils avaient affirmé leur autorité, le soufflé retombait et ils faisaient avec.

– Eh bien, on dirait que Zedar est en disgrâce, répondis-je. Il était censé prendre Vo Mimbre hier, et Torak a été assez déçu de son échec.

– Torak n'a jamais été réputé pour sa mansuétude, commenta Beltira.

– Et les années ne l'ont guère attendri, mon oncle.

– Tu as réussi à saisir un indice de ce qui nous attend demain ? insista mon père.

– Rien de précis. Torak lui-même se pliera aux contraintes que lui imposent les Nécessités, mais il a pour ainsi dire ordonné à Zedar de les ignorer. Il a dit que si les Nécessités l'anéantissaient pour avoir enfreint leurs instructions, ça lui fendrait le cœur, mais que, s'il fallait en passer par là, eh bien, qu'à cela ne tienne... Zedar a paru assez offusqué de constater que Torak n'hésiterait pas à le sacrifier.

– Je me demande si notre frère ne commence pas à penser qu'il a commis une erreur en changeant de camp, fit Belkira avec un sourire angélique.

– Je crois plutôt qu'il va suivre l'exemple de son Maître, objectai-je. Zedar adore sa petite carcasse et il y a peu de chances qu'il la risque. Il est plus probable qu'il ordonnera à un ou plusieurs prêtres grolims de se mouiller à sa place. Les Grolims sont des fanatiques, de toute façon, et l'idée de mourir pour leur Dieu les rend extatiques.

– On pourrait en parler toute la nuit, coupa mon père. Enfin, par précaution, je propose que nous partions du principe qu'il va tenter le coup et que ça marchera. Si ça rate, tant mieux, mais si ça marche, nous serons prêts. Nous ferions mieux de dormir un peu, maintenant. Nous avons intérêt à être en forme, demain.

Sur ces belles paroles, nous levâmes la séance. Mon père me rattrapa dans le couloir, en sortant.

– Je pense que nous devrions déplacer nos forces, murmura-t-il. Je vais dire à Cho-Ram et à Rhodar de commencer à se rapprocher du flanc est de Torak. Ensuite, je vais parler avec Brand et Ormik et leur conseiller de relâcher un peu la pression sur le nord. Je voudrais que ces armées soient en place et reposées quand Beldin arrivera, après-demain. Je te charge de monter la garde ici, Pol. Zedar pourrait décider de voler le départ de la course.

– Je le tiens à l'œil, Père, promis-je.

Bien avant l'aube, les nouveaux engins de Zedar commencèrent à projeter des pierres sur les murailles de Vo Mimbre. Il avait fait construire des balistes, d'énormes catapultes capables de lancer des roches d'une demi-tonne, qui ébranlaient sur leurs fondations tous les bâtiments de Vo Mimbre. Le vacarme était terrifiant. Plus ennuyeux, la puissance de ces machines de guerre leur permettait de se tenir hors de portée des flèches asturiennes.

En revenant, mon père suggéra aux jumeaux d'imiter Zedar et de construire des catapultes aussi puissantes. Comme toujours quand les adversaires sont de force égale, l'avantage est aux assiégés. Zedar criblait nos murailles de pierres ; nous bombardions ses hommes. Nos murailles résistaient ; pas les Angaraks de Torak. Le déluge de pierres de la taille du poing ratissait les Angaraks par douzaines, tandis que nos averses de poix brûlante semblaient susciter à terre une pluie de comètes. C'est drôle comme les gens qui prennent feu donnent toujours l'impression de vouloir courir quelque part.

À ce stade, Zedar devait être passablement désespéré, car il prit le risque, assez peu caractéristique de sa part, de susciter une tornade afin de dévier les flèches des archers asturiens pendant qu'il déclenchait un nouvel assaut frontal. Erreur fatale. Les jumeaux connaissaient Zedar comme s'ils l'avaient fait, et la différence entre son Vouloir et celui d'un Grolim sacrifiable ne pouvait leur échapper. Ils n'avaient plus, dès lors, qu'à suivre son exemple. Si Zedar n'avait pas disparu en fumée après avoir employé le Vouloir et le Verbe, ils pouvaient tranquillement en faire autant. Zedar était condamné à prendre des risques, alors que nous n'avions rien à craindre tant que nous nous bornions à l'imiter. Zedar n'était probablement pas enchanté de jouer ainsi les éclaireurs en terrain miné, mais l'ultimatum de Torak ne lui laissait guère le choix. Les jumeaux érigèrent un bouclier de force pure pour faire barrage au cyclone de Zedar. Ledit cyclone se trouva proprement divisé et contourna le calme mortel qui s'était soudain abattu sur Vo Mimbre.

Zedar tenta alors une manœuvre assez désespérée. Il réquisitionna les prêtres Grolims afin d'assécher la mer de boue qui entourait la cité assiégée. Mon père et les jumeaux ne comprirent pas tout de suite ce qu'ils mijotaient, mais le temps que Zedar ait réalisé l'association de sa tornade et de la boue maintenant sèche afin de projeter des nuages de poussière vers nos murailles, j'avais déjà imaginé une parade. Avec l'aide des jumeaux, je séparai une partie de la tornade de Zedar, l'envoyai à plusieurs lieues de là, en aval de l'Arend, et la ramenai gorgée d'eau. Nous relâchâmes notre Vouloir et fîmes tomber une averse sur la poussière. Nous vîmes alors les hordes de Murgos qui se dissimulaient dans la tempête de sable. À partir de ce moment-là, nous nous n'avions plus qu'à laisser faire les archers asturiens.

La contribution de mon père à l'affaire fut un peu puérile : il gratifia l'ennemi d'une crise d'urticaire dont il parut assez fier. Un rien l'amuse, cet homme-là.

C'est ainsi que nous survécûmes à la seconde journée de combat. Je savais à quel point c'était important, mais j'avais préféré garder cette information pour moi – à l'instigation de ma mère, essentiellement. « Ça ne ferait que les déstabiliser, Pol, m'avait-elle assuré. Les hommes sont déjà assez facilement perturbés, inutile d'en rajouter en insistant sur l'importance de cette troisième journée. Ne donnons pas à ton père l'occasion de se repaître de sa lucidité surhumaine. Il pourrait rompre l'équilibre des choses qui sont censées arriver. »

(Désolée de manger le morceau, Mère, mais mon père était un peu trop content de lui, ces temps-ci. Il était temps qu'il sache ce qui s'était vraiment passé à Vo Mimbre.)

Davoul le Boiteux, un poète arendais estropié, comme son nom l'indique, et à l'air miteux, ce qui ne l'empêchait pas de se faire de son talent une idée nettement exagérée, commit une monstruosité littéraire intitulée *Les Derniers Jours de la*

Maison de Mimbre dans laquelle il glosait sur le refus de Torak d'émerger de son repaire rouillé. Davoul n'expliquait pas les raisons du Dieu-Dragon, mais j'imagine que si vous m'avez lue avec attention, vous avez compris ses motivations : disons, pour simplifier qu'il savait, grâce aux Oracles ashabènes, que si son duel avec l'Enfant de Lumière avait lieu le troisième jour, il était cuit. On lui avait manifestement interdit de se manifester le second jour, et il était obligé de s'en remettre à Zedar pour faire tomber la ville. Zedar avait échoué, et Torak devait affronter la journée qu'il redoutait tant. Au fond, il aurait suffi qu'il reste chez lui pour gagner.

(Ne me bousculez pas. Vous allez comprendre.)

Toute notre stratégie reposait sur les légions tolnedraines, évidemment. Alors, juste avant l'aube, je volai jusqu'à l'Arend afin de m'assurer que les vaisseaux de guerre d'Eldrig remontaient bien le fleuve avec ces renforts vitaux pour notre campagne. J'admets que je fus très, très soulagée de voir qu'ils étaient à peu près à l'endroit prévu. Puis Beltira quitta la ville pour rejoindre les forces que nous avions déployées à l'est tandis que Belkira remontait vers le nord où se trouvaient les Sendariens, les Riviens et les Asturiens. Pendant ce temps, nous nous postâmes dans un arbre, mon père et moi, afin d'observer la situation et de leur donner nos instructions. Mon père ignorait naturellement que la chouette maintenant familière n'hébergeait pas que moi. Il n'était pas très difficile à abuser – non que ça ait une grande importance. Le principal était que Torak ne sache pas que ma mère était là, avec moi. Ma mère était la disciple secrète de notre Maître ; Torak n'avait même pas connaissance de son existence. Je suis absolument convaincue que c'est sa présence à Vo Mimbre qui a causé la perte du Dieu mutilé.

Cette histoire de sonnerie de trompe était l'idée de mon père. Elle n'avait qu'une raison d'être : satisfaire son goût pour les manifestations théâtrales. Les membres de la famille étaient répartis parmi nos forces, et nous avions des moyens bien plus subtils de communiquer que de souffler dans des trompettes, mais mon père a toujours aimé ces concertos de cuivre. J'admets que les Arendais raffolèrent positivement de ces sonneries mystérieuses qui retentissaient en haut des collines, et qui présentaient l'avantage annexe de beaucoup inquiéter les Angaraks. Les Nadraks s'en faisaient particulièrement, et Yar lek Thun finit par envoyer des éclaireurs dans les bois pour voir de quoi il retournait. L'ennui, c'est que Brand et les archers asturiens les attendaient au tournant, et Yar lek Thun ne reçut jamais les rapports espérés.

Ad rak Cthoros, le roi des Murgos, dépêcha alors des hommes vers l'est, et la cavalerie algaroise leur régla leur compte de la même façon.

Le coup de trompe suivant nous apporta l'information tant attendue. Oncle Beldin et le général Cerran nous répondirent par un chœur de trompettes tolnedraines. Les Cheresques et les légions tolnedraines avaient rejoint le champ de bataille.

C'est alors que mon père, notre généralissime, s'éleva au-dessus de la mêlée pour diriger les opérations. Quand il eut constaté que tout se déroulait selon ses aspirations, il ordonna à Brand de donner le signal de la stratégie d'ouverture : Brand souffla deux fois dans sa trompe ; Cho-Ram fit écho à son signal. La réponse de Mandor fut aussitôt suivie par l'ouverture à grand fracas des portes de la cité, et la charge tempétueuse des chevaliers mimbraïques.

Zedar – qui aurait dû se méfier – se changea en corbeau et quitta le pavillon de fer à tire-d'aile pour voir ce que nous fabriquions.

À ce moment-là, ma mère m'étonna. Sans prévenir, elle lança notre chouette dans les airs et monta très haut au-dessus du corbeau qui battait furieusement des ailes. Comme la fusion entre nous était totale, je partageais chacun de ses sentiments et de ses pensées, et je fus stupéfaite de découvrir que la haine de ma mère pour Zedar était antérieure à son apostasie. Elle le détestait apparemment depuis la première fois qu'elle avait posé les yeux sur lui. J'eus l'impression distincte qu'il avait fait à mon père une réflexion qui lui avait valu sa rancune éternelle. Mon père a toujours cru que la chouette qui était tombée du ciel ce matin-là essayait simplement d'effrayer Zedar. Il se trompait : ma mère faisait tout ce qu'elle pouvait pour le tuer.

Je me demande encore comment les choses auraient tourné si elle y était arrivée.

La charge des chevaliers mimbraïques, à la Bataille de Vo Mimbre, a inspiré des bibliothèques entières de mauvaise poésie, mais d'un point de vue stratégique, son seul but était de clouer les Malloréens sur place, et elle y réussit. Ce fut dramatique, bruyant, très noble et très excitant, mais c'était secondaire, en réalité. Torak n'avait qu'une médiocre compréhension de la tactique militaire, car il n'avait jamais vraiment livré de combat contre des ennemis à sa taille. Au cours de la Guerre des Dieux, il croulait sous les forces adverses. Pendant cette guerre, c'était le contraire. Il était parti du principe que les attaques contre ses armées viendraient des flancs et de l'arrière, et il avait placé ses hordes de Malloréens au centre pour soutenir les Murgos, les Nadraks et les Thulls si nécessaire. La charge suicidaire des Mimbraïques empêchait les Malloréens de riposter sur les autres fronts, et elle obligeait Torak, cerné de toutes parts et dépassé par les événements, à relever le défi de Brand, la dernière chose dont il avait envie.

C'est alors que Zedar fit sa seconde tentative, sous la forme d'un cerf, cette fois. Sa réaction m'a toujours inspiré certains soupçons. Étant donné sa nature profonde, ne se pourrait-il qu'il ait tout simplement essayé de prendre la fuite ? Dans ce cas, choisir de se changer en cerf était une grosse bêtise. Il s'en rendit compte à ses dépens quand mon père commença à lui arracher des lambeaux de chair de la croupe.

Nos forces combinées se refermaient inexorablement sur les Angaraks. L'armée de Torak subissait des pertes terribles. Des soldats angaraks commençaient à regarder avec nostalgie la rive opposée de l'Arend. Je voyais maintenant pourquoi Kal Torak redoutait tellement le troisième jour de la bataille.

Je reconnais que le commandement de mon père, pendant les combats, fut remarquable. Il contra chacun des mouvements de l'ennemi presque avant que Zedar ne le tente. La charge des chevaliers mimbraïques décimait les Malloréens, mais Zedar n'eut même pas le temps de donner des ordres aux Murgos que mon père avait déjà lâché Beltira et ses forces combinées d'Algarois, de Drasniens et d'irréguliers ulgos, clouant bel et bien sur place l'essentiel des Angaraks du Ponant.

À ce stade des combats, nous survolâmes, ma mère et moi – toujours sous la même forme fusionnelle – le champ de bataille sanglant et nous nous dirigeâmes vers le pavillon de Torak.

L'intelligence au combat a toujours été au mieux schématique. Bien des guerres ont été perdues simplement parce que des généraux ordinaires devaient attendre que des estafettes ou des éclaireurs leur rapportent les mouvements ennemis avant de pouvoir décider de la réaction. Mon père n'avait pas ce problème. Nous pouvions communiquer avec lui directement, sans intermédiaire, et presque instantanément. De plus, nous avions les moyens d'espionner Torak et Zedar, et de répéter ce que nous avions entendu, si bien que mon père pouvait contrer ses mouvements avant même que ses forces se soient mises en branle.

Zedar implorait Torak de s'armer et de sortir du pavillon pour renforcer la résolution des Angaraks, mais le Dieu-Dragon refusait obstinément, parce que c'était le jour qu'il redoutait depuis si longtemps.

J'avais jeté un coup d'œil dans les Oracles ashabènes, peu

de temps auparavant, et je n'arrive pas à comprendre comment Torak a pu se tromper à ce point dans l'interprétation de certains passages. Il était de toute évidence parti du principe qu'il était – et serait probablement toujours – l'Enfant des Ténèbres. Il en avait déduit, par extension, que l'Enfant de Lumière serait toujours le roi de Riva, l'héritier de Poing-de-Fer. C'est bien ce qui se passa à Cthol Mishrak, quand Garion anéantit Torak, mais c'était un Événement différent, qui devait se produire lors d'une autre guerre, cinq cents ans plus tard. Torak avait manifestement confondu les deux, et c'est cette erreur qui nous valut la victoire, ce jour-là, à Vo Mimbre.

Malgré les criailleries intempestives de Zedar, Torak resta très calme.

– Le moment n'est point venu pour moi d'affronter mes ennemis, répondit-il enfin. Comme je te l'ai dit, le sort de cette journée est entre les mains du hasard. Je puis t'assurer qu'un Événement précédera ma rencontre avec l'Enfant de Lumière, et qu'au cours de cet Événement, je l'emporterai, parce que ce sera un affrontement entre nos deux Vouloirs, et que mon pouvoir surpasse infiniment celui de mon adversaire. Telle est la nature du combat qui décidera de la victoire de ce jour.

Bien que nous soyons intimement liées, une partie de la pensée de ma mère m'était masquée, mais je perçus un léger raffermissement de sa résolution. Ma mère se préparait clairement à faire quelque chose, et elle me le cachait délibérément.

– Je dois soutenir les Malloréens, disait Zedar d'un ton quelque peu désespéré. Ai-je, ô Maître, Ta permission d'engager les forces que nous tenons en réserve ?

– Fais ce qui te semble préférable, Zedar, répondit Torak avec cette divine indifférence qui devait complètement affoler son disciple.

Zedar s'approcha de la porte du pavillon et lança ses

ordres aux estafettes postées au-dehors. Peu après, au moment où les réserves angarakes commençaient à avancer vers la bataille qui faisait rage devant les portes de la cité, les Cheresques et les légions du général Cerran enfoncèrent les lignes nadrakes afin de venir à la rescousse des chevaliers mimbraïques.

Mon père ajouta alors à la confusion qui régnait sur le champ de bataille en ordonnant à oncle Belkira de faire avancer les Riviens, les Sendariens et les archers asturiens qui étaient tapis dans la forêt, au nord. Ils en sortirent, implacables et silencieux, pour occuper les positions que les troupes de réserve de Zedar venaient d'abandonner.

À ce moment-là, les messagers faisaient pratiquement la queue devant la porte du pavillon de fer, tous porteurs de mauvaises nouvelles.

– Messire Zedar ! s'exclama le premier d'une voix stridente. Le roi Ad rak Cthoros a péri, poignardé, et les Murgos ne savent plus où donner de la tête !

– Messire Zedar ! intervint le second. Les Nadraks et les Thulls sont en plein désarroi, et ils tentent de fuir !

– Messire Zedar ! coupa le troisième, l'armée ennemie du nord est immense ! Il y a en son sein des archers asturiens qui vont anéantir nos forces de réserve ! Notre centre est en péril mortel, et les troupes ne pourront venir à leur secours ! Nous ne pouvons attaquer les archers, parce qu'ils sont protégés par les Sendariens et les Riviens !

– Les Riviens ! rugit Torak. Les Riviens sont venus ici m'affronter !

– Oui, ô Très Saint ! répondit le messager, terrorisé. Les capes grises font mouvement vers nos arrières avec les Sendariens et les Asturiens. Notre destin est scellé !

– Tue-le, ordonna Torak à l'un des Grolims plantés là. Il n'appartient pas à un messager de se livrer à des spéculations.

Deux Grolims, les yeux brûlant d'un zèle fanatique, se jetèrent sur le malheureux messager. Leurs couteaux lancèrent des éclairs. L'homme s'écroula dans un gémissement.

– Celui qui se dresse à l'avant des Riviens est-il armé d'une épée ? demanda Torak aux autres messagers, qui regardaient, le visage couleur de cendre, leur compagnon tombé à terre.

– En effet, ô Seigneur, répondit l'un d'eux, d'une voix tremblante de crainte.

– Et cette épée lance-t-elle des flammes dans sa main ?

– Que non point, ô Seigneur. On dirait une épée ordinaire.

– Alors ma victoire est assurée ! exulta Torak.

– Pardon, Seigneur ? demanda Zedar, intrigué.

– Celui qui se dresse devant moi n'est pas le roi de Riva ! Celui que je dois affronter aujourd'hui n'est pas le Tueur de Dieu ! Son épée est une vulgaire arme de fer, elle n'est pas investie de la puissance de Cthrag Yaska ! En vérité, Zedar, ce jour verra ma victoire ! Dis à mes serviteurs de m'armer, Zedar, car je vais à présent quitter ce lieu et le monde sera mien !

Père ! soufflai-je avec véhémence. *Torak va sortir !*

Évidemment, Pol, répondit mon père d'un petit ton supérieur. *C'est exactement ce que j'avais prévu.* (Ça, quoi qu'il arrive, on peut faire confiance à mon père pour s'en accorder le crédit.) *Reviens, maintenant. Le moment est venu pour nous de rejoindre Brand. Ne traîne pas. Il ne faut pas que nous soyons en retard.*

Je voudrais bien qu'il grandisse un peu, nota ma mère, d'un ton presque banal, alors que nous ressortions par l'étroite meurtrière.

Les événements se précipitaient, à présent, mais j'eus malgré tout le temps de me dire que ce qui allait se passer n'allait pas me plaire. Ce soupçon fut puissamment étayé par le fait que, cette fois, ma mère restait fondue en moi tandis que je reprenais forme humaine. C'était la première fois qu'elle faisait cela, et elle refusa radicalement de s'expliquer.

Brand était manifestement sous l'emprise de la conscience toute-puissante propre à l'Enfant de Lumière. Il semblait envahi par un calme et un détachement surnaturels face aux événements qui se préparaient.

Pourtant, aussitôt après l'arrivée de mon père, l'expression et l'attitude de Brand changèrent du tout au tout. Son visage trahit une résolution surhumaine, et lorsqu'il parla, ce fut d'une voix de tonnerre, qui évoquait un rugissement souterrain, le grondement d'un tremblement de terre.

– Au nom de Belar, je Te défie, Torak, maudit et réprouvé ! Au nom d'Aldur, je Te crache mon mépris à la figure ! Que cesse le bain de sang et je T'affronterai – d'homme à Dieu – et je l'emporterai sur Toi ! À Ta face mutilée, je lance mon défi ! Relève-le ou que tous, hommes et Dieux, contemplent Ta lâcheté !

Torak était maintenant sorti de son ridicule château de fer, Zedar sur les talons. Le défi de Brand sembla fortement irriter le Dieu des Angaraks. Il poussa un rugissement de rage et décrivit des moulinets avec son énorme épée, fracassant les roches et projetant une pluie d'étincelles autour de lui. C'est le moment que Zedar choisit pour détaler.

– Quel est le mortel assez stupide pour ainsi défier le Roi du Monde ? tonna Torak. Qui es-tu, mortel, pour oser affronter un Dieu ?

– Je suis Brand, Gardien de Riva, et je Te défie, petit Dieu médiocre et défiguré, ainsi que Tes hordes putrides ! Rassemble Tes forces ! Relève mon défi ou va-T'en en rampant et ne reparais jamais parmi les royaumes du Ponant !

Le but de cet échange était, évidemment, d'énerver Torak au point que son esprit cesse de fonctionner. Si le Dieu des Angaraks avait été en état de réfléchir, il aurait flairé le piège qui lui était tendu. Mais sa colère semblait avoir oblitéré toute prudence, voire toute trace de raison.

– Prends garde ! hurla-t-il d'une voix puissante. Je suis Torak, Roi des Rois et Dieu des Dieux ! Je ne crains ni homme ni mortel, ni les spectres obscurs de Dieux que le temps même a oubliés ! Je vais m'avancer et détruire ce Rivien stupide et bavard ! Mes ennemis succomberont à ma colère, et Cthrag Yaska sera mienne à nouveau, et le monde avec elle !

C'était évidemment l'enjeu de la bataille, et de toute cette guerre. L'ensemble de ce que nous avions enduré n'avait qu'un but : faire approcher Torak de l'Orbe de notre Maître afin qu'elle lui règle son compte.

L'échange tonitruant avait figé les deux armées. Tous les combats avaient cessé. Kal Torak remonta vers le nord, s'ouvrant un chemin à travers ses troupes paralysées de crainte. Brand marchait vers le sud, à la rencontre de notre ennemi, mon vieux loup de père trottinant à côté de lui, la chouette dans laquelle nous étions fondues, ma mère et moi, volant au-dessus de sa tête.

Lorsque les deux adversaires furent à une vingtaine de pas l'un de l'autre, un Événement se produisit, un Événement que mon père ne remarqua même pas. Brand lança à nouveau son défi et ajouta quelques insultes, pour faire bon poids, afin que le cerveau de Torak reste en feu.

Mais Torak s'adressa à mon père :

– Va-t'en, Belgarath, dit-il d'un ton implacable. Sauve-toi si tu tiens à la vie.

Mon père répondit comme il convenait, en montrant les dents d'un air menaçant.

Alors Torak fixa son œil unique sur moi, mais il me fit grâce de ses menaces. Au contraire, c'est d'un ton mielleux qu'il s'adressa à moi, et je sentis la puissance renversante de sa volonté.

– Abjure ton père, Polgara, et viens à moi. Je t'épouserai et je ferai de toi la Reine du Monde. Ta puissance, ton pouvoir n'auront d'égaux que les miens.

J'ai parfois vu de petites créatures sans défense devant un serpent. La souris, le lapin savent que le serpent est là, ils savent qu'il est dangereux, mais ils ont l'impression d'être pétrifiés, incapables de bouger alors que le reptile approche lentement. J'étais à peu près dans la même situation. La volonté de Torak m'avait subjuguée.

Les récits de cette brève rencontre rapportent toutes que je lançai un hurlement de défi à la face du Dieu borgne, mais il n'en fut rien. J'étais incapable de pousser le moindre cri. J'avais rencontré Torak ; il m'avait vaincue. Son œil unique brûlait d'une lueur victorieuse alors qu'il sentait crouler toutes mes défenses.

Ce que Torak ne savait pas, ce qu'il ne pouvait pas savoir, c'est qu'il avait affaire, en cet instant, à trois des disciples de mon Maître. Nous n'étions pas deux, mais trois, et il n'avait même pas connaissance de l'existence de la troisième. C'est la troisième disciple qui eut raison de lui à Vo Mimbre, probablement parce qu'elle n'était pas seulement liée à Aldur mais aussi à UL, le père même de Torak.

La chouette planait, indécise, tremblant de toutes ses plumes, au-dessus de la tête de Brand. Je sentis alors que ma conscience était repoussée dans un recoin de notre forme commune, et la troisième disciple, ma mère, prit la direction des opérations. Je me suis souvent trouvée en présence des Dieux, mais je n'ai jamais senti une force plus puissante que le Vouloir de ma mère, ce jour-là. Elle rassembla cette force autour d'elle et la projeta en plein dans les dents de Torak. S'il avait été humain, ce pouvoir l'aurait atomisé. Le canal, l'instrument de son Vouloir était notre voix commune, et s'il n'avait été aussi précisément dirigé, il aurait probablement pulvérisé toutes les vitres du Ponant. Mais comme cette voix était puissamment contrôlée et dirigée, je pense que personne ne se rendit compte au juste de sa puissance. Les oiseaux chantent, pépient et criaillent constamment sans que personne y fasse très attention. Torak, lui, n'y fut pas indifférent. Le hurlement de défi de ma mère avait les accents de la voix d'Aldur, et c'était aussi la voix d'UL. Torak avait dirigé son Vouloir contre moi, parce qu'il ne pouvait savoir que ma mère était là. Le formidable hurlement de réponse, qu'il croyait émaner de moi, réduisit à l'insignifiance le coup qu'il me portait. Le Dieu borgne des Angaraks se sentit soudain indécis, apeuré. Je suis peut-être la seule à l'avoir vu flancher à cet instant précis, et à avoir vu la lueur embrasée de l'Œil qui n'était plus vaciller sous le coup de la peur et de l'indécision. C'est à ce moment-là que la confiance suprême de Torak se ratatina en lui, et qu'il fut ébranlé par le doute au moment d'affronter le Gardien de Riva. Ce doute, cette crainte rendaient l'issue inévitable.

D'après toutes les chroniques, Brand aurait vaincu Torak, ce jour-là, devant les murailles de Vo Mimbre. Les chroniques se trompent. C'est ma mère qui l'a vaincu, utilisant pour cela notre voix commune. D'une certaine façon, très particulière, je vous l'accorde, c'est ma mère qui a remporté la Bataille de Vo Mimbre.

SEPTIÈME PARTIE

ANNATH

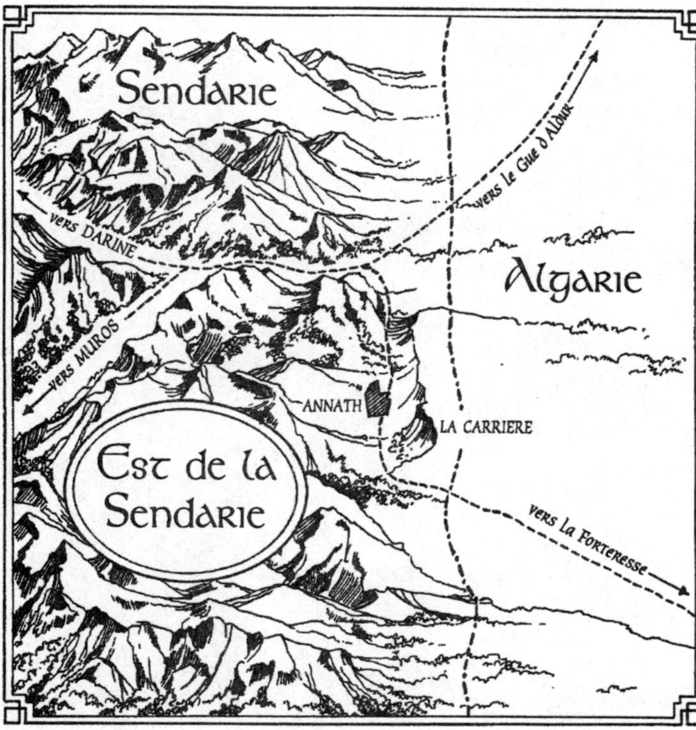
Sendarie
vers le Gue d'Alduk
vers DARINE
Algarie
vers MUROS
ANNATH
LA CARRIERE
Est de la Sendarie
vers la Forteresse

CHAPITRE XXXIV

– Préparez-vous tous à périr ! hurla Torak, mais je discernai dans sa voix une imperceptible nuance de doute suggérant qu'il n'était pas aussi sûr de lui que sa déclaration tonitruante voulait le laisser paraître.

Les Oracles ashabènes l'avaient mis en garde contre le troisième jour de la bataille. Seulement il s'était mis dans la tête qu'il allait affronter le roi de Riva brandissant son épée née d'une étoile, et lorsqu'il s'était rendu compte qu'il avait affaire à Brand, il s'était persuadé, dans son exaltation, que c'était gagné d'avance, et que l'avertissement concernant le jour fatal n'était plus valide. C'est ce qui l'avait amené à sortir du pavillon de fer. Il n'avait pas compris que ce n'était pas Brand qu'il affrontait sur ce champ de bataille, mais l'Orbe de notre Maître.

Il sortit donc de son pavillon sublimement persuadé que tout allait lui réussir, ce jour-là, et c'est cette conviction qui l'amena à projeter son Vouloir contre moi. Ma mère n'avait eu qu'à me court-circuiter et à répondre pour moi, le repoussant dédaigneusement. L'apparition de Brand à la place du roi de Riva fit croire à Torak que c'était gagné d'avance. Le rejet méprisant de ma mère l'amena à penser qu'il avait perdu. Torak était un Dieu, et il n'était pas équipé pour gérer l'incertitude. C'est donc l'âme tenaillée par le doute qu'il se précipita sur Brand en fouaillant l'air avec son énorme épée. Son assaut avait quelque chose d'un peu désespéré, alors que

Brand paraissait calme, presque détaché. Ses réactions étaient étudiées, mesurées. On aurait presque pu dire qu'il avait l'air de s'ennuyer un peu.

Le duel sembla durer une éternité. Torak était en proie à une frénésie croissante tandis que Brand semblait de plus en plus indifférent. Pour finir, le Dieu-Dragon ébranla les défenses de Brand et lui fit une grande entaille à l'épaule. Ce fut le signal que nous attendions sans le savoir. Je soupçonne que ça faisait partie de l'accord entre les Destinées opposées : Torak devait faire couler le sang avant que Brand ne puisse le vaincre. Un flot de sang jaillit de l'épaule de Brand. Mon père poussa un hurlement, couvrant mon propre cri.

Alors Brand se déchaîna. Son expression étudiée, presque lasse, disparut et laissa place à une intense concentration. Il passa la lame de son épée sur son bouclier, fendant la cape qui dissimulait la chose enchâssée au centre. L'Orbe de notre Maître s'embrasa, et son feu atteignit le Dieu-Dragon en pleine face.

C'était la finalité de toute cette guerre, évidemment. Dix années avaient passé et des milliers de vies avaient été sacrifiées dans le seul but d'amener Torak, à un moment donné, en un lieu où il serait obligé d'affronter l'Orbe.

Je doute qu'aucun de nous ait jamais imaginé la souffrance que la vision de l'Orbe causerait au Dieu des Angaraks. Lorsque sa flamme l'atteignit, lui calcinant à nouveau la face, il poussa un cri terrible. Sans cesser de hurler, il jeta son épée au loin et dressa son bouclier, dans le vain espoir de se protéger le visage.

Alors Brand lui porta le coup fatal. Il prit, d'un mouvement coulé, son épée à deux mains et en enfonça la pointe, par la fente du masque d'acier, dans l'orbite gauche du Dieu mutilé. Et la lame pénétra à l'endroit où l'Œil-Qui-N'était-Plus brillait d'une lueur aussi vive que le jour où l'Orbe avait châtié Torak pour l'avoir obligée à fendre le monde, il y avait près de cinquante siècles de cela.

Le Dieu-Dragon des Angaraks poussa un nouveau cri et recula en titubant. Il arracha l'épée de Brand fichée dans son œil et un flot de sang en jaillit. Il resta un long moment immobile, pleurant des larmes de sang, puis il tomba à la renverse, et sa chute ébranla le sol.

Après cette chute terrible, je crois que personne, sur l'immense champ de bataille, ne fit un geste ou un bruit avant une centaine de battements de cœur. Ce qui venait de se produire était un Événement titanesque, et je fus un peu surprise que le soleil continuât à briller, qu'il ne se fût point arrêté dans sa course inexorable. Il n'y avait pas un bruit. Je fus probablement la seule à entendre quelque chose : les hurlements de triomphe de ma mère. Elle avait vécu pendant des milliers d'années sous la forme de la femme que nous appelons Poledra, mais au fond, elle était restée une louve.

Ma propre exaltation était tempérée par le soulagement. Je suis généralement sûre de moi, mais ma brève rencontre avec le Vouloir de Torak m'avait ébranlée jusques au tréfonds des moelles. J'avais découvert que lorsque Torak ordonnait, je ne pouvais faire autrement que d'obéir, et cette prise de conscience m'avait emplie de terreur et d'indécision.

Ce qui suivit la chute de Torak ne fut pas très joli. Les Angaraks étaient cernés et complètement démoralisés. L'extermination – il n'y a pas d'autre mot pour ça – fut peut-être un peu excessive, pour dire les choses sobrement, mais Brand ne voulut pas en démordre. Le général Cerran eut beau décréter fermement que ça suffisait comme ça, Brand était un Alorien, au fond, et les Aloriens sont indécrottables. Lorsqu'il s'agit de tuer de l'Angarak, ils n'en ont jamais assez. La boucherie dura toute la nuit, et au lever du soleil, il ne restait plus sur le champ de bataille un seul Angarak vivant.

Enfin, quand il n'y eut plus personne à massacrer, Brand – le bras en écharpe du côté de son épaule blessée – ordonna à ses Aloriens de lui apporter le corps de Torak afin qu'il puisse

« contempler la face du Roi du Monde », mais ils eurent beau faire, le corps de Torak resta introuvable. Brand envoya alors chercher ma famille, sur un ton assez péremptoire. Nous nous frayâmes un chemin entre les cadavres, les jumeaux, Beldin, mon père et moi, et nous rejoignîmes Brand sur la colline d'où il observait le désastre.

– Où est-il ? nous demanda-t-il d'un ton que je n'appréciai pas beaucoup.

– Qui ça ? rétorqua Beldin.

– Torak, évidemment. Personne n'a l'air de savoir où est son corps.

– Ça, c'est vraiment stupéfiant, ironisa Beldin. Vous ne pensiez pas le retrouver, tout de même ? Zedar l'a emmené dès le coucher du soleil.

– Il a fait *quoi ?*

– Tu ne l'avais pas prévenu ? lança Beldin en regardant mon père.

– Il n'avait pas besoin de le savoir. S'il avait su, il aurait pu essayer de s'interposer.

– Qu'est-ce que c'est que cette histoire ? demanda Brand d'un ton impérieux qui commençait à m'énerver.

– Ça faisait partie de l'accord entre les Nécessités, expliqua mon père. Si vous l'emportiez, en échange, vous ne pouviez conserver le corps de Torak. À quoi ça vous aurait-il servi, d'ailleurs, je me le demande. Ce n'est pas le dernier Événement, Brand ; nous n'en avons pas fini avec Torak.

– Mais il est mort !

– Non, Brand, répondis-je aussi gentiment que possible. Vous ne pensiez pas vraiment que vous alliez le tuer avec votre épée, quand même ? La seule arme qui en soit capable est encore accrochée au mur, à Riva.

– Voyons, Pol ! s'exclama-t-il. Personne ne peut survivre à un coup d'épée dans la tête !

– Un Dieu, si, Brand. Il est dans un état comateux, mais il en sortira. Le duel final reste à venir, et il opposera Torak au roi de Riva. Ce jour-là, ils brandiront leurs véritables épées et l'un d'eux mourra pour de bon. Vous vous êtes magnifiquement comporté, ici, mon cher ami, mais il faut remettre les choses en perspective. Ce qui s'est passé ici n'était qu'une escarmouche.

Je vis que ça ne lui faisait pas plaisir, mais la moutarde commençait à me monter au nez, aussi. Il n'avait pas besoin de prendre des grands airs comme ça.

– Alors, tout ça n'a servi à rien, dit-il d'un ton morne.

– Pas à rien, Brand, se récria mon père. Si Torak avait gagné, le monde aurait été à lui. Vous avez empêché cela, ce n'est pas rien, tout de même !

– Peut-être, soupira Brand, puis il parcourut le champ de bataille du regard. Nous avons intérêt à nettoyer ce gâchis en vitesse. C'est l'été, et si on laisse pourrir les cadavres sur place, la population de Vo Mimbre sera emportée par les épidémies avant que nous ayons le temps de dire ouf.

Il fallut, pour brûler tous ces Angaraks, des bûchers tellement énormes que les arbres de la forêt située juste au nord y suffirent à peine.

Lorsque le nettoyage fut achevé, nous découvrîmes qu'Aldorigen et Eldallan s'étaient un peu éloignés pour régler leur différend. Il faut croire que la discussion fut assez animée, parce que, lorsqu'on les retrouva, ils étaient morts tous les deux. Cette leçon de choses avait de quoi faire réfléchir. Si Mimbre et l'Asturie poursuivaient leur querelle séculaire, il était évident qu'elles suivraient bientôt le même chemin.

Il y avait des deux côtés des têtes brûlées qui auraient préféré ignorer l'évidence, mais Mandorin et Wildantor, les deux héros arendais de la bataille, mirent fin aux chamailleries de la façon la plus simple qui soit : en s'engageant à flanquer une rouste à ceux de leurs compatriotes qui seraient trop imbus de leur antagonisme pour écouter la voix de la raison. J'ai toujours trouvé un certain charme aux professions de foi du genre : « Tu fais ce que je veux, comme je veux, ou je te casse la gueule. »

Quoi qu'il en soit, les deux amis approchèrent Brand avec une proposition absurde. Ils lui offraient tout simplement la couronne d'Arendie. Par bonheur, j'étais assez près de Brand pour lui flanquer dans les côtes un coup de coude assez fort pour qu'il ne leur rie pas au nez. Il réussit à rester impassible et à décliner diplomatiquement cette offre alléchante, en invoquant des engagement antérieurs.

Le tintement qui retentit dans ma tête quand deux jeunes gens destinés à se marier se rencontrent pour la première fois m'avait déjà livré la solution du problème politique arendais, et je l'avais signalé à Brand en passant, bien avant la bataille. Lorsqu'il évoqua cette solution devant Mandorin et Wildantor, ils éclatèrent de rire. La raison de cette hilarité lui apparut lorsque la même proposition fut faite aux principaux intéressés : Korodullin et Mayaserana. Des gracieusetés comme « boucher mimbraïque » et « putain d'étrangère » ne constituent pas précisément les prémices d'un heureux mariage.

Je jugeai le moment venu d'intervenir.

– Si vous y réfléchissiez avant d'arrêter définitivement votre décision, les enfants ? suggérai-je. Je vous propose de vous calmer et d'en parler tous les deux, en privé.

Puis j'ordonnai de les faire enfermer dans une petite pièce, tout en haut d'une tour du palais.

– Ils vont s'entretuer, Pol, prédit mon père quand nous fûmes tout seuls.

– Mais non, Vieux Loup. Fais-moi confiance. Je sais ce que je fais. Ce n'est pas le premier mariage que j'organise, quand même.

– Tu n'as pas dû en organiser beaucoup comme celui-ci. Et si l'un des deux tue l'autre, l'Arendie va nous péter à la figure.

– Personne ne va se faire tuer, Père, et rien ne pétera. Ça

n'en a peut-être pas l'air, mais l'idée du mariage est déjà implantée en eux, et elle va germer dans leur esprit. Lentement, d'accord. Ce ne sont pas des Arendais pour rien, et ça ne pousse pas vite dans le granit. Mais bon...

– Je pense tout de même que c'est une erreur.

– Tu veux parier ? Hon-hon, c'est bien ce que je pensais.

Il me foudroya du regard et s'éloigna en marmonnant dans sa barbe. Il nous arrive de parier, à l'occasion, et je ne me souviens pas qu'il ait gagné une seule fois.

C'est alors qu'eut lieu la conférence qui devait accoucher des fameux « Accords de Vo Mimbre », ainsi qu'ils devaient rester dans l'histoire. Je crains que la Tolnedrie n'ait pas été très bien traitée, au cours de la conférence. Si le monde avait échappé à l'esclavage angarak, c'est bien grâce à la présence des légions lors de la bataille, et nous avons retourné notre veste, réservant à la Tolnedrie le traitement d'ordinaire destiné aux vaincus. Cela dit, nous devions d'abord tenir à bout de bras les rois d'Alorie, ces enthousiastes qui tenaient à offrir à Brand la couronne de Roi du Monde. Mergon, l'ambassadeur de Tolnedrie, protesta hautement, et les Aloriens commencèrent à gonfler les biceps. Un jour, dans une conférence internationale, tout le monde se comportera en adulte civilisé, et ce sera la fin du monde.

Ma seule contribution réelle à notre rencontre improvisée fut peu significative. Elle n'avait même pas de sens pour moi, sur le coup. Elle devait pourtant revêtir une portée phénoménale, rétrospectivement. Je ne voulus pas en démordre ; les autres finirent par laisser tomber et acceptèrent d'inscrire dans les Accords ce que je leur dictai : « Dorénavant, le jour de son seizième anniversaire, la princesse impériale de Tolnedrie devra se présenter à la cour du roi de Riva revêtue de sa robe de mariée. Elle y attendra trois jours la venue du roi. Et s'il manquait à lui demander sa main, elle serait libre d'aller où son père, l'Empereur, le lui ordonnerait, car elle ne serait point l'élue. »

Mergon protesta avec véhémence, comme de bien entendu, mais j'avais tous ces grands Aloriens musclés autour de moi pour promettre des tas de désagréments à la Tolnedrie si elle refusait d'accéder à ma modeste requête, alors...

Le gouvernement tolnedrain se le tint pour dit, mais cette disposition n'eut pas le même impact sur Ce'Nedra, qui se révéla être l'heureuse élue. Elle aurait exprimé, paraît-il, quelques réticences. Il semblerait qu'elle ait eu, au début, une piètre idée du mari que le sort lui réservait, et en apprenant qu'il était d'un rang supérieur au sien, elle perdit carrément la boule. Le rang, la position, revêtaient une énorme importance à ses yeux. Je vous accorde que notre petite princesse peut être absolument adorable – quand elle veut quelque chose –, mais j'ai plus vieilli par sa faute qu'en je ne sais combien de millénaires. Pour vous donner une idée de son obstination, il fallut l'intervention d'un Dieu – Essaïon, en l'occurrence – pour la décider à venir à la Cour du roi de Riva le jour prévu. Il se peut qu'Essaïon arrive à unifier le monde dans la paix et dans l'harmonie, mais je vous garantis que cet exploit sera de la petite bière à côté de sa victoire sur Ce'Nedra, ce jour-là, dans les grottes d'Ulgolande.

Ça nous amène évidemment à nous demander qui a bien pu inciter ma mère à me faire ajouter cette clause ridicule dans les Accords de Vo Mimbre. Si on devait voter pour l'instigateur le plus probable, je voterais pour UL. Je suis sûre que les Dieux ont le sens de l'humour, et celui d'UL est probablement le plus obscur.

(Vous remarquerez que je n'ai pas employé le mot « tordu ». Cela dit, on peut se poser des questions sur un Dieu qui change son peuple élu en taupes, vous ne trouvez pas ?)

Malgré toutes mes réserves sur le Père de tous les Dieux et son implication probable, je reconnais au Gorim des Ulgos le mérite d'avoir empêché la conférence de tourner au pugilat. La présence de « l'homme le plus saint du monde » obligea tout le monde à faire preuve d'une amabilité au moins superficielle, et lorsqu'il nous lut les Accords, quand tout fut fini, le ton du document évoquait vaguement un texte sacré, et ses divers articles semblaient investis d'un poids comparable à celui d'autant de préceptes religieux. Les gens ont l'habitude de faire des tas de choses bizarres pour des raisons théologiques. Bien des éléments des Accords n'avaient aucun sens, mais ça passa parce que nous acceptâmes tous tacitement de les considérer comme des obligations religieuses.

Il nous avait fallu plusieurs semaines pour en venir à bout, et ça laissa amplement le temps à Korodullin et à Mayaserana de cesser de parler politique et de passer aux choses sérieuses. Quand Brand les envoya chercher, ils entrèrent dans la salle du trône main dans la main, et ils arboraient cet air idiot que je connais bien. Ils avaient fait la paix, et à fond. Je me penchai sur mon père et lui soufflai à l'oreille :

– On dirait que tu as perdu ton pari, Vieux Loup. Au fait, qu'avais-tu parié ? J'ai oublié.

Il me jeta un regard noir.

– Je te l'avais bien dit, Père, ajoutai-je d'un ton suave. Il faut t'y faire. Je risque de te répéter « je te l'avais bien dit » assez souvent, au fil des siècles. Essaie de retenir la leçon. Peut-être que tu me croiras, la prochaine fois que je te dirai que je sais ce que je fais.

– Ça va, Polgara.

– Bien sûr, Père. Je voulais juste être sûre que tu y penserais, la prochaine fois. Tu ne pourras pas dire que je ne t'ai pas prévenu, conclus-je avec un petit hochement de tête.

Mandor et Wildantor allèrent chercher un prêtre pour célébrer le mariage. Je ne remarquai pas, lorsqu'ils le firent entrer, qu'il était blessé ou tuméfié mais son regard quelque peu égaré laissait imaginer qu'il avait subi quelques pressions. Enfin, c'était un début. Les menaces sont moins barbares, après tout, que les violences ouvertes.

Nous sortions juste d'une guerre, et la confusion régnait à

Vo Mimbre. Le mariage de Korodullin et de Mayaserana fut donc moins pompeux et solennel – et peut-être moins tumultueux – que s'il avait été célébré en temps de paix. Je doute, toutefois, que les jeunes mariés aient été vraiment déçus. Une fois que Mandorin lui eut fait entrer dans le crâne l'idée de ce mariage contre nature, le prêtre de Chaldan devint très coopératif et son sermon improvisé ne fut pas trop mauvais. Ce qui lui échappait, comme à la plupart des invités mimbraïques à la noce, c'était que ce mariage impliquait une monarchie conjointe. L'unification de mon infortunée Arendie fut conclue dans la chambre à coucher.

Le moment était maintenant venu d'ordonner aux Aloriens de faire demi-tour et de rentrer chez eux, dans le Nord. D'abord, la seule idée de cette Alorie unifiée à moins de deux cents lieues au nord de Tol Honeth devait déjà mettre Ran Borune sur les nerfs, ensuite il y avait forcément des membres du culte de l'Ours dans les rangs des armées aloriennes, et nous ne tenions pas à ce que la proximité de Tol Honeth et de ses richesses leur inspire des expériences religieuses.

Nous remontâmes avec Brand jusqu'à la grand-foire d'Arendie, puis, après des adieux déchirants, nous prîmes, mon père et moi, la route de l'est. À la frontière avec l'Ulgolande, nous eûmes la surprise de découvrir que nous étions attendus par plusieurs bataillons de cavaliers algarois. C'était très courtois de la part de Cho-Ram, et nous nous gardâmes bien de lui dire que son escorte nous ralentissait plutôt qu'autre chose. Et puis, c'était la fin de l'été, nous n'avions rien de très pressant ; nous pouvions nous permettre de faire une petite promenade de santé dans les montagnes.

– Je descends jusqu'au Val, répondit mon père quand nous arrivâmes dans la plaine d'Algarie. Et toi ? Tu vas retourner au Gué d'Aldur ?

– Je ne pense pas. Il y avait beaucoup de soldats algarois à Vo Mimbre, et il ne manquerait plus qu'un ancien combattant se mette à faire des rapprochements. Non, nous allons plutôt repartir de zéro quelque part, Gelane et moi.

– Tu as raison. Ça vaut sûrement mieux. Tu as un endroit précis en tête ?

– Je pensais à la Sendarie. Depuis Vo Mimbre, il n'y a plus beaucoup de Murgos dans le Ponant, et le dernier endroit où ils risquent de s'aventurer, c'est bien la Sendarie. Ils n'y seraient sûrement pas les bienvenus.

– C'est toi qui vois, Pol, répondit-il en haussant les épaules. Gelane est sous ta responsabilité, alors quoi que tu décides, je serai d'accord.

– Merci, répondis-je, d'un ton plus sarcastique, peut-être, que je ne l'aurais vraiment voulu. Tu as quelque chose d'urgent à faire au Val ?

– J'ai surtout besoin de vacances. Je n'ai pas beaucoup dormi, ces dernières années. Je vais attendre que les choses se tassent, ajouta-t-il en se grattant la joue, et puis je vais jeter un coup d'œil à toutes ces familles que je cultive depuis le dernier millénaire ou à peu près. J'aimerais m'assurer que tout va bien de ce côté-là.

– Et si ça ne va pas bien ?

– Alors, j'aviserai.

– Amuse-toi bien, mais ne traîne pas dans mes pattes, c'est tout ce que je te demande. Et cette fois, je suis sérieuse.

– Comme tu voudras, Pol. Transmets mes meilleurs sentiments à Gelane.

Il s'éloigna vers le Val, au sud, pendant que je repartais vers la Forteresse avec les Algarois. Il me vint à l'esprit, tout en chevauchant, que je le sous-estimais parfois. J'avais consacré des siècles à une seule famille, alors que mon père en manipulait je ne sais combien à la fois. Ça expliquait peut-être qu'il ait tellement l'air d'un vagabond, la plupart du temps.

Gelane avait quatorze ans, à présent, et c'est probablement la période la plus difficile chez les garçons. Celui-ci hésitait entre l'enfance et l'âge adulte, et il regrettait amèrement qu'on ne l'ait pas laissé s'amuser avec les autres à Vo Mimbre.

Une partie du problème – sinon l'essentiel – venait du fait que Gelane était conscient de son identité. Quand j'avais emmené Garel, son père, à la Forteresse, il avait été placé sous la protection personnelle de Cho-Ram, lequel n'avait pas tout à fait compris la nécessité de garder le secret sur l'identité de son invité. La société algaroise est fermée aux étrangers, et les Algarois se considèrent tous comme les membres d'une même famille. Ils n'ont de secrets pour personne, parce qu'il n'y a personne à qui ils pourraient avoir envie de cacher des choses. Gelane avait donc grandi en sachant qui il était, parmi des gens qui étaient aussi au courant. Il ne prenait pas précisément de grands airs, mais il était habitué à ce qu'on lui donne du « Votre Altesse ». Il avait un port assez royal en vérité, ce qui commença à poser des problèmes à l'instant où j'arrivai à la Forteresse.

– Je n'ai pas envie d'aller en Sendarie, tante Pol, répondit-il quand je lui parlai de mon projet. Franchement, je ne crois pas que ça me plairait.

– Ça, Gelane, ce n'est pas la question, répondis-je fermement. Que ça te plaise ou non, c'est là que nous irons.

– Pourquoi ne pouvons-nous pas rester ici ? C'est là que sont tous mes amis.

– Tu t'en feras de nouveaux en Sendarie.

– J'ai des droits, tante Pol.

Qu'est-ce que c'est que ces gamins qui invoquent leurs « droits » à tout bout de champ, je vous demande un peu ?

– Mais bien sûr, mon chou, répondis-je gentiment. Tu as le droit absolu de me laisser prendre toutes les décisions à ta place.

– Ce n'est pas juste !

– Il n'y a pas de justice, Gelane. Allez, dépêche-toi. Va faire tes paquets et dire au revoir à tes amis. Nous partons demain matin.

– Tu n'as pas à me donner des ordres comme ça !

– Oh si, Gelane. Je suis même très bonne à ce jeu-là. Je ne

sais pas pourquoi, tout le monde finit toujours par faire exactement ce que je veux. La porte est là, alors tu vas la prendre... à moins que tu ne préfères que je te jette dans le couloir ?

J'ai rarement été obligée d'adopter ce genre d'attitude avec les héritiers de Poing-de-Fer, mais Gelane était allé un peu trop loin. Dès qu'il fut sorti – en claquant la porte derrière lui – je m'engageai dans les couloirs sonores de la Forteresse pour dire deux mots à sa mère, Aravina. Deux minutes plus tard, j'avais compris pourquoi Gelane s'était mis à débloquer. Aravina était une très jolie Algaroise à qui la mort prématurée du père de Gelane avait fait perdre la tête. Elle était tellement anéantie par le chagrin qu'elle ne faisait plus attention à son fils. Or il est dans la nature des adolescents de tester les adultes en permanence, afin de voir jusqu'où ils peuvent aller trop loin. Le parent avisé ne laisse pas franchir certaines limites. Une main ferme mais douce dès les premières transgressions est bien préférable, sur le long terme, à la brutalité qui devient inévitable au bout d'un moment.

(Si vous envisagez d'avoir des enfants, prenez des notes. Vous serez rudement testés, par la suite, et je ne serai pas là pour servir d'arbitre.)

Je choisis d'installer ma famille à Seline plutôt qu'à Muros, Medalia ou Sulturn, surtout parce que le roi Ormik avait déployé les troupes des provinces du nord de la Sendarie le long de la côte afin de parer aux éventuelles attaques surprises des Angaraks. Il y avait donc peu de vétérans de la Bataille de Vo Mimbre à cet endroit. Nous étions assez en vue, mon père et moi, à Vo Mimbre, et je pensais qu'il aurait été peu opportun que d'anciens camarades de guerre nous invitent à vider quelques chopes de bière à la taverne locale en évoquant des souvenirs de campagne.

Gelane n'aimait pas Seline, et ça se voyait. Un rictus dédaigneux planait plus ou moins en permanence sur son visage encore imberbe alors qu'il arpentait les rues boueuses de son nouveau foyer. C'est fréquent chez les jeunes adolescents. Je suis persuadée qu'ils profitent de la moindre occasion pour répéter cette expression hautaine devant leur miroir. Pour moi, si le monde était bien fait, les boissons alcoolisées et les miroirs seraient interdits aux adolescents. Le rictus de Gelane disparut soudain, un matin, lorsqu'il approcha de l'autel réfléchissant de son auto-adoration et découvrit qu'un énorme bouton flamboyant lui avait mystérieusement poussé, pendant la nuit, au bout du nez.

Le bouton disparut presque aussi mystérieusement dès que Gelane eut retrouvé une expression plus ensoleillée. Ça doit être une question de chimie interne. Faire la gueule a probablement une influence sur le sang. Quand on se fait du mauvais sang, on a une sale gueule, tout le monde sait ça.

J'achetai une petite maison modeste près du quartier commerçant de Seline, et après un peu d'espionnage constructif parmi les artisans locaux, je repérai un tonnelier sobre et sensé d'un âge avancé et sans enfant. Il s'appelait Osrig et faisait de bons tonneaux. Ses anciens apprentis marchaient sur ses traces avec un certain succès. Ils étaient établis dans les villes et les villages voisins, et ça marchait bien, ce qui indiquait que leur ancien patron était un bon maître. Je m'entretins avec lui, un jour, un peu d'argent changea de mains et je rentrai à la maison informer mon neveu que j'avais décidé de son avenir professionnel.

– Des tonneaux ? protesta-t-il. Mais je ne connais rien aux tonneaux, tante Pol.

– Je sais, mon chou, répondis-je. C'est pour ça que tu vas commencer comme apprenti. Il faut bien apprendre avant de se mettre à ton compte.

– Mais je ne veux pas être tonnelier !

– C'est un produit utile, Gelane, et les tonneaux ne sont pas près de se démoder. Ton avenir est assuré.

– Mais c'est tellement... ordinaire, tante Pol !

– Exactement. C'est l'idée même. Il faut que tu sois ordinaire.

– Mais non ! Tu ne pourrais pas me trouver quelque chose de plus intéressant à faire ? Je pourrais peut-être devenir marin, ou je ne sais pas, moi, entrer dans l'armée, par exemple. Je pense que j'aimerais être soldat.

– J'ai vu ta chambre, Gelane. Tu ne ferais pas un très bon soldat.

– Quel rapport avec ma chambre ?

– Un soldat, ça fait son lit tous les matins, au carré, et ça ramasse son linge sale. Tu es un bon garçon, mais la propreté n'est pas ton fort. Un soldat avec une armure mâchurée et une épée rouillée ne risque pas d'impressionner ses ennemis.

– Des tonneaux ? répéta-t-il d'un air résigné, pour ne pas dire funèbre.

– Des tonneaux, Gelane.

– Ce n'est pas un travail de roi, tante Pol.

– Attends, pour astiquer ta couronne, qu'on te l'ait mise sur la tête, mon chou. Tiens-t'en aux tonneaux, pour le moment.

– Torak est mort, tante Pol. Je n'ai plus besoin de me cacher de lui.

– Non, mon chou. Torak n'est pas mort. Il dort. Dès que tu ceindras la couronne de Riva et que tu brandiras son épée, il se réveillera et partira à ta recherche. Et comme nous ne tenons vraiment pas à ce que ça arrive, tu vas t'intéresser à la fabrication des tonneaux. Maintenant, tu ferais mieux de finir de dîner et d'aller te coucher. Tu te lèves tôt, demain matin. Osrig t'attend dans sa boutique au lever du jour.

– Osrig ?

– Ton patron. C'est lui qui va t'apprendre à faire des tonneaux qui ne fuient pas.

Il me répugne d'utiliser ici le mot « hasard », parce que j'ai appris au fil des années que lorsqu'il s'agit de ma famille très particulière, la façon dont les choses tournent n'a pas grand-chose d'aléatoire, mais cette fois, il se peut que le pur et simple hasard ait joué un rôle dans l'affaire. J'aurais pu placer Gelane en apprentissage chez n'importe quel artisan parmi une douzaine de braves gens qui pratiquaient des métiers complètement différents. Seulement Osrig répondait à tous mes critères de choix. Il était doué, c'était un bon maître, il se faisait vieux et il n'avait pas d'héritier. Dès que Gelane eut appris les ficelles du métier, je lui rachetai son affaire et je mis mon neveu à son compte, bien malgré lui. C'était mon but. Le produit de son activité était secondaire, en réalité. Tout ce qui comptait, c'était qu'il se fonde dans la population au point d'être invisible pour le cas où Chamdar serait venu fouiner dans le coin. On pouvait espérer que Chamdar était mort à la bataille de Vo Mimbre, mais j'avais appris, avec le temps, à ne pas trop compter sur la chance.

Nous nous installâmes donc, et Gelane apprit à faire des tonneaux pendant que je restais à la maison, avec Aravina. Je fis tout ce qui était en mon pouvoir pour la tirer de la mélancolie qui l'inhibait à peu près complètement. La mélancolie est un état avec lequel il n'est pas facile de traiter. Il ne sert à rien de répéter « allez, amuse-toi ! ». Il y a des herbes et des composés végétaux qui endorment la tristesse, mais une personne endormie ne fonctionne pas très bien.

Osrig était un bon maître, je l'ai dit, et Gelane apprit vite à faire des tonneaux qui ne fuyaient pas trop. Sa production, d'abord affligeante, évolua selon une courbe résolument ascendante : sa première barrique sanglotait, la seconde pleurait à chaudes larmes, la troisième se contentait de pleurnicher. Les trois suivantes ne versaient plus qu'un pleur ou deux. Après cela, il réussit à faire des tonneaux à peu près étanches et il tirait même une certaine fierté de son travail. Lorsqu'un ouvrier en arrive à ce stade, la bataille est à peu près gagnée. Que l'idée lui plaise ou non, Gelane était maintenant tonnelier.

Il avait seize ans lorsqu'il rencontra une très jolie jeune fille appelée Enalla, la fille d'un charpentier du coin, et le tintement habituel retentit dans le labyrinthe de mon esprit.

Gelane était très épris d'elle, elle en pinçait aussi pour lui, et ils commencèrent à « sortir ensemble ». Curieuse façon de décrire le comportement d'un jeune couple qui pense à une seule chose : trouver un coin tranquille afin de passer aux travaux pratiques sur les différences entre les garçons et les filles. Nous nous efforcions, à tour de rôle, la mère de la jeune Enalla et moi-même, de les en empêcher, si bien qu'ils durent se contenter, en dehors de la question de cours, de quelques baisers en douce, quand nous avions le dos tourné.

Au bout d'un mois environ ils étaient officiellement fiancés et les baisers étaient permis, dans les strictes limites de la décence. Peu après son dix-septième anniversaire, Gelane épousa sa radieuse fiancée, à l'issue d'une cour aussi brève que prosaïque. Tout cela était fort peu romantique, mais on était en Sendarie, après tout, et la bonne société locale, composée de marchands et d'artisans était conservatrice. Les gens conservateurs n'aiment pas l'imprévu, comme l'enlèvement rituel de la future mariée par son fiancé enamouré et quelques amis à moitié ivres, pratique commune dans certains clans particulièrement agités d'Algarie.

Le mariage fut suivi par le déjeuner traditionnel auquel fut convié à peu près tout le voisinage. Après avoir mangé son content – et peut-être un peu plus –, le patron de Gelane me prit à part pour une discussion sérieuse. J'ai toujours bien aimé Osrig. Il était sendarien jusqu'au bout des ongles, et c'était le genre d'homme qui me rendait fière d'avoir joué un rôle dans la fondation de la Sendarie. Il était sobre, pragmatique et sensé. Il payait ses impôts, traitait honnêtement ses clients et s'abstenait de recourir aux aspects les plus colorés du langage que prisent tant les Cheresques et les Drasniens. C'était un homme grisonnant, solidement bâti, d'une bonne cinquantaine d'années, et c'est plutôt lui qui fit vraiment l'éducation de Gelane, en fait. Il arrive que cette tâche retombe sur les épaules du premier patron d'un jeune homme.

– Eh bien, Dame Pol, me dit-il avec un petit sourire, nous avons réussi à marier notre grand garçon.

Je parcourus du regard la salle pleine d'invités babillants et regardai notre jeune couple, qui semblait seul au monde.

– Eh oui, maître Osrig. On dirait que vous avez raison, répondis-je.

– J'ai eu une idée qui devrait vous intéresser, Dame Pol.

– Ah bon ?

– Si nous lui faisions un cadeau de mariage ?

– À quoi pensez-vous, maître Osrig ?

– Nous n'en avons jamais reparlé, Dame Pol, mais la première fois que vous m'avez parlé de prendre Gelane en apprentissage, vous avez suggéré que si ça se passait bien, vous pourriez envisager de me racheter mon affaire.

– Je ne me suis pas contentée de le suggérer, maître Osrig. Si je me souviens bien, j'ai carrément annoncé la couleur.

– Carrément, en effet. Enfin, Gelane apprend vite et il fait du bon travail. Je lui ai donné, dernièrement, des conseils sur la façon de recevoir les clients, de négocier les prix et de faire payer les débiteurs récalcitrants – l'aspect commercial du métier, vous voyez.

– Oh oui, Osrig. Je sais ce que c'est que de traiter avec des clients.

– Gelane ne s'y prend pas mal du tout. Je l'ai bien regardé, et je crois qu'il est prêt. Il me semble que son mariage, aujourd'hui, serait l'occasion idéale pour changer son statut dans le monde des affaires aussi. Il est marié, maintenant, et c'est très important pour un homme d'affaires. Les célibataires ne sont pas toujours très fiables, alors que les hommes mariés sont solides, dignes de confiance. Je connais mes clients, et ce genre de considération revêt une certaine importance pour eux. Pour dire les choses simplement, je vous propose de conclure notre arrangement aujourd'hui même. J'aime bien Gelane, je vous ferai un bon prix. Je resterai quelques mois à ses côtés, pour le guider, et puis je me fondrai doucement dans le décor.

– Vous êtes très généreux, maître Osrig. Si nous arrivons à nous mettre d'accord, Gelane n'est pas près d'oublier cette journée !

Il toussota, l'air un peu embarrassé.

– J'ai une petite condition à poser, Dame Pol, dit-il. Je voudrais qu'il soit expressément stipulé dans notre accord que je ne ferai plus l'ouverture, le matin. À partir du moment où l'affaire sera à lui, ce sera son travail d'ouvrir la boutique, tous les jours.

– Je ne suis pas sûre de comprendre, maître Osrig.

– J'ai honte de l'avouer, Dame Pol, mais je déteste me lever tôt. Si nous nous mettons d'accord sur le reste, je veux qu'il soit clairement établi que je n'arriverai pas au travail avant midi. J'ai dû me lever à l'aube pendant quarante ans. En achetant mon affaire, vous me libérerez, Pol. Et si je me réveille encore au point du jour, par habitude, je pourrai me retourner et me rendormir.

– Vous serez bientôt un homme libre, Osrig. Il ne faudra pas longtemps pour établir les documents, après quoi j'irai chercher la somme nécessaire. Tout pourrait être réglé en quelques jours.

– Votre parole me suffit, Pol. Nous pourrons donner les clés à Gelane dès cet après-midi, et quand le soleil cognera à mes volets, demain matin, je lui dirai que je n'ai plus d'ordres à recevoir de personne. Je mettrai même un point d'honneur à veiller, ce soir, juste pour que ce soit encore plus délicieux d'aller me coucher, ajouta-t-il en ricanant.

Et c'est ainsi que Gelane se maria et devint propriétaire de son affaire le même jour. Osrig alla se coucher à une heure indue, et Gelane ne dormit pas beaucoup non plus, mais pour une raison complètement différente.

Malgré sa jeunesse, Gelane acquit une certaine notoriété, ce jour-là. Il avait beaucoup de chance, tout d'un coup. Une chance comme on n'en rencontre pas souvent. Une chance assez rare, en tout cas, pour susciter pas mal de jalousie parmi les autres apprentis de Seline, et il faisait l'objet de ragots méprisables lorsqu'ils s'absentaient de leur travail pour aller faire un tour à la taverne locale. Personne ne fait très attention aux commérages d'ouvriers médiocres, mais même les marchands et les artisans les plus importants finirent par remarquer ce qui s'était passé. J'entendis un bourgeois résumer assez succinctement la situation dans ces termes : « Ce petit veinard a épousé une belle fille et il est devenu propriétaire de sa boutique le même jour. Je vais le tenir à l'œil. Il ira loin, vous verrez ce que je vous dis. »

Rétrospectivement, je pense qu'il aurait peut-être mieux valu attendre un an, par exemple, avant de lui remettre la tonnellerie entre les mains. Je suis sûre qu'Osrig aurait accepté de lui accorder ce délai, si je lui avais donné ma parole que Gelane ouvrirait désormais la boutique tous les matins. Peut-être l'occasion de tout régler le même jour semblait-elle trop belle pour qu'on la laisse passer. Il y a des moments où je me laisse emporter par mon sens de l'économie.

Les choses finirent par se tasser, évidemment, et au bout d'un an, on disait « Gelane le tonnelier » et non plus « le petit veinard ». Les gens lui achetaient ses tonneaux parce qu'ils étaient bons, et en dehors de ça, aucune célébrité particulière ne s'attachait à lui.

Pourtant, le bref moment où il était sorti de l'anonymat avait réveillé chez lui le sentiment de sa propre importance, et c'était très dangereux pour un individu dont le but principal était de rester dans l'ombre.

Rétrospectivement, je suis sûre que Brand n'avait pas aussi bien réussi qu'il l'aurait voulu à nettoyer le monde des Angaraks. Il n'y avait plus de « marchands » murgos dans toutes les tavernes du Ponant, mais les Murgos n'étaient pas les seuls Angaraks de ce côté de la mer du Levant. Chamdar avait ses grandes et ses petites entrées chez les Dagashis, et ils étaient beaucoup moins repérables que les Murgos.

Enfin, au bout d'une petite année, maître Osrig était sorti de nos vies en douceur et Gelane avait converti le grenier, au-dessus de sa boutique, en appartements pour nous. C'est alors qu'Aravina souffrit d'un accès de cette mélancolie profonde qui la mettait dans l'incapacité de faire quoi que ce soit, et je dus lui consacrer le plus clair de mon temps. Lorsque la crise fut à peu près passé, je remarquai qu'Enalla, si radieuse d'ordinaire, faisait grise mine.

– Qu'est-ce qui ne va pas, Enalla ? demandai-je de but en blanc, un matin, après que Gelane fut descendu ouvrir sa boutique.

– Je pense que Gelane ne m'aime plus, tante Pol, répondit-elle, des larmes dans la voix.

– Ne dites pas de bêtises ! Il vous adore.

– Alors pourquoi invoque-t-il tous les prétextes pour sortir, le soir ? Quand il ne va pas « acheter des planches de chêne pour les couvercles » – après l'heure de fermeture de tous les chantiers ! – il « essaie de retrouver un client qui n'a pas payé sa facture ». C'est parfois tellement fumeux ! Vous savez ce que je crois, tante Pol ? Je pense qu'une quelconque traînée, dans une taverne – ou pire – lui a tapé dans l'œil. Il ne semble même plus intéressé par... enfin, vous voyez ce que je veux dire, fit-elle en rougissant furieusement.

Je voyais très bien ce qu'elle voulait dire, en effet.

– Je vais me renseigner, Enalla. Depuis combien de temps cela dure-t-il ?

– Ça fait près de deux mois, maintenant. Nous étions très inquiètes pour sa mère, toutes les deux, et il est arrivé quelque chose pendant que nous avions la tête ailleurs. Sommes-nous toujours obligées de faire ça, tante Pol ? De les surveiller à chaque instant du jour et de la nuit, je veux dire ?

– Généralement, oui.

– Ils ne grandissent donc jamais ?

– Certains, si. Pas tous. Mon père n'y est pas encore arrivé, et il est beaucoup, beaucoup plus vieux que Gelane. Notre grand garçon sort-il toutes les nuits ?

– Ces temps-ci, oui.

– Mouais. Eh bien, je vais le suivre. Comme ça nous saurons où il va et ce qui monopolise toute son attention.

– Si vous essayez de le suivre, il vous verra, tante Pol.

– Possible, mais il ne saura pas que c'est moi. Je donnerai quelque chose à Aravina pour qu'elle dorme, ce soir. Vous pourrez la surveiller pendant que je tâcherai de comprendre ce que fabrique Gelane.

J'avoue que, lorsque je le découvris, je fus complètement prise au dépourvu. J'étais restée en contact périodique avec mon père, et je savais qu'oncle Beldin avait trouvé la grotte où Zedar cachait son Maître comateux. Je savais aussi que mon père était en Tolnedrie, sur les traces d'un homme qui se faisait appeler « Asharak le Murgo ».

Je suis sûre que ce nom vous dit quelque chose. C'était le nom d'emprunt préféré de Chamdar.

Quoi qu'il en soit, Chamdar distribuait avec libéralité des pièces d'or rouge angarak dans toute la Tolnedrie afin de localiser une « dame aux cheveux noirs, avec une mèche blanche ». Ce Chamdar avait oublié d'être bête, et il avait proprement subtilisé une page du livre de mon père. Avant l'invasion angarake, mon père avait passé des siècles à faire tourner Chamdar en bourrique dans toute la Sendarie, et Chamdar lui rendait maintenant la politesse en Tolnedrie.

La réaction de mon père fut absolument géniale. Ça ne marcha pas, mais c'était brillant tout de même. Le nouveau style de coiffure qu'adoptèrent soudain toutes les femmes de Tolnedrie, d'Arendie et de Sendarie aurait dû rendre Chamdar absolument dingue. Il avait passé des siècles à me courir après, et voilà qu'il tombait sur moi à chaque coin de rue, de Tol Borune à Darine. Le seul problème, c'est que Chamdar savait déjà exactement où j'étais, ainsi que nous devions l'apprendre par la suite.

Après dîner, ce soir-là, Gelane bredouilla une excuse aussi peu convaincante que possible – une histoire de mauvais payeur particulièrement fuyant – pour ressortir. Il descendit au rez-de-chaussée, prit quelque chose dans un placard censé renfermer quelques outils et quitta la boutique. Une fois dans la rue, un gros sac de toile sur l'épaule, il regarda furtivement d'un côté et de l'autre, comme s'il avait peur d'être suivi. Il oublia seulement de regarder sur le toit, et il ne vit pas la chouette hulotte qui l'observait de ses gros yeux ronds.

Gelane s'efforçait de ne pas se faire remarquer, mais sa maladresse aurait fait gémir notre ami Silk. Marcher sur la pointe des pieds n'est vraiment pas le meilleur moyen de passer inaperçu. Enfin, ça ne l'empêcha pas de sortir de la ville, après quoi il suivit le lac jusqu'aux bois qui se trouvaient à un quart de lieue environ vers l'est. C'était une nuit sans lune, et Gelane était à peu près invisible sous les arbres. J'étais dans les frondaisons, au-dessus de lui, et au bout de peu de temps, j'aperçus une lueur rougeoyante, vers l'avant. Un feu de joie. C'était manifestement le but de Gelane. Je pris donc un peu d'avance sur lui pour voir de quoi il retournait.

Ce n'était pas vraiment un feu de joie, mais presque. Il était tout de même assez grand pour illuminer une clairière de belle taille et une douzaine d'hommes, peut-être un peu plus. J'avais déjà vu ce genre de réunion, et je lâchai un chapelet de jurons crépitants.

Le gaillard qui semblait diriger le groupe avait les cheveux noirs, une barbe noire, fournie, et il portait la robe des prêtres de Belar. Les autres hommes étaient manifestement tous d'origine alorienne à en juger par leurs cheveux blonds et leur haute taille. Mais ce n'était pas tout. Ils portaient la tunique de peau d'ours des adorateurs de l'Ours. Le culte avait manifestement trouvé le chemin de la Sendarie.

C'est alors que Gelane entra dans la clairière. Il ne portait plus son sac de toile, mais il avait enfilé ce qu'il contenait. L'héritier du trône de Riva se pavanait en tunique de peau d'ours, un peu hirsute, mais en tout point impérial à part ça.

Ayant épuisé le registre des langues vivantes, je commençai

alors à sacrer dans toutes les langues mortes qui me passèrent par la tête. Comment Gelane pouvait-il être si bête ?

Le prêtre à la barbe noire repéra Gelane, et ses yeux s'embrasèrent.

– Salut à Toi ! déclama-t-il avec un grand geste en direction de mon neveu. Loué sois-Tu, Roi de Riva, Tueur de Dieu et Roi des Rois du Ponant ! Nous T'acclamons, Toi qui nous mèneras contre les infidèles du Sud, contre l'Arendie et la Tolnedrie, contre la Nyissie et les serpents qui l'infestent ! Là, Tu écraseras les légions du Sud avec Ta puissante épée afin que tous adorent le seul vrai Dieu, Belar d'Alorie !

CHAPITRE XXXV

Je laissai Gelane se repaître de l'adoration de ces fanatiques et je retournai à Seline tout en réfléchissant à ce que je venais de voir et d'entendre. Les adeptes du culte de l'Ours rationnels – si tant est que ces deux termes ne soient pas antinomiques – ont toujours justifié leur intention de « convertir » les peuples du Sud par le souci d'unifier les armées destinées à affronter les Angaraks. Belar n'a évidemment jamais parlé de convertir les fidèles des autres Dieux, ses frères. Ç'aurait été très mal élevé, or Belar a ses défauts, mais ce n'est pas un sacripant. Cette notion de conversion a été introduite par un clergé radical qui avait des vues sur les trésors de Tol Honeth bien plus que sur le Ciel. Le prêtre barbu que j'avais vu près du feu de camp était à l'évidence un révisionniste de la plus belle eau. Très peu de gens dans le Ponant savaient que Torak n'était pas vraiment mort, et son trépas apparent avait proprement tiré un trait sur la raison d'être du culte, qui était non le pillage des trésors du Sud mais la destruction de Torak. Cette profession de foi avait disparu en fumée à Vo Mimbre. Le prêtre qui avait récemment inventé le culte de Gelane avait réagi en vitesse, il fallait lui reconnaître ça.

Père, j'ai besoin de toi! projetai-je mentalement tout en reprenant forme humaine dans la rue, devant la tonnellerie.

Que se passe-t-il? répondit-il de la même façon.

Tu ferais bien de rappliquer, et en vitesse. Nous avons un problème.

Quel problème?

Je t'expliquerai quand tu seras là. On pourrait surprendre notre conversation. Déguise-toi.

C'était une précaution logique, mais je lui avais dit ça pour qu'il se remue plutôt que de poser des questions. Ma vie aurait été beaucoup plus simple si mon indolent de père avait bien voulu faire ce qu'on lui disait au lieu d'argumenter avec moi.

Le jour se levait quand je sentis qu'il changeait de forme juste à l'entrée de la ville. Gelane, qui était rentré en tapinois bien après minuit, dormait encore. J'étais en train de balayer les marches, devant la boutique, lorsque je vis un gros bonhomme chauve arriver au bout de la rue. Je sus tout de suite que c'était lui. Il y a des moments où mon père se laisse tellement emporter par les apparences qu'il oublie à quel point elles peuvent être négligeables. Les gens sont qui ils sont. Leur aspect extérieur n'a pas grande importance.

– Tu en as mis, du temps, lançai-je, d'un ton un peu mordant, je l'avoue.

Puis je l'emmenai dans l'atelier crépusculaire, jonché de copeaux, et lui montrai la tunique de peau d'ours de Gelane.

– Ça dure depuis longtemps? demanda-t-il tout bas.

– Je ne sais pas très bien. Gelane est fuyant comme une anguille depuis près de six mois. Il sort toutes les nuits. Enalla croyait qu'il la trompait.

– Sa femme?

J'acquiesçai d'un hochement de tête et remis la tunique dans le placard.

– Sortons, suggérai-je. Il faut que nous parlions.

Nous nous éloignâmes un peu le long de la rue et je le mis au courant des derniers événements. Puis j'eus droit à un regard de reproche pour les avoir laissés survenir, et nous passâmes aux mesures à prendre.

Les plus patients d'entre vous trouveront dans l'interminable – plus qu'interminable, insupportable – *Histoire du Monde* de mon père les détails de la façon dont il fila Gelane, le lendemain soir, et assista à l'adulation rituelle du culte local quand mon neveu égaré arriva au feu de camp, dans les bois. Puis, une fois qu'il eut réussi à reprendre son sang-froid, le Vieux Loup m'appela et me suggéra de le rejoindre, ce que je trouvai bien aimable de sa part.

Beaucoup de choses s'expliquèrent lorsque mon père reconnut Chamdar sous les traits du prêtre barbu. Le Vieux Loup aurait pu conjurer l'image de Chamdar, afin de me montrer à quoi il ressemblait. Je ne sais pas pourquoi nous n'y avions songé ni l'un ni l'autre. Nous n'avons jamais vraiment su comment Chamdar m'avait retrouvée, mais j'ai ma petite idée. Quelque part, dans une taverne, quelqu'un avait dû parler de ce « petit veinard » de Gelane, il y avait un Dagashi dans le coin et Chamdar était venu à Seline jeter un coup d'œil par lui-même... Enfin, il était trop tard, à présent, pour se mettre à chercher cette « grotte dans les montagnes ». Le sous-fifre de Ctuchik avait de toute évidence fouillé dans les pensées de Gelane et y avait découvert son identité – en même temps que sa soif de considération – et le reste n'était pas difficile : le chapitre local du culte de l'Ours était pour le moins suspect, mais ses membres n'étaient pas assez intelligents pour reconnaître le révisionnisme quand ils le rencontraient. Gelane était l'objet des honneurs dont il était tellement avide, et Chamdar tenait le roi de Riva sous sa coupe.

Nous devions absolument rompre ce lien. Mon père me proposa d'effacer l'esprit de Gelane, mais je connaissais un moyen moins définitif d'arriver au même résultat. J'allais rendre audibles les pensées vagabondes de Chamdar, ce qui n'était pas exempt de risques. S'il se rendait compte de ce que je faisais, il était probable qu'il tuerait aussitôt Gelane, ou qu'il essaierait au moins de le faire. Pour empêcher cela, je devais plonger sa conscience dans une espèce de rêverie. Il fallait qu'il ait l'esprit assez embrumé pour que sa vigilance s'en trouve amoindrie. Ce n'était pas facile, et c'est pourquoi je préférai m'en charger moi-même plutôt que de laisser faire mon père. Il a une fâcheuse tendance à la brutalité. La subtilité n'a jamais été son point fort.

En dehors de détails physiques évidents, c'est peut-être ce qui distingue le plus profondément les hommes des femmes. Nous ne pensons, nous ne réagissons pas de la même façon. Beaucoup de gens – les hommes, surtout – sont très perturbés par ces différences. Mais vous imaginez comme la vie serait ennuyeuse si nos pensées et nos actes étaient rigoureusement identiques ? Allons, messieurs, c'est beaucoup plus drôle comme ça !

En attendant, Gelane faisait un discours aussi creux que pompeux, vantant son importante petite personne, lorsque les ruminations soudain audibles de Chamdar l'amenèrent à s'interrompre. La proclamation « Ctuchik me sera éternellement reconnaissant d'avoir éliminé ce crétin » attira définitivement son attention, ainsi que celle des autres adeptes du Culte. Mon père m'apprit par la suite que deux des fanatiques avaient paru très perturbés par les révélations de Chamdar. Il avait donc eu la prudence de se faire accompagner par des gardes du corps.

Les délires du fourbe bras droit de Ctuchik se poursuivirent assez longtemps pour que Gelane reprenne ses esprits et se rende compte que l'on avait utilisé son ego hypertrophié pour le manipuler. Lorsque la rêverie de Chamdar atteignit son point culminant – il se voyait déjà élevé à la dignité de premier disciple –, Gelane lui démontra promptement à quoi pouvaient mener ses instincts aloriens en lui flanquant une droite dans le nez.

Chamdar tomba à la renverse, et son esprit troublé perdit toute emprise sur son pantin, mon neveu. Et comme il cessait de le contrôler, Gelane fut frappé par sa propre bêtise. Le choc fut à peu près aussi rude que celui qu'il avait infligé à Chamdar. Ce n'était pas le moment idéal pour se livrer à l'introspection, car les deux gardes du corps de Chamdar renoncèrent à leur incognito pour tirer des lames très menaçantes et se précipiter au secours de leur patron. Par bonheur, les autres membres de la congrégation considérèrent la défense de Gelane comme un devoir sacré, piété qui leur faisait honneur, c'est le moins que l'on puisse dire.

Chamdar prit la fuite et ses gardes du corps succombèrent sous le nombre.

– Nous avons été trahis ! s'exclama Gelane, reprenant ses esprits. Ce n'était pas un prêtre de Belar !

– Que devons-nous faire, Tueur de Dieu ? demanda un grand Alorien baraqué. Devons-nous le poursuivre et le tuer ?

– Ne m'appelez plus jamais ainsi ! protesta Gelane en jetant sa tunique de peau d'ours dans le feu. Je ne suis pas le Tueur de Dieu ! J'ai déshonoré mon nom ! Le culte de l'Ours est une supercherie !

– Je ne sais pas pour vous, mais moi, je vais retrouver ce prêtre et l'éventrer ! décréta le premier Alorien.

Sur ces belles paroles, tout le monde s'éparpilla et disparut dans les buissons.

– Bien joué, Pol, fit mon père d'un ton admiratif après avoir repris forme humaine. Où as-tu appris ce joli tour ?

– À Vo Wacune, répondis-je. Je devais extorquer une confession à un espion asturien, et je n'étais pas d'humeur à me contenter des moyens conventionnels. Ce n'est pas très difficile, en réalité. Un jour, quand nous aurons le temps, je te montrerai comment faire. D'ici là, je te propose d'attendre que les petits camarades de Gelane soient allés se coucher pour l'agrafer et le ramener au bercail, fis-je en scrutant les bruits divers qui se faisaient entendre dans les broussailles. Inutile de faire savoir à tous ces illuminés que nous sommes dans le coin.

– Très juste, convint-il.

Les hérétiques patrouillèrent un moment dans les sous-bois, mais Chamdar était probablement déjà à mi-chemin de Camaar.

– Que devons-nous faire, à présent, Majesté ? demanda l'un des hommes alors qu'ils se regroupaient autour du feu.

– Laissez tomber ces histoires de « Majesté », grommela Gelane. Ce n'était qu'un tour de Grolim. Le mieux que nous ayons à faire, je crois, est de nous jurer de garder le secret sur toute cette affaire. Nos voisins sont sendariens, et nous aurions vraiment l'air idiots si nous commencions à parler du culte de l'Ours comme si ça avait le moindre sens.

Ils acquiescèrent avec empressement. Personne n'a envie de passer pour un imbécile. Ils jurèrent sur la tombe de leur mère, sur leur épée – sauf qu'ils n'en avaient pas – et sur leur honneur – à vrai dire un peu douteux –, que pas un mot de cet égarement passager ne franchirait jamais leurs lèvres. Puis Gelane les renvoya tous chez eux.

Lorsqu'il fut seul, il se mit à pleurer. C'est là que nous sortîmes des bois, mon père et moi.

– Ce n'était pas très malin, Gelane, commença sèchement mon père. C'est bien joli de vouloir que tout le monde dise toujours la vérité, mais il ne t'est pas venu à l'idée que tu étais en train de te faire avoir ? Naïf, va !

Gelane sembla à peine surpris de nous voir. Il ne nous avait pas donné de raisons de le trouver formidablement intelligent, mais il n'était pas stupide quand même.

– Qui était, en réalité, cet homme qui se faisait passer pour un prêtre ? demanda-t-il à mon père.

– Il s'appelle Chamdar, et tu as déjà compris que c'était un Grolim. Où avais-tu la tête, Gelane ? Tu n'as pas vu, à la couleur de sa peau, à la forme de ses yeux, que c'était un Angarak ?

– On est en Sendarie, Père, dis-je. Ici, personne ne fait attention à ces choses-là. J'ai passé personnellement des siècles à éradiquer tout ce qui ressemblait au moindre préjugé racial.

– La fraternité est une bien belle chose, reprit mon père, mais quand on sait qu'on risque d'être tué par un homme à la peau verte, le daltonisme n'est pas une caractéristique très précieuse. Rentrons en ville. Nous devons faire nos paquets.

– Où allons-nous, Grand-père ? demanda Gelane.

– Je n'ai pas encore décidé. Mais nous devons quitter la Sendarie.

Mon cœur se serra. Je savais ce que ça voulait dire.

– Tu devrais racheter des vêtements neufs, Père, suggérai-je en entrant en ville.

– Ce *sont* des vêtements neufs, Pol.

– Ah bon ? Sur quel tas d'ordures les as-tu trouvés ?

– Regarde mieux, Pol, répondit-il. Je les ai payés une fortune à un tailleur de Tol Honeth. Les pièces, les reprises et les poignets effrangés sont de la frime. Ce costume est admirablement cousu, et il me fera des siècles d'usage, tu verras.

– Tu n'aurais pas pu te payer des chaussures assorties ?

– Je ne veux pas qu'elles soient assorties. Je veux avoir l'air d'un vagabond au bout du rouleau.

– Eh bien, tu as réussi au-delà des plus folles espérances. C'est donc un « costume » ?

– Eh oui. Les gens ne font pas attention aux vagabonds. Ainsi vêtu, je peux traverser villes et villages sans que personne se souvienne de moi au-delà d'un jour ou deux.

– Tu es toujours en représentation, hein ?

– C'est tellement plus intéressant ! lança-t-il avec sa flamme coutumière. Mon personnage réel est assez ennuyeux. Je pourrais être duc, si Sa Grâce préfère ?

– Je t'en prie, Père.

– Pourquoi l'appelles-tu Sa Grâce, Grand-père ? s'étonna Gelane.

– Ah, Pol, toi et ton sens du secret..., soupira mon père, puis il toisa Gelane du regard, en songeant manifestement à son discours d'auto-adulation, près du feu. Votre Majesté, dit-il d'un ton formel et pompeux, permettez-moi de vous présenter Sa Grâce la duchesse d'Erat.

Gelane cilla et me regarda.

– Ce n'est pas possible ! s'exclama-t-il.

– Eh si, mon chou. Mais ça fait si longtemps...

– Tu es la personne la plus célèbre de l'histoire de la Sendarie !

– C'est agréable d'être reconnu.

– Pourquoi ne me l'as-tu pas dit ? J'aurais surveillé mes manières, tante Pol. Tu aurais dû me le dire !

– Pour que tu me fasses des courbettes et des révérences en public ? Tu as bien du chemin à faire, Gelane. Nous voulons être comme tout le monde, je te rappelle. C'est pour ça que tu es tonnelier et pas un hobereau de village. Il y a un revers à la noblesse, Gelane, poursuivis-je, sautant sur l'occasion. La plupart des gens ne voient que les jolies maisons, les beaux vêtements et toutes les bassesses des nobliaux. Mais il y a aussi le devoir, Gelane. Le devoir : n'oublie jamais ça, à aucun moment. Tu es – ou tu pourrais être – le roi de Riva. Ça implique des devoirs très complexes, mais de la façon dont les choses se présentent en ce moment, tu n'as qu'un devoir, envers ta progéniture. Pour remplir ce devoir, tu dois rester en vie, et il y a beaucoup de gens dans le monde qui voudraient bien te tuer avant que tu n'aies un fils.

– J'ai perdu ça de vue, tante Pol, convint-il. Quand ce Chamdar m'a donné du « roi de Riva » gros comme le bras, ça m'est monté à la tête. J'ai pensé que c'était important.

– C'est toi qui es important, Gelane, rétorquai-je très fermement. Vous êtes probablement, ta femme et toi, les deux personnes les plus importantes du monde, en ce moment. Ça veut dire que c'est sur toi que pèse le fardeau le plus lourd du monde, un devoir qu'on pourrait résumer en deux mots : « Planque-toi. » Où que tu ailles, reste caché. Ne te fais pas remarquer. Le meilleur moyen d'y arriver est de rester ordinaire.

– Tu ferais mieux de l'écouter, Gelane, insista mon père. Un petit conseil, pour passer inaperçu, et tu sais que je suis un vrai professionnel en la matière : il ne faut pas que tu aies l'air de détenir un secret. Fais semblant d'être stupide s'il le faut. Et si je lui donnais des cours de théâtre, Pol ? suggéra ce vieux cabot en me jetant un coup d'œil en coulisse.

– Maintenant que tu en parles, ce ne serait peut-être pas une mauvaise idée, Père.

La consternation qui s'inscrivit sur sa face fut le meilleur moment de cette soirée.

Mon père trouva toutes sortes de justifications minables à sa décision – probablement prise sous l'inspiration du moment – de nous installer à Cherek. Encore un exemple de la différence entre les hommes et les femmes : les hommes ont toujours besoin de justifier leurs actes par la logique, alors que la logique formelle n'a généralement rien à voir dans les décisions importantes. Notre esprit est beaucoup trop complexe pour arrêter son choix de la sorte. Les femmes le savent parfaitement, mais les hommes donnent toujours l'impression d'avoir fait l'école buissonnière le jour où il était question de ça en classe.

Nous répandîmes, Enalla et moi, la fable habituelle sur le problème de famille, en racontant, cette fois, que nous étions originaires de Muros. Gelane vendit sa boutique, emballa ses outils, acheta une voiture et deux chevaux.

Nous empruntâmes la grand-route impériale qui descendait vers le sud-est pour faire croire que nous allions à Muros, mais au bout d'une dizaine de lieues, nous bifurquâmes et nous prîmes une route secondaire qui menait à

Sendar. Pendant que mon père descendait au port chercher un capitaine cheresque en partance pour le Val d'Alorie, j'allai au palais du roi Ormik, me renseigner sur mon état de fortune. Je fus un peu surprise par la façon dont elle avait prospéré depuis mon dernier retrait. Quand on laisse travailler l'argent, il se reproduit presque aussi vite que les lapins. Quoi qu'il en soit, je retirai trente-cinq livres en pièces d'or de mon « fonds de réserve », puis je rejoignis Gelane, Enalla et Aravina à l'auberge tranquille où nous étions descendus. Je ne parlai pas de ce que j'avais fait. L'argent fait parfois faire de drôles de choses aux gens.

Mon père avait repéré un capitaine trapu, barbu, et probablement peu fiable, et le lendemain matin nous partions pour le Val d'Alorie.

La clé de la prospérité de Cherek et de la Drasnie a toujours été la Barre de Cherek, ce maelström impressionnant, puissant comme un raz de marée, qui obstrue le passage séparant la pointe nord de la Sendarie et l'extrémité sud de la péninsule de Cherek. Les Cheresques s'éclatent en franchissant la Barre. Pas moi. Je propose que nous en restions là.

Le temps que nous arrivions au port du Val d'Alorie, c'était l'automne, et mon père nous logea dans une auberge cossue assez loin du port et des quartiers chauds de la ville.

– Je vais voir Eldrig, m'annonça-t-il lorsque nous fûmes installés. Tout seul. Je préfère tenir Gelane à l'écart du palais, cette fois. Il donne l'impression de se calmer, mais on ne sait jamais. Évitons de l'exposer aux dorures des palais et autres leurres royaux.

– Comme c'est bien dit, murmurai-je.

Mon père ne me dit jamais de quoi il menaça le roi Eldrig pour l'obliger à autoriser son visiteur royal à quitter le Val d'Alorie et à s'installer dans l'arrière-pays, renonçant à faire de sa présence à Cheresque une affaire d'État. Il fallait qu'Eldrig sache que nous étions là, mais personne d'autre.

Nous quittâmes le Val d'Alorie le lendemain matin et suivîmes une route laissée à l'abandon qui menait au pied des montagnes de Cherek puis au village d'Emgaard, situé à plusieurs lieues à l'ouest de la capitale.

– Tu vas souvent à la pêche, Gelane ? demanda mon père, en cours de route.

– De temps en temps, Grand-père, répondit Gelane. Seline est au bord d'un lac, mais je n'ai jamais trouvé ça passionnant, personnellement. Si on veut manger du poisson au dîner, on peut toujours en trouver au marché. Rester assis sous la pluie, dans une barque qui fuit, en attendant que le poisson morde n'a rien d'excitant, et j'avais une affaire à diriger.

– C'est vrai que ce n'est pas drôle de pêcher sur un lac, mais la pêche de rivière, c'est autre chose, remarqua mon père. Il faudra que je t'y emmène, quand nous serons à Emgaard. Ça devrait te plaire.

Allons bon, que mijotait mon père ?

Emgaard était un de ces villages de montagne pittoresques, dont les maisons donnent l'impression d'être faites de pain d'épice. Les toits pointus étaient ornés de jolies gouttières recourbées, et les jardinets soigneusement tondus par les chèvres locales. Les chèvres font d'excellents animaux de compagnie dans les pays où le service d'enlèvement des ordures laisse un peu à désirer.

Comme nous approchions de la bourgade, mon père nous dit que le roi Eldrig lui avait affirmé qu'il n'y avait aucun vétéran de la Bataille de Vo Mimbre dans le secteur, de sorte que nous ne risquions pas de tomber sur d'anciens compagnons d'armes. Nous descendîmes à l'auberge locale, et nous étions à peine installés que mon père emmena Gelane tailler quelques cannes à pêche.

– C'est bien la première fois que je te vois t'intéresser à la pêche, Père. C'est une nouvelle lubie ?

– Bah, ce n'est pas une occupation désagréable. C'est une

activité peu fatigante. D'après Eldrig, c'est le sport national, dans le coin. Ce serait un bon moyen pour Gelane de se faire des relations. La région est réputée pour la pêche à la truite, et un vrai fanatique irait n'importe où pour assouvir sa passion. Ça expliquerait pourquoi il a quitté la Sendarie. Personne ne s'attend à ce qu'un fanatique ait un comportement rationnel.

J'étais un peu sceptique quand même.

– Tu l'as entendu, Père. Il ne s'intéresse pas à ce point-là à la pêche.

– Je vais arranger ça, Pol, affirma-t-il avec un grand sourire. Gelane ne s'intéresse pas à la pêche parce qu'il n'a jamais pris un gros poisson. Je vais veiller à ce qu'il attrape une énorme truite cet après-midi même, et il sera aussi bien accroché que la pauvre bête à son hameçon. Il ne pourra plus parler, il ne pourra plus *penser* à autre chose. Il aura oublié le culte de l'Ours, et même jusqu'à sa royale hérédité. Tu as de l'argent ?

– Un peu, répondis-je évasivement, car j'avais appris qu'il n'était pas utile de citer des chiffres précis quand mon cher père abordait ces questions.

– Achète-lui une boutique. Et il vous faudra une maison, aussi. Mais ne compte pas sur lui pour beaucoup s'occuper de ses affaires.

– Ce n'est pas un poisson qui va le métamorphoser en une nuit, Père.

– Il y en aura deux, Pol : le gros qu'il va attraper et le beaucoup, beaucoup plus gros qui va lui échapper. Je peux te garantir qu'il passera le restant de sa vie à lui courir après. Pour moi, d'ici un an, il ne saura même plus ce qui s'est passé à Seline.

– Tu es plus futé que tu n'en as l'air, Père.

– Je sais, Pol, convint-il avec un rictus. C'est un de mes nombreux dons.

Je déduisis, à voir l'air nostalgique et déçu de Gelane, ce

soir-là, que « celui qui lui avait échappé » était de proportions monumentales. Ça devait être un vrai monstre à en juger par la taille de celui qu'il avait attrapé et qualifiait d'un ton méprisant de « minus », et qui nourrit tout de même les clients de l'auberge pendant deux soirs d'affilée.

– Ça y est, il est accro, murmura mon père d'un air rusé pendant que Gelane exhibait sa prise dans la salle commune de l'auberge.

– J'ai vu, confirmai-je. L'autre poisson était vraiment si gros que ça ?

– C'était le vétéran du torrent. Je n'ai pas sondé ses pensées à fond, mais il m'a semblé qu'il avait élu domicile dans un grand trou, au pied d'une cascade. Les poissons sont curieusement faits. Ils ne mangent pas parce qu'ils ont faim mais pour empêcher les autres de tout manger. C'est pour ça que ce gros père a réussi à se sauver avec l'appât de Gelane.

– Tu as cassé la ligne de Gelane ?

– Non. Le poisson s'en est chargé tout seul. C'est un malin. Il a déjà mordu plusieurs fois à l'hameçon et il sait comment faire. Il a sauté hors de l'eau, à un moment donné. Il est plus grand que la jambe de Gelane. Cramponne-toi, Pol. Tu vas en entendre parler pendant un moment.

– Tu te rends bien compte que c'est terriblement malhonnête, hein ?

– Il en faudrait un peu plus pour m'arrêter, Pol, tu le sais. L'honnêteté est une chose fort honorable – enfin, j'imagine –, mais je ne la laisse jamais se mettre en travers quand j'ai quelque chose d'important à faire. Cette violente secousse au bout de la ligne, la vision de ce monstre surgissant de l'onde vont empêcher Gelane de faire des bêtises jusqu'à la fin de ses jours, et c'est tout ce que je voulais. Je vais rester dans le coin pendant quelques mois, bien que je ne pense pas que ce soit vraiment nécessaire. Tu peux l'installer, Pol, mais n'espère pas qu'il se tue au travail tant que ça mordra dans les torrents de la région.

Le stratagème de mon père m'inspirait toutes sortes de doutes, mais les années lui donnèrent raison. Chose étrange, j'ai épousé un homme presque aussi fou de la pêche que ce pauvre Gelane. Cela dit, je suis sûre qu'avec Durnik, le « gros père » n'aurait pas réussi à s'échapper.

Un ébéniste d'Emgaard était mort la semaine précédant notre arrivée, et je fus assez rapide pour approcher sa veuve éplorée avant que les vautours du voisinage n'aient le temps de la flouer. Je lui offris un prix généreux de la boutique et du logement attenant. Les chouettes sont plus... chouettes que les vautours. La boutique n'était pas très grande, mais la porte serait toujours assez large pour un tonnelier qui y accrocherait régulièrement une pancarte : « parti à la pêche ».

Puis l'hiver arriva, et mon père nous fit ses adieux pour repartir à la recherche de Chamdar. Gelane passait ses journées à faire des tonneaux, et ses soirées à fabriquer des mouches. Enalla n'était pas très heureuse de la nouvelle obsession de son mari, mais elle se rasséréna lorsque je fis valoir qu'un mari qui ne pense qu'aux poissons risque peu de s'intéresser aux autres femmes.

Aravina s'éteignit dans son sommeil au printemps suivant et j'avoue que je ne compris jamais tout à fait la raison exacte de sa mort. Je pourrais faire du pathos et dire qu'elle était morte de chagrin, mais d'un point de vue purement physiologique, ce serait une absurdité. Ça ne m'empêchait pas, absurde ou non, de soupçonner fortement ses accès de mélancolie répétés d'avoir hâté sa mort.

Gelane et Enalla la pleurèrent un moment, bien sûr, mais la vie continua. Gelane était assez bon dans son métier pour que ses clients fassent preuve de patience quand le poisson mordait. Emgaard était une petite ville reculée, et il n'y avait pas tant de poisson que ça dans les torrents, de sorte que Gelane n'était pas le seul homme d'affaires à avoir toujours la pancarte « parti à la pêche » à portée de la main. Ils se retrouvaient à la taverne locale, après le coucher du soleil, et ils parlaient pêche pendant des heures. Il se trouve que la boutique de tissus était juste à côté, et les circonstances voulurent que j'y passe, un soir, alors que Gelane était à la taverne en train de glaner des trucs sur la façon de leurrer la truite. Les pêcheurs de la région étaient assis en rond autour de la cheminée, les pieds tendus devant le feu, et se racontaient des mensonges plus gros qu'eux.

– J'ai vu ce vieux Gueule En Biais traverser sa mare en marchant sur la queue, ce matin, annonça l'un d'eux. Il a l'air d'avoir bien passé l'hiver.

– Il le passe toujours bien, nota un autre pêcheur. Il y a suffisamment à manger dans son trou d'eau. Il n'y a pas assez de courant pour l'emporter.

– Qui est Gueule En Biais ? s'enquit timidement Gelane.

Il était assis un peu en retrait, comme s'il ne voulait pas s'imposer à tous ces vétérans.

– Une grosse vieille truite qui a fait une bêtise quand elle était toute petite, répondit le premier pêcheur. Elle a mordu à l'hameçon d'un duc ou je ne sais quel aristo qui ne connaissait rien à la pêche. Quoi qu'il en soit, il a ferré beaucoup trop fort et il a cassé la mâchoire de cette jeune truite, d'où son nom. Elle a la mâchoire inférieure tordue sur le côté. D'après ce qu'on sait, Gueule En Biais a passé tout son temps, pendant que sa mâchoire se ressoudait, à penser à la bêtise qu'elle avait faite. Croyez-moi, mon jeune ami, il faut un leurre vraiment bien fait pour qu'elle y jette seulement un coup d'œil. Elle n'a jamais recommencé la même erreur.

– Tous les poissons du coin ont des noms ? demanda Gelane.

– Naan, fit un autre pêcheur en rigolant. Juste les gros vieux, trop futés pour se faire prendre.

– J'en ai ferré un assez gros dans le trou d'eau, en dessous de la cascade, juste à la sortie de la ville, le jour de mon arrivée, fit modestement Gelane. Il n'est pas resté longtemps au bout de ma ligne. Il l'a cassée, et il en a emporté près de la moitié !

– Oh, ça devait être le Vieux Tire-bouchon, avança aussitôt un autre pêcheur averti. Ce trou d'eau est sa propriété privée, et il collectionne les lignes de pêche.

Gelane lui jeta un regard intrigué.

– Tous les gros poissons du coin ont leur trou favori, expliqua un autre vétéran. Gueule En Biais vit dans cette mare à castors, le Tire-bouchon dans le trou d'eau sous la cascade, le Danseur près de la courbe, à un quart de lieue au-dessus de la chute d'eau, et le Sauteur dans les rapides, en aval. Si vous rapprochiez votre fauteuil du feu, mon jeune ami ? proposa-t-il après avoir interrogé les autres pêcheurs du regard – question muette à laquelle tous répondirent d'un hochement de tête approbateur. J'aime pas faire la conversation par-dessus mon épaule ; ça me donne le torticolis.

C'est ainsi que Gelane rejoignit la fraternité locale. Il insinua son fauteuil dans l'espace dégagé par les autres pêcheurs et demanda, très poliment bien sûr, au vieux pêcheur qui avait identifié son poisson géant :

– Je n'ai pas compris quand vous avez dit, tout à l'heure, que le Vieux Tire-bouchon collectionnait les lignes... ?

– C'est un truc à lui, répondit le pêcheur. Il doit avoir la lèvre sensible, et il n'aime pas la morsure de l'hameçon. Alors il se roule dans l'eau, il enroule la ligne autour de son corps et quand elle est toute emmêlée, il descend le courant à toute vitesse. Ce Vieux Tire-bouchon est un gros gaillard, et quand il pèse de tout son poids sur la ligne, elle claque comme un fil d'araignée. Il fait ça tout le temps.

– Alors c'est bien le Vieux Tire-bouchon que j'avais ferré, confirma Gelane avec excitation. C'est exactement ce qu'il m'a fait ! Je l'aurai, ajouta-t-il d'un air rêveur. Un jour, je l'aurai.

– Je vous souhaite bonne chance, mon jeune ami, fit un pêcheur au crâne dégarni. Avec toutes les lignes qu'il m'a obligé à racheter chaque fois que je passais auprès de son bassin, ce Vieux Tire-bouchon a bien failli me condamner à l'indigence !

Le « club des pêcheurs » était constitué essentiellement d'hommes d'affaires, et quand Gelane admit modestement qu'il venait de s'installer comme tonnelier, il fut aussitôt accepté comme un frère – ce qui veut dire que tout le monde avait compris que les tonneaux occupaient la seconde place dans sa vision du monde. Mon père est un futé, il faut lui reconnaître ça. Gelane aurait pu se démener comme un beau diable, rien n'aurait pu le faire accepter aussi vite que sa canne à pêche.

Quand l'automne revint, mettant plus ou moins fin à la saison de pêche, Gelane se remit à faire des tonneaux et à assumer ses autres tâches domestiques. Il n'avait peut-être pas encore attrapé le Vieux Tire-bouchon, mais il faut croire qu'il prit Enalla au bon moment car, à Erastide, elle était visiblement enceinte.

C'est une caractéristique de la vie villageoise : rien ne cimente l'intégration d'une famille dans la communauté comme la première grossesse de la femme. D'une façon très particulière, l'enfant à venir devient la propriété de la bourgade entière. Les dames passent à tour de rôle voir la future mère pour lui donner des conseils – presque tous désastreux –, et les hommes congratulent le futur père pendant des heures. Nous ne restâmes à Emgaard qu'un an et demi, mais aux yeux des autres villageois, nous étions maintenant des « anciens ». Nous étions fondus dans la communauté, et il n'y a pas de meilleur moyen de devenir invisible.

En 4899, au début de l'été, Enalla accoucha d'un garçon (évidemment ; les héritiers de Riva sont presque toujours des garçons, pour un certain nombre de bonnes raisons, héréditaires notamment). L'accouchement fut facile. Ce ne fut peut-être pas l'avis de la parturiente, mais c'était pourtant vrai.

Gelane insista pour appeler son fils Garel, en hommage à son propre père, et je n'avais aucune objection réelle à élever. Ce n'était pas un nom cheresque, mais il était assez alorien pour ne pas paraître déplacé. Le soir de ce grand jour, alors que la jeune maman dormait et que nous étions assis près du feu, Gelane avec son fils nouveau-né, moi avec ma couture, il regarda le feu d'un air pensif.

– Tu veux que je te dise quelque chose, tante Pol ? demanda-t-il tout bas.

– Quoi donc, mon chou ?

– Je suis vraiment heureux de la façon dont les choses ont tourné. Au fond, je ne me suis jamais vraiment plu en Sendarie.

– Ah bon ?

– À la Forteresse, pendant la guerre, je m'étais monté le bourrichon. Dans la famille de Cho-Ram, tout le monde me donnait du « Votre Altesse ». Et puis, après Vo Mimbre, tu nous as emmenés à Seline et tu m'as fait apprendre à fabriquer des tonneaux. Ça ne me plaisait pas vraiment, tu sais. Je me croyais tellement au-dessus de ça ! C'est comme ça que Chamdar m'a ferré. Cette histoire de « roi de Riva » était comme un hameçon planté dans la lèvre du Vieux Tire-bouchon. Si j'arrivais à lui faire ce coup-là, le Tire-bouchon ne pourrait pas m'échapper. Il serait obligé d'avaler mon appât. Tu crois que Chamdar est du genre à aller à la pêche, tante Pol ? Dans ce cas, ça doit être un redoutable pêcheur. Il a bien réussi à me ferrer. Évidemment, ajouta-t-il avec un petit rire attristé, je suis loin d'être aussi malin que le Vieux Tire-bouchon.

– Nous avons quand même réussi à casser la ligne de Chamdar, objectai-je.

– Tu y as réussi, tu veux dire. Si tu n'avais pas fait en sorte que j'entende ce qu'il pensait, il m'aurait dévoré tout cru pour son dîner. Enfin, je suis content que nous soyons venus nous installer ici, à Cherek. Les gens sont moins sérieux qu'à

Seline. Est-ce que la loi interdit de rire, en Sendarie ? Les Sendariens n'ont pas l'air d'apprécier la vie. À Seline, si j'avais accroché ma pancarte « parti à la pêche » sur la porte de ma boutique, tout le monde en aurait parlé pendant un an. Ici, à Emgaard, les gens se contentent de hausser les épaules et voilà tout. Tu sais, il m'arrive de passer des semaines sans penser une seule fois à ces histoires de couronne, de trône et toutes ces bêtises. J'ai de bons amis, ici, et maintenant j'ai un fils. J'aime cet endroit, tante Pol. Je l'aime vraiment. Tout ce que je demande au monde se trouve ici.

– Y compris le Vieux Tire-bouchon, ajoutai-je avec un bon sourire affectueux.

– Eh oui, acquiesça-t-il. Nous avons un petit rendez-vous, tous les deux. Un jour, je l'aurai, tante Pol. Mais ne sors pas ta poêle à frire, parce que quand je l'attraperai, ce sera pour le relâcher tout de suite.

– Quoi ? Qu'est-ce que tu feras ? demandai-je, stupéfaite.

– Je décrocherai l'hameçon, je déroulerai la ligne qui entourera son corps et je le rejetterai dans l'eau.

– À quoi bon le prendre si c'est pour le relâcher ?

– Pour le plaisir, tante Pol, répondit-il avec un sourire immense. Et puis comme ça, si je le relâche, je pourrai toujours le rattraper.

Ah, les hommes !

Pendant la grossesse d'Enalla, mon vagabond de père était allé au Gar og Nadrak suivre l'une de ces vagues pistes qu'il avait cru détecter dans le Codex darin. Pendant son séjour là-bas, il s'était mis en ménage avec un chercheur d'or nadrak appelé Rablek, et figurez-vous qu'ils tombèrent sur un gisement d'or natif de belle taille. J'ai vu la pile de lingots de mon père, et bien qu'il ne soit pas tout à fait aussi riche que moi, au moins je n'ai pas à m'inquiéter qu'il me fasse les poches chaque fois qu'il a besoin d'argent pour se payer une bière.

Je le fis prévenir de la naissance de Garel et il passa en automne pour voir son petit-fils. Après quoi nous profitâmes d'un moment de calme pour parler un peu.

– Ça marche, la pêche ? me demanda-t-il.

– Peut-être même mieux que tu ne l'espérais, répondis-je. Quand le poisson commence à mordre, la vie s'arrête à Emgaard. Tout le monde a accueilli Gelane comme un frère dès qu'il leur a parlé du Vieux Tire-bouchon.

– Qui est le Vieux Tire-bouchon ?

– Le gros poisson qui avait échappé à Gelane le jour de notre arrivée.

– Parce que les poissons ont des noms, ici ?

– C'est une coutume étrange de cet endroit. Tu as des nouvelles de Chamdar ?

– Aucune. Il a dû se terrer dans un trou quelque part.

– Il ne me manque pas.

– Ne t'inquiète pas, Pol. Je l'aurai, un de ces jours.

– J'ai l'impression d'entendre Gelane. Il dit la même chose du Vieux Tire-bouchon. La seule différence, c'est que, quand il l'aura attrapé, il dit qu'il le relâchera.

– Pour quoi faire ?

– Pour pouvoir le rattraper.

– C'est complètement absurde.

– Je sais. Mais c'est comme ça. Tu repars tout de suite ou tu restes dîner ?

– Qu'est-ce qu'on mange ?

– Et que veux-tu qu'on mange ? Du poisson, bien sûr.

– Je crois que je vais décliner cette offre généreuse, Pol. J'ai envie de jambon rôti, ce soir.

– Ce poisson particulier n'a pas de nom, Père. Ce n'est pas comme si nous mangions un vieil ami.

– Merci quand même, Pol. Bon, on reste en contact.

Et sur ces mots, il disparut.

La vie coulait, calme et sans histoires, à Emgaard. Gelane était devenu si habile qu'il en était arrivé à pêcher le Vieux Tire-bouchon au moins une fois par an, et pendant les mois d'hiver, il lui apportait à manger dans sa petite piscine privée, au pied de sa cascade. Je suis persuadée que le Vieux Tire-bouchon était très content, et il en était probablement arrivé à reconnaître son bienfaiteur – à l'odeur, certainement, sinon à l'aspect.

Enalla eut deux autres enfants, coup sur coup, deux filles, de sorte que j'avais tous les bébés que je voulais pour jouer.

Le Vieux Tire-bouchon mourut, sans doute de vieillesse, pendant l'hiver de 4901, et étant donné le nombre de prédateurs et de carnivores qui vivent le long des torrents de montagne, il est assez remarquable que Gelane l'ait retrouvé. Mon neveu nous ramena l'énorme truite à la maison. Il avait l'air vraiment bouleversé, et je vis même des larmes dans ses yeux. Il appuya sa canne à pêche sur le mur de la maison, et je crois qu'il n'y toucha plus jamais. Puis il enterra tristement son ami près du mur de pierre de mon jardin, et il transplanta deux rosiers pour marquer la tombe. Vous ne me croiriez pas si je vous disais comme le rosier profita, et quelles belles roses il donnait. Peut-être était-ce une façon un peu particulière de remercier Gelane de toutes les fois où il était venu donner à manger au Vieux Tire-bouchon pendant l'hiver.

Et puis, en 4902, vers la fin de l'été, quelque chose contamina le cours d'eau qui alimentait le village. Peut-être une bête crevée, mais ce n'est pas sûr ; l'épidémie qui éclata à Emgaard ne présentait aucun des symptômes habituels. Malgré tous mes efforts, beaucoup de gens périrent, dont Gelane. Je dus réserver mon chagrin pour plus tard, car il y avait encore des malades à sauver. Quand le mal eut perdu de sa virulence, je cherchai pendant un certain temps la source de l'infection, en vain. Je ne parvins pas à la trouver.

Enalla et les enfants avaient été épargnés par l'épidémie, mais la mort de mon neveu eut probablement un effet plus dévastateur que n'importe quelle affection. Il n'y avait, à l'époque, qu'un seul vrai vautour à Emgaard. Il approcha Enalla avec hypocrisie et fit une offre d'une modicité insultante pour la boutique de Gelane.

– Si vous me laissiez faire, mon chou ? proposai-je.

– Vous voulez bien, tante Pol? Je ne sais vraiment pas quoi lui dire.

– Je m'en occupe, mon chou, promis-je.

Je tins parole dès le soir.

Je me rendis à la taverne et j'informai la bande des joyeux pêcheurs de la proposition qui avait été faite à la veuve éplorée. J'ajoutai que je trouvais la proposition infamante. Le grossier personnage quitta la ville le lendemain matin même. Juste après que j'eus réduit la fracture de son bras droit et pansé un certain nombre de plaies et de bosses. Il paraît qu'il était tombé dans un escalier. Plusieurs fois de suite. J'ai remarqué que la justice était assez expéditive dans les petites villes de Cherek.

Nous aurions pu partir à notre tour, mais Enalla n'aimait pas l'idée d'abandonner la tombe de Gelane, et elle s'était fait de nombreuses amies en ville. Garel et ses sœurs avaient grandi là, et quand Garel eut seize ans, j'entendis à nouveau ce fameux tintement. La fille qui le provoqua était une blonde pétillante appelée Merel. Nous les mariâmes très vite. Il n'y avait pas de barreaux aux fenêtres, à Emgaard, et beaucoup trop de fourrés aux alentours pour ma tranquillité d'esprit, compte tenu de la passion que les adolescents développent inévitablement pour certaines explorations. Merel était une de ces Cheresques incroyablement fertiles qui donnent l'impression d'être constamment enceintes. Tous les deux ans, Garel, qui était maintenant le charpentier du village, agrandissait la maison, mais il avait du mal à tenir le rythme. Son fils aîné, Darion, finit par se retrouver avec treize frère et sœurs.

Nous restâmes plus longtemps à Emgaard qu'en aucun autre endroit depuis que j'avais décidé de faire quitter l'Arendie à ma petite famille. Après tout, il n'y avait pas d'Angaraks à Cherek, et les gens d'Emgaard évacuaient le problème de mon éternelle jeunesse avec un haussement d'épaules et une explication aussi simpliste que grossièrement erronée :

« Quoi ? Elle est médecin, et tout le monde sait que les médecins savent comment rester en vie pendant des siècles grâce à des herbes médicales. » Je manquais toujours un peu m'étrangler quand j'entendais ça, surtout parce qu'on dit « médicinales » et non « médicales ». Enfin, l'un dans l'autre, cette vision particulière des choses me permit de rester à Emgaard avec les descendants de Gelane et d'Enalla. Je savais que j'enfreignais l'une des règles élémentaires, mais à Cherek, personne ne respecte les règles, alors ce n'était pas grave.

Nous étions tous très heureux, ici, et les siècles passaient sans que j'y prenne garde. Je perdis même le compte des années, et pourtant j'y fais généralement attention. En 5250 – à moins que ce ne soit en 5251 –, mon père passa nous rendre l'une de ses rares visites. Seulement, cette fois, ce n'était pas une visite de simple politesse.

– Les jumeaux commencent à tirer du Codex mrin des indices selon lesquels la venue du Tueur de Dieu serait proche, Pol, dit-il avec gravité.

– Vraiment, Père ? Ce serait pour bientôt ?

– Ça ne devrait plus trop tarder. Il devrait arriver d'ici le siècle prochain.

– Dans ce cas, il vaudrait peut-être mieux que je songe à nous rapprocher de la Sendarie, non ? Je suis aussi capable que toi de lire les Codex, Père, repris-je comme il me jetait un regard intrigué. Je sais où le Tueur de Dieu est censé naître.

– Attends pour bouger, Pol. Les jumeaux pourraient trouver un indice concernant la date précise, et je ne tiens pas à ce que tu t'aventures en Sendarie tant que je n'aurai pas réussi à repérer Chamdar. Qui est l'héritier actuel ?

– Il s'appelle Geran, Père. Oui, j'aime perpétuer ce nom, pour des raisons très personnelles. Il vient de se marier, alors je doute que son fils soit celui que nous attendons.

– Ah bon ? Et pourquoi ?

– Sa femme est cheresque, Père, et ces Cheresques, il suffit d'un regard appuyé pour les engrosser. Elle accouchera sûrement avant que nous ayons le temps de faire nos paquets et de nous installer en Sendarie.

– Les Cheresques sont prolifiques à ce point ?

– Pourquoi crois-tu qu'ils ont tous de si grandes familles ?

– Je pensais que c'était une question de climat.

– Quel rapport avec le climat ?

– Eh bien, il y a ces longues nuits d'hiver sans rien d'autre à faire que...

Il s'interrompit abruptement.

– Oui, Père ? insistai-je doucement. Continue. Je trouve tes théories scientifiques absolument fascinantes.

Eh bien, figurez-vous que je réussis à le faire rougir !

CHAPITRE XXXVI

Peu après le passage de mon père, ma mère me rendit visite elle aussi, au sens figuré, bien sûr. J'astiquais un chaudron lorsque sa voix me parvint.

Pol ?

Oui, Mère ? répondis-je en posant mon ouvrage.

Je voudrais que tu ailles en Nyissie. Ctuchik est en train d'essayer de circonvenir Salmissra. Il faut que quelqu'un lui remette les idées en place.

Pourquoi moi ? demandai-je, mais je ne le pensais pas, évidemment.

Il y eut un long silence, puis ma mère se mit à rire.

Parce que je te le demande, Pol. Qu'est-ce qui te prend de poser une question aussi stupide ?

C'est un trait de famille, Mère. J'entends des gamins poser cette question depuis mille deux cents ans, maintenant. C'est exaspérant, hein ?

Comment réponds-tu, d'habitude?

À peu près de la même façon que toi, à l'instant. Je vais parler avec les jumeaux et leur demander de me remplacer ici. Et puis j'irai parler avec la femme-serpent. C'est Ctuchik qui la corrompt personnellement?

Non. Ctuchik ne quitte presque jamais Rak Cthol. Il a confié cette mission de confiance à Chamdar.

Ah! Voilà pourquoi Père n'arrivait pas à lui mettre la main dessus.

Comment va-t-il?

Bah, toujours pareil, répondis-je en haussant les épaules. *Tu sais comment il est.*

Allons, Pol; un peu d'indulgence.

Ce furent ses derniers mots. L'instant d'après, elle n'était plus là.

Je projetai ma pensée vers les jumeaux et, deux jours plus tard, ils arrivaient à tire-d'aile.

– Je préfèrerais que mon père ne sache pas où je vais, dis-je juste avant de partir. Quand il fourre le nez dans mes affaires, il ne réussit généralement qu'à compliquer les choses.

– Tu ne devrais pas parler de ton père comme ça, Pol, me gourmanda gentiment Beltira.

– Quoi, ce n'est pas un vrai mêle-tout, peut-être?

– C'est possible, mais ce n'est pas très gentil de le dire de cette façon.

J'éclatai de rire et présentai les jumeaux à ma petite famille. Je restai néanmoins dans le vague quant aux raisons de mon escapade. Puis je m'enfonçai dans la forêt environnante et me changeai en faucon, qui est ma seconde forme préférée. J'aurais pu choisir l'aigle, mais le roi des oiseaux est un peu trop imbu de sa noblesse à mon goût. Les faucons sont plus futés, et ils ont une obsession : voler vite. Quand deux faucons se rencontrent, il n'est pas rare qu'ils improvisent une petite course, ce qui a une fâcheuse tendance à interférer avec certaines autres activités pendant la saison des amours, si vous voyez ce que je veux dire.

Je volai donc jusqu'à la Barre de Cherek, puis vers le damier vert et brun qui s'appelle la Sendarie. De mon point de vue privilégié, je constatai à nouveau à quel point la Sendarie peut être propre et ordonnée, qualités que j'approuve de tout cœur. La propreté n'est peut-être pas ce qu'il y a de plus important au monde, mais ça compte.

Je dormis dans un arbre, au beau milieu de la forêt asturienne, juste au sud de la Camaar, et je repartis dès les premières lueurs du jour. Je survolai Mimbre et ne m'arrêtai qu'une fois en Tolnedrie.

(Allez-y, dites-le. Il y a plus de cinq cents lieues du Val d'Alorie à Sthiss Tor ; jamais un oiseau n'aurait pu parcourir cette distance en trois jours. C'est vrai, j'ai triché. Bon, ça répond à votre question ?)

Il faisait lourd, à Sthiss Tor, et l'air était tellement humide qu'on aurait dit de la mélasse. Je déteste ces climats chauds et humides. On a l'impression de respirer sous l'eau. Je me reposai dans un arbre, devant la cité aux murailles peinturlurées de couleurs criardes, et j'envisageai les différentes options qui s'offraient à moi. Je fis tout de suite une croix sur ma forme préférée. La chouette neigeuse n'est pas acclimatée en Nyissie, et les oiseaux blancs sont un peu trop visibles la nuit. La réponse était assez évidente, mais elle ne me plaisait guère. Je suis sûre que les chauves-souris sont des créatures sérieuses, travailleuses et très gentilles avec leur mère, mais je ne sais pas pourquoi, j'ai toujours eu une sorte de préjugé contre ces bestioles. Elles sont tellement vilaines ! Enfin... je serrai les dents et me métamorphosai.

Je mis un petit moment à m'y faire, je l'avoue. Le vol de la chauve-souris n'a rien à voir avec celui des oiseaux. Malgré tous leurs inconvénients, les plumes offrent une bien meilleure portance dans l'air, ce qui facilite le vol. Les chauves-souris sont obligées de battre des ailes comme des forcenées. Je finis par y arriver, mais il me fallut encore un bon moment pour m'habituer à changer de direction en fonction de l'écho.

Vous saviez que les chauves-souris se repéraient au son ? Elles ne couinent pas seulement pour le plaisir. Elles peuvent voler dans le noir complet sans rentrer dans quoi que ce soit. Vous ne pouvez imaginer à quel point elles ont l'ouïe fine. À l'instant où je me changeai en chauve-souris, je constatai que je pouvais entendre le zonzonnement d'un moustique à cent toises.

Je survolai donc les murs nauséeux de la cité des Hommes-Serpents et me dirigeai en zigzaguant à travers les ruelles puantes vers le palais grotesque érigé au centre de Sthiss Tor. Puis je survolai les murailles du palais et m'accrochai – la tête en bas, vous imaginez comme c'est pratique – sous une statue hideuse, manifestement sortie de l'imagination délirante d'un sculpteur drogué. Je regardai toute une gamme de fonctionnaires entrer et sortir par une énorme porte. C'étaient généralement des petits bonshommes grassouillets, au crâne rasé et sans un poil sur le corps (sur les parties visibles du corps, du moins). Je n'ai jamais très bien compris pourquoi la coutume voulait que la Reine des Serpents soit servie par des eunuques. Compte tenu des appétits de cette longue lignée de Salmissra, ça paraît peu rationnel, pour dire les choses sobrement. C'est là que je commençai à revoir mon aversion pour les chauves-souris. Ces petites bêtes n'ont peut-être pas un joli minois et leurs ailes sont assez mal fichues, mais leurs oreilles compensent largement ces inconvénients. J'entendais le moindre mot de ce que les eunuques du palais se racontaient. Je pouvais même entendre le crissement sec des serpents qui rampaient dans les coins sombres. Ça, pour le coup, ça me mit mal à l'aise. La chauve-souris est un rongeur, au fond, et les rongeurs sont le mets de prédilection de la plupart des reptiles.

– C'est absolument ridicule, Rissus, disait un eunuque à la voix de contralto. Elle ne sait pas lire ?

– Sans doute que si, Salas, répondit un second eunuque, mais elle a la tête – ou ce qu'il en reste – ailleurs.

– Ses professeurs auraient pu la prévenir que les Angaraks ont déjà essayé ce coup-là, tu ne penses pas ? Comment peut-elle être assez crédule pour s'imaginer qu'un Dieu voudrait l'épouser ?

– Bah, tu sais, elle a été élevée dans l'idée qu'Issa la voulait pour épouse. Si un Dieu se languit de sa compagnie, pourquoi pas un autre ?

– Tout le monde sait ce qui s'est passé la dernière fois qu'une de nos reines est tombée dans ce piège angarak, reprit Salas. Cet Asharak la mène par le bout du nez, exactement comme l'autre, et ça va finir de la même façon. Si ça continue, d'ici peu, on verra les Aloriens se balancer dans les poutres de ce palais comme des singes.

– Ben, vas-y, qu'est-ce que tu attends pour le lui dire ?

– Pas question. Son serpent favori est en train de muer, en ce moment, et ça ne lui arrange pas le caractère. Et moi, je suis trop jeune pour mourir.

Le dénommé Rissus haussa les épaules.

– La réponse est tout autour de nous, Salas. Il va bien falloir que cet Asharak mange ou boive quelque chose, à un moment donné. C'est ce que je n'arrive pas à comprendre, ajouta-t-il en secouant la tête. J'ai assaisonné tous ses repas, toutes les carafes de vin qu'il a pu ingurgiter, avec suffisamment de sarka pour tuer une légion, mais il refuse obstinément de boire ou de manger.

– Et l'odek ? suggéra Salas. Il l'absorberait par la peau.

– Il n'enlève jamais ses gants ! Comment tu veux tuer un client qui refuse de coopérer ?

– Et si tu l'embrochais avec un bon poignard ?

– C'est un Murgo, Salas, et je ne vais pas me livrer à un duel au couteau avec un Murgo. Nous allons être obligés d'embaucher un assassin professionnel.

– Ça coûte l'os du coude, Rissus !

– Considère ça comme une mesure de patriotisme, vieux frère. Je pourrai toujours traficoter mes livres de comptes afin que nous rentrions dans notre mise de fonds. Allons dans la salle du trône. Asharak va généralement voir la reine vers minuit, entre deux rendez-vous. Enfin, de ses rendez-vous à elle...

Les deux hommes entrèrent alors dans le palais.

Je déduisis de cette conversation fascinante que l'actuelle Salmissra ne jouissait pas d'un grand prestige auprès de ses serviteurs. Ses moyens intellectuels étaient manifestement limités, et ils devaient être encore amoindris par sa demi-douzaine de drogues favorites. D'un autre côté, j'étais très déçue par ce Chamdar. Les Angaraks n'avaient donc rien trouvé de plus original que le vieux stratagème éculé de Zedar ? La dernière remarque du dénommé Rissus, juste avant d'entrer dans le palais, semblait offrir une occasion trop belle pour que je la laisse échapper. Si Chamdar se faisait encore passer pour Asharak le Murgo, et s'il avait un rendez-vous plus ou moins fixe avec Salmissra à minuit, je pouvais me les payer tous les deux en même temps et régler les deux problèmes à la fois. L'économie est une vertu comparable à la propreté : ce n'est pas le bout du monde, mais ce n'est pas rien.

Je me souvenais que, lorsque nous étions venus à Sthiss Tor avant la Bataille de Vo Mimbre, mon père et moi, le palais de Salmissra n'était pas très bien éclairé. Je conservai donc mon déguisement et franchis cette vaste porte en volant. Les plafonds étaient hauts et se perdaient dans les ombres. Je n'étais pas la seule chauve-souris à hanter les poutres. Je suivis en voletant les corridors voûtés qui menaient à la salle du trône, et quand Salas et son ami entrèrent, je réussis à me faufiler au-dessus d'eux avant que la porte ne se referme. Puis je décrivis des cercles dans les hauteurs et je me perchai – chose très malcommode pour une chauve-souris – sur l'épaule de la gigantesque statue d'Issa, le Dieu-Serpent, qui se dressait derrière le trône de Salmissra.

La Reine des Serpents n'était pas là, et les eunuques se prélassaient sur le sol de pierre polie, en parlant de choses et d'autres. Je remarquai que plusieurs d'entre eux avaient l'air plus ou moins comateux, et je me demandai ce qui était le pire : la bière ou les divers narcotiques que les Nyissiens prisaient tant. Je pense que si j'ai quelque chose contre la bière, le vin et les boissons alcoolisées, c'est à cause du bruit et de l'odeur. Les hommes ivres ont tendance à gueuler et à puer comme des putois, alors que les drogués sombrent dans une sorte de torpeur et ne sentent généralement rien. Je suppose que c'est plus une question esthétique qu'autre chose. Cela étant réglé, je réfléchis à la façon dont j'allais approcher Chamdar. L'idée de prendre la forme d'un aigle de la taille d'une grange m'effleura vaguement. J'aurais pu l'agripper dans mes serres, prendre mon essor, le lâcher d'une hauteur de quatre ou cinq mille toises et...

Non, Pol, fit fermement la voix de ma mère. *Nous aurons besoin de lui, plus tard.*

Rabat-joie! protestai-je de ma voix stridente de chauve-souris. *Et puis, tu ne pourrais pas prévenir? Tu pourrais frapper, ou je ne sais pas, moi! Je ne sais jamais quand tu es là!*

Eh bien, fais comme si j'étais tout le temps là, Pol. Tu ne serais pas loin de la vérité. Tu te souviens de la comtesse Asrana?

Comment pourrais-je l'oublier?

Tu devrais peut-être te demander comment elle aurait abordé le problème de ce Chamdar.

C'est ce que je fis pendant un moment, puis je manquai éclater de rire.

Oh, mère! fis-je, amusée. *Quelle idée effroyable!*

Je savais que ça te plairait..., commenta-t-elle.

Plus j'y réfléchissais, plus la suggestion de ma mère m'emballait. La petite Asrana si gaie, si insouciante, aurait rendu absolument dingue ce Grolim sans humour, et un Grolim fou est plus susceptible de commettre des erreurs. Des erreurs tellement évidentes que même une Salmissra droguée les repèrerait aussitôt.

Sur ces entrefaites, la Reine des Serpents entra dans la salle du trône et les eunuques assemblés reprirent leur posture rampante et servile accoutumée. La reine aurait pu être celle à qui nous avions parlé, mon père et moi, avant la Bataille de Vo Mimbre. Évidemment. Ça n'avait rien d'étonnant : le premier critère de recrutement des Salmissra était une étroite ressemblance physique avec l'originale. Celle-ci s'approcha de son trône d'une démarche ondulante, languide, s'assit et commença à se contempler dans son miroir. Je sondai prudemment son esprit... et j'y trouvai le plus complet chaos ! Elle était sous l'influence de plusieurs narcotiques qui ne devaient pas faire très bon ménage, mais dont l'effet se potentialisait, la plongeant dans une sorte d'extase chimique. Lorsqu'elle était dans cet état, on aurait pu lui faire croire n'importe quelles sornettes. À la lumière des événements, je comprenais que Chamdar ne se soit pas cassé la tête pour inventer une nouvelle histoire. À quoi bon ? La vieille fable réchauffée de Zedar suffisait largement.

Salmissra s'était à peine installée que la porte de la salle du trône se rouvrit devant Chamdar. Il avait rasé la barbe hirsute qu'il portait à Seline, et je vis qu'il avait le visage scarifié.

Un huissier heurta le sol du bout de son bâton et annonça d'un ton quelque peu ennuyé : « L'émissaire de sa Seigneurie Ctuchik de Rak Cthol demande audience à Sa Divine Majesté. »

– L'émissaire approche de la Divine Salmissra, entonnèrent les eunuques, à l'unisson, d'un air guère plus enthousiasmé.

– Ah, fit Salmissra d'une voix languissante. C'est tellement gentil de venir me voir, Asharak.

– Je suis au service de Sa Divine Majesté, répondit-il de sa voix gutturale, fortement accentuée.

Cet accent devait faire partie de son personnage, parce qu'il ne parlait pas comme ça à Seline.

Je descendis de la statue et voletai aussi discrètement que

possible vers le sol, derrière l'effigie du Dieu-Serpent. Puis, en prenant garde à étouffer le bruit, je repris forme humaine et entrepris de contourner la statue.

– Êtes-vous venu, Asharak, me rappeler combien le Dieu-Dragon m'adore ? avança Salmissra avec coquetterie.

– Le monde entier est pétrifié par l'exquise beauté de Sa Majesté, répondit Asharak. Mes pauvres paroles ne sauraient exprimer la profondeur de la passion de mon Dieu pour...

Il s'interrompit net et me dévisagea avec stupéfaction.

– Qu'est-ce que... ? s'étrangla-t-il.

– Eh bien, Chammy, mon trésor ! fis-je en singeant la voix d'Asrana. C'est fou de vous retrouver ici ! Quelle surprise délicieuse ! Ah, Sally, vous êtes là ! fis-je en me tournant vers la Reine des Serpents. Où diable étiez-vous passée ? Je vous ai cherchée partout !

Tout ce discours était du pur Asrana.

– Que faites-vous ici ? demanda Chamdar.

– Je suis juste passée dire un petit bonjour à notre Sally, répondis-je. Ça n'aurait pas été gentil de passer par ici sans la saluer, je trouve. Où étiez-vous donc, petit farceur ? Mon père vous cherchait partout. Vous jouiez encore à cache-cache avec lui, hein ? Vilain, vilain Chammy. Il va terriblement vous en vouloir, vous savez. Mon père manque parfois d'humour.

– Qui est-ce ? demanda Salmissra. Et pourquoi vous appelle-t-elle ainsi ?

– Ne me dites pas que vous avez encore enfourché votre vieux dada, Chammy ? Quel manque d'imagination ! Asharak le Murgo ? Vraiment, Chammy, vous me décevez. Il vous a raconté des bobards, Sally ? fis-je en regardant la Reine de Nyissie qui semblait complètement égarée. Vous ne l'avez pas cru, au moins ? Asharak le Murgo, franchement ! Il a usé cette identité dans le monde entier. Enfin, le monde civilisé... Tout le monde sait qu'il s'appelle en réalité Chamdar, et que c'est le lèche-bottes favori de Ctuchik. Ce Chammy a un métabolisme à base de raclures de bottes. Quand on pense que ça dure depuis plus de mille ans, maintenant...

– Mais qui êtes-vous ? demanda Salmissra. Et comment osez-vous me donner ce nom absurde ?

– Je m'appelle Polgara, Sally, et je peux vous appeler comme ça me chante, répondis-je en laissant tomber le badinage pour adopter un ton polaire.

J'eus l'impression de sentir son sang se cailler dans ses veines et se purger subitement de toute trace de narcotique.

– Polgara ? s'exclama-t-elle.

– Elle ment ! lança Chamdar d'une voix légèrement stridente, les yeux hagards.

– Oh, Chammy, comment, au nom du Ciel, pourriez-vous le savoir ? Vous me cherchez depuis plus de mille ans, et vous ne m'avez pas vue une seule fois en chair et en os. Si Ctuchik n'a pas mieux que vous sous la main, mon père a nettement surestimé le danger. Je pourrais vous anéantir rien qu'en levant le petit doigt.

C'était un peu mélodramatique, j'en conviens, mais je tendis négligemment le doigt vers un point situé à côté de lui et je désintégrai une dalle de grès poli d'un seul éclair crépitant. Je n'ai pas l'habitude de faire ça, et j'en fis un peu trop. La pierre vola en éclats tranchants, chauffés au rouge, criblant les eunuques qui, du coup, cessèrent instantanément de s'ennuyer. Ils s'éloignèrent en poussant des cris de musaraigne effarouchée.

– Oups ! fis-je d'un air faussement navré. J'y suis peut-être allée un peu fort. Pardon pour votre joli sol de pierre, Sally. Voyons, où en étais-je ? Ah oui, ça me revient !

Et je fis sauter plusieurs autres dalles juste aux pieds de Chamdar qui se mit à faire des bonds sur place.

– Tiens, tiens, fis-je d'une voix traînante. Donc, les Murgos savent danser ! Comme quoi il suffit de les encourager un peu.

– Vous êtes venue me tuer ? demanda Salmissra d'une voix frémissante.

– Vous tuer ! Par tous les Dieux du Ciel ! Voyons, Sally chérie, nous savons bien, toutes les deux, que je ne ferais jamais une chose pareille.

J'esquissai un mouvement infime du bout du doigt et je libérai mon Vouloir. Ce que je faisais n'était qu'une illusion, après tout, et je n'avais pas besoin d'agiter les bras comme un sémaphore.

– Regardez votre miroir, Sally. Voilà ce que je vais faire à la Salmissra qui aura le malheur de me mécontenter.

Dire à une Salmissra – à n'importe laquelle – de se regarder dans son miroir revenait à ordonner à un torrent de couler vers le bas de la colline. Elle jeta un coup d'œil à la psyché placée auprès du divan qui lui servait de trône et poussa un cri d'horreur. Un énorme serpent tacheté la regardait de ses yeux qui ne cillaient pas, en dardant sa langue.

– Non ! hurla la Reine des Serpents en palpant désespérément sa figure, ses cheveux, son corps, afin, sans doute, de s'assurer que le reflet monstrueux n'était pas conforme à son véritable aspect. Faites-le partir ! piaula-t-elle, les mains agitées de tremblements.

– Pas tout de suite, Sally chérie, dis-je du ton le plus tranchant qui se puisse imaginer. Je veux que vous vous souveniez bien de cette image. Alors, notre ami Chammy vous a servi ses vieilles salades, hein ? Vous n'avez pas vraiment cru que Torak allait vous épouser, tout de même ?

– C'est ce qu'il m'a dit ! couina Salmissra en pointant un doigt accusateur vers le Grolim décontenancé.

– Oh, Chammy, Chammy, Chammy, fis-je d'un ton grondeur. Qu'est-ce que je vais faire de vous ? Vous savez que c'était un mensonge. Vous savez parfaitement que le cœur de Torak appartient à une autre.

Là, je prenais un pari. Rien ne prouvait que Chamdar ait été à Vo Mimbre.

– De qui Torak est-il épris ? demanda Salmissra d'une voix vibrante.

En dépit de tout, je pense qu'elle nourrissait encore quelques espoirs.

– De qui ? répondis-je. Mais de moi, Sally. Voyons ! Je pensais que tout le monde était au courant. Il m'a même demandé ma main, une fois, et je lui ai littéralement pulvérisé le cœur en l'envoyant promener. En fait, c'est pour ça qu'il a perdu son duel avec Brand, à Vo Mimbre. Le pauvre chou n'a qu'un seul œil, comme vous le savez, et il était tellement aveuglé par les larmes qu'il n'a pas vu venir le coup d'épée de Brand. Vous ne trouvez pas ça craquant, quand vos admirateurs se défient en combat singulier pour vous prouver leur amour ? C'est tellement romantique, toutes ces effusions de sang... Je tremblais de tout mon corps, rien que de voir Torak debout là, avec cette épée plantée dans la tête comme ça.

J'entendis un sanglot étouffé et je jetai un rapide coup d'œil à Chamdar. Me croirez-vous si je vous dis que le Murgo était en pleurs ! Évidemment, Torak était son Dieu.

– Maintenant, Sally, je pense que vous devriez demander à un certain Salas, ici présent, ce qui est arrivé à la Salmissra qui a commandité le meurtre du roi de Riva. Si vous accordez foi aux balivernes de Chammy, vous êtes partie pour connaître le même sort. Les Aloriens vont vous faire brûler sur le bûcher. Réfléchissez-y et jetez encore un coup d'œil dans votre miroir. C'est le bûcher ou le serpent, Sally. Ce n'est pas un choix formidable, hein ? lançai-je, puis je braquai mon célèbre regard d'acier sur Chamdar, qui avait, lui, les yeux rougis par les larmes. Chammy, vilain, vilain garçon ! Maintenant, vous allez sortir d'ici, retourner à Rak Cthol et dire à Ctuchik qu'il a intérêt à trouver quelque chose de nouveau, parce que cette histoire-là est complètement usée, maintenant. Vous en profiterez pour lui transmettre mon bonjour, vous voulez bien ? Dites-lui que j'attends avec impatience le plaisir de le revoir.

– Mais..., bredouilla-t-il.

– Vous l'avez entendue, Chamdar ! siffla Salmissra. Je ne veux plus vous voir. Et vous avez intérêt à vous dépêcher. Votre immunité diplomatique prend fin d'ici une demi-heure, après quoi votre tête sera mise à prix. Un prix très intéressant. Allez, foutez-moi le camp !

Chamdar ne se le fit pas dire deux fois.

– Joli, fis-je d'un ton appréciateur.

– Je peux vraiment faire ça, Pol ? demanda-t-elle d'un ton indécis.

– C'est votre royaume, mon chou, lui assurai-je. Vous pouvez faire tout ce qui vous passe par la tête.

– Vous croyez que nous pourrions être amies ? demanda-t-elle.

– Je pense que nous le sommes déjà, répondis-je avec un bon sourire.

– Alors vous voulez bien enlever cet affreux serpent de mon miroir ?

Je restai plusieurs mois à Sthiss Tor pour nettoyer le sang de Salmissra des diverses drogues qu'elle s'administrait jusqu'à ce qu'elle redevienne capable de réfléchir de façon cohérente. Ce n'était pas une championne, mais une fois qu'elle fut sortie du brouillard dans lequel elle planait, elle se remit à fonctionner de façon à peu près rationnelle. Les eunuques qui dirigeaient le gouvernement furent passablement perturbés par mon intervention. C'est pourquoi, un soir, lorsque Salmissra se fut endormie, j'envoyai chercher Rissus, qui semblait avoir un tout petit peu plus de pouvoir que la plupart de ses collègues – suffisamment, en tout cas, pour devoir prendre les précautions habituelles afin d'éviter de se faire empoisonner. Il entra, l'air plein d'appréhension, dans le salon des appartements privés de la Reine des Serpents.

– Vous vouliez me voir, Dame Polgara ? demanda-t-il de sa voix de contralto.

– Oui, Rissus, répondis-je. Je me suis dit que ça serait bien que nous ayons une petite conversation, tous les deux.

– Mais bien sûr, Dame Polgara.

– Votre reine a subi un petit changement, je suis sûre que vous l'avez remarqué.

– Ça ne risquait pas de m'échapper. Vous la tenez bien en main. Comment y êtes-vous arrivée aussi vite ?

– Je lui ai proposé mon amitié, Rissus. C'est une personne très solitaire, vous savez.

– Comment pourrait-elle être seule ? Elle a toute une étable de jolis garçons pour la distraire.

– Salmissra a besoin d'amitié, Rissus, et ce ne sont pas ses galipettes qui vont lui en apporter. Il faudrait une imagination délirante pour la trouver brillante, mais elle a assez de bon sens pour diriger ce pays si vous la conseillez, Salas, un certain nombre de vos collègues et vous-même. Vous sentez-vous une fibre d'homme d'État, Rissus ? Pourrez-vous renoncer à vos petits complots et, incidemment, à empoisonner vos rivaux pour vous concentrer sur la bonne marche du gouvernement ?

– C'est une proposition très incongrue, murmura-t-il.

– Pour ça, oui, acquiesçai-je. Bon, voilà comme nous allons procéder : j'ai une certaine expérience du pouvoir, et je vais raconter à Salmissra des histoires sur la façon dont j'ai résolu telle ou telle crise, sur l'utilité de caresser dans le sens du poil les grands personnages du royaume, sur les moyens de revoir le code fiscal sans provoquer une révolution immédiate, bref, sur tous ces petits trucs tellement utiles à un chef de gouvernement. La grande idée est d'amener notre Salmissra à s'intéresser à la politique. Et puis, quand elle commencera à poser des questions, je prétendrai ignorer les coutumes nyissiennes et je lui suggérerai de vous consulter. Notre but est de faire son éducation en douceur jusqu'à ce qu'elle soit capable de diriger. À partir de ce moment-là, nous la laisserons décider par elle-même.

– Où est le piège, Dame Polgara ? demanda-t-il en me lorgnant d'un air rusé. Qu'est-ce que vous avez à gagner là-dedans ?

– Moi ? Je veux la stabilité en Nyissie, Rissus. Il se prépare des choses dont vous n'avez même pas idée et qui risquent d'être assez titanesques. Je refuse de laisser Ctuchik dicter la politique nyissienne.

– Là, ce n'est pas moi qui vous contredirai.

– Tant mieux. Bon, je l'ai désintoxiquée des drogues les plus incapacitantes, et je souhaiterais que nous l'aidions à réduire sa consommation. Je sais qu'elle doit prendre régulièrement certains produits pour ne pas vieillir, mais je voudrais que nous ramenions les doses au minimum. Qui est son apothicaire ?

– C'est moi, répondit-il avec un pâle sourire.

– Vraiment ? Il est très inhabituel de trouver un pharmacologiste doté de pouvoir dans un gouvernement.

– Sauf en Nyissie, Polgara. Ici, à Sthiss Tor, la clé du cabinet aux drogues de la reine est la clé du pouvoir. Ça peut paraître immodeste, mais je suis le meilleur pharmacologiste de toute la Nyissie. Dans un pays de drogués, c'est l'apothicaire qui dirige, mais tout se passe en coulisse. Il pourrait être agréable de sortir de l'ombre...

– Alors, qu'en dites-vous, Rissus ? Nous prenons notre Salmissra en main et nous en faisons une vraie reine ?

– Pourquoi pas ? Une vraie reine... ça nous changerait. Nous pourrions arriver à la stabilité que vous recherchez, en établissant des règles strictes régissant l'empoisonnement des adversaires, la limitation du recours aux assassins professionnels et tout ce qui s'ensuit... C'est le chaos en Nyissie depuis près d'un siècle, nota-t-il pensivement. Il serait peut-être temps d'édicter de nouvelles règles, et comme, par ici, personne ne fait très attention aux règles sauf quand elles sont édictées par le trône... Oui, j'accepte votre proposition. Nous allons faire une reine de notre Salmissra.

Et c'est ce que nous fîmes. Salmissra n'avait jamais eu un seul véritable ami depuis sa plus tendre enfance. Sitôt qu'elle témoignait le moindre signe d'affection à l'un de ses proches, le bruit des fioles de poison qu'on débouchait faisait trembler les vitres. Elle était désespérément solitaire, et craintive. Je lui assurai qu'aucun individu sain d'esprit n'essaierait de m'empoisonner, moi, et elle m'ouvrit son cœur avec une confiance presque enfantine. En réalité, c'était assez touchant. Je découvris, sous les apparences de la royauté, une petite fille toute simple, et je me pris pour elle d'une sincère affection.

Ça m'arrive de temps en temps. L'ami le plus improbable que j'aie jamais eu, c'était Zakath. Cette amitié-là aurait dû arrêter le soleil dans sa course. Mon affection pour Salmissra était loin d'en arriver là.

J'éprouvais un intérêt tout professionnel pour la pharmacologie nyissienne, si bien qu'entre Salmissra et moi, ce pauvre Rissus ne savait plus où donner de la tête. Quand il ne prodiguait pas à Salmissra des leçons de politique appliquée à la nyissienne, il me faisait découvrir le monde exotique de l'herboristerie locale. On trouvait de tout, dans les jungles de Nyissie, et même, curieusement, des baies, des racines, des feuilles et des brindilles dotées d'effets curatifs. Dans des conditions bien particulières et sous strict contrôle, évidemment.

J'étais en Nyissie depuis six mois environ quand les jumeaux m'informèrent que mon père était passé à Emgaard et voulait me voir. Salmissra pleura toutes les larmes de son corps quand je lui dis que je devais repartir, mais j'avais pris soin de recommander Rissus et Salas à son affection afin qu'ils comblent le vide que mon départ laisserait dans sa vie. Pour être sûre qu'ils ne trahiraient jamais sa confiance un peu enfantine, je leur dis que s'ils s'y risquaient, ils pouvaient compter sur moi pour les donner en pâture aux sangsues qui infestaient la Rivière du Serpent. Vous ne pouvez pas savoir avec quelle ferveur ils me promirent, après ce petit entretien, d'être très gentils avec Salmissra...

J'allai ensuite faire mes adieux à la Reine des Serpents. Elle se cramponna à moi en pleurant, mais je dénouai doucement les bras qu'elle avait passés autour de mon cou, l'embrassai sur la joue, la confiai à Rissus et à Salas, et je partis.

J'arrivai au Val au début de l'hiver. Le pied de la tour paternelle était enfoui dans la neige. Je descendis en vol plané, repris forme humaine et serrai les dents.

– Eh bien, Pol, dit-il alors que j'arrivais en haut de l'escalier, je commençais à me demander si tu avais décidé de passer tout l'hiver en Nyissie.

– C'est la saison des pluies, là-bas, Père, lui rappelai-je. Sthiss Tor est déjà un endroit assez épouvantable, alors, quand c'est le déluge... Tu voulais me voir, il paraît ?

– J'ai toujours envie de te voir, Pol. Tu me manques constamment.

– Je t'en prie, épargne-moi ça. Qu'est-ce qui ne va pas, cette fois ?

– Il ne te viendrait pas à l'idée de me prévenir de ce que tu fais ?

– Pas vraiment, non. Je savais que j'étais de taille à m'en sortir toute seule.

– J'aime bien être au courant des événements, Pol.

– Ce ne serait pas un problème si tu te contentais de te tenir au courant, Père, mais il faut toujours que tu te mêles de tout.

– Pol ! se récria-t-il.

– Mais si, Père, tu sais bien. Oh, j'ai rencontré Chamdar, en Nyissie. Je doute que notre petite rencontre lui ait beaucoup plu, mais personnellement, je l'ai beaucoup appréciée.

– Il respirait encore la dernière fois que tu l'as vu ?

– J'ai eu l'impression qu'il crachait le feu. J'ai foutu son petit projet dans le lac en exposant son plan à Salmissra, et elle a mis sa tête à prix.

– Hmm, joli, fit-il d'un ton flatteur.

– J'avoue que je ne suis pas mécontente. Il n'y a rien à manger dans le coin ? Je meurs de faim.

– Il y a quelque chose dans le chaudron, là-bas. J'ai oublié ce que c'était au juste.

Je soulevai le couvercle du chaudron accroché à une crémaillère, dans la cheminée.

– Y a-t-il une chance pour que ce soit de la soupe de pois ?

– Je ne crois pas.

– Alors, il vaudrait mieux le jeter.

– Pourquoi ?

– Parce que c'est vert, Père. Quoi que ce soit, il y a trop longtemps que c'est là-dedans. Va chercher un jambon dans le cellier. Je vais préparer à manger et je te raconterai ce que nous avons fait à ce pauvre vieux Chammy, Salmissra et moi.

Je fournis à mon père un compte rendu un tantinet enjolivé de mes aventures au Pays des Serpents, et il poussa un rugissement de rire.

– Magnifique, Pol ! Tu l'aimais donc tant que ça, cette Salmissra ?

– Elle ne ressemblait pas du tout aux autres, Père, répondis-je d'un ton attristé. Elle m'a rappelé celle qui avait fait assassiner Gorek. J'ai éprouvé un peu la même chose envers elle que toi à l'égard de l'autre. Elle est très vulnérable. À partir du moment où je lui ai montré que j'étais son amie, elle m'a prise en affection. Si tu l'avais vue pleurer quand je suis partie...

– Je n'aurais jamais cru qu'une Salmissra sache seulement ce que c'est.

– C'est là que tu te trompes, Père. Elles savent toutes ce que c'est, seulement elles ont appris à ne pas montrer leurs larmes. Oh !, en venant ici, j'ai vu des mouvements sur la route des caravanes du Sud.

– Oui. Les Murgos ont repris les échanges commerciaux avec la Tolnedrie. C'est une façon élégante de dire que nous allons revoir des espions à tous les coins de rue. Tu ferais mieux de retourner à Cherek et de laisser rentrer les jumeaux, qu'ils se replongent dans le Codex mrin. Si quelqu'un doit, un jour, y comprendre quelque chose, c'est bien eux.

– Demain matin, à la première heure, Père, promis-je. Oh !, ce que tu as laissé, euh, se produire dans ton chaudron est dans ce seau, près de l'escalier. À ta place, je l'enterrerais quelque part. D'après moi, ça ne devrait pas tarder à s'animer, et je doute que tu aies envie que ça vienne te chatouiller les pieds dans ton lit.

C'est ainsi que je retournai à Emgaard et que les jumeaux rentrèrent au Val, reprendre leurs chères études. Mon séjour en Nyissie avait eu des allures de vacances, mais toutes les vacances ont une fin, et c'était bon de reprendre le collier.

Et puis, en 5320, les jumeaux firent une nouvelle découverte, et ils annoncèrent avec assurance que ce siècle verrait la naissance du Tueur de Dieu. Je m'entretins longuement avec Geran, qui était maintenant un homme d'âge mûr, et avec son fils, Darion, qui était tailleur de pierre. J'ai dit que Geran était assez âgé. En fait, il n'avait plus les idées très claires. Je ne sais pas s'il comprit très bien lorsque je lui dis que nous devions partir pour la Sendarie.

– Je pense qu'il vaudrait mieux le laisser ici, tante Pol, fit Darion. Il ne veut pas s'éloigner de la tombe de ma mère, de toute façon, et je doute qu'il comprenne pourquoi c'est nécessaire. Si nous lui disions seulement que nous partons en voyage ? Au bout d'un mois, il nous aura probablement oubliés. Je trouverai quelqu'un pour s'occuper de lui, ici, et tout ira bien.

Ça ne me plaisait pas beaucoup, mais Darion avait sûrement raison. Geran était pratiquement sénile, et il n'y a pas de plus sûr moyen de tuer un homme de son âge que de le déraciner.

Je partis donc pour le Val d'Alorie avec Darion, sa femme Esena et leur fils Darral, alors âgé de dix ans. Du Val, nous prîmes le bateau pour Darine et nous descendîmes à Medalia où j'achetai une maison et installai Darion comme tailleur de pierre. Il fabriquait surtout des pierres tombales, ce qui n'est pas un métier très réjouissant. Darral apprit le métier avec son père, et quand il eut seize ans, il épousa Alara, la fille d'un marchand de tissu.

Mon père nous persécuta à peu près sans discontinuer jusqu'à ce que, en 5329, Alara donne enfin naissance à un petit garçon que nous appelâmes Geran. Mon père lui jeta un coup d'œil et je vis son sourire s'effacer de sa figure.

– Ce n'est pas lui, Pol, annonça-t-il.

– Je n'y peux rien, protestai-je. Au fait, d'ici quelques années, nous allons déménager, Darral, sa famille et moi.

– Ah bon ?

– Medalia est juste sur la grand-route qui va de Darine à Muros, et je trouve qu'il y a un peu trop d'étrangers en ville. Je préfèrerais trouver un endroit un peu plus reculé.

– Toi, tu as une idée derrière la tête.

– Je pensais à un petit village dans les montagnes.

– Et comment s'appelle-t-il, ce petit village ?

– Annath, Père. C'est tout près de la frontière avec l'Algarie, et il y a une grande carrière de pierre, comme ça Darral devrait arriver à trouver autre chose à faire que des pierres tombales.

CHAPITRE XXXVII

Vous avez peut-être remarqué que l'explication que je fournis pour installer ma petite famille à Annath n'était pas tout à fait sincère ? Oui, c'est bien ce que je pensais. Je m'étais rendu compte, depuis le temps, qu'il ne fallait jamais donner trop d'informations à mon cher père. C'est plus fort que lui, il ne peut pas s'empêcher de se mêler des affaires des autres, et son intervention se révèle souvent désastreuse. Je suppose qu'il se prend pour un grand artiste, mais sa définition de l'art et la mienne sont aux antipodes l'une de l'autre.

En réalité, je n'avais jamais mis les pieds à Annath de ma vie, et ma décision de m'y installer était entièrement basée sur le fait que l'endroit était proche de la frontière algaroise. Ma mère m'avait dit que Geran était destiné à épouser une Algaroise appelée Ildera, et je pensais que ce serait une bonne idée qu'ils grandissent l'un auprès de l'autre.

Notre déménagement fut retardé par la maladie du vieux Darion, une de ces maladies qui traînent en longueur, hélas. Je n'aime pas plus les longues maladies que les soudains arrêts du cœur. Une bonne maladie évolue en une semaine ou dix jours, délai au bout duquel soit le malade guérit, soit il trépasse. Je trouve qu'une mort trop soudaine ou trop longue à venir manque de dignité. Quoi qu'il en soit, Darion se cramponna jusqu'en 5334. Après son enterrement, un changement de décor s'imposait. Tout à Medalia nous rappelait ce deuil cruel.

Darral vendit son affaire et la maison, nous entassâmes dans deux voitures toutes les choses auxquelles nous tenions et nous quittâmes Medalia par un matin d'été, Darral conduisant l'une des voitures et moi l'autre.

(Oui, je sais conduire deux attelages. Pourquoi posez-vous toujours des questions idiotes ? Nous n'y arriverons jamais, si vous continuez à m'interrompre comme ça.)

C'était l'été, je m'en souviens comme si c'était hier. L'été est le meilleur moment pour voyager dans les montagnes, d'autant que nous n'étions pas vraiment pressés. À un moment donné, Darral retint son attelage et regarda d'un air interrogateur un torrent de montagne qui gargouillait sur de jolies pierres rondes et cascadait gaiement dans des trous d'eau très prometteurs.

– Qu'en penses-tu, tante Pol ? me demanda-t-il. Ce serait un bon endroit où établir le campement pour cette nuit, et les chevaux doivent être fatigués.

– Il n'est que midi, Darral, objecta Alara.

– C'est quand même un bon endroit, et les chevaux ont vraiment besoin de se reposer. Ça grimpe, tu sais.

Il avait l'air sincèrement soucieux de ses chevaux, et il se donnait un mal fou pour ne pas regarder le torrent. Je reconnus tous les symptômes, vous pensez bien. Je les avais assez souvent vus à Emgaard. J'enroulai les rênes de mon attelage autour de la poignée du frein de la voiture et je mis pied à terre.

– Par ici, dis-je en indiquant un petit coin tapissé de mousse, sous des cèdres aux branches basses. Avant tout, tu vas dételer les chevaux, leur donner à boire et les attacher dans la prairie. Et puis tu vas creuser une fosse à feu et ramasser assez de bois pour le dîner et pour le petit déjeuner.

– Je pensais plutôt...

– Je sais, mon chou. Fais ton travail d'abord, et puis tu pourras aller jouer.

Il me regarda d'un air un peu penaud, et il expédia ces corvées à une vitesse hallucinante.

– Que vouliez-vous dire, tante Pol ? me demanda Alara. Darral n'est plus un enfant. Il a passé l'âge de jouer.

– Ah bon, vraiment ? Vous avez encore beaucoup à apprendre, mon petit. Regardez-le. Il n'a pas fait cette tête-là depuis qu'il avait neuf ans.

– Que lui arrive-t-il ?

– Eh bien, mon chou, il va nous proposer de rapporter de quoi manger pour ce soir.

– Mais il y a du bœuf séché, de la farine et des pois dans les voitures.

– Je sais. Mais il va nous dire qu'il en a assez de manger la même chose tous les soirs.

– Je ne comprends pas...

– Il a envie de taquiner la truite, Alara. Ce petit cours d'eau lui a soudain paru irrésistible, et pourquoi voudriez-vous qu'il résiste ?

– Il n'attrapera pas assez de poisson en un après-midi pour nous nourrir tous les quatre.

– Bah, on ne sait jamais, et demain est un autre jour.

– Demain ? releva-t-elle avec indignation. C'est ridicule ! Nous n'arriverons jamais à Annath s'il s'arrête chaque fois que nous croisons un ruisseau.

– Vous avez intérêt à vous y faire, Alara. Je pense que c'est un trait de famille. Demain matin, l'un des chevaux aura mal à une jambe, ou il faudra graisser une roue à l'une des voitures, et le temps qu'il finisse, il sera trop tard pour repartir, bien évidemment.

– Ça va durer longtemps ?

– Tout dépend des poissons, s'ils mordent ou pas. Disons trois jours. À moins que le Vieux Tire-bouchon n'ait de la famille dans ces montagnes.

– Le Vieux Tire-bouchon ?

Et c'est ainsi que, pendant que Darral débitait furieusement du bois, je racontai à Alara comment Gelane avait passé des années à essayer d'attraper cette vieille truite rusée dans un torrent, près d'Emgaard. Ça faisait passer le temps, et ça eut l'avantage de mettre Alara de bonne humeur. C'était une jeune femme très sérieuse, et ça lui faisait du bien de rire un peu. Darral finit de fendre le bois, coupa deux branches de sapin pour son fis et pour lui, en fit deux jolies cannes à pêche et alla distraire les poissons.

– Oh !, encore une chose, mon chou, dis-je à Alara. Quoi qu'il arrive, surtout gardez-vous bien de prendre un couteau.

– Et pourquoi prendrais-je un couteau, tante Pol ?

– Exactement. C'est la règle numéro un, celle qu'il ne faut jamais oublier. Vous devez rester absolument inébranlable sur ce point. Vous croisez les bras, vous le regardez droit dans les yeux et vous dites : « C'est toi qui les as pris, c'est toi qui les nettoies. » Ne dérogez jamais, à aucun prix, à cette ligne de conduite, quand bien même il réussirait à tomber et à se casser un bras. C'est à lui de vider le poisson. Pas à vous. Il se peut qu'il fasse la tête ; tant pis. Surtout ne mollissez pas. En cédant ne serait-ce qu'une fois, c'est la gent féminine tout entière que vous trahiriez.

– Vous plaisantez, hein, tante Pol ? fit-elle en riant.

– Oh !, pas le moins du monde. Ne nettoyez jamais un seul poisson. Dites-lui que c'est contraire à votre religion, ou inventez ce que vous voudrez. Croyez-moi, mon chou, si vous le faites une fois, vous passerez le restant de vos jours à vider des truites.

Darral et son fils, Geran, qui était encore tout petit, réussirent bel et bien à prendre quelques poissons dans ce petit cours d'eau – suffisamment, en tout cas, pour apaiser les pulsions qui s'emparent d'à peu près tous les hommes lorsqu'ils tombent sur un cours d'eau assez rapide. Ça leur dura deux bons jours, ce qui est tout à fait dans les normes. Puis nous repartîmes par monts et par vaux vers notre destination.

Annath se trouvait dans une gorge orientée nord-sud. Nous y arrivâmes vers le milieu de l'après-midi, par une radieuse journée d'été. Je fus frappée par la ressemblance de ce village avec Emgaard. Les petites villes de montagne sont presque toujours étirées le long des rives d'un torrent, ce qui les place automatiquement au fond d'une gorge. Je ne vois pas ce qui empêcherait de construire des villes en haut des collines, mais cette idée ne doit pas être populaire auprès des femmes du village, sur qui retombe inévitablement la corvée d'eau. Les femmes aiment vivre près de l'eau, et la plupart d'entre elles seraient absolument ravies que l'eau coule au milieu de la cuisine.

Le village me plut tout de suite, mais j'éprouvai un frisson d'appréhension la première fois que je l'aperçus. Quelque chose d'affreux allait nous arriver dans cet endroit.

Chacun sortit de chez soi quand nos voitures s'engagèrent

dans la rue unique. Les gens font toujours ça dans les petites villes.

– Où c'est-y qu' vous allez, étrangers ? demanda un vieux bonhomme au poil gris, qui parlait un drôle de dialecte.

– Ici, mon brave, répondit cordialement Darral. Et je vous propose de renoncer tout de suite à nous appeler « étrangers », parce que nous sommes venus nous installer ici, ma famille et moi, et que nous allons bientôt faire connaissance.

– Et comment qu' c'est-y qu' vous vous ap'lez ?

– Eh bien, je pourrais vous répondre Belgarath, ou Kal Torak, par exemple, répondit Darral avec un grand sourire. Vous me croiriez si je vous donnais un de ces deux noms ?

– Jamais d' la vie, répondit le vieux bonhomme en ricanant.

– Bah, qui ne tente rien n'a rien, soupira Darral. En fait, je m'appelle Darral, et voilà ma femme, Alara. La dame qui conduit l'autre voiture est ma tante Pol, et le petit garçon qui dort à côté d'elle est mon fils, Geran.

– Ravi d' vous connaître, Darral, fit le vieux. J' m'appelle Farnstal, et c'est général'ment moi qui accueille les étrangers, pour la raison principale que j' suis un vieux fouineur. L'auberge est un peu plus loin, l' long d' la rue. Vous pourriez habiter là jusqu'à temps qu' vous soyez installés d' façon plus permanente. Dans quoi qu' vous êtes, Darral ?

– Je suis tailleur de pierre. Nous venons de Sulturn, enfin, par là. Je taillais surtout des pierres tombales, mais ce n'est pas un travail très réjouissant, alors j'ai décidé de trouver quelque chose d'un peu plus amusant à faire.

– Si vous savez manier l' marteau et l' ciseau, vous êtes v'nu au bon endroit, Darral. Les gens du coin détachaient des blocs d' pierre de c'te montagne trois s'maines après la création du monde, et y continueront probablement des mois après la fin du monde. Si on allait à l'auberge vous aider à vous installer, les amis ? Après, on pourrait tous faire connaissance.

Vous remarquerez que Darral savait y faire. En tout cas, il réussit à nous faire accepter par les villageois sans problème. Vous remarquerez aussi qu'il était resté dans le vague quant à notre ville d'origine. Il n'avait pas vraiment menti : Medalia n'est pas très loin de Sulturn, une trentaine de lieues, par là. Alors disons que Darral était à une trentaine de lieues de la vérité, pas plus.

Nous fûmes escortés vers l'auberge par à peu près tout ce que le village comptait de gens valides. C'est presque toujours comme ça, dans les petites villes. Nous prîmes des chambres, et plusieurs hommes aidèrent Darral à dételer les chevaux pendant que les femmes du village nous entouraient, Alara et moi, et que les enfants filaient avec Geran. Au coucher du soleil, nous n'étions plus des étrangers.

L'endroit de la montagne d'où on extrayait les blocs de granit n'appartenait à personne, et les villageois avaient formé une sorte de coopérative qui exploitait la carrière. Farnstal expliqua à Darral qu'un maçon de Muros venait tous les ans, à l'automne, chercher les blocs de pierre avant qu'ils ne deviennent par trop encombrants.

– Comme ça, on a pas b'soin d' construire des voitures et d' nourrir des bœufs pour les em'ner vers la civilisation afin d' s'en débarrasser. J'ai jamais été trop copain avec les bœufs, personnellement.

– Vous savez, je suis assez de votre avis, acquiesça Darral. Pour moi, la vraie place des bœufs, c'est dans un chaudron.

– Hé, hé, vous m' l'enl'vez d' la bouche, mon gars.

Le lendemain matin, Darral prit ses outils, partit pour la carrière et se mit à tailler la pierre comme s'il avait toujours vécu là. Pendant ce temps, les femmes du village nous emmenaient, Alara et moi, vers le bout de la rue et nous indiquaient une vieille maison délabrée.

– À qui est-elle ? demandai-je à une grosse petite femme appelée Elna.

– Bah, à çui qui s'installera et réparera le toit, répondit-elle. La famille qui vivait là est morte d' la p'tite vérole y a dix ans, et elle est vide depuis c' temps-là.

– Elle n'appartient à personne, répondit une autre femme. J'habite deux maisons plus bas, et c'est un spectacle désolant d' voir ça. On a toutes d'mandé à nos hommes de l'abattre, mais vous savez comment y sont. Tout ce qu'on a réussi à en tirer, c'est des : « On va s'en occuper un de ces jours. » Heureusement qu'on n'attend pas après ça pour continuer à vivre !

– Nous ne pouvons pas nous installer comme ça..., protesta Alara.

– Pourquoi pas ? rétorqua Elna. Il vous faut une maison, et nous, on a besoin de voisins. La réponse saute aux yeux, dit-elle en parcourant les autres femmes du regard, et j'eus l'impression que c'était la matrone du village. Si on en parlait à nos hommes, ce soir, Mesdames ? Notre petite Alara a besoin d'une autorisation officielle pour s'installer dans la maison, alors je vous propose de dire à nos hommes de mettre la question aux voix, en leur précisant que, s'ils votent mal, ils sont partis pour manger du rat bouilli jusqu'à la fin de leurs jours.

Tout le monde éclata de rire. Gardez-vous, surtout, de jamais sous-estimer le pouvoir de la femme qui tient la queue de la casserole.

Comme c'était l'été et que les soirées étaient assez longues, il ne fallut qu'une semaine à Darral – aidé par tous les hommes du village – pour réparer le toit, les portes et les fenêtres de la maison. Puis les femmes se joignirent à Alara et à moi pour une furieuse journée de ménage, et ce fut arrangé. Nous étions chez nous, ce qui est toujours agréable.

Je ne crois pas avoir jamais connu un endroit aussi amical et chaleureux qu'Annath. Tout le monde se démena pour nous aider à nous installer. Chacun mit un point d'honneur à venir nous rendre une petite visite. C'était évidemment en partie dû à l'isolement de la ville. Les villageois étaient avides de nouvelles – de *toutes* les nouvelles – du monde extérieur. Puis Darral mentionna, incidemment, que j'avais fait des études de médecine, et notre place dans la communauté fut assurée. Il n'y avait jamais eu de docteur en ville, et les villageois pouvaient désormais tomber malades sans courir le risque de se voir administrer des remèdes de bonne femme. Beaucoup de ces remèdes marchent parfaitement, mais efficaces ou non, ils ont un gros défaut : ils ont tous un goût affreux. Je n'ai jamais très bien compris d'où vient l'idée que si ça a mauvais goût, c'est bon pour la santé. Certains de mes remèdes sont véritablement délicieux.

Je n'aimai pas beaucoup le maçon de Muros qui vint en ville, cet automne-là, suivi par une longue caravane de voitures vides. Il se comportait comme s'il nous faisait une fleur en nous achetant nos blocs de pierre. J'en ai vu, des hommes d'affaires, au fil du temps, et ces gens-là ne font jamais rien par altruisme. Il arriva, l'air de s'ennuyer à périr, et il regarda en reniflant le tas bien propre de pierres entassées à l'entrée de la carrière. Puis il fit une offre d'un ton sans réplique.

Darral, qui n'était pas tombé de la dernière pluie, eut la sagesse de tenir sa langue jusqu'à ce que l'autre soit reparti avec son chargement.

– C'est ce qu'il offre d'habitude ? demanda-t-il aux autres villageois.

– Ben oui, à peu près, répondit le vieux Farnstal. Ça nous a paru un peu léger la première fois qu'il est v'nu, mais y s' donne l' mal d' transporter toutes ces pierres jusqu'à Muros et tout ça, et pis y nous a dit qu' c'était à prend' ou à laisser, et comme on avait pas d'aut' clients sous la main, on a pris. C'est d'venu une sorte d'habitude, j' dirais. Mais j'ai comme dans l'idée qu' vous avez l'impression qu'on s' fait pour ainsi dire rouler dans la farine, pas vrai ?

– J'ai déjà acheté des blocs de granit, Farnstal, et ce n'est pas le prix que je les payais. Est-ce qu'on taille la pierre en hiver ? demanda-t-il en lorgnant le plafond.

– C'est pas vraiment une bonne idée, répondit le vieux. Quand la neige s'entasse su' l' sommet d' la carrière, y suffirait d'un bon éternuement pour la décrocher. Un gars encordé là-haut, qu' aurait l' nez qui l' chatouille, pourrait déclencher une avalanche.

– Eh bien, quand l'hiver viendra, je crois que je vais aller faire un petit tour dans le pays d'en bas et poser quelques questions sur le prix du granit. Ce sont de belles pierres que nous taillons là, Messieurs. Les autres versants de la montagne sont-ils de la même qualité ?

– Y a une strate d'ardoise près du haut, sur la paroi est, répondit d'une grosse voix de basse un grand gaillard appelé Wilg. On perd pas not' temps avec ça, mais l' type de Muros a la bonté d' nous en débarrasser.

– Ben voyons ! fit Darral d'un ton sardonique. Et il ne vous fait même pas payer le transport, je parie ?

– Pas un sou, confirma Wilg.

– Il est vraiment trop bon. Je crois que je vais prendre un petit bloc de notre granit, quelques dalles de cette ardoise et descendre dans la vallée. J'aimerais demander un peu les prix. Il se pourrait que, l'an prochain, on ait deux ou trois autres offres pour nos pierres. Un peu de concurrence pourrait apprendre à ce type de Muros que la franchise et l'honnêteté n'ont pas de prix.

– Vous voulez dire qu'il nous truande sur le prix de notre granit ? gronda Wilg d'un ton menaçant.

– Pas que sur le granit, Wilg, répondit Darral. Vous êtes déjà allé dans une ville d'une certaine taille ?

– J' suis allé à Medalia, une fois.

– Et de quoi étaient faits la plupart des toits ?

– Ben, d'ardoise. Enfin, j' crois.

Wilg s'interrompit, commença par ouvrir de grands yeux et les étrécit d'un air inquiétant.

– Vous voulez dire qu'on lui donne c' t' ardoise pour rien et qu'en arrivant à Muros, il la vend, c'est ça ?

– C'est l'impression que ça me fait, confirma Darral.

– Je m' demande si j' pourrais pas l' rattraper, marmonna Wilg entre ses dents en serrant et en desserrant ses énormes poings.

– T' mets pas la rate au court-bouillon pour ça, lui conseilla Farnstal. Y nous estampe d'puis des années, maint'nant ; j' te garantis qu'y r'viendra l'an prochain nous dépouiller comme y fait toujours. Là, c'est nous qu'on va l' dépouiller. On va l' faire saigner à des endroits qu'y savait même pas qu'il avait. Z' êtes un gaillard précieux à avoir dans l' coin, Darral, conclut-il en lui coulant un regard en diagonale. On est coincés ici, dans ces montagnes, d'puis tellement longtemps qu'on a oublié comment s' comportaient les gens civilisés. On dirait qu' c'est plus la mode d'êt' honnête dans la civilisation d'aujourd'hui, ajouta-t-il en secouant la tête d'un air endeuillé. Mais j' peux vous dire une chose avec certitude. L'été prochain, y a un gars d' Muros qui va r'cevoir une leçon accélérée d' probité. J' vais d'mander à Wilg, ici présent, de m' le t'nir, et j'y sauterai su' l' ventre pendant une p'tite heure. Ça d'vrait l' rend' tellement honnête que j' parie qu'on en aura mal au cœur rin que d' le r'garder.

– J'ai hâte de voir ça, fit Darral avec un sourire en tranche de courge.

Cet hiver-là, Darral fit un rapide tour des villes et des villages du nord de la Sendarie, et l'été suivant, l'auberge était pleine à craquer d'acheteurs empressés. Malgré ses objections, mon neveu fut désigné, par acclamations, pour mener les négociations, et le village d'Annath se retrouva soudain à patauger dans l'argent jusqu'aux chevilles. Le granit local était apparemment de la meilleure qualité, et l'ardoise, que les villageois ne songeaient même pas à exploiter, était encore plus intéressante. Darral usa, avec les acheteurs éventuels, de l'approche la plus simple qui soit : il organisa une vente aux enchères. « Combien proposez-vous pour ce lot ? » et ainsi de suite. Tout le monde repartit content, les voitures gémissant sous leur fardeau.

L'homme de Muros vint en retard, cette année-là, si bien qu'il rata la fête. Il ne vit même pas l'arrière de toutes ces voitures quittant la ville.

– Où est le granit ? lança-t-il en arrivant. Vous ne vous attendez pas à ce que mes voituriers le chargent sur les voitures, j'espère ?

– Ah ! l'ami, je crains que nous n'ayons rien pour vous cette année, répondit Darral d'un ton plaisant.

– Comment ça, vous n'avez rien ? Qu'est-ce que vous voulez dire ? demanda-t-il d'une voix stridente. Tout le monde s'est tourné les pouces ici ? Pourquoi ne m'avez-vous pas prévenu que vous n'aviez pas de marchandise pour moi ? J'ai fait toute la route pour rien. Ça va vous coûter un maximum l'année prochaine, faites-moi confiance. Peut-être même que je ne prendrai plus la peine de venir.

– Vous allez nous manquer, murmura Darral. Pas beaucoup, mais vous allez nous manquer. Nous avons mis de nouvelles procédures en place, ici, à Annath. Nous tenons une vente aux enchères.

– Qui viendrait si loin chercher des pierres de troisième catégorie ?

– Oh, il y avait une bonne douzaine de personnes, pas vrai ? demanda Darral en interrogeant du regard les autres tailleurs de pierre. J'avoue que je n'ai pas compté.

– Vous ne pouvez pas me faire ça ! hurla le maçon de Muros. Nous avions un contrat ! Je vous ferai un procès !

– Un contrat ? Quel contrat ?

– Un contrat verbal.

– Ah bon ? Et avec qui ?

– Avec Merlo, voilà avec qui.

Tous les tailleurs de pierre d'Annath éclatèrent d'un même rire.

– Il est mort depuis cinq ans, Merlo, annonça l'un d'eux, et il avait quatre-vingt-quatorze ans. Il racontait n'importe quoi, à qui voulait bien lui payer une chope de bière. C'était l'ivrogne du village, et sa parole n'avait pas plus de prix que la dernière gorgée de bière avalée. Si vous voulez proposer l'affaire à un avocat, libre à vous. Vous n'en retirerez qu'une leçon de filouterie en bonne et due forme. Vous n'obtiendrez rien de nous, mais vous pouvez compter sur l'avocat pour vous tondre proprement la laine sur le dos.

Le maçon ouvrit de grands yeux angoissés.

– Et toute cette ardoise sans valeur dont je vous débarrassais ? Je veux bien continuer à la prendre, même si vous n'avez rien d'autre. Mais jusque-là, je le faisais par amitié. Maintenant, il va falloir que vous me payiez le transport, ajouta-t-il en plissant les yeux d'un air rusé.

– C'est drôle, intervint Darral. Un homme de Darine a regardé cette ardoise, et il a enchéri plus fort que tous les autres pour l'avoir. Nous en avons tiré autant que du granit. C'est bizarre, hein ? Au fait, quelques-uns de mes voisins voudraient vous dire deux mots. Quelqu'un a vu Wilg et le vieux Farnstal ? demanda-t-il à la cantonade.

– Je crois qu'ils attendent sur la route, juste au nord de la ville, répondit l'un des ouvriers de la carrière avec un sourire entendu. J'ai cru comprendre qu'ils voulaient s'entretenir en privé avec notre ami ici présent.

Nous n'entendîmes pas ce que Wilg et Farnstal dirent à l'homme de Muros, mais nous l'entendîmes, lui. Il est probable, d'ailleurs, qu'on l'entendit jusqu'à Muros.

– Alors, il a retrouvé sa probité ? demanda Darral aux deux compères lorsqu'ils rentrèrent en ville, un sourire accroché aux oreilles.

– L'est aussi innocent qu' l'agneau qui vient d' naître, répondit Farnstal. J' pense qu'on peut met' ça sur l' compte du fait qu'y s'est r'trouvé d' la r'ligion vers l' milieu d' not' conversation.

– Comment ça, de la religion ?

– Y priait tout c' qu'y savait vers la fin. Pas vrai, Wilg ?

– Ouais, pour moi, ça sonnait bien comme des prières, confirma Wilg.

Les réjouissances durèrent plus longtemps et furent plus bruyantes, ce soir-là, à Annath, qu'après la vente aux enchères. C'est bien joli, l'argent, mais la vengeance est parfois encore plus agréable.

Après cela, Darral fut le héros de la ville. Nous étions maintenant complètement intégrés à la communauté. Je crois ne m'être jamais sentie plus en sécurité que pendant ces années-là. J'avais trouvé ma « grotte dans la montagne ».

En 5338 – nous étions à Annath depuis près de quatre ans –, ma mère me rendit à nouveau visite.

Il va falloir que tu retournes en Nyissie, Pol, m'annonça-t-elle.

Comment ça? grommelai-je. *Je pensais que c'était réglé.*

Il y a une nouvelle Salmissra sur le trône, Pol, et les Angaraks reviennent à la charge.

Je vais filer à Rak Cthol et changer ce Ctuchik en salsifis, moi, je te le dis, marmonnai-je sombrement.

Ctuchik n'y est pour rien. C'est de nouveau Zedar. On dirait qu'ils jouent un drôle de jeu, tous les deux, et que celui qui réussira à circonvenir Salmissra aura gagné.

La barbe! Je vais demander à mon père de venir me remplacer, ici. Et puis j'irai en Nyissie régler le problème une fois pour toutes. Je commence à en avoir par-dessus la tête.

J'avoue que je ne fus pas très aimable avec mon père lorsqu'il arriva. Je réfutai toutes ses objections, refusai de répondre à ses questions, et lui annonçai sans détour – et probablement assez sèchement – ce que j'attendais de lui. J'ai l'impression, rétrospectivement, d'avoir un peu glapi : « Assis! Couché! »

En arrivant à Sthiss Tor, je ne pris pas la peine de me changer en chauve-souris ou une quelconque niaiserie de ce genre. J'avançai droit sur la porte du palais, m'annonçai et dis que je voulais voir Salmissra. Plusieurs eunuques essayèrent de me barrer le passage, mais ils y renoncèrent rapidement car je commençai à les téléporter dans toutes les directions.

Quelques-uns se retrouvèrent accrochés aux poutres, très, très haut, d'autres atterrirent dans la jungle environnante, et tout le monde se demanda comment il était arrivé là. Ensuite, je pris la forme de cette ogresse qui m'avait été si utile sur la route, dans la forêt du sud de la Sendarie, il y avait quelques milliers d'années de ça, et je fus soudain bien seule dans le couloir qui menait à la salle du trône de Salmissra. Je repris forme humaine et entrai.

La Salmissra du moment était avec Zedar. Il avait vraiment l'air au bout du rouleau. Il était en haillons et il avait l'œil hagard et une mine épouvantable. Les cinq siècles qu'il avait passés dans cette grotte, à regarder moisir son maître, ne lui avaient pas fait de bien. Je vis à la lueur qui brillait dans son regard qu'il m'avait reconnue. Quelqu'un avait dû lui faire de moi une description circonstanciée.

– Polgara ! s'exclama-t-il. C'est vraiment vous ?

– Quelle joie de vous revoir, mon cher vieux ! mentis-je. Qui veille sur la carcasse de Torak ? Ctuchik, peut-être ?

– Ne dites pas de bêtises, répondit-il en fronçant le sourcil, et il haussa un sourcil interrogateur. Vous donnez l'impression de me connaître, or je ne crois pas me souvenir que nous nous soyons jamais rencontrés.

– Nous n'avons pas été officiellement présentés, mon cher, mais j'ai eu le privilège – si l'on peut dire – d'assister à votre conversation avec ce vieux N'a-Qu'un-Œil, à Vo Mimbre.

– Impossible ! J'aurais senti votre présence !

– Eh non ! Ne me dites pas que vous ignorez comment faire pour passer inaperçu. Votre Maître a cruellement négligé votre éducation, mon pauvre vieux. Enfin, trêve de billevesées. Si nous passions aux affaires sérieuses ? Je suis très occupée, et je ne vais pas venir tous les quatre matins dans ce marécage puant pour y remettre de l'ordre. Je n'ai pas de temps à perdre, Salmissra, continuai-je en regardant la Reine des Serpents. (Elle ressemblait beaucoup à Sally, évidemment, mais elle n'avait pas sa vulnérabilité qui la rendait si chère à mon cœur. Cette Salmissra-là était faite d'acier.) Vous savez ce qui vous arrivera si vous mettez des bâtons dans les roues du Tueur de Dieu, hein? Vous avez des moyens de voir dans l'avenir ; vous devez avoir une idée de ce que je vous ferai.

– Des menaces, Polgara? répliqua-t-elle en étrécissant les yeux. Vous osez me menacer dans mon propre palais?

– Ce ne sont pas des menaces, Salmissra, mais des faits. La prochaine fois que vous me verrez, vous savez ce qui vous arrivera.

– Issa me protégera.

– À condition qu'il soit réveillé. Je vous déconseille de tabler là-dessus. Vous ambitionnez l'immortalité, Salmissra. Je pourrais combler ce vœu. Ça ne vous plairait peut-être pas beaucoup, mais je pourrais faire en sorte que vous viviez éternellement. Cela dit, après, vous n'auriez sans doute plus très envie de vous regarder dans votre miroir. Zedar, Ctuchik et peut-être même Urvon, vont vous faire miroiter l'amour de Torak jusqu'à la fin de vos jours, mais à votre place, ma pauvre vieille, je ne les croirais pas. Torak n'aime que lui. Il n'y a de place dans son cœur pour personne – à part moi, bien sûr. Et quand on va au fond des choses, ce n'est même pas moi qu'il aime. Tout ce qu'il veut, c'est me dominer et que je l'adore. C'est pour ça qu'il a perdu à Vo Mimbre. Ce n'est pas vrai, peut-être, Zedar? ajoutai-je avec un sourire glacial. Torak savait qu'il ne devait pas déclencher les hostilités en ce troisième jour fatal, mais il l'a fait quand même. C'est pour ça qu'il moisit à vue d'œil dans une grotte au fin fond du Cthol Murgos. Vous avez voué votre existence à un perdant, Zedar, et il faut en subir les conséquences.

Soudain, j'eus un horrible pressentiment, et je sus exactement quel serait le sort du frère de mon père. C'était un destin trop affreux pour être envisagé sereinement. Au même instant, j'eus l'intuition que Zedar allait trouver et révéler à l'humanité entière celui qui remplacerait Torak. Et c'est là, enfin, que je compris la nécessité absolue de son existence. Ce Zedar allait faire à l'humanité le don le plus précieux qui lui serait jamais fait, et tout ce qu'il y gagnerait serait d'être enterré vivant.

Je pense que Zedar eut lui aussi une vision prémonitoire, car il blêmit d'un seul coup.

– Croyez-moi, Salmissra, repris-je en me retournant vers la Reine des Serpents. Ne vous laissez pas entraîner dans ce jeu tordu auquel Ctuchik et Zedar voudraient vous mêler. Quoi qu'ils vous promettent, ni l'un ni l'autre ne vous apportera l'affection de Torak. Ils ne le contrôlent pas. C'est le contraire. Et quand on va au fond des choses, il n'aime pas spécialement ses disciples. Zedar s'en est aperçu à Vo Mimbre, n'est-ce pas, Zedar ? La possibilité que vous pourriez disparaître dans un nuage de fumée si vous enfreigniez la règle ne donnait pas spécialement l'impression de perturber ce cher Torak, hein ? Vous avez renoncé à l'amour d'un Dieu pour l'indifférence d'un autre. C'était un très mauvais choix, mon pauvre vieux.

Un air d'inconcevable regret, puis un désespoir renversant s'inscrivirent sur son visage. Il me parut tellement à nu, en cet instant, que pour un peu j'aurais eu honte de moi-même.

– Bon, eh bien, je suis ravie que nous ayons eu cette petite conversation, conclus-je. J'espère que tout est clair pour vous, maintenant, et que vous avez bien compris ce qui vous arriverait si vous vous entêtiez à vous immiscer dans des affaires qui ne vous regardent vraiment pas. Vous pouvez me faire confiance, si vous insistez, notre prochaine rencontre sera beaucoup moins agréable.

Je quittai tout de suite Sthiss Tor, mais je ne rentrai pas directement à Annath. Je passai plusieurs semaines dans les montagnes de Tolnedrie à réfléchir à la soudaine vision que j'avais eue dans la salle du trône de Salmissra. J'avais vu que Zedar trouverait Essaïon, alors que je ne connaissais même pas son nom à l'époque. Plus j'y réfléchissais, plus j'avais l'impression que quelqu'un avait donné un coup de pouce. Ça m'était déjà arrivé, mais cette fois, c'était différent. Les interventions de ma mère, d'UL ou de la Nécessité avaient une autre saveur. Je ne reconnaissais pas leur « patte », si vous voulez, et ça m'agaçait. Il était évident qu'un nouveau joueur avait pris place à la table. Je sais maintenant de qui il s'agissait, évidemment. C'est la moindre des choses, après tout, puisque c'est moi qui, d'un tout petit garçon, en ai fait ce qu'il est aujourd'hui.

Il faudra que nous ayons une petite conversation à ce sujet, Essaïon et moi. J'aimerais bien approfondir ces petites « visites ». Si elles avaient une raison d'être, très bien ; mais si c'était juste pour le plaisir, j'en connais un qui va entendre parler du pays...

Bref, j'étais aussi très ennuyée de ce que j'allais être obligée de faire à Salmissra, c'était de plus en plus évident. Nous savions l'une et l'autre que ça finirait comme ça, fatalement, mais elle allait se laisser convaincre que j'en étais incapable. Je me console, aujourd'hui, en me disant qu'elle s'était faite à cette idée, qu'elle n'était pas vraiment mécontente de son sort, que la Nyissie s'en sortait beaucoup mieux sans elle – ou plutôt maintenant qu'elle était sous cette forme.

J'avais beau tourner et retourner le problème dans tous les sens, je ne voyais pas comment j'aurais pu empêcher ce qui devait arriver. Je finis par renoncer et je rentrai à Annath.

J'eus droit à un sermon de mon père, évidemment, mais je n'y fis guère attention. Je savais déjà pertinemment tout ce qu'il pouvait me dire, alors...

À la fin de l'hiver, mon vagabond de père, qui avait de nouveau des fourmis dans les jambes, repartit explorer le vaste monde. J'aurais pu lui dire qu'il était toujours là, mais j'imagine qu'il voulait s'en assurer par lui-même.

Je repartis pour l'Algarie et repris contact avec le clan qui avait déjà vu naître Ildera, la fille qui devait épouser Geran. J'eus une petite conversation en privé avec son père, le chef de clan et, vers le milieu de l'été, le clan déplaça ses troupeaux et établit un campement plus ou moins permanent juste de l'autre côté de la frontière par rapport à Annath. Rappelons tout de même que le mot « frontière » n'a pas beaucoup de sens dans la région. Quand on regarde autour de soi et qu'on voit des arbres, c'est qu'on est en Sendarie ; s'il n'y a que de l'herbe, c'est qu'on est en Algarie. Il y avait des allées et venues de part et d'autre de cette ligne de démarcation informelle, évidemment, et quand Geran eut neuf ans, il rencontra Ildera qui en avait sept. Je n'étais pas là, mais j'entendis quand même le tintement. Tout se passait conformément au programme.

Quand Geran eut douze ans, son père l'emmena à la carrière de pierre afin de lui apprendre le travail. Au début, il eut les courbatures, les plaies et les ampoules habituelles, mais avec le temps ses muscles s'endurcirent et le métier commença à rentrer.

La vie se déroulait tranquillement à Annath. Dans les villages de montagne les plus reculés de Sendarie, il n'est pas rare que les gens ignorent jusqu'au nom de leur roi, et que la mort d'une vache alimente les conversations pendant toute une année.

Et puis, en 5345, mon père et les jumeaux passèrent nous voir.

– Je voudrais que tu rencontres certaines personnes, Pol, m'annonça-t-il. Beltira et Belkira vont te remplacer ici, pendant que je t'emmène voir des gens dont il est question depuis trois mille ans dans le Codex mrin.

Je n'avais pas d'objection particulière. D'autant que j'en avais plus ou moins assez de l'isolement rural.

Nous allâmes d'abord en Algarie où je fis la connaissance d'un petit garçon au visage fermé appelé Hettar.

– J'ai peur qu'il nous pose problème, Père, pronostiquai-je lorsque nous quittâmes le campement du roi Cho-Ram.

– Ça se pourrait bien, acquiesça le Vieux Loup.

– Je vois d'ici que nous serons obligés de l'enchaîner à un piquet quand il sera grand. Je n'aime pas particulièrement les Murgos, moi non plus, mais Hettar semble prêt à en faire une religion.

– Ses parents ont été tués par les Murgos, Pol.

– Je sais. Il me l'a dit. Mais il sera roi d'Algarie, un jour, et cette haine inextinguible risque de nous attirer des ennuis.

– J'en fais mon affaire, Pol, répondit mon père d'un ton confiant.

– Mais bien sûr. Et maintenant, où allons-nous?

– À Boktor. Cramponne-toi, Pol. Le prince Kheldar est un jeune homme particulièrement insaisissable.

– Il n'a que dix ans, Père.

– Je sais, mais il est fuyant comme une anguille.

Kheldar se révéla encore plus fuyant que ça. C'était un gamin charmant, d'une politesse exquise, et déjà totalement dépourvu de scrupules. Curieusement, il me plut tout de suite.

Puis nous allâmes, mon père et moi, à Trellheim, où je rencontrai Barak et son cousin, le prince Anheg de Cherek. La première fois que je les vis, j'eus une impression bizarre comme on en éprouve de temps à autre. J'eus le sentiment qu'Anrak, le cousin de Poing-de-Fer, revenait me hanter. Barak et Anheg étaient cheresques jusqu'au bout des ongles, et on sait ce que ça veut dire. Bon, ils étaient tous les deux extrêmement intelligents. Mais ils le cachaient bien.

On était à la fin de l'automne, et mon père me ramena à Annath.

– Nous irons voir les autres l'été prochain, Pol, dit-il. Je voulais d'abord que tu rencontres les Aloriens. Ce sont ceux qui risquent le plus de nous poser problème.

– Tiens? Je croyais que tu aimais bien les Aloriens.

– Où es-tu allée pêcher cette idée?

– Tu passes beaucoup de temps avec eux.

– Je suis bien obligé, Pol. Tout Alorien est une catastrophe en puissance. Mon Maître m'a dit, il y a cinq mille ans, de les tenir à l'œil, et c'est devenu un travail à temps complet pour moi. Ce n'est pas pour autant que ça me plaît. Je le fais parce qu'il me l'a ordonné, c'est tout.

– Tu es vraiment un bon garçon, hein?

Au printemps suivant, la voix de ma mère se fit à nouveau entendre.

Il est temps pour toi de retourner à l'école, Pol, annonça-t-elle. *Il y aura, d'ici peu, certaines choses que tu devras savoir faire.*

Quel genre de choses?

Il va falloir que tu apprennes à manipuler la mémoire des gens.

Tu pourrais préciser le terme « manipuler »?

Tu vas t'exercer à faire oublier certaines choses aux gens, comme lorsque tu as commencé ton entraînement, et tu vas apprendre à remplacer ces souvenirs par des images de choses qui ne sont pas arrivées.

On peut faire ça?

Eh oui! Ça se fait tout le temps. C'est une façon de modifier la réalité. Le poisson qui a réussi à s'échapper devient de plus en plus gros au fur et à mesure que le temps passe.

J'avais remarqué, tu sais. Et comment fait-on ça?

Son explication, assez obscure au demeurant, mettait en cause la nature particulière de la mémoire humaine. Quand on va au fond des choses, la moitié à peine de nos souvenirs correspondent à la réalité. L'être humain a tendance à revoir les choses de telle sorte qu'elles soient plus flatteuses à ses yeux et à ceux des autres. Et si ce qu'il a fait n'était pas très glorieux, il l'oublie carrément. Nous avons au mieux une appréhension très limitée de la réalité. Notre vie imaginaire est souvent beaucoup plus belle.

Pour m'exercer, j'intervins – marginalement – sur la mémoire de certaines personnes à Annath. Ça ne paraissait pas très difficile.

Pourquoi dois-je apprendre cela, Mère? lui demandai-je au bout de quelques semaines.

Certaines personnes sont mentionnées en marge – si je puis dire – du Codex mrin. Je pense que nous avons intérêt à nous assurer qu'elles sont de notre côté.

Tout le monde, dans les royaumes du Ponant, sera de notre côté, Mère.

Justement, Pol. Ces gens ne sont pas dans les royaumes du Ponant. Ils vivent au Gar og Nadrak.

CHAPITRE XXXVIII

Enfin, Mère, je ne peux pas me promener en public habillée comme ça!

Ça te va très bien, Pol. Cette tenue fait ressortir ta silhouette.

Je pourrais arriver au même résultat en me promenant toute nue! Je ne vais pas sortir avec des vêtements collants comme une seconde peau!

Attends, je crois qu'il manque quelque chose.

Ah, tu as remarqué! Quel sens de l'observation!

Je t'en prie. C'est ça : nous avons oublié les dagues.

Les dagues?

Quatre, pour être tout à fait précise. Deux à la ceinture et une dans le haut de chacune de tes bottes.

Pourquoi toutes ces armes?

C'est une coutume nadrake, Pol. C'est la façon qu'ont les femmes nadrakes de dire aux hommes qu'ils peuvent les regarder tant qu'ils veulent, mais que s'ils les touchent, ça risque de leur coûter cher.

Les jumeaux me remplacèrent à Annath en attendant

l'arrivée de mon père. Ma mère m'avait emmenée dans la forêt pour m'enseigner les particularités des coutumes et du costume nadraks. Elle m'avait fait revêtir une tenue de cuir noir, moulante : une veste, un pantalon et des bottes. Cet inventaire pourrait paraître bien masculin, mais personne ne pouvait se méprendre sur mon sexe. Je compris aussitôt pourquoi les Nadrakes avaient besoin de dagues – de tout un tas de dagues.

Les hommes comprennent-ils la signification de ces dagues? demandai-je.

Généralement. Quand ils n'ont pas trop bu. Il arrive parfois qu'ils se sentent d'humeur folâtre et qu'il faille leur rappeler de faire attention où ils mettent leurs pattes. Quelques entailles y suffisent généralement.

Tu te crois drôle?

Oh, pas du tout!

Je suscitai quatre poignards ulgos. Si vous voulez intimider quelqu'un, montrez-lui un poignard ulgo. La vue d'une lame en dents de scie, au bout recourbé, a généralement pour effet de calmer les ardeurs des plus audacieux.

Mais c'est horrible, Pol!

C'est bien l'idée générale, non? Comme ça, je serai sûre que personne ne s'enivrera assez pour courir le moindre risque.

Tu te rends compte qu'elles vont faire baisser ton prix?

Mon prix?

Au Gar og Nadrak, les femmes sont des biens mobiliers, Pol. Tout le monde le sait.

C'est vrai. J'avais oublié ça. Il y a autre chose que tu as omis de me dire?

Il faudra que tu portes un collier. Quelque chose de raffiné. Orné de pierreries, si tu te sens d'humeur prodigue. Ne t'inquiète pas pour la chaîne. On ne l'attache au collier que dans les grandes occasions. Nous nous arrêterons en allant à Yar Nadrak pour que tu puisses regarder danser une femme nadrake. Il faudra que tu apprennes à faire pareil.

Je sais déjà danser, Mère.

Pas comme ça. Chez les Nadraks, quand une femme danse, c'est pour défier tous les hommes de l'assistance. C'est la principale raison d'être des dagues.

Pourquoi dansent-elles, si ça leur attire tant d'ennuis?

Pour le plaisir. Enfin, sûrement. Ça rend les hommes absolument fous.

Je compris que les femmes nadrakes poussaient jusqu'à ses limites extrêmes le sport consistant à briser les cœurs. Ce petit voyage promettait d'être plus intéressant que je n'avais tout d'abord cru.

Nous fusionnâmes ensuite, ma mère et moi, sous la forme d'un faucon, et nous partîmes pour le pays des Nadraks, au nord-est. Les deux hommes que nous cherchions étaient à Yar Nadrak, la capitale, mais ma mère suggéra que nous nous arrêtions dans un hameau qui n'avait même pas de nom, dans l'interminable forêt du Gar og Nadrak, afin de regarder danser une Nadrake appelée Ayalla.

Le hameau avait un côté je-m'en-foutiste qui semblait endémique dans tout le pays. Les constructions étaient faites de rondins, dont aucun n'était ne fût-ce que grossièrement équarri, et de toile. Les murs penchaient dans tous les sens, mais ça n'avait pas l'air de perturber les trappeurs et les chercheurs d'or qui sortaient parfois de la forêt lorsqu'ils avaient par trop envie de revoir la civilisation. Nous survolâmes la « ville », ma mère et moi, et nous nous perchâmes sur l'appui d'une fenêtre, tout en haut du mur de derrière de la taverne locale.

Le propriétaire d'Ayalla s'appelle Kablek, me dit ma mère. *C'est aussi le propriétaire de la taverne, et Ayalla est une manière de valeur mobilière. Elle danse tous les soirs, et c'est pour elle que les clients viennent. Kablek est en train de faire une vraie petite fortune grâce à elle. Il allonge sa bière au point qu'elle ne mousse même plus, et il la fait payer un prix fou.*

Un genre de Tolnedrain, quoi.

Exact. Sans le vernis.

La foule, dans la taverne de Kablek, était tapageuse, mais de grands gaillards armés de gourdins veillaient au maintien de l'ordre. C'est-à-dire qu'ils mettaient fin aux combats au couteau et ignoraient la plupart des bagarres à poings nus, à moins que les protagonistes ne se mettent à réduire le mobilier en cure-dents.

Kablek et ses sbires vendirent leur bibine à prix d'or jusqu'au milieu de la soirée, puis les clients se mirent à scander « Ayalla ! Ayalla ! » sur l'air des lampions en tapant du poing sur les tables bancales et du pied dessous. Kablek laissa faire pendant quelques minutes, en continuant à faire couler la bibine à flots, puis il grimpa sur le comptoir, le long du mur du fond de l'établissement, et beugla :

– Dernier avertissement, les gars ! Commandez votre bière maintenant. On servira rien pendant la danse d'Ayalla !

Ce qui provoqua une ruée sur le comptoir. Le dénommé Kablek attendit que tout le monde ait fait le plein, puis il leva les mains pour rétablir le silence.

– Voilà le rythme ! annonça-t-il, et il commença à taper dans ses grosses pattes calleuses : trois battements lents suivis de quatre battements rapides. Perdez pas la cadence, les gars ! Ayalla aime pas ça, et c'est une rapide, avec ses dagues.

Des rires un peu nerveux lui répondirent. Les artistes n'aiment pas voir fuir leur public. De là à le retenir avec ses dagues...

Puis, avec un sens du théâtre qui révélait la professionnelle, Ayalla apparut par une porte vivement éclairée. Force me fut d'admettre qu'elle était d'une beauté stupéfiante avec ses cheveux d'un noir bleuté, ses yeux noirs, pétillants, et sa bouche sensuelle. Officiellement, c'était une esclave, elle appartenait à quelqu'un, mais aucun empereur de Tolnedrie n'aurait égalé son port de reine. Esclave ou non, c'est Ayalla qui possédait littéralement tout ce – et tous ceux – qu'elle regardait. Elle portait une robe – si tant est qu'une chose aussi impalpable puisse être qualifiée de robe – de soie malloréenne, de couleur pastel, fine comme de la gaze et qui bruissait à chacun de ses mouvements. La chose lui dénudait les bras et les épaules et s'arrêtait au ras de ses bottes de cuir souple. Bottes d'où dépassaient les poignées de deux dagues incrustées de pierreries qui semblaient mettre en garde les spectateurs un peu trop téméraires.

Le public l'acclama, mais Ayalla avait l'air légèrement ennuyé. Toutefois son expression changea lorsque le public amorça ce rythme irrésistible. Son visage prit alors une expression intense, et la seule force de sa présence renversante frappa son public et le conquit. Elle commença à danser lentement, d'une façon presque indolente, puis accéléra le rythme. Bientôt, ses pieds semblèrent flotter alors qu'elle tourbillonnait dans la salle sur ce rythme irrésistible.

Respire, Pol! fit sèchement ma mère. *Je commence à avoir des taches devant nos yeux!*

Je laissai échapper le souffle que je retenais inconsciemment depuis je ne sais combien de temps. J'étais littéralement pétrifiée par le numéro d'Ayalla.

Elle est douée, hein? avançai-je timidement.

Ayalla ralentit le rythme et conclut par un coup de reins d'une sensualité à la limite de l'indécence qui remua tous les hommes présents dans la salle. La façon dont elle paraissait s'offrir tout en portant les mains à la poignée de ses dagues semblait laisser imaginer ce qui attendait tout homme assez stupide pour accepter le don de sa personne.

Par tous les Dieux du monde, que ça avait l'air drôle!

Eh bien, Pol? demanda ma mère. *Tu crois que tu pourrais y arriver?*

Avec un peu d'exercice..., répondis-je. *Je comprends parfaitement ce qu'elle fait. Elle est très fière d'être une femme, hein?*

Pour ça oui!

C'est tout le thème de sa danse, et je suis parfaitement

capable de jouer ce rôle. Les pas n'ont aucune importance. C'est son allure qui compte, et de l'allure, j'en ai à revendre. Laisse-moi une semaine, Mère, et je danserai mieux qu'elle.

Tu es bien sûre de toi.

Fais-moi confiance. Bon, on va où, maintenant?

À Yar Nadrak, la capitale. Il va falloir que tu te trouves un propriétaire, et nous pourrons nous y mettre.

La plupart d'entre vous ignorent probablement les spécificités de la société nadrake. Chez les Nadraks, les femmes sont des biens mobiliers, mais pas comme les chevaux, les bottes ou les voitures. La Nadrake choisit son propriétaire. Si l'heureux élu la déçoit, elle peut toujours compter sur ses dagues pour le convaincre de la revendre à un homme qui lui plaît davantage, et elle reçoit chaque fois la moitié du prix de vente. Une Nadrake qui sait mener sa barque peut mourir riche, si ça lui chante.

Yar Nadrak est une bourgade infestée de moustiques, qui pue le goudron, vautrée sur une pointe marécageuse à un endroit où la forêt environnante a été éclaircie par des brûlages. Et encore, ce sont les points positifs.

Je n'avais pas de raison de différer plus longtemps. Je repris forme humaine et je revêtis les vêtements de cuir que ma mère m'avait trouvés. J'entrai fièrement en ville, remarquant au passage le masque d'acier poli de Torak qui me lorgnait au-dessus de la porte. La vue de ce terrible objet n'est peut-être pas sans rapport avec la suite des événements.

– Te précipite pas comme ça, chérie, fit l'un des hommes qui montaient la garde à la porte en me regardant d'un air suggestif.

Il me prit par le bras et je sentis qu'il avait bu. Je décidai d'établir tout de suite les bases d'une saine relation. Je lui donnai un coup de pied sur le côté du genou. Il fléchit les jambes et s'écroula. Alors je me jetai sur lui, lui enfonçai un genou au creux de l'estomac, tirai mes poignards ulgos de ma ceinture et lui en plantai les pointes dans la gorge.

– Des dernières volontés, peut-être ? demandai-je.
– Qu'est-ce que vous faites ? geignit-il.
– Ben, je vais te trancher la gorge, expliquai-je d'un ton patient. Tu m'as touchée, et tout homme qui touche Polanna est un homme mort. C'est bien connu. Cramponne-toi. Ce sera fini avant que tu aies eu le temps de dire ouf.
– C'était un accident ! piaula-t-il. Je ne voulais pas vous offenser !
– Désolée. Je ne savais pas. Tu aurais dû faire attention.
– Alors vous allez me pardonner ?
– Bien sûr que je te pardonne, ballot. Mais il va falloir que je te tranche la gorge quand même. Je suis vraiment désolée. Reste tranquille. C'est l'affaire d'une minute.

Comment allais-je me sortir de là sans exécuter ce crétin pour de bon ? Je suis sûre que tout le monde aux environs était très impressionné, mais je ne voyais pas ce que j'allais pouvoir inventer pour me tirer de ce mauvais pas.

– Polanna ! Lâchez-le ! fit une grosse voix grave, virile, qui semblait venir de derrière moi.

Sauf que la personne qui avait parlé n'était pas derrière moi, et que ce n'était pas un homme. Ma mère était venue à ma rescousse.

– Il m'a touchée ! me récriai-je.
– C'était une erreur. Laisse-le partir.
– J'ai été insultée. Je ne peux pas laisser passer ça.
– Nous n'avons pas de temps à perdre, Polanna. Fais-lui une estafilade, ça suffira. Le sang lavera l'insulte. Tu n'as pas besoin d'en remplir le caniveau pour un simple incident.
– Ça va, ça va, dis-je, en laissant tomber.

Je fis à ma victime terrifiée une petite entaille à la pointe du menton, me relevai et rengainai mes poignards, puis j'entrai dans la ville. Seule, mais je pense que personne n'y prit garde.

Tu y es peut-être allée un peu fort, Pol, nota ma mère d'un ton acide.

Ouais. La situation m'a échappé.

Polanna? Où es-tu allée chercher ce nom?

Il m'est passé par la tête. J'ai trouvé que ça faisait nadrakeux.

Nadrakeux, hein?

Laisse tomber, Mère. Allons plutôt faire notre marché. Il me faut un propriétaire.

C'était la première fois que je cherchais un maître, et ce n'est pas tout à fait la même chose que de se procurer une paire de chaussures ou une botte de radis. Nous arrêtâmes notre choix sur un riche négociant en fourrures appelé Gallak. Il était assez à l'aise pour avoir des contacts intéressants et il ne devait pas vivre dans un taudis. Le seul problème, c'est qu'il était beaucoup plus intéressé par l'argent que par les choses agréables de l'existence, comme les femmes. Lui insinuer dans l'esprit des souvenirs fut un peu plus compliqué que prévu, mais nous surmontâmes la difficulté, ma mère et moi, en jouant sur l'appât du gain. Nous fîmes miroiter le bénéfice qu'il réaliserait en me revendant, et le tour fut joué.

Je me glissai chez lui, une nuit, alors qu'il dormait, disposai mes affaires dans la maison et arrangeai l'une des chambres vides pour qu'elle ait l'air d'être occupée. Puis, aux premières lueurs du jour, j'allumai le feu dans la cuisine et me mis aux fourneaux. Quand tout fut prêt, je montai dans sa chambre et le réveillai.

– Debout, Gallak ! Le petit déjeuner est servi, annonçai-je.

Il s'étira, bâilla et dit calmement :

– Bonjour, Polanna. Tu as bien dormi?

Il se rappelait très distinctement m'avoir achetée six semaines plus tôt dans une taverne du fin fond de la forêt, et il croyait dur comme fer que j'étais dans le coin depuis assez longtemps pour qu'il en soit arrivé à me connaître.

Il dévora son petit déjeuner et me complimenta pour ma cuisine – ce qu'il faisait, à son idée, chaque fois que je lui faisais à manger. Puis il s'assura que mon collier était bien attaché, me souhaita une bonne journée et partit au travail. Pour ce qu'il en savait, je faisais partie de sa vie et il ne pouvait pas deviner qu'il m'avait vue pour la première fois ce matin-là.

Maintenant, intervint ma mère après son départ, *il faut que nous trouvions un dénommé Yarblek. Il aura une grande importance, plus tard, et il serait bon que nous fassions sa connaissance.*

Je n'ai pas une très grande liberté de mouvement, Mère, lui rappelai-je.

Qu'est-ce qui te fait dire ça?

Je suis une esclave, Mère. Je ne peux pas me balader dans les rues comme je veux.

Tu n'as vraiment rien compris, Pol. Gallak est ton propriétaire, pas ton maître. Tu es à lui, mais tu n'es pas une esclave.

Quelle différence?

Toute la différence du monde! Ton collier te procure une liberté absolue, et il proclame aux intéressés que si quelqu'un ose te manquer de respect, Gallak le fera tuer. Tu es plus libre ici que lorsque tu étais duchesse d'Erat. Tu peux aller où bon te semble et faire ce que tu veux. Les Nadrakes ont une plus grande liberté que toutes les femelles du monde entier – à part les louves, bien entendu.

Quelle idée fascinante!

Yarblek n'avait qu'une quinzaine d'années, à l'époque, mais il s'était déjà taillé une solide réputation à Yar Nadrak. Ça ne l'empêchait pas d'être difficile à trouver, et mes recherches me conduisirent dans les quartiers les moins recommandables de la ville. Le récit de l'incident de la veille, à la porte de la ville, s'était manifestement répandu, parce que toutes sortes de canailles à l'air inquiétant se donnaient un mal fou pour ne pas croiser mon chemin. Il faut croire qu'une description circonstanciée de ma personne accompagnait ces histoires, car la racaille de Yar Nadrak m'évitait soigneusement. Il n'est pas facile de recueillir des renseignements quand personne ne veut vous parler. Je sélectionnai donc un individu à l'air peu reluisant et pointai le doigt vers lui.

– Toi, dis-je d'un ton péremptoire. Viens ici.

– Mais j'ai rien fait, moi ! protesta-t-il.

– Je n'ai pas dit ça. Viens ici.

– Je suis obligé ?

– Absolument. Ici, précisai-je en indiquant un point sur la chaussée, juste devant moi. Et tout de suite.

– Oui, Polanna. Tout de suite.

Le drôle traversa la rue en courant, vint se planter à l'endroit indiqué et croisa ostensiblement les mains dans son dos pour éviter tout malentendu.

– Je cherche un gamin appelé Yarblek. Tu le connais ?

– Tout le monde connaît Yarblek, Polanna.

– Tant mieux. Et tu sais où je peux le trouver ?

– Il passe le plus clair de son temps au *Trou à rats*, une taverne située pas loin de la porte est. S'il n'y est pas, le tavernier devrait savoir où on peut le trouver.

– Merci. Tu vois, ça ne t'a pas fait mal, hein ?

– Je n'ai pas l'air de saigner, par aucune plaie. Pas encore. Hé !, reprit-il avec une soudaine vivacité, c'est vrai que vous avez coupé la tête du garde avec les scies qui vous servent de poignard ?

– Bien sûr que non. Je lui ai juste fait une petite entaille au menton.

– Je pensais bien que c'était un peu exagéré, aussi. Vous n'avez pas l'air assoiffée de sang. Mais je ne le dirai à personne, ajouta-t-il avec un clin d'œil. Vous avez réussi à terroriser tout le quartier des voleurs, et j'adore voir ces vermines trembler dans leurs bottes.

– Tu es un bon garçon, fis-je en lui tapotant la joue, puis je m'enfonçai dans les rues boueuses qui menaient vers la porte est de la ville.

Le Trou à rats n'avait pas volé son nom. Les poutres de la salle disparaissaient sous les toiles d'araignée, et ce n'est pas d'être balayé que le sol avait besoin : il aurait fallu y aller à la pelle. Je m'approchai du comptoir branlant, hachuré d'entailles.

– Lequel de ces sacripants confits dans la gnôle est Yarblek? demandai-je au poivrot qui se trouvait derrière le comptoir.

– C'est çui qu' est là-bas, dans le coin. Le gamin qui cuve tout ce qu'il a ingurgité hier soir. Vous allez le tuer?

– Quelle idée!

– C'est vous, la Polanna, pas vrai? Il paraît que vous tuez tous ceux qui osent vous regarder.

– C'est ridicule. Je n'ai pas encore tué une seule personne ce matin. Maintenant, si vous voulez bien m'excuser, je vais dire quelques mots à notre ami Yarblek.

Il ne fallut pas grand-chose pour le réveiller. Une seule latte de plancher qui craquait, en fait. Sa main vola jusqu'à la poignée de sa dague avant même qu'il n'ait ouvert l'œil. Puis il me regarda froidement et poussa un tabouret vers moi, du bout du pied.

– Assieds-toi, chérie, dit-il. T' es nouvelle dans le coin, pas vrai? Je ne crois pas t'avoir déjà vue. Tu veux que je te paie un coup à boire?

– Vous n'êtes pas un peu jeune, maître Yarblek, pour fréquenter les tavernes? avançai-je en m'asseyant sur le tabouret si généreusement offert.

– J'ai jamais été jeune, chérie, se vanta-t-il. J'étais déjà adulte le jour de ma naissance. J'ai été sevré à la bière brune et j'ai tué mon premier homme à sept ans.

Et patati, et patata. Il se glorifia comme ça, pendant je ne sais combien de temps, des pintes de bière qu'il pouvait boire, de tous les hommes qu'il avait tués, de toutes les femelles qui avaient succombé à ses charmes. À en juger par son expression et son rire prompt, bon enfant, il ne s'attendait pas vraiment à ce que je croie ses mensonges. Il espérait plutôt me distraire. L'un dans l'autre, il me faisait l'impression d'être un grand gamin vantard, dépenaillé, mais quelques indices me suffirent pour comprendre qu'il était beaucoup plus fin qu'il n'en avait l'air, et si les petits cochons ne le mangeaient pas avant, je lui faisais confiance pour arriver à l'âge adulte et faire ce qu'on attendait de lui.

J'admets que l'idée qu'il puisse un jour se mettre en affaires avec le prince Kheldar et devenir l'un des hommes les plus riches du monde ne me traversa même pas l'esprit.

Au bout d'un moment, j'en eus assez de ses rodomontades et je lui dis :

– Vous avez l'air fatigué, Yarblek.

– Je ne suis jamais trop fatigué pour parler avec une jolie femme, répliqua-t-il, mais il ferma les yeux et il se mit à ronfloter.

Ce n'était probablement pas nécessaire, compte tenu de son état, mais par précaution, j'effaçai de sa mémoire tout souvenir de notre rencontre – et je fis de même avec le pochard qui se trouvait derrière le comptoir.

Mère! projetai-je en quittant *Le Trou à rats*.

Oui, Pol?

J'ai trouvé Yarblek. Ce n'est encore qu'un gamin, mais il promet. Pourvu qu'il survive.

Je tiens de source autorisée qu'il survivra, Pol. Tu crois qu'on peut lui faire confiance?

Il vaudrait mieux pas, mais j'ai l'impression qu'on peut quand même.

Nous allons rester un moment ici. Tu pourras le tenir à l'œil et voir comment il évolue.

Quelle est l'autre personne que je dois rencontrer?

Le nouveau roi, Drosta lek Thun. Il a été couronné en 5342. Il doit avoir une vingtaine d'années, maintenant.

Nous attendons de l'aide du roi d'une nation angarake?

Ce n'est pas moi qui décide, Pol. Tu es censée lui parler et essayer de voir pourquoi et comment il pourrait décider de changer de camp.

Ça risque d'être un peu coton pour entrer au palais, non?

Gallak devrait pouvoir t'y aider.

Peut-être. Je vais lui en parler ce soir.

J'eus probablement plus de mal à m'habituer à vivre chez Gallak qu'il n'en eut à se faire à ma présence. Je devais me remémorer sans arrêt qu'il croyait que j'habitais sous son toit depuis six semaines et qu'il avait l'habitude de me voir dans le coin.

– Tu as passé une bonne journée, Polanna ? demanda-t-il aimablement après dîner.

– Comme d'habitude, répondis-je. Je suis allée au bazar et j'ai fait le tour des boutiques que je ne connaissais pas encore. Mais je n'ai rien acheté.

– Tu as besoin d'argent ?

– Non, j'en ai, merci. Tu connais le roi Drosta ?

– Je l'ai rencontré plusieurs fois. Pourquoi ?

– Oh !, pour rien. Je me demandais quel genre d'homme c'est.

– Il est jeune. Enfin, il grandira. Espérons seulement qu'il y arrivera avant d'avoir quatre-vingts ans.

– Comment ça ?

– Sa Majesté aime beaucoup les femmes, répondit Gallak d'un ton réprobateur.

– Je ne vois pas ce qu'il y a de mal à ça.

– Moi si, quand on ne pense qu'à ça. Notre roi donne l'impression de n'avoir que ça en tête. Je doute qu'il connaisse même le nom de la plupart de ses conseillers.

– C'est stupide.

– Il n'est pas vraiment stupide, Polanna. En fait, il est très intelligent. Assez erratique, mais malin. L'ennui, c'est que son cerveau se déconnecte dès qu'une femme se met à danser. Je ne voudrais pas être mal compris : j'aime voir danser une femme autant qu'un autre, mais Drosta se met à baver avant même qu'elle n'ait bougé le petit orteil, et quand je dis baver, ce n'est pas une métaphore. Et comme c'est un jeune homme très laid, pour commencer, ça ne l'arrange pas. Il va bientôt y avoir un nouveau roi sur le trône de Drasnie, et Drosta devrait se concentrer sur les nouveaux traités de commerce, mais ses conseillers n'arrivent pas à le tirer assez longtemps des bordels pour lui faire rencontrer les attachés commerciaux drasniens.

– C'est choquant, murmurai-je.

– C'est exactement ce que je pense. Bon, si on parlait d'autre chose ? Rien que de penser à ce débauché, j'en ai la chair de poule.

Ça me donnait matière à réflexion. Le lendemain matin, dès que Gallak fut parti truander de nouveaux clients, je commençai à m'exercer à danser. Je n'avais pas besoin d'une salle pleine d'hommes pour me donner le rythme en tapant dans leurs mains ; je gardais la cadence dans ma tête. Je dégageai les meubles et, d'une seule pensée, garnis un mur de miroirs, puis je me mis au travail. J'avais remarqué en regardant Ayalla danser que le secret réside dans l'attitude, non dans les pas. Au milieu de l'après-midi, je commençais à piger le truc.

Je m'exerçai sérieusement pendant deux semaines. Le principal obstacle que j'eus à surmonter consistait à considérer l'assistance d'un air provocant. Certains des mouvements de la danse nadrake m'embarrassaient, mais je savais qu'il fallait que je surmonte ma gêne si je voulais faire le genre de numéro auquel je pensais. Je me rendis compte, curieusement, que ça m'aidait de danser les poings crispés sur mes poignards ulgos. J'arrivais, en les tenant, à adopter des postures lubriques dont Ayalla n'aurait même pas rêvé. Je n'avais plus qu'à trouver un moyen de m'empêcher de rougir de confusion. Même moi, j'étais choquée par ma danse. Mais dans le fond, c'était le but.

L'hiver arriva, passa, et nous nous installâmes, Gallak et moi, dans une sorte de routine nadrake. Il passait ses journées à flouer ses clients et je passais les miennes à danser.

Non, je ne faisais pas ça pour m'amuser. Pas seulement. En me décrivant la personnalité de Drosta, Gallak m'avait fait penser à un moyen idéal de l'approcher d'assez près pour l'étudier. Au printemps, je savais que si je dansais seulement à moitié aussi bien que je le croyais, Drosta baverait comme un escargot avant que j'aie fini mon numéro.

Lorsque la neige commença à fondre dans les rues de Yar Nadrak, je ne tenais plus en place. Nous avions été plus ou moins cloîtrés à la maison tout l'hiver, Gallak et moi, et il convint bien volontiers qu'il était temps de reprendre une certaine vie sociale.

La vie sociale, au Gar og Nadrak, est assez rudimentaire. Elle se borne plus ou moins à faire un tour à la taverne du coin. Je n'aime pas beaucoup les tavernes, mais les affaires sont les affaires. Avant de quitter la maison, je me changeai. J'aurais pu danser vêtue de cuir, mais je pense que ça n'aurait pas eu le même impact.

Je m'assis avec Gallak à une table d'une taverne appelée *Le Sanglier sauvage*. Je bus même quelques chopes de la bière locale, un breuvage fruité. J'étais assez nerveuse, en réalité. Les autres clients de la taverne commençaient à être un peu éméchés lorsque, vers le milieu de la soirée, l'un des concurrents de Gallak sur le marché des fourrures poussa sa « femme » à danser. Les clients de la taverne se mirent à taper dans leurs mains en rythme, et la jeune femme commença à danser. Elle n'arrivait pas à la cheville d'Ayalla, mais elle ne s'en sortait pas trop mal. La fin de son numéro fut saluée par des acclamations assourdissantes.

Sans mot dire, sans même le regarder, je titillai quelque peu l'ego de mon propriétaire.

– Ma Polanna danse mieux que ça, dit-il tout haut.

– Sacré Gallak ! renifla le propriétaire de la première danseuse. Il faut toujours qu'il fasse tout mieux que les autres !

– Propose-lui de parier, suggérai-je tout bas à Gallak.

– Tu sais vraiment danser ? murmura-t-il non sans appréhension.

– Je vais te changer les os en gelée, lui promis-je.

– Enfin, on peut toujours essayer, répondit-il d'un air

quelque peu dubitatif. C'est bon, Rasak, dit-il à son concurrent. Tu veux miser quelque chose ? Je te parie dix pièces d'or que Polanna danse mieux que ton Eyana, fit-il en pêchant sa bourse à sa ceinture. Nous allons laisser nos amis décider laquelle est la meilleure.

– Dix pièces d'or ? Tu es bien sûr de toi, Gallak.

– Assez sûr pour miser mon bon argent. Des réticences, Rasak ?

– Va pour dix pièces d'or.

La foule se mit à hurler et à taper des pieds, puis à frapper dans ses mains.

J'inspirai profondément et ôtai ma robe de dessus. Mon costume de danse était inspiré par celui d'Ayalla, dans la taverne au beau milieu de la forêt. Je remarquai fugitivement que Rasak parut un peu démoralisé lorsqu'il me vit dans cette tenue bleue, impalpable.

Enfin, je ne m'éterniserai pas. Elle était loin, l'adolescente dégingandée, aux genoux couronnés, que j'avais jadis été... et puis, grâce aux six mois d'exercices quotidiens auxquels je m'étais livrée, j'étais dans une forme sensationnelle, dans tous les sens du terme.

Pardon pour le jeu de mots. Je ne l'ai pas fait exprès.

Je dansai donc pour eux. J'appréhendais un peu de me produire en public – je suppose que les artistes professionnels appellent ça le trac – mais dès que je fus lancée, mon appréhension se mua en excitation, et je dansai mieux que pendant mes longues heures d'exercice. Rien de tel qu'un public pour encourager une artiste à se surpasser. Je ne leur liquéfiai peut-être pas les os à tous, mais je suis sûre d'en avoir ramolli quelques-uns.

Il y eut un silence stupéfait lorsque je terminai mon numéro par cette posture provocante. Le public était à moi, je le tenais dans le creux de ma main. Ma prestation fut saluée par un tonnerre d'applaudissements et d'acclamations, et Rasak ne prit même pas la peine de mettre le problème aux voix. Il paya sans barguigner, sans un soupir.

Après ça, je dansai souvent. Gallak, qui ne perdait jamais une bonne occasion, vit un moyen d'utiliser mes dons au cours de ses négociations commerciales. La phrase « Et si je demandais à Polanna de danser pour nous pendant que vous réfléchissez à ma proposition ? » revint de plus en plus souvent au cours de réunions diverses et variées.

Ça devait arriver, compte tenu du fait que je dansais la plupart du temps dans des tavernes. Un jour, je fus obligée de prouver que j'étais prête à faire usage de mes dagues pour rappeler aux spectateurs de garer leurs pattes. Gallak était attablé avec un type qui louchait effroyablement, un certain Kreblar, et la négociation était dans une impasse. Gallak décida alors d'abattre son atout maître – moi. Il avait le chic pour me faire intervenir dans ses transactions en suggérant que je danse pour tous les clients de la taverne. Kreblar, qui avait un peu trop bu, parut croire que je faisais mon numéro pour son seul bénéfice.

À la fin de la danse, alors que je revenais, toujours cambrée dans ma posture provocante, vers la table où nous étions assis tous les trois, il passa les bornes. Je vis briller son œil – celui qui regardait dans la direction générale du mur du fond – et il me prit brutalement par le bras.

– Sacré numéro ! beugla-t-il en commençant à me peloter. Allez, fillette, sois gentille ! Un petit baiser !

Mes connaissances médicales me furent très utiles ce jour-là. Je levai vivement le genou et lui flanquai un coup à la pointe du menton tout en tirant ma dague du haut de ma botte. Sa tête partit en arrière, m'offrant sa gorge, mais je préférai m'attaquer à sa poitrine, en me disant que ses côtes empêcheraient ma lame de pénétrer trop profondément dans sa carcasse.

Il poussa un cri perçant et regarda avec horreur le sang jaillir d'une grande entaille dans sa chemise, entaille que je venais d'ouvrir.

– Il ne faut jamais faire ça, le grondai-je sans élever la voix.

J'essuyai ma lame sur le col de sa chemise, rengainai mon arme et parcourus l'assistance du regard.

– Quelqu'un aurait du fil et une aiguille ? demandai-je à la cantonade. Nous allons tous patauger dans le sang si je ne recouds pas ce pauvre Kreblar.

Un cordonnier me fournit ce dont j'avais besoin, je demandai à Gallak et à trois ou quatre autres volontaires d'étendre Kreblar sur la table et, ignorant ses couinements, je recousis proprement l'estafilade qui lui fendait la poitrine d'une aisselle à l'autre.

Je ne sais pas très bien pourquoi, la séance parut refroidir beaucoup plus efficacement les spectateurs que la blessure. Les gens sont drôles, des fois.

Avec le temps, et comme je l'avais plus ou moins prévu, ma réputation se répandit à Yar Nadrak. Gallak finit par recevoir une invitation à passer au palais assortie de la recommandation : « Et amenez Polanna avec vous. » Mes heures d'entraînement et ces séances publiques avaient fini par payer.

Le palais du roi Drosta se trouvait au centre de Yar Nadrak. C'était, à ma connaissance, le seul bâtiment de pierre de toute la ville. Mais les Nadraks ne sont pas doués pour travailler la pierre, et le palais était aussi bancal que les autres maisons de la ville. Je repérai, en entrant dans la salle du trône avec Gallak, le seul Grolim que je vis pendant tout mon séjour. Je projetai avec circonspection une pensée inquisitrice dans son esprit, et me rendis compte qu'il en était à peu près dépourvu. C'était bien un Grolim, mais il n'avait qu'un pouvoir marginal, et surtout il n'avait pas dessoûlé depuis dix jours. Si Torak avait une emprise sur les Nadraks, elle devait être fort ténue.

Le roi Drosta était assez jeune pour occuper un trône, et il semblait penser que son premier devoir était de s'amuser. Il était d'une minceur ascétique, et son visage pustuleux était marqué de profondes scarifications sous sa tignasse noire, rêche, miteuse. Ses vêtements à dominante jaune, manifestement coûteux, n'étaient pas très nets.

La présentation à la cour étant une circonstance officielle, Gallak me tenait par ma chaîne, selon les normes sociales en vigueur. Je portais une robe de dessus bleue qui dissimulait plus ou moins mon costume de danse. Gallak s'approcha du trône et s'inclina devant son roi.

– Je m'appelle Gallak, dit-il. Votre Majesté m'a fait l'honneur de solliciter ma présence ?

– Ah !, Gallak, répondit Drosta d'une voix stridente, presque hystérique. Nous vous attendions. Voici donc la célèbre Polanna, poursuivit-il en me déshabillant du regard. Elle en jette, hein ? gloussa-t-il nerveusement. Vous ne seriez pas vendeur, par hasard ?

– Euh... Je ne crois pas, Majesté, répondit sagement Gallak, car il n'était qu'à une longueur de chaîne de mes dagues.

– Alors, vous consentirez peut-être à me la louer ? insista Drosta, et il sembla trouver cela très drôle car il éclata d'un rire énorme.

– C'est à moi que revient la décision, Drosta, intervins-je froidement, et je doute que vous ayez assez d'argent.

– Hmm, vous êtes fière, hein ? avança-t-il.

– Je connais ma valeur, rectifiai-je avec un haussement d'épaules.

– On me dit que vous êtes danseuse.

– On dit vrai.

– Bonne danseuse ?

– La meilleure que vous verrez jamais.

La modestie n'est pas une vertu nadrake, mais cette remarque passait probablement les bornes de la forfanterie traditionnelle.

– Il va falloir me le prouver, Polanna.

– Quand vous voudrez, Drosta. Mais avant, il vaudrait peut-être mieux que vous jetiez un coup d'œil là-dessus.

Je fouillai sous ma robe, tirai mes dagues et les lui montrai.

– Des menaces ? demanda-t-il, les yeux hors de la tête.

– Pas des menaces, Drosta, juste une information. Vous savez maintenant ce qui vous attend si vous vous laissez emporter par votre admiration.

– Je n'ai jamais vu un couteau aux pointes recourbées comme ça. Quelle en est l'utilité ?

– Les crochets servent à extirper des choses que les gens préfèrent généralement garder à l'intérieur de leur bedaine. Ils sont jolis, non ? ajoutai-je fièrement en regardant mes poignards. Ils sont conçus pour faire plus de mal en ressortant qu'en entrant.

Je vis Drosta verdir quelque peu.

– C'est une femme terrible, Gallak, dit-il en frissonnant. Comment tenez-vous le coup dans son environnement immédiat ?

– Elle est parfaite pour moi, Majesté, répondit Gallak. Elle m'apprend les bonnes manières. Et puis c'est la meilleure cuisinière de tout le Gar og Nadrak.

– Du monde, Gallak, rectifiai-je. Très bien, Drosta. Que préférez-vous ? Que je danse pour vous ou que je vous prépare à dîner ?

– Dansez d'abord, Polanna, répondit-il d'une voix traînante. Et si votre danse éveille mon appétit, on verra pour la suite ! Débarrassez-moi le plancher ! ordonna-t-il à la foule qui envahissait la salle. Laissez-lui la place de danser ! Je veux savoir si elle est aussi épatante qu'elle a l'air de le croire.

Je pris ses paroles pour un défi, de sorte que j'ajoutai à ma performance généralement retenue des éléments que je n'avais pas encore osé y intégrer.

Non, je ne les décrirai pas ici. Les enfants, vous comprenez.

Lorsque je retournai, cambrée dans ma posture provocante habituelle, récupérer mon vêtement de dessus, le roi Drosta tremblait de tous ses membres et je reconnus une expression presque révérencielle sur son visage disgracieux.

– Par les dents de Torak ! jura-t-il. Je n'ai jamais rien vu de pareil !

– Je vous avais dit que j'étais la meilleure, Drosta, lui rappelai-je.

– Vous êtes sûr que vous ne voulez pas la vendre, Gallak ? insista Drosta d'un ton geignard.

– Je pense, Majesté, qu'il est de mon devoir de patriote de ne pas vous la vendre, répondit mon propriétaire. Vous avez une réputation de... d'excitabilité ; vous pourriez vous laisser entraîner, un jour. Il n'y a pas encore d'héritier pour vous succéder sur le trône et je ne puis, en conscience, prendre ce risque.

– Vous ne me tueriez pas vraiment, hein, Polanna ? demanda Drosta d'un ton plein d'espoir.

– Je le regrette infiniment, Drosta, mais la règle, c'est la règle, vous comprenez. Je ferais en sorte que ce soit le moins douloureux possible, bien sûr, mais il se pourrait, hélas, que ce soit malgré tout assez inconfortable. Mes dagues ne sont pas conçues pour opérer efficacement. Ni proprement, du reste. L'opération est généralement assez répugnante.

– Vous êtes une femme cruelle, Polanna. Vous me faites miroiter quelque chose d'irrésistible, et vous me dites que, si j'ai le malheur d'y toucher, vous m'arracherez vingt pieds de boyaux.

– Voilà qui résume assez bien la situation, en effet. Et maintenant, Majesté, que voulez-vous pour dîner ?

Nous nous transportâmes aux cuisines, Gallak, Drosta et moi, et je leur préparai à manger.

– Nous avons des ennuis, Gallak, fit pensivement Drosta en s'affalant sur un fauteuil, devant l'immense table.

– Ah bon ? relança Gallak.

– Vous travaillez beaucoup avec la Drasnie ?

– Je n'ai jamais franchi la frontière en personne, mais j'ai des agents à Boktor.

– Il y aura bientôt un nouveau roi là-bas, n'est-ce pas ?

– Le vieux roi décline à vue d'œil, confirma Gallak en hochant la tête. Le prince héritier s'appelle Rhodar. C'est un gros balourd, mais il a l'esprit vif.

– J'aimerais bien prendre contact avec lui. J'ai un problème qu'il pourrait peut-être m'aider à résoudre.

– Ah bon? Quel problème, si je puis me permettre...?

– Un problème appelé Taur Urgas, et qui est assis sur le trône à Rak Goska.

– Les Murgos, quoi.

– Le problème, c'est toujours les Murgos, Gallak. Le monde serait beaucoup plus agréable sans eux. Taur Urgas est dingue. Évidemment, ça ne se voit pas trop au Cthol Murgos. C'est une race de dingues, mais Taur Urgas élève la folie à la hauteur d'un art. J'essaie de prendre contact avec Zakath, le prince héritier de la Mallorée. Il est assez civilisé. J'espère qu'il verra l'intérêt d'avoir un allié sur le continent occidental. Tôt ou tard, Taur Urgas essaiera d'unifier les Angaraks du Ponant, et je préfèrerais ne pas être obligé de m'incliner devant un Murgo cinglé.

– Vous ne craignez pas d'offenser Taur Urgas en faisant alliance avec Zakath?

– Je m'en fiche pas mal. Si la Mallorée est de mon côté, il ne pourra pas y faire grand-chose. J'ai un vaste territoire, Gallak, mais peu de gens pour le défendre. Si les Murgos marchent vers le nord, nous sommes perdus. Je dois trouver un allié quelque part, conclut-il en frappant du poing sur la table.

– C'est pour ça que vous voudriez entrer en contact avec Rhodar? intervins-je.

– Évidemment. Je signerais un pacte avec les Morindiens si je pensais que ça puisse m'être utile à quelque chose. Dites-moi, Gallak, vous n'avez pas un homme de confiance qui pourrait transmettre un message à Rhodar, de ma part?

– Aucun en qui j'aie confiance à ce point, Majesté.

C'est alors que j'eus une inspiration, et je nourris quelques soupçons quant à son origine.

– Il y a, en ville, un jeune homme qui ne se rase pas encore le menton mais dont j'ai entendu dire qu'il était très rusé. Il est un peu brut de fonderie, et il faudrait peut-être lui apprendre les bonnes manières, mais il est rapide et il pigerait vite. Il n'a pas eu le temps de se bâtir une réputation, n'empêche qu'avec un peu d'entraînement, il ferait probablement un excellent émissaire. Il est futé, et relativement anonyme.

– Comment s'appelle-t-il? demanda Drosta.

– Yarblek.

– Ah, celui-là! fit Gallak. J'ai entendu parler de lui, moi aussi. C'est un fanfaron, mais je ne pense pas qu'il s'attende vraiment à ce que les gens croient ses vantardises. Ça pourrait marcher, ajouta-t-il après réflexion. Si on pouvait le dégrossir un peu, je l'expédierais bien à Boktor où il devrait passer plus ou moins inaperçu. J'y envoie deux ou trois caravanes tous les ans; je pourrais le faire partir avec les conducteurs de bestiaux. Tiens, ça, c'est une idée, fit-il en claquant des doigts. Je connais un certain Javelin, à l'ambassade de Drasnie. Il est théoriquement employé à je ne sais quel niveau, mais je suis persuadé que c'est un espion. Je pourrais lui parler, et il pourrait faire prévenir, à Boktor, que Yarblek est porteur d'un message de vous pour Rhodar. Ça devrait permettre à Yarblek d'entrer au palais.

– Je voudrais le voir, fit Drosta en se mordillant un ongle. Où puis-je le trouver?

– Il fréquente une taverne appelée *Le Trou à rats*, Majesté, répondis-je. C'est dans le quartier des voleurs, près de la porte est.

– Je vais le faire quérir, répondit-il. Quel âge avez-vous dit qu'il avait, Polanna?

– Je n'ai rien dit, mais il a une quinzaine d'années, d'après ce que j'ai cru comprendre.

– C'est terriblement jeune.

– Ça dépend des individus, Drosta, rétorquai-je. Et ça vous laisse le temps de le dresser. Taur Urgas n'a pas encore commencé à bouger, vous avez un peu de temps devant vous.

– Il y a quelque chose là-dedans, convint Drosta. Et les jeunes sont plus malléables que les gens qui ont déjà des habitudes bien ancrées.

– Et ils travaillent généralement pour rien, ajouta Gallak. Donnez-lui un titre ronflant – « Envoyé extraordinaire », ou quelque chose dans ce goût-là –, et il se pourrait même qu'il travaille pour rien.

– Quelle idée merveilleuse! s'exclama Drosta avec enthousiasme.

Je supposais que ma mère m'avait envoyée au Gar og Nadrak pour me faire une idée de la personnalité de Yarblek et de Drosta, mais ça allait manifestement un peu plus loin que ça. Je les avais rencontrés tous les deux et j'allais les mettre en présence l'un de l'autre; tel était le but réel de ma visite. Drosta fut tout de suite emballé par Yarblek, mais son enthousiasme fut sans doute un peu douché quand Yarblek comprit ce que valait vraiment le service qu'il rendait à son roi. Je n'en jurerais pas, mais je suppose que les tarifs de Yarblek commencèrent à grimper en flèche peu après sa rencontre avec Silk.

– Quelle soirée! fit Drosta avec enthousiasme. J'ai assisté au numéro de la meilleure danseuse de mon royaume, et elle m'a aidé à résoudre un problème qui me tenaillait depuis mon accession au trône. Décidément, quelle soirée!

– Et vous n'avez pas encore touché à votre dîner! ajoutai-je.

– Sera-t-il aussi bon que le restant de la soirée?

– Probablement encore meilleur, lui promis-je.

CHAPITRE XXXIX

C'était à peu près ce que tu voulais, Mère ? projetai-je tandis que nous rentrions chez nous, Gallak et moi.

À peu près, oui. Tu as vite réagi, Pol. Les rapprocher tous les deux comme ça était un vrai coup de génie.

Ça m'a assez plu aussi. Je me suis dit que si nous avions besoin d'eux à un moment quelconque, dans l'avenir, ce serait plus commode s'ils étaient déjà en contact l'un avec l'autre. J'ai fini, ici ?

Je pense que c'est à peu près tout, en effet.

La question suivante est : comment vais-je quitter la ville et retourner à Annath ? Je risque d'avoir un peu de mal à effacer la mémoire de tous ceux qui m'ont vue à Yar Nadrak.

Si tu faisais prévenir ton père ? Il ne fait rien de très utile, en ce moment, et il a ce tas de lingots d'or qui prennent la poussière dans sa tour. Dis-lui de venir te racheter à Gallak. Ça lui fera du bien de prendre un peu d'exercice, et je trouve qu'il s'attache un peu trop à cet or. Tu ne penses pas ?

Là, tu es dure ! réussis-je à dire en me retenant désespérément de rire tout haut.

Je suis contente que tu sois d'accord, répondit-elle placidement.

J'attendis quelques semaines en observant les progrès de mon « plan Yarblek », puis, quand les choses parurent aller dans la direction voulue, je traversai la ville et me rendis à l'ambassade de Drasnie, afin de m'entretenir avec le margrave Khendon, qui se faisait appeler Javelin. Un employé le fit prévenir et je fus aussitôt invitée à entrer.

– Polanna, fit-il en guise de salut, avec un hochement de

tête poli. Votre visite m'honore. Puis-je faire quelque chose pour vous ?

– Vous devez connaître mon père, commençai-je en scrutant les environs à la recherche d'un trou par lequel on aurait pu écouter ou observer notre conversation.

L'espionnage est le sport national drasnien, après tout.

– Je ne crois pas, Polanna, répondit le margrave. Je suis à Yar Nadrak depuis relativement peu de temps et je ne connais pas beaucoup de Nadraks.

– Mon père n'est pas un Nadrak, margrave. Ses origines raciales sont encore inconnues. Quoi qu'il en soit, il vit pour le moment dans un village des montagnes de Sendarie appelé Annath, et je voudrais lui faire parvenir un message. C'est une affaire assez délicate et j'ai tout de suite pensé à vous. Les services de renseignement drasniens sont connus pour leur goût du secret.

– Et pour savoir les déterrer, ajouta-t-il en me regardant bien en face. J'ai l'impression que vous n'êtes pas une danseuse nadrake comme tant d'autres, Polanna.

– En effet. Je suis bien meilleure que les autres.

– Ce n'est pas tout à fait ce que je voulais dire. D'abord, vous n'êtes pas nadrake. Vous n'avez pas les yeux en amande.

– Il faudra que j'y remédie. Bref, je voudrais que vous fassiez prévenir mon père, à Annath, que j'ai accompli ma mission et que je voudrais qu'il vienne ici me racheter à mon propriétaire, un négociant en fourrures appelé Gallak.

– Euh... il faudrait que vous me disiez le nom de votre père, Polanna. Je devrais arriver à le contacter, mais ça faciliterait peut-être les choses si je savais comment il s'appelle.

– Pardon, Khendon ! Je ne sais pas à quoi je pense. Cela dit, vous devriez peut-être retourner à l'académie pour un petit cours de rattrapage. Je suis un tantinet vexée que vous ne m'ayez pas reconnue à l'instant où j'ai passé la porte.

Alors il me regarda plus attentivement, sans tenir compte

de ma tenue de cuir ajustée et de mes dagues. Il cilla et se leva d'un bond.

– Votre Grâce, dit-il enfin avec une courbette exquise. Les fondations même de ce bâtiment sont ébranlées par votre auguste présence.

– Piètre compliment, Khendon. Votre ambassade a été construite par des ouvriers nadraks. Un bon éternuement suffirait à la renverser.

– La construction nadrake laisse un peu à désirer, convint-il, puis il étrécit les yeux et je vis un muscle se crisper sur sa joue. Certaines choses se mettent enfin en place, remarqua-t-il. Cette histoire avec Yarblek... c'est votre idée, n'est-ce pas ?

– Vous êtes très perspicace, margrave. C'est en rapport avec un événement qui doit avoir lieu dans l'avenir. J'avais besoin de mettre Yarblek en rapport avec le roi Drosta, et Drosta en rapport avec le prince Rhodar. Ça aura un impact sur des événements beaucoup plus importants. Ne me posez pas de questions, Javelin, parce que je ne vous répondrai pas. J'ai déjà assez de mal à empêcher mon père de fricoter avec l'avenir, je n'ai pas besoin que vous y mettiez votre grain de sel. Je compte sur vous pour que mon père reçoive ça, continuai-je en lui tendant le message que j'avais écrit et scellé le matin même. Ne prenez pas la peine de l'ouvrir. Je lui dis juste de venir me racheter à Gallak. Le Dessein de l'Univers vous sera éternellement reconnaissant de ce service.

– Vous avez le chic pour ôter tout le plaisir de la situation, vous savez, fit-il d'un ton accusateur.

– Contentez-vous de faire ce que je vous dis et ne posez pas de questions, Javelin. Tout vous sera révélé en temps utile.

Il comprit immédiatement.

– Je m'en remets à Votre Grâce en ces instances, répondit-il avec emphase. Mais, que ça vous plaise ou non, vous ne m'empêcherez pas de procéder à certaines déductions.

– Déduisez tant que vous voudrez, mon cher, mais ne fourrez pas le nez dans nos affaires. Pas encore. Ce fut un vrai bonheur de parler avec vous, ajoutai-je avec légèreté en me levant. Oh, à propos, rappelez à mon père d'apporter beaucoup d'argent avec lui en venant. Il se pourrait qu'il soit un peu étonné quand il découvrira combien je vaux.

Javelin partit, en personne, et toutes affaires cessantes, pour Annath. J'étais une sorte de légende vivante, après tout. Ça peut être fastidieux de temps en temps, mais ça présente quand même certains avantages.

Mon père ne se pressa évidemment pas trop pour venir à Yar Nadrak. Mon père ne se presse à peu près jamais. Quand on va sur ses sept mille ans, le temps ne veut plus dire grand-chose, j'imagine. D'un autre côté, il se peut qu'il ait un peu hésité à me racheter. Il aimait énormément cet or qu'il avait arraché, avec l'ancêtre de Yarblek, à ce cours d'eau, près du territoire des Morindiens, et se séparer d'une petite partie de son magot lui posait peut-être un problème.

Enfin, il surmonta cette épreuve – il ne faut pas vous y tromper, c'était bel et bien une épreuve –, et il arriva à Yar Nadrak avec des fontes pleines d'or. Il faut croire que j'avais une certaine valeur à ses yeux, en fin de compte.

Je sentis sa présence alors qu'il était encore à quelques lieues de la ville, et j'accompagnai Gallak à son bureau, ce matin-là. Gallak avait un entrepôt, naturellement, mais il traitait presque toutes ses affaires à la taverne. Et où vouliez-vous qu'il fasse ça ?

J'attendis que le vieux vagabond soit à trois maisons de la taverne pour dire à Gallak que j'avais envie de danser. Je me disais que ce serait gentil de souhaiter ainsi la bienvenue à mon père, et de lui faire comprendre qu'il en aurait pour son argent.

Il entra discrètement par la porte de devant. Mon père est très fort pour passer inaperçu. Il parut un peu surpris de voir ce que je faisais. Là, je dois dire que j'avais réussi à attirer son attention. Puis, pour le plaisir, j'en fis quelques tonnes. Les clients de la taverne commencèrent à manifester leur approbation, et je vis le regard de mon père se durcir, exprimant une possessivité assez agressive. Le cher homme ! Je comptais encore pour lui, comme avant le mariage de Beldaran. Trois mille ans s'effacèrent en un clin d'œil. Nous en étions au même point que lorsque j'avais seize ans. Mon emprise sur lui n'avait pas diminué.

Ma danse fut saluée par des cris, des hurlements et des applaudissements absolument assourdissants et je reculai vers la table de Gallak cambrée selon la posture provocante qui était ma marque de fabrique. Mon père joua des coudes dans la foule en s'efforçant de dissimuler sa pugnacité.

– C'est une sacrée femelle que vous avez là, l'ami, observa-t-il. Vous ne seriez pas vendeur, par hasard ?

Les deux hommes échangèrent quelques plaisanteries en s'observant et passèrent aux choses sérieuses : la négociation de mon prix.

Mon père commença par une offre d'une modicité insultante, puis j'intervins et contrai avec un chiffre exorbitant. Mon père releva un peu sa proposition et Gallak modéra son prix. Je commençai à m'énerver lorsque mon père refusa obstinément d'offrir plus de dix lingots d'or. Je me demande ce que les hommes ont pour les chiffres ronds ? Le nombre dix n'a pourtant rien de magique, que je sache ?

Vers la fin, j'apportai mon soutien à Gallak. Le prix conclu n'était pas si important. C'était juste que je voulais faire grimper mon père au cocotier. Je me serais contentée de onze lingots, mais Gallak me prit à contre-pied. Il ne voulut rien lâcher, et ils tombèrent d'accord, mon père et lui, sur douze lingots d'or. Un assez joli prix, en fait. Les lingots de mon père pèsent dix onces pièce, et cent vingt onces d'or – dont soixante me reviendraient – n'étaient pas une mauvaise affaire.

Nous quittâmes Yar Nadrak à la fin de l'été. Nous repartîmes vers l'ouest à l'allure habituelle de mon père, qui va de la marche lente à l'immobilité plus ou moins absolue, et le temps que nous arrivions à la chaîne de montagnes assez élevées qui forme l'épine dorsale du continent, l'automne était bien avancé. Mon père regarda les feuilles jaunissantes, les montagnes qui se dressaient devant nous et pressa un tout petit peu l'allure. Mais il était déjà trop tard, évidemment. L'hiver gagne mon père de vitesse depuis des millénaires, maintenant, et il paraît chaque fois un peu surpris, pour ne pas dire offensé.

Une tempête de neige assez terrible nous surprit sur le versant oriental de la montagne. Elle fit rage pendant trois jours autour de notre abri improvisé. Je suis assez fière de ne pas avoir prononcé une seule fois, au cours de ces trois jours, les mots « flâner » ou « traînasser ».

Lorsque nous pûmes enfin repartir, il fut évident que nous n'irions pas très loin. La neige faisait près de quatre pieds d'épaisseur, et il y avait des congères encore plus hautes.

– Il n'y a rien à faire, Père, dis-je enfin. Il va falloir que nous changions de forme et que nous repartions d'ici en battant des ailes.

Son refus me surprit, et son prétexte : « Il pourrait y avoir des Grolims dans le coin » me parut un peu fallacieux. Si nous nous étions changés en faucons, nous aurions pu être en Drasnie bien avant que n'importe quel Grolim n'ait le temps d'approcher à moins de cinq lieues de l'endroit où nous nous trouvions. Nous repartîmes donc tant bien que mal dans la neige. Nous n'avions pas fait un quart de lieue que la cousine de la première tempête de neige nous tombait dessus, nous obligeant à nous fabriquer un abri en toute hâte.

Le vent hurla toute la nuit. Puis, vers le milieu de la matinée du lendemain, nous entendîmes quelqu'un héler dans notre direction :

– You-hou, du campement ! Je viens vous voir. Ne vous affolez pas !

C'était un vieil homme. Mon père est vieux, lui aussi, mais il a l'air au-dessus de ça. Ce vieux bonhomme vêtu de peaux de bêtes paraissait curieusement *au-delà* de la vieillesse. Ses cheveux et sa barbe étaient de ce blanc argenté exceptionnel, presque lumineux, et il avait les yeux d'un bleu intense. J'eus l'impression étrange qu'il voyait tout. Son visage semblait niché dans la fourrure de son col, et je trouvai à sa toque une inclinaison fort crâne, ma foi.

– On dirait que vous vous êtes fourrés dans les ennuis, tous les deux, pas vrai ? suggéra-t-il plaisamment en approchant de notre abri.

– Nous avons cru pouvoir gagner la tempête de vitesse, répondit mon père d'un ton résigné.

– Ça, y avait aucune chance. Ces montagnes sont le foyer natal de la neige. C'est là qu'elle vit. Où allez-vous ?

– En Drasnie, répondit mon père.

– Eh ben, vous êtes partis trop tard. Beaucoup trop tard. Vous n'y arriverez pas cet hiver. Enfin, comme on ne peut rien y faire, ajouta-t-il avec un soupir, autant que vous veniez hiverner avec moi. J'ai une grotte à un quart de lieue d'ici. Ramassez vos affaires et amenez vos chevaux. Je devrais arriver à supporter votre compagnie pendant un hiver.

Mon père accepta un peu trop vite son invitation.

– Nous n'avons guère le choix, Pol, marmonna-t-il alors que nous attachions nos affaires à la selle de nos chevaux.

Je décidai de ne pas faire d'histoires, mais en réalité, nous avions bel et bien le choix. Le même choix que lorsque nous avions quitté Yar Nadrak. Soit mon père avait décidé de l'ignorer, soit on l'y encourageait. Je passai l'hiver à essayer de deviner laquelle de ces deux solutions était la bonne.

Le vieux prospecteur ne nous dit jamais son nom. D'après moi, il l'avait oublié. Il nous dit qu'il avait passé sa vie dans ces montagnes, à chercher de l'or, mais il ne semblait pas spécialement obsédé par l'idée d'en trouver ou non. Il aimait les montagnes, un point c'est tout.

Sa grotte était plutôt confortable en vérité. Elle était assez vaste, et il veillait à ce qu'elle reste propre et en ordre. Lorsque nous franchîmes l'étroite ouverture, il ranima son feu et nous montra où mettre nos chevaux. Il avait un âne, qui se lia bientôt d'amitié avec nos chevaux. On aurait plutôt dit un chien qu'une bête de somme. Le vieux prospecteur le laissait se promener en liberté dans la grotte, j'oserais même dire qu'il l'y encourageait. Ce qui me valut un certain nombre d'ennuis, cet hiver-là. L'âne était une petite bête curieuse, et je l'avais tout le temps dans les jambes. Il fallait absolument qu'il voie tout ce que je faisais. Il faut croire qu'il m'aimait bien, parce qu'il passait son temps à me donner des coups de museau ou de front. Il aimait qu'on lui frotte les oreilles. Je l'aimais bien aussi, mais ce que j'aimais moins, c'était être réveillée le matin par ses reniflements dans mon cou. Et le plus embêtant, c'est qu'il tenait absolument à me regarder prendre mon bain. Je sais que c'était absurde, mais quand il me regardait comme ça, je ne pouvais pas m'empêcher de rougir.

Mon père passa l'hiver à bavarder à bâtons rompus avec le vieil homme. Ils s'appréciaient manifestement, sans avoir grand-chose en commun. Au bout d'un moment, je commençai à avoir l'impression que nous étions manipulés. Oh, rien de spectaculaire, mais il semblait que nous devions, mon père et moi, passer un moment avec lui. Pour quelle obscure raison? Mystère. Ce qui me frappa le plus chez ce vieux bonhomme solitaire dans ses montagnes, c'est qu'il n'y avait probablement personne au monde qui fût plus libre que lui.

De temps à autre, quand les choses se bousculent dans ma vie, je repense à cet hiver de neige, et je suis envahie par une grande sérénité. C'était peut-être la raison de ce séjour. Ça m'a aidée à retrouver mes esprits un certain nombre de fois.

Le printemps revint enfin dans les montagnes, et nous reprîmes notre voyage.

– Tu y comprends quelque chose? demandai-je à mon père au bout de plusieurs lieues.

– À quoi, Pol ? rétorqua-t-il, le visage illuminé par une agréable incompréhension.

Je laissai tomber. Il était évident qu'il n'avait pas la moindre idée de ce dont je voulais parler.

– Oh, rien, soupirai-je.

Une semaine plus tard, nous arrivions à Boktor. Tout le monde en ville avait encore cet air caractéristique : effrayé, méfiant. Une épidémie avait ravagé le pays l'été précédent – une de ces maladies virulentes qui frappent sans prévenir, tuent un tiers de la population et disparaissent aussi vite qu'elles sont venues. Si je n'avais pas été si pressée de retourner à Annath, j'aurais pu me livrer à des investigations sur ses causes et tenter d'y porter remède. La majeure partie de l'humanité est emportée par une maladie ou une autre, et en tant que médecin je trouve ça insupportable. Mais d'un point de vue philosophique, force m'est d'admettre que c'est pratique. La fécondité humaine étant ce qu'elle est, il fallait bien que la nature trouve un moyen de contrôler la population. Et sur le long terme, la maladie est plus humaine que la guerre ou la famine.

Me voilà bien sinistre, tout à coup, hein ?

Quoi qu'il en soit, cette épidémie-là avait tué un grand nombre de Drasniens, dont le roi. Nous restâmes, mon père et moi, le temps d'assister au couronnement du prince Rhodar. J'interrogeai sans en avoir l'air le futur roi, un bon gros, et j'eus le plaisir de découvrir qu'il avait bel et bien reçu la visite d'un jeune Nadrak qui ne payait pas de mine, appelé Yarblek.

Après le couronnement de Rhodar, mon père prit une décision unilatérale qui ne me plut guère. Il vendit nos chevaux et acheta une barque.

– Nous allons traverser les marécages, dit-il de ce ton sec, sans réplique, particulièrement agaçant, qu'il prend parfois.

– Quoi ? Nous allons faire *quoi* ?

Je pense qu'il dut comprendre, à mon ton, ce que je pensais de sa décision.

– Il y a toutes sortes de gens sur la grand-route des caravanes du Nord, à cette époque de l'année, m'expliqua-t-il, sur la défensive. Et il pourrait y avoir des observateurs inamicaux dans cette foule.

Il refusait encore d'envisager la solution la plus logique. C'était le printemps, le ciel grouillait d'oiseaux migrateurs, je veux bien, mais les airs n'étaient quand même pas si encombrés que ça.

C'est ainsi que nous traversâmes ces marais puants à la perche. Les moustiques étaient fous de joie de nous revoir. Ils nous saluèrent en nous donnant des coups de tête, eux aussi. Au bout des cent premières toises, j'étais d'une humeur massacrante.

Les moustiques n'étaient pas les seuls habitants de ces marécages. Les tortues nous regardaient passer avec une indifférence morne et reptilienne ; des palustres, ces petites créatures aquatiques cousines de l'otarie, jouaient et folâtraient autour de notre barque. J'écoutai leur babillage. On aurait dit des rires. Les palustres trouvaient manifestement irrésistible l'idée que des humains puissent avoir la stupidité de venir dans ces marécages alors que rien ne les y forçait.

Il pleuvait quand, au détour d'une courbe du fleuve qui serpentait, languide, entre les roseaux, nous aperçûmes le cottage au toit de chaume où vivait Vordaï, la sorcière des marais.

On entend raconter les histoires les plus bizarres à son sujet, depuis trois cents ans, et dans toutes sortes d'endroits. Ces histoires sont grandement exagérées. Les sorcières auraient commerce avec les esprits – et fricoteraient avec le temps, bien sûr. Il n'en est rien, je suis bien placée pour le savoir. La meilleure définition que je puisse en donner est peut-être de dire que les sorcières des légendes s'occupent de spécificités et que nous traitons des généralités. C'est un peu simpliste, bien sûr, mais des tas de choses sont comme ça, non ?

Les palustres avaient prévenu Vordaï de notre arrivée, et elle nous attendait sur le seuil de sa porte lorsque mon père engagea le nez de la barque sur la berge boueuse de sa petite île couverte d'arbres. C'était une femme âgée, mais encore belle. Elle nous salua sans cordialité excessive.

– Vous feriez aussi bien d'entrer en attendant la fin de la pluie, dit-elle d'une voix atone.

Nous mîmes pied à terre et suivîmes le sentier qui remontait vers sa porte.

– Vous devez être Vordaï, dis-je.

– Et vous, vous devez être Polgara, répliqua-t-elle.

– Vous vous connaissez? demanda mon père, surpris.

– De réputation, Vieux Loup, lui expliquai-je. Vordaï est celle que l'on appelle « la sorcière des marais ». Elle a été réprouvée, et c'est le seul endroit de toute la Drasnie où elle est en sécurité.

– Sûrement parce que le bois, alentour, est trop humide pour qu'on puisse faire brûler qui que ce soit sur un bûcher, ajouta-t-elle. Allez, ne restez pas sous la pluie. Entrez.

L'intérieur du cottage était d'une propreté méticuleuse. La cheminée était impeccablement nettoyée, et il y avait un vase de fleurs des champs sur la table. La robe de toile marron que portait Vordaï me rappela celle de ma mère lorsque je l'avais vue pour la première fois, dans les grottes d'Ulgolande. Mais contrairement à ma mère, Vordaï boitait.

Elle prit nos vêtements mouillés sans mot dire, les accrocha près de la cheminée pour les faire sécher et nous donna des couvertures dans lesquelles nous nous enroulâmes.

– Asseyez-vous, dit-elle en nous invitant à sa table. Il devrait y avoir assez à manger pour tout le monde là-dedans.

D'après l'odeur qui s'échappait de son chaudron, elle avait préparé une soupe de poissons subtilement assaisonnée. Cette Vordaï était manifestement bonne cuisinière.

– Vous saviez que nous venions, n'est-ce pas? avançai-je.

– Évidemment. Je ne suis pas sorcière pour rien.

C'est alors que l'un des palustres arriva en se dandinant et se mit à pépier avec excitation comme s'il lui racontait quelque chose.

– Oui, répondit Vordaï à la petite bête à la fourrure lustrée. Je sais.

– C'est donc vrai, constatai-je, car j'avais entendu des histoires ahurissantes sur la faculté de Vordaï à communiquer avec les créatures des marais. Vous n'auriez pas dû jouer avec ça, vous savez.

– Je ne leur ai pas fait de mal, répliqua-t-elle en haussant les épaules. Et je trouve leur conversation infiniment plus agréable que celle des hommes.

Cette belle vieille femme avait une blessure sur laquelle je n'arrivais pas à mettre le doigt. La vie n'avait pas été douce avec elle, d'accord ; mais il y avait autre chose, et je ne voyais pas ce que c'était. Elle m'intriguait plus que je n'aurais su dire, et c'était aussi un défi pour la guérisseuse qui était en moi. Les médecins réparent ce qui ne va pas ; le problème, c'était que je ne voyais pas ce qui s'était détraqué. Et je décidai de le découvrir. Je ne suis pas du genre à laisser passer un défi. Mais vous l'aviez peut-être remarqué.

Après dîner, je projetai un message silencieux, pas très subtil, en direction de mon père. *Va-t'en*, lui dis-je.

Pardon ?

Sors. Je voudrais que tu nous laisses seules, Vordaï et moi. Allez, sors tout de suite.

Je le vis se renfrogner quelque peu.

– Je vais retourner la barque, annonça-t-il. Sinon, elle va se remplir d'eau.

Il se leva et sortit. Il était un peu ridicule avec sa couverture.

– Je vais vous aider à faire la vaisselle, proposai-je à notre hôtesse.

Les petites corvées domestiques faites en commun rapprochent les femmes, mais Vordaï refusait obstinément de m'ouvrir son cœur, alors je m'y pris autrement. Je projetai une pensée ténue, et une fois que j'eus franchi la barrière défensive, je trouvai la source de l'amertume qui avait empli sa vie. C'était un homme, évidemment. À l'origine des problèmes des femmes, il y a presque toujours un homme. Son histoire était assez banale, en réalité. Quand Vordaï avait une quinzaine d'années, elle était tombée profondément – et secrètement – amoureuse d'un homme sensiblement plus âgé qu'elle. À parler franchement, c'était un fieffé crétin. Ils vivaient dans un petit village humide à la lisière des marécages, et Vordaï avait déployé des efforts peu conventionnels pour attirer et séduire cette brute. Elle utilisait ses dons pour aider ses voisins. Malheureusement, l'objet de son amour était un fanatique religieux de la plus belle eau. Il se targuait, dans les profondeurs de son âme sordide, « d'écraser l'abomination de la sorcellerie », et il était au premier rang de la populace qui avait résolu de la faire périr sur le bûcher. Elle avait dû fuir dans les marécages, abandonnant à jamais tout espoir d'aimer, d'être aimée et de fonder une famille. Et voilà comment, trois siècles plus tard, elle était là, dans les marais, et pourquoi elle consacrait tout son amour, un amour illimité, à ses palustres. Son histoire était un petit conte stupide d'amour intense, mais mal investi, qui lui embrasait encore le cœur.

– Oh, Seigneur, murmurai-je, les yeux soudain pleins de larmes.

Elle me jeta un regard surpris et comprit soudain que j'avais subtilement sondé son esprit. Elle eut d'abord une réaction outragée devant mon indiscrétion, puis elle réalisa que j'avais agi par compassion. J'étais une sorcière aussi, après tout; je n'avais donc rien contre la sorcellerie. Sa muraille défensive croula, elle gémit « Oh, Polgara ! » et se mit à pleurer. Je la serrai un long moment dans mes bras, en lui caressant les cheveux et en lui murmurant des paroles réconfortantes. Je ne voyais pas ce que j'aurais pu faire de plus. Je savais ce qui n'allait pas, maintenant, mais je n'avais aucun moyen d'y remédier.

La pluie cessa, nous remîmes nos vêtements maintenant secs et nous reprîmes notre voyage, mon père et moi. Je ruminai longtemps ces deux rencontres pendant que mon père nous faisait traverser les marécages à la perche. Dans les montagnes du Gar og Nadrak et à Boktor, mon père avait inventé des excuses lamentables pour que nous ne retournions pas à Annath en volant. Mon père avait le chic pour trouver des explications diverses et variées afin de couper aux corvées, mais dans ces deux cas précis, ses faux-fuyants lui avaient valu un travail supplémentaire non négligeable, et c'était assez inhabituel pour attirer aussitôt mon attention. Je ne sais pourquoi, nous devions rencontrer ce vieillard dans les montagnes et Vordaï dans les marais. Je finis par renoncer à comprendre. Mon père et moi n'étions pas le nombril de l'univers, après tout. Peut-être ces rencontres avaient-elles lieu pour le bénéfice de quelqu'un d'autre.

(Bien sûr que je sais, maintenant, au profit de qui elles avaient lieu. Vordaï et le chercheur d'or devaient contribuer à l'éducation de Garion ; nous n'étions que des spectateurs, mon père et moi. C'est tellement évident que je m'étonne que ça vous ait échappé.)

Nous arrivâmes au Gué d'Aldur et nous poursuivîmes le long des contreforts des montagnes de Sendarie jusqu'à une piste peu fréquentée qui empruntait une longue vallée menant à Annath. Nous arrivâmes à la carrière de pierre dans l'après-midi. Geran, le dernier descendant de la lignée, nous attendait. Geran était un adolescent dégingandé lorsque j'étais partie pour le Gar og Nadrak ; c'était maintenant un jeune homme. Ça arrive souvent, vous savez. Il suffit parfois d'une nuit. Contrairement à la plupart des jeunes garçons que j'ai élevés, Geran avait les cheveux d'un noir presque bleuté, et les yeux d'un bleu intense. Il n'était pas aussi grand que Riva Poing-de-Fer, mais il lui ressemblait beaucoup.

– Tante Pol ! s'exclama-t-il avec soulagement. J'avais peur que tu ne reviennes pas à temps pour le mariage.

– Quel mariage, mon chou ?

Je me demande pourquoi je lui demandai ça. Je savais bien de quel mariage il voulait parler.

– Du mien, évidemment, répondit-il. Nous nous marions la semaine prochaine, Ildera et moi.

– Eh bien, dis donc ! répondis-je. Vous vous rendez compte !

Dans les mariages rustiques, les intéressés sont généralement des gens du même village – à commencer par les fiancés. Ce sont souvent des voisins, et il n'est pas rare qu'ils aient grandi ensemble. L'ennui, c'est que, cette fois, les promis venaient d'endroits différents, et pis encore : ils n'étaient pas de la même nationalité. Pourtant, ce coup-ci, les problèmes ne devaient pas venir des heureux élus, mais de leurs mères : Alara, la mère de Geran, et Olane, celle d'Ildera. Elles se détestaient. Grettan, le mari d'Olane, était le chef de son clan, et ça lui était manifestement monté à la tête. Elle ne se cachait pas pour dire que, à son avis, Ildera se mariait en dessous de sa condition. Quant à Alara, à ses yeux, son fils était le prince héritier de Riva, et la condescendance d'Olane lui tapait vraiment sur les nerfs. Je devais constamment la retenir de proclamer fièrement le rang de son fils. Ce fut une période assez pénible à vivre.

Peut-être, si je n'avais pas été absente pendant les dernières semaines de leurs fiançailles, aurais-je réussi à empêcher tout ça, mais c'était trop tard. L'animosité personnelle entre Alara et Olane avait atteint un point culminant. Les Sendariens et les Algarois du coin étaient devenus des ennemis irréductibles.

– Eh bien, messieurs, dis-je à mon père et à Darral, un soir. Nous avons un problème. Je me charge d'empêcher Alara et Olane de se sauter à la gorge, mais je vous demande de veiller à ce que l'ordre règne dans les rues et à la taverne. Je ne veux pas d'effusions de sang avant la cérémonie. Si ces imbéciles veulent se taper dessus au point de se réduire mutuellement en une bouillie sanguinolente, je compte sur vous pour que ça attende la fin de la cérémonie.

– Je pourrais parler à Knapp, le patron de la taverne, proposa Darral d'un air dubitatif. J'arriverai peut-être à le convaincre de fermer pour travaux ou quelque chose dans ce goût-là. Il se pourrait qu'il accepte. Une bagarre générale risquerait d'anéantir son outil de travail.

Mon père secoua la tête.

– Ils ont déjà assez mauvais caractère comme ça, dit-il. Fermer la taverne ne ferait qu'aggraver les choses.

– Et si nous fermions plutôt la frontière? suggéra Darral, à bout de ressources. Grettan accepterait peut-être. Ou bien nous pourrions faire fuir le bétail. Ça occuperait les Algarois pendant un moment.

– Je me fiche de savoir comment vous allez vous en sortir, messieurs, repris-je, mais je vous demande de veiller au maintien de la paix. C'est un ordre, au cas où vous n'auriez pas compris.

Geran et Ildera semblaient indifférents à la guerre froide que se livraient leurs mères. Ils étaient dans cet état de bienheureuse inconscience qui prélude généralement aux mariages réussis. J'avais déjà vu ça, évidemment. Ce fameux après-midi à Camaar me revenait toujours à l'esprit, dans ces cas-là. C'était le jour où j'avais perdu ma sœur. Geran et Ildera n'en étaient pas tout à fait là, mais pas loin.

L'antagonisme entre Alara et Olane ne s'exprima ni ouvertement ni violemment, mais plutôt par une compétition acharnée. Elles essayèrent de se surpasser mutuellement pour chacun des détails de la cérémonie à venir. Elles se chamaillèrent, un sourire artificiel accroché à la figure, le privilège d'offrir les fleurs. Je tranchai en annonçant que je m'en occuperais, « parce que ces dames ont tant d'autres choses en tête. Et puis je les obtiendrai à un bien meilleur prix que l'une ou l'autre d'entre vous ». Voilà que j'invoquais des économies de bouts de chandelles pour couper court à une partie de bras de fer !

Olane exhiba ensuite, d'un petit air supérieur, la robe de mariée d'Ildera, et Alara se rongea le foie. Elle retourna la ville pierre par pierre, et finit par trouver pour Geran un pourpoint démodé, qui ne lui allait même pas. Il était d'un violet passé, et il n'était vraiment pas formidable, mais elle réussit à le faire enfiler à son fiston et le fit parader devant Olane avec un petit rictus dédaigneux. Je mesurai l'impact de la robe, puis du pourpoint, et décrétai in petto que l'issue du conflit serait tirée à la courte paille. Sauf que le tirage ne fut pas très favorable aux concurrentes. Le repas de noce, préparé en commun, était à l'avantage d'Olane. Elle avait accès à des quantités illimitées de bœuf, après tout. Alara devait choisir le prêtre qui officierait. Le champion d'Olane était le prêtre de Belar du clan, tandis que celui d'Alara était le prêtre sendarien du cru. Les Sendariens sont d'un œcuménisme à toute épreuve, aussi le prêtre d'Alara pouvait-il invoquer la bénédiction des sept Dieux. Je ne parlai pas d'UL, de crainte qu'Alara ne repousse le mariage jusqu'à ce qu'elle ait réussi à prendre contact avec le Gorim des Ulgos. Alara et Olane poursuivirent le combat, le visage crispé sur un de ces sourires glacés ruisselants de feinte courtoisie et uniquement destinés à dissimuler leurs véritables sentiments, mais ce n'était pas très réussi. Il y eut un échange d'arguments spécieux au sujet des deux prêtres, jusqu'à ce que tout le monde se retrouve à patauger jusqu'aux genoux dans les raisonnements tordus.

– Les deux ! décrétai-je enfin, pour mettre fin à la controverse.

– Comment cela, Pol ? demanda doucement Alara.

– La cérémonie sera célébrée conjointement par les deux prêtres.

– Mais...

– Il n'y a pas de mais, Mesdames. La cérémonie sera célébrée par les deux prêtres, un point c'est tout.

Et je dus répéter assez souvent cette manœuvre pendant cette guerre non déclarée.

Le jour du mariage, j'étais épuisée. Si je survivais à cette journée, j'étais décidée à m'accorder des vacances. Je pensais sérieusement que si j'entendais encore une fois : « Voyons, Olane, ma chère », ou « Enfin, Alara, mon amie », j'allais me mettre à hurler.

La cérémonie dura deux bonnes heures – à cause des deux prêtres –, et les invités au mariage, qui n'attendaient que les festivités consécutives à la cérémonie, ne tenaient plus en place.

Ildera était éblouissante, et Geran était si beau que toutes les filles d'Annath grinçaient des dents en se disant qu'elles ne se remettraient jamais de l'avoir laissé filer.

Je ne prêtai guère attention aux sermons des deux prêtres, mais je manquai m'étouffer quand le prêtre sendarien invoqua la bénédiction de Torak sur le jeune couple. Ce n'était sûrement pas l'endroit idéal pour ça.

La cérémonie s'acheva enfin, et Geran et Ildera furent déclarés unis pour le meilleur et pour le pire. Ils assistèrent au repas de noce en rongeant leur frein. Ils devaient être impatients de se retirer dans le joli cottage de pierre que Geran et son père avaient construit au bout de l'unique rue d'Annath. Ils avaient de toute évidence des projets pour la soirée. Mon père, Darral et Grettan réussirent à maintenir la paix pendant le repas, mais l'opération de pacification ne dura guère au-delà. Nous dévalâmes tous la rue pour accompagner le jeune couple jusqu'à son nid d'amour, puis je rentrai chez Darral et m'écroulai dans mon lit, absolument épuisée.

Les habitants d'Annath et les hommes des clans algarois étaient tous des gens très civilisés, évidemment, de sorte que les bagarres ne démarrèrent pas avant le coucher du soleil.

CHAPITRE XL

Le lendemain matin, mon père me gratifia d'une description humoristique des réjouissances qui avaient suivi la cérémonie de mariage. Je prends toujours les récits de mon père sur ces sujets avec un peu de recul, car il a un besoin irrépressible d'enjoliver la réalité.

– Ils ont fracturé la mâchoire du prêtre ? m'exclamai-je à un moment donné.

– Cassé net, comme une brindille – *snap !* renchérit mon père avec un sourire. Il a pris un direct au menton. Évidemment, il ne s'attendait pas à celle-là. En Algarie, on ne tape pas sur les prêtres de Belar. Gageons qu'il nous fera grâce de ses sermons ampoulés pendant un moment. Jusqu'à ce que la fracture soit consolidée, en tout cas. Après ça, Knapp, le tavernier, s'est efforcé de faire sortir tout le monde pour que les hostilités se déroulent au grand air, mais une canaille lui a sbamé le crâne avec un tabouret.

– Sbamé ?

– C'est le bruit que ça a fait, Pol : *sbam !* Exactement. Knapp s'est écroulé comme un bœuf frappé d'un coup de merlin, et les joyeux fêtards ont continué à pulvériser sa taverne.

Je poussai un gros soupir.

– Il y a quelque chose qui ne va pas ?

– J'espérais prendre une journée de repos. Je pense que je ferais mieux de m'occuper des blessés.

– Ils guériront tout seuls, Pol. C'était une bagarre amicale. Personne n'a seulement envisagé de tirer une dague.

– Il faut réduire les fractures, Père.

– Tu ne peux pas tout arranger, Pol.

– Qui a édicté cette règle ? Quels sont tes projets ?

– Je crois que je vais retourner au Val. Chamdar est en Tolnedrie, en ce moment, mais je suis sûr que des Grolims et des Dagashis à lui fouinent partout en Sendarie. Je n'ai pas envie d'attirer l'attention sur cet endroit, et je suis assez reconnaissable.

– Sage décision. Transmets mon affection aux jumeaux.

– Je n'y manquerai pas.

Je passai le restant de la matinée à soigner les divers hématomes, plaies, bosses et fractures, puis je descendis rendre visite aux jeunes mariés. Ils se montrèrent parfaitement courtois, bien sûr, mais j'eus la nette impression qu'ils avaient prévu quelque chose pour la journée, aussi rentrai-je chez moi, me mettre au lit.

Pendant les jours suivants, Alara reconstitua les événements afin d'en faire une journée de triomphe absolu pour elle. Enfin, ça ne faisait de mal à personne, et si ça pouvait lui faire plaisir...

Le cottage de Geran se trouvait au sud du village, ce qui n'était pas très commode, mais c'était peut-être voulu. Sa mère était un tantinet possessive et dominatrice. Nous l'aimions tous beaucoup, naturellement. C'est juste qu'elle manquait parfois un peu de suite dans les idées. J'aurais probablement dû y faire plus attention.

Il y avait tout un monde au-delà de la dernière maison du village, et il continuait à tourner, que nous y prenions garde ou non.

C'est à peu près à ce moment-là que Taur Urgas échafauda le projet insensé d'assassiner Zakath de Mallorée. La bien-aimée de Zakath était impliquée dans la machination, et elle fut sacrifiée lorsque le complot fut découvert. Après ça, Zakath fut obsédé par l'idée d'exterminer la race murgo – idée fort estimable d'ailleurs, je suis la première à en convenir, mais qui tomba comme un cheveu sur la soupe alors qu'il y avait des enjeux plus importants en cause. Taur Urgas était aussi fou que l'avait dit Drosta, et Zakath ne valait guère mieux. Cho-Ram d'Algarie devait, par la suite, administrer à Taur Urgas un remède à la folie, et Cyradis, la sibylle de Kell, délivrer Zakath de la sienne, grâce à un traitement radicalement différent, toutefois.

Je pense que je ne m'étais pas vraiment rendu compte à quel point mon isolement, à Annath, m'avait tenue à l'écart des événements, jusqu'à ce que mon père passe me voir au printemps de l'année 5349 et me parle des dissensions qui agitaient les Angaraks. La vie rustique a son charme, mais le monde entier pourrait s'écrouler sans qu'on le sache. Dans un endroit comme Annath, on mettrait des années à l'apprendre.

Et puis, à l'automne de la même année, la tragédie frappa ma petite famille. C'était une journée d'automne comme tant d'autres ; il faisait frais, et les frondaisons des bouleaux et des peupliers frémissaient dans une tempête de couleurs. Darral et Geran étaient partis travailler à la carrière, comme d'habitude, mais ce jour-là, juste avant déjeuner, la paroi sud de la carrière se détacha brusquement et s'écroula au fond de la carrière, écrasant mon neveu Darral.

Il y a des accidents tout le temps, et une carrière de pierres n'est pas un endroit très sûr, mais il s'avéra que la mort de Darral n'était pas un accident. Ce fut le premier indice que Chamdar – ou Asharak le Murgo, si vous préférez – avait retrouvé notre trace.

La mort de Darral me laissa à peu près anéantie par le chagrin. Mon père revint à Annath pour l'enterrement, mais je l'ignorai à peu près complètement. Je n'étais pas d'humeur à échanger des platitudes. Je restai cloîtrée dans ma chambre pendant deux semaines, et lorsque j'en sortis enfin, mon père était reparti. Alara circulait dans sa cuisine comme un zombie, mais je n'y pris pas garde. Je n'avais pas envie de parler, et surtout pas avec ceux qui partageaient mon chagrin. Du coup, je commençai à prendre mes repas dans ma chambre.

Lorsque je refis enfin surface, je découvris qu'Alara ne me reconnaissait même pas. Je croyais pouvoir la guérir, mais je me trompais. Aucun médecin ne devrait jamais soigner les membres de sa famille. L'objectivité est essentielle dans la pratique de la médecine, et comment pourrait-on être objectif au sujet de sa propre famille ? Je tergiversai, et le temps que j'émette un diagnostic, il était trop tard. Cela dit, il était peut-être trop tard depuis le début, car la maladie d'Alara était due à une source extérieure.

J'étais sortie de ma réclusion depuis huit jours à peu près lorsqu'elle me surprit en train de pleurer.

– Qu'y a-t-il, Pol ? Vous vous êtes fait mal ? me demanda-t-elle d'un ton soucieux.

Je lui trouvai l'air modérément inquiet, et un peu égaré, en fait. Je la regardai de plus près. Elle paraissait sereine, et ça aurait dû me mettre la puce à l'oreille tout de suite.

– Allons, ma chère, reprit-elle comme pour me réconforter. Reprenez-vous. Il est temps de préparer le dîner. Darral va bientôt rentrer du travail, et il aura faim.

Ça me renvoya brutalement à la réalité. J'avais déjà vu ce genre d'égarement chez des gens frappés par un deuil particulièrement cruel. L'esprit humain fait parfois de drôles de choses pour se protéger. Quand la réalité est trop horrible à contempler, il refuse de la voir. Pour Alara, Darral était encore en vie, et il allait bientôt rentrer dîner.

Il y a deux façons de traiter cet état, plus fréquent qu'il n'y paraît. La tourmente émotionnelle à laquelle j'étais personnellement en proie m'amena à choisir la mauvaise solution.

– Vous avez oublié, Alara ? demandai-je doucement. Darral a dû partir en voyage, pour ses affaires. Il est allé chercher d'autres acquéreurs pour notre production annuelle de blocs de pierre.

– Pourquoi ne me l'a-t-il pas dit ? se récria-t-elle, l'air assez mortifié.

Je décidai alors d'user d'un subterfuge. Je me flanquai une claque du plat de la main sur le front.

– C'est ma faute, Alara, mentis-je. Il est repassé à la maison, ce matin, pendant que vous étiez allée voir Ildera. Il m'a dit qu'il avait des entrepreneurs à voir, à Erat, et qu'il serait parti quelques semaines. Il y avait des voituriers qui allaient dans cette direction, et l'un d'eux lui a proposé de l'emmener. Il a dû partir tout de suite. L'une de nos voisines est tombée malade, et j'étais tellement occupée avec elle que j'ai oublié de vous dire que Darral était parti pour son travail. Je suis vraiment désolée, Alara.

– Ce n'est rien, Pol, répondit-elle avec mansuétude, puis son visage s'illumina. J'ai une idée ! Puisque nous n'aurons pas Darral dans les jambes pendant quelque temps, nous allons pouvoir nous consacrer à notre nettoyage d'automne. La maison sera propre comme un sou neuf quand il rentrera.

Je compris que j'avais fait une bêtise, mais il était trop tard pour revenir en arrière. Cette histoire de « voyage d'affaires » allait confirmer Alara dans ses errements et il serait encore plus difficile de l'en faire sortir.

– Si vous nous prépariez un souper léger, ma chère ? proposai-je. J'ai oublié de dire quelque chose à Ildera.

– Très bien, Pol, mais ne tardez pas trop.

Je me précipitai à l'autre bout d'Annath, vers le cottage un peu mastoc que Geran avait construit pour héberger ses amours. Geran était un bâtisseur consciencieux, et sa maison était construire pour durer. On aurait dit une forteresse. Je tapai à la robuste porte. Ildera ouvrit tout de suite. C'était vraiment une jolie blonde.

– Tiens, tante Pol. Il y a un problème ? demanda-t-elle alors que je jetais un coup d'œil derrière elle pour m'assurer qu'elle était seule.

– Oui, Ildera, nous avons un problème, répondis-je. Alara est en train de perdre la tête.

– Par tous les Dieux du ciel !

– Ce n'est pas trop grave pour le moment. Elle ne délire pas, mais elle a effacé de sa mémoire tout souvenir de la mort de Darral. Elle vient de me dire qu'elle l'attendait pour dîner.

– Oh, tante Pol ! s'exclama Ildera en ouvrant de grands yeux affolés. Qu'allons-nous faire ?

– Lui mentir, Ildera. J'ai improvisé une histoire de voyage d'affaires, pour gagner un peu de temps jusqu'au dîner, et je ne peux plus me dédire. Prévenez Geran quand il rentrera. Autant que nous harmonisions nos discours. J'ai raconté à Alara que Darral était parti pour Erat, avec des voituriers qui avaient proposé de l'emmener. Je suis juste venue vous mettre au courant.

– Nous serons bien obligés de lui dire la vérité, tôt ou tard, tante Pol.

– Je n'en suis pas si sûre, Ildera. Il se pourrait que le voyage d'affaires de Darral se prolonge.

– Vous ne pourriez pas... ? avança Ildera en esquissant un geste vague et mystérieux censé évoquer je ne sais quel tour de passe-passe.

Ildera avait appris, en entrant dans la famille, que j'avais un pouvoir, et comme toujours, elle surestimait grandement ce dont j'étais capable.

– Non, Ildera. Je ne crois pas. L'esprit est une machine très compliquée. En intervenant à un endroit, on risque de provoquer des dommages irréparables à un autre. J'aime trop Alara pour commencer à faire des expériences sur elle. Faute de mieux, je lui donnerai certains composés herbacés qui l'aideront à rester calme et détendue.

– Je vous fais confiance, tante Pol, fit Ildera avec un petit rire attristé. Dieu sait que je serais bien incapable de faire quoi que ce soit pour elle. Quand j'ai une écharde dans le doigt, je ne suis même pas capable de l'enlever toute seule. Vous vous rendez compte que ça va nous obliger à l'isoler du reste du village ? reprit-elle avec gravité. Un mot de travers pourrait la faire basculer dans la folie pour de bon.

– J'y veillerai, promis-je. Prévenez Geran, et dites-lui que je m'en occupe. Je ne veux pas qu'il s'en mêle. Le mot de travers pourrait venir de lui aussi bien que de n'importe quelle commère.

– Là, je ne pense pas que vous ayez à vous en faire, tante Pol. Il est trop occupé à examiner pouce par pouce la paroi sud de la carrière, à la recherche de la faille qui a provoqué l'accident fatal, pour penser à autre chose.

– Tant que je ne l'ai pas dans les pattes... Oh, mon père m'a fait prévenir qu'il reviendrait bientôt nous voir. S'il s'arrête ici en arrivant, mettez-le au courant de l'état d'Alara et de la façon dont nous nous en occupons. Dites-lui que s'il intervient dans nos affaires, je lui arrache la barbe poil par poil.

– Tante Pol !

– Enfin, une partie, au moins. Bon, je ferais mieux de rentrer. À partir de maintenant, il va falloir que l'une de nous reste en permanence avec elle.

Mon père arriva deux jours plus tard, mais je ne voulais pas parler devant Alara, et je l'envoyai promener.

– Je suis occupée, Père, dis-je. Va voir Geran et Ildera. Ils te mettront au courant des derniers événements. Allez, dehors ! ordonnai-je en tendant fermement le doigt vers la porte.

Mon père n'y comprit rien, évidemment. Il supposa que ma sortie était encore un effet du chagrin, mais il se trompait. J'avais bien d'autres soucis en tête.

Plus tard, ce jour-là, j'envoyai chercher Ildera afin qu'elle tienne compagnie à sa belle-mère pendant que j'emmenais mon père faire un tour à la lisière de la forêt afin que nous puissions discuter.

– Elle est complètement folle ? soupira mon père lorsque je lui eus exposé l'état d'Alara.

– Je n'ai pas dit ça, Vieux Loup. J'ai juste dit qu'elle avait complètement occulté la mort de Darral.

– Si ce n'est pas de la folie...

– Tu ne sais pas de quoi tu parles, Père. La folie est rarement absolue. Les symptômes d'Alara se limitent à l'oblitération d'un fait précis. À part ça, elle est tout à fait normale.

– Nous n'avons pas la même définition de la « normalité », Pol. Combien de temps prévois-tu de laisser courir les choses ?

– Tout le temps qu'il faudra, Père. Je ne vais pas détruire Alara pour satisfaire une conception un peu étriquée de la réalité. Son mari lui manque, mais c'est tout. Je veillerai à ce qu'elle vive heureuse et en paix jusqu'à la fin de ses jours s'il le faut.

– C'est toi la spécialiste, Pol, répondit-il en haussant les épaules.

– Je suis contente que tu t'en sois aperçu. Que fais-tu, en ce moment ?

– Je compte les jours, Pol, comme tout le monde. L'univers entier retient son souffle en attendant qu'Ildera pisse sa côtelette.

– Quelle façon élégante de dire les choses !

– Je suis un homme élégant.

– Même pas en rêve, ouais.

Lorsque mon père fut reparti pour le Val, nous laissâmes entendre auprès des voisins qu'Alara était un peu « perturbée », et qu'elle avait besoin de calme. « La perte cruelle qu'elle vient de subir, vous comprenez. » Les dames d'Annath opinèrent gravement du chef, affirmèrent qu'elles comprenaient, et il n'y eut plus de visites dans notre maison du nord de la ville. Nous veillâmes à ce qu'Alara ne sorte pas toute seule, et la jeune épouse de Geran démontra une faculté stupéfiante à changer de sujet quand elle croisait quelqu'un avec sa belle-mère dans les rues du village. Elle arrivait à couper court aux condoléances avant même que le sujet ne franchisse les lèvres de ses interlocuteurs. Préserver le peu de santé mentale qui restait à cette pauvre Alara devint notre principale préoccupation, et nous devînmes de plus en plus habiles à ce jeu. Mais Ildera avait une autre mission, et je m'inquiétais parfois de son incapacité à la mener à bien. Elle avait une taille de guêpe, et ne faisait pas mine de prendre une once de poids.

En 5351, Javelin vint voir mon père au Val pour lui annoncer qu'Asharak le Murgo avait disparu malgré tous les efforts des services de renseignement drasniens pour le tenir à l'œil. Nous devions apprendre, par la suite, qu'Asharak avait déjà échappé au moins une fois à la vigilance des agents chargés de le surveiller. Il était venu dans les parages d'Annath peu après le mariage de Geran et d'Ildera, et il avait modifié la structure géologique de la paroi sud de la carrière.

Mon père partit aussitôt pour Tol Honeth et fit des pieds et des mains pour retrouver la trace de Chamdar, mais en vain. Il élargit alors ses recherches à toute la Tolnedrie, et cette quête l'occupa pendant quelques années.

Pendant ce temps, à Annath, nous montions la garde à tour de rôle auprès d'Alara, et nous faisions de temps en temps appel à Geran pour nous relayer quand nous n'en pouvions plus, Ildera et moi. Le « remontant » qu'Alara prenait deux fois par jour lui faisait un peu perdre la notion du temps, et je mis à profit le don que j'avais récemment acquis pour effacer certains de ses souvenirs et lui en implanter d'autres, ce qui nous permettait de contrôler sa perception des événements. Tant qu'elle ne saurait pas combien de temps le « voyage d'affaires » de Darral allait durer, elle serait parfaitement heureuse. J'allai jusqu'à couvrir la maison de poussière – généralement pendant qu'elle dormait ou lorsqu'elle était chez Ildera, à l'autre bout de la ville – afin que nous puissions passer une semaine à la nettoyer. Nous fîmes quatre fois le ménage en grand pendant l'automne de 5353, et Alara l'oublia aussitôt à chaque fois. D'un autre côté, faire le ménage à fond est une tâche fastidieuse et répétitive, et ce ne sont pas des souvenirs auxquels on tient vraiment.

Je suis sûre qu'il y aura des âmes vertueuses pour s'indigner de la façon dont j'abusai Alara. Je connais bien ce genre de personnes qui adorent faire de la peine aux autres « pour leur bien ». Elles peuvent garder leurs conseils pour elles. En ce qui me concerne, il ne faudrait pas grand-chose pour que je décide de leur mettre la tête à l'envers, « pour leur bien »...

Erastide arriva et passa une nouvelle fois, et Annath fut, comme d'habitude, coupé du reste du monde par la neige. Nous ne fîmes rien de spécial pour fêter ça. Tous les villageois savaient maintenant qu'Alara était « un peu bizarre », et ils respectaient volontiers notre besoin d'intimité. Cela dit, ce n'était pas de l'indifférence, et chaque fois que nous croisions quelqu'un, Ildera ou moi, on mettait un point d'honneur à nous demander de ses nouvelles. Tout ce que nous pouvions répondre, c'est que ça n'allait pas trop mal, et nous avions droit à un soupir et à un hochement de tête attristé. Les gens font parfois preuve de curiosité, dans les villages ; c'est généralement dû à une sincère préoccupation pour leurs voisins.

Il était maintenant évident pour moi que l'état d'Alara ne s'améliorerait jamais. C'était incurable, mais grâce à mes décoctions d'herbes et autres interventions, elle était relativement sereine, parfois même assez heureuse. Compte tenu des circonstances, je ne pouvais faire mieux.

Et puis, au printemps de l'an 5354, alors que la fonte des neiges gonflait les cours d'eau et changeait les sentiers en fondrières, par un radieux matin de printemps, Ildera remonta l'unique rue d'Annath et débarqua chez moi.

– Je crois que je suis enceinte, tante Pol, annonça-t-elle avec un sourire qui lui faisait trois fois le tour de la figure.

– Eh bien, il était temps ! répliquai-je.

Elle parut un peu blessée, mais j'éclatai de rire et la serrai sur mon cœur à l'étouffer.

– Je disais ça pour vous taquiner, Ildera, repris-je. Je suis tellement heureuse pour vous !

– Je suis très contente, moi aussi, dit-elle. Maintenant, que me conseillez-vous pour apaiser les vomissements, tous les matins ?

– Mangez quelque chose, mon chou.

– Pardon ?

– Mettez quelque chose de bon sur la table de nuit avant d'aller vous coucher. Quand vous vous réveillez, le matin, mangez un peu avant de vous lever.

– Et ça marchera ?

– C'est infaillible. Faites-moi confiance, Ildera, j'en connais un rayon sur la question. Dites, ça ne se voit pas beaucoup, fis-je en regardant son ventre plat comme une limande.

– Je suppose que je peux dire adieu à ma silhouette juvénile, répondit-elle avec une moue nostalgique. Je ne vais plus rien avoir à me mettre.

– Je vous ferai de jolies robes à smocks, mon chou.

– On le dit à Alara ? demanda-t-elle avec un regard en direction de la chambre de sa belle mère.

– Je vais y réfléchir, répondis-je, puis je posai la main sur son ventre et projetai délicatement un coup de sonde mental. Trois semaines, dis-je.

– Comment ça, trois semaines ? Je vous en prie, tante Pol, ne faites pas tant de mystères.

– Vous êtes enceinte depuis trois semaines.

– Oh. Alors, ça doit être le dernier blizzard.

– Comment ça ?

– Eh bien, il neigeait très fort, dehors, et nous n'avions pas grand-chose à faire, cet après-midi-là, alors... vous voulez des précisions, tante Pol ? demanda-t-elle avec un petit sourire malicieux.

Cette fois, c'est moi qui rougis comme une pivoine.

– Non, non, Ildera, répondis-je. Je crois que je vois le tableau.

– Je pensais que ça vous intéresserait. D'un point de vue strictement professionnel. Vous êtes bien sûre de ne pas vouloir d'autres détails, tante Pol ?

– Ildera ! Voulez-vous vous taire ! m'écriai-je, rigoureusement écarlate.

Elle éclata d'un petit rire argentin.

– Je vous ai bien eue, tante Pol, dit-elle.

Quel amour de petite fille ! Je l'adorais !

Cette nuit-là, je projetai ma pensée vers les jumeaux, au Val.

Vous avez une idée de l'endroit où peut bien être mon père ? leur demandai-je.

La dernière fois que nous lui avons parlé, il était en Tolnedrie, répondit Belkira. *Il bouge beaucoup, Pol, et nous avons parfois un peu de mal à le suivre à la trace.*

J'ai un message pour lui. Mais il pourrait y avoir des oreilles indiscrètes dans les parages et je ne voudrais pas entrer dans les détails.

Si c'est urgent, nous pouvons venir te remplacer, et tu pourrais partir à sa recherche, proposa Beltira.

Non, ce n'est pas urgent à ce point-là. Pas encore, du moins. C'est juste qu'il se passe ici une chose qui devrait exiger un délai assez prévisible, ajoutai-je, assez fière de moi : je trouvais ça à la fois joli et énigmatique. *Vous avez trouvé de nouvelles choses excitantes dans le Codex mrin ?*

Pas dernièrement, répondit Belkira. *La situation semble figée.*

C'est le printemps, maintenant, mon oncle. Vous avez remarqué que le printemps marquait souvent le dégel, non ?

J'étais sûre que les jumeaux saisiraient le sens de cette observation anodine.

Tiens, c'est vrai, acquiesça Beltira. *Maintenant que tu le dis, je l'ai remarqué, moi aussi. Le printemps a commencé depuis longtemps, par chez toi ?*

Depuis trois semaines environ, mon oncle. La neige commence à fondre, et les fleurs des champs devraient apparaître d'ici peu, précisai-je en me disant que si un Grolim écoutait aux portes, il serait absolument fasciné par mon bulletin météorologique.

J'ai toujours aimé les fleurs des champs, commenta Belkira.

Moi aussi, j'aime bien ça. Si vous avez des nouvelles de mon père, tous les deux, transmettez-lui mon meilleur souvenir, d'accord?

Compte sur nous, Pol.

Je n'étais pas mécontente de la façon dont j'avais réussi à les informer de l'état d'Ildera sans rien dire d'explicite. Et pourtant, à la façon dont les choses tournèrent, il faut croire que j'avais sous-estimé Chamdar, et pas qu'un peu.

Au cours des années qui ont suivi les événements d'Annath, nous avons reconstitué minutieusement, mon père, mes oncles et moi, les mouvements de Chamdar pendant la cinquième décennie du cinquante-quatrième siècle. Mon père était particulièrement obsédé par le problème, et c'est lui qui trouva finalement la preuve de l'implication de Chamdar dans ce qui était arrivé à Darral. Il tomba sur un vieux bavard dans une de ces tavernes bruyantes de Muros, et après l'avoir un peu sondé, il capta un souvenir presque éteint d'un incident : le vieux se souvenait qu'un Murgo correspondant à la description de Chamdar avait demandé la direction d'Annath en 5349 – « J' m'en souviens, pasque c'était l'année d' la mort d' mon vieux bœuf, Bourreur. J' l'avais appl'é comme ça pasqu' y m' donnait toujours des coups d' tête. »

À un moment de son passé brumeux, mon père avait acquis le don d'extirper les pensées, mais aussi les images de l'esprit des individus, et c'est ainsi que lorsque le vieillard un peu éméché s'était remémoré l'incident, mon père avait reconnu Chamdar à partir de la vision assez floue que son informateur en avait conservée. Chamdar était passé par Muros en 5349, et il cherchait Annath juste avant la mort de Darral. Je n'aurais pas soutenu le dossier d'accusation contre Chamdar devant un tribunal, mais nous n'avions pas l'intention de le traîner devant les magistrats. Nous avions des moyens plus rapides et plus efficaces de faire en sorte que justice soit rendue.

Bref, après avoir eu confirmation de la grossesse d'Ildera, nous décidâmes, Geran et moi, d'en informer Alara. Elle fut très heureuse d'apprendre qu'elle allait être grand-mère, et si les choses avaient tourné autrement, ça lui aurait peut-être remis les idées en place.

Le printemps et l'été furent très calmes à Annath, cette année-là. Les hommes partaient tous les matins travailler à la carrière pendant que les femmes faisaient la cuisine, la lessive et le ménage en papotant. Ildera s'épanouissait – pas très vite, bien sûr – et elle exprima souvent la plainte coutumière de toutes les femmes enceintes : « Pourquoi faut-il que ce soit si long ? » L'un dans l'autre, sa grossesse était absolument normale.

J'y réfléchis souvent au cours de la fin du printemps et du début de l'été, et je décidai qu'après la naissance de l'enfant, notre famille devrait probablement déménager à nouveau. Nous étions à Annath depuis vingt ans, maintenant, et bien que ce soit un endroit isolé, j'avais l'impression que ce ne serait pas une bonne idée d'y rester plus longtemps. Je parcourus mon catalogue mental de villes et de villages de Sendarie, rayant les endroits où j'avais déjà vécu, parce que le folklore local était du genre à graver dans la mémoire des gens des incidents qui avaient eu lieu des générations auparavant. Je ne voulais pas risquer de tomber sur un individu susceptible de se rappeler certaines choses d'un lointain passé. Il aurait suffi qu'un passant dise distraitement à un ami : « Tu as vu comme elle ressemble à la femme qui habitait dans la ruelle de l'Orme, il y a trois cents ans ? » pour que mon secret soit éventé. Je finis par arrêter mon choix sur la ville de Wala, qui se trouvait à quelques lieues au sud de la grand-route de Muros à Camaar. Je n'avais pas vécu en Sendarie du Sud depuis des siècles et Wala était une ville assez récente, fondée moins de deux siècles auparavant.

Pour éviter toute découverte possible, nous faisions assez souvent appel, les jumeaux et moi, aux membres du clan d'Ildera pour transmettre nos messages. Quand il y a des oreilles hostiles dans les parages, il n'est pas astucieux de se hurler les choses – au sens figuré, évidemment. Vers la fin de l'été, un Algarois vêtu de peau de cheval m'apporta une missive des jumeaux m'informant qu'ils avaient fini par repérer mon père. En fait, je pense que c'était Mandorallen qui avait réussi à le localiser et à lui remettre un mot disant qu'« une certaine parente avait bien grossi ». Mandorallen était le messager idéal pour ce genre de nouvelles, parce qu'il ne lui serait jamais venu à l'idée de seulement s'interroger sur leur sens.

Mon père rentra aussitôt au Val, mais – avec sagesse, à mon avis – décida de ne pas passer par Annath. Nous ne savions pas où Chamdar pouvait bien être, et mon père ne voulait pas l'attirer droit vers ma petite famille et moi-même. Au lieu de cela, il passa par le centre de la Sendarie et se mit à battre les buissons afin d'attirer l'attention de Chamdar.

Vers la fin de l'automne, l'état d'Alara se dégrada. Pendant le printemps et l'été, elle avait été tellement prise par les progrès de la grossesse d'Ildera qu'elle semblait parfois presque normale. Puis, alors que les feuilles jaunissaient, elle développa une fixation : elle croyait mordicus que Darral était perdu quelque part dans les montagnes environnantes. Je sais maintenant qui lui avait implanté cette idée dans la cervelle, mais à l'époque, je fus complètement prise au dépourvu. Je ne pouvais tout simplement pas la quitter des yeux un instant. Sitôt que j'avais le malheur de tourner le dos, elle disparaissait. Je la retrouvais souvent, après des heures de recherches, dans la forêt environnante. Elle errait sans but en appelant son mari d'une voix plaintive. Ces plaintes me déchiraient le cœur, et je ne pouvais me résoudre à la gronder.

Rétrospectivement, je reconnais que Chamdar n'était pas un Grolim ordinaire. Il était prodigieusement doué pour passer inaperçu. Pas une seule fois je n'ai senti sa présence, ou eu le moindre soupçon de ce qu'il faisait dans l'esprit d'Alara. En outre, il me connaissais mieux que je ne voulais bien l'admettre. Il savait, par exemple, qu'il suffisait qu'Alara disparaisse pour que je file dans la forêt. Rares étaient les Grolims capables d'imaginer l'amour que je pouvais avoir pour les membres de ma famille, parce que le concept même d'amour leur est étranger. Chamdar le comprenait, lui, et pis : il l'utilisa pour m'éloigner d'Annath au moment critique.

L'hiver arriva tôt, cette année-là. Les premières chutes de neige un peu sérieuses eurent lieu avant que les arbres n'aient perdu toutes leurs feuilles, et cette coïncidence rend toujours les forêts assez impénétrables. Quand une neige épaisse, humide, s'entasse sur des arbres encore couverts de feuilles, les branches s'effondrent sous son poids, se brisent, et il devient très difficile de se frayer un chemin à travers le sous-bois. Après qu'Alara m'eut échappé plusieurs fois, je songeai un moment à oublier toute prudence et à mener mes recherches du haut des airs. J'y renonçai malgré tout. Je n'allais pas annoncer à Chamdar où je me trouvais rien que pour éviter de me mouiller les pieds.

J'étais sûre que l'ironie de la situation ne vous échapperait pas : au fond, je m'efforçais de ne pas me faire repérer par un individu qui savait déjà exactement où j'étais. Chamdar jouait avec moi comme sur un luth. Chaque fois que j'y repense, mon sang se met à bouillir dans mes veines. Si je pouvais, je le ressusciterais pour que Garion puisse le refaire cramer.

Vers le coucher du soleil, le soir d'Erastide, Ildera fut prise de douleurs. Je suis sûre, maintenant, que c'était encore un coup de Chamdar. Une femme du village vint me prévenir, à la demande de Geran, et j'enfermai Alara à la maison. Elle semblait dormir. Par précaution, je m'insinuai dans son esprit et la plongeai dans un sommeil plus profond encore. Puis je pris ma trousse et partis à l'autre bout de la ville afin de mettre au monde le dernier rejeton de la famille.

Ildera eut des contractions pendant plusieurs heures, puis ses douleurs diminuèrent, et je compris que c'était une fausse alerte.

– Qu'est-ce qu'il y a, tante Pol? demanda Geran d'une voix un peu plus aiguë peut-être que d'ordinaire.

– Rien de grave, Geran, lui assurai-je. Ça arrive souvent. Ce n'est pas encore pour tout de suite, c'est tout.

– Tu veux dire qu'elle s'exerce?

C'était la première fois que j'entendais dire ça comme ça, et je trouvai ça monstrueusement drôle.

Geran n'apprécia pas ma crise de fou rire, je dois dire.

– Elle va très bien, Geran, lui assurai-je. C'est une fausse alerte, c'est tout. Ça arrive souvent, tu sais. Les vraies douleurs vont arriver d'ici un jour ou deux. Elle va dormir, maintenant, et tu ferais bien d'en faire autant. Il ne se passera plus rien avant un bon moment.

Je refermai ma trousse et repartis dans la neige vers ma propre maison.

Lorsque j'arrivai, Alara n'était plus là.

J'aurais dû comprendre, à ce moment-là, que Chamdar avait rompu mon emprise mentale sur elle. Normalement, elle n'aurait pas dû se réveiller après que je lui avais dit de dormir. Pas à moins que je ne la réveille moi-même.

Il faisait assez froid depuis une semaine, mais il n'avait pas neigé depuis quelque temps, et le village et ses environs étaient sillonnés d'empreintes qui allaient dans tous les sens. Je concentrai mes recherches sur le nord, puisque c'était par là qu'Alara menait généralement sa quête inutile, mais une fois de plus, Chamdar avait une longueur d'avance sur moi. Cette fois, elle était partie vers le sud. Bien que ce ne fût pas prudent, je projetai de brefs coups de sonde mentaux. En vain. Je commençai alors à trouver ça très bizarre. Je décrivis des cercles de plus en plus larges et je finis par arriver à une prairie, au milieu de la forêt. Il y avait des traces de cerfs, de lapins et beaucoup d'empreintes d'oiseaux, mais pas d'empreintes de pas humains. Alara n'était pas partie vers le nord.

Il devait être près de minuit, à ce moment-là, et il faisait un froid mortel dans cette forêt ténébreuse. J'avais déjà cherché au nord, au nord-est et au nord-ouest, grâce à ma méthode systématique. Comme Annath se trouvait au fond d'une gorge, des falaises abruptes empêchaient tout accès à l'est et à l'ouest. Il ne restait que le quadrant sud, et j'en étais à deux lieues au moins.

À ce stade, je renonçai à toute prudence et changeai de forme. Tant pis si ça alertait Chamdar. Avec ce froid, Alara risquait fort de geler avant l'aube. Il fallait absolument que je la retrouve.

Je ne pouvais pas savoir qu'Ildera avait perdu les eaux aussitôt après mon départ. Geran essaya désespérément de me trouver, mais il n'y arriva évidemment pas. C'est la sage-femme du village qui aida Ildera à accoucher, et Garion naquit peu après minuit.

Je n'étais pas tout près, mais par bonheur, l'accouchement ne se passa pas trop mal. Ildera était alorienne, après tout, et les Aloriennes sont faites pour avoir des enfants.

Je mis toute la nuit à retrouver Alara. Son corps gisait au pied d'une falaise, à deux ou trois lieues au sud de la carrière. Ça expliquait pourquoi je n'avais pas réussi à la trouver mentalement lorsque j'avais constaté sa disparition. Son corps était déjà raidi par le froid, ce qui indiquait sans doute possible qu'elle était morte avant même que je ne sache qu'elle s'était enfuie.

Je fus absolument anéantie de la retrouver ainsi. Je pleurai toutes les larmes de mon corps et je m'arrachai les cheveux, en me faisant toutes sortes de reproches.

Et puis, tout à coup, je m'interrompis en regardant, horrifiée, l'énorme colonne de fumée qui montait d'Annath dans les premières lueurs de l'aube, en ce jour d'Erastide. Quelque chose brûlait dans un village construit entièrement en pierre !

Je ravalai aussitôt mon chagrin. Soudain, je sentis la présence de mon père. Il était beaucoup plus près de l'incendie que moi.

Père! hurlai-je en silence.

Tu ferais mieux de revenir, Pol! répondit-il d'un ton sinistre. *Et tout de suite!*

J'ignore comment je parcourus la distance qui séparait le corps frigorifié d'Alara de la maison de Geran, qui était en train de brûler. Il est probable que je me téléportai, ce qui est toujours très dangereux dans les montagnes. S'il y a un obstacle sur la trajectoire, vous ne le contournez pas, vous le traversez, et ce n'est pas le genre d'expérience que j'ai envie de faire.

Mon père était agenouillé à côté d'un petit paquet de linge blanc, dans la cour, et la maison de pierre de Geran était environnée de flammes.

– Que se passe-t-il, Père? demandai-je d'une voix stridente.

– C'est Chamdar! rugit-il en me regardant, les yeux pleins d'une fureur vengeresse. À quoi pensais-tu, Pol? Pourquoi t'es-tu sauvée comme ça?

La question me fit l'effet d'un coup de poignard, dont je sens encore la lame me percer le cœur, après toutes ces années.

CHAPITRE XLI

Je regardai à travers mes larmes la maison familière de Geran maintenant engloutie par des flammes impossibles.

– Il y a un espoir? demandai-je à mon père, tout en sachant qu'il n'y en avait aucun.

– Non, répondit-il laconiquement en s'essuyant les yeux d'un revers de main décidé. Ils sont morts tous les deux.

Toute ma famille venait d'être anéantie en cette seule nuit, et j'avais beau essayer de me persuader du contraire, je savais que c'était ma faute.

– J'ai échoué, Père ! m'écriai-je, désespérée. J'ai échoué !

– Ce n'est pas le moment, Pol, lança-t-il. Nous devons emmener le bébé hors d'ici. Chamdar a réussi à me filer entre les doigts, et il peut être n'importe où.

Ses yeux rougis par les larmes se durcirent alors qu'il regardait les flammes que vomissaient les pierres même de la maison. Il songeait manifestement aux choses désagréables qu'il avait envie de faire à Chamdar.

– Pourquoi l'as-tu laissé échapper ? demandai-je, comprenant que je n'étais pas seule à avoir échoué, cette nuit-là.

– Je n'avais pas le choix, répondit mon père. Cet imbécile m'a lancé le bébé. Nous n'avons plus rien à faire ici, Pol. Fichons le camp !

Je me penchai et ramassai tendrement le bébé. Je soulevai un coin de la couverture et contemplai pour la première fois le petit visage du Tueur de Dieu. C'était un visage très ordinaire, mais le monde entier parut basculer alors que je regardais ces yeux bleus somnolents. Un jour, il se pouvait qu'il tue un Dieu, mais pour le moment, ce n'était qu'un tout petit bébé orphelin. Je le serrai contre mon cœur. Pour l'avoir, celui-là, Chamdar devrait me passer sur le corps.

– Nous ferions mieux de lui trouver un nom, dit mon père. Ça risque de jaser si nous nous contentons de l'appeler « Tueur de Dieu ».

– Ce sera Garion, Père. Nous l'avions décidé, Ildera et moi, il y a plusieurs mois.

– Garion ? Pas mal. Enfin, je crois. Où avez-vous trouvé ça ?

– Ildera a fait un rêve. Je soupçonne une forme d'intervention. Elle m'a dit que son vrai nom serait « Belgarion », mais que nous devions l'appeler « Garion » jusqu'à ce qu'il soit grand. Nous avons des tas de comptes à régler avec Chamdar, pas vrai ? repris-je en serrant les dents.

– Ça, tu l'as dit, acquiesça mon père d'une voix tranchante. Et je veillerai personnellement à ce qu'il mette au moins une semaine à les solder. Qu'est-il arrivé à Alara ?

– Elle est morte aussi, Père. Elle est tombée d'une falaise. Il va falloir que nous l'enterrions avant de quitter la ville.

– Non, pas une semaine, *deux* ! grinça mon père. Je trouverai bien un moyen de garder ce Chamdar en vie pendant ce temps-là.

– Très bien, approuvai-je. Je vais mettre Garion en sûreté. Toi, cours après Chamdar. Prends des notes, Père. Je veux tous les détails, quand tu me raconteras.

Je me sentais au moins aussi assoiffée de sang que mon père, à ce stade.

– Pas question, Pol, répondit-il d'un ton de regret. Notre devoir est là, enroulé dans ces langes. Je m'occuperai de Chamdar quand je saurai que vous êtes en sûreté, tous les deux.

Nous tournâmes le dos à la maison qui commençait à s'effondrer sur elle-même et nous suivîmes la route couverte de neige qui passait devant la carrière, puis nous nous engageâmes entre les arbres, vers le pied de la falaise qui avait coûté la vie à Alara. Nous dûmes nous contenter d'entasser des pierres sur son corps ; nous ne pûmes même pas marquer sa tombe. Mais sa pierre tombale sera éternellement dans mon cœur.

Mon père vola une chèvre dans une ferme isolée et il improvisa un biberon. La petite chèvre qui servit de nourrice à Garion paraissait bien l'aimer, à vrai dire, et elle n'aurait probablement rien eu contre le fait de lui donner la tétée. Mais je ne pense pas que ç'aurait été approprié. La chèvre me trouvait passablement idiote, j'imagine, mais je suppose que les chèvres ne s'étonnent plus, depuis le temps, de voir les êtres humains se conduire stupidement. Nous redescendîmes vers le pays d'en bas en restant sous le couvert des arbres. Mon père utilisa des ruses de Morindien pour effacer nos traces dans la neige. S'il ne s'était agi que de moi, j'aurais laissé ces traces où elles étaient et j'aurais même allumé des feux pour attirer Chamdar ou l'un de ses Grolims apprivoisés. Je me sentais d'humeur vengeresse, et je mourais d'envie d'en découdre avec ces Angaraks de malheur.

Nous évitâmes les routes et nous bivouaquâmes dans des grottes ou sous des arbres abattus. Il nous fallut plusieurs jours pour arriver au pied des collines, et nous débouchâmes sur une route assez fréquentée, près du village de Gralt-d'En-Bas. Nous n'allâmes pas au village mais poursuivîmes en direction de ma maison du lac d'Erat. C'est l'endroit où je finis immanquablement par me réfugier quand tout le reste s'écroule autour de moi.

Comme toujours quand je suis restée longtemps absente, la maison était glaciale et envahie par la poussière. J'allumai le poêle de la cuisine pendant que mon père s'éloignait du taillis de roses pour dire deux mots aux jumeaux.

Il rentra en frissonnant. Il tapa du pied sur le seuil pour chasser la neige de ses semelles et regarda mon poêle ronflant d'un œil concupiscent.

– Pas question, tranchai-je tout de suite. Tu vas d'abord aller traire la chèvre, qui est à l'étable. Et puis tu ferais aussi bien d'en profiter pour lui donner à manger.

– Je ne pourrais pas y aller plus tard... ?

– Non, Père. Tout de suite. Je sais quel mal on a à te faire bouger une fois que tu es installé. Tu te débarrasses des corvées d'abord, et ensuite tu pourras t'asseoir près du poêle.

Il poussa un soupir et ressortit. J'avais besoin de certaines choses dans la maison, alors je déposai Garion dans un tiroir afin de pouvoir vaquer à mes occupations sans embarras. Un tiroir ouvert est l'endroit rêvé pour ranger un nouveau-né, vous ne le saviez pas ?

Je trouvai un berceau et des vêtements d'enfant dans un coin. Au fil des années, un certain nombre d'enfants étaient nés dans la maison, et je ne jette jamais rien qui puisse resservir plus tard. Le temps que mon père revienne avec un seau de lait de chèvre tout chaud, Garion était changé, habillé, et couché dans un petit berceau qui avait huit siècles. Il tenait un petit hochet qui avait été fait je ne sais combien de générations auparavant.

– On dirait qu'il fait plus froid ici que dans les montagnes, nota mon père en tendant les mains au-dessus du fourneau.

– C'est juste une impression, Père. Tu as réussi à contacter les jumeaux ?

– Oui, oui. J'espère seulement qu'ils ont compris ce que je racontais quand je leur ai dit que nous avions besoin d'eux dans la roseraie.

– J'en suis sûre.

– Je vais quand même attendre qu'ils viennent, et puis je repartirai sur la trace de Chamdar et je lui règlerai son compte une fois pour toutes. Il y a longtemps que j'aurais dû le tuer.

– J'ai l'impression d'entendre oncle Beldin.

– Son approche du problème est peut-être simpliste, Pol, mais elle a le charme de la constance. Tu as décidé où tu allais emmener le bébé ? poursuivit-il en me regardant gravement. Il vaudrait peut-être mieux que je connaisse le nom de la ville.

– Je ne crois pas que je vais aller dans une ville, Père. Pas cette fois. Dans les villes, les informations circulent trop facilement. Je n'aime pas l'idée d'être à la merci d'un ivrogne bavard. Je vais plutôt essayer de trouver une ferme isolée, et je vais m'y prendre autrement, cette fois.

– Ah bon ? Et comment ça ?

– J'ai toujours mis un point d'honneur à raconter au jeune homme concerné qui il était en réalité, afin qu'il comprenne l'importance de passer inaperçu.

– Et alors ?

– Alors, certains d'entre eux ne jouaient pas très bien la comédie. Il leur arrivait de se laisser emporter. Ça doit venir de toi.

– Qu'est-ce que ça veut dire, ça?

– Tu en fais trop, Père. Je suis désolée, mais c'est vrai. Tu vas trop loin. Je vais faire en sorte que Garion n'ait pas à jouer un rôle.

– Et comment prévois-tu d'arriver à ce beau résultat?

– C'est très simple, Père : je ne vais pas lui dire qui il est. J'attendrai qu'il le découvre. Je l'élèverai comme n'importe quel petit paysan, et il croira qu'il est comme les autres. Il n'aura pas besoin de faire semblant. Il n'aura qu'à être lui-même.

– Ça risque d'être un peu dangereux, Pol. Il finira bien par découvrir qui tu es, toi. Tu te trahis dix fois par jour.

– Eh bien, j'apprendrai à me contrôler.

– Ça ne marchera jamais, décréta-t-il en secouant la tête avec obstination. Il y a des douzaines de livres dans lesquels tu es décrite de la pointe des cheveux aux ongles des orteils.

– Il n'y comprendra pas grand-chose s'il ne sait pas lire.

– Pol! Il sera roi, un jour! On ne peut pas laisser un illettré monter sur le trône!

– Je crois me souvenir que Dras Cou-d'Aurochs ne s'en est pas trop mal sorti.

– C'était il y a trois mille ans, Pol. Le monde a changé, depuis.

– Pas tant que ça, Père. Et si ça t'ennuie tellement, tu n'auras qu'à lui apprendre à lire quand il aura ceint la couronne.

– Moi? Et pourquoi moi? Pourquoi faut-il toujours que ça me retombe dessus?

Je lui lançai un petit sourire qui en disait plus long qu'une bibliothèque et je ne relevai pas.

Les jumeaux arrivèrent le lendemain matin pour prendre la relève de mon vengeur de père, qui repartit en quête d'Asharak le Murgo.

Je passai le reste de cet hiver dans la cuisine, avec Garion et celui des jumeaux qui n'était pas de garde à ce moment-là. J'avais prévu de repartir dès que le temps se serait arrangé, et je ne voyais pas l'intérêt de chauffer toute la maison, de sorte que je gardais les portes de la cuisine fermées. Il s'y trouvait un gros poêle de fonte qui faisait parfaitement l'affaire. Les autres pièces étaient équipées de cheminées, sûrement plus décoratives, mais d'un moins bon rendement.

Nous devînmes très proches, Garion et moi, pendant ces mois interminables. C'était un bébé adorable, et je lui devais beaucoup, après l'épouvantable ratage d'Annath. Son esprit était à peine éveillé, mais quelques discrets coups de sonde me donnèrent un aperçu de ce qu'il deviendrait. J'eus aussi l'intuition que ce gamin allait me donner du fil à retordre. J'aurais de la chance si je réussissais à l'élever sans y laisser la santé.

Le printemps arriva enfin. Lorsque la boue des chemins eut séché, je choisis quelques-unes de mes robes les plus passe-partout, des vêtements pour Garion, j'emballai le tout dans une couverture un peu élimée, je dis au revoir aux jumeaux et je partis, mon balluchon sur une épaule, Garion dans les bras, ma chèvre en laisse derrière moi.

J'arrivai en fin d'après-midi au village de Haut-Gralt, qui n'avait rien à voir avec Gralt-d'En-Bas. Je me rendis dans une auberge assez miteuse et marchandai le prix d'une chambre pour la nuit. Je voulais donner l'impression d'être au bord de la misère. Après avoir donné à manger à Garion, je le couchai et je descendis bavarder avec l'aubergiste.

– Je cherche du travail, lui dis-je.

– Désolé, mais je n'ai besoin de personne en ce moment.

– Ce n'est pas ce que je voulais dire, repris-je. Vous ne connaissez pas un fermier qui aurait besoin d'une bonne cuisinière, ou d'une femme de charge ?

Il fronça les sourcils et se gratta la joue.

– Vous devriez essayer chez Faldor, suggéra-t-il. Des gars

à lui sont passés, la semaine derrière, et ils ont dit que la cuisinière commençait à dérailler. Elle n'est plus toute jeune, et elle décline. Les hommes se plaignaient de ne jamais manger à l'heure, et que c'était toujours à moitié cuit. Les semailles ne devraient plus tarder, et quand la cuisine laisse à désirer dans une ferme, les journaliers vont voir ailleurs. Faldor a une grande exploitation, et il ne peut pas semer tout seul. S'il ne cherche pas une cuisinière tout de suite, ce sera pour dans quelques semaines.

– Où est sa ferme ?

– À une journée de marche à l'ouest. C'est un brave homme, Faldor, et même s'il ne vous embauche pas tout de suite, il veillera à ce que vous n'ayez pas faim, votre bébé et vous. Suivez le chemin qui va vers la grand-route de Medalia. La ferme de Faldor est la seule au sud de la route. Vous ne pouvez pas la rater.

– Je la trouverai bien, lui assurai-je. Merci du tuyau.

Puis j'allai voir ma chèvre à l'écurie, remontai dans ma chambre et me couchai en serrant Garion dans mes bras.

Le lendemain matin, je donnai à manger à Garion et nous étions sur la route qui menait vers l'ouest avant que le soleil n'ait pointé au-dessus de l'horizon. Il faisait un temps radieux. Je savais où j'allais, maintenant, et je sentais que mon but était proche. J'avançais d'un pas décidé, ma chèvre à la remorque.

Vers le milieu de l'après-midi, en arrivant en haut d'une colline, je vis une grande ferme dans la vallée, un peu plus loin vers le sud. Elle donnait l'impression d'être entourée de murs, mais ce n'était pas le cas. Les bâtiments étaient disposés en carré, autour d'une vaste cour intérieure : le rez-de-chaussée était occupé par les granges, les écuries et les ateliers. Les dortoirs pour les employés étaient au-dessus et donnaient sur une galerie. Le plus grand bâtiment se trouvait au fond de la cour, face à la grille principale. Tout était commodément réuni au même endroit et paraissait propre, bien organisé.

Tout avait peut-être été prévu pour ça, depuis des lustres, mais je me sentais profondément en harmonie avec cet environnement. Je descendis la colline et j'entrai dans la cour, un peu intriguée par ce qui ressemblait à une cloche tintant à intervalles réguliers.

Dès que j'entrai, je vis que ce que j'entendais n'était pas une cloche mais le bruit que faisait un marteau de forgeron frappant un fer à cheval chauffé au rouge, dans une forge ouverte sur la cour.

C'est pour ça que je n'entendis pas le tintement de ma cloche personnelle. Il avait été couvert par les coups de marteau heurtant l'acier de l'enclume. C'était du grand art.

La régularité, la fermeté du martèlement révélaient l'ouvrier sérieux dans son travail. C'était un jeune homme de vingt-cinq ans à peu près, de taille moyenne et de constitution trompeusement moyenne. Le bruit lourd de son marteau en disait long sur sa robustesse réelle. Il portait, sur une banale tunique de toile, un tablier de cuir constellé de brûlures. Rien que de très normal. Quand on travaille le métal rougi à blanc, il vaut mieux interposer quelque chose de solide entre sa peau et son travail.

J'attendis que le forgeron se retourne et plonge le fer à cheval dans le baril d'eau qui se trouvait à côté de l'enclume. Il en monta un geyser de vapeur.

– Pardonnez-moi, maître forgeron, dis-je poliment en changeant Garion de position dans mes bras. Vous savez où je pourrais trouver le fermier Faldor ?

Il se retourna et me regarda. Il avait un visage plaisant, ouvert, honnête.

– À cette heure-ci, il doit être dans son bureau, ma Dame, répondit-il courtoisement, d'une voix agréable.

– Merci, fis-je avec une inclinaison de tête. Nous en venons maintenant aux questions plus techniques. Où se trouve au juste le bureau du fermier Faldor ?

Il éclata de rire, et je remarquai qu'il avait des dents

blanches, très régulières. Il me plut tout de suite. Je sus, d'instinct, que ça pourrait être un très bon ami.

– Je vais vous y conduire, ma Dame, proposa-t-il en posant son marteau. Au fait, je m'appelle Durnik.

– Et moi, Pol, dis-je en m'inclinant légèrement. Ravie de faire votre connaissance, maître Durnik.

– Tout le plaisir est pour moi, Dame Pol, répondit-il avec une petite courbette. Je vais vous emmener voir Faldor. Espérons qu'il a réussi à résoudre ses problèmes de calcul pour aujourd'hui.

– Pourquoi ? Ils ne tombent pas toujours juste ?

– Pas souvent, Dame Pol, pas souvent. Faldor est un très bon maître, et le meilleur fermier de cette partie de la Sendarie, mais l'arithmétique n'est pas son fort. Il est grognon quand ses calculs ne tombent pas juste. Il habite là, en haut, reprit Durnik en indiquant le bâtiment principal. Son appartement se trouve au-dessus de la cuisine et de la salle à manger. Je ne l'envie pas. Les odeurs qui montent de la cuisine, ces temps-ci, ne sont pas très appétissantes.

– C'est plus ou moins de ça que je voulais lui parler, maître Durnik.

– Vous ne seriez pas cuisinière, par hasard ? fit-il en ouvrant de grands yeux bruns pleins d'espoir.

– Je peux faire bouillir de l'eau sans faire brûler la casserole, si c'est ce que vous voulez savoir.

– Loués soient tous les Dieux, dit-il avec ferveur. La pauvre Nala n'en est même plus capable. Vous n'imaginez pas ce que ça pue, une casserole d'eau qui brûle !

Nous éclatâmes de rire tout en traversant la cour, vers la porte de la grande cuisine.

– Attends-moi ici, dis-je à la chèvre, tout en me disant que j'aurais pu économiser ma salive.

Elle partirait en exploration dès que j'aurais le dos tourné. Enfin, je savais que je pourrais toujours la retrouver.

Je vis tout de suite que la cuisine était bien conçue et équipée, avec ses tables de travail et ses planches à découper au centre, ses fourneaux et ses poêles placés le long des murs, et ses placards au fond. Toutefois, l'endroit était très encombré. Des couteaux et des poêles à frire traînaient un peu partout au lieu d'être accrochés à leur place. Il y avait vraiment un problème. Ledit problème ronflait sur une chaise, près du fourneau. C'était la fin de l'après-midi, mais la préparation du souper n'avait même pas commencé. La cuisine était complètement en désordre, et les gâte-sauces tournaient en rond pendant que la cuisinière roupillait dans son coin. Il était clair que Dame Nala ne prenait plus son travail très au sérieux.

Le fermier Faldor était un grand gaillard émacié au nez et au menton allongés, qui lui donnaient une tête de cheval. Je découvris que c'était un homme dévot, convaincu que son devoir était de veiller au bien-être matériel et moral de son personnel. La première fois que je le vis, il se bagarrait avec une colonne de chiffres. D'un coup d'œil je repérai l'erreur, mais je me dis qu'il valait mieux attendre de le connaître un peu avant de la lui indiquer.

– Faldor, je vous présente Dame Pol, fit Durnik. Elle voudrait savoir s'il y a du travail pour elle, à la cuisine.

– Dame Pol, fit courtoisement Faldor en se levant.

– Maître Faldor, répondis-je avec une petite courbette.

– Vous avez déjà travaillé dans une cuisine ?

– Oh oui, répondis-je. J'ai une grande expérience.

– Nous aurions bien besoin d'aide à la cuisine, en ce moment, dit-il d'un ton funèbre. Nala était une très bonne cuisinière, mais elle a pris de l'âge, et de l'embonpoint. Ça la ralentit. Elle n'y arrive plus, la pauvre.

– C'est une maladie professionnelle, maître Faldor. C'est ce qui arrive à force de trop goûter.

– Comment ça ?

– Le seul moyen pour une cuisinière de vérifier la qualité de ce qu'elle prépare est d'y goûter. Si on n'y prend pas garde, ça finit par vous sauter aux hanches. Combien de bouches avez-vous à nourrir en ce moment ?

– Cinquante-trois, à ce jour, répondit-il. Et nous serons encore plus nombreux au moment des semailles. Vous croyez pouvoir maîtriser une aussi grande cuisine ?

– Sans problème, maître Faldor, mais je vous propose d'attendre le souper avant d'arrêter votre décision. Il se pourrait que vous n'aimiez pas ma cuisine. Il n'est jamais conseillé d'acheter chat en poche.

– Ça me paraît plein de bon sens, Dame Pol.

C'est alors que Garion se manifesta. Je le retournai sur mon épaule et lui tapotai le dos pour qu'il fasse son rot.

– Votre bébé, Dame Pol ? demanda Faldor.

– Mon neveu, répondis-je tristement. Ses parents sont morts.

– Tragique, murmura Faldor avec un soupir.

– Oui. Je m'efforcerai de ménager Dame Nala, promis-je. J'ai cru comprendre qu'elle vous avait fidèlement servi, et il ne serait pas juste de la pousser sur le côté de la route.

– Je suis heureux que vous compreniez cela, Dame Pol, répondit gravement Faldor.

– Enfin, espérons que tout le monde ne sera pas malade après le dîner de ce soir, repris-je avec un petit sourire. Combien d'aides de cuisine avez-vous ?

– Six. En comptant Nala. Ça suffira ?

– Largement, maître Faldor. Je pourrais mettre mes affaires quelque part ? Il est un peu tard, et je ferais mieux de me mettre aux casseroles si vous voulez manger avant minuit.

– Durnik, vous voulez bien lui montrer la chambre libre, du côté ouest ? suggéra Faldor, puis il poussa un soupir résigné. Allons, il faut que je me remette à mes calculs. Je ne comprends pas pourquoi ils ne tombent pas juste.

– Ça vous aiderait si je vous disais que douze et neuf font vingt et un et non vingt-deux ? avançai-je gentiment.

Il baissa les yeux sur ses chiffres et recompta lentement sur ses doigts.

– Hé, mais c'est que vous avez raison, Dame Pol ! dit-il. Ça fait bien vingt et un !

– Oui, et depuis longtemps, confirmai-je.

Sur ces belles paroles, nous sortîmes, Durnik et moi.

– Il est toujours aussi accommodant ? demandai-je alors que nous redescendions l'escalier.

– Comment ça, Dame Pol ?

– Il ne m'a pas demandé d'où je venais, où j'avais travaillé, ni même si je savais vraiment cuisiner.

– Dame Pol, la cuisine, ici, est une sorte de désastre imminent. Un peu comme les feux de paille ou les épidémies de variole. Faldor est moins accommodant que désespéré. Il aurait embauché Torak sans barguigner s'il avait pointé son nez et prétendu faire la cuisine !

– Je vois. Eh bien, il va falloir que j'arrange ça.

Durnik me montra la petite pièce qui m'était attribuée. J'y déposai mon fardeau, lui demandai de retrouver ma chèvre et de la mettre à l'écurie, puis je redescendis dans la cuisine. Nala dormait encore, et les filles de cuisine semblaient penser à se mettre éventuellement en condition de commencer à préparer le dîner.

– Mesdames, je suis la nouvelle aide-cuisinière, leur annonçai-je. Je m'appelle Pol, et je pense que nous ferions mieux de commencer à préparer le repas. Qu'en pensez-vous ?

– On peut pas faire ça tant que Nala est pas réveillée, Dame Pol, répondit en reniflant une maigre fille pâle, qui avait la goutte au nez. Elle pourrait se vexer.

– Nous allons l'attendre pour nous y mettre vraiment, mentis-je. Nous allons juste faire les préparatifs. Vous voyez ce que je veux dire : peler les carottes, couper les légumes, mettre l'eau à bouillir, ce genre de chose.

– Oh, reprit la fille en s'essuyant le nez sur sa manche. Alors comme ça, ça va.

Je compris que j'avais du pain sur la planche. L'état semi-comateux de Nala avait encouragé un certain laxisme parmi le petit personnel.

Je décidai que, ce soir-là, les convives devraient se contenter d'un ragoût. Je n'avais pas vraiment le temps de faire grand-chose d'autre. J'approchai mes gâte-sauces par la bande. Après avoir déposé Garion dans un panier à légumes, pour ne pas l'avoir dans les jambes, je commençai à faire des « suggestions » généralement précédées de la mention : « Que diriez-vous de... », « Et si vous... » ou encore « Nous devrions peut-être... » Puis, quand j'eus réussi à mettre tout le monde au travail, j'allai dans l'armoire aux épices inventorier les condiments. J'étais très en rogne bien avant d'avoir fini. Il ne manquait pas un pot à épices, mais la moitié étaient vides. Je jetai un regard furtif par-dessus mon épaule pour m'assurer que personne ne me regardait, et j'avoue que je trichai un peu.

Nala se réveilla alors que nous commencions à faire braiser la viande pour le ragoût.

– Que se passe-t-il ? demanda-t-elle.

– Rien, Nala. Nous préparons simplement les ingrédients pour le dîner, répondit la fille au nez qui coulait. Dame Pol, que voici, a pensé que ce serait une bonne idée. Vous savez comment est Faldor quand le dîner est en retard.

– Dame Pol ? releva Nala en me lorgnant d'un œil suspicieux.

– Je suis arrivée cet après-midi, Dame Nala, fis-je en m'inclinant courtoisement. Enna m'a dit que vous vous sentiez un peu lasse, poursuivis-je en passant familièrement un bras autour des épaules de la fille au nez rouge. Je me suis dit que nous n'allions pas vous déranger. Que diriez-vous d'un ragoût, pour ce soir ? Vous pensez que ça irait ?

Nala fit semblant de réfléchir.

– Comme vous voudrez, Dame Pol, convint-elle avec un petit haussement d'épaules.

Et que vouliez-vous qu'elle dise d'autre ? Tout était prêt à aller dans le chaudron.

Je la regardai attentivement.

– Vous n'avez pas l'air en forme, Dame Nala, dis-je avec une fausse compassion, puis j'appliquai le dos de ma main sur son front. Vous avez la fièvre, déclarai-je. Je vais m'occuper de vous dès que nous aurons mis le ragoût à cuire et les biscuits au four.

– Je me sens un peu fiévreuse, en effet, admit-elle.

Évidemment qu'elle se sentait fiévreuse ! Je venais d'élever sa température avec le dos de ma main. Je tenais absolument à avoir ce boulot !

Les légumes et la viande braisée cascadèrent dans les grandes marmites bulbeuses, puis je composai une mixture d'herbes aromatiques tout ce qu'il y a d'ordinaire censée faire baisser la « fièvre » de Nala. Après quoi je me penchai sur les chaudrons avec ma collection d'épices.

Le ragoût qui fut servi ce soir-là n'était pas fameux selon mes critères, mais Faldor et ses hommes se jetèrent dessus comme s'ils mouraient de faim. Certains allèrent jusqu'à éponger le restant de sauce de leur assiette avec les biscuits du dessert !

– Seigneur..., gémit Faldor en se prenant le ventre à deux mains. Je crois que j'ai trop mangé.

– Vous n'êtes pas le seul, Faldor, acquiesça Durnik d'un ton plaintif, puis il ajouta, avec un geste dans ma direction : Qu'en dites-vous ? Si on la gardait ?

– Hon-hon, répondit Faldor. Je vais vous dire, Durnik. Dès que vous pourrez vous lever, je vous suggère de filer à l'autre bout de la cour et de fermer la grille à clé. Pas question que nous la laissions partir, hein ?

Et c'est ainsi que je conquis à la sueur de mon front – il faisait chaud devant ces fourneaux ! – ma place à la ferme de Faldor. Je vous ai dit que le ragoût n'était pas génial à mon avis, mais à côté de ce que Nala leur concoctait, c'était un véritable régal.

Tout de suite après dîner, je décidai de m'occuper d'Enna,

la petite blonde à la peau claire et au nez rouge. Je lui fis signe d'approcher. Elle s'exécuta docilement.

– Oui, Dame Pol?

Je tendis la main et lui effleurai le nez.

– Il y a longtemps que vous reniflez comme ça? demandai-je.

– Des semaines, répondit-elle en levant les yeux au ciel.

– C'est bien ce que je pensais.

– Ce n'est pas un rhume, Dame Pol, reprit-elle. Je n'ai mal nulle part et je ne me sens pas fiévreuse.

– Non, ce n'est pas un rhume. C'est le printemps, Enna, et toutes ces choses qui bourgeonnent ne vous valent rien. Nous allons vous arranger ça. Nous travaillons auprès des aliments, après tout et... Bref, je suis sûre que vous comprenez ce que je veux dire.

Elle eut un gloussement, et se remit à renifler.

Nous étions toutes très aimables et déférentes avec Nala, mais ses instructions devinrent de plus en plus vagues. À la fin de la semaine, c'était moi qui dirigeais les opérations aux cuisines. Je me faisais néanmoins un devoir de lui apporter régulièrement une cuillerée de tout ce que nous préparions afin de recueillir son accord. Au fond, ça ne me gênait pas vraiment de la nourrir à la cuillère.

Au bout d'un mois, nous étions installés, Garion, la chèvre et moi, et je suis sûre que Faldor, Durnik et tout le monde à la ferme pensaient que nous avions toujours été là. Je fis le ménage dans notre petite chambre et je l'arrangeai un peu, mais Garion passait le plus clair de son temps dans le bac à légumes. Je savais toujours exactement où il était, même quand je lui tournais le dos.

Je me sentais vraiment bien, à la ferme de Faldor. Ces gens étaient sendariens jusqu'au bout des ongles et, après tout, c'est moi qui avais créé les Sendariens. En venant ici, c'était donc un peu comme si je rentrais chez moi.

Au beau milieu de l'été, mon oncle Beltira passa nous voir,

sous prétexte de demander le chemin de Haut-Gralt. Je l'emmenai devant la porte et fis semblant de lui indiquer la direction tout en bavardant.

– Nous avons tout retourné dans cette partie de la Sendarie pour te retrouver, Pol, dit-il. Je serais passé sans m'arrêter si je n'avais pas vu ta chèvre. Pourquoi ne nous as-tu pas donné signe de vie ?

– J'essaie de me faire oublier tant que Père n'aura pas réglé le problème Chamdar. Il a trouvé quelque chose ?

– Il ne nous a encore rien dit. Il est en Tolnedrie, pour le moment. La dernière fois que nous avons eu de ses nouvelles, il était sur la piste d'Asharak le Murgo, avec le jeune prince Kheldar. Nous n'avons pas entendu parler de lui depuis quelques semaines, et nous ne pouvons pas savoir s'ils l'ont eu ou non.

– Eh bien, je vais rester terrée dans mon trou jusqu'à ce qu'ils l'aient retrouvé et qu'ils aient commencé à le renvoyer par petits bouts à ce cher Ctuchik. Tu peux faire prévenir mon père de l'endroit où je suis, mais il vaudrait mieux que le message transite par les services de renseignement drasniens. Tant que Chamdar sera encore en un seul morceau, je préfère ne pas crier mon adresse du haut de toutes les collines.

Il acquiesça d'un hochement de tête et ajouta :

– Tu as l'air presque heureuse ici, Pol.

– J'aime mon travail, et j'aime les gens de cette ferme. Mais je n'irai pas jusqu'à dire que je suis heureuse. Enfin, ça changera peut-être quand mon père et Silk nous auront débarrassés de Chamdar.

– Silk ? Qui est-ce ?

– Le prince Kheldar. C'était son surnom, à l'académie. Bon, il faut que je retourne dans ma cuisine. Mes arpètes sont pleines de bonne volonté, mais il faut les tenir à l'œil. Transmets toute mon affection à oncle Belkira.

– Compte sur moi, Pol. Nous t'aimons, tu sais.

– Oui, je sais. Moi aussi, je vous aime. Allez, file, maintenant.

– Oui, m'dame, dit-il, et nous éclatâmes de rire tous les deux.

Garion commença à marcher à quatre pattes peu après la visite de Beltira, et ma vie devint soudain beaucoup plus intéressante. Vous n'imaginez pas comme ça peut être excitant d'avoir un bébé qui vous trotte entre les jambes dans une cuisine. C'est quand même un endroit plein de couteaux, de hachoirs, de marmites d'eau bouillante et de marmitons qui courent dans tous les sens. Je passais mon temps à me demander où il était passé. Ah, misère ! que ce petit gamin pouvait être rapide ! Je développai bientôt un vrai don pour le canaliser avec le pied. Il fallait me voir jongler d'une main avec une tourte tout en assaisonnant un saladier de sauce avec l'autre, et en cueillant du bout du pied un petit garçon qui gigotait comme un asticot. Une véritable acrobate ! Garion trouvait ça d'une drôlerie irrésistible, mais ça ne m'amusait pas tant que ça. Je redoutais le jour où il commencerait à marcher et j'envisageai sérieusement de le tenir en laisse ou je ne sais quoi.

Dans une ferme, la période des récoltes est la plus mouvementée de l'année, et une grande effervescence régnait dans ma cuisine. Vous remarquerez que je disais « ma cuisine », à présent. Dame Nala finit par avoir des problèmes avec ses jambes, et elle partit vivre avec sa fille cadette, au nord du lac de Medalia. N'empêche que les ouvriers de Faldor devaient faire quatre repas par jour, et ça nous occupait, mes aides et moi-même, de l'aube – et même une heure avant l'aube – jusque bien après le coucher du soleil. Je pense que tout le monde, à la ferme, fut soulagé de voir la dernière voiture de navets quitter les champs.

Un jour, alors que les récoltes étaient terminées et que les arbres avaient perdu leurs feuilles, un vieux conteur itinérant s'arrêta pour extorquer quelques repas à Faldor. C'était une vieille canaille habillée de bric et de broc, avec ses chaussures dépareillées et un bout de corde en guise de ceinture. Il avait la barbe et les cheveux blancs, coupés court, et il devait avoir de la colle au bout des doigts parce que tout ce qu'il touchait y restait collé. Je savais qu'il allait débarquer, évidemment. J'avais senti sa présence familière alors qu'il était encore à deux lieues de la porte.

(Non, il ne me vint pas à l'idée de verrouiller la grille avant son arrivée. Enfin, pas sérieusement, quoi.)

Ma chèvre le reconnut tout de suite, évidemment. Elle sauta sans effort par-dessus la porte de sa stalle et courut lui faire fête, en frétillant frénétiquement de la queue. Il sourit, lui grattouilla les oreilles, et demanda à Durnik le forgeron où il pouvait trouver « le propriétaire de ce magnifique domaine ».

Il se présenta à Faldor comme « le plus grand conteur de toute la Sendarie », ce qui était assez vrai, dans le fond. Il faut lui accorder ça : pour raconter des histoires, il se pose là. Il se propulsa à l'endroit où se trouvaient tout ce qui se mange et se boit : dans ma cuisine. Il nous fit un numéro de charme – non qu'il en eût beaucoup –, et amusa la galerie pendant que nous préparions le dîner. Il donna l'impression de vouloir se concilier mes bonnes grâces en consacrant un peu de son précieux temps à jouer avec Garion au lieu de piller mes placards à provisions. Je prenais garde à ne pas le surveiller trop ostensiblement, mais je surpris une ou deux fois son regard brillant de larmes alors qu'il faisait des chatouilles à Garion. Mes sentiments pour le Vieux Loup s'adoucirent considérablement à partir de ce moment-là. Il fait tout ce qu'il peut pour le cacher, mais il a des sentiments, en fin de compte.

Il paya son dîner, ce soir-là, en nous racontant des histoires. Celle qui recueillit le plus d'applaudissements fut celle qu'il appela : « Comment Belgarath et quatre compagnons récupérèrent l'Orbe d'Aldur qu'avait volée N'a-Qu'Un-Œil, le Dieu des Angaraks ». L'épilogue de son récit fut accueilli avec un enthousiasme délirant par les ouvriers de la ferme.

– Mon ami, c'était absolument stupéfiant, commenta Faldor lorsque le silence revint. On aurait dit que vous y étiez !

J'eus un peu de mal à garder mon sérieux, à ce moment-là. Bon, j'admets que mon père avait le don de tenir son public en haleine pendant des heures d'affilée, et il semblait ne jamais se lasser d'entendre le son de sa propre voix.

Puis Faldor et ses employés allèrent tous se coucher, j'envoyai mes propres aides au lit, et nous eûmes enfin la cuisine pour nous tout seuls, mon père, Garion et moi. J'éteignis presque toutes les lampes au rez-de-chaussée, n'en laissant qu'une allumée dans la cuisine, qui se retrouva dans la pénombre. Mon père s'assit dans un coin, le petit garçon endormi dans ses bras, pendant que je faisais les préparatifs pour le petit déjeuner du lendemain.

Je saisis, du coin de l'œil, un mouvement à la porte de la cuisine et je me retournai d'un bloc. C'était la petite chèvre qui servait de nounou à Garion. Ses yeux dorés brillaient dans le noir.

– Toi, ordonnai-je, tu vas retourner à l'écurie, là où est ta place.

– Oh, laisse-la, Pol, fit mon père avec mansuétude. Elle fait aussi partie de la famille, tu sais.

– Drôle d'idée, murmurai-je, puis je le regardai bien en face. Alors, Vieux Loup, tu as fini par rattraper Chamdar ?

– Nous n'avons même pas réussi à l'approcher, Pol, admit-il gravement en laissant tomber le masque. Je me demande si je ne vais pas faire un saut à Rak Cthol et arracher le foie de ce Ctuchik.

– C'est une idée intéressante. Qu'a-t-il fait dernièrement pour te déplaire ?

– Il envoie de faux Chamdar dans le Ponant.

– Tu pourrais t'expliquer ?

– Il a modifié des Murgos – ou des Grolims, pour ce que j'en sais – afin de les faire ressembler trait pour trait à Asharak le Murgo, si bien que les services secrets drasniens ne nous sont d'aucune utilité. Silk était terriblement déçu quand je lui ai dit qu'il avait suivi le mauvais bonhomme. C'est le seul côté positif de l'affaire.

– Là, ça va un peu trop vite pour moi, Père.

– Notre prince Kheldar a une très, très haute idée de lui-même, Pol. Il avait le plus grand besoin d'une leçon d'humilité. J'ai cru que son menton allait lui tomber sur les genoux quand je lui ai dit qu'il avait perdu son temps à filer un faux Chamdar.

– Alors vous ne savez pas où peut bien se trouver le vrai ?

– Nous n'en avons aucune idée, Pol. Tout ce que j'ai réussi à faire, c'était de monter dans les royaumes d'Alorie et de gesticuler en faisant du bruit et en répandant de fausses rumeurs pour l'égarer. Ce Chamdar a accès à de grandes quantités d'or, alors il peut embaucher des espions en plus des Dagashis qui font probablement le guet à tous les carrefours, du Val d'Alorie à Sthiss Tor. Je ne connais pas de meilleur moyen pour distraire ses Dagashis et autres espions que de gesticuler dans tous les sens et de faire en sorte que des quantités d'Aloriens parlent de « ce drôle de vieux bonhomme qui raconte des histoires ». C'est la partie facile. Il suffit de quelques chopes de bière pour faire parler un Alorien, et d'une douzaine d'autres pour le faire taire. Ce n'est pas grand-chose, Pol, ajouta-t-il en me regardant avec gravité, mais c'est tout ce que j'ai réussi à faire pour le moment. Tu es terriblement vulnérable, ici, tu sais. Tu ferais peut-être mieux de regagner ta maison d'Erat.

– Non, Père. Je vais rester ici. Ma maison près du lac est un peu trop isolée, et il est important que Garion grandisse entouré de gens. Un ermite ne ferait pas un très bon roi.

– Et puis tu te sens bien, ici, hein, Pol ? demanda-t-il finement.

– L'endroit en vaut un autre. Je fais un travail qui me plaît, il n'y a pas beaucoup de passage. J'aime bien ces gens, et ils m'aiment bien aussi. Je ne suis pas plus mal ici qu'ailleurs. Et puis, je crois qu'en grandissant dans un endroit de ce genre Garion deviendra quelqu'un d'honnête et l'honnêteté n'est pas une qualité trop galvaudée chez les rois, ces temps-ci, à ce que j'ai remarqué.

– Alors tu veux vraiment te fondre dans cet environnement rustique, hein ?

– Et pourquoi pas ? Mon cœur n'a jamais cessé de saigner. Le travail assidu, l'environnement paisible m'aideront peut-être à me remettre de ce qui s'est passé à Annath.

– Tu dégringoles l'échelle sociale, Pol. Tu as été duchesse d'Erat, tu as régné sur un royaume entier et voilà que tu te retrouves cuisinière dans une ferme perdue au milieu de nulle part. Tu es sûre que tu ne préfèrerais pas emmener Garion à Sulturn ou à Muros et le mettre en apprentissage comme les autres ?

– Non, Père. Garion n'est pas comme les autres. Il sera l'Enfant de Lumière – s'il ne l'est déjà – et je ne veux pas lui farcir la cervelle avec des problèmes d'ébénisterie, de taille de pierre ou de cordonnerie. Je veux qu'il ait une tête bien faite, pas une tête bien pleine et sous-développée. Je ne connais pas de meilleur moyen de le préparer à certaines des surprises qui l'attendent en cours de route.

– Je ne vois pas comment le fait de l'entretenir dans la stupidité le préparera à la suite de l'histoire.

– Quel âge avais-tu quand tu es tombé sur la tour de notre Maître, par cette nuit de neige, il y a sept mille ans ?

– Je n'étais pas très vieux. Quinze ou seize ans tout au plus. Enfin, je crois.

– Tu t'en es bien sorti, à part quelques mauvaises habitudes, et tu étais sûrement beaucoup plus stupide que Garion ne le sera jamais. J'y veillerai personnellement.

– Alors tu tiens à rester ici ?

– Je pense qu'il le faut, Père. J'ai un de ces pressentiments. C'est là que Garion doit grandir. Ce n'est pas luxueux, ce n'est pas dans ce trou perdu qu'il risque de devenir un personnage important, bref, c'est l'endroit que je cherchais. Je l'ai su dès que je l'ai vu. C'est un peu isolé, terriblement provincial, mais il y a des gens, ici, que Garion doit absolument connaître, et je ferais n'importe quoi pour lui, quoi qu'il m'en coûte.

Mon père souleva le bébé endormi et frotta sa joue râpeuse sur le nez du petit enfant. Garion se mit à glousser et mon père éclata de rire.

– Oh, Garion, mon bébé ! dit-il avec ferveur. Tu en as de la chance, d'avoir ta tante Pol pour s'occuper de toi. Tu sais que tu es peut-être l'enfant le plus heureux du monde ? À part moi, bien sûr, ajouta ce vieux fripon en me jetant un clin d'œil outrageant. Elle s'occupe de moi depuis plus longtemps que tu ne peux imaginer. J'imagine que ça fait de nous les deux êtres les plus heureux du monde, pas vrai ?

Garion se remit à glousser.

Je regardai affectueusement le vieux bonhomme dépenaillé et le bébé hilare, et je me souvins d'une chose que mon oncle Beltira avait dite devant moi, il y avait très longtemps. Il expliquait à un jeune prince orphelin la joute verbale à laquelle nous nous livrions, mon père et moi, depuis des siècles, en disant que nos remarques apparemment méprisantes n'étaient pas ce dont elles avaient l'air. Et il avait ajouté avec un doux sourire : « C'est juste un moyen qu'ils ont trouvé pour éviter de se dire en face qu'ils s'aiment. Ça les gênerait trop de l'admettre, alors à la place ils jouent à ce petit jeu. C'est un peu particulier, mais c'est leur façon à eux de se dire et de se répéter “ je t'aime ”. Ils ne le savent peut-être pas eux-mêmes, mais ils se le disent presque à chaque fois qu'ils se rencontrent. »

Force m'était de reconnaître que Beldin et les jumeaux avaient toujours vu clair dans notre petit jeu. J'avais passé plus de trois mille ans à faire tout ce qui était en mon pouvoir pour ne pas le reconnaître, mais ça venait de m'apparaître avec une telle évidence que je me demandai pourquoi je m'étais donné tant de mal. J'adorais mon père. C'était aussi simple que ça. Je l'aimais malgré tous ses défauts et ses mauvaises habitudes. Cette révélation stupéfiante me fit monter les larmes aux yeux. Des larmes de bonheur. Et soudain je sentis mon cœur s'emplir d'amour.

Ah, tout de même ! Ce n'était pas si difficile, après tout ? fit, sur un ton un peu supérieur, la voix de ma mère qui retentissait d'ordinaire dans le labyrinthe de mon esprit. Sauf que, cette fois, elle paraissait venir de la porte de la cuisine. Je me retournai brusquement et vis, sidérée, la petite chèvre qui servait de nounou à Garion. Elle était plantée là et braquait sur moi le regard intense de ses yeux dorés, malicieux.

Il fallait bien que quelqu'un donne à boire au bébé, Pol, expliqua la voix de ma mère. *Autant que ça reste dans la famille, voilà ce que je me suis dit.*

À ce stade, je laissai tomber et j'éclatai d'un rire un peu mélancolique.

– Qu'y a-t-il de si drôle, Pol ? demanda mon père, intrigué.

– Oh, rien, Père, soupirai-je. Rien du tout.

ÉPILOGUE

C'était une de ces journées d'hiver grises et menaçantes comme il y en a tant dans l'Ile des Vents. Son Altesse royale, le prince Geran, héritier du trône de Riva, avait passé la journée sur les remparts de la Citadelle, à faire des bonshommes de neige – ou, pour être plus précis, des soldats de neige. Loup était avec lui, comme toujours. Loup n'apportait aucune contribution au projet mais le regardait beaucoup, d'un air perplexe, le museau posé sur ses pattes croisées. Il y avait des tas de choses, à la Cour du Roi de Riva, auxquelles Loup ne comprenait rien, mais il était assez bien élevé pour ne pas en faire un fromage.

Vers midi, Geran vit débarquer l'une des dames de comapgnie de sa mère – une comtesse, ou quelque chose comme ça. Elle lui amenait sa sœur de quatre ans, la princesse Beldaran.

– Sa Majesté a pensé que ça ferait du bien à la petite de prendre l'air, pépia la comtesse, ou quoi qu'elle fût. Elle compte sur vous pour la surveiller.

Le prince Geran poussa un gros soupir. Il adorait sa petite sœur, mais il avait entrepris une œuvre d'art, et aucun artiste n'aime être dérangé quand il bouillonne de créativité. La princesse Beldaran était si bien emmitouflée dans ses fourrures qu'elle avait du mal à bouger ses petits bras. Pas plus que Loup elle ne contribua au chef-d'œuvre de son frère, mais elle fit des boules de neige. Elle les inspectait gravement à la recherche des bosses et autres aspérités qui en déparaient la surface. Elle les aplatissait alors avec sa moufle, et lançait le projectile à son frère, tout ça sans changer d'expression. Elle ne l'atteignait pas souvent, mais juste assez pour le distraire. Il serrait les dents et faisait semblant de rien. Il l'aimait, mais il faisait souvent semblant de rien. Il avait découvert que ça valait mieux pour sa tranquillité. La voix de Beldaran ressemblait beaucoup à celle de sa mère. Leur père avait un mot pour ça : « expressive ». Geran avait d'autres mots pour qualifier la voix perçante de sa sœur, mais il prenait bien soin de ne pas les employer quand sa mère était dans les parages.

Il fut très soulagé quand la comtesse – ou quoi qu'elle fût – revint une heure plus tard chercher Beldaran. Il s'apprêtait à mettre la dernière main à son chef-d'œuvre et il fallait vraiment qu'il se concentre. Après moult réflexions, il décida que l'effet produit par les carottes utilisées pour figurer le nez était trop comique, et il les remplaça par des navets. C'était vraiment bien mieux, décida-t-il. Il travaillait sur ces sculptures de neige depuis une semaine, maintenant, et le résultat était somptueux. Sept soldats blancs, un peu trapus mais à l'air très farouches en vérité, étaient déjà alignés devant les créneaux et surveillaient le port. Le prince Geran était confiant : si l'hiver durait assez longtemps, il serait commandant de tout un régiment.

– Alors, Loup ? Tu ne trouves pas que celui-ci est une vraie brute ? demanda-t-il à son compagnon après avoir mis la dernière main à la septième sentinelle.

– L'on ne voit pas la finalité de tous ces efforts, remarqua courtoisement Loup.

Geran crut déceler une note un peu critique dans l'observation de son ami. Loup manquait parfois de poésie.

– C'est une coutume, expliqua le prince Geran, avançant l'une des esquives préférées de son grand-père.

– Ah, fit Loup. Alors, c'est bien. Les coutumes n'ont pas besoin de justification.

Geran avait appris le langage des loups au cours de l'été qu'il avait passé au Val. Il avait bien fallu, parce que son grand-père et sa grand-mère se parlaient exclusivement dans cette langue. Geran était assez fier de la façon dont il maîtrisait la langue, même si Loup le regardait parfois d'un air particulier. Les loups communiquent en partie à l'aide de mouvements des oreilles, et comme Geran ne pouvait pas remuer les oreilles, il remuait les doigts à la place et Loup avait l'air de trouver ça un peu bizarre.

Geran était aussi très fier de Loup. Les autres petits garçons, dans l'île des Vents, n'avaient, en guise d'animaux familiers, que des chiens, alors que Geran avait Loup, qui était un vrai compagnon. Ils pouvaient même bavarder ensemble. Gean avait remarqué que Loup prenait parfois des attitudes bizarres, et il devait faire très attention pour ne pas le vexer. Geran savait que les loups jouaient entre eux, mais leurs jeux se bornaient à des ébats un peu turbulents. Loup ne pouvait pas comprendre la complexité des jeux humains, et c'est pour ça que Geran invoquait souvent les « coutumes ».

Geran réfléchissait rarement aux origines de Loup. Sa grand-mère l'avait trouvé dans la forêt, près de Kell, en Mallorée. C'était un tout petit louveteau orphelin, et Geran s'efforçait de ne pas penser à ce qui s'était passé en Mallorée. Il rêvait encore parfois de Zandramas. Il revoyait surtout les petits points lumineux qui tournoyaient sous sa peau. Mais ces cauchemars étaient de plus en plus rares, et Geran était confiant : s'il refusait d'y penser, ils finiraient par disparaître complètement. Il chassa fermement ces pensées vagabondes et se concentra sur ses sentinelles de neige.

Le soir tombait sur les créneaux, tout en haut de la cité de Riva, lorsque son père vint les récupérer, Loup et lui. Geran savait que son père était le roi de Riva et le « roi des rois du Ponant », mais pour Geran, ces titres ne désignaient que son poste. Les autres pouvaient l'appeler comme ils voulaient ; pour lui, son père était « Papa », point final. Son père était un homme comme les autres, sauf en cas d'urgence. Dans ces cas-là, son père devenait l'homme le moins ordinaire du monde et il allait chercher son épée. C'était rare, mais quand ça arrivait, les gens raisonnables couraient se cacher.

Son père examina gravement le travail de Geran dans la lumière déclinante.

– Ils sont très, très bien, tes soldats, remarqua-t-il.

– Ils seraient bien mieux si tu me laissais emprunter certaines choses dans l'armurerie, rétorqua Geran, plein d'espoir.

– Ce ne serait vraiment pas une bonne idée, tu sais, répondit son père. À moins que tu n'aies envie de passer tout l'été à les astiquer pour en ôter la rouille.

– Je n'y avais pas pensé, admit Geran.

– L'on se demande comment tu as trouvé cette journée, s'enquit poliment Papa en se tournant vers Loup.

– Satisfaisante, répondit Loup.

– L'on est ravi qu'elle t'ait plu.

Père et Geran mettaient un point d'honneur à ne pas parler dans la langue des loups quand Maman était dans le coin. Maman n'aimait pas les « langages secrets ». Elle semblait toujours penser que les gens qui parlaient dans des langues qu'elle ne comprenait pas parlaient d'elle. Et force était à Geran de reconnaître que c'était souvent le cas. Les gens parlaient beaucoup de sa mère, et les langues secrètes, que ce soit la langue des loups ou les signes que les Drasniens faisaient avec les doigts, avaient tendance à abaisser le niveau sonore sur l'île des Vents. Geran adorait sa mère, mais elle s'énervait facilement.

– Tu as passé une bonne journée, chéri ? lui demanda-t-elle quand Geran et son père entrèrent dans les appartements royaux après avoir dûment secoué la neige de leurs pieds dehors, dans le couloir. Bon, Loup ne secoua pas ses pattes, bien sûr, mais il avait déjà mâchouillé la glace qu'il avait entre les orteils, et il ne ramena pas trop d'eau à l'intérieur.

– Giga ! répondit Geran.

Tous les garçons que connaissait le prince Geran ne pouvaient faire une phrase sans y placer un « giga » ou deux, et Geran, qui était très sensible aux modes, saupoudrait son discours de « giga » chaque fois qu'il pouvait. C'était dans le vent, après tout.

– Ton bain est prêt, Geran, lui annonça Maman.

– Je ne suis pas sale, répliqua-t-il sans réfléchir, puis il se mordit la langue.

Pourquoi fallait-il toujours qu'il l'ouvre avant d'avoir réfléchi aux conséquences ?

– Je ne veux pas savoir si tu estimes être sale ou non ! lança sa mère, et sa voix monta de plusieurs octaves. Je t'ai dit d'aller prendre ton bain, alors tu y vas et c'est tout !

– Oui, Maman.

Son père lança, de quelques discrets mouvements de doigts, un rapide « Tu ferais mieux de t'exécuter, sinon tu vas avoir des ennuis ».

Geran poussa un soupir et esquissa un discret hochement de tête. Il était presque aussi grand que sa mère, maintenant, mais elle revêtait toujours une taille formidable pour lui. Le prince Geran avait sept ans, et Loup le considérait comme un adulte. Geran avait l'impression que cette maturité méritait un peu de respect, mais avec sa mère, il pouvait toujours courir. Il trouvait que ce n'était pas juste.

Vivre sous le même toit que sa mère était une aventure de tous les instants, et Geran avait depuis longtemps découvert que le meilleur moyen d'abaisser la tension et le niveau sonore était d'obéir à sa mère au doigt et à l'œil. Le prince Geran avait remarqué qu'il n'était pas seul à s'en être aperçu. Le mot d'ordre dans toute la Citadelle – et probablement dans l'île entière – était « Il ne faut pas mettre la Reine en rogne ». Cela dit, les Riviens adoraient leur petite reine, et ils n'avaient pas besoin de se forcer pour lui complaire. Faire les quatre volontés de la reine Ce'Nedra était le sport national, et veiller à ce que tout le monde le comprenne bien était l'un des rôles de Kail, le Gardien de Riva.

Après avoir pris son bain – un bain plutôt symbolique –, le prince Geran rejoignit le reste de la famille dans la salle à manger des appartements royaux. Il avait pris bien soin de se mouiller un peu les oreilles. Sa mère avait quelque chose contre les oreilles. Le prince Geran était d'avis que, tant qu'il arrivait à entendre, ses oreilles seraient toujours assez proprse, mais il mettait toujours la tête sous l'eau, à la fin de son bain, juste pour faire plaisir à sa mère.

Il prit donc place à table, avec les autres membres de la famille, et l'on apporta le dîner. Il y avait du jambon, ce soir-là, et Geran aimait bien le jambon. Le seul inconvénient, c'est que le jambon était traditionnellement accompagné d'épinards. Le prince Geran se perdait en conjectures sur les raisons pour lesquelles sa mère trouvait que les épinards allaient bien avec le jambon. En réalité, le prince Geran était irrémédiablement persuadé que les épinards n'allaient avec rien. Et pour tout arranger, Loup n'aimait pas ça non plus, de sorte que, contrairement à la chèvre rôtie que les cuisines livraient périodiquement sur la table royale, il ne pouvait pas lui en glisser furtivement des bouchées sous la table. Geran n'aimait pas beaucoup la chèvre, mais à côté des épinards, c'était un régal.

– C'est bon, chéri ? demanda sa mère.

– Giga, M'man, répondit-il très vite. Vraiment giga.

Elle leva les yeux au ciel, horrifiée par son langage. Geran n'avait pas une très haute idée du discernement de sa mère en la matière.

– Alors, le capitaine Greldik ? reprit sa mère, en regardant son père, cette fois. Que raconte-t-il ?

Geran connaissait le capitaine Greldik, le vagabond des mers, et il l'aimait bien. Contrairement à sa mère, qui ne l'appréciait guère. Mais Geran avait l'impression qu'aucune femme n'appréciait ce Cheresque. Elles trouvaient qu'il avait de trop vilaines manières. Et le pire, c'est qu'il s'en fichait.

– Ah oui ! Tu fais bien de m'en parler, répondit Papa. Il paraît que Velvet attend un bébé.

– Silk va être père ? s'exclama Maman.

– C'est ce que dit Greldik.

– Je pense qu'il va falloir redéfinir toute l'institution de la famille, s'esclaffa Maman.

– Avec des parents comme Silk et Velvet, on sait quel métier le bébé fera plus tard, ajouta Papa.

Geran ne comprit pas tout à partir de là, mais il avait d'autres préoccupations. Il avait mis un peignoir de bain en sortant de la baignoire, et le peignoir avait des poches. De belles grands poches, assez vastes pour contenir les épinards qui se trouvaient actuellement dans son assiette, en attendant qu'il trouve un moyen de s'en débarrasser. Le problème, c'est que sa mère avait la fâcheuse habitude de lui faire les poches. C'est ainsi que Geran avait perdu tout un stock d'excellents vers à pêche, l'été passé. Il était sûr que les échos du cri que sa chère mère avait poussé en trouvant lesdits vers dans sa poche retentissaient encore dans les combles. Bref, Geran décida qu'il était trop risqué de se débarrasser de ces affreux épinards en les fourrant dans ses poches et les avala à contrecœur, en se jurant que la première chose qu'il ferait, lorsqu'il serait roi, serait d'édicter un décret bannissant cette abomination de son royaume.

Le prince Gean aurait pu se livrer à une guerre d'usure avec sa mère. Il aurait pu rester assis devant son assiette sans toucher à ses épinards jusqu'à l'aube, et même plus tard, mais le meilleur moment de la journée approchait à toute vitesse. Depuis quelques mois, sa mère lui lisait une histoire au lit, et pas n'importe quelle histoire. C'était un livre qui avait été écrit par sa tante Pol, et il connaissait la plupart des personnages. Ceux des dernières pages, en tout cas. Il connaissait Barak, et Silk, Mandorallen, Durnik et la reine Porenn, Hettar et Adara. Le livre de tante Pol était comme une réunion de famille.

– Tu as fini ? demanda sa mère quand il eut reposé sa fourchette.

– Oui, Maman.

– Tu as été gentil, aujourd'hui ?

Geran se demanda ce que ferait sa mère s'il répondait « non ». Il décida prudemment de ne pas tenter l'expérience.

– Très gentil, Maman, répondit-il docilement. Je n'ai absolument rien cassé.

– C'est stupéfiant. Tu veux que je te lise quelque chose, avant de dormir ?

– Si ça ne t'ennuie pas trop, Maman.

Geran connaissait la valeur de la politesse quand il voulait quelque chose.

– Très bien, dit sa mère. Tu files au lit, et je viens dès que Beldaran est couchée.

Geran se leva, embrassa son père et alla dans sa chambre. Il posa sa chandelle sur la petite table, à côté du lit, et parcourut rapidement la pièce du regard. Rien de grave, mais par précaution, il préféra dissimuler le plus gros du désordre sous le lit, à coups de pied.

– L'on serait curieux de savoir pourquoi tu fais ça tous les soirs, dit Loup.

– C'est une nouvelle coutume, répondit Geran en remuant les oreilles avec ses doigts. Celui-ci croit que, si sa mère ne voit pas ce qui traîne par terre, dans sa tanière, sa mère n'en fera pas un drame.

Loup roula la langue, ce qui était sa façon d'exprimer son hilarité.

– L'on constate que tu comprends vite, dit-il, puis il sauta sans efort sur le lit, bâilla et se roula en boule, selon sa coutume personnelle.

Le prince Geran regarda autour de lui et décida que la chambre n'était pas trop en désordre. Les « choses » avaient parfois tendance à lui échapper, et le fait que sa mère lui fasse la lecture tous les soirs présentait un minuscule inconvénient :

ça lui permettait de procéder à une inspection quotidienne. Geran avait l'impression que sa mère était obsédée par l'ordre. Il avait essayé un nombre incalculable de fois de lui expliquer que, quand toutes ses affaires étaient étalées par terre, il les retrouvait beacoup plus facilement, alors que, quand il les rangeait comme elle voulait, il lui fallait des heures pour les retrouver et que, au cours de ses recherches, tout retournait immédiatement par terre, c'est-à-dire au point de départ. Elle l'écoutait chaque fois patiemment, et elle répondait par cet ordre éculé : « Range-moi cette porcherie. » Il avait suggéré une fois, et une seule, que l'une des femmes de chambre pourrait se charger de cette corvée. Il frémissait encore en repensant à sa réaction. Il était sûr que si le vent avait soufflé dans le bon sens, ce jour-là, on aurait entendu la tirade de sa mère jusque sur la côte de Sendarie.

Il grimpa dans son lit et disposa plusieurs oreillers du côté de la chandelle, pour que sa mère puisse s'adosser en lui faisant la lecture. Il se disait que si elle était bien installée, elle lui ferait la lecture plus longtemps. Puis il se coula sous l'édredon et glissa ses pieds sous Loup. L'avantage de dormir avec cette boule de fourrre, c'est qu'il n'avait jamais froid aux pieds.

Au bout d'un petit moment, sa mère entra dans la chambre, le livre de tante Pol sous le bras. Elle grattouilla distraitement les oreilles de Loup, qui rouvrit brièvement les yeux, agita une ou deux fois la queue en signe d'appréciation et referma les yeux. Loup avait dit à Geran qu'il aimait bien sa mère, mais Loup n'était pas très démonstratif. Il trouvait que ça manquait de dignité.

Maman grimpa dans le lit, tapota les oreillers que Geran avait mis à sa disposition et fourra ses pieds sous l'édredon en plume d'oie.

– Tu as assez chaud? demanda-t-elle.

– Oui, M'man. C'est gipa.

Elle ouvrit le livre sur ses genoux.

– Tu te souviens où nous en étions? demanda-t-elle.

– Tante Pol cherchait la dame qui avait perdu la tête partout dans la neige, répondit Geran. Enfin, on en était là quand je me sis endormi, précisa-t-il, puis il eut une soudaine appréhension. Tu n'as pas continué sans moi, hein?

– Geran, mon chou, c'est un livre, dit-elle en riant. Les livres ne s'en vont pas en courant et ils ne disparaissent pas quand on les a finis. Tiens, à propos, comment marchent les leçons de lectures?

– Pas mal, enfin, je crois, soupira-t-il. Le livre que me fait lire mon précepteur n'est pas formidable. C'est un livre d'histoire. Dis, je suis obligé d'avoir un précepteur tolnedrain? Je ne pourrais pas plutôt avoir un Alorien?

– Les Tolnedrains sont de meilleurs professeurs que les Aloriens, mon chou, répondit Maman, qui avait des idées bien arrêtées, Geran avait eu moult occasions de s'en rendre compte.

Elle feuilleta le livre de tante Pol et arriva au troisième tiers à peu près.

– Ah, voilà! dit-elle.

– Avant que tu ne commences, Maman, je peux te poser une question?

– Mais bien sûr.

– Tante Pol fait des tours de passe-passe, hein?

– Elle n'aime pas qu'on dise ça comme ça, Geran. Et ton grand-père non plus.

– Alors je ne le dirai pas devant eux. Mais si elle a des dons magiques, pourquoi n'a-t-elle pas remué les doigts et fait en sorte que la dame folle ne soit plus folle?

– J'imagine que la magie ne peut pas tout faire.

Le prince Geran tombait de haut. Il se disait depuis un moment que ça pourrait lui être très utile d'apprendre la magie pour quand il serait roi. Les gens du gouvernement de son père semblaient toujours s'en faire pour l'argent, et s'il lui suffisait d'un simple geste de la main pour remplir d'or la pièce, ils pourraient passer le restant de leurs jours à se promener et à aller à la pêche ou faire absolument tout ce qu'ils voudraient.

Maman reprit sa lecture à l'endroit où tante Pol cherchait la pauvre folle, Alara, et Geran eut l'impression de voir les montagnes glacées, la forêt obscure qui entourait le village d'Annath et tante Pol qui courait désespérément dans la neige. Il retenait son souffle, dans la crainte du sinistre dénouement qu'il savait inévitable. Il l'était, en effet.

– Je n'aime pas les histoires qui finissent mal, dit-il.

– Ce n'est pas vraiment une histoire, Geran, expliqua sa mère. Ttante Pol raconte les choses exactement comme elles se sont passées.

– On va bientôt arriver à des moments où ça va mieux?

– Et si tu arrêtais de poser des questions? Tu le sauras bientôt.

Mais ça, Geran ne pouvait s'y résoudre. Maman continua à lire, et au bout de quelques minutes, Geran leva le doigt, comme s'il était en classe.

– Je peux poser une question, Maman?

– Si tu veux.

– Comment grand-père a-t-il su que Chambar avait mis le feu à la maison?

– Grand-père sait des tas de choses, Geran, même des choses qu'il ne devrait pas savoir. Mais cette fois, je pense que c'est cette voix qu'il a dans la tête qui le lui a dit.

– Je voudrais bien avoir dans la tête une voix qui me dirait des choses. Ça pourrait m'éviter bien des ennuis.

– Le Ciel t'entende! fit Maman avec ferveur, et elle reprit sa lecture.

Lorsqu'elle arriva à la description de la maison de tante Pol, sr la rive du lac d'Erat, Geran l'interrompit à nouveau, sans réfléchir.

– Tu y es déjà allée, Maman? Dans la maison de tante Pol, je veux dire.

– Une ou deux fois, répondit Maman.

– Elle est aussi grande qu'elle le dit ?

– Peut-être même encore plus. Un jour, elle t'y emmènera, et tu verras.

– Ce serait giga, M'man ! dit-il avec excitation.

– Qu'est-ce que c'est que cette manie de dire « giga » à tout propos ?

– Tous les garçons disent ça. Ça veut dire « *vraiment* bien ». C'est un très bon mot. Tout le monde dit ça tout le temps.

– Allons bon ! Enfin, ça finira bien par passer.

– Quoi donc ?

– T'occupe.

Puis sa mère reprit sa lecture.

Lorsqu'elle arriva au passage de la ferme de Faldor, le prince Geran avait les yeux qui se fermaient tout seuls. Ce n'était pas un passage très intéressant, et à un moment de ces considérations interminables sur la façon de faire un ragoût, le prince héritier du trône de Riva s'endormit.

La reine Ce'Nedra comprit, à la respiration régulière du petit garçon, qu'elle venait de perdre son meilleur public. Elle glissa un petit bout de parchemin entre deux pages du livre et s'appuya pensivement à ses oreillers.

Le livre de tante Pol comblait toutes les lacunes que Ce'Nedra avait relevées dans le récit de Belgarath, et répondait même à quelques questions qui ne lui étaient pas venues à l'esprit. La profusion de personnages, dont beaucoup étaient des héros de légende, emplissaient la reine de Riva d'une sorte de crainte révérencielle. Il y avait Beldaran, la plus belle femme de l'histoire. Et puis Asrana et Ontrose, dont la mort avait bien failli lui briser le cœur. Le livre de tante Pol avait virtuellement effacé toute la bibliothèque de la faculté d'histoire de l'université de Tol Honeth et l'avait remplacée par la réalité.

La marche titubante de l'histoire était inscrite là, sur ses genoux. La reine de Riva rouvrit le livre et relut son passage préféré, cette petite scène tranquille, dans la cuisine de la ferme de Faldor, où Polgara n'était plus la duchesse d'Erat, mais une simple cuisinière, dans une forme isolée du fin fond de la Sendarie. Le rang ne voulait rien dire. Seule comptait la prise de conscience douce, silencieuse, du fait que malgré tous ses défauts et bien qu'il eût apparemment abandonné sa mère avant qu'elle ne les mette au monde, sa sœur et elle, Polgara aimait vraiment son vagabond de père. L'animosité qu'elle s'était entêtée à lui manifester pensant tous ces siècles s'était estompée en douceur.

Ce petit jeu non dit auquel tante Pol et son père avaient joué tous les deux pendant des siècles avait eu un gagnant surprise, un gagnant dont ils n'avaient même pas réalisé qu'il était de la partie. Ils avaient passé trois mille ans à se chamailler plus ou moins sérieusement, et pendant tout ce temps la louve Poledra les avait regardés se bagarrer, en attendant patiemment qu'ils adoptent exactement la position voulue, et puis elle avait bondi.

– Tu comprends ça, toi, hein, Loup ? murmura-t-elle.

Le compagnon à quatre pattes de son fils ouvrit ses yeux dorés et remua doucement la queue en signe d'acquiescement.

Ce qui surprit un peu Ce'Nedra. Loup semblait toujours savoir ce qu'elle pensait. Et puis, d'abord, qui était ce Loup ? Elle repoussa rapidement cette pensée tout au fond de son esprit. La possibilité que Loup puisse ne pas être ce que – ou celui qu'il avait l'air d'être était une idée que Ce'Nedra n'était pas prête à envisager pour le moment. La découverte que Poledra avait gagné la partie lui suffisait pour ce soir.

Que ça lui plaise ou non, en attendant, la petite reine de Riva avait pris conscience d'une chose renversante. La famille de son mari existait avant que Torak ne fende le monde, et il n'y avait pas moyen d'y couper : c'était la famille la plus importante de l'histoire humaine. Quand Ce'Nedra avait rencontré Garion pour la première fois, elle l'avait traité avec mépris, comme un marmiton sendarien, orphelin et illettré. Elle avait tort sur toute la ligne. C'était elle qui avait appris à lire à Garion, mais elle était bien obligée d'admettre qu'elle s'était contentée d'ouvrir le livre, et qu'il avait appris tout seul. À partir du moment où il avait appris l'alphabet, elle avait eu fort à faire pour ne pas se laisser distancer. Il avait lavé quelques chaudrons et une ou deux poêles dans la cuisine de Faldor, mais c'était un roi, pas un paysan. Garion n'était pas sendarien non plus, et quant à être sans famille... on ne pouvait pas l'être moins que lui. Sa famille remontait à l'aube des temps. Ce'Nedra avait vraiment flippé en pensant que son mari était d'un rang supérieur au sien. Non, il la transcendait. C'était vraiment dur à avaler pour la reine de Riva.

Elle soupira. Elle venait de prendre conscience d'une foule de choses désagréables. Elle jeta un coup d'œil dans le petite miroir de sonfils, et elle passa légèrement les doits dans ses cheveux d'or rouge.

– Enfin, dit-elle. Au moins, je suis plus jolie que lui.

Puis elle mesra le ridicule de cette ultime défense et elle ne put s'empêcher d'éclater de rire. Elle leva les bras au ciel en signe de reddition.

– J'y renonce, dit-ele en riant encore.

Elle se glissa à bas du lit, remonta l'édredon en duvet d'oie sous le menton de Geran et l'embrassa doucement.

– Dors bien, mon petit prince chéri, murmura-t-elle.

Puis, sans trop savoir pourquoi, elle caressa la tête de Loup.

– Toi aussi, mon cher ami, dit-elle. Veille bien sur notre petit garçon.

Loup la regarda gravement, de ses yeux dorés, et il fit une chose totalement inattendue. Il lui appliqua sur la joue un coup de sa longue langue rose et humide.

Ce'Nedra gloussa, s'essuya maladroitement la joue, passa

les bras autour de la grosse tête de Loup et le serra contre son cœur.

Puis la reine de Riva souffla la chandelle, sortit de la chambre sur la pointe des pieds et referma la porte sans bruit derrière elle.

Confortablement couché sur les pieds de Gera, Loup regarda longuement les braises, dans la cheminée. Tout semblait aller comme il fallait ; alors Loup poussa un soupir satisfait, posa son museau sur ses pattes de devant, ferma ses yeux dorés et se rendormit.

Cet ouvrage a été réalisé par la
SOCIÉTÉ NOUVELLE FIRMIN-DIDOT
Mesnil-sur-l'Estrée
pour le compte des Éditions Pocket
en avril 1999

POCKET - 12, avenue d'Italie - 75627 PARIS CEDEX 13
Tél. : 01-44-16-05-00

Imprimé en France
Dépôt légal : avril 1999
N° d'impression : 46402